HEYNE <

Das Buch

Paul und Cass Gianis sind Zwillinge. Paul ist erfolgreicher Anwalt, der seine Wahlkampagne für das Amt des Bürgermeisters vorbereitet. Cass sitzt seit fünfundzwanzig Jahren im Gefängnis, weil er im Jahr 1982 seine Verlobte, Dita Kronon, umgebracht haben soll. Seine Entlassung steht kurz bevor. Nun will Hal Kronon, Bruder des Opfers und aufbrausender Immobilientycoon, einen lang gehegten Verdacht auf die Probe stellen – nämlich dass Paul ebenfalls an der Ermordung seiner Schwester beteiligt war. Sein Rachefeldzug ist nur der Auftakt zu einem vielschichtigen Verwirrspiel, dessen Dramatik einer griechischen Tragödie gleicht. Denn auf die Protagonisten Paul Gianis und Hal Kronon und ihren Kampf um Wahrheit und Macht fällt der lange Schatten einer Geschichte zweier Einwandererfamilien, in der Hals Vater, Zeus Kronon, die unheilvolle Hauptrolle spielt.
Mit *Die Erben des Zeus* bekräftigt Scott Turow einmal mehr seinen von zahlreichen Bestsellern untermauerten Status als Autor, der literarische Gravitas und Spannung verbinden kann.

Der Autor

Scott Turow, Jahrgang 1949, ist Schriftsteller und Anwalt. Er schrieb bereits zahlreiche, in über 25 Sprachen übersetzte Romane, darunter sein Debüt *Aus Mangel an Beweisen* (1987) – verfilmt mit Harrison Ford – und dessen lang erwartete Fortsetzung *Der letzte Beweis* (Blessing 2010), alle im fiktiven, dem Großraum Chicago nachempfundenen Kindle County angesiedelt. Turow, seit 1986 Partner einer in Chicago ansässigen Anwaltskanzlei, befasst sich mit Wirtschaftsstrafsachen und widmet zugleich einen Großteil seiner Zeit pro-bono-Mandaten. Zudem war er Vorsitzender der Authors Guild. Turow lebt in der Nähe von Chicago.

Lieferbare Titel

Aus Mangel an Beweisen
Der letzte Beweis

SCOTT TUROW

Die Erben des Zeus

Thriller

Aus dem amerikanischen Englisch von
Ulrike Wasel und Klaus Timmermann

WILHELM HEYNE VERLAG
MÜNCHEN

Dieses Buch ist auch als E-Book lieferbar.

MIX
Papier aus verantwortungsvollen Quellen
FSC® C014496
FSC www.fsc.org

Verlagsgruppe Random House FSC®N001967

Taschenbucherstausgabe 10/2016

Die Originalausgabe erschien 2013 unter dem Titel
Identical bei Grand Central Publishing, New York, Boston.

Umschlaggestaltung: Nele Schütz Design unter Verwendung
eines Motivs von © Jake Hukee/Shutterstock
Druck und Bindung: GGP Media GmbH, Pößneck

Printed in Germany
ISBN 978-3-453-41958-2

www.heyne.de

Für Dan und Deb

Ich bin auf dieser Welt ein Wassertropfen,
Der einen andern Tropfen sucht im Ozean;
Und der, stürzt er hinein, ihn dort zu finden,
Suchend, unbemerkt, sich selber auflöst.

WILLIAM SHAKESPEARE
Die Komödie der Irrungen

Figuren

Familie Gianis

Paul Gianis – Anwalt
Cass Gianis – Pauls eineiiger Zwillingsbruder
Lidia Gianis – Pauls und Cass' Mutter

Familie Kronon

Hal Kronon – Chef des Immobilienkonzerns ZP
Zeus Kronon – Hals Vater und Firmengründer von ZP
Dita Kronon – Hals Schwester, das Mordopfer
Teri Kronon – Hals und Ditas Tante, Zeus' Schwester und Lidia Gianis' beste Freundin

Ermittler

Evon Miller – Leiterin der Security-Abteilung bei ZP
Tim Brodie – Ehemaliger Detective im Morddezernat, der im Mordfall Dita Kronon ermittelte

TEIL EINS

1.

Paul – 5. September 1982

Viele Jahre später wird Paul Gianis, wenn er sich an Dita Kronons Ermordung erinnert, immer an den Beginn jenes Tages zurückdenken. Es ist der 5. September 1982, der Sonntag vor Labor Day, ein warmer Nachmittag mit hohen Wolken, die schimmern wie Perlen. Zeus Kronon, Ditas Vater, hat wie üblich die halbe Gemeinde der griechisch-orthodoxen Kirche St. Demetrios in den leicht hügeligen Park seiner Vorstadtvilla eingeladen, um den Beginn des Kirchenjahres zu feiern. Am Fuße des Hügels, auf der als Parkplatz dienenden Wiese am Fluss, kommt Paul mit seiner Mutter und seinem eineiigen Zwillingsbruder Cass an. Paul weiß, dass die nächsten paar Stunden mit den beiden eine nervliche Zerreißprobe darstellen werden.

Cass, der am Steuer sitzt, springt, sobald er den Motor abgestellt hat, aus seinem alten Datsun-Coupé.

»Ich muss zu Dita«, sagt er. Er meint damit seine Freundin, Zeus' Tochter.

Nachdem ihre Mutter sich mit Pauls Hilfe aus dem Beifahrersitz gehievt hat, sieht sie ihrem anderen Sohn nach, der sich sein Jackett über die Schulter wirft und den Hügel hinauftrabt.

»*Theae mou*«, murmelt sie auf Griechisch und bekreuzigt sich rasch, weil sie den Namen Gottes benutzt hat, um ihr Missfallen auszudrücken.

»Mom«, sagt Paul, nachdem sein Bruder weg ist, »was machen wir hier eigentlich?«

Lidia zieht die dicken Augenbrauen zusammen, als würde sie die Frage nicht verstehen.

»Du weigerst dich jedes Jahr, zu diesem Picknick zu kommen«, sagt er, »weil Dad Zeus so hasst.«

»Nicht mehr als ich«, antwortet Lidia leise. Sie lässt niemandem gern den Vorrang, bei nichts. Sie hakt sich bei ihrem Sohn ein, und gemeinsam gehen Paul und sie den Kiesweg hinauf zu Zeus' riesigem weißem Haus mit den flachen Giebeln und den korinthischen Säulen. »Dieses Picknick ist für die Kirche, nicht für Zeus. Ich hab viele meiner alten Nachbarn vermisst, und *Nouna* Teri hab ich schon seit Monaten nicht mehr gesehen.«

»Du redest doch täglich mit Teri.«

»Paulie mou«, – wörtlich ›Mein Paul‹ – »ich hab dich nicht gezwungen mitzukommen.«

»Ich musste, Mom. Du führst irgendwas im Schilde. Das wissen Cass und ich genau.«

»Ach ja?«, fragt Lidia. »Ich wusste gar nicht, dass du neuerdings nicht nur Anwalt bist, sondern auch noch Gedankenleser.«

»Du willst irgendwie Ärger wegen Dita machen.«

»Ärger?« Lidia schnaubt. Mit ihren dreiundsechzig Jahren ist sie ein wenig fülliger geworden, hat sich jedoch ihre würdevolle Ausstrahlung bewahrt, eine groß gewachsene Frau mit feurigen Augen und vollem, grau meliertem Haar, das sie aus der Stirn gekämmt trägt. »Dita macht allein schon genug Ärger. Das gibt sogar Teri zu, und sie ist ihre Nichte. Falls Cass Dita heiratet, spricht euer Vater nie wieder ein Wort mit ihm.«

»Mom, das ist doch bloß griechischer Unsinn. Da kannst du genauso gut an den bösen Blick glauben. Cass und ich machen eure verrückte Fehde mit Zeus nicht mehr mit. Und wir sind fünfundzwanzig. Ihr müsst Cass seine eigenen Entscheidungen treffen lassen.«

»Wer sagt das?«, antwortet Lidia, lacht überraschend leise auf und drückt Pauls Oberarm, um die Stimmung ein wenig zu lockern. Das versteht sie unter Witz, lachend etwas zu sagen, das sie vollkommen ernst meint.

Oben auf dem Hügel ist das Picknick ein einziges Trommelfeuer für die Sinne. Die Harze und Gewürze, die nach dem kurzen Gottesdienst noch in den Räucherschalen glimmen, vermischen sich mit den Düften von vier ganzen Lämmern, die sich an Spießen über Eichenholz drehen. Dazu durchschneidet die frenetische, schrille Musik der Bouzouki-Band die Luft, um die Hunderte von Gästen willkommen zu heißen, die den Rasen bevölkern.

Teri, Zeus' Schwester und Lidias beste Freundin, seit die beiden sieben Jahre alt waren, erwartet sie mit ihrer Vogelscheuchenfrisur aus gelb gefärbtem Haar. Sie umarmt Paul und seine Mutter. Zeus' Sohn Hal steht neben Teri und begrüßt die Gäste. Hal ist inzwischen vierzig, dick, linkisch und übereifrig, einer, der in der mitleiderregend glücklosen Art eines sabbernden Hundes auf andere zugeht. Trotzdem hat Paul noch immer eine Schwäche für Hal. Vor zwanzig Jahren sind Cass und er ihm hinterhergelaufen wie Welpen, damals, als der Streit um die Pacht für den Lebensmittelladen von Pauls Vater die Familien noch nicht entzweit hatte. Hal scheint genau wie Paul gewillt, das alles außen vor zu lassen. Er umarmt Pauls Mutter, die er noch immer »Tante Lidia« nennt, und plaudert beiläufig mit Paul, bis Teri Lidia wegzieht. Eine Schar Freundinnen erwartet die beiden in einem der blauweiß gestreiften Zelte, die als Schattenspender auf dem Rasen aufgebaut wurden. Widerwillig begibt sich Paul in dieses Gedränge von Leuten, die er aus seiner Kindheit kennt und deren traditioneller Lebensweise und massiven Erwartungen er schon immer entkommen wollte.

Kaum hat er ein paar Schritte getan, entdeckt ihn seine Freundin Georgia Lazopoulos und kommt mit ihrem anhimmelnden

Lächeln auf ihn zu. In ihrem blau karierten Sommerkleid wirkt sie klein und kurvig, und sie hat niedliche Grübchen – weshalb sie oft mit Sally Field verglichen wird. Obwohl die zwei schon seit dem Abschlussjahr auf der Highschool ein Paar sind, streifen sich ihre Lippen zur Begrüßung nur ganz leicht. Georgia ist die Tochter von Father Nik, dem Priester von St. Demetrios, und ihr ist klar, dass sie bei Veranstaltungen wie dieser unter Dauerbeobachtung steht.

Sie hat für Paul schon einen Pappteller mit Lamm und Pastitsio vorbereitet, was er beides sehr gern isst. Dankend nimmt er ihn entgegen, entfernt sich dann jedoch kurz von ihr, um nach Cass Ausschau zu halten. Er entdeckt seinen Zwillingsbruder schließlich inmitten einer Gruppe ehemaliger Schulkameraden. Selbst auf dreißig Meter Entfernung kann er Cass' Blick auf sich ziehen, und als es ihm gelingt, deutet er mit einer leichten Kinnbewegung in Richtung des Standorts ihrer Mutter. Sie haben vereinbart aufzupassen und dazwischenzufunken, falls Lidia in Ditas Nähe kommt. Dass sie Ditas Eltern anspricht, ist unwahrscheinlich, da sie mit ihnen schon seit Jahren kein Wort mehr gewechselt hat.

Insgeheim teilt Paul die meisten Bedenken seiner Mutter gegenüber Dita, spürt aber auch Cass' brennendes Bedürfnis nach Unabhängigkeit, und er hat die Wünsche seines Bruders schon immer als gleichbedeutend mit seinen eigenen betrachtet. Trotz des wütenden Widerstands ihrer Eltern scheint Dita mit ihrem spitzen Mundwerk und provozierenden Auftreten Cass weit mehr zu bezaubern als jede andere Frau vor ihr.

Andere Leute – gewöhnliche Leute – können sich nicht vorstellen, wie das ist, aufzuwachsen, ohne genau zu wissen, wo man selbst anfängt und der Bruder aufhört. Für Paul gibt es zwei Kategorien von Menschen: Cass und der ganze übrige Rest. Selbst ihre Mutter, eine titanenhafte Macht, die stets mit der Stärke und dem unbeugsamen Willen einer Marmorsäule über sie wachte, befindet sich nicht in den gleichen Gefilden emotionaler Nähe.

Folglich ist es eines der verblüffendsten Rätsel in Paul Gianis' Leben, wie sich sein Bruder und er im College derart auseinanderentwickeln konnten. Cass ging ständig auf Partys und widersetzte sich offen ihren Eltern. Nach der Highschool studierte Paul Jura, während Cass sich treiben ließ, bis er sich schließlich erfolgreich an der Polizeiakademie von Kindle County bewarb, die er ab kommender Woche besuchen wird.

Als Paul sich wieder zu der Stelle umdreht, wo er Georgia vermutet, stolpert er über die Beine einer Person hinter ihm und befindet sich plötzlich im Fallen. Überrascht schreit er auf und rudert mit den Armen, wobei ihm sein Teller aus der Hand fliegt. Paul landet flach auf dem Rücken, und schon bückt sich die junge Frau, über die er gestolpert ist, zu ihm hinunter und drückt ihm die Arme auf den Rasen.

»Nicht bewegen«, sagt sie. »Bleib kurz liegen, bis du sicher bist, dass dir nichts passiert ist.«

Es ist Sofia Michalis.

»Wo hast du gesteckt?«, sind die ersten Worte, die ihm über die Lippen kommen. Er weiß nicht, ob er damit einfach nur meint, dass er sie seit Jahren nicht gesehen hat oder dass die Zeit sie verwandelt hat. Beides stimmt. Sofia war schon immer selbstbeherrscht und schlagfertig, aber nicht die Sorte Mädchen, von der man angenommen hätte, dass einmal eine so attraktive Frau aus ihr würde. In der Highschool war sie eines von vielen jungen Mädchen, welche die Jungs mit ihrer typischen Grausamkeit als »griechische Tragödie« bezeichneten, was heißen sollte, dass ihre Nase für ihr Gesicht viel zu groß war. Doch sie hatte schon immer diese besondere Ausstrahlung. Und eine Wahnsinnsfigur. Jetzt weiß sie, dass sie etwas Besonderes ist.

Lachend setzt er sich auf, um sich zu inspizieren. Auf dem Ärmel seines braunen Anzugs von Brooks Brothers ist ein Grasfleck, aber Schmerzen hat er nirgends. Er ergreift ihre ausgestreckte Hand, um wieder auf die Beine zu kommen, während sich einige andere, die herbeikamen, um zu helfen, wieder abwenden.

Sofia antwortet auf Pauls Frage, sie sei die letzten sieben Jahre in Boston auf dem College gewesen und habe Medizin studiert. Im Juni hat sie ihren Doktor gemacht und arbeitet jetzt als Assistenzärztin in der hiesigen Uniklinik.

»Fachgebiet?«, fragt Paul.

»Chirurgie«, antwortet sie.

»Menschenskind«, sagt er. Das hätte er nicht gedacht. »Heißt das, du hättest mich notfalls kostenlos genäht?«

»Meine Mutter sagt immer, ich hätte mir das Nähen von ihr beibringen lassen sollen.«

Sofia erkundigt sich, was er so macht. Er bekommt in zwei Monaten seine Zulassung bei der Anwaltskammer von Kindle County und wird als Staatsanwalt unter Raymond Horgan arbeiten.

»Und sonst so?«, fragt Sofia. »Bist du noch immer mit Georgia zusammen?«

»Noch immer mit Georgia zusammen«, antwortet er. Ihre beiden kleinen Schneidezähne schieben sich über die dünne Unterlippe, und ihr schöner Busen scheint sich irgendwie zu heben. Er versteht, was sie denkt: Wann kommst du endlich auf den Trichter? »Sie ist hier irgendwo«, sagt er und gestikuliert ausladend, als wüsste er nicht, dass Georgia garantiert in der Nähe geblieben ist, fast so, als könnte er ihr sonst entwischen.

»Ich muss sie finden«, sagt Sofia. »Und ihr hallo sagen.«

»Das solltest du«, sagt er und hat das Gefühl, Georgia habe den Schwung ihres Gesprächs irgendwie ausgebremst. Sofia wendet sich mit einem knappen Winken ab, und er widersteht der Versuchung, ihr nachzuschauen. Doch ihr Erscheinen wirkt nach. Sofia, spürt er, ist ein Mensch geworden, wie er gern einer wäre, einer, der in der Welt etwas bewirken kann. Es ist ein verstörender Anblick, als er sich kurz darauf umdreht und Sofia im Gespräch mit Georgia sieht, die keinerlei Ambitionen dieser Art hegt. Auf

Father Niks Drängen hin hat Georgia nicht studiert und arbeitet bereits als leitende Kassenbeamtin in einer hiesigen Bank. Paul liebt Georgia. Und wird sie immer lieben. Aber er weiß nicht, ob er sie heiraten will, wovon sie und ihre Familie schon lange ausgehen. Das ist das Problem. Ein Leben mit Georgia wäre gut, aber nicht unbedingt interessant.

Paul merkt, dass er seine Mutter aus den Augen verloren hat, während er diesen Gedanken nachhing, und als er sie endlich entdeckt, sieht er beunruhigt, dass sie mit dem Gastgeber spricht. Aber Lidia mustert Zeus mit versteinerter Miene. Dunkel, mit wallendem Silberhaar und trotz seiner sechsundsechzig Jahre noch immer unwahrscheinlich gut aussehend, gibt sich Zeus in seinem schicken weißen Anzug alle Mühe, angesichts Lidias Frostigkeit vergnügt zu wirken. Paul hätte gedacht, dass Zeus bei seiner allzu offensichtlichen Selbstverliebtheit kein Erfolg in der Politik beschieden sein würde, doch er hat es geschafft, von den Republikanern zum Kandidaten für das Amt des Gouverneurs gekürt zu werden, und die Prognosen sagen ein Kopf-an-Kopf-Rennen für die Wahlen in knapp zwei Monaten voraus. Falls Zeus gewinnt, wird er sein gewaltiges Imperium, das Shoppingcenter im ganzen Land besitzt, vermutlich in Hals Hände legen, der es mit an Sicherheit grenzender Wahrscheinlichkeit an die Wand fahren wird.

Unterdessen bemerkt Paul, dass Zeus' schöne Tochter auf ihn zukommt. Dita schwebt heran und gibt Paul einen feuchten, alkoholgeschwängerten Kuss mitten auf den Mund. Immer wenn er Dita sieht, scheint sie sturzbesoffen zu sein. Paul braucht einen Moment, bis ihm klar wird, dass sie so tut, als könnte sie die Zwillinge nicht unterscheiden – das können noch immer die wenigsten –, und weicht zurück.

»Bist du das, Paul? Ein Glück für mich, dass du nicht mitgespielt hast. Wäre Cass eifersüchtig, oder teilt ihr zwei wirklich alles?« Dita, schwarzhaarig und klassisch schön, mit vollen, symmetrischen Gesichtszügen und unwiderstehlichen dunklen Augen, lacht und drückt ihre Brüste gegen seinen Arm, wodurch sie ihn zwingt, noch einen Schritt zurückzutreten.

Wegen dieser Mätzchen versucht Paul stets, Dita aus dem Weg zu gehen, obwohl er intuitiv weiß, dass sie genau das will, um ihn von Cass zu trennen.

»Dita, ich weiß ja, du hältst dich für witzig, aber an deiner Stelle würde ich mir keine Hoffnung auf einen Gastauftritt in der Carson-Show machen.«

»Ach, Paul«, sagt sie, »du bist viel zu verkrampft. Wenn dir einer ein Stück Kohle in den Hintern schieben würde, käme es als Diamant wieder raus.« Nachdem sie bei diesem kleinen verbalen Schlagabtausch deutlich die Oberhand behalten hat, nimmt Dita sich Zeit für einen prüfenden Blick. »Warum sind alle in deiner Familie gegen mich?«

»Wir sind nicht gegen dich, Dita. Wir sind für Cass.«

»Ach ja, richtig. Cass braucht eine Frau wie Georgia. Faa-de.«

Jemanden so kaltschnäuzig über Georgia reden zu hören ist erstaunlich schmerzhaft, und er muss den Impuls unterdrücken, den Dita so oft bei ihm auslöst, nämlich ihr eine zu knallen. Dita ist clever. Noch etwas, das sie so gefährlich macht. Er wendet sich ab, aber Dita muss noch eine letzte Spitze loswerden.

»Ganz ehrlich«, sagt sie, »ich glaube, ich hätte Cass schon längst abserviert, wenn ich nicht wüsste, dass ihr anderen darüber total begeistert wärt.«

Wenn Paul in späteren Jahren den Tag Revue passieren lässt, der das Leben seiner Familie für immer verändern wird, kann er trotz des zeitlichen Abstands sehen, wie grauenhaft unglücklich Dita mit sich selbst war. Doch in diesem Moment spürt er lediglich, welche Gefahr Dita für seinen Zwillingsbruder darstellt, sowie seine eigene quälende Unfähigkeit, Cass vor ihr zu retten. Paul geht davon, während ihm mit der Wucht und Klarheit eines Trompetenstoßes der Gedanke kommt: Er hasst diese Frau.

2.

Gnadenausschuss – 8. Januar 2008

Evon Miller, fünfzig, Leiterin der Security-Abteilung beim ZP Real Estate Investment Trust, lief mit der ungewöhnlichen Geschwindigkeit einer ehemaligen Athletin durch das Untergeschoss vom Anbau des Regierungsgebäudes, ohne zu wissen, wohin sie musste oder warum sie hier war. Unvermittelt stieß Evon, klein und kräftig gebaut, auf die Nummer des Sitzungssaales, den sie suchte, und blieb abrupt stehen. In einer Plastikhalterung neben der Tür verkündete ein Zettel mit Druckfehler: ANHÖHRUNG GNADENAUSSCHUSS. Sie trat ein und sah ihren Boss, Hal Kronon, Vorstandsvorsitzender von ZP, dessen dringende E-Mail sie hierherbeordert hatte, im Gespräch mit seinem persönlichen Anwalt Mel Tooley und einem anderen Mann im Anzug, den sie nicht kannte.

Evon war zwanzig Jahre Special Agent beim FBI gewesen, bevor sie diesen Job angenommen hatte, und sie hatte gelernt, dass sich die Macht des Staates, über die gelegentlich gesprochen wurde, als wäre sie eine grässliche Krankheit, oftmals vor allem durch den völligen Mangel an Würde auszeichnete, mit dem sie ausgeübt wurde. Der Gnadenausschuss würde seine monatliche Sitzung, in der über die Freiheit von Menschen beratschlagt wurde, in diesem niedrigen, fensterlosen Raum auf metallenen Klappstühlen an zwei billigen Tischen abhalten. Hinter den Tischen hing das Große Staatssiegel, fast einen Meter breit und komplett aus Plastik, leicht schief an der gestreiften Wand. Ein Pult mit Mikrofon stand mittig zwischen dem Ausschuss und zwei weiteren Tischen für die Teilnehmer: der Staat und wer auch immer für den Häftling sprechen würde. Der Beginn der Anhörung, laut Karte an der Tür um vierzehn Uhr, hatte sich offenbar verzögert.

Evons Boss, dunkel und korpulent, das Hemd halb aus der Hose des maßgeschneiderten Anzugs gerutscht und die Krawatte schief, bemerkte sie endlich und zog sie in eine Ecke des Raumes. Auf dem Weg dorthin fragte sie, warum er hier sei. Seine E-Mail hatte keine Erklärung geliefert.

»Ich will, dass Cass Gianis im Gefängnis bleibt«, sagte er. Evon wusste so gut wie nichts über den Mord an Hals Schwester Dita im September 1982. Der Fall war längst kein Gesprächsthema mehr, als sie vor fünfzehn Jahren nach Kindle County zog, und Hal sprach nicht gern darüber. Ihr Wissen beschränkte sich auf das, was kürzlich in den Zeitungen gestanden hatte, dass Cass Gianis, eineiiger Zwillingsbruder von Senator Paul Gianis, der jetzt für das Bürgermeisteramt kandidierte, sich seinerzeit des Mordes an seiner damaligen Freundin Dita schuldig bekannt hatte. »Aber das ist nicht erstrangig.«

»Sondern?«

»YourHouse«, flüsterte er. Hal stand seit Monaten in Verhandlungen, für mehrere hundert Millionen Dollar YourHouse zu kaufen, eine der landesweit größten Baufirmen von Wohnsiedlungen. Er glaubte, nach dem Rückgang der Preise für Einfamilienhäuser hart verhandeln und ZP diversifizieren zu können, wozu man ihm schon seit Jahren riet. »Wir haben bei unserer Risikoprüfung was übersehen. In Indianapolis. Könnte sein, dass der Boden am dortigen Standort teilweise verseucht ist. Wir brauchen Umweltprüfer. Sofort.«

Evon wusste nicht mal, ob es so was gab. Und da sie Hal kannte, fürchtete sie vor allem, Hirngespinsten nachzujagen.

»Woher wissen Sie das?«, fragte sie.

Hal sprach leise weiter, bewegte kaum die Lippen.

»Tim hat Dykstra und die übrigen YourHouse-Leute beschattet, seit sie gestern hier gelandet sind.«

»Meine Güte, Hal.« ZP zahlte Tim Brodie, einem älteren ehemaligen Detective des Morddezernats, seit Jahrzehnten ein Pauschalhonorar dafür, dass er gelegentlich als Privatdetektiv für Hal tätig wurde. Evon hielt nicht viel von Privatdetektiven. Die meisten waren bloß Möchtegerndetektive oder abgehalfterte Polizisten, die nicht wussten, wie weit sie gehen durften, und die Firma dadurch möglicherweise in Schwierigkeiten brachten. Brodie auf seine Verhandlungsgegner anzusetzen, war typisch für Hals unüberlegte und riskante Verrücktheiten.

»Beauftragen Sie jemanden damit«, sagte er zu Evon, »aber bleiben Sie in der Nähe. Vielleicht brauch ich hier noch Ihre Hilfe.«

Seit dem Tod seines Vaters Zeus vor zwanzig Jahren leitete Hal Kronon ZP allein und schien als Boss permanent unter Hochspannung zu stehen. Er konnte abwechselnd herrisch, aufgebracht oder unterwürfig sein, dabei immer laut und rechthaberisch. In jeder Stimmung verlangte Hal von seinen Angestellten die sofortige Erfüllung seiner Wünsche. Deshalb war Evon oft erstaunt, wie sehr er ihr in den drei Jahren, die sie nun schon bei ZP arbeitete, ans Herz gewachsen war. Zum einen war er ungemein großzügig und hatte sie sehr viel reicher gemacht, als sich das ein Mädchen aus Kaskia, Colorado, je hätte träumen lassen. Aber vor allem mochte sie Hal, weil er so kläglich war, wenn er ihre Hilfe brauchte, und hinterher so überschwänglich dankbar. Hal war ein Mann, der viele Frauen brauchte, die sich um ihn kümmerten, besonders jetzt, wo seine Mutter Hermione gestorben war. Da war Hals Frau Mina, lustig, resolut und ebenso pummelig wie ihr Mann, und die alte Tante Teri, die Schwester seines Vaters, die allen ein wenig Angst machte. Beruflich war Evon eine von Hals wichtigsten Vertrauten geworden, die ihm oftmals stundenlang nickend zuhörte und behutsam versuchte, ihn vor sich selbst zu retten.

Sie ging hinaus auf den Flur, um ihren Assistenten anzurufen, der für Indiana zuständig war, und wies ihn an, nach Indianapolis zu fahren und jemanden aufzutreiben, der den Standort auf eine mögliche Umweltkontamination untersuchen konnte. Als sie wieder in den Raum kam, erfuhr sie von Mel Tooley, Hals Anwalt, dass die Anhörung erneut verschoben worden war, weil Cass' Anwalt noch immer unterwegs war. Ihr Boss war nach draußen gegangen, um einige Telefonate zu führen. Mel hatte sich in eine der drei Klappstuhlreihen gesetzt, die für Zuschauer aufgestellt worden waren, um einen Blick in seinen Palmtop zu werfen, und Evon ließ sich neben ihm nieder. Als FBI-Agentin hatte Evon Mel nur vom Hörensagen gekannt. Er hatte den Ruf, ein typischer schmieriger Vertreter der Anwaltszunft zu sein, clever, aber im Grunde unlauter. Durch Hal hatte sie Mels bessere Seite kennengelernt, dennoch stand sie ihm noch immer skeptisch gegenüber. Zum einen gab er eine lächerliche Figur ab in seinen Anzügen, die für seinen massigen Körper zu eng waren, und mit dem zotteligen Toupet, das er sich anscheinend zugelegt hatte, als Tom Jones ein Topstar war. Der schwarze Lockenwust, der sich auf seinem Kopf türmte, sah aus wie das Zeug, das er vermutlich vom Boden auffegte, wenn er seinen Pudel zum Hundefriseur brachte.

Sie bat Mel, ihr genauer zu erläutern, was an diesem Nachmittag passieren sollte. Mel verdrehte gequält die Augen.

»Ach, Hal hat sich mal wieder was in den Kopf gesetzt«, sagte er. Dann erklärte er, dass die Angehörigen eines Mordopfers das Recht hatten, eine Anhörung zu verlangen, bevor ein verurteilter Mörder auf freien Fuß gesetzt wurde. Es gab jedoch keinen vernünftigen Grund, Cass Gianis länger in Haft zu halten. Bis auf sechs Monate hatte er die fünfundzwanzigjährige Freiheitsstrafe abgesessen, zu der er verurteilt worden war, nachdem er sich schuldig bekannt hatte. Man hätte ihn nur dann weiter hinter Schloss und Riegel halten können, wenn er sich einen schwerwiegenden Verstoß gegen die Gefängnisordnung geleistet hätte. Stattdessen war Gianis ein Bilderbuchhäftling gewesen.

»Hier«, sagte Mel, »schauen Sie mal seine Akte durch, ob ich irgendwas übersehen habe.« Mel reichte ihr eine dicke Mappe und ging, um selbst zu telefonieren, während Evon sitzen blieb und die Seiten durchblätterte. Offenbar war Cass im Gegenzug für sein ursprüngliches Schuldbekenntnis die Unterbringung in einem Gefängnis mit gelockertem Strafvollzug zugesichert worden, was einem Mörder selten bewilligt wurde und worüber wahrscheinlich hart verhandelt worden war. Folglich hatte er über zwei Jahrzehnte in der Haftanstalt Hillcrest eingesessen, rund fünfundsiebzig Meilen von den Tri-Cities entfernt, und sogar Verlegungen in neuere Gefängnisse abgelehnt, wo er eine Einzelzelle hätte haben können. Wie aus den Formularen hervorging, die er ausgefüllt hatte, war ihm Hillcrest trotz der veralteten Gebäude lieber, da für seine Familie leichter erreichbar, besonders für seinen Zwillingsbruder, der ihn fast jeden Sonntag besuchte. Tooley hatte sich per richterlichem Beschluss alles und jedes beschafft, was je in Hillcrest Eingang in Cass' Akte gefunden hatte, angefangen mit einem Foto von ihm bei Haftantritt im Juli 1983 und den dabei abgenommenen Fingerabdrücken bis hin zum jüngsten Statusbericht seines Betreuers. Wie Mel gesagt hatte, lieferte die dicke Akte insgesamt den Eindruck, dass da jemand das seltene Kunststück fertiggebracht hatte, nicht nur bei der Gefängnisleitung und den Wärtern beliebt zu sein, sondern auch bei den Mithäftlingen, denen Cass Beratung in juristischen Fragen angeboten hatte sowie Nachhilfeunterricht, falls jemand den Highschool-Abschluss nachholen wollte. Erst kürzlich hatte Gianis ein Fernstudium für eine spätere Tätigkeit als Lehrer absolviert. In einer Umgebung, in der disziplinarische Verstöße an der Tagesordnung waren – Schlägereien um die Fernbedienung, Obst, das aus der Kantine geklaut wurde und mit ein bisschen Brot zu hochprozentigem Fusel fermentiert werden konnte, von Angehörigen reingeschmuggelte Joints – wies Cass' Akte bloß ein paar wenige »Vermerke« auf, Tadel für Bagatelldelikte wie Lesen nach Beginn der Nachtruhe.

An der Tür tat sich was. Paul Gianis, so gut aussehend wie im Fernsehen, kam herein, gefolgt von zwei geschniegelten jungen Untergebenen, einer Schwarzen und einem Weißen, Wahlkampfmitarbeiter, vermutete Evon. Bürgermeisterwahl hin oder her, Paul hatte offenbar vor, erneut die Rolle einzunehmen, die er von Anfang an gespielt hatte: als einer der Anwälte seines Bruders. Er hängte seinen grauen Wollmantel über einen Metallstuhl und warf eine abgegriffene Aktentasche auf den Tisch, der für die Vertreter des Häftlings gedacht war.

Es hatte mal eine Zeit gegeben, vor fünfzehn Jahren, da hätte Evon behauptet, Paul Gianis einigermaßen gut zu kennen, obwohl ihr klar war, dass er sie heute vielleicht nicht mal wiedererkannte. Damals war sie hierherversetzt worden, um am Projekt Petros mitzuarbeiten, einer verdeckten Ermittlung des FBI zur Bekämpfung der Korruption an den Gerichten, wo Schadenersatzansprüche verhandelt wurden. Paul war der Ausnahmeanwalt in Kindle County, der als Erster den Mumm hatte, sich dem Erpressungsversuch eines bekannten Richter zu widersetzen, und dann noch größeren Mut bewies, als er sich auf Evons Bitte hin bereit erklärte, als Zeuge vor Gericht auszusagen, nachdem der betreffende Richter wegen der Sache angeklagt worden war. Danach hatte die allgemeine Bewunderung für Paul, vor allem seitens der Presse, ihn in eine politische Karriere katapultiert, die ihn zum Mehrheitsführer im Senat des Staates gemacht hatte. Jetzt kandidierte er für den Posten des Bürgermeisters, und sein bekannter Name sowie die großzügige Unterstützung der Anwaltskammer und einiger Gewerkschaften hatten bewirkt, dass er in ersten Umfragen weit vorn lag.

Evon nickte, als Paul schließlich einen zerstreuten Blick in ihre Richtung warf. Zunächst schien er nichts zu registrieren, doch dann schaute er sie erneut an und strahlte.

»Mein Gott, Evon, Sie sind das.« Er kam prompt quer durch den Raum auf sie zu, um ihr die Hand zu schütteln, und plauderte dann mit ihr, klimperte im Stehen mit Schlüsseln und Kleingeld in seiner Tasche und beantwortete ihre Fragen nach seiner Familie. Pauls Frau, Sofia Michalis, war selbst prominent, eine plastische Chirurgin, die es zweimal in die landesweiten Nachrichten gebracht hatte, weil sie Ärzteteams mobilisiert hatte, um im Irak Opfer von Sprengstoffattentaten zu behandeln. Ihre zwei Söhne gingen beide aufs Easton College, sagte er.

»Und was ist mit Ihnen?«, fragte er. »Ich hab gehört, Sie arbeiten jetzt für Hal. Wie läuft das denn so?« Seine Mundwinkel zuckten. Paul wusste offenbar um Hals Ruf als Choleriker.

»Er ist kein übler Bursche. Bellt, aber beißt nicht.«

»Hey«, sagte er. »Ich kenne Hal schon mein ganzes Leben.«

Evon stutzte. Das hörte sie zum ersten Mal.

»Unsere Familien waren früher unzertrennlich«, erklärte Paul. »Seine Tante Teri war die beste Freundin meiner Mutter und ihre *koumbara,* ihre Trauzeugin, bei der Hochzeit meiner Eltern. In unserer Kirche hieß das, dass sie auch die Patin meiner ältesten Schwester wurde, die *nouna,* und das ist für Griechen eine große Sache. Teri war bei jedem Familienfest dabei – Ostern und Weihnachten und Namenstage –, und Hal war ihr Liebling, also brachte sie ihn mit. My Big Fat Greek Family.« Er schmunzelte über sein lahmes Witzchen. »Irgendwann kriegten mein Dad und Hals Dad sich wegen der Pacht für den Lebensmittelladen meines Dads unversöhnlich in die Wolle, aber davor hat Hal sogar auf Cass und mich aufgepasst.« Er zeigte wieder ein breites, offenes Grinsen, einnehmend, weil es ihn kurz arglos wirken ließ. »Natürlich kann er mich jetzt nicht mehr ausstehen.«

Selbst wenn man den Mord an Dita beiseiteließ – und wie war

das möglich? –, hasste Hal alle liberalen Politiker, die, wie er einem gern erklärte, fast ausnahmslos sinnlose staatliche Leistungen dadurch finanzieren wollten, dass sie die Vermögenssteuer anhoben, was Unternehmen aus der Stadt treiben, Arbeitsplätze vernichten und vor allem die Mieter der drei großen ZP-Shoppingcenter in Kindle County verjagen würde. Evon neigte dazu, ihm recht zu geben. Sie hatte ihr Leben lang die Republikaner gewählt, bis 2004, als sie sich von ihnen ausgeschlossen fühlte, weil sie versuchten, die gleichgeschlechtliche Ehe auf eine Stufe mit Lepra zu stellen.

»Wie läuft Ihr Wahlkampf?«, fragte sie.

»Alle sagen, bestens«, antwortete er erneut mit diesem breiten Lächeln. Er war ein gut aussehender Mann, sportlich, mit vollem schwarzem Haar, das bis auf die vereinzelten Silbersträhnen darin glänzte wie das Gefieder eines Raben. Die Zeit hatte sein längliches Gesicht fülliger werden lassen, was immer nur bei Männern gut aussah, die dadurch klüger und edler wirkten und somit besser geeignet für Machtpositionen waren. Bei Frauen wirkte es bloß alt. »Kann ich mit Ihrer Stimme rechnen?«

Wahrscheinlich hätte sie Ja gesagt, selbst wenn er nicht bloß im Scherz gefragt hätte, doch Paul wurde unterbrochen, weil Cass' Hauptanwalt Sandy Stern hereinkam, der laut der Gefängnisakte Cass' Verteidiger gewesen war, als er sich schuldig bekannte. Rund und kahlköpfig, mit einem rätselhaft eleganten Auftreten, war Stern der lebende Beweis dafür, dass es von Vorteil war, in jungen Jahren schon mittelalt auszusehen. Die fünfzehn Jahre, seit er Evon erstmals in einem der Petros-Fälle ins Kreuzverhör genommen hatte, waren fast spurlos an ihm vorübergegangen. Stern begrüßte Paul und schüttelte auch Evon mit einer leichten Verbeugung die Hand, obwohl sie nicht sicher war, ob er sich wirklich an sie erinnerte.

Dann trat eine magere Gerichtsschreiberin aus dem Hinterzimmer, um zu verkünden, dass der Ausschuss jetzt bereit sei, und

Evon ging auf den Flur, um Tooley und Hal zu holen. Als sie wieder in den Sitzungssaal traten, wurde Cass Gianis gerade von einem Deputy durch eine Seitentür hereingeführt. Er bewegte sich mit Trippelschritten, weil er Fuß- und Handschellen trug, beides mit einer Eisenkette verbunden, die sich um die Taille seines blauen Overalls wand. Paul fragte den Deputy um Erlaubnis, ehe er seinen Bruder umarmte.

Die Gianis-Brüder waren unverkennbar eineiige Zwillinge, aber als Evon sie jetzt nebeneinander sah, stellte sie fest, dass die beiden nicht als exakte Kopien gealtert waren, genau wie die Schwestern Sherrell, mit denen sie damals in Kaskia befreundet gewesen war. Cass war ein klein wenig größer und etwas breiter. Der auffälligste Unterschied war, dass Paul sich vor Jahren mal die Nase gebrochen hatte. Dazu kursierte eine lustige Geschichte, die in jeder Kurzbiografie über ihn erschien, denn als sie 1983 in den Flitterwochen waren, hatte seine Frau Sofia ihn versehentlich mit einem Tennisschläger erwischt, als er versuchte, ihr das Spiel beizubringen. Angeblich hatte sein Vater bei ihrer Rückkehr einen Blick auf den Verband geworfen und gesagt: »Ich hab dir doch gesagt, du sollst keine Widerworte geben.« Paul hatte einen leicht violetten Höcker auf der Nase zurückbehalten, der ein bisschen aussah wie ein Knöchel. Beide Brüder trugen Brille, Cass ein simples Gefängnismodell mit durchsichtigem Plastikgestell, Paul ein schwarzes, mit modisch eckigen Gläsern. Dem Vernehmen nach hatte Paul aufgehört, Kontaktlinsen zu tragen, um seine gebrochene Nase zu verbergen, aber für Evon machte die Brille den Unterschied im Profil der beiden nur noch deutlicher. Ansonsten war die Ähnlichkeit frappierend, nur dass Cass sein volles Haar, das er aufgrund der lockeren Haftbedingungen etwas länger wachsen lassen durfte, mit Linksscheitel trug, während Paul es genau umgekehrt kämmte.

Die fünf Mitglieder des Ausschusses kamen im Gänsemarsch durch die hintere Tür, vier Männer und eine Frau, eine bunte ethnische Mischung wie ein UN-Plakat. Evon hatte keine Ahnung, wer die Leute waren. Bestimmt standen sie alle auf gutem Fuß mit dem Gouverneur, einem Republikaner, und sympathisierten deshalb eher mit Hal, der die Aktionen der Republikanischen Partei in Kindle County größtenteils allein finanzierte.

Der Vorsitzende, ein bekümmert aussehender Mann namens Perfectus Elder stellte eine Reihe von Fällen vor, und der stellvertretende Generalstaatsanwalt, ein hagerer Mann namens Logan, mit dem Hal und Tooley gesprochen hatten, als Evon hereinkam, gab ein paar routinemäßige Kommentare von sich. Während dieses Vorgangs wurde eine alte Dame im Rollstuhl von ihrer zierlichen philippinischen Pflegerin hereingerollt. Die Frau brabbelte irgendwas vor sich hin, und die Pflegerin ermahnte sie leise, als spräche sie mit einem kleinen Kind. Das weiße Haar der alten Frau war unordentlich und schütter, wie Pappelsamen, aber sie war gepflegt gekleidet und hatte sich trotz Alter und Krankheit einen Ausdruck von Entschlossenheit bewahrt. Paul wandte sich von seinem Bruder ab, um sie zu begrüßen, und die Verzweiflung, mit der sie ihn umarmte, verriet Evon, dass die alte Dame die Mutter der Zwillinge war.

»Klar, er will auf die Tränendrüse drücken«, murmelte Hal prompt und so laut, dass der Ausschuss die Bemerkung hören musste. Unter dem Tisch packte Tooley Hals Hand. Evon war schon oft genug in solchen Anhörungen gewesen, um Hals Verdacht zu teilen. Stern und Paul, ein gewiefter Prozessanwalt, der nach seinem Weggang aus der Staatsanwaltschaft im Rechtsstreit der Tabakindustrie einen Haufen Geld verdient hatte, benutzten die Mutter als lebenden Beweis dafür, dass Cass möglichst bald freigelassen werden sollte, weil die Zeit drängte. Unterdessen wartete Paul erneut ab, bis der Deputy sein Einverständnis gab, ehe er Cass zunickte, der sich daraufhin umdrehte und ihre Mutter umarmte. Sie wurde zu einem schluchzenden Häufchen Elend, als sie den Sitzungssaal kurzzeitig mit ihrem Gewimmer erfüllte.

Evon begriff, dass die alte Dame ihre Söhne vielleicht schon seit Jahren nicht mehr zusammen gesehen hatte. Vorsitzender Elder verzog leicht das Gesicht und rief dann den Fall auf, für den sich offensichtlich alle hier versammelt hatten.

»In der Sache Cassian Gianis, Nummer 54669, Widerspruch von Herakles Kronon.« Elder verhunzte Hals Namen hoffnungslos, nicht bloß den Vornamen, der oft falsch ausgesprochen wurde, sondern auch den Nachnamen, der sich anhörte, als wäre Hal ein Ire namens Cronin.

Mel trat auf der einen Seite ans Pult und Stern und Paul auf der anderen. Sie nannten ihre Namen fürs Protokoll, eine Bandaufnahme mit dem Gerät, das von einer schlanken jungen Frau am Ende des Tisches bedient wurde. Etliche Reporter hatten sich auf den letzten Drücker hereingeschlichen und setzten sich nun zu Evon und den beiden Mitarbeitern von Paul in die erste Reihe. Anscheinend hatte sich herumgesprochen, dass Paul Gianis im Haus war, denn auch die zweite und dritte Reihe hatten sich mit Zuschauern gefüllt.

»Mr Gianis' Freilassung ist für den 13. Januar vorgesehen«, sagte Elder, »Und Mr Kronon hat dagegen Widerspruch eingelegt. Mr Tooley, wie sollen wir verfahren?«

»Mein Mandant möchte sich gern selbst an den Ausschuss wenden«, sagte Mel und trat beiseite, um Hal seinen Platz zu überlassen. Tooley ließ dem wilden Pferd freien Lauf, wollte aber möglichst nicht mit Schlamm bespritzt werden, wenn es losgaloppierte. Mit Ausnahme von Hal akzeptierten alle, dass Paul Gianis' Wahlsieg unvermeidlich war.

Hal stand auf, und wirkte, wie Evon nicht anders erwartet hatte, unbeholfen. Er hatte vergessen, seinen Hemdkragen wieder zuzuknöpfen, die Krawatte hing schief, und er wusste nicht, wohin mit seinen Händen, bis er sie schließlich vor sich faltete. Ihr Boss war selbst in seinen besten Momenten keine angenehme körperliche Erscheinung. Er hatte einen dicken Hängebauch und ein seltsam eidechsenartiges Gesicht mit Glupschaugen, Doppelkinn, eine dicke Hornbrille und eine platte Nase. Sein Haupthaar hatte sich bis auf ein paar schwer zu bändigende Restbestände verabschiedet.

Er dankte den Ausschussmitgliedern und hielt dann einen freien Monolog über Ditas Tod. Obgleich Hal meistens die stürmischen Emotionen mied, die erwachten, wenn er über den Mord an seiner Schwester sprach, war sie in seinen Gedanken immer präsent. An einer Wand in Hals Büro befand sich ein kleiner Altar für Dita mit einem Foto von ihr als Angehörige der Studentinnenvereinigung Kappa Kappa Gamma an der Uni. Sie war apart und dunkel gewesen, mit riesigen Augen und einem breiten, ironischen Lächeln.

Nachdem Hal ein paar Minuten geredet hatte, war er in Tränen aufgelöst und sprach größtenteils unverständlich. Nur eines ging aus seinen Worten deutlich hervor: Da Hal noch immer litt, schien es falsch, Cass Gianis in die Freiheit zu entlassen.

Während Hal sprach, war gelegentlich wirres Gemurmel von der Mutter der Zwillinge auf der anderen Seite des Raumes zu hören, obwohl ihre Pflegerin beharrlich versuchte, sie zum Schweigen zu bringen. Am Tisch gegenüber verzogen Paul und Cass während Hals gesamtem Vortrag respektvoll keine Miene.

Als Hal schließlich wieder Platz nahm, stand Stern auf und schloss zunächst sorgfältig den mittleren Knopf seines Jacketts. Noch immer sprach er mit dem schwachen Akzent seines Geburtslandes Argentinien.

»Niemand wünscht sich mehr als Cass und seine Mutter und sein Bruder hier an seiner Seite, dass die Ereignisse jener Nacht vor fünfundzwanzig Jahren ungeschehen gemacht werden könnten. Sie haben schreckliches Leid über ihre Familie gebracht, und dennoch wissen sie, dass ihr eigener Verlust neben dem der Familie Kronon klein ist. Aber Cass hat den Preis bezahlt, den das Gesetz für ihn festgesetzt hat, ein Strafmaß, mit dem die Kronons seinerzeit einverstanden waren. Das Protokoll –«

Hal konnte sich nicht mehr beherrschen und sprang auf. »Mein Vater und meine Mutter haben sich damit abgefunden. Ich hab mich nie damit abgefunden.«

Vorsitzender Elder blickte nach diesem Ausbruch noch bekümmerter drein. Er sah sich vergeblich nach einem Richterhammer um und schlug schließlich mit der flachen Hand auf den Tisch, während Tooley Hal wieder zurück auf seinen Platz bugsierte. Ein Raunen ging durch die Zuschauer. Falls Hal hoffte, die öffentliche Meinung auf seine Seite zu ziehen, hatte er sich getäuscht. Er machte sich bloß zum Narren.

Elder nickte Stern zu, der noch ein paar Schlusssätze sprach. Als er fertig war, beugte sich Elder nach links und beratschlagte mit seinen Kollegen. Es war ungewöhnlich, dass Leute mit Rang und Namen zu diesen Anhörungen kamen. Nur gelegentlich suchten profilsüchtige Staatsanwälte, zumeist solche, die wiedergewählt werden wollten, den großen Auftritt und machten sich gegen die Freilassung eines besonders gefürchteten Häftlings stark. Doch das war wohl kalkuliertes Theater. Dass einflussreiche Außenstehende wie Paul und Hal sich vor dem Ausschuss in die Haare gerieten, war unangenehm, vor allem wenn Reporter anwesend waren. Elder wollte das Ganze offensichtlich möglichst schnell über die Bühne bringen.

»Der Entlassungstermin bleibt unverändert«, sagte Elder. Der Ausschuss verschwand durch die hintere Tür wie Flüssigkeit durch einen Trichter.

Evon sah, wie Paul Gianis seinen Bruder umarmte. Der Deputy hielt Cass am Ärmel seines blauen Overalls fest, erlaubte ihm aber, auch noch kurz seine Mutter zu umarmen, ehe er ihn aus dem Raum führte. Die Reporter umringten Paul.

Stern schüttelte Tooley die Hand und ging als Erster. Hal marschierte nach draußen, mit Evon und Mel als Trauergefolge.

»Das nenn ich gegen eine Wand reden«, sagte Hal auf dem Flur. Eine Sekunde später schwang die Tür des Sitzungssaals auf, und die Pflegerin mühte sich ab, Mrs Gianis' Rollstuhl über die Schwelle zu manövrieren. Hal, auf seine Art durchaus ein Gentleman, eilte ihr zu Hilfe. Wie zum Beweis dafür, dass man nie wusste, woran man bei Hal war, kniete er sich neben die alte Dame, sobald sie draußen war, und sprach sie liebevoll an, als hätte er ihren Sohn nicht gerade eben als eine Ausgeburt Satans hingestellt.

»Tante Lidia«, sagte er. Er legte eine Hand auf ihren Unterarm, dessen braune Haut mit Altersflecken marmoriert war, durchzogen von einem dünnen weißen Streifen, der wie eine alte Brandwunde glänzte. Evon musste daran denken, wie sich die Haut ihrer eigenen Mutter verschlechtert hatte, als sie im Sterben lag. Dünn wie Papier war sie geworden, als hätte man sie mit den Fingern zerreißen können. »Tante Lidia, ich bin's, Hal Kronon. Der Sohn von Zeus und Hermione. Ich freu mich sehr, dich zu sehen.« Er lächelte sie an, während die Greisin ihn verständnislos anblickte. Ihre Augen waren im Alter wässrig geworden und wimpernlos. Um ihr auf die Sprünge zu helfen, wechselte Hal ins Griechische. Das einzige Wort, das Evon verstand, war Hals Vorname, als er ihn wiederholte. Aber auch Mrs Gianis bekam ihn mit.

»Herakles!«, rief die alte Dame. Sie nickte mehrmals. »Herakles«, wiederholte sie und hob dann mit bemerkenswerter Zärtlichkeit eine Hand an seine Wange. Wieder wurde die Tür aufgestoßen, und diesmal kam Paul heraus, gefolgt von drei Reportern und seinen beiden jungen Mitarbeitern. Hal stand auf, die Augen wieder feucht, sein überbeanspruchtes Taschentuch ins Gesicht gedrückt. Paul musterte kurz die Szene und wandte sich dann an die Pflegerin.

»Nelda, ich denke, Sie sollten Mom nach oben bringen. Im Heim warten sie schon.« Mrs Gianis wiederholte noch immer »Herakles«, als die Pflegerin sie davonschob. Paul wandte sich mit einem schwer zu deutenden Gesichtsausdruck wieder Hal zu, irgendwas zwischen Bitterkeit und Verwunderung, die Lippen fest zusammengepresst.

»Du brauchst gar nicht so böse zu gucken, Paul«, sagte Hal. »Deine Mutter war immer nett zu mir. *Sie* hat keinen Mord begangen. Was sich von dir nicht behaupten lässt.«

Beim letzten Satz klappte Paul tatsächlich der Unterkiefer herunter, und er machte einen Schritt zurück.

»Menschenskind, Hal.«

»Von wegen, ›Menschenskind‹. Du bist ungeschoren davongekommen, aber ich weiß, dass du was mit dem Mord an Dita zu tun hattest. Ich hab's immer gewusst.«

Die drei Reporter hatten ihre Spiralblöcke gezückt und schrieben hektisch mit. Pauls Stirn legte sich in Falten. Er hatte das öffentliche Image, immer und überall beherrscht zu bleiben, und das würde er nicht aufs Spiel setzen, ganz gleich, wie groß die Provokation war. Er starrte Hal nur einen Moment länger an.

»Das ist Unsinn, Hal. Du bist aufgewühlt.« Er winkte den zwei jungen Leuten, die ihn begleitet hatten, und warf seinen Mantel über, während er mit eiligen Schritten den Flur hinunter verschwand.

Sofort drängten sich die Reporter um Hal. Maria Sonreia von Channel 4, die ihr dickes Kamera-Make-up trug, mit Augenbrauen so formvollendet, als wären sie aufgeklebt, fragte Hal mehrfach: »Inwieweit glauben Sie, dass Senator Gianis an der Ermordung Ihrer Schwester beteiligt war?«

Tooley, dem es ebenso wie Evon zunächst die Sprache verschlagen hatte, schaltete sich endlich ein. Er packte Hal am Arm und zog ihn weg.

»Im Moment haben wir nichts zu sagen«, sagte Mel. »Möglicherweise geben wir morgen eine Stellungnahme ab.«

Auf dem Weg zum Aufzug rief Evon Hals Fahrer an, und als sie auf die Straße traten, wartete dort schon der Bentley, in dessen karamellfarbenen Ledersitzen sie sich immer vorkam wie in einem

Schmuckkästchen. Delman, der Fahrer, hielt die Tür auf und lächelte freundlich, als eine Verkehrspolizistin in Signalweste mit ihrem Leuchtstab fuchtelte und ihn aufforderte, den Wagen wegzufahren. Auf Hals Anweisung hin stieg Evon mit ein. Delman würde Hal am Büro absetzen und dann Evon zurück zu ihrem Auto bringen.

»Verdammt, Hal, was sollte das denn?«, wollte Tooley wissen, sobald sie losfuhren. Mel war Hals Freund aus Kindertagen. Zu den vielen Mythen, die Hal über sich selbst verbreitete, zählte auch der, dass er ein »Stadtkind« war, aufgewachsen in einem Bungalow in Kewahnee und nicht in der Landvilla in Greenwood, in die sie gezogen waren, als Hal in die Oberstufe kam. Er hatte nichts übrig für die gut betuchten Vorstädter, mit denen er auf die Highschool und dann aufs College gegangen war und in deren Gesellschaft jetzt seine Kinder aufwuchsen. Er zog ein paar Freunde aus der Grundschule vor, wie zum Beispiel Mel, obwohl der ihm, ehrlich gesagt, damals wahrscheinlich genau wie alle anderen die kalte Schulter gezeigt hatte. Tooley neigte dazu, sehr gestelzt zu sprechen, konnte in der richtigen Stimmung aber auch Tacheles reden.

»Du weißt, dass du morgen auf sämtlichen Titelseiten bist«, sagte Mel.

»Natürlich«, sagte Hal. Man durfte nie vergessen, dass Hal trotz des emotionalen Magmas, das häufig aus ihm herausbrach, ziemlich durchtrieben sein konnte.

»Es hat wohl keinen Zweck, dich dazu überreden zu wollen, dass du heute Nachmittag eine öffentliche Stellungnahme herausgibst, in der du deine Äußerung von vorhin zurücknimmst, oder doch? Wenn wir nämlich schnell was verlauten lassen, verklagt Paul dich vielleicht nicht wegen Rufschädigung.«

»Rufschädigung?«

»Hal, er kandidiert für das Amt des Bürgermeisters. Du hast ihn gerade praktisch einen Mörder genannt. Er wird dich wegen übler Nachrede verklagen. Das kann er nicht einfach auf sich beruhen lassen.«

Hal, in seinen Mantel gemummelt und die Arme vor der Brust verschränkt, erinnerte ein wenig an einen Vogel in der Mauser.

»Ich nehme gar nichts zurück.« Der Besitz von einer Milliarde Dollar hatte eine seltsame Wirkung auf Menschen, wie Evon festgestellt hatte. In Hals Fall machte es ihn häufig zu einem Kleinkind. »Soll er mich doch verklagen. Hab ich nicht das Recht, meine Meinung über jemanden zu äußern, der Bürgermeister werden will?«

»Hal, auch bei einer Person des öffentlichen Lebens verbietet es das Gesetz, Anschuldigungen zu erheben, die eine böswillige Missachtung der Wahrheit erkennen lassen.«

»Aber es ist wahr. Lass es dir gesagt sein. Die Zwillinge stecken da gemeinsam mit drin. Ich kenne die beiden schon ihr ganzes Leben. Ausgeschlossen, dass einer von ihnen so etwas getan hat, ohne dass der andere dabei mitgemacht hat.«

Tooley schüttelte den Kopf.

»Hal, alter Junge, ich hab den Fall für dich jahrelang genau verfolgt. Es gab nicht eine einzige Aussage, die Paul irgendwie belastet hätte. Und der Zeitpunkt für diese Anschuldigung ist einfach absurd. Nach fünfundzwanzig Jahren machst du plötzlich den Mund auf und beschuldigst ihn, der Komplize seines Bruders gewesen zu sein, gerade als Paul kurz davor ist, Bürgermeister zu werden, und du der größte Geldgeber der Gegenseite bist?«

Hal ließ sich das alles mit mürrischer Miene durch den Kopf gehen, während seine Augen hinter den dicken Brillengläsern hin- und herhuschten wie in die Enge getriebene Mäuse.

»Der Kerl geht mir auf den Sack.«

Evon war nicht imstande, das Netz aus Familienfeindschaften vollständig zu erfassen, das hier im Spiel war. Doch zumindest ein Teil von Hals Wut war nachvollziehbar. Ditas Ermordung hatte die politische Karriere seines Vaters beendet. Wenige Tage nach dem Tod seiner Tochter hatte Zeus die Gouverneurskandidatur zurückgezogen. Und nun war Paul auf dem besten Wege, den Olymp zu besteigen, wobei die Zeitungen jetzt schon spekulierten, falls er Bürgermeister würde, wäre der Gouverneurssessel wahrscheinlich die nächste Station.

»Ich hab immer gedacht, dass er irgendwas damit zu tun hatte«, sagte Hal. »Meine Eltern wollten das nie hören. Alle beide nicht. Mein Vater sagte immer bloß: ›Das ist für die Gianis genauso eine große Tragödie wie für uns‹, und meine Mutter wollte einfach nie über die Sache reden, besonders nicht nach Dads Tod. Und ich hab ihnen zuliebe den Mund gehalten. Aber jetzt sind beide tot, und ich kann sagen, was ich denke. Ich glaube, ich werde sogar Fernsehspots schalten.« Hal nickte entschlossen. Evon schwante allmählich, dass Hals Äußerungen vorhin auf dem Flur oder auch jetzt alles andere als spontan waren. Er hatte sich bereits bei seiner Ankunft heute überlegt, eine Szene zu machen, und deren Auswirkungen einkalkuliert.

»Damit zwingst du ihn lediglich, vor Gericht zu gehen«, sagte Tooley. »Wenn du das machst, mein Freund, brauchst du irgendwelche Beweise.«

»Die wird Evon schon finden.«

»Ich?« Sie konnte sich nicht beherrschen. Aber sie hatte nun schon drei Jahre damit verbracht, Hal aus den Löchern zu retten, die er sich selbst gegraben hatte.

»Rufen Sie Tim an«, sagte Hal.

»Tim?«, fragte Evon. Hal meinte den Privatdetektiv, der am Vortag Corus Dykstra von YourHouse beschattet hatte.

»Tim kennt sich mit dem Fall aus«, sagte Hal. »Der hat auch nie geglaubt, dass die ganze Wahrheit ans Licht gekommen ist. Ich wette, er hat schon längst jede Menge Informationen über Paul.«

Sie waren am ZP-Gebäude angekommen, und Hal, auf den eine Besprechung wegen des Kaufs von YourHouse wartete, sprang aus dem Wagen, um zu seinem Büro im vierzigsten Stock zu fahren. Doch dann beugte er sich noch mal kurz ins Wageninnere und drückte ihr einen Zettel in die Hand.

»Das ist Tims Handynummer. Rufen Sie ihn an. Er wird Ihnen helfen.«

3.

Horgan – 10. Januar 2008

Raymond Horgans Großzügigkeit war ein Glücksfall für Paul Gianis' gesamte Karriere gewesen. Stan Sennett, Rays ehemaliger leitender Stellvertreter, war Pauls Cousin zweiten Grades und hatte ihm 1982 ein Vorstellungsgespräch bei Ray verschafft. Sie verstanden sich von Anfang an blendend. Nach Ditas Ermordung hatte Ray für Paul eine Stelle frei gehalten, während der mit Sandy Stern zusammen an der Verteidigung seines Bruders arbeitete, und daran änderte sich auch nichts, selbst nachdem Cass sich schuldig bekannte. Ray sagte, er hätte seinen Mitarbeitern stets beigebracht, sich bei jeder Entscheidung zu fragen: ›Würde ich mein Verhalten als fair empfinden, wenn der Angeklagte mein eigener Bruder wäre?‹ Er glaubte kaum, dass Paul diese Erinnerung je nötig haben würde.

1986 verlor Ray die Wahl gegen seinen ehemaligen Stellvertreter Nico Della Guardia, und kurz darauf verließ Paul die Staatsanwaltschaft, um sich als Anwalt für Zivilrecht niederzulassen. Doch selbst im Ruhestand blieb Horgan eine führende Figur der Democratic Farmers & Union Party. Horgan beriet Paul, als der vor zehn Jahren beschloss, in die Politik zu gehen, nachdem zwei große Schadenersatzklagen, vor allem der Rechtsstreit der Tabakindustrie, ihn finanziell so unabhängig gemacht hatten, dass Arbeit für ihn praktisch zum Zeitvertreib wurde. Ray war es gewesen, der ihn erstmals mit lokalen Gewerkschaftsführern in Kontakt brachte, und Ray war es auch, der ihm vier Jahre zuvor die letzten beiden entscheidenden Stimmen sicherte, mit denen er als Reformkandidat zum Mehrheitsführer im Senat gewählt wurde. Jetzt fungierte Ray in Pauls Wahlkampf als leitender Berater.

»Nicht bloß Unwahrheit. Sondern fahrlässige Missachtung der Wahrheit«, zitierte Ray die Beweisanforderung, die eine Figur des öffentlichen Lebens wie Paul erfüllen musste, um einen Verleumdungsprozess zu gewinnen. Horgan, Mitte siebzig, war unter der weißen Haarkappe so rot im Gesicht, dass man unwillkürlich an eine Pfefferminzstange denken musste. Mit zwei neuen Kniegelenken ging er steifbeinig und tat nicht mal mehr so, als könnte er sich an Namen erinnern. Manche hielten Horgan nur noch für einen abgetakelten Politiker. Allerdings hatte er sich seine Durchtriebenheit bewahrt und schien sich noch immer für die Mechanismen der Macht zu begeistern.

»Und können wir das beweisen?«, fragte Paul.

»Dürfte ein Kinderspiel werden«, sagte Ray. »Was für Beweise haben die, dass du irgendwas mit dem Mord zu tun hattest?«

Auf der anderen Seite des glänzenden Konferenztischs ließ Mark Crully, Pauls Wahlkampfmanager, seinen Stift fallen.

»Wir müssen sie verklagen«, erklärte Crully. Mark war ein stiller, ehrgeiziger kleiner Bursche, Oberbefehlshaber der Hinterzimmerarmee, die man nie im Fernsehen sah. In den vergangenen zehn Jahren hatte er überall im Land Wahlkämpfe geleitet und erst kürzlich eine außerordentliche Wahl gewonnen, bei der es um einen Kongresssitz in Kalifornien ging, der seit fünfzig Jahren von den Republikanern gehalten worden war. Er war gut. Aber er kannte nur ein Ziel: gewinnen. Und jetzt war er gereizt. Er hatte keine Geduld mit Anwälten. Oder überhaupt mit Leuten. »Wir müssen sie verklagen«, wiederholte er.

Paul beschloss, nicht auf Crully einzugehen. Der Mann schien oft seine eigene Auffassung darüber zu haben, wer hier für wen arbeitete. Paul sprach Horgan an.

»Aber wir müssten beweisen, dass ich nichts mit dem Mord zu tun hatte, oder? Es ist immer verdammt schwierig, ein Negativum zu beweisen. Und ein DNA-Test mit den Blutspuren am Tatort würde auch nichts bringen. Wir sind eineiige Zwillinge.«

»Stimmt«, sagte Ray. »Aber wir werden Offenlegung verlangen. Und die Offenlegung wird zutage fördern, dass Hal nichts in der Hand hat. Richtig?«

Sie saßen in dem verglasten Besprechungszimmer von Pauls Wahlkampfzentrale. Deren Gestaltung stammte von Crully. Er glaubte, eine transparente Optik sandte die richtige Botschaft, und zwar sowohl an die Wahlkampfhelfer als auch an die Presse, der Crully gelegentlich Einlass gewährte. Aber Paul, der es gewohnt war, seine Geheimnisse zu wahren, konnte sich nicht daran gewöhnen.

Wenn man durch die Scheiben in das quirlige Großraumbüro blickte, mochte man meinen, dass der Wahlkampf absolut reibungslos lief. Morgens um zehn waren schon rund hundert Leute bei der Arbeit, bis auf etwa zwanzig alles Freiwillige, die sich hoch motiviert ins Zeug legten. Die Räumlichkeiten gehörten einem Mann namens Max Florence, den Paul seit dem Jurastudium kannte und der ihm zwei Stockwerke zur Verfügung gestellt hatte. Sie hatten weiße Stellwände mit großen Fenstern angeschafft, und an dem Tag, als Paul seine Kandidatur bekannt gab, war das gesamte Büro bereits voll funktionsfähig. Für sein halbes Dutzend Mitbewerber eine Demonstration seiner ungeheuren Effektivität.

Eine Hälfte des Büros war für das Sammeln von Spenden vorgesehen. Die meisten Freiwilligen waren an der Telefonhotline tätig, arbeiteten die Namenslisten ab, die Paul in vier anderen Wahlkämpfen zusammengestellt hatte, und baten um Geld. Field, der zweite der drei Wahlkampfmanager, hatte seinen Schreibtisch ihnen genau gegenüber. Jean Orange lachte mit ihren beiden Assistenten über irgendwas; ihre Metallwände waren mit Landkarten des County tapeziert, grüne Markierungen zeigten an, wo sie

Niederlassungen eingerichtet hatten, rote Markierungen hoben die Bezirke hervor, in denen Stadt- oder Gemeinderäte ihre Unterstützung versprochen hatten. Jetzt, da die Weihnachtsferien vorüber waren, plante sie, am Wochenende tausend Leute von Tür zu Tür zu schicken, um ihre Wähler zu ermitteln. Um die Ecke, wo die Presseabteilung untergebracht war, ging es heute hoch her. Tom Mileie, ein zweiunddreißigjähriger Internetexperte, seine drei Mitarbeiter sowie natürlich die beiden stellvertretenden Wahlkampfmanager und der Chefstratege waren allesamt damit beschäftigt, Anrufe von Journalisten entgegenzunehmen, die wissen wollten, was Paul zu sagen hatte, nachdem Hal Kronon die Behauptung in die Welt gesetzt hatte, Paul sei an Ditas Ermordung beteiligt gewesen.

Crully meldete sich erneut zu Wort.

»Sie müssen diesen Spinner verklagen. Sie haben ihm einen Tag Zeit gelassen, sich zu beruhigen. Wir haben ihn per Brief aufgefordert, die Klappe zu halten, stattdessen hat er den Unsinn heute Morgen Reportern gegenüber wiederholt. Deshalb müssen wir ihn jetzt verklagen.«

Paul stand lange genug im öffentlichen Leben, um sich von Krisen nicht so leicht aus der Bahn werfen zu lassen. Ehrlich gesagt, sie waren sogar ein wenig das Salz in der Suppe. Die Leute verlassen sich auf dich. Also finde eine Lösung. Und das würde er. Er fand immer eine.

»Hal ist emotional aufgeladen«, sagte Paul. »Das verstehen die Leute. Wenn ich ihn verklage, liefere ich ihm die Plattform, die Geschichte in den Nachrichten zu halten. Laut unserer letzten Umfrage liegen wir zwanzig Punkte vorn. Bei so einer Führung bewahrt man die Ruhe und geht kein Risiko ein.«

»Der Kerl braucht keine Plattform«, antwortete Crully. »Der hat eine Milliarde Dollar.« Crully trug ein weißes Hemd, das so hell leuchtete wie ein Scheinwerfer. Seine Manschetten waren zugeknöpft und die gestreifte Krawatte ordentlich bis zum Kragen hochgezogen. Alle anderen, mit Ausnahme der Presseleute, die für die Kameras häufig eine Krawatte tragen mussten, arbeiteten in Jeans. Crully demonstrierte jedoch gern, dass er noch immer ein Marine war. Er sprach leise und versuchte, keine Gefühlsregung zu zeigen, während er diesen verdammten Bleistift zwischen den Fingern rollte. Pauls Erfahrung nach hatten die Crullys dieser Welt zwei verschiedene Drehzahlen. Wenn er nach Pennsylvania fuhr, verbrachte er wahrscheinlich zwei Tage heulend am Grab seiner Mutter, schäumte vor Wut auf seinen Vater, den trunksüchtigen Scheißkerl, und hasste seine Brüder. Und dann kehrte er mit der blutleeren Aura eines Profikillers zurück an seine Arbeit. »Und wir haben noch ein Problem.« Mark zeigte mit seinem Bleistift auf Ray und gab ihm damit das Stichwort.

»Also, ich hab einen Anruf erhalten«, sagte Ray. »Ein Freund von früher. Noch so ein *alter Kocker* wie ich. Hal hat angeblich Coral Glotten engagiert, um eine Fernsehspotkampagne zu entwerfen.«

»Wofür?«

»Wahrscheinlich, um bekannt zu geben, dass du seine Schwester umgebracht hast. Und du hast ja immerhin noch Gegenkandidaten. Murchison und Dixon werden eine Möglichkeit finden, das zu nutzen. Alle werden das.«

»Warten wir erst mal die Spots ab«, sagte Paul.

Crully ließ wieder seinen Stift fallen.

»Na toll«, sagte er. »Wie viel Zeit und Geld wollen Sie dafür opfern, um die Katze wieder einzufangen, wenn sie erst mal aus dem Sack ist? Sie haben keine andere Wahl. Wir sind im Wahlkampf. Bei Wahlkämpfen geht es um Mythen, darum, den Leuten einzureden, dass Sie ein Gott sind, kein Sterblicher. Das wissen Sie genauso gut wie ich.«

»Kann Hal das einfach so machen?«, fragte Paul. »Zigtausende für Fernsehspots ausgeben?«

»Wahrscheinlich«, sagte Ray. »Dabei handelt es sich nicht um beschränkte Ausgabeposten, soweit wir wissen. Er ist lediglich ein Bürger, der sein Recht auf Meinungsfreiheit ausübt. Wenigstens solange fünf Clowns am Obersten Gerichtshof denken, Geld ausgeben sei eine Form der freien Meinungsäußerung.«

»Außerdem«, sagte Crully, »mal angenommen, es wäre illegal. Wollen Sie deshalb vor Gericht gehen? Oder vor den Wahlausschuss? Dann kann Hal sich das Geld für die Spots sparen. Er muss bloß jeden Tag eine Pressekonferenz abhalten und erklären, wie Sie versuchen, ihm einen Maulkorb zu verpassen. Maulkörbe können Journalisten gar nicht leiden. Die denken immer gleich, sie sind als Nächste dran. Aber so oder so: Sie werden ihn verklagen. Die Frage ist nur, wann. Tun Sie's jetzt, wo jeder es nachvollziehbar findet, dass ein Unschuldiger seiner Empörung Ausdruck verleiht? Oder in drei Wochen, wenn es so rüberkommt, als würden Sie bloß darüber jammern, dass Hal ein Vermögen dafür ausgibt, Sie zu beschimpfen? Keine schwere Entscheidung«, endete Crully. Er senkte das Kinn, sodass Paul den ausdruckslosen Blick seiner hellen Augen sehen konnte.

Mario Cuomo hat einmal gesagt, Wahlkampf werde in Gedichtform geführt, regiert dagegen in Prosaform. Doch soweit Paul das beurteilen konnte, war beides ein Gang zum Schlachthaus, nur durch verschiedene Eingänge. Regieren und Kandidieren, beides war brutal. Es floss viel Blut aus Adern, die man selbst öffnete, und aus Wunden von Speerstichen in die Seite, die einem die Gegner verpasst hatten. Politik würde immer der Krieg aller gegen alle sein – was auch die Leute mit einschloss, die eigentlich für einen sein sollten. Crully zum Beispiel wollte, dass Paul gewann. Aber nur, damit er noch größere Wahlkämpfe managen konnte. Pauls Familie oder die komplizierten Kompromisse, die sie alle seit Jahrzehnten eingegangen waren, um mit der schrecklichen Tatsache von Ditas Ermordung zu leben, waren ihm im Grunde herzlich egal. In Wahrheit hatte Crully diesen Job angenommen, um den Kampf zwischen Obama und Hillary auszusitzen. Bis

Mai, wenn die Stichwahl für den Bürgermeisterposten anstand, wäre der Wettlauf um die Präsidentschaftskandidatur entschieden, und Crully könnte auf den fahrenden Zug aufspringen, wahrscheinlich um den Wahlkampf in einem der Swing States mit ihren unklaren Mehrheiten zu leiten.

»Klar, Mark«, sagte Paul. »Sie haben nicht unrecht, aber Hal wird die Gelegenheit nutzen, um absolut jeden in den Gerichtssaal zu zerren, der irgendwann irgendwas gehört oder gesehen hat. Ich meine, soll ich tatsächlich zwei Wochen vor der Wahl da rumsitzen und eidesstattliche Aussagen machen?«

»Sie werden gar nichts machen«, sagte Crully. »Sie verklagen Kronon, und anschließend zögern die Anwälte die Sache hinaus. Er wird einen Antrag auf Klageabweisung stellen, weil Sie sein Recht auf freie Meinungsäußerung einschränken, und wir lassen uns wochenlang Zeit, bis wir darauf antworten, und bis dahin ist die Wahl vorbei.« Crully machte eine abfällige Handbewegung Richtung Ray, um seine Verachtung für juristische Winkelzüge und die vorhersehbare Ineffektivität der Rechtsprechung auszudrücken.

Ray fand Crully die meiste Zeit amüsant, vielleicht, weil Ray mit in dem Team gewesen war, das ihn ausgesucht hatte. Aber jetzt blickte Horgan verärgert. Er stand auf und hängte sein Jackett über die Rückenlehne seines Sessels. Genau wie Paul zog er es vor, Mark mitunter einfach zu ignorieren.

»Gibt es Risiken, wenn wir ihn verklagen? Ganz bestimmt«, sagte Ray, während er seine Ärmel hochkrempelte. »Aber Hal hat dich ziemlich in die Enge getrieben. Er wird weiter jedem, der es hören will, erzählen, dass du seine Schwester umgebracht hast. Wenn du ihn verklagst, horchen vielleicht noch ein paar Leute mehr auf. Allerdings besteht auch die Chance, dass er dann die Klappe hält. Vielleicht zwingt ihn ja der Richter, die Klappe zu halten. Unterm Strich glaube ich, du musst es machen, Paulie. Ansonsten schleppst du den Mordvorwurf den ganzen restlichen

Wahlkampf mit dir rum. Und es könnte schwer werden, es damit über die Ziellinie zu schaffen. Du musst sagen: ›Ich war es nicht.‹«

»Okay, was, wenn ich öffentlich sage: ›Ich war es nicht.‹«

»Du musst es belegen. Wenn du ihn verklagst, nehmen die Leute das ernst.«

Paul schloss die Augen und dachte nach. Selbst in solchen Momenten liebte er dieses Leben. Jedenfalls überwiegend. Die finanzielle Seite war furchtbar und wurde immer schlimmer. Fast schon unerträglich. Das richtig große Geld bekam man nicht von Leuten, die keine eigene Agenda oder Machtposition hatten. Alles andere genoss er jedoch noch immer. Er kannte sich selbst gut genug, um zuzugeben, dass er gern im Rampenlicht stand – Lidia hatte allen ihren Kindern mitgegeben, dass sie Aufmerksamkeit verdienten. Aber das Ausmaß der Probleme und die Suche nach Lösungen fand er nach wie vor prickelnd. Seit zehn Jahren hatte das County Hütchenspiele mit seinen Finanzen betrieben – es war kein Geld mehr da, um Schulen zu unterhalten oder Renten zu zahlen, nicht, wenn man eins und eins zusammenzählte. Aber er, Paul Gianis, würde derjenige sein, der einen Weg aus der Misere fand. Es gab keinen anderen Job, in dem man so viel bewegen konnte, in dem die Auswirkungen seiner kurzen Zeit auf Erden noch weit außerhalb seines unmittelbaren Umfeldes zu spüren waren. Natürlich konnte man auch den Halbleiter erfinden oder einen Film drehen und dadurch Leben verändern, falls die Leute damit in Berührung kamen. Aber in der Politik waren die Auswirkungen umfassender. Jeden Menschen, dem man auf der Straße begegnete, ging das, was man tat, etwas an, und die meisten hatten auch eine Meinung dazu. Die Welt war, wie sie war, voller Liebe und Brutalität und Gleichgültigkeit. Aber sie konnte besser werden, mit weniger Not, weniger Gewalt, mehr Möglichkeiten. Er hatte noch erlebt, dass Schwarze im Bus hinten sitzen mussten, und jetzt, angesichts des Ergebnisses letzte Woche in Iowa, würden sie es vielleicht bis ins Weiße Haus schaffen. Und wenn man bereit war, die ganzen Schwierigkeiten auf sich zu nehmen, konnte man in dem Wissen die Augen schließen, dazu beigetragen zu haben, einen solchen Wandel zu bewirken.

»Offen gestanden«, sagte Raymond, »das Einzige, was mir ein bisschen zu denken gibt, ist, dass er dich praktisch herausfordert, ihn zu verklagen.«

»Das ist typisch Hal«, meinte Paul. »Der Mann ist wie ein Aufziehspielzeug, das selbst den Schlüssel dreht. Wenn ich in dem Prozess zwanzig Millionen Dollar gewinne, geht er fünf Jahre lang in Berufung und merkt nicht mal, wenn er den Scheck ausstellt. Außerdem denkt er, alle Demokraten sind Sozialisten, die das freie Unternehmertum vernichten wollen, das Amerika groß gemacht hat. Er war schon immer extrem konservativ. Ich weiß noch, als ich sechs Jahre alt war, hatte Hal zig Wahlkampffähnchen von Barry Goldwater in seinem Zimmer. Das war 1964. Damals gab's keine Republikaner in Kewahnee. Sogar Zeus, sein Dad, wurde erst Republikaner, als sie an den Stadtrand gezogen sind und er sich in Reagan verliebt hat. Dieses extrem konservative Gehabe war Hals Schutzmechanismus dagegen, als Außenseiter abgestempelt zu werden. Auf die Art wollte er zeigen, dass er der Einzige war, der die Wahrheit erkannt hatte.«

»Okay«, sagte Ray. »Aber er kann doch nicht ernsthaft glauben, dass in diesem County ein Republikaner gewinnt. Falls er dich aus dem Rennen wirft, die Demokraten sich aufspalten und Flanagan es in die Stichwahl schafft, erlebt er ein Debakel. Also, wenn Hal rational denkt –«

»Tut er nicht.«

»Okay«, sagte Ray, »nur mal angenommen. Dann sagt einem der gesunde Menschenverstand, dass er irgendwas in der Hand haben muss, wenn er mit so einer Anschuldigung an die Öffentlichkeit geht. Also, Paulie, sag du's uns. Hat er was in der Hand?«

»Nicht, dass ich wüsste«, antwortete Paul. Horgan, der jahrzehntelang Strafverteidiger gewesen war, hatte die Frage so beiläufig gestellt, dass Paul gleichermaßen nonchalant geantwortet hatte. Aber Ray war noch immer ein gerissener Hund. Erst jetzt, wo seine stahlblauen Augen Paul unverwandt fixierten, merkte der, dass Ray seit zehn Minuten die gleiche Frage stellte und auf eine eindeutige Antwort hoffte.

Doch Crully kam ihm zuvor. Mark erhob sich zu seiner vollen Größe von knapp ein Meter siebzig, wobei ihn sein harter Gesichtsausdruck trotzdem aussehen ließ wie einer, mit dem man sich besser nicht anlegte. Er hatte genug Zeit verloren.

»Sie müssen ihn verklagen. Basta. Ray, ich persönlich will mich gar nicht mit der Frage rumschlagen, was Hal in der Hand hat. Falls es sich dabei nämlich um irgendwas ernst zu Nehmendes handelt, wird Paul sowieso niemals Bürgermeister.« Crully wandte sich seinem Kandidaten zu. »Also, Paul, entweder Sie werfen jetzt das Handtuch, oder Sie verklagen ihn.«

Crully schnippte den Bleistift in die Luft, ließ ihn auf den Tisch fallen und ging aus dem Raum.

4.

Tims Haus – 11. Januar 2008

Tim Brodie wohnte in derselben Gegend von Kewahnee, in der Paul und Cass Gianis aufgewachsen waren und Hal seine ersten fünfzehn Lebensjahre verbracht hatte. Die kleinen Walmdachbungalows, die alle vor dem Zweiten Weltkrieg gebaut worden waren, hockten untersetzt wie Kröten auf handtuchgroßen Grundstücken an verschneiten Straßen mit riesigen alten Bäumen. Als Tim das Haus 1959 kaufte, kurz nachdem er zum Detective befördert worden war, hatte er das Gefühl gehabt, genau das getan zu haben, was die Leute meinten, wenn sie ihm sagten, er solle erwachsen werden und etwas aus sich machen.

Jetzt erwachte er mit einem Ruck. Er lag auf dem karierten Wohnzimmersofa, ein dickes Buch auf der Brust. Mit einem bedenklichen Ächzen setzte er sich auf und wartete, bis sein Körper und der Kopf wieder funktionsbereit waren. Immer wenn er aufwachte, spürte er nur für einen kurzen Moment einen unerträglichen Schmerz im Bein. Tim wusste nicht, ob der Schmerz dann nachließ oder ob er sich einfach daran gewöhnt hatte. Sein Leben lang hatte er darauf gewartet, dass die Zeit ihn einholte, und jetzt war es passiert.

Ihm wurde bewusst, dass es klingelte. Als er sich bewegen konnte, ging er zur Haustür. Normalerweise hätte er seine Enkelin Stefanie erwartet, aber er hatte sie und ihren ulkigen kleinen Mann erst am Vorabend besucht. Stattdessen sah er durchs Flurfenster eine

Frau draußen stehen und in der Kälte Nebel ausatmen. Sie kam ihm bekannt vor, er wusste bloß nicht, woher.

Er öffnete die Haustür, aber nicht die gläserne Windschutztür.

»Evon Miller«, sagte sie und hob grüßend die Hand. »Von ZP.«

»Ach herrje, ja«, antwortete er. Unverzüglich stieß er die Windschutztür auf und trat zurück, um sie hereinzulassen. Er war Evon schon ein paarmal begegnet, das erste Mal, als sie ihren Posten bei ZP von seinem alten Polizeikollegen Collins Mullaney übernahm. Collins hatte seinen Job geliebt, musste jedoch seinen Rücktritt einreichen, weil einer von ZPs Immobilienmanagern in Illinois Schmiergelder gezahlt hatte, um die Grundsteuer der Firma zu senken. Collins wurde mit einer fetten Abfindung hinauskomplimentiert und hegte keinen Groll gegen Evon. Sie war in Ordnung, eine o-beinige kleine Frau, ehemalige FBI-Agentin, die vor Jahren einige Richter am Bundesstaatsgericht verhaftet hatte. Und sie hatte an den Olympischen Spielen teilgenommen. Feldhockey, wenn Tim es richtig in Erinnerung hatte. Außerdem machte sie keinen Hehl aus ihrer Homosexualität, womit Tim schon lange kein Problem mehr hatte, seit er in jungen Jahren versucht hatte, als Posaunist Karriere zu machen. Was kümmerte es ihn, mit wem einer schlief, solange er ein feines Gehör und ein gutes Rhythmusgefühl hatte?

»Wie komme ich zu der Ehre?«, fragte er, sobald sie drinnen waren, und sagte ihr, sie solle ihren Mantel ablegen. Sie sah ganz gut aus, kräftig gebaut, aber recht modisch gekleidet und mit kurzem hellem Haar. Ihr Gesicht war breit, und im hellen Tageslicht konnte er sehen, dass ihre Haut irgendwie uneben aussah.

»Ich muss mit Ihnen über etwas reden«, sagte sie. »Ich versuche schon seit drei Tagen, Sie auf Ihrem Handy zu erreichen.«

»Ach ja?« Tim sah das Gerät auf dem Tisch in der Diele liegen, wo er es hingelegt hatte, als er nach der Beschattung von Corus Dykstra von YourHouse nach Hause gekommen war. Akku leer. Er lachte und steckte es ein. »Ich hab mich schon gefragt, wieso meine Tochter gestern auf dem Festnetz angerufen hat. Werden Sie nie alt.« Es war dieses seltsam Schwebende am Alter, das Gefühl, dass sein Verstand irgendwie nicht mehr auf der Erde zu Hause war, was ihn häufig überraschte.

Er bot Evon Kaffee an, aber sie lehnte ab.

»Bin in einem Mormonenstädtchen aufgewachsen«, sagte sie. »Mein Dad war zwar nicht gerade streng religiös, aber ich hab Kaffee nie was abgewinnen können. Ein Glas Wasser wäre nett.«

Er trug ein kariertes Flanellhemd und eine Drillichhose, und Evon sah ihm an, dass er geschlafen hatte. Sein Gesicht war rot, und seine spärlichen weißen Haare, die stellenweise gelb wurden, lagen nicht glatt am kahlen Schädel an, sondern standen ab. Er hatte ein rundliches, zerfurchtes Gesicht wie eine alte Kartoffel und war einer von diesen alten Männern geworden, die immer misstrauisch dreinblickten und anscheinend Angst davor hatten, jeden Moment ausgenutzt zu werden. Tim reichte ihr ein Glas und ging dann voraus ins Wohnzimmer, wo er, wie er sagte, gern saß. Sie erinnerte sich dumpf, dass Tim verwitwet war, und das Haus sah wahrscheinlich noch haargenau so aus wie vor ein paar Jahren, als seine Frau starb, vollgestopft mit den Relikten eines ganzen Lebens. Es war so ein Raum, in dem man sich seitlich an Möbeln vorbeischieben musste. Die Wände waren vollgehängt mit kindlichen Kritzeleien und Fotos, sowohl Familienbilder als auch Landschaftsaufnahmen. Und auf jedem Tischchen drängten sich irgendwelche Gegenstände: Figuren aus Limoges-Porzellan, Lackkästchen, gläserne Briefbeschwerer, Bücher und noch mehr gerahmte Fotos. Mit dem Kram hätte man einen halben Flohmarkt bestücken können.

Im hinteren Zimmer, einem angebauten Wintergarten mit hohen Fenstern, lief leise Musik, eine Swing-Version von »It's All Right With Me«. Die Stimme des Sängers wurde von einem Posaunensolo abgelöst, und Tim verharrte kurz, lauschte mit geschlossenen Augen und erhobenem Finger. Dann stellte er den alten Plattenspieler ab, nahm die LP vorsichtig herunter und schob sie in eine angegraute Hülle. Er hatte wohl auch gelesen und steckte ein Lesezeichen in ein dickes Buch.

»Griechische Mythologie«, erklärte er, als sie ihn nach dem Buch fragte. »Nachdem Maria gestorben war, dachte ich mir, ich sollte versuchen, möglichst alles abzuarbeiten, was ich noch auf meiner Liste hatte. Ich wollte immer Shakespeare lesen und hab mich durch *Die Komödie der Irrungen* gekämpft, aber das ist Klamauk, wissen Sie, Zwillinge, die nach der Geburt getrennt werden. Die Komödien sind ganz okay, aber *König Lear*, Mensch, das ist starker Tobak. Diese alten Geschichten« – er hob das Buch mit beiden Händen hoch – »irgendwie schlaf ich dabei nicht so schnell ein.« Im Licht konnte sie auf seinen Wangen die weißen Stoppeln sehen, die er am Morgen nicht rasiert hatte. »Sind Sie wegen Dykstra und YourHouse hier?«, fragte er.

»Eigentlich nicht. Aber Hal sagt, Sie haben durch die Beschattung allerhand Wichtiges rausgefunden. Ehrlich gesagt, wenn ich gewusst hätte, womit der Boss Sie beauftragt hat, hätte ich versucht, ihn davon abzubringen. Das hätte den ganzen Deal gefährden können.«

Tim schüttelte den Kopf. »Einen Einundachtzigjährigen bemerkt kein Mensch. Die Leute sehen glatt durch einen durch.«

Die melancholische Offenheit dieser Bemerkung ließ Evon kurz verstummen, aber Tim schien nicht auf Mitleid aus zu sein. Sie wechselte das Thema und fragte, ob Tim diese Woche schon in die Zeitung geschaut hatte. Lachend zeigte er auf einen Stapel auf dem Küchentisch, alle noch in blaues Plastik eingeschweißt, noch so etwas, das ihm allmählich entglitt. Evon reichte ihm die Titelseite von Mittwoch, und er stöhnte auf, als er die Schlagzeile sah: »Kronon: Gianis an Ermordung der Schwester beteiligt.«

»Ach du meine Güte«, sagte er, während er den Artikel überflog.

»Paul hat Hal brieflich aufgefordert, den Vorwurf zurückzunehmen, aber Hal ist stur. Er hat die Behauptung etlichen

Journalisten gegenüber sogar noch wiederholt. Und er hat vor, Spots im Fernsehen zu bringen, die dasselbe sagen. Gianis hat gestern Klage wegen Verleumdung eingereicht.«

»Oje«, sagte Tim. Er wusste ganz genau, wie Menschen sein konnten, wenn jemand, den sie liebten, ermordet wurde. Ein Dachziegel konnte runterfallen und jemanden erschlagen, der einem viel bedeutete, aber das wäre nicht so schwer zu akzeptieren wie ein Mord. Wenn irgendein verkorkster Unbekannter die bewusste Entscheidung traf, das Leben eines Menschen zu beenden, an dem einem lag, stellte das alles infrage, was wir im gemeinschaftlichen Miteinander als selbstverständlich voraussetzen. Tim war über fünfundzwanzig Jahre Polizist gewesen und hatte viel Zeit damit verbracht, zu nicken, Hände zu tätscheln und Leuten zu sagen, es wäre am besten für sie, sich irgendwann mit den Tatsachen abzufinden. Aber manche konnten das einfach nicht. Und Hal war einer von ihnen.

»Ich hab erst aus einigen alten Zeitungsartikeln über den Mord an Dita erfahren, dass Sie die Ermittlungen geleitet haben«, sagte Evon.

Tim schnaubte. »Die Ermittlungen hat gar keiner geleitet.«

»Hal meint jedenfalls, Sie hätten seinerzeit ein paar Gedanken zu Paul und dem Mord gehabt. Stimmt das?«

»Das hab ich anders in Erinnerung«, antwortete er. »Ich war nie überzeugt, dass wir auf alle Fragen eine Antwort gefunden hatten. In dem Sinne hat Hal also recht. Aber von wie vielen Fällen kann man das schon behaupten? Bei den meisten, mit denen ich zu tun hatte, gab es immer irgendwas, das nicht so richtig passte.«

Während Evon auf einen Rückruf von Tim gewartet hatte, hatte sie sich von ihrer Assistentin alles ausdrucken lassen, was im Internet über Ditas Tod zu finden war. Der Mord hatte damals ungeheures Aufsehen erregt. Offenbar hatte er eine brodelnde Mischung aus Pathos und Sensationsgier sowie eine makabre

Genugtuung in der Öffentlichkeit ausgelöst, weil eine derartige Tragödie so überaus privilegierte Menschen heimgesucht hatte, noch dazu in dem Palast, in den sie sich geflüchtet hatten, um den Gefahren der Stadt zu entkommen. Stattdessen war jemand in Ditas Zimmer geschlichen, während der Rest der Familie schlief, hatte sie umgebracht und eine Spur aus Blut und Scherben hinterlassen. Der Fall hatte wochenlang Schlagzeilen gemacht, erst recht, als Zeus auf seine Gouverneurskandidatur verzichtete. Den Zeitungen zufolge hatte es keine belastbaren Spuren gegeben. Und dann bekannte sich Cass Gianis ein paar Monate später aus heiterem Himmel des Totschlags schuldig. Aber Paul wurde mit keinem Wort erwähnt, bis auf den Hinweis, dass er der Zwillingsbruder des Täters war. Als Paul seine politische Karriere begann, war der Mord kurzfristig wieder zum Thema geworden. In sämtlichen Beiträgen über ihn stand, dass er Cass mehrmals im Monat besuchte und ihm angeblich jeden Abend vor dem Schlafengehen einen Brief schrieb. Paul äußerte sich nie zu der Tat, sondern wiederholte lediglich, dass er seinen Bruder liebe.

»Wie kam es, dass Sie mit den Ermittlungen zu tun hatten?«, wollte Evon von Tim wissen. »Hat das County Sie dazu beordert?«

»Nee, ich war nicht mal mehr Polizist. Im Jahr davor bin ich fünfundfünfzig geworden und in die Heizungsfirma von meinem Schwager eingestiegen. Nein, Zeus, Hals Dad, hatte mich um Hilfe gebeten.«

»Wie ist er denn auf Sie gekommen?«

»Ach, ich kannte Zeus und die Familie schon ewig. Als Maria und ich hierhergezogen sind, wohnten die Kronons bloß zwei Querstraßen weiter.« Tim hievte sich kurz hoch, um aus dem hinteren Fenster des Wintergartens zu zeigen. »Meine Frau war griechischer Herkunft. Unsere Kinder sind alle in St. Demetrios getauft. Hab selbst sogar ein bisschen Griechisch gelernt. Und war vier Jahre lang Vorsitzender des Männervereins. Aber sie hat ihren Glauben verloren, meine Maria. Nicht ihre Werte, wohlgemerkt.

Aber nachdem unsere Tochter gestorben war, konnte sie einfach nicht mehr niederknien und den Herrn preisen.« Tims altes Gesicht verdüsterte sich in Gedanken daran, dann räusperte er sich wieder.

»Die Griechen, und damit sage ich nichts Neues, haben eigentlich nichts übrig für Nichtgriechen. Aber Zeus muss sich wohl gedacht haben, dass ich lange genug dabei war. Haben einen engen Zusammenhalt, diese Griechen. Und sie sind sehr stolz. Reißen Witze über sich selbst, damit kein anderer es kann. ›Wir haben die Demokratie erfunden, und seitdem sitzen wir faul rum.‹ Aber sie sind ein besiegtes Volk. Die Osmanen haben ihnen fünfhundert Jahre lang das Messer an die Kehle gesetzt. Da verliert man irgendwann den Mut, besonders die Männer. Das geben sie allerdings nicht gern zu. Wäre zu viel Anerkennung für die Türken.« Seine grauen Augen glitten zu ihr zurück und blickten sie an. Sie merkte, dass er die Frage vergessen hatte.

»Sie und Zeus waren befreundet?«

Tim lachte. »Zeus war viel zu fein für mich. Er war immer scheißfreundlich zu den Leuten in der Nachbarschaft, aber er hatte sie längst weit hinter sich gelassen. Was soll man auch von jemand erwarten, der sich Zeus nennt?«

»Hieß er denn nicht so?«

»Ach was.« Tim presste sich die großen, groben Hände auf den Schädel, um die Erinnerung herauszuzwingen. »Zisis«, sagte er schließlich. »So ist er getauft worden. Aber natürlich haben die anderen Kinder in der Schule ihn ziemlich schnell bloß noch Sissi genannt. Deshalb hat er ab der Highschool gesagt, er würde ›Zeus‹ heißen. Kann man ja irgendwie verstehen.«

Sie fragte noch einmal, wie Zeus Tim dazu gebracht hatte, sich an den Ermittlungen zu beteiligen, und er lachte wieder, ein verschleimtes, greisenhaftes Lachen.

»Wissen Sie«, sagte Tim, »diese Ermittlungen waren ungefähr so chaotisch wie eine Kneipenschlägerei. Keiner hatte sich um die

Spurensicherung gekümmert. Zeus und Hal und die Mom waren schon zwanzigmal in Ditas Zimmer gewesen, ehe der erste Polizist eintraf. Die Kronons hatten doch tatsächlich ein bisschen aufgeräumt, die Mom jedenfalls, sie hatten sogar die Leiche zurechtgelegt, bevor einer auf die Idee kam, die County-Polizei zu verständigen. Obwohl es eigentlich auch nichts gebracht hat, diese Truppe anrollen zu lassen. Da draußen in Greenwood County hatte es seit achtzehn Jahren keinen Mord mehr gegeben, und wahrscheinlich wusste die gar nicht, was sie machen sollte. Was sie jedoch nicht davon abhielt, ein oder zwei Tage rumzustümpern. Schließlich forderte sie die Bundesstaatspolizei an, aber das Ganze war zu politisch, weil Zeus ja noch kandidierte. Die Bundesstaatspolizei schickte die halbe Belegschaft, um den Kollegen von der County-Polizei auf die Finger zu gucken. Und Zeus dreht fast durch, und brüllt rum, dass er das FBI dabeihaben will. Und kriegt es auch, weil die FBIler ja so viel Erfahrung mit Mordfällen haben. Ab da treten sich also drei unterschiedliche Trupps von Volltrotteln gegenseitig auf die Füße.« Tims Augen weiteten sich, als ihm wieder einfiel, mit wem er da sprach. »Nichts für ungut«, schob er nach.

»Kein Problem«, sagte Evon. FBI, County- und Bundesstaatspolizei – das war, wie der Bürgerkrieg, eine Schlacht, die in unterschiedlicher Form in jeder Generation geschlagen wurde.

»Drei verschiedene Spurensicherungsteams haben den Tatort untersucht«, sagte Tim, »und jedes hat andere Proben genommen. Manche Tests wurden dreimal durchgeführt, andere dagegen gar nicht. Jeder dachte, jemand anders geht Hinweisen nach. Es war ein heilloses Durcheinander. Und nach etwa einer Woche ruft mich Dickie Zapulski an. Zeus hat die County-Polizei gebeten, mich als Sonderfahnder einzustellen, um die Ermittlungen zu leiten. Zeus kam ans Telefon und hat mich mehr oder weniger angefleht. Ehrlich gesagt, die Heizungsfirma von meinem Schwager hat mich gelangweilt, aber ich wollte auch nicht mehr raus auf die Straße. Und ich habe mitgefühlt mit Zeus. Er hatte eine Tochter verloren. Also hab ich gesagt, okay, übertragen Sie mir die Verantwortung. Was nicht heißen soll, dass irgendwer bereit war, sich von mir was sagen zu lassen.«

Als Evon kurz nach ihrem Jobantritt erfahren hatte, dass Hal sich für ein Pauschalhonorar einen Privatdetektiv leistete, hatte sie bei Collins Mullaney nachgefragt, der für die Übergabe noch einen Monat parallel mit ihr arbeitete. Er hatte sie in Bezug auf Tim beruhigt, der seiner Meinung nach der vielleicht beste Detective im Morddezernat war, den Kindle County zu seiner Zeit gehabt hatte. »Das Beste an Tim war, dass er sich durch nichts ablenken ließ«, hatte Collins ihr erklärt. »Dem war egal, wer in McGrath Hall gerade mit wem ins Bett stieg«, womit er das Polizeipräsidium von Kindle County meinte. »Und es ist ihm auch nie passiert, dass er die Täter gehasst hat. Klar, wenn irgend so ein Pimpf ihn anrotzte, knallte er ihm eine, genau wie alle anderen, aber er sagte immer dasselbe, ganz gleich, mit welchem Arschloch er es zu tun hatte: ›Der hatte einfach niemanden, dem genug an ihm lag, um ihm gutes Benehmen beizubringen.‹ Ein bisschen à la ›Seien wir dankbar, dass es uns anders ergangen ist.‹ Ich glaube, er ist selbst in einem Waisenhaus aufgewachsen.«

Der Tatort, berichtete Tim, lieferte keine aufschlussreichen Erkenntnisse. Als der erste Beamte vor Ort eintraf, stand die Balkontür offen. Es hatte an dem Abend stark geregnet, genau am Ende des St.-Demetrios-Picknicks, und im Blumenbeet unter Ditas Fenster war ein Paar tiefe Schuhabdrücke, die aussahen, als wäre jemand von oben runtergesprungen. Außerdem fanden sie Reifenspuren am Fuß des Hügels, wo man ein Auto hätte verstecken können, aber an dem Tag hatten rund zweihundert Autos da geparkt, deshalb konnten sie wenig damit anfangen. In der Balkontür, eine mit Sprossenverglasung, war eine Scheibe zerbrochen. Die Splitter lagen draußen auf dem kleinen Balkon, und sowohl an den Scherben, die noch im Rahmen steckten, als auch an der

Innenseite der Tür und auf dem Teppich davor fanden sie ziemlich viel Blut. Die Blutspur führte in Ditas Bad, wo offenbar ein Handtuch fehlte – man hatte sie einfach gezählt –, was darauf hindeutete, dass der Mörder sich damit eine Wunde verbunden hatte. Laut Blutgruppentypisierung, die 1982 der neueste Stand der Technik war, gehörte das Blut im Raum zur Blutgruppe B. Dita und die übrigen Kronons hatten Blutgruppe 0, also musste es einen Eindringling gegeben haben. Die ersten Spurensicherer fanden am Messinggriff außen an der Balkontür einen guten Satz Fingerabdrücke, die selbst der Regen, der gegen die Hauswand gepeitscht war, nicht weggespült hatte. Unmöglich zu bestimmen, wann die Fingerabdrücke dort hinterlassen worden waren, aber man konnte davon ausgehen, dass sie mit großer *Wahrscheinlichkeit* vom Eindringling stammten.

»Dita wird im Bett getötet«, sagte Tim, »das noch gemacht ist. Anscheinend ist sie völlig erledigt und schaut noch ein bisschen Fernsehen, bevor sie sich mit ihren Freundinnen in einer Bar treffen will. Sie trägt Morgenmantel und Unterwäsche. Keine Vaginalverletzungen, aber bei der Obduktion werden Spermaspuren festgestellt – die jedoch von irgendwann in den letzten achtundvierzig Stunden hätten stammen können. Allerdings Typ B. Jemand hat sie geohrfeigt, verdammt fest, und dann ihr Gesicht gepackt. Die Hämatome waren auf beiden Wangen sichtbar. Der Schlag auf die linke Seite hat Streifen von den Fingern hinterlassen. Was auf einen Rechtshänder schließen lässt. Und die Person hat auf jeden Fall einen Ring getragen, wie ein großer kreisrunder Bluterguss verrät. Die Rechtsmedizinerin meint, unser Täter hat ihr eine reingehauen, ihr dann den Mund irgendwie mit einer Hand zugehalten und ihren Schädel gegen das Kopfbrett des Betts geschlagen. Sie stirbt an einem Epiduralhämatom. Leichenflecke und die Schädelblutung zeigen, dass sie nach den Schlägen noch einige Minuten gelebt hat. Allerdings kann die Rechtsmedizinerin nicht sagen, ob sie das Bewusstsein verloren hatte oder nicht.

Wahrscheinlich ja, da sie nicht um Hilfe gerufen hat.« Tim ratterte das alles runter wie ein Gebet aus einem Andachtsbuch. Der Mord war fünfundzwanzig Jahre her, aber Evon kannte viele Polizisten, denen sich die Einzelheiten eines großen Falles unauslöschlich eingeprägt hatten. Es gab nur wenige Jobs, die spannender waren, als die braven Bürger vor Bösewichten zu beschützen.

»Todeszeitpunkt?«

»Tja, wissen Sie, es ist ein griechisches Picknick, da wird den lieben langen Tag gegessen, deshalb ist das anhand des Mageninhalts schwer festzustellen. Die Rechtsmedizinerin meint, so gegen 22.30 Uhr. Ziemlich genau um zehn hat sie laut Telefondaten ihren Freund Cass angerufen. Demnach ist sie danach gestorben.«

»Wer hat sie gefunden?«

»Zeus. Er war als Zeuge kaum zu gebrauchen, aber ich selbst wäre garantiert auch nicht besser gewesen. Deutliche Erinnerung daran, dass er das Fenster bersten hört und über den Flur in ihr Zimmer rennt. Danach alles ziemlich verschwommen. Die deutlichste Erinnerung ist wohl die, dass er Dita auf dem Bett sieht. Der Fernseher läuft, und er fragt sie, was los ist, aber dann bemerkt er die zerbrochene Scheibe in der Tür und das Blut und geht schnurstracks dorthin. Als er hinausschaut, meint er, eine dunkle Gestalt, männlich, zu sehen, die zwischen den Bäumen verschwindet. Als er wieder Dita anspricht, reagiert sie nicht. Also geht er zu ihr, berührt sie, schüttelt sie. Er braucht tatsächlich einen Moment, um zu begreifen, dass sie tot ist. Er ruft den Hausarzt an. Dann setzt er sich zu seiner Tochter. Kommt nicht mal auf die Idee, die Mutter zu alarmieren.« Tim hielt inne und hing seinen Erinnerungen nach. Als Katy starb, hatten sie alle gewusst, dass es nicht mehr lange dauern würde, aber Maria war nach Hause gefahren, um sich auszuruhen, und so musste er sie anrufen. Er erinnerte sich noch immer an das Gefühl. Er war anwesend, und doch nicht wirklich da, der Rest von ihm befand sich in der Vergangenheit, als seine sechsjährige Tochter noch lebte.

Evon fragte nach dem Stand der Ermittlungen, als er mit einbezogen wurde.

»Die drehten sich im Kreis. Sie hatten die Theorie, dass der Täter sich in dem Glauben reingeschlichen hat, sie wäre nicht da, dann überrascht wurde und sie so gepackt hat, um sie am Schreien zu hindern. Danach ist er abgehauen, weil er fürchtete, jemand hätte den Lärm gehört. Aber jede Abteilung hatte ihre eigene Variante. Die County-Polizei geht von einem Einbruchsversuch aus, der schiefgegangen ist. Die von der Bundesstaatspolizei vernehmen alle, die am Picknick teilnahmen, und hoffen, dass irgendwer den großen gefährlichen Unbekannten gesehen hat. Zeus ist noch immer völlig durcheinander und macht sich Vorwürfe. Wieso hat er nichts gehört, als sie geschlagen wurde? Und er ist felsenfest davon überzeugt, dass sie von seinen Feinden umgebracht wurde, aus Rache an ihm.«

»Feinde?«, fragte Evon.

»Zeus hatte anscheinend eine ganze Menge davon. Ziemlich spitze Ellbogen, wenn es ums Geschäft ging. Dann war da noch die griechische Mafia, ganz zu schweigen von den Ehemännern und Freunden der Frauen, hinter denen er ständig her war. Außerdem hatten ihn sogar ein paar Jungs aus dem North End davor gewarnt, in den Vorwahlen gegen Rafe Demuzzio anzutreten. Darauf konzentrierte sich das FBI.«

»Und ab wann spielte Cass bei den Ermittlungen eine Rolle?«

Tim erzählte, Cass sei gleich bei der ersten Zeugenbefragung vernommen worden, hatte aber ausgesagt, nichts zu wissen. Anfangs war Zeus überzeugt, dass Cass nichts mit der Sache zu tun hatte, und da Cops nun mal Cops sind, scheuten sie sich, einen jungen Kollegen von der Polizeiakademie zu verdächtigen. Nach etwa drei Wochen lieferte die Telefongesellschaft Belege für Anrufe, die von Ditas Telefon getätigt worden waren, und Cass wurde kurz erneut befragt. Er gab jedoch an, er und Paul wären nicht zu Hause gewesen und Dita hätte lediglich eine kurze Nachricht auf den Anrufbeantworter gesprochen, die er noch in derselben Nacht gelöscht hätte.

»Ehrlich gesagt, wäre Cass so ziemlich der Letzte gewesen, an den ich gedacht hätte. Er und Paul waren auf der Highschool mit meiner mittleren Tochter Demetra in derselben Klasse, und ich kannte sie aus der Kirche. Anständige Jungs, meiner Meinung nach, alle beide. Aber wissen Sie, was? Gerade diejenigen, die du zu kennen glaubst, täuschen dich.« Tim dachte darüber nach und drückte die Lippen mit einer Hand zusammen.

»Nach etwa einem Monat hatten wir eine große Besprechung mit allen Ermittlern, nur um festzustellen, was wir alles übersehen hatten. Und das war ziemlich viel. Mittlerweile hatten einige Freundinnen von Dita ausgesagt, dass sie vorgehabt hatte, mit Cass Schluss zu machen, weil sie den ganzen Ärger mit seiner Familie leid war. Also schau ich mir im Präsidium mal Cass' Personalunterlagen an«, sagte Tim. »Blutgruppe B. Auch seine Fingerabdrücke sind in der Akte. Ich bitte die Staatsanwaltschaft von Greenwood, die Herausgabe der Akte zu fordern, und tatsächlich, die Abdrücke passen zu denen auf dem Türgriff und zu etlichen anderen im Zimmer. Also vermuten wir jetzt, dass sie ihn abends um zehn angerufen hat, damit er seinen Hintern zu ihr rüberbewegt und sie ihn abservieren kann.

Jedenfalls, der Staatsanwalt in Greenwood will Cass vor eine Anklagejury zerren, aber Cass engagiert Sandy Stern, der ihm abrät, eine Aussage zu machen. Einen Monat lang geht das hin und her. Stern sagt: ›Diese Fingerabdrücke beweisen gar nichts. Cass ist jeden Abend am Regenrohr hochgeklettert, um mit Dita ins Bett zu gehen.‹ Und dieselben Freundinnen, die ausgesagt haben, dass Dita Cass in die Wüste schicken wollte, machen, als wir nachhaken, ebenfalls einen Rückzieher.«

»Cass macht gleich neben dem Elternschlafzimmer mit Dita rum? Hört sich für mich nicht besonders reizvoll an«, sagte Evon.

Tim schloss die Augen und ließ den Kopf locker kreisen wie

ein Blatt im Wind. Wer wusste schon, was Leute reizvoll fanden, gerade auf dem Gebiet?

»Natürlich hat Zeus das wütend bestritten, als ich ihm den Teil erzählte. Kein Kerl hatte es in seinem Haus mit seiner kleinen Blume getrieben. Aber ich hatte den Verdacht, dass es wahrscheinlich stimmte.«

»Im Ernst?«

»Klar, denn wenn Cass da hochgeklettert ist, um eine Nummer zu schieben, dann wusste er auch in der Nacht, als sie getötet wurde, wie er in ihr Zimmer kommen konnte. Also bring ich den Staatsanwalt dazu, Einsicht in seine Kreditkartenbelege zu verlangen, und wir stellen eine kleine Sondereinheit zusammen, die jedes Paar Schuhe überprüft, das er im letzten Jahr gekauft hat, und wahrhaftig, nach etwa einer Woche stoßen wir darauf, dass er sich ein Paar Nikes gekauft hat, deren Profil zu den Abdrücken im Blumenbeet passt. Die Reifenspuren unten am Hügel hätten von den Bridgestones an Cass' altem Datsun stammen können, nur leider gibt es in den Tri-Cities zehntausend Autos mit den gleichen Reifen.

Aber wir besorgen uns einen Durchsuchungsbeschluss für Kleidung, Schuhe und Fahrzeug sowie die Genehmigung, ihn ärztlich untersuchen zu lassen, um vielleicht die Narbe von der Verletzung am Fenster zu finden. Wir finden die Schuhe, nach denen wir suchen. Fehlanzeige bei der Kleidung, aber ein Test mit Luminol fördert Blutspuren im Auto zutage, wieder Blutgruppe B. Mittlerweile verweigert Stern die ärztliche Untersuchung von Cass, stellt einen ganzen Haufen Anträge, und gerade, als er mit dieser Taktik am Ende ist, taucht er bei uns auf und bietet uns einen Deal an. Cass wird sich schuldig bekennen, wenn er dafür nur wegen Totschlags verurteilt wird und zehn Jahre im gelockerten Vollzug bekommt. Zeus und Lidia, das ist die Mutter der Zwillinge, kennen sich ewig, haben schon im Chorraum der Kirche rumgeknutscht, deshalb hat er Mitleid mit ihr und ist mit allem einverstanden, aber Ditas Mom Hermione und Hal wollen die zehn Jahre auf keinen Fall akzeptieren. Schließlich, kurz bevor die Staatsanwaltschaft Anklage erheben will, einigen sie sich auf Totschlag und fünfundzwanzig Jahre Haft, aber eben im gelockerten Vollzug. Der Richter gewährt Cass noch einen Monat Freiheit bis zum Strafantritt, damit er bei Pauls Hochzeit Trauzeuge sein kann.«

»Und waren Sie mit dieser Einigung einverstanden?«

»Kommt drauf an, was Sie meinen. Ich fand immer, dass mich das Strafmaß nichts anging. Ein paar Cops haben sich über den gelockerten Vollzug aufgeregt, aber ich hab bloß gesagt: ›Es geht um Gefängnis, nicht um Folter, und in Rudyard würde jeder adrette College-Junge zerfleischt, erst recht jemand, der auf der Polizeiakademie war.‹ Mich hat gestört, dass er keinerlei Fragen beantworten wollte. Niemals. Er hat sich schuldig bekannt, gesagt, er hat's getan, und das war's.«

»Gab es denn noch irgendwelche offenen Fragen?«

»Na, zum Beispiel die Fensterscheibe. Die Scherben lagen alle draußen, auf dem kleinen Betonbalkon, direkt vor der Tür. Das heißt, das Fenster wurde von innen eingeschlagen. Wie ist er dann reingekommen?«

»Haben Sie doch schon gesagt. Er ist schon früher da hochgeklettert. Wie haben Sie es formuliert? Um ›eine Nummer zu schieben‹?«

»Das ja. Vielleicht hofft er, als er zu ihr kommt, auf ein Schäferstündchen oder weiß, was sie vorhat. Jedenfalls sagt sie: ›Nix da, das mit uns ist vorbei‹, und er rastet aus und schlägt sie. Als sie bewusstlos wird, gerät er in Panik und haut ab. Aber wenn du schon drin bist, wieso machst du dann nicht einfach die Tür auf und verschwindest?«

»Vielleicht wollte er es wie einen Einbruch aussehen lassen und hat sich bloß blöd angestellt.«

»Nicht schlecht.« Tim lachte leise und zeigte aufrichtig bewundernd mit einem dicken Finger auf sie. Der Knöchel war krumm und von Arthritis geschwollen. »Aber Cass Gianis war an der

Polizeiakademie. Und der andere Punkt ist, eine Scheibe einschlagen macht Lärm. Wenn du abhauen willst, wieso dann so einen Krach veranstalten? Das ergibt doch keinen Sinn.«

»Dann waren Sie also wegen der Tatortspuren skeptisch, dass er es war?«

»Nein, das hab ich nicht gesagt. Ich sage nur, ich hatte ein paar Fragen. In meinem Büro war keine Couch, auf der sich der Angeklagte ausstrecken und sein Herz ausschütten konnte. Vorausgesetzt er hatte eins. Aber wir hatten seine Fingerabdrücke in ihrem Zimmer und an der Tür. Die Blutgruppe passte. Die Schuhe passten. Und es gab ein Motiv, weil sie sich von ihm trennen wollte. Außerdem hatte er bei der ersten Vernehmung ein beschissenes Alibi geliefert. Er hat angegeben, er wäre mit seinem Zwillingsbruder zusammen gewesen –«

»Mit Paul?«

»Genau. Angeblich hatten sie in der Nacht drüben am Fluss rumgehangen und Bier getrunken. Natürlich hatte keiner sie gesehen. Cass konnte nicht mal den Laden nennen, wo sie das Bier gekauft hatten, sagte bloß, Paul hätte es besorgt.«

»Und hat Paul das bestätigt?«

Tim kratzte sich am Kinn und blickte zur Balkendecke der ehemaligen Veranda hoch.

»Ich glaube, das hat er, jetzt, wo Sie fragen. Wissen Sie, das war während der ersten Zeugenbefragung. Da wurde jeder vernommen, der mit Dita bei dem Picknick gewesen war. Das Gespräch mit Cass war nur ein Absatz von vielen. Wahrscheinlich hab ich den Bericht noch da.«

»Wirklich?«

»Unten im Keller. Ich hatte kein Personal, und ich war alle paar Tage in einem anderen Büro, deshalb hab ich mir gedacht, ich bewahre die Berichte am besten zu Hause auf. Kann ich Ihnen zeigen, wenn Sie möchten.« Tim stützte sich auf die Sessellehnen und stemmte sich hoch, schwankte leicht, als er den ersten Schritt machte. Evon beobachtete ihn. Er hatte inzwischen leicht gebeugte Schultern, war aber noch immer ein stattlicher Mann, gut über einen Meter achtzig, mit den Proportionen eines Footballspielers. Zu seiner Zeit hatte er auf der Straße bestimmt Eindruck gemacht. Er bedeutete ihr mitzukommen, öffnete dann eine Tür in der Küche und stieg mit unsicheren Schritten in den Keller hinunter. Die alte Holztreppe war steil, und Tim hielt sich mit einer Hand am Geländer fest, während er sich mit der anderen an der Mauer abstützte. Seine Drillichhose war ihm halb über den Hintern runtergerutscht.

Der Keller roch modrig, eine Mischung aus Schimmel und Staub, und war fast noch vollgestopfter als das Wohnzimmer. Alle möglichen Sachen standen herum – verdreckte Fahrräder mit platten Reifen, Gartenschläuche, Kleiderständer, Golfschläger mit Griffen aus Hickory-Holz, alte Fernsehapparate, kaputte Möbel. Licht fiel durch das Kellerfenster und beleuchtete einen Teil des Chaos.

»Schon mal dran gedacht, einen Trödelladen aufzumachen?«, fragte Evon.

»Meine Töchter sind noch schlimmer als ich. Wollen sich von nichts trennen, das Maria mal angefasst hat. Sollen sie sich drum kümmern, wenn ich nicht mehr bin«, sagte er und lachte, gänzlich unbekümmert beim Gedanken an seine eigene Sterblichkeit. Er schob sich seitlich an einem alten Garderobenschrank vorbei, um zu einem metallenen Aktenschrank zu gelangen, einem beigefarbenen angerosteten Kasten, von dem die Farbe stellenweise abgeblättert war. Er schien genau zu wissen, wo alles war. Er beugte sich über die unterste Schublade und nahm eine Akte heraus, dann machte er Licht, indem er an der Kette einer alten Lampenfassung mit Glühbirne zog. Mit steifen Fingern blätterte er unbeholfen die Seiten durch, wobei er hin und wieder mit der Zunge die Daumenspitze benetzte.

»Da haben wir's«, sagte er schließlich. Er überflog kurz den Bericht und reichte ihn dann Evon.

Es war genau so, wie er es in Erinnerung hatte. Kurze Befragung, zwei Tage nach Ditas Tod. Paul gab an, dass Cass in der Nacht nach dem Picknick mit ihm zusammen gewesen war und sie im Overlook Park am Fluss rumgehangen hatten. Eine glatte Lüge. Cass konnte nicht mit ihm zusammen gewesen sein, weil er ja, wie er später zugegeben hatte, bei Dita gewesen war, sie geschlagen und getötet hatte.

»Das ist Gold wert, wissen Sie?«, meinte Evon.

»Ach ja?«

»Der Mann will Bürgermeister werden. Dienstchef der Polizei. Aber er hat die Cops schamlos belogen, um seinen Bruder zu decken. Sogar noch nach seiner Ernennung zum Staatsanwalt.«

»Wer hätte das nicht? Ich weiß nicht, ob ich einen Mann wählen würde, der seinen Bruder im Stich lässt. Außerdem ist das alles Politik. Hal kann seine verrückte Politik für sich behalten. Das kümmert mich nicht.« Tim machte eine wegwerfende Handbewegung vor seiner großen Nase.

»Aber es beweist Hals Behauptung. Dass Paul von Anfang an was damit zu tun hatte. Er hat seinen Bruder gedeckt. Und vielleicht steckt noch mehr dahinter. Die Schuhe? Die beiden sind eineiige Zwillinge. Also könnten die Nikes auch Paul gepasst haben. Ich wette, die haben immer die gleichen Sachen getragen. Wohnten sie damals noch zusammen?«

»Meinen Sie das ernst? Griechische Familie? Hal hat auch noch bei seinen Eltern gelebt, und er war vierzig. Klar, die Gianis-Zwillinge lebten noch bei Lidia und Mickey. Ich glaube, Paul wollte bald ausziehen.«

»Was ist mit den Fingerabdrücken? Haben eineiige Zwillinge dieselben Fingerabdrücke?« Evon wurde allmählich aufgeregt. Sie meisterte jede Aufgabe, und ihre Aufgabe war es, Hals Behauptung zu beweisen. Sie staunte selbst darüber, wie schnell sie gewillt war, Paul zu verdächtigen, den sie immer gemocht, sogar bewundert hatte. Aber er hatte etwas Ausweichendes an sich, das ihr nie so richtig geschmeckt hatte. Du konntest noch so viel Zeit mit Paul Gianis verbringen, wie sie das getan hatte, und hattest doch hinterher das Gefühl, dass er mit irgendwas Wesentlichem von sich hinterm Berg hielt.

Doch Tim schüttelte den Kopf.

»Wenn ich mich recht entsinne, sehen die Abdrücke von Zwillingen ähnlich aus, aber wenn sie im Mutterleib sind, greifen sie um sich und berühren das Dingsda –« Er stockte und suchte nach dem richtigen Wort.

»Die Plazenta?«

»Genau. Nein, sie haben unterschiedliche Fingerabdrücke.«

Evon verdaute das und las dann den Bericht noch einmal.

»Kann ich den haben?«

Tim zuckte die Achseln. »Ist jetzt ein öffentliches Dokument. Als Cass angeklagt wurde, hat die Staatsanwaltschaft in Greenwood gemacht, was sie immer macht, nämlich sämtliche Polizeiberichte in die Gerichtsakten gepackt, um zu beweisen, dass der Angeklagte volle Offenlegung hatte, ehe er sich schuldig bekannte.«

Evon legte eine Hand auf den Aktenschrank.

»Was haben Sie sonst noch alles da drin, Tim? Wenn ich Sie dafür bezahle, kann ich dann vielleicht sämtliche Akten durchsehen, ob noch mehr über Paul dabei ist?«

Er lachte. »Sie müssen mich nicht bezahlen. Ich bin den Kronons was schuldig. Hab seit fünfundzwanzig Jahren an jedem ersten Januar einen Scheck bekommen.«

»Ich weiß«, sagte sie. »Der kommt aus meinem Budget.« Aber sie lächelte. »Keiner hat mir das je richtig erklärt.«

»Das war bloß Zeus' Dankeschön dafür, dass ich alles stehen und liegen gelassen habe, um die Ermittlungen zu übernehmen. Als die Sache vorbei war, hatte ich keine große Lust mehr auf die Heizungsfirma. Zeus hat mir eine Stelle bei ZP angeboten, aber ich hatte als Cop schon genug Vorgesetzte erlebt. Also hab ich beschlossen, Privatdetektiv zu werden, und Zeus meinte: ›Okay, dann zahlen wir Ihnen jedes Jahr ein Pauschalhonorar.‹ Und ich will nicht lügen. Das Geld hat mir sehr geholfen, vor allem am Anfang.« Mullaney hatte ihr erzählt, dass Tim mittlerweile hauptsächlich für Strafrechtler arbeitete, für die er Beweise beschaffte, die die Polizei übersehen hatte, außerdem für mehrere Versicherungsanwälte. Tim war derjenige, der den Schadensersatzanspruch eines Arbeiters widerlegte, indem er den Mann, der behauptete, verletzt zu sein, beim Gewichtheben fotografierte. Außerdem konnte er gute Berichte schreiben und machte im Zeugenstand einen entspannten Eindruck. Er hatte immer gut zu tun gehabt, wenngleich er in seinem Alter langsam kürzertreten musste. »Zeus und Hal haben mich zusammengenommen keine zehnmal für irgendwas engagiert. Die Sache mit Corus letzte Woche war der erste Auftrag in fünf Jahren, schätze ich. Also, wenn Sie möchten, dass *ich* die Akten durchsehe, klar, dann mach ich das. Ich werde mir merken, wie viel Zeit ich brauche, aber so bald werden Sie mir schon nichts schulden.«

Wieder oben, sammelte sie ihren Parka ein, der auf dem Sofa neben seinem dicken Buch gelandet war. In der Küche hing der schwache Geruch des Abendessens vom Vortag, der ihr nicht aufgefallen war, als sie das Haus betreten hatte.

»Dann machen Sie mal mit Ihren Mythologien weiter«, sagte sie.

»Oh, das werde ich. Ich hab gerade was über den Mythos der Liebe gelesen, als Sie gekommen sind.«

»Mythos?«, sagte Evon. »Soll das heißen, Liebe ist nicht real? Warum hat mir das keiner gesagt, bevor ich mit meiner Freundin zusammengezogen bin?«

Sie sagte selten etwas so Persönliches, aber der Scherz war einfach zu schön, um ihn sich zu verkneifen. Dabei war es in Heathers Fall nicht bloß ein Scherz. Aber Tim fand die Bemerkung urkomisch. Er lachte ausgiebig sein heiseres Lachen.

»Nein«, sagte er. »Aristophanes sagt, wir waren am Anfang alle vierbeinige Wesen, einige mit demselben Geschlecht, aber die meisten halb Mann, halb Frau. Zeus fürchtete, wir Menschen würden zu mächtig, und deshalb hat er uns in der Mitte durchtrennt, und alle suchen ihr Leben lang nach ihrer passenden Hälfte. Was halten Sie davon?« Er lachte wieder, belustigt von der Vorstellung.

»Ich denke, das klingt genauso logisch wie jede andere Erklärung.«

Tim fand auch diese Antwort amüsant, dann brachte er sie humpelnd zur Tür. Als sie in die Diele kamen, blieb er stehen und sah sie an.

»Sie glauben doch nicht wirklich, dass Paul Gianis was mit dem Mord an Dita zu tun hat, oder?«

»Warum hat er gelogen?«, fragte Evon. »Er wusste, was er sagen musste, und noch entscheidender ist, ihm war klar, dass er Cass zuliebe lügen musste. Was bedeutet, dass er zu diesem Zeitpunkt schon sehr viel wusste. Vielleicht waren sie tatsächlich in dieser Nacht zusammen. Vielleicht wollte Cass deshalb keine Fragen beantworten.«

Tim dachte darüber nach, doch ein unangenehmer Gedanke schien sein Gesicht nach unten zu ziehen.

»Gefällt mir gar nicht, dass ich vielleicht so auf dem falschen Dampfer war«, sagte er. Er zog diese Möglichkeit einen Augenblick in Betracht, dann öffnete er die schwere Tür.

5.

Heather – 12. Januar 2008

Ihr richtiger Name war nicht Evon Miller. Sie war im Kaskia Valley in Colorado als DeDe Kurzweil zur Welt gekommen und auf der elterlichen Farm aufgewachsen, wo ihr Vater Alfalfa, Pintobohnen und Mais anbaute. Er war ein stiller, o-beiniger Mann, ein ehemaliger Mormone, der aus Liebe zu seiner Frau, die ihm erst nach der Hochzeit eröffnete, dass sie sich zu einer Heiligen der Letzten Tage eher halbherzig hatte bekehren lassen, aus der Kirche ausgetreten war – was auch die Trennung von seinen Eltern und Geschwistern bedeutet hatte. DeDe war das fünfte von sieben Kindern, genau die Position innnerhalb der Familie, in der Kinder leicht untergehen. Und sie ging unter und spürte lange bevor sie verstand, warum, dass sie irgendwie anders war. Nie wusste sie, wann sie lächeln sollte oder wie sie Leute dazu bringen könnte, sie zu mögen, vor allem ihre Mutter.

Beim Feldhockey machte sie sich jedoch bemerkbar. Ihr Vater war ein erstklassiger Baseballspieler gewesen, und nachdem er auf Mission gegangen war, hatte er bei den Twins unterschrieben und als Profi gespielt, bis seine Familie ihn auf der Farm brauchte. Sie hatte das ganze sportliche Talent ihres Vaters geerbt, zumindest glaubten sie und ihr Vater das. Ungezählte Male schlief sie mit dem Hockeyschläger in der Hand ein, während sie ihre Spielzüge durchdachte. bei der Wahl zur Sportlerin des Jahres in Colorado belegte sie den zweiten Platz, ging mit einem Vollstipendium nach

Iowa und schaffte es 1984 in die olympische US-Feldhockeymannschaft. Sie brachte eine Bronzemedaille mit nach Hause, hatte aber keinerlei Idee, wie es mit ihr weitergehen sollte. Es war, als würde sie nach etlichen Jahren in einem Tunnel aus Ehrgeiz und Wettkampf ans Tageslicht treten. Bei einer Jobbörse informierte sie sich über die Arbeit beim FBI und war drei Monate später in Quantico. Sie liebte das FBI, jeden Tag, zwanzig Jahre lang. Die Bürokratie, der Papierkram, die Vorschriften konnten einen zwar verrückt machen, aber wirklich absolut alle, mit denen sie zusammenarbeitete, glühten vor Stolz auf ihre Mission und waren beseelt von dem Drang, das Richtige zu tun. Es war die gleiche Art von Engagement, die schon ihr Leben als Sportlerin geprägt hatte.

1992 hatte sie einen Auftrag angenommen, den Großraum Des Moines in Iowa zu verlassen und undercover hierherzukommen. Sie gab sich als die Anwaltsgehilfin Evon Miller aus, um einen korrupten Anwalt zu überwachen, der neuerdings mit dem FBI kooperierte und heimlich Aufnahmen machte, wenn er diversen Richtern Bestechungsgelder zahlte. Den Namen Evon hatte sie selbst ausgesucht, inspiriert von einer Cousine zweiten Grades, deren Eltern eine simplere Schreibweise des Namens Yvonne im Sinn gehabt hatten. Aber niemand, nicht mal ihre Cousine, sprach den Namen so aus. Ihre Cousine störte das nicht; sie fand sogar, es mache sie zu etwas Besonderem. Ein solches Selbstvertrauen ersehnte sich DeDe auch.

Petros, so hieß der Undercovereinsatz, war ein weitreichender Erfolg – sechs Richter, neun Staatsanwälte, ein Dutzend Gerichtssekretäre und Deputys wurden überführt –, und nach dem letzten Prozess war Evon nach Washington bestellt worden, wo man ihr die FBI-Medaille verlieh, die höchste Auszeichnung für Agenten. Selbst ihre Mutter saß mit stolzgeschwellter Brust da und nahm von allen Seiten Glückwünsche entgegen.

Aber da hatte Evon längst eine noch größere Belohnung bekommen. Die Chance, jemand anders zu sein, hatte sie zu jemand anderem gemacht. Zum einen hatte sie sich geoutet. Weit wichtiger jedoch war, dass sie allmählich ahnte, was für ein Gefühl es wäre, sich wohl in ihrer Haut zu fühlen. Der Gedanke, wieder DeDe zu werden, war für sie so unerträglich, als müsste sie in ein Gefängnis zurück. Sie bat um ihre offizielle Versetzung nach Kindle County und erhielt von Washington die Erlaubnis, sich weiterhin Evon Miller zu nennen, denn unter diesem Namen kannten sie alle hier. Mittlerweile hatte sich sogar Merrel, Evons Lieblingsschwester, angewöhnt, sie so zu nennen.

Sie war so viel glücklicher als in ihrem früheren Leben, in dem sie sich wie ein Handball vorgekommen war, der mit rasender Geschwindigkeit gegen Wände prallte, die ihr nie aufgefallen waren. Wenn sie in den seltenen müßigen Momenten ihren Gedanken mal freien Lauf ließ, stellte sie sich nun die Frage, auf wie viel Glück sie ein Recht hatte. Niemand konnte Vollkommenheit erwarten.

Das sagte sie sich gern in Augenblicken wie diesem, wenn sie die vertraute Mischung aus Zorn und Kränkung empfand, die bei der Vorstellung an ihr nagte, ihre Lebensgefährtin Heather Truveen könnte sie wieder mal enttäuschen. Es war Samstagabend, und Evon saß im prächtigen alten Ballsaal des Kindle County Athletic Club. Eichensäulen ragten drei Stockwerke in die Höhe, und der Raum war wunderschön dekoriert für die Hochzeit von Francine und Nella, den beiden Freundinnen, die Evon mit Heather bekannt gemacht hatten. Die schmucklosen Stuhlreihen waren mit weißen Satinhussen verkleidet, und eine mit weißen Rosen gefüllte Amphore stand an der Stelle auf dem Podium, wo die Zeremonie stattfinden würde. Evon hatte neben sich einen Stuhl am Gang frei gehalten, weil sie wusste, dass Heather die Garderobe der Bräute bis ins Detail auskosten würde. Doch die beiden würden nun jeden Moment mit Nellas Dad in der Mitte über den Satinläufer schreiten. Evon hatte schon unauffällig ihr Blackberry aus der Handtasche gefischt, um nachzusehen, ob Heather irgendeine Nachricht geschickt hatte, als sie endlich eintrudelte.

»Geschafft«, flüstere Heather, legte ihren Blondschopf auf Evons Schulter und schmiegte sich kurz an sie. Heather roch erstaunlich frisch, ihr Parfüm, Fracas, umhüllte Evon für einen Moment.

Seit anderthalb Jahren waren sie jetzt zusammen. Heather war achtunddreißig, Creative Director bei Coral Glotten – lustig, ein bisschen wild, intelligent und sehr schön. Sie hatte als Model angefangen, eine große, elegante Blondine, deren Anmut Evon an Merrel erinnerte, die immer die schönste Frau gewesen war, die Evon kannte, und der sie stets zu gleichen versucht hatte. Als Evon elf war, schenkte Merrel ihr zu Ostern ein Kleid, das sie vier Jahre zuvor genäht hatte. Kurz vor dem Kirchgang machte ihre ältere Schwester ihr die Haare und kürzte den Saum um weitere zwei Zentimeter. Evon hörte, wie Merrel ihre Mutter oben fragte: »Sieht sie nicht hübsch aus?« Und ihre Mutter antwortete: »So hübsch, wie's geht, aber viel Staat ist mit ihr nun mal nicht zu machen.«

Zu den vielen guten Dingen, die passiert waren, als man sie 1992 nach Kindle County schickte, zählte, dass sie die heimliche Geliebte des zum Informanten umgedrehten korrupten Anwalts spielen und auch so aussehen musste. Ihr blondes Haar wurde noch etwas heller gefärbt, und man verpasste ihr eine Frisur, wie sie damals Mode war, die so aussah, als wäre jemand mit dem Rasenmäher über eine Kopfhälfte gefahren. Sie trug jeden Tag Stilettos, dickes Make-up und schicke Klamotten, und sie stellte fest, dass ihr das alles weit besser gefiel, als sie je gedacht hätte.

Doch selbst nachdem sie sich zu einer Lippenstiftlesbe gemausert hatte, hätte sie nie angenommen, dass jemand so Glamouröses wie Heather sich für sie interessieren könnte. Heather war ebenso unangestrengt schön, wie Evon mühelos sportlich gewesen war. Heather war von Natur aus fit, obwohl sie selten Sport trieb und sich beim Essen nie einschränkte. Ihr aschblonder Haarton war echt – beim ersten gemeinsamen Dinner gab sie vor Evon damit an, sie sei auch noch an einer anderen Körperstelle blond –, und das verquollen verschlafene Aussehen am Morgen machte sie sogar noch schöner.

Und Heather war lustig, unbekümmert und umwerfend komisch. Die ersten Monate fand Evon sie wahnsinnig amüsant, obwohl Heathers Impulsivität selten darauf Rücksicht nahm, was Evon wollte. Einmal, als sie mitten in der Nacht wach war, während Evon tief und fest schlief, war sie von einem Infomercial über Brasilien derartig begeistert, dass sie spontan einen seit Wochen geplanten Urlaub umbuchte. Oder sie kam eines Abends in die Wohnung, deutete mit einer ausladenden Handbewegung auf die Möbel, die sie monatelang ausgesucht hatte. »Das passt alles nicht zusammen«, sagte sie. »Das Sofa muss raus.« Das Sofa hatte einen knallroten Mohairbezug und war eine Sonderanfertigung für mehrere Tausend Dollar. Diese hemmungslose Verschwendung machte Evon fassungslos, zugleich war sie aber auch überglücklich darüber, die Grenzen überwunden zu haben, die sie ihr ganzes Leben lang eingeengt hatten. Heather ging also wieder zu dem Laden und bestellte eine komplette zweite Wohnzimmereinrichtung, bat aber darum, die Möbel vorerst nicht auszuliefern, da sie es sich bestimmt wieder anders überlegen würde. Evon hatte gebrüllt vor Lachen, als sie das hörte.

Doch natürlich ließ die Komik allmählich nach. Als Evon ihre Freundin ein teures Top, das sie bloß einmal getragen hatte, in den Mülleimer werfen sah, zog sie es wieder heraus. »Gib es wenigstens in die Kleidersammlung«, sagte sie, doch Heather winkte gelangweilt ab. Mit der Zeit sah Evon hinter die schöne Maske. Heather arbeitete deshalb so hart an der Oberfläche, weil sie über das Innere oft keine Kontrolle hatte. Nicht selten wurde sie von düsteren Stimmungen befallen, die sie unzugänglich und trübsinnig machten. Sie trank zu oft zu viel und war in diesem Zustand aggressiv und verletzend. Und sie war enervierend launisch. So hatten sie geplant, sich in Vorbereitung auf die Hochzeit einen schönen Tag zu machen, in ein Wellnesscenter zu gehen und sich eine Maniküre und Pediküre zu gönnen. Stattdessen war Heather um acht Uhr aufgestanden und hatte erklärt, sie müsse arbeiten. Ihr Hauptkunde, Tom Craigmore, der immer anspruchsvoller wurde, hatte für die neue Sportkleidungskollektion, die er im Herbst auf den Markt bringen wollte, einen gesamten Tag mit seinem Kreativteam verlangt.

»Wo hast du dich umgezogen?«, wollte Evon jetzt von Heather wissen.

»Im Büro.«

Heather war ohne Kleidersack aus der Wohnung gegangen, was bedeutete, dass sie ihr Kleid schon im Büro gehabt und somit bereits länger gewusst hatte, dass ihre gemeinsamen Pläne für den Tag zum Scheitern verurteilt waren. Warum hatte sie nicht schon früher einen Ton gesagt, warum die Enttäuschung hinausgeschoben? In dieser Hinsicht war Heather absolut unreif. Sie kam aus einem völlig verkorksten Zuhause mit einem fremdgehenden Vater, der sich schließlich das Leben nahm, und einer Mutter, die nie genug Bodenhaftung hatte, um mitzukriegen, dass ihre Kinder unglücklich waren. Als Folge daraus hatte Heather Angst vor Kritik.

Die Zeremonie begann. Es war eine Hochzeit in Anführungszeichen. Francine und Nella waren am vergangenen Wochenende nach Boston gefahren, um dort standesamtlich zu heiraten. Die Feier heute, mit Familie und Freunden, war alles, was das hiesige bundesstaatliche Gesetz erlaubte, nämlich eine religiöse Eheversprechenszeremonie.

Der episkopale Priester, der die Zeremonie leitete und schon lange mit beiden Frauen befreundet war, segnete ihre Verbindung mit schönen Worten.

»Das Leben«, sagte er an einer Stelle, »ist viel zu grausam, um es allein zu bestehen.« Der Satz traf Evon wie ein Pfeil. Ja. Wie wahr. Sie nahm Heathers Hand und drückte sie fest.

Und unter dem Eindruck dieser Erkenntnis wurde es ein wunderbarer Abend. Einige Jahre zuvor, mit Mitte vierzig, hatte Evon festgestellt, dass sie gern tanzte. Besonders die Siebzigerjahre-Songs aus ihrer Jugend – »Stairway to Heaven«, Springsteen – waren für sie so befreiend wie Alkohol und Drogen für andere. Heather und sie tanzten, bis sie völlig verschwitzt und erschöpft waren, und baten im Laufe des Abends viermal um »Born to Run«. Um ein Uhr morgens setzte das Personal vom Athletic Club die Letzten vor die Tür.

Wieder zu Hause, malte sich Heather, alkoholisiert, wie sie war, in allen Einzelheiten ihre eigene Hochzeit aus. Sie hatte tausend Ideen: Sie würde den Mittelgang hinuntergehen, erhellt von schwimmenden Kerzen in doppelwandigen Kristallkugeln, in denen auch Orchideen steckten, und die eigentliche Zeremonie würde auf einem Teppich aus frischem Lavendel erfolgen.

»Und ich will Cartier«, erklärte Heather. »Drunter tu ich's nicht, und wenn du mir mit irgendwas anderem kommst, bist du für mich gestorben.« Heather lachte, als sie das sagte, aber ihre Augen blitzten wie Messerklingen.

Nachdem Heather duschen gegangen war, spürte Evon, die deutlich mehr getrunken hatte als üblich, wie eine dunkle Ernüchterung nach ihrem Herzen griff. Heathers Gerede von Hochzeit, ihre überzogenen Ansprüche hatten Evon bewusst gemacht, wie schlecht die Chancen dafür standen. Ihre Zweifel hatten nur wenig mit ihrer Skepsis zu tun, dass die gleichgeschlechtliche Ehe in diesem Bundesstaat je legalisiert werden würde. Auch nicht mit der Frage, ob sie jetzt, wo sie offen lesbisch lebte, imstande wäre, anderen gegenüber ungeniert von ihrer »Ehefrau« zu sprechen. Etwas anderes beunruhigte sie, obwohl ihr der viele Champagner unmöglich machte, präziser zu denken. Ihre eigenen Vorbehalte waren ein Schock für sie, denn ihre Beziehung war bislang dadurch definiert, dass Evon sich um Heather bemühte, Nachsicht für sie zeigte, ihr vergab. Und es traf zu, dass sie Heather noch immer begehrte, ihre überspannte Art und ihren beißenden Sarkasmus liebte, dass sie in sich selbst etwas Starkes und Gutes entdeckt hatte, indem sie Heather vergötterte. In den letzten Monaten war ihr klar geworden, dass sie praktisch Heathers Mutter war, was für Evon nicht so schlimm war, wie es sich anhörte, weil es ihr Freude machte, nein, weil sie es genoss, freundlicher, geduldiger und verständnisvoller mit Heather umzugehen, als Evons Mutter es getan hatte. Sie war noch nicht bereit, irgendwas davon aufzugeben.

Aber sie verlor allmählich den Glauben an den Mythos oder die Legende oder das Märchen oder woran auch immer sie sich geklammert hatte, die Hoffnung, Heather würde »ruhiger« werden, wie Evon es für sich selbst nannte, und Evon so lieben würde, wie sie geliebt werden wollte. Das Leben war viel zu grausam, um es allein zu bestehen. Deshalb war sie hier. Und morgen, wenn sie aufwachte, würde sie wieder an all das glauben. Fürs Erste jedoch hatte das letzte Glas Champagner dazu geführt, dass sie sich vorkam wie eine Seherin oder eine Prophetin, die durch den Rauch, genannt Zukunft, spähte und keine beruhigenden Konturen erkennen konnte.

6.

Georgia – 17. Januar 2008

Tim sah den ersten von Hals Werbespots über Paul und den Mord am Montagnachmittag, als er sein Mythologiebuch beiseitelegte und die Fünfuhrnachrichten einschaltete. Eigentlich schaute er schon seit Jahren keine Lokalnachrichtensendungen mehr – da ging es ja doch bloß um Chihuahuas, die Hummer jagten, oder dass Jesus auf einem gegrillten Käsesandwich erschienen war –, aber er fand es spannend, plötzlich in aktuelle Ereignisse involviert zu sein. In seinem Alter war er daran gewöhnt, sich unwichtig zu fühlen.

Pauls Klage hatte ein paar Tage Schlagzeilen gemacht, und jetzt schlug Hal zurück. Tim sah sich den Spot verwundert an. Ein Stück Papier, das vom Schimmel in seinem Keller leicht hätte vernichtet werden können, wurde jetzt ins Bild gesetzt, als wäre es die Heilige Schrift. Die Kamera zoomte von der Seite auf den Polizeibericht, sprang dann zur Überschrift »Greenwood County Sheriff«, anschließend auf das Datum und schließlich zum Namen »Paul Gianis« im Kästchen »Zeuge«. Pauls Aussage wurde in Fettdruck hervorgehoben und schwebte dann von dem Blatt, während eine unsichtbare Frau mit schneidender Stimme fragte, ob wir einen Lügner als Bürgermeister haben wollten. Einige Minuten später wurde der Spot im Rahmen der Nachrichten noch einmal gezeigt. Mit einem unguten Gefühl wandte sich Tim vom Fernseher ab. Kein Wort in diesem Spot war unwahr. Trotzdem war ihm nicht ganz wohl dabei.

Tim dachte darüber nach, während er, schon eingepackt in seinen Wollmantel und mit Filzhut auf dem Kopf, durch die bleigefassten Buntglasscheiben seines Erkerfensters auf die Straße spähte. Der BMW hielt vorm Haus, er schloss ab und trottete zu dem Wagen.

»Bloß vier Querstraßen«, sagte er zu Evon, während er sich anschnallte, »aber die Zugezogenen schaufeln ihre Bürgersteige nicht frei. Ich bin echt zu alt zum Bergsteigen.« In der vergangenen Woche hatte es heftig geschneit, das erste Mal seit ein paar Jahren. In Tims Jugend hatte es im Winter manchmal tagelang minus dreißg Grad, und sobald es dann wärmer wurde, schneite es wie verrückt. Das war einmal. Gleich nachdem die letzten Flocken gefallen waren, hatte die junge Dorie Sherman von gegenüber ihren kleinen Sohn mit nach draußen genommen, um ihm die weiße Pracht zu zeigen. So etwas hatte er noch nie gesehen.

Evon wollte mehr über die Frau wissen, die sie besuchen würden.

»Da gibt's nicht viel zu sagen«, antwortete Tim. »Georgia Lazopoulos. Inzwischen Georgia Cleon. War damals Pauls Freundin. Ihr Dad war der Priester von St. D.«

»Griechische Priester dürfen heiraten?«

»Die orthodoxen, klar. Aber nur bis sie ordiniert werden. Was manchmal der Grund ist, warum sich die Zeit im Priesterseminar in die Länge zieht.«

»Wo ich herkomme, sind die Kinder von Geistlichen meistens ziemlich durchgeknallt.«

»Sie war ein nettes Mädchen, soweit ich mich erinnere. Aufrichtig. Haben Sie den Bericht gelesen, den ich Ihnen geschickt hab?«

»Ich hab's versucht. Aber das Fax war kaum zu entziffern.«

»Bei der ersten Befragung hat sie munter drauflosgeplappert. Hat erzählt, Dita und Paul hätten an dem Tag, an dem sie umgebracht wurde, einen Streit gehabt. Sie wollten doch, dass ich so was in der Art ausgrabe, nicht?«

»Genau. Hat sie es dem Cop erzählt, weil es ihr seltsam vorkam?«

»Wohl kaum. Der hat ihr gesagt, sie soll alles erzählen, woran sie sich erinnert, und das hat sie dann auch, sogar, wie viele Pastetchen sie gegessen hat. Ich hab mir gedacht, wir könnten ruhig mal mit ihr reden. Schließlich muss ich auf meine Stunden kommen, um mein Honorar abzuarbeiten.«

Evon schlug ihm auf die Hand, und Tim lachte.

»Hier können Sie anhalten«, sagte er. Georgia wohnte noch immer in dem kleinen Bungalow, den sie zusammen mit ihrem Exmann Jimmy Cleon gekauft hatte. Nach Paul hatte sie sich mit ihm getröstet. Jimmy war schlagfertig und sah gut aus, aber er war die ganze Zeit auf Drogen, und sie wusste nichts davon, bis das Silberbesteck, das sie zur Hochzeit geschenkt bekommen hatten, kurz nach den Flitterwochen spurlos verschwand. Zumindest erzählte man es sich so. Da Georgia die Tochter des Priesters war, zerrissen sich immer alle das Maul über sie.

Als ihr Vater in den Zwangsruhestand geschickt wurde, verlor er auch das Pfarrhaus und zog bei ihr ein. Father Nik war seltsam geworden. Hirntumor, wie Tim sich erinnerte. Die Operation hatte ihn zwar gerettet, er wurde jedoch nie wieder der Alte, und inzwischen hatte er noch dazu einen Schlaganfall gehabt. Georgias Mom war gestorben, als Georgia noch auf der Highschool war, deshalb war sie jetzt allein mit ihrem verrückten alten Dad, Genau das Schicksal, vor dem Tim, wie er immer noch hoffte, seine Töchter, die ihn ständig beknieten, doch nach Seattle in ihre Nähe zu ziehen, bewahren wollte.

»Weiß sie, dass ich mitkomme?«, fragte Evon, als sie eingeparkt hatte. Er hatte sie in eine Lücke dirigiert, in die sie über die schwarzen Spurrillen im Schnee manövrieren konnten. In dieser Gegend war Parken im Winter nicht ganz ungefährlich. Die städtischen Schneepflüge kamen nie in diese kleinen Sträßchen, und Hausbesitzer verbrachten Stunden damit, ihre Parkplätze freizuschaufeln, um sie sich dann mit Gartenstühlen oder den orangegelben Kegeln zu sichern, die sie von Straßenbaustellen geklaut hatten. Tim hatte sich zuletzt vor über vierzig Jahren geprügelt, weil sich irgend so ein Witzbold auf seinen Platz stellte, während er gerade die Schneeschaufel wegbrachte. Aber es war erst halb vier Uhr nachmittags, daher gab es noch reichlich Parkplätze, weil die meisten Anwohner noch bei der Arbeit waren.

»Ja. Ich hab ihr gesagt, dass wir für Hal arbeiten. Sie klang nicht erfreut, aber immerhin hat sie nicht Nein gesagt. Schien sich an mich zu erinnern.«

»Wer könnte Sie schon vergessen?«, fragte Evon. »Groß und dunkel und gut aussehend.«

Er lachte. Diese Evon konnte er ziemlich gut leiden.

Die Frau, die ihnen die Tür öffnete, war für Tim kaum wiederzuerkennen. Die Zeit war nicht freundlich mit ihr umgegangen, hatte ihre Haut großporig und schlaff werden lassen, und wie viele Frauen in seiner Gegend hatte sie mächtig zugenommen. Sie war mal hübsch gewesen, erinnerte sich Tim, sehr hübsch, und bei genauerem Hinsehen konnte man in einem Fleischpudding noch die Überbleibsel dieses fröhlichen, reizvollen Gesichts erahnen. Auch Maria war ziemlich korpulent geworden, um die Wahrheit zu sagen, aber das hatte ihm nie viel ausgemacht. In einer langen Ehe war die Gegenwart nicht so wichtig, zumindest für ihn nicht. Jeder Tag, den sie gemeinsam verbracht hatten, war in ihnen beiden vorhanden, und es waren überwiegend gute Tage gewesen. Georgia hingegen konnte er nur so sehen, wie sie jetzt war, und ihr Äußeres schien keinerlei Verbindung mehr zu der jungen Frau zu haben, die sie mal gewesen war. Da war bloß diese Person in einem schlabberigen Top, die jetzt viel kleiner wirkte und einem die Frage aufdrängte, welcher Wahn sie dazu gebracht haben mochte, eine Stretchhose anzuziehen.

Tim stellte sich ihr noch einmal vor, erwähnte Nachbarn, von denen er glaubte, Georgia würde sich an sie erinnern, und erkundigte sich nach ihrem Vater. Sie verzog das Gesicht.

»Sie werden ja sehen«, sagte sie. »Er geistert hier rum, als wäre er auf einer Schatzsuche. Mein größtes Problem ist, dass er immer ans Telefon geht. Dann redet er ewig lang mit diesen Spendensammlern von irgendwelchen Organisationen und verspricht ihnen Tausende. Irgendwann hab ich ihm einfach ein Scheckbuch von einem alten aufgelösten Konto gegeben. Er stellt unheimlich gern Schecks aus. Der große Zampano.«

Sie winkte sie in das dunkle Wohnzimmer. An den Wänden hingen einige schöne Ikonen mit diesen lang gezogenen ausdruckslosen Gesichtern und jede Menge Fotos von Griechenland – königsblaues Wasser und kahle Berge –, anscheinend während eines Besuchs bei der Verwandtschaft aufgenommen. Maria hatte dorthin reisen wollen, als die Mädchen klein waren, aber auch das war in der reißenden Flut nach Katys Tod untergegangen.

Nachdem seine Frau gestorben war, wuchs Father Nik die viele Arbeit für die Gemeinde über den Kopf, und er hatte Georgia an seiner Seite gebraucht. Er hatte ohnehin nicht viel davon gehalten, dass ein Mädchen aufs College ging. Sie hatte eine einjährige Ausbildung als Buchhalterin machen dürfen und arbeitete noch immer in der Zentrale der großen Bank, bei der sie als Neunzehnjährige angefangen hatte und die jetzt einer noch größeren Bank gehörte. Sie war die Chefkassiererin und zählte täglich von sieben bis drei das Geld anderer Leute.

Sie brachte ihnen beiden ein Glas Leitungswasser und ließ sich dann schwerfällig auf dem gemusterten Sofa nieder. Evon setzte sich neben sie, während Tim in einem Sessel Platz nahm. Der Fernseher lief, und Georgia konnte für einen Moment den Blick nicht davon losreißen. Es ging um den neusten Skandal um Britney Spears, die in eine Klinik eingeliefert worden war, nachdem sie sich mit ihrem Sohn in einem Zimmer verbarrikadiert hatte.

»Was für ein Elend, dabei hat sie doch alles«, sagte Georgia und starrte weiter fasziniert auf die Bilder. Genau wie die Griechen mit ihren Göttern, dachte Tim, sie betrachtete ein Leben, das überlebensgroß war, diese herausragenden Figuren, deren Triumphe der Stoff waren, aus dem die Träume sind, und deren Hybris zu einer derartig restlosen Zerstörung führte, dass man froh war, ein kleines Leben zu führen. Als eine Werbeunterbrechung kam, schaltete Georgia ab. Aber sie zeigte mit der Fernbedienung auf den Fernseher in einem alten Walnussschrank.

»Ich hab Hals Werbespots gesehen«, sagte sie, und ihr Mund nahm einen säuerlichen Zug an. »Der hat Sie bestimmt hergeschickt, weil er denkt, ich wäre die verbitterte alte Hexe, die sofort über den Typen herfällt, der sie sitzen gelassen hat. Aber das läuft nicht. Ich sag's Ihnen gleich, ich glaube nicht, dass Paul irgendwas mit dem Mord an Dita zu tun hatte.« Die füllige Gestalt auf dem Sofa straffte sich bei dieser Erklärung und presste die Arme eng an den Körper.

»Wundert mich überhaupt nicht«, antwortete Tim. »Sie wären ja wohl nicht so lange mit einem Mann zusammen gewesen, den Sie für einen Mörder hielten, was? Aber es kommt vor, dass Menschen noch eine andere Seite haben, die niemand zu Gesicht bekommt. Hal hat seine Meinung, und Paul hat beschlossen, ihn zu verklagen, weil er die geäußert hat, so sieht's aus. Keiner von uns war dabei, als Dita ermordet wurde. Wir möchten einfach bloß wissen, woran Sie sich noch erinnern. Sie sollen nichts für uns erfinden.«

Sie hatte dichte Augenbrauen und musterte Tim blinzelnd, während sie überlegte, ob sie ihm glauben sollte. Er konnte sehen, was mit ihr passiert war. Georgia war ein bisschen wie ein Hund, der zu viele Prügel abbekommen hatte. Sie hatte noch immer keine Ahnung, was sie eigentlich getan hatte, dass ihr Leben so schiefgelaufen war, und deshalb gelernt, jedem zu misstrauen.

»Tja, nach so langer Zeit erinnere ich mich nicht mehr an viel«, sagte Georgia. »Klar, das Ereignis sticht heraus. Wie oft verbringt man schon Zeit mit jemandem, der ein paar Stunden später tot ist, noch dazu ermordet? Aber alles andere? Wie lange ist das her? Doch mindestens fünfundzwanzig Jahre.«

»Natürlich«, sagte Tim. »Aber die Erinnerung ist manchmal eigenartig. Man kann zum Beispiel so manche Frau noch nach Jahren fragen, was für ein Kleid sie an einem bestimmten Tag anhatte, und sie weiß es noch.«

»Ich auch«, sagte Georgia sofort. Sie lächelte zum ersten Mal, seit sie durch die Tür gekommen waren. »Ich hatte ein Sommerkleid mit kleinen blauen Karos an. Stand mir richtig gut.« Ihr kurzes Auflachen trieb sie nach hinten in die Sofakissen. Für einen ganz kurzen Moment war sie mit sich zufrieden.

»Das glaub ich gern«, antwortete Tim. Evon hatte sich auf dem Sofa neben Georgia auf die Rolle der Protokollantin beschränkt. Die meisten Mordermittler, die sie kannte, hatten keine besonders gute Vernehmungstaktik. Sie neigten dazu, hereinzukommen und ein paar Fragen zu stellen und dabei die ganze Zeit wegzuschauen, als warteten sie auf den Moment, wo sie sagen konnten: »Erzählen Sie doch keinen Scheiß, wenn Sie mir nicht die Wahrheit sagen, landen Sie im Knast.« Aber Tim war ernst und freundlich. Als unterhielte man sich mit dem Großvater von irgendwem, der im Schaukelstuhl auf seiner Veranda saß.

»Und ich werde Ihnen sagen, woran ich mich auch noch erinnere«, sagte sie. »Vielleicht hören Sie das nicht gern, aber als ich den Fernsehspot gesehen hab, in dem behauptet wird, Paul hätte die Polizei angelogen, ist es mir wieder eingefallen. Genau das hat Paul an dem Abend zu mir gesagt. Dass er sich mit Cass im Overlook Park treffen wollte. Ich weiß nicht, ob er es dann auch wirklich gemacht hat, aber ich weiß, dass er es vorhatte.«

Evon war aufgeschreckt.

»Gibt es irgendeinen Grund, weshalb Sie sich so genau daran erinnern?«, fragte sie.

Georgia wandte sich ihr zu und fühlte sich deutlich angezweifelt. »Allerdings, weil mich das sehr gewundert hat. Es war ein Sonntagabend, und da ging mein Dad oft mit dem Männerklub aus, sodass wir das Haus für uns hatten. Und da Männer nun mal sind, wie sie sind, hat Paul das immer gern ausgenutzt.« Sie nickte mit Nachdruck, als hätte sie Evon einen Dämpfer versetzt, was auch stimmte.

Georgia gegenüber beugte sich Tim im Sessel vor und hob seine hellen Augen in Evons Richtung. Er wollte nicht, dass sie seinen Rhythmus unterbrach, und schaltete sich behutsam wieder ein.

»Hat Paul gesagt, warum er dorthin wollte?«

»Das konnte ich mir denken. Er wollte mit Cass über Dita sprechen, glaube ich. Die beiden haben sich einmal die Woche ihretwegen gestritten. Er hatte Angst, Cass würde sie heiraten und die Familie damit auseinanderreißen.«

Evon ging die Details noch einmal durch. Es war nicht so schlimm, wie sie befürchtet hatte. Vielleicht hatte Paul sich mit Cass im Overlook Park getroffen und mit ihm einen Plan ausgeheckt. Aber einer von ihnen, vielleicht beide, war anschließend losgezogen und hatte Dita getötet.

»Denken Sie nicht, ich würde für Paul Partei ergreifen«, sagte Georgia. »Das tu ich nicht. Er hat sich mir gegenüber mies benommen. Kennen Sie das, wenn Frauen sagen: ›Er hat mir die besten Jahre meines Lebens geraubt?‹ Das hat er nämlich. Ich war das Nachbarsmädchen, das nicht mehr gut genug für ihn war, sobald er sein Jurastudium abgeschlossen hatte. Und damals hätte ich jede Menge Jungs haben können. Bei meinem Aussehen? Das ärgert mich immer noch. Aber ich will Ihnen die Wahrheit sagen. Ich hab ihn gewählt. Und ich wähl ihn wahrscheinlich diesmal auch.« Georgia blickte kurz auf ihre pummeligen Hände, als versuchte sie, die Bedeutung dieses Geständnisses zu verstehen.

Menschen konnten an einer Liebe hängen bleiben, erkannte Evon, und sich nie mehr davon erholen. Evon hatte die größte Liebe ihres Lebens vor fast zehn Jahren erlebt, mit Doreen. Sie hatten sechs gute Monate, bis Doreen ihre Diagnose bekam, und dann noch anderthalb Jahre, in denen Evon ihr sterben half. Hinterher war sie am Boden zerstört gewesen, zum Teil weil die gute

Zeit nicht lange genug angedauert hatte, um herauszufinden, was aus der Beziehung hätte werden können. Jetzt fragte sie sich, ob sie wie Georgia vielleicht nie aufgehört hatte, um diese verlorene Möglichkeit zu trauern. Die wenigsten Menschen glaubten, dass Liebe ein Leben ruinieren konnte. Aber vielleicht ja doch. Evon spürte, wie ihr ganzer Körper von der schieren unglücklichen Kraft dieses Gedankens niedergedrückt wurde.

»Kommen wir noch mal auf den Tag des Picknicks zurück«, sagte Tim zu Georgia. »Erinnern Sie sich noch, ob Paul da irgendwas Besonderes gemacht hat?«

Sie schnaubte. »Tja, ich erinnere mich, dass er Sofia Michalis über den Weg gelaufen ist. Und allein an der Art, wie er mit ihr gesprochen hat, konnte ich sehen, dass da irgendwas vor sich ging. Als er mit mir Schluss gemacht hat, schob er es auf die ganze Sache, dass Cass unter Verdacht stand und so. Er hat gesagt, er wäre wegen all dem völlig durcheinander. Aber sechs Monate später war er mit Sofia verheiratet. Dafür war er nicht zu durcheinander.«

»Erinnern Sie sich an irgendwas zwischen ihm und Dita?«, fragte Tim.

Sie schüttelte ihr rundes Gesicht. Es war aber unklar, ob als Antwort auf die Frage oder weil sie in Gedanken noch immer bei Paul und Sofia war.

»Einer der Polizisten, der mit Ihnen gesprochen hat«, erklärte Tim, »hat gesagt, Sie hätten sich daran erinnert, dass Paul sich kurz mit Dita unterhalten hat.«

»Hab ich das?«

Tim griff in seine Tweedjacke und zog ganz beiläufig den Bericht hervor wie irgendein Stück Papier, das ein alter Knabe wie er zufällig in der Tasche hatte, eine Einkaufsliste oder einen Merkzettel, damit er nicht vergaß, seine Tochter anzurufen. Mit über der Stirn gespreizten Fingern las Georgia die hervorgehobenen Passagen. Schließlich nickte sie.

»Ich hab bloß gesehen, dass sie sich unterhalten haben. Dann ist Dita davonstolziert, und ich kann mich noch an seinen Gesichtsausdruck erinnern. Aber das war ja nichts Neues. Paul hasste Dita.«

»Hat er das an jenem Tag gesagt? Dass er sie hasst?«

»Ich weiß nicht, was er gesagt hat. Hab ich das dem Cop erzählt?« Ohne zu fragen, nahm sie Tim den Bericht wieder aus der Hand und legte den Kopf schief, während sie las. »Ich kann mich wirklich nicht erinnern, an dem Tag überhaupt mit Paul über sie gesprochen zu haben. Außer vielleicht, als er sagte, er wolle zum Overlook Park, aber das weiß ich auch nicht genau.«

»Aber Sie sagen, er hat sie gehasst?«

»Sie hatte so einige unangenehme Seiten. Über Tote soll man ja nicht schlecht reden« – sie bekreuzigte sich mit beeindruckender Geschwindigkeit vor der Brust –, »aber ich muss Ihnen die Wahrheit sagen. Dita war eine total verwöhnte Göre mit einer sehr spitzen Zunge. Sie hat immer ausgestrahlt: ›Mein Dad ist ein mächtiger Mann, Herrscher des Universums, deshalb kann ich verdammt noch mal sagen, was ich will.‹ Sie sah umwerfend gut aus, deshalb waren alle hinter ihr her, die ganze Kavallerie sozusagen, aber bis auf Cass hat sie jeden nach einer Weile davongejagt.«

»Konnte Paul sie deshalb nicht leiden? Weil sie hochnäsig war?«

»Also, er hat immer gesagt, sie wäre zügellos und würde seinen Bruder in die Irre führen. Auch seine Mom würde sie hassen, was Dita wüsste und dass sie einfach Spaß daran hätte, sie alle zu provozieren. Ich weiß nicht. Wollen Sie wissen, was ich denke?«

»Deshalb sind wir hier«, sagte Tim.

»Ich glaube, er war eifersüchtig. Das ist natürlich eine sehr schwierige Sache. Bei Zwillingen? Eineiigen Zwillingen? Er liebte seinen Bruder. Wirklich unbeschreiblich. Lidia hat immer dieselben Geschichten von den beiden erzählt, als sie noch klein waren, dass sie es nicht ertragen konnten, verschieden zu sein. Wenn sie ihre Namen in ihre Kleidung genäht hat, haben sie die Etiketten rausgerissen und beim Essen ständig die Teller getauscht. Nachts sind sie in ein Bett gekrochen und haben eng aneinandergekuschelt geschlafen. Einmal ist Cass vom Collie der Nachbarn gebissen worden, und alle haben geschworen, dass Paul als Erster geweint hat, bevor es überhaupt geblutet hat. Es war, als wären ihre Herzen zusammengewachsen. Und das hat nie ganz aufgehört. Ich meine, Paul hat nie wirklich akzeptiert, dass Cass schuldig war.«

»Inwiefern?«

»Na ja, selbst nachdem Cass sich schuldig bekannt hatte, hat Paul behauptet, er sei unschuldig.«

»Ach ja?«, sagte Tim, der nicht zuließ, dass sich die gleiche Überraschung, die sich in Evons Brustkorb breitmachte, auf seinem Gesicht abzeichnete. Er behielt seinen Plauderton bei. »Wann war das?«

»Am selben Tag. An dem Tag, als Cass sich vor Gericht schuldig bekannt hat. Ich war sogar dabei. Paul und ich waren da schon seit Monaten getrennt, aber, ich weiß nicht, ich wollte meine Solidarität mit der Familie zeigen oder so. Ich weiß nicht«, wiederholte sie. »Wahrscheinlich suchte ich nach einem Vorwand, Paul zu sehen.« Sie verzog das Gesicht, gequält von der Erinnerung und der Vergeblichkeit ihrer Sehnsucht. Als sie die Augen schloss, fielen Tim in ihrem Gesicht erste Altersflecke auf. »Jedenfalls, er hat sich dafür bedankt, dass ich gekommen war. Wir sind dann rüber ins Bishop's und haben ein Bier getrunken, und er war einfach fassungslos. Ich meine, ist ja auch verständlich, da ist jemand praktisch ein Körperteil von dir, und dann soll er für fünfundzwanzig Jahre hinter Gitter. Paul war total niedergeschlagen und hat zu mir gesagt: ›Er ist unschuldig, weißt du.‹«

Evon schaltete sich ein. »Haben Sie ihn gefragt, woher er das weiß?« Sie bemühte sich, Tims sanften Ton anzuschlagen, aber Georgia reagierte heftig.

»Na, es ging immerhin um seinen Zwillingsbruder, Herrgott noch mal«, antwortete sie. Evon hatte Georgia inzwischen durchschaut. Sie war eine Frau, die ihre Geschlechtsgenossinnen eigentlich nicht mochte, während ihr von den Männern, die sie geliebt hatte – Paul, der sie abserviert hatte, und Jimmy Cleon mit seinen Drogen und ihr Dad, der sie nicht aufs College gelassen hatte –, immer Unrecht zugefügt worden war. Das Leben hatte sie ganz schön in die Klemme gebracht. »Wahrscheinlich dachte ich, Cass hätte es ihm gesagt. Aber ich wollte ihn trösten, nicht Detektivin spielen. Paul war unglücklich, und ich hab ihm zugehört. Ich dachte, wir könnten Freunde bleiben. Geht das überhaupt?« Nach jedem Kopfschütteln strich sie sich über den Ansatz ihrer steifen Kurzhaarfrisur, damit alles an Ort und Stelle blieb. »Und als ich gerade gehen wollte, hat er mir natürlich erzählt, er würde Sofia in ein paar Wochen heiraten, damit Cass noch sein Trauzeuge sein konnte, ehe er in den Knast musste.«

Tim schwieg eine Weile, während sie dieser Erinnerung nachhing, die ihr, wie vieles von dem, was sie über Paul gesagt hatte, schwer zu schaffen machte.

Dann erkundigte er sich noch nach den Ereignissen am Mordtag, ob irgendwer einen offensichtlichen Streit mit Dita gehabt hatte. Schließlich schaute er Evon an, um zu sehen, ob sie noch Fragen hatte, was der Fall war. Nachdem sie in ihren Notizen einige Seiten zurückgeblättert hatte, fragte sie: »Wenn Sie zurückdenken, können Sie sich erinnern, ob Paul im betreffenden Zeitraum größere Schnittwunden hatte?«

Georgia überlegte nur eine Sekunde, ehe sie verneinte.

»Hätten Sie denn irgendwelche tiefen Schnitte bemerkt?«, fragte Tim so unbefangen, als hätte er sich nach der Uhrzeit erkundigt, aber Georgia richtete ihre braunen Augen mit einem vielsagenden Blick auf ihn.

»Allerdings. Wir waren neun Jahre zusammen, und ich ging davon aus, dass ich den Mann heiraten würde. Ich meine, zugegeben, nach dem Mord an Dita sah ich ihn seltener. Er wollte endlich bei seinen Eltern ausziehen, sobald er angefangen hatte zu arbeiten, deshalb war er auf Wohnungssuche, und als Cass verdächtigt wurde, drehte sich alles nur noch darum, und dann haben wir uns getrennt.«

»Soll das heißen, sie wären Ihnen vielleicht doch nicht aufgefallen?«, wollte Evon wissen.

Georgia drehte sich zu ihr um und reagierte erneut gereizt auf sie. »Das soll heißen, dass ich ihn nicht mehr so oft gesehen habe. Aber gesehen schon. Und es wäre mir aufgefallen. Alle wussten, dass in ihrem Zimmer überall Blut gewesen war. Und wie gesagt, er hasste Dita. Ich glaube nicht, dass ich so blöd gewesen wäre.«

Evon schluckte ihre Antwort ohne Widerrede, aber diese nachträglichen Ich-wäre-Beteuerungen waren immer Quatsch. Wenn der Mann, den sie liebte, ihr erklärt hätte, er habe sich bei der Reparatur des elterlichen Gartenzauns verletzt, hätte sie es anstandslos geglaubt. Aber so empfindlich, wie Georgia sich ihr gegenüber verhielt, erhob Evon keine Einwände. Sie blickte nach unten auf ihren Notizblock.

»Ist Paul Rechtshänder?«, fragte sie.

»Überwiegend.«

»Überwiegend?«

»Cass ist Linkshänder. Schreibt mit links, isst mit links. Paul ist das Gegenteil. Als mir das vor Jahren auffiel, hab ich mich immer gefragt, ob sie wirklich eineiig waren, aber anscheinend kommt das bei eineiigen Zwillingen öfter vor. Aber wie gesagt, als Paul und Cass klein waren, wollten sie auf keinen Fall irgendwas anders machen als der andere. Also haben sie manchmal beide mit links gegessen und manchmal beide mit rechts. Am Ende waren sie so gut wie zweihändig, oder wie nennt man das?«

»Beidhändig?«, sagte Evon.

»Genau. Als sie zum Beispiel in der Highschool anfingen, Tennis zu spielen, wechselten sie immer den Schläger von einer in die andere Hand und spielten auf beiden Seiten Vorhand, aber das hat ihnen der Sportlehrer ausgetrieben. Paul hat rechtshändig gespielt und Cass linkshändig. Sie waren beide gute Einzelspieler, aber im Doppel waren sie unschlagbar, weil sie praktisch genau wussten, was der andere auf dem Platz dachte. Zwei Jahre hintereinander gewannen sie die hiesigen Meisterschaften. Das war damals eine große Sache. Jungs aus einer städtischen Schule gewinnen gegen die reichen Country-Club-Kids? Die *Tribune* hat über sie berichtet. Und es gab eine echt lustige Anekdote.« Georgia lehnte sich zurück und lächelte bei der Erinnerung daran.

»Einmal haben sie bei einem Turnier gegen eine Highschool aus Greenwood County mitgemacht, das freitags hier und samstags beim Gegner ausgetragen wurde. Und als Cass am zweiten Tag sein Einzel hinter sich hatte, ging sein Gegner mit dem Schläger auf ihn los und schrie: ›Dass ich gestern gegen dich verloren hab, war nicht so schlimm, aber dass du heute ankommst und mich linkshändig schlägst, ist einfach 'ne Sauerei.‹«

Alle drei lachten herzlich. Doch trotz der Heiterkeit sah Evon Tim an, dass er irgendwie besorgt war.

»Aber Cass hat doch an der rechten Hand einen dicken Ring getragen, oder?«, fragte Tim.

»O ja«, sagte Georgia. »Das war so ein Absolventenring vom Easton College. Paul und er haben sich nach dem Abschluss alle beide einen gekauft.«

Tim nickte, allerdings mit zwischen die Zähne gepressten Lippen. Evon war klar, dass er sich fragte, wie sie einem Linkshänder einen rechtshändig ausgeführten Mord hatten anhängen können.

Evon trank einen Schluck von ihrem Wasser und machte sich zum Gehen bereit. Beide dankten Georgia herzlich dafür, dass sie sich Zeit für sie genommen hatte.

»Könnte sein, dass die Anwälte noch mit Ihnen reden möchten«, sagte Evon. Und wie zuvor schlug Georgias Stimmung massiv um.

»Einen Teufel werden sie«, erwiderte sie. »Das hier wird nicht mein neues Hobby. Tim hat mich angerufen. Aus Respekt war ich bereit, mit ihm zu sprechen, und er hat gesagt, Sie wären sein Boss und müssten mitkommen. Auch damit war ich einverstanden. Aber ich werde nicht vor einem Haufen Anwälte alles vierzigmal wiederholen, nur damit sie es zerpflücken können. Und mit irgendwelchen Reportern rede ich erst recht nicht. Für mich ist mit diesem Gespräch heute Schluss.«

Tim, der wieder das Wort ergriff, versuchte sie zu beschwichtigen.

»Na ja, im Augenblick weiß keiner irgendwas mit Sicherheit«, sagte er. »Vielleicht ist das Ganze in zwei Wochen Schnee von gestern. Aber falls die Sache vor Gericht kommt, kann ich mir kaum vorstellen, dass Sie da nicht ein bisschen mit reingezogen werden. Sie waren Pauls Freundin und kannten ihn damals am besten. Ihnen muss doch klar sein, dass Sie wichtig sind.«

Tim war gut, dachte Evon. Sie hatte ihre angeborene Ungeschicklichkeit im Umgang mit Unbekannten nie ganz abgelegt. Tim dagegen wusste intuitiv, was Georgia beschwichtigen würde. ›Sie sind wichtig.‹

Sie war noch nicht ganz überzeugt. »Trotzdem«, sagte sie.

Alle drei schwiegen einen Moment.

»Darf ich einen Vorschlag machen?«, fragte Tim. »Ich könnte doch einfach meinen Fotoapparat holen. Der ist in meinem Mantel und macht auch Videos. Dann nehme ich Sie einfach auf, während Sie ein paar Fragen beantworten. Und damit ist die Sache erledigt. Zumindest von unserer Seite. Wenn jemand anders Ihnen eine Vorladung schickt, können Sie ja weitersehen, aber vorläufig müssten Sie nicht noch mal die gleichen Fragen beantworten. Erklären Sie den Anwälten oder Reportern oder wem auch immer einfach, dass Sie nichts weiter zu sagen haben.«

Georgia dachte darüber nach. »Kann ich so antworten, wie ich will?«

»Natürlich«, sagte Tim.

»Und lande ich dann in einem von Hals Fernsehspots?«

Evon hatte keine Ahnung, wie Tim das entkräften wollte. Als sie Hal erzählt hatte, Tim habe möglicherweise eine Zeugin gegen Paul aufgetrieben, war er durch sein Büro getanzt und hatte auf der Stelle die Werbeagentur angerufen. Aber Tim versuchte es gar nicht erst.

»Wahrscheinlich«, sagte er. »Davon würde ich ausgehen.«

Georgia sah sich kurz in ihrem düsteren Wohnzimmer um, als würde sie Lebensbilanz ziehen. Dann nickte sie. Tim hatte verstanden, wie Georgia tickte. Paul hatte sie zurückgelassen und eine blendende Karriere gemacht. Aber damals war sie die Frau, die mit ihm zusammen war. Was war falsch daran, wenn auch sie einmal kurz im Rampenlicht stand?

Georgia machte zwei Aufnahmen, die zweite weniger stockend.

Ich heiße Giorgia Lazopoulos Cleon. Ich gebe diese Stellungnahme freiwillig ab, und mir ist bewusst, dass sie im Fernsehen gesendet werden könnte. Im September 1982 war ich schon lange Zeit Paul Gianis' Freundin. An dem Tag, als Dita Kronon ermordet wurde, war ich mit ihm zusammen auf dem alljährlichen Picknick unserer Kirche, und ich erinnere mich, dass Paul an diesem Nachmittag mit Dita geredet hat. Er hasste Dita, weil er glaubte, dass sie versuchte, seine Familie auseinanderzureißen. Ich erinnere mich außerdem, dass Paul, auch nachdem Cass sich schuldig bekannt hatte, mir gegenüber erklärte, Cass sei unschuldig. Ich spreche noch immer gelegentlich mit Paul, und ich habe ihn gewählt. Ich kann mir kaum vorstellen, dass Paul etwas so Schreckliches getan haben soll, aber wahrscheinlich kann man bei Menschen nie wissen.

Den Schlusssatz fügte Georgia beim zweiten Anlauf hinzu. Evon, die künstlerisch unbegabt war, hatte genug von Heather gelernt, um sich vorstellen zu können, wie der Regisseur das Georgias

Erklärung präsentieren würde: als körnige Nahaufnahme, in der all die Sorge und Unsicherheit über ihr Gesicht huschte, während die Wahrheit an die Oberfläche drängte. Das würde starken Eindruck machen.

Tim und sie waren schon auf dem Weg zur Tür, als Georgias Vater ins Zimmer gepoltert kam. Anscheinend wollte er fernsehen, denn er zeigte mit seinem Stock auf den Apparat, eine klare Anweisung. Georgia bat ihn, noch eine Minute zu warten. Der alte Priester sah aus wie ein Wrack. Er trug eine Trainingshose und ein T-Shirt der Chicago Bears, auf dem ein länglicher Suppenfleck zu erkennen war. Sein Haar war wirr, genau wie sein grauer Vollbart. Das Gestell seiner wuchtigen Brille war bestimmt dreißig Jahre alt. Die Augen hinter den Gläsern waren rastlos und verwirrt. Dennoch begrüßte Tim ihn mit einer angedeuteten Verbeugung.

»Ich bitte um Ihren Segen, Father«, sagte er, und der alte Mann hob reflexartig die rechte Hand, Daumen und die ersten beiden Finger gestreckt, und schlug das Kreuzzeichen, von der Stirn zum Bauchnabel und dann von der rechten Schulter zur linken. Tim rief sich ihm in Erinnerung.

»Vielleicht wissen Sie noch, Father Nik, Sie haben unsere kleine Katy beerdigt.« Georgia, die hinter ihrem Dad stand, spannte sich und schüttelte heftig den Kopf. Derartige Fragen, deutete sie damit an, waren unklug. Doch der alte Mann verfügte noch über genügend Verstand, um etwas Angemessenes zu sagen.

»Ah ja«, sagte er mit seinem starken Akzent. »Tragödje. Screcklisse Tragödje.«

»Das war es«, sagte Tim. »Maria hat es nie verwunden. Keiner von uns.«

Der Greis drehte sich zu seiner Tochter um und fragte etwas auf Griechisch.

»Nein, Dad, Sie wissen, dass du im Ruhestand bist.«

Georgia sah Evon und Tim mit einem verschmitzten Lächeln

an. »Er denkt, Sie wollen sich von ihm trauen lassen. Dad, die beiden hatten nur ein paar Fragen zu Paul Gianis und Cass.«

Der alte Mann antwortete wieder auf Griechisch.

»Nein, Dad. Der im Fernsehen, das war Paul. Cass ist noch im Gefängnis.« Sie sprach geduldig, aber auch erschöpft. Sie wusste, wie sinnlos Erklärungen waren. Sie schob noch ein paar Worte auf Griechisch nach, wiederholte vielleicht nur das Gesagte, aber etwas an ihrer Antwort erzürnte ihn. Der alte Mann wurde schlagartig wütend. Er lief rosa an wie eine Geranie und versprühte Speichel, als er losbrüllte. Sein Zorn erfüllte das Haus. In diesem Zustand war er irgendwie sicherer auf den Beinen, und er gestikulierte ausladend mit einer Hand. Immer mal wieder hörte Evon das Wort »Paulos«, während Georgia beruhigend auf ihn einredete.

Rasch zogen Tim und sie ihre Mäntel an und schlüpften zur Tür hinaus.

7.

Löcher – 17. Januar 2008

Es war ein grauer, trüber Tag, mit einem tief hängenden Himmel und wenig Licht. Evon und Tim blieben kurz auf dem Bürgersteig stehen, um sich nach Father Niks plötzlichem Wutanfall wieder zu sammeln.

»Das war nicht schön«, sagte Evon.

»Nein. Er ist nicht mehr ganz klar im Kopf, das sieht man.«

Sie kamen zum Auto. Tim zog die Tür auf und drehte sich so, dass er sich mit dem Hintern zuerst auf den Sitz niederlassen konnte. Erst als Evon sah, wie steif er sich bewegte, fiel ihr wieder ein, dass auch Tim ein alter Mann war.

»Haben Sie irgendwas verstanden, was er geschrien hat?«, fragte sie, nachdem sie selbst eingestiegen war.

»Es passte ihm nicht, korrigiert zu werden«, sagte Tim. »Sie hat ihm gesagt, er hätte nicht Cass, sondern Paul im Fernsehen gesehen, und das ist ihm gegen den Strich gegangen. Ich hab nicht jedes Wort verstanden, aber er hat mehr oder weniger gesagt, dass er die beiden Jungs getauft hat und sie in seiner Kirche Ministranten waren. Es hätten in der ganzen Gemeinde wahrscheinlich keine zehn Leute die beiden auseinanderhalten können, nicht mal ihre Tanten und Onkel, er aber schon, und wieso sie ihm ständig erzähle, er würde sich irren. Sie würde ihm versuchen einzureden, er wäre verrückt, damit sie endlich an sein Geld kommt.«

Evon seufzte. »Die arme Georgia.« Sie ließ den BMW über die

Schneerillen holpern und fuhr dann langsam in den von Autos festgefahrenen Spuren weiter.

»Sie hat's wirklich nicht leicht gehabt. Von ihrem Mann musste sie sich scheiden lassen, als er im Gefängnis saß. Dann kam Jimmy wieder raus und flehte sie an, zu ihm zurückzukommen, und keine zwei Monate später verkaufte er zweihundert Fläschchen Crack an einen verdeckten Ermittler. Sitzt immer noch ein, wenn ich mich nicht irre. Aber man konnte auch sehen, wie sie sich selbst in Schwierigkeiten bringt.«

»Inwiefern?«

»Ich wette, wenn man der Sache nachgeht, war tatsächlich auch Cass im Fernsehen. Meinen Sie nicht, dass bei dem ganzen Theater irgendein Sender ein paar seiner alten Aufnahmen gezeigt hat, wie Cass abgeführt wurde?«

»Wahrscheinlich«, räumte Evon ein. »Mich konnte sie jedenfalls nicht ausstehen.«

»Außenseiterin. So sind die Alteingesessenen hier. Du bist ein Niemand, bis sie dich akzeptieren. Tut mir leid, dass ich die Sache so an mich gerissen hab.«

»Sie waren großartig, Tim.« Das meinte sie ehrlich. »Was halten Sie davon, dass Cass Linkshänder ist?«

»Hat mich zurückgeworfen. Haben Sie bestimmt gemerkt. Ich hab mich durch diesen ganzen dämlichen Aktenschrank gearbeitet, und davon steht nirgendwo ein Wort. Aber er hat den Ring getragen, den Absolventenring.«

»Paul aber offenbar auch.«

»Hab ich mitbekommen«, sagte er. »Man hätte doch meinen sollen, dass Sandy Stern erwähnt, welche Hand Cass bevorzugt benutzt, oder? Es war schließlich kein Geheimnis, dass wir nach einem rechtshändigen Täter suchten.«

»Vielleicht wollte sein Mandant nicht, dass er irgendwas sagt, was auf seinen Bruder hindeutet. Paul hat doch dieselbe Blutgruppe, oder?«

Tim gab einen Laut von sich, während er nickte.

»Und wieso sagt Paul, dass Cass unschuldig ist?«, fragte Evon. »Nachdem der sich schuldig bekannt hat? Was weiß Paul, das ihn da so sicher macht?«

Auf der anderen Straßenseite kam jemand mit einem altmodischen Henkelmann in der Hand von der Arbeit nach Hause, doch Evons Aufmerksamkeit galt Tim, der nach vorn auf die Straße hinausstarrte und sichtlich besorgt war. Die Schuhe, der Ring, das Blut, der Streit mit Dita, Rechtshänder, die Aussage, sein Bruder wäre unschuldig – da kam einiges zusammen, was auf Paul hindeutete.

»Sie hat keine Schnittwunden an ihm gesehen, richtig?«, sagte Tim.

»Das sagt sie jetzt. Aber es hat auch niemand Cass' Wunde gesehen. Das Einzige, was mich ins Schleudern gebracht hat, war, dass Paul sich ihrer Erinnerung nach mit Cass im Overlook Park treffen wollte. Glauben Sie, das stimmt, oder war Georgia bloß trotzig?«

»Sie klang ziemlich überzeugend.«

»Aber von dort hätten alle beide zu Dita gehen können.«

»Im Zimmer fanden sich nur Cass' Fingerabdrücke.«

»Aber ihr habt doch bestimmt auch viele Abdrücke gefunden, die nicht identifiziert werden konnten, oder?«

»Klar.«

»Und die habt ihr nie mit denen von Paul verglichen?«

»Hm«, machte Tim statt einer Antwort. Seine Lippen arbeiteten, während er nachdachte. Sie hielt vor seinem Haus. »Er hätte das natürlich damit erklären können, dass er schon mal zu Besuch dort war. Heutzutage ließe sich das leicht abklären, indem man die DNA des in Ditas Zimmer sichergestellten Bluts analysiert. Allerdings würde das auch nichts nützen, weil sie eineiige Zwillinge sind.«

»Aber Sie haben gesagt, ihre Fingerabdrücke wären nicht identisch. Die DNA vielleicht ja auch nicht.«

Tim bezweifelte das. Vor knapp fünf Jahren hatte es in Indiana einen Vergewaltigungsprozess gegeben. Der Angeklagte konnte nicht verurteilt werden, weil er einen eineiigen Zwilling hatte. Am Opfer waren DNA-Spuren sichergestellt worden, aber man konnte nicht sagen, von welchem Bruder sie stammten. Evon erinnerte sich wieder an den Fall.

»Die Wissenschaft macht rasante Fortschritte«, meinte sie. »Ich habe mich beim FBI ein bisschen mit DNA beschäftigt, aber wenn ich heute was über einen Fall in der Zeitung lese, verstehe ich nicht mal mehr, worum's geht. Vielleicht gibt es ja inzwischen Möglichkeiten, Zwillinge voneinander zu unterscheiden.«

Sie sprachen noch kurz darüber, wie es nun weitergehen sollte. Sie würde einen DNA-Experten auftreiben, und dann würde sie sich mit Hals Anwälten beraten müssen. Mel Tooley hatte eine große Kanzlei eingeschaltet, als Paul Klage einreichte, war aber nach wie vor federführend. Alle Anwälte würden sich darüber aufregen, dass sie nicht mit Georgia reden sollten, aber Hal würde sich auf Evons Seite schlagen, wenn er die Aufnahme sah, die sie gemacht hatten.

»Ich ruf Sie an«, sagte sie. Tim nickte, sah aber ein bisschen mitgenommen aus. Offensichtlich behagte ihm der Gedanke nicht, auf dem falschen Dampfer gewesen zu sein, wie er es bei sich daheim gesagt hatte. Und die Erinnerung an seine Tochter hatte ihm wahrscheinlich ebenfalls zu schaffen gemacht. Evon hatte nie an Kinder gedacht, bis ihr vor ein paar Jahren zunehmend bewusst wurde, wie schnell die Welt sich wandelte. Jetzt war sie fünfzig und hatte den Zeitpunkt vermutlich verpasst. Aber wenn sie daran dachte, wie sehr sie bisweilen das Baby vermisste, das sie nie gehabt hatte, wollte sie sich den Schmerz, ein Kind zu verlieren, das man in den Armen gehalten hatte, lieber gar nicht vorstellen.

»Ich weiß, es ist lange her«, sagte sie, »aber das mit Katy tut mir sehr leid, Tim. Es ist bestimmt noch immer schwer für Sie.«

Er nickte wieder schwach.

»Kann man so sagen«, antwortete er. »Es geht einfach nie weg. Ist jetzt über fünfunddreißig Jahre her. Katy könnte längst an Gott weiß was anderem gestorben sein oder eigene Kinder beerdigt haben. Du akzeptierst, dass es passiert ist. Aber das Leben hat ein Loch in dein Herz gebrannt, und das verheilt nie mehr.« Sie spürte, dass er um Fassung rang, während er sich aus dem Wagen mühte und sein steifes Bein herumschwang, als er aufs Haus zuging.

Als Tim durch die Tür trat, lastete das volle Gewicht seines Lebens auf ihm. Er setzte sich im Wohnzimmer aufs Sofa, noch immer im Mantel, zusammengesunken, die großen Hände auf die Knie gelegt, und hatte keine Kraft mehr, sich noch zu irgendwas aufzuraffen. Diese Lähmung überkam ihn nicht oft. Jeder Mensch hatte irgendetwas, das ihn traurig machte, vor allem wenn er dieses Alter erreicht hatte und stets dicht unter der Oberfläche den Gedanken mit sich herumschleppte, dass das Ende nicht mehr fern war. Aber es hatte Zeiten in seinem Leben gegeben, in denen ihn eine Traurigkeit so zäh wie Leim völlig außer Gefecht gesetzt hatte. Als junger Mann griff er in solchen Momenten zur Flasche. In reiferem Alter hatte er einfach gelernt, es durchzustehen.

Als Tim geboren wurde, wohnte seine fünfköpfige Familie in einer klitzekleinen Wohnung im dritten Stock eines Hauses etwa eine Meile von hier. Er war der Kleine, der Nachzügler, der ungeplant acht Jahre nach seinem Bruder und zehn Jahre nach seiner Schwester kam. Seine Mutter war eine zarte Frau, der immerzu die Nase lief und die von ihrem Leben offenbar überfordert war. Für den Zusammenhalt sorgte der Vater. Er war ein kräftiger Mann, noch kräftiger, als Tim später wurde, ein Mann, der dröhnend sprach, das Leben im Großen und Ganzen bejahte und seine Kinder und seine Frau zweifellos liebte. Wenn er nach Hause kam, war Tim überglücklich.

Als Tim sechs war, fiel sein Vater, der bei der Eisenbahngesellschaft Chicago and North Western arbeitete, zwischen zwei Waggons und war auf der Stelle tot, in zwei Stücke geschnitten, wie Tim Jahre später erzählt wurde. Seine Mutter war durch den Tod ihres Mannes am Boden zerstört. Tims Schwester, die damals sechzehn war, zog von zu Hause aus, und sein Bruder wurde bei der Schwester seiner Mutter untergebracht. Tim jedoch, sechsjährig, ein bisschen ungestüm und durch den Tod des Vaters zutiefst verstört, konnte niemandem in der Verwandtschaft zugemutet werden, sodass seine Mutter ihn mit einem kleinen lackierten Handkoffer im Kinderheim St. Mary abgab und versprach, ihn bald wieder abzuholen. Sie kam nie zurück. Über ein Jahr lang weinte er sich abends in den Schlaf.

Viele seiner Kollegen bei der Polizei, die eine katholische Schule besucht hatten, sprachen schlecht über die Nonnen und erzählten, wie ihnen die Schwestern mit Linealen auf die Finger gehauen hatten. Sie stellten sie fast alle als vertrocknete, sexuell frustrierte Zicken hin, deren Ehe mit Gott sich als genauso unglücklich erwiesen hatte wie die aller anderen. Doch die Nonnen und Mönche, die sich um Tim, der gar nicht katholisch getauft war, im St. Mary kümmerten, retteten ihm das Leben. Sie waren freundlich und glaubten fest daran, jedes Kind sei von Grund auf gut und begabt. Schon als kleiner Junge, der seine Mutter und seinen Vater Tag für Tag vermisste, wusste er irgendwie, dass er im Heim besser aufgehoben war. Er begann, Posaune zu spielen. Schwester Aloysia schenkte ihm eine, und er entpuppte sich als sehr talentiert. »Dieses Instrument, mein Junge, wird dich hier rausbringen.« Es verschaffte ihm einen Platz in der Kapelle des Marine Corps, und das wiederum verschaffte ihm einen Studienplatz am City College.

Er war vierundzwanzig und spielte abends in Jazzklubs, als seine Mutter auf der Straße an ihm vorbeiging, die Arme beladen mit braunen Einkaufstüten. Er sprach sie nicht an, folgte ihr aber bis zu einem Mietshaus. Die Eingangstür schloss sich hinter ihr, ehe er hineinschlüpfen konnte, aber er wartete auf der Straße und sah in einem Fenster im vierten Stock das Licht angehen. Als ein anderer Bewohner herauskam, ging er hinein.

Seine Mutter öffnete die Wohnungstür und starrte ihn an. Dann wurde ihre Nase rot, und sie hob die Schürze an die Augen, während sie weinte.

»Ach, Tim«, sagte sie. »Tim, ich wusste nicht, was ich machen sollte.« Er hörte ein Kind in der Wohnung jammern, und dann schmiegte sich ein etwa zehnjähriges Mädchen an seine Mutter und blickte misstrauisch zu ihm hoch. Seine Mutter bat ihn herein. Aus purer Verwirrung lehnte er ab, drehte sich dann aber noch einmal um und fragte nach seinen Geschwistern. Seine Schwester Alice war verschwunden – Tim war schon über vierzig, als er sie endlich fand –, und sein Bruder war wie er zum Militär gegangen. Als Eddie das nächste Mal in der Stadt war, kam er Tim besuchen.

»Ich hab auf sie eingeredet, dass wir dich besuchen müssen«, sagte Eddie, »aber sie wollte nichts davon hören.« Ed, ein Mann vom Format seines Vaters, begann zu schluchzen. »Ich hatte Angst, wenn ich ihr zu sehr auf die Nerven gehe, würde sie mich auch nicht mehr sehen wollen.« Es war eine schreckliche Wahrheit, aber Tim konnte ihn verstehen. Er umarmte seinen Bruder, und von da an blieben sie in Kontakt. Eddie rief mindestens einmal die Woche an, ganz gleich, wo auf der Welt er gerade war, und jeden Sommer fuhren sie nach Kanada zum Angeln, in eine Gegend, in der sie früher mit ihrem Vater gewesen waren. Nach einer Weile kamen auch ihre Söhne und Töchter mit. Ed war nun schon sechs Jahre tot, in Laguna Beach an Krebs gestorben.

Maria hatte Tims Mutter und seine drei Stiefgeschwister jedes Jahr zu Weihnachten eingeladen, und sie waren gekommen, aber Tim empfand nichts für sie. Stattdessen dankte er dem Schicksal dafür, dass er seine Frau, seine Töchter und Ed hatte. Er hatte

Menschen, die er liebte, und vor allem Menschen, die ihn liebten. Es kam ihm sinnlos vor, Energie in Beziehungen zu investieren, die ihn nur in einen emotionalen Strudel ziehen würden, der ihm die Luft zum Atmen raubte.

Letzten Endes hatte er ein gutes Leben gehabt. Sie hatten Katy verloren, aber da waren noch zwei Töchter, gute Töchter, wunderbare Töchter, beide jetzt in Seattle, die ihn abwechselnd jeden Tag anriefen. Auch Maria hatte Musik geliebt – sie war eine gute Klavierspielerin gewesen und hatte der Hälfte der Kinder von St. Demetrios Stunden gegeben. Sie hatten ein fröhliches, musikalisches Zuhause gehabt, und alle vier hatten sich noch ein kleines bisschen mehr geliebt, weil Katys Tod ihnen gezeigt hatte, wie kostbar das Leben war.

Als kleiner Junge im Schlafraum vom St. Mary fragte er sich jedoch natürlich, ob ihn je ein Mensch lieben würde und ob er je einen Menschen lieben würde. Er hatte sich danach gesehnt, jemandem nahe zu sein, und sich gefragt, was das wohl für ein Gefühl wäre. Selbst als er wusste, dass er Maria liebte, war er nicht sicher, ob er es richtig hingekriegt hatte. Vor drei Jahren dann, als sie krank wurde und er allmählich erkannte, dass er ohne sie würde leben müssen, so wie er gelebt hatte, bevor sie sich begegnet waren, wusste er endlich genau, dass er das erreicht hatte, was er sich als kleiner Junge im St. Mary gewünscht hatte.

Jetzt, da er allein war und sie schmerzlich vermisste, verfolgte ihn die Frage, ob es für sie ebenso schön gewesen war. Er war kein perfekter Ehemann gewesen, vor allem am Anfang, als ihn der Kummer seiner Kindheit manchmal zu einem großspurigen Idioten machte. Maria hatte sich nie groß beklagt, aber wenn doch, dann sprach sie davon, wie schweigsam er war. Nie erzähle er von seiner Kindheit, sagte sie, obwohl sie doch die Narben spüre, die bei ihm zurückgeblieben waren. Hatte er ihr genug gegeben, ihr die Aufmerksamkeit geschenkt, die sie verdient hatte und nach der sie verlangte, oder war er zu sehr damit beschäftigt gewesen, seine eigenen Wunden zu heilen? Während er wie ein Häufchen Elend in seinem Wohnzimmer saß, quälte ihn eine inzwischen vertraute Furcht. Hatte Maria sich bis zum Ende mehr von ihm gewünscht, was er ihr hätte geben können, jedoch nicht getan hatte?

8.

DNA – 28. Januar 2008

»Die knappste Antwort auf die Frage«, sagte Dr. Hassam Yavem mit seinem leichten anglopakistanischen Akzent, »die Sie am Telefon gestellt haben, lautet: Ja, theoretisch und ohne irgendwelche zeitlichen und finanziellen Limits, wäre es vielleicht möglich, die DNA von eineiigen Zwillingen zuverlässig zu unterscheiden. Aber das wäre praktisch so, als wollte man über ein Footballfeld hinweg einen Faden durch ein sehr, sehr kleines Nadelöhr schieben.«

Evon und Dr. Yavem in seinem langen weißen Kittel saßen in seinem Büro gleich neben dem DNA-Labor. Yavem, ein eleganter, schlanker Mann, hatte einen gepflegten schwarzen Schnurrbart und einen kahlen Kopf, der oben spitz zulief, ein bisschen wie eine Haselnuss. Seinen Erwiderungen auf Evons Fragen ging meist ein kurzes, freundliches Lachen voraus, das eine Goldkrone auf einem seiner Schneidezähne entblößte.

Auf der anderen Schreibtischseite hatte Evon das Gefühl, ihr Gehirn in einen Schraubstock gespannt zu haben, um Yavems Ausführungen folgen zu können. Hal war Feuer und Flamme gewesen, als Evon vorschlug, eine DNA-Analyse des in Ditas Zimmer gefundenen Bluts vornehmen zu lassen. Sie wusste, ihr Boss wäre frustriert, sofern sie nicht alle seine Fragen beantworten könnte.

»Unterbrechen Sie mich ruhig, wenn es Ihnen zu viel wird«, meinte Yavem. »Einer meiner Kollegen in Alabama wird noch in diesem Monat Forschungsergebnisse veröffentlichen, die belegen, dass viele eineiige Zwillinge genetisch nicht vollkommen identisch sind. Die Abweichungen sind minimal, aber in Zehntausenden von Genen könnten möglicherweise Unterschiede isoliert werden.«

Yavem, eine Koryphäe auf seinem Gebiet, befasste sich schwerpunktmäßig mit dem Vergleich der Genome von Blutsverwandten. Mit seiner Forschung hatte er die genetische Basis etlicher Krankheiten nachgewiesen, und er war als Kandidat für den Medizin-Nobelpreis im Gespräch. Zu Beginn seiner Karriere hatte er als Sachverständiger in einigen spektakulären Strafrechtsfällen ausgesagt. Mittlerweile leitete er die meisten DNA-Bestimmungen an einen kommerziellen Konzern weiter, den er gegründet und vor zehn Jahren verkauft hatte, um sich hauptsächlich seiner Forschung widmen zu können. Forensische Fälle übernahm er kaum noch, und es war schon fast eine Ehre, dass er sich bereit erklärt hatte, mit Evon zu sprechen, obgleich Hals Name dabei zweifellos eine große Rolle gespielt hatte. Die Kronons hatten Yavems Alma Mater im Laufe der Jahre zweimal siebenstellige Beträge gespendet.

»Wir wissen schon länger, dass die Umgebung des Uterus einige Unterschiede in der Genexpression bewirkt, wir sprechen von Methylierung. Aus diesem Grund sehen manche eineiige Zwillinge mit zunehmendem Alter nicht völlig identisch aus. Doch die Methylierung ist nicht gleichbedeutend mit einem grundlegenden genetischen Unterschied.«

Evon wiederholte das Gesagte im Kopf mit ihren eigenen Worten. Methylierung erklärte also, warum Cass ein klein wenig größer und kräftiger gewirkt hatte als Paul, als sie nebeneinander vor dem Gnadenausschuss standen. Doch dieser Unterschied war nur der Niederschlag dessen, auf welche Weise die gleichen Gene auf die Welt reagiert hatten.

»Allerdings«, fuhr Yavem fort, »gibt es andere winzige Unterschiede in den Genomen von Zwillingen, die für Ihre Frage relevanter sein dürften. Es handelt sich dabei um die sogenannten

CNVs, die Abkürzung für Copy Number Variations, also Kopienzahlvariationen. Diese äußern sich als DNA-Segmente, die fehlen, in vielen Kopien nachweisbar sind oder den Standort im Genom verändert haben.

Ein menschliches Gen besteht aus Hunderten oder Tausenden Kombinationen der chemischen Bausteine, Adenin – kurz A – Cytosin, C, Guanin, G, und Thymin, T. Ein Segment des Hämoglobin-Gens, um ein Beispiel aus dem Blut zu nehmen, ist CCTGAGG. Eine CNV ist wie ein Tippfehler. Aus CCTGAGG könnte CCTGTGG werden, wobei das Thymin das Adenin in der genetischen Sequenz ersetzt. Kopienzahlvariationen erklären vermutlich auch, weshalb nur ein Zwilling eine Krankheit bekommt, die wir für genetisch beeinflusst halten. Das Beispiel gerade, in dem im Hämoglobin-Gen A durch T ersetzt wird, führt etwa zu Sichelzellenanämie.

Die meisten CNVs sind vermutlich harmlos, und manche können sogar positive Auswirkungen haben. Sie treten bei allen Menschen auf, nicht nur bei eineiigen Zwillingen, wahrscheinlich gehören sie zum großen kontinuierlichen Experiment der Natur. Meine eigenen Forschungen deuten darauf hin, dass zwei Drittel aller CNVs nach der Empfängnis auftreten, im Zuge der fötalen Zellteilung.«

»Das könnte also bei Cass und Paul unterschiedlich sein?«, fragte Evon. »Diese CVNs?«

»CNVs«, bestätigte Yavem mit einem geduldigen Schmunzeln. Das DNA-Labor hinter einem breiten Fenster neben Yavems Schreibtisch sah weit unspektakulärer aus, als Evon erwartet hatte. Es ähnelte fast dem Chemielabor an ihrer Highschool, die gleiche Ansammlung von Messbechern und Flaschen, Mikroskopen und Computern und schwarzen Arbeitsflächen. Es gab Reihen von Teströhrchen mit weißen Stopfen in blauen Plastikhaltern. Der Raum war klein, vermutlich, um das Kontaminationsrisiko zu senken, und die drei Mitarbeiter in Kitteln standen Schulter an

Schulter. Ein Mann mit Chirurgenmundschutz zog immer wieder seine Handschuhe aus, um irgendwas in seinen Laptop zu tippen, ehe er sich wieder dem Mikroskop zuwandte. Eine Frau studierte einen Objektträger mit einem roten Gerät, das Evon an einen Feuermelder erinnerte.

»Jetzt trifft die Theorie auf die Praxis. Meine Kollegen in Alabama konnten erkennbar CNVs bei zirka zehn Prozent Zwillingen isolieren. Beim heutigen Stand der Wissenschaft werden Sie also in neun von zehn Fällen eineiige Zwillinge nicht genetisch unterscheiden können. Und selbst wenn Sie eine CNV fänden, tritt diese nicht in allen Zellen dieses Typs auf. Bei Blutzellen würden nur siebzig bis achtzig Prozent diese CNV aufweisen, daher müssten Sie Ihre Ergebnisse mit einer ganzen Reihe von Proben verifizieren.«

»Okay«, sagte sie. Die Erfolgschance lag also bei nur zehn Prozent, ohne Berücksichtigung anderer Probleme. »Aber es ist möglich? Man könnte verlässliche Ergebnisse erhalten?«

»Theoretisch ja. Aber bedenken Sie, selbst wenn wir eine oder mehrere CNVs bei Ihren Zwillingen fänden und selbst wenn diese gleiche CNV in dem Blut vom Tatort nachweisbar wäre, hieße das nicht notwendigerweise, dass dieser Zwilling der Täter ist.«

»Wie?«

Yavem bewahrte seine heitere Miene und lächelte erneut.

»Stellen Sie sich vor, die gefundene CNV wäre die vorhin erwähnte im Hämoglobin-Gen. Leider haben *viele* Menschen Sichelzellenanämie. Wir würden wissen, dass nur ein Zwilling das Blut am Tatort hinterlassen haben könnte, aber *nicht,* dass das Blut von ihm stammt. Um das nachzuweisen, müssten Sie noch einen herkömmlichen DNA-Test machen, was wiederum eine Unzahl neuer Probleme mit sich bringt. Ms Miller, inwieweit kennen Sie sich mit DNA-Vergleichen aus?«

»Ich war früher beim FBI und habe mich mit dem Thema befasst«, sagte Evon. »Allerdings ist das ein bisschen wie Matheunterricht in der Highschool. Jedes Mal, wenn meine Nichten oder Neffen mir ihre Hausaufgaben zeigen, kommt es mir so vor, als hätten sie nichts mehr mit denen ihrer älteren Geschwister von vor ein paar Jahren zu tun.«

Yavem gefiel der Vergleich. Er lachte eine geraume Weile. Evon konnte sich jetzt erklären, weshalb er als Sachverständiger vor Gericht so gefragt war. Er war charmant, ohne eine Spur von Arroganz. Und ganz gleich, wer ihn beauftragte, er würde stets unvoreingenommen in den Zeugenstand treten. Alles an dem Mann signalisierte, dass er sich nicht zu irgendwelchen Gefälligkeiten verleiten ließ.

»Also gut«, sagte er. »Dann fang ich am besten von vorn an. Etwa neunundneunzig Prozent des Genoms sind bei allen Menschen gleich. Aber die Gene jedes Menschen enthalten gewisse Bereiche von DNA-Sequenzen, die sich von Individuum zu Individuum unterscheiden, und zwar darin, wie oft sie sich wiederholen. Auf der Grundlage eines neuen Verfahrens, um diese DNA-Wiederholungssequenzen zu untersuchen – übrigens durch die Entdeckung eines Enzyms, die diese auftrennen konnten –, entwickelte Sir Alec Jeffreys 1984 in England Identitätstests. Diese Tests untersuchen eine kleine Anzahl von Loci im Genom, in denen Wiederholungssequenzen analysiert und katalogisiert wurden, damit wir wissen, wie häufig sie auftreten. Bei Entsprechungen an einigen oder allen Loci können wir statistisch feststellen, dass von einer Million oder gar einer Milliarde Menschen nur ein weiterer die gleichen DNA-Wiederholungen aufweist.«

Evon schaute zur Vertäfelung der Akustikdecke hoch, während sie versuchte, das nachzuvollziehen. Im Kern hatte sie dies bereits auf einer Schulung in Quantico gelernt, wo sie Anfang der Neunzigerjahre an einer Weiterbildung teilnahm.

»Aber das ist doch heutzutage kein Problem mehr, oder?«

Yavem lächelte. »Kommt drauf an. Wissen Sie, wie die Proben, die Sie untersuchen lassen wollen, gelagert wurden?«

»Noch nicht.« In Wahrheit war sie nicht mal sicher, ob die Beweise überhaupt noch existierten, aber das wollte sie noch nicht zugeben. Tim hatte die Inventurlisten der beteiligten kriminaltechnischen Labors ausgegraben, daher wusste sie, was am Tatort ursprünglich sichergestellt worden war. Soweit Evon nach ein paar Telefonanrufen beurteilen konnte, wurden Beweismittel aus einem Mordfall routinemäßig im staatlichen Kriminallabor aufbewahrt. Aber dies war eine Regel mit vielen Ausnahmen. So kam es häufig vor, dass Beweismittel aus den Gerichtsakten oder nachdem ein Fall abgeschlossen war, nie zurückgeholt wurden. Statt die Beweise ordnungsgemäß ins Archiv zu bringen, packten Polizisten oder Staatsanwälte sie gern in irgendwelche Schubladen, wo sie vergammelten, bis irgendwer sie wegwarf. Die Bekanntheit des Falls Kronon, mit der Tochter eines Gouverneurskandidaten als Opfer, erhöhte jedoch die *Wahrscheinlichkeit,* dass alles vorschriftsmäßig abgelaufen war. In diesem Fall wäre das am Fenster gefundene Blut, das vom Mörder stammen musste, von besonderem Interesse.

»Sie können davon ausgehen«, sagte Yavem, »dass die Lagerung von 1982 gesichertem Beweismittel nicht dafür ausgelegt ist, dass von der DNA noch etwas übrig ist. Man kann den Technikern keine Vorwürfe machen, nicht an eine Technologie gedacht zu haben, die es damals noch gar nicht gab. Aber DNA zersetzt sich mit der Zeit, genau wie jedes andere Zellmaterial. Blutproben wurden möglicherweise gekühlt. Wir können DNA auch aus Fingerabdrücken gewinnen, die im Grunde ja Schweißrückstände sind, allerdings achtet bei deren Lagerung eigentlich niemand auf eine genaue Temperaturkontrolle. Dann wäre da noch das Problem der Kontaminierung. Damals wusste niemand, dass er aufpassen musste, nicht seine eigene DNA – zum Beispiel Hautzellen – auf die Proben zu übertragen, die er sicherte.

Angesichts der Gefahren von Zerfall und Kontaminierung empfiehlt sich die zurzeit verbreitetste Untersuchung, nämlich die

Short Tandem Repeat – abgekürzt STR-Analyse. Genauer gesagt die Y-STR-Analyse, die sich auf das Y-Chromosom konzentriert. Die Y-STR-Analyse kann auch an sehr kleinen Proben durchgeführt werden, und das Y-Chromosom ist aufgrund seiner Struktur länger haltbar. Und natürlich entfällt das Risiko der Kontaminierung durch Frauen, da eben nur Männer ein Y-Chromosom haben.«

»Und wie stehen die Chancen, dass die Y-STR-Analyse funktioniert?«

»Ziemlich hoch«, sagte Yavem. »Aber das Problem von Zerfall und der Kontaminierung betrifft nicht nur die Y-STR-Untersuchung. Es wäre auch ein bedeutender Faktor bei den beiden Tests, mit denen nach CNVs gesucht wird. Bei diesen Verfahren werden Technologien namens 32K BAC und Illumina BeadChip eingesetzt.«

Yavem beschrieb Evon den genauen Ablauf der Untersuchungen, hauptsächlich, damit sie alles verstand, wofür Hal würde bezahlen müssen. Als Erstes würden sie die DNA untersuchen, um sicherzustellen, dass Paul und Cass auch wirklich eineiige Zwillinge waren, sozusagen aus demselben Ei geschlüpft. Auf der ganzen Welt gab es Tausende Zwillingspaare, die in den Jahren seit der Entdeckung der DNA erfahren hatten, dass sie zwei- und nicht eineiig waren. In einem zweiten Schritt würde Yavem dann die Y-STR-Analyse vornehmen, um nachzuweisen, dass das Blut am Tatort mit überwältigender Wahrscheinlichkeit von Cass oder Paul stammte. Drittens würden sie diese beiden anderen Tests vornehmen, um hoffentlich eine Kopienzahlvariation bei den Zwillingen festzustellen. Und schließlich würden sie viertens versuchen, diese CNV an derselben genetischen Stelle in etlichen am Tatort gesicherten Blutproben zu finden.

»Deshalb würde ich sagen«, schloss Yavem, »dass die Chancen, ein wissenschaftlich verlässliches Ergebnis zu erzielen, unterm Strich bestenfalls eins zu hundert stehen. Also ziemlich schlecht.

Trotzdem würden wir es sehr gern versuchen. Es wäre ein interessantes Projekt, noch dazu eines mit offensichtlicher Relevanz für die Forschung.«

Sie sprach die letzten Einzelheiten hinsichtlich Kosten und Zeitplan mit ihm durch. Die CNV-Tests waren gewerblich geschützt und mussten in dem Betrieb vorgenommen werden, dem die Software dafür gehörte, wodurch der gesamte Prozess mindestens drei Wochen in Anspruch nehmen würde. Sie dankte ihm überschwänglich, bat ihn, die Zeit für diese Besprechung in Rechnung zu stellen, und fuhr dann zurück zum Büro, um dort den Versuch zu unternehmen, Hal all das zu erklären.

9.

Erkenntnis – 28. Januar 2008

Hal Kronon saß noch ziemlich genau so da, wie Evon ihn an diesem Morgen verlassen hatte: zurückgelehnt in seinem Schreibtischsessel in dem riesigen Büro und amüsiert von dem, was er auf dem großen Plasmabildschirm an der Wand sah. Eigentlich fehlte nur noch eine Schale Popcorn.

Als sie Hal mitgeteilt hatte, dass sie zu einem Gespräch mit Yavem fuhr, war er gerade dabei gewesen, die E-Mails seiner Mitarbeiter zu lesen. Heutzutage wies jedes Unternehmen seine Beschäftigten darauf hin, dass der E-Mail-Verkehr auf Firmenaccounts durchaus auch einer internen Inspektion unterlag. Hal hingegen fasste das als Lizenz zu gelegentlicher Überwachung auf. Ursprünglich war der Feed eingerichtet worden, damit Evons Mitarbeiter einen kleinen Penner in der Pachtabteilung erwischen konnten, der die Namen potenzieller Pächter an die Konkurrenz verkaufte. Aber Hal hatte den Feed später nie deaktiviert. Er bekam gern mit, wer Links zu Pornoseiten verschickte oder ihn kritisierte, und freute sich über den neuesten Bürotratsch. Soweit Evon wusste, machte er nichts mit diesen Informationen, die er aufnahm wie ein desinteressierter Gott, der amüsiert die Schwächen der Sterblichen unter sich beobachtet.

Jetzt blickte Hal auf den Bildschirm und kaute auf dem Daumennagel, während er sich die endgültige Version des Fernsehspots mit Georgia ansah. Evon, die den fertigen Beitrag noch nicht kannte, schaute ihn sich mit ihm an. Die Wirkung war sehr überzeugend.

»Wird heute Abend gesendet. Mal gespannt, wie seine Umfragewerte danach aussehen«, sagte Hal.

Hals geräumiges Büro war mit prächtig gemasertem, hellem Holz getäfelt, Platane, glaubte Evon, und mit dazu passenden Einbaumöbeln ausgestattet. Auf einem Bücherregal am anderen Ende des Raums hatte er einen kleinen Altar für seine Schwester errichtet – mit dem Foto aus ihrem College-Jahrbuch, einer kindlichen Töpferarbeit sowie Bildern von Dita mit ihren Eltern und seiner Lieblingstante Teri. Ein Regal etwas näher an seinem Schreibtisch war für Fotos von seinen Eltern reserviert. Vor der Tür hing sogar ein Ölporträt von Zeus, eines von mehreren im ZP-Gebäude. Die Kredenz unter dem Fernseher war dagegen einem dreireihigen Wald aus Bildern von Hals eigener Familie vorbehalten. Man konnte über ihn sagen, was man wollte, aber er war ein hingebungsvoller Vater und Ehemann. Er prahlte zu viel mit seinen Kindern, was jedoch an seiner überbordenden Liebe zu ihnen lag. Mina und er hatten vier Kinder, die beiden ältesten Jungs waren schon mit dem College fertig. Hal hoffte, sie irgendwann für das Unternehmen begeistern zu können, aber bislang engagierten sich beide für humanitäre Projekte. Dean, sein Ältester, unterstützte in Afrika den Kampf gegen AIDS. Alle Kinder von Hal, selbst seine beiden Töchter, die noch zur Highschool gingen, hielten die politische Haltung ihres Vaters für vorsintflutlich. Und Hal tolerierte ihre Meinung als eine amüsante jugendliche Fehlfunktion, obwohl er jedem anderen, der etwas Derartiges gesagt hätte, an die Gurgel gegangen wäre. Was Mina betraf, so war er vernarrt in sie. Er rief seine Frau drei- oder viermal am Tag an, war gleichbleibend sanftmütig ihr gegenüber und befolgte gern ihre Anweisungen, die er als Zeichen der Liebe akzeptierte. Jeden Morgen legte sie ihm seine Kleidung zurecht. Er zählte wirklich zu den wenigen glücklich verheirateten Menschen, die Evon kannte.

»Eins zu hundert, was?«, fragte er im Anschluss an Evons Zusammenfassung.

»Und mindestens eine Viertelmillion Dollar.«

Hal überlegte. »Aber er hat gesagt, er würde es machen, richtig?«

»Wir können bei Richter Lands den Antrag stellen. Yavem wird eidesstattlich versichern, dass er es für möglich hält, fundierte Ergebnisse zu bekommen. Aber es ist wissenschaftliches Neuland, Hal. Schon allein die Anhörung zur Frage, ob die Methode vor Gericht überhaupt als beweiskräftig anerkannt wird, könnte sich Monate hinziehen.«

Hal dachte darüber nach, doch sein fülliges Gesicht bewegte sich zustimmend auf und ab, während er sich die Aussichten durch den Kopf gehen ließ. Evon wollte, dass er die potenziellen Ergebnisse berücksichtigte, bevor er seine Entscheidung traf, die dann so unumstößlich sein würde wie ein Betonklotz.

»Hal, ich hab lange darüber nachgedacht, und wir müssen uns überlegen, was passiert, wenn die Sache anders ausgeht. Vielleicht bekommen wir den Faden ins Nadelöhr, wie Yavem das ausdrückt, und stellen fest, dass das Blut von Cass stammt. Falls wir ein positives Ergebnis bekommen, ist das immer noch das Wahrscheinlichste, wenn man bedenkt, dass der Mann sich schuldig bekannt hat. Das Risiko ist nicht ohne. Davon würde sich Ihr Ruf nie erholen. Und Paul würde zum großen Märtyrer, der praktisch schon anfangen könnte, seine Möbel ins Rathaus zu schaffen.«

Hal hörte ihr aufmerksam zu, wie er es meistens tat, die Glupschaugen hinter den dicken Gläsern hellwach.

»Tun Sie's«, sagte er dann. »Mir ist klar, das könnte auch nach hinten losgehen. Aber die haben meine Schwester umgebracht, und so sicher, wie ich hier sitze, weiß ich, dass Cass und Paul seit damals irgendwas verheimlichen. Ich *weiß* es. Und ich will die Wahrheit. Das bin ich Dita schuldig.«

Zurück an ihrem Schreibtisch, rief Evon Yavem an und machte sich dann daran, liegen gebliebene Arbeit zu erledigen, überwiegend Kram, der mit dem YourHouse-Geschäft zu tun hatte. ZPs Ermittler hatten herausgefunden, dass auf einem Teil des Baulandes in Indianapolis vor Jahrzehnten eine kleine Farbenfabrik gestanden hatte, was die Bemerkung erklärte, die Tim mitbekommen hatte, als er Dykstra gefolgt war. Bodenbohrungen hatten bislang allerdings nichts zutage gefördert, was auf eine Kontamination hindeutete. Dykstra hatte Empörung geheuchelt und verlangte jetzt, Hal solle noch diese Woche eine Absichtserklärung unterschreiben, andernfalls wäre der Deal gestorben. Hal konnte noch keinen Preisnachlass verlangen – ZP sollte 550 Millionen Dollar zahlen, vierhundert davon in bar, die durch Besicherung des Firmenkapitals in den Einkaufszentren aufgebracht werden sollten –, und pfiff Evon daher fünfmal am Tag in sein Büro, um sich über jedes neue Loch, das gebohrt wurde, auf den neuesten Stand bringen zu lassen.

Sie kam erst weit nach acht Uhr aus dem Büro. Während ihr 5er-BMW die Rampe aus der Tiefgarage unter dem ZP-Gebäude hinaufrollte, rief Evon Heather an und erhielt als Antwort eine SMS. »Arbeite länger. Crap More.« »Crap More« war Heathers Bezeichnung für Craigmore, den anspruchsvollen »Scheiß«-kunden.

Ihre Eigentumswohnung befand sich in einem neuen Gebäude, dreißig gläserne Stockwerke hoch. Sie hatten sie gemeinsam ausgesucht, aber Evon hatte alles bezahlt – Heather trug praktisch jeden Dollar, den sie verdiente, am Leib. Heather hatte sie mit derselben spartanischen Eleganz eingerichtet, mit der sie sich kleidete, und das schon zweimal. Es gab eine hohe Fensterwand mit Blick auf den Fluss und jede Menge geometrische, minimalistische Möbel, die eine blitzblanke Wohnung benötigten, um den gewünschten Effekt zu erzielen. Die Räume waren schön auf diese perfekte Art, wie Heather schön war, aber Evon hatte sich darin nie richtig zu Hause gefühlt. Wenn es nach ihr ginge, wären ihr Polstersessel und ein paar Drecksocken zwischen über den Boden verstreuten Zeitschriften lieber. Dieses Unbehagen verstärkte sich noch, wenn sie allein in der Wohnung war.

Sie ging nach unten und machte eine Stunde Fitnesstraining, dann schaltete sie den Sportsender ein und aß, noch in der Jogginghose, ein kalorienarmes Fertiggericht. Wie üblich ging ihr die Arbeit durch den Kopf. Sie war noch immer von dem Fernsehspot mit Georgia beeindruckt und hegte weiterhin den Verdacht, dass Hal auf seine naive, intuitive Art, die ihm im Geschäftsleben oft gute Dienste tat, tatsächlich der Wahrheit auf der Spur war.

Doch allmählich drängte sich ihr etwas Größeres ins Bewusstsein. Man konnte nicht ausgebildete FBI-Agentin sein und sich ewig dumm stellen. Und vor ein paar Wochen, als sie von Francines und Nellas Hochzeit zurückgekommen waren, hatte eine verhängnisvolle Erkenntnis in ihr Form angenommen. Heather war zu oft mit Tom Craigmore überraschend zu Geschäftsreisen aufgebrochen, hatte zu viele Abende bis in die Nacht hinein mit ihm verbracht, von denen sie anscheinend immer den Duft einer frischen Dusche hinter sich herziehend nach Hause kam. Evon wusste, sie hätte schon längst den Verdacht haben müssen, dass Heather mit ihm schlief.

Als sie sich kennenlernten, hatte Heather eingeräumt, wenn sie nicht gerade in einer Beziehung mit einer Frau lebte, gelegentlich Sex mit Männern zu haben. Sie war unsicher genug, um zu glauben, sie müsse dies tun, um ihre Position bei dem jeweiligen Kunden zu festigen. Aber Evon konnte nicht länger die Augen davor verschließen.

Liebe war das Größte im Leben. Allerdings schien sie fast zwangsläufig als etwas Verzerrtes und Trostloses zu enden. War das die Wahrheit? Dass dieses Gefühl, nach dem sich alle sehnten, an das alle glaubten und über das Lieder geschrieben wurden, zu nichts Gutem führte, in die Senkgrube des dunkelsten Teils eines Individuums, zu wüsten Krächen und Herzen, die weniger schmerzten, wenn sie mit einer Axt gespalten worden wären? War das die Wahrheit der Liebe? Dass sie die sicherste Methode war, einen anderen am Ende zu hassen?

Um zehn Uhr ging Evon ins Bett und schlief mit einem Buch über Sandy Koufax auf der Brust ein. Gegen Mitternacht wachte sie wieder auf und knipste das Licht aus. Zwei Stunden später wurde sie erneut geweckt, als Heather nach Hause kam. Evons Freundin war offenbar betrunken und torkelte im Bad herum, stieß Sachen um wie den Metallbecher am Waschbecken und, so hörte es sich zumindest an, irgendwelche Kosmetika. »Hi«, sagte Evon in die Dunkelheit und griff nach der Lampe.

Heather stand wie erstarrt da, eine Hand auf der Brust, die Augen erschrocken aufgerissen. Sie war nackt und ihre groß gewachsene, schlanke Gestalt wunderschön anzusehen.

»Mensch, du hast mich zu Tode erschreckt. Ich dachte, du schläfst.«

»Nicht so richtig. Irgendwie unruhig. Wie war dein Abend?«

»Ich kann mich immer noch nicht entscheiden, ob Tom zum Totlachen oder ein totales Arschloch ist.«

Und wie ist er so im Bett?, hätte Evon beinahe gefragt. Es gab mal eine Zeit, vor Jahren, da hätte sie genau das getan. Aber Wut staute sich in ihr nicht mehr auf, bis sie so explosiv wie eine Bombe wurde. Stattdessen ließ sie sich jetzt darauf ein, die ansteigende Stärke ihres Schmerzes wahrzunehmen.

»Ich kann das nicht mehr.« Evon dachte, sie hätte das zu sich selbst gesagt, bis sie sah, dass Heather erneut mitten in der Bewegung stockte, über eine offene Schublade in dem Eames-Schrank gebeugt, ein Nachthemd in der Hand.

»Und was genau kannst du nicht mehr?«

»Zusehen, wie du hier reingestolpert kommst, nachdem du dich von irgendeinem Typen hast betatschen oder bumsen lassen oder Gott weiß was sonst.«

»Jetzt hör aber auf.«

»Ich denke, das ist mein Text.«

»Was redest du denn da«, sagte Heather, die sofort in Tränen ausbrach. »Ich meine, wieso beschuldigst du mich?«

Evon ließ sich mit der Antwort einen Moment Zeit.

»Du hast es praktisch schon x-mal zugegeben, wenn du besoffen warst. Du hast hier im Bett gelegen, wenn ich dich gefragt hab, wo du warst, und hast gesagt: ›Spielt keine Rolle.‹ Wie oft war das? Und ich war nur allzu bereit, so zu tun, als wüsste ich nicht, was du meinst.«

»Es *spielt* auch keine Rolle«, erwiderte Heather verheult. Evon wusste, wie Heather sich rechtfertigen würde, denn sie hatte ihr einmal erklärt, was sie in der Vergangenheit davon gehabt hatte, sich ab und zu auf Männer einzulassen. Sie lache sie gern aus, behauptete Heather, und meinte das vermutlich sogar ernst. Sie wollte ihnen zeigen, dass sie sie nicht haben konnten, nicht an sie rankamen. Das hieß jedoch nicht, dass es ihr nichts bedeutete. Es bedeutete nur etwas anderes, als wenn sie in Evons Armen lag. Das war ziemlich verkorkst, aber so war Heather nun mal. Wenn es um Sex ging, war ja jeder irgendwie verkorkst oder hatte doch zumindest seine ganz eigene geheime Schatztruhe mit Begierden. Aber ganz gleich, was Heather ihr Verhalten bedeutete, es machte Evon etwas aus. Das war das Entscheidende. Und das sagte sie Heather noch einmal.

»Ich soll mich also nicht mehr mit den Männern treffen, mit denen ich arbeite?«, wollte Heather wissen. Sie war jetzt theatralisch und lief, während sie sprach, wild gestikulierend im Zimmer herum. »Willst du das? Okay. Ich meine, das ist zwar bescheuerte lesbische Kackscheiße, aber dann häng ich eben nicht mehr mit Leuten rum, die ich gar nicht attraktiv finde.«

»Ich glaube nicht, dass du damit aufhörst. Ich glaube, es ist wichtig für dich. Ich glaube, du weißt selbst nicht, wieso, aber du wirst nicht aufhören. Und dabei zerreißt du mir das Herz, und deshalb müssen *wir* aufhören.«

»Ich liebe dich«, sagte Heather. »Und du liebst mich.«

Jetzt, da Evon richtig wach war, wurde ihr klar, wie dicht unter der Oberfläche all das gewesen war, wie gründlich sie die Alternativen abgewogen und Pläne gemacht hatte.

»Ich werde heute bei Janet schlafen. Und morgen. Ein paar Nächte. Bis Sonntag musst du hier raus sein.«

Heather brach zusammen. Sie weinte vor Verzweiflung. Ihr lief die Nase, und sie ließ ihr schönes Ich hinter sich. Betrunken, wie sie war, hatte sie vergessen, sich abzuschminken, und schmutzige Streifen zogen sich von den Augen bis zum Kinn.

»Ich kann hier nicht weg. Ich wohne hier. Das ist mein Zuhause. Ich liebe dich. Bitte. Ich werde mich ändern. Rebecca hat einen Therapeuten. Ich mach eine Therapie. Ehrlich, ich werde mich ändern. Ich schwöre, ich werde mich ändern. Bitte!« Sie sank auf die Knie und rutschte mit ausgestreckten Armen auf Evon zu. Es war ein quälender Anblick, zum Teil weil Evon in einem kleinen versteckten Winkel ihres Herzens Heathers Erniedrigung genoss. Heather war nun ebenfalls verletzt worden, nahezu vollkommen am Boden zerstört. Sie erreichte das Bett und umklammerte Evons Wade. Ich liebe dich, sagte sie. Bitte, sagte sie. Jetzt weinte auch Evon.

Sie hatten solche Szenen bereits erlebt, drei- oder viermal, wenn auch aus anderen Anlässen. Jede von ihnen hatte nun ihren Part gespielt, Evon wütend, Heather jämmerlich. Evon hatte ihr Angst gemacht, und Heather hatte versprochen, Buße zu tun. Jetzt konnten sie wieder weitermachen, in der Hoffnung, es würde besser.

Dieses Hoffen hatte durchaus etwas Erfüllendes. Evon war immer von verzweifelter Hoffnung beseelt gewesen, wenn es um die Menschen ging, die sie liebte. Doch jetzt begriff sie, dass sich ihr Optimismus in nichts auflösen würde. Das Drama, dem sie beide sich hingegeben hatten – ich liebe dich, ich hasse dich, ich will dich, ich will dich nicht –, würde wieder von vorn beginnen, nur um wieder an diesen Punkt zu führen. Evon wusste inzwischen genügend über sich, hatte von guten Therapeuten genügend gelernt, um zu erkennen, dass auch sie ihren Anteil daran hatte: indem sie jemanden wollte wie ihre Mutter, einen Menschen, der sie nie ganz akzeptieren würde, für den sie nie gut genug wäre. Das war der Mythos, an den die alte Evon glaubte, ihre Programmierung. Und sie musste sich selbst zwingen, dazu auf Abstand zu gehen. Es war, als müsste sie die alte Evon – den DeDe-Teil – aufs Bett drücken und sich aus ihrem Körper erheben, wie die schemenhaften Geister, die in altmodischen Filmen von Leichen aufschwebten. Das erforderte einen nahezu körperlichen Kraftakt. Aber sie wusste, dass sie recht hatte. Sie wusste, was getan werden musste. Sie wollte glücklich sein, und die Hauptverantwortung dafür lag bei ihr.

Sie brauchte lediglich zehn Minuten, um zu packen, sich anzuziehen und Heathers schrilles Lamento in der Wohnung zurückzulassen. Sie saß in ihrem Auto, in der Tiefgarage des Gebäudes, und wartete, bis sie sich in der Lage fühlte zu fahren. Es war ein so langer Weg für sie gewesen, bis sie sich dem stellen konnte, was sie wollte. Es war ihr so beängstigend erschienen, beschämend und vor allem fremd. Sie hatte es gehasst, anders zu sein, sich anders zu fühlen und dies für ihr Leben anzunehmen. Aber sie hatte es geschafft. Und jetzt, im Alter von fünfzig Jahren, musste sie sich etwas anderem stellen, etwas Schlimmerem: dass sie vielleicht nie Liebe finden würde, niemals, nicht auf die unbeschwerte, dauerhafte Art und Weise, nach der sie sich noch immer sehnte. Sie saß um drei Uhr morgens in ihrem Wagen in der dunklen Garage, die Arme um ihren Körper geschlungen.

10.

Auf der Spur – 30. Januar 2008

Es war halb acht Uhr morgens, und er stand in der Stadtbahnstation in Center City, die rechte Hand vom Handschuh befreit, während er sie Pendlern entgegenstreckte. Er hatte sich für die untere Ebene in der Nähe des Ausgangs entschieden, um sowohl die Ankommenden als auch die Abfahrenden zu erwischen, allerdings gab es hier keine Heizung, und die Temperatur lag weit unter null. Die jungen Praktikanten, die ihn begleiteten, traten von einem Fuß auf den anderen und gingen im Kreis, aber der Rausch, mit so vielen Menschen in Kontakt zu kommen, lenkte ihn von seinen eiskalten Ohren ab. Seit John F. Kennedy bei seiner Amtseinführung auf den traditionellen Zylinder verzichtet hatte, war es in den USA zum politischen Stil geworden, Wähler barhäuptig zu begrüßen.

»Paul Gianis, ich hoffe bei der Bürgermeisterwahl am 3. April auf Ihre Stimme.« Das hatte er bestimmt fünfmal pro Minute gesagt, fast immer im gleichen Wortlaut.

Er mochte diese Begegnungen mit den Bürgern, jedoch nicht aus dem Grund, den wohl die meisten vermuteten. Sie lehrten ihn nämlich Demut, eine Eigenschaft, die ihre Mutter zwar stets gepriesen, aber selten praktiziert hatte. In der modernen Welt waren nur Sportler und Entertainer echte Stars. Paul war seit vier Jahren Mehrheitsführer im Senat des Bundesstaates, den Leuten kam sein Gesicht aber noch immer irgendwie vage bekannt vor, als hätten sie ihn mal irgendwo getroffen, zum Beispiel auf der Hochzeit irgendeines Cousins. Wenn sie seinen Namen hörten, reagierten die Pendler unterschiedlich. Die meisten lächelten dünn und schüttelten ihm im Vorbeigehen die Hand. Manche blieben stehen, um ihm zu erzählen, dass sie noch in dem Lebensmittelladen seines Vaters eingekauft oder ihn in der Vergangenheit gewählt hätten. Stets gab es ein paar, die ein Foto wollten, vor allem wenn sie ihre Kinder dabeihatten. Viele hasteten einfach ablehnend vorbei, Republikaner oder noch häufiger Leute, die Politiker für eine Plage hielten, erst recht solche, die sie daran hindern wollten, schnellstmöglich zur Arbeit zu kommen. Natürlich blieben Menschen, die er schon lange kannte – meist Anwälte auf dem Weg ins Büro – kurz stehen, um ihn zu begrüßen. Und dann war da noch dieser große Latino, dem er rein zufällig bei vier oder fünf solcher Einsätze in den Tri-Cities begegnet war. An diesem Morgen breitete er die Arme aus, drückte ihn an sich und rief: »Pablo, *amigo!*«

Mitunter wollten sich Leute länger unterhalten. Mütter stellten oft gezielte Fragen zu Schulen und Freizeitangeboten, für die gleichermaßen Geld fehlte. Und jüngere Leute, die azyklisch zu den großen Pendlerströmen aus ihren Apartments in Center City hinaus zu Arbeitsstellen in der Nähe des Flughafens wollten, nahmen sich manchmal die Zeit, ihn nach seinen Plänen für eine bessere Umweltpolitik oder die Förderung von Start-up-Unternehmen im Technologiesektor zu fragen. Wenn man wie er unter der Woche tagtäglich an einer anderen Bushaltestelle oder hier und an den Wochenenden in Supermärkten im ganzen County im Einsatz war, bekam man ein Gefühl für die Themen, die die Wähler interessierten. Noch immer hatten zu viele Schwarze Anlass, sich über Gewaltexzesse der Polizei zu beschweren, vor allem im North End. Und stets hörte er Geschichten, die ihm zu Herzen gingen – heute war es jener Vater, der für seinen schwerstbehinderten Jungen weder von Schulen noch Behörden angemessene Unterstützung erhielt, sich aber weigerte, den Jungen, dessen Mutter ihn vor langer Zeit verlassen hatte, in Pflege zu geben. Es gab auch komische Momente – etwa wenn Pendler von ihm erwarteten, dass er unverzüglich etwas gegen den kläffenden Hund des Nachbarn unternahm oder gegen die Zeta-Strahlen vom Mars oder, sehr oft, gegen den Richter, der sie bei der Scheidung benachteiligt und damit bewiesen hatte, dass er abgrundtief korrupt war. Doch er liebte das alles, die Begegnungen, das Werben, das Zuhören und die Anweisung an seine Mitarbeiter, sich Vorschläge, Pläne und Namen zu notieren. Das hier war das offene Herz der Stadt mit ihren hundertfachen Bedürfnissen.

»Was is'n eigentlich mit dieser Mordsache?«, fragte jetzt ein junger Mann mit Strickmütze und Mantel. Es war das dritte Mal an diesem Morgen, das jemand auf Hals Fernsehspots anspielte. Paul hatte einen gequälten Blick und Kopfschütteln eingeübt, als wäre das Ganze unfassbar.

»Der Typ is'n Arschloch, oder?«, meinte der junge Mann. Er hatte pickelige Haut und wahrscheinlich eine unglückliche Jugend hinter sich, im Augenblick hingegen mangelte es ihm offensichtlich nicht an Selbstbewusstsein.

»Das haben Sie gesagt«, antwortete Gianis.

»Ja, klingt doch aber alles ziemlich krass, Mann.« Mit diesen Worten ging der Typ weiter.

Um 8.45 Uhr verließen er und seine beiden Mitarbeiter den Bahnhof. Er musste zu einem Frühstück mit Prozessanwälten im Metro Club, um Spenden für den Wahlkampf zu sammeln. Er hatte bei ihnen etwas Unterstützung eingebüßt, weil er im Anschluss an die gescheiterte Gesundheitsreform des vergangenen Jahres bereit gewesen war, über Schadensobergrenzen zu reden. Doch die meisten der Anwälte, mit denen er den Termin hatte, waren schon ewig seine Kollegen, und er war noch immer ihr Mann, vor allem, weil er als Bürgermeister auch Kontrolle über die Rechtsabteilung des Countys haben würde.

Als er die Fondtür des roten, zwei Jahre alten Taurus öffnete, der als Wahlkampfwagen diente, saß Mark Crully auf dem Rücksitz. Der Wahlkampfmanager beugte sich heraus und fragte Kim und Marty, die Praktikanten, ob es ihnen was ausmachen würde, ein Taxi zu nehmen. Das verhieß nichts Gutes. Wenn Mark bei der Kälte herkam, dann nur, weil er den Kandidaten unter vier Augen über irgendetwas informieren wollte, das er wissen sollte, bevor er von Journalisten überrumpelt werden konnte. Und tatsächlich übergab ihm Crully einen Stapel Papiere: Offenlegungsanträge von Hals Anwälten.

»Kein Antrag auf Klageabweisung?«, fragte Paul.

»Wie?«, meinte Crully.

»Sie haben gesagt, sie würden einen Antrag auf Abweisung unserer Klage stellen mit der Begründung, dass sie gegen das Grundrecht der freien Meinungsäußerung verstößt, und wir würden dann bis zur Wahl einen Papierkrieg führen. Aber sie haben diese Phase übersprungen und gleich Offenlegung beantragt. Richtig?«

Mark zuckte die Achseln, unbeeindruckt von der Tatsache, dass er rundweg falschgelegen hatte. Hal und seine Anwälte hatten Paul ein Schnippchen geschlagen und bei Richter Lands beantragt, die Offenlegung sämtlicher Beweismittel anzuordnen, die die Bundesstaats- und County-Polizei noch auf Lager hatten, sowie Paul anzuweisen, eine Speichelprobe und seine Fingerabdrücke abzugeben. Sie würden versuchen, einen DNA-Abgleich zu machen. Er las die beigefügte eidesstattliche Erklärung von Hassam Yavem mehrmals. Sie war wirklich ein Schock. Im Laufe der Jahre hatte er sich gelegentlich ein wenig Sorgen wegen eines DNA-Abgleichs gemacht, allerdings war ihm immer wieder versichert worden, es sei unmöglich, die DNA von eineiigen Zwillingen zu unterscheiden. Aber dieser Yavem war ein seriöser Wissenschaftler.

Crully erriet, was er dachte.

»Ray hat bereits mit Yavem gesprochen. Die Chance, dass bei dem Test wirklich was herauskommt, liegt bei eins zu zweihundert.«

»Ist das ganze Zeug denn überhaupt noch vorhanden?«, fragte Gianis.

»Das Blut anscheinend ja. Man hat es im Kühlschrank des Kriminallabors entdeckt. Normalerweise gilt eine Aufbewahrungspflicht von zehn Jahren und dann *adios,* aber diesmal nicht.«

»Und wieso hab ausgerechnet ich dieses Glück?«

»AIDS«, sagte Crully.

»AIDS?«

»Das Blut ist von 1982. Damals wurde Blut noch nicht routinemäßig auf AIDS getestet. Und deshalb wollte es 1992 keiner anrühren. Es ist einfach liegen geblieben.«

»Na toll.«

Crully gefiel nicht, was er bei Paul sah, und er sah es jedes Mal, wenn das Thema zur Sprache kam. Crully hatte lange genug siegreiche Wahlkämpfe geleitet, um sich seine Kandidaten aussuchen zu können. Und er wählte sie nach zwei Gesichtspunkten aus. Erstens wollte er gewinnen. Hin und wieder hatte er in einem Jahr ohne größere Wahlen nur des Geldes wegen für irgendwelche steinreichen Demokraten, die sich für das neue Gesicht der Partei hielten, zum Scheitern verurteilte Kampagnen geführt. Aber Mark hatte oft genug Staub geschluckt, und falls er Geld brauchte, konnte er nach Washington zurück und dort Lobbyarbeit machen. Also wollte er zum einen Gewinner. Und zweitens wollte er Kandidaten, die hart arbeiteten. Kein Mensch würde glauben, wie viele dieser Männer und seltener Frauen nicht bereit waren, wirklich Zeit zu investieren. Sie stellten sich gerne vor Kameras oder ein jubelndes Publikum, selbst wenn die Hälfte davon aus Verwandten der Wahlkampfmitarbeiter bestand. Und sie wollten so tun, als würde das Geld auf den Bäumen wachsen, als würde George Soros oder sonst wer Gefallen an ihnen finden und Millionen aus seinem Kopfkissen schütteln. Sie fanden es demütigend oder peinlich, Leute darum zu bitten, ihre Unterstützung auch finanziell zu zeigen. Gianis war ein Profi. Und unermüdlich. Vor zwei

Tagen hatte er gesagt, Mark könne ab Februar drei weitere Wahlkampfauftritte täglich für ihn organisieren. Dabei hatte Paul noch immer eine Kanzlei, ganz zu schweigen davon, dass kommende Woche die Sitzungsperiode des bundesstaatlichen Senats wieder losging. Bis Mai würde Gianis keine Nacht länger als vier Stunden schlafen können.

Crully hatte Paul vor drei Jahren kennengelernt, als dieser erwog, für den Kongress zu kandidieren. Crully hatte bereits zugesagt, eine Kampagne in Kalifornien zu leiten, und musste ablehnen. Aber er war wie Paul aufs Easton College gegangen und hatte noch als Student dort kommunale Wahlkämpfe geleitet, daher kannte er heute die richtigen Leute, die mit ins Boot geholt werden mussten. Er freute sich über die Herausforderung einer großstädtischen Bürgermeisterwahl. Und er mochte Gianis. Ehrliche Haut. Fortschrittlich. Konnte Ratschläge annehmen. Und glaubte an mehr als nur seine eigene Wahl, obwohl sie alle in erster Linie daran glaubten. Paul verstand die Vorgaben – wie viele Freiwillige, wie viel Dollar. Der Mann für die Finanzen, Clooney, gab Paul zehn Namen, die er anrufen sollte, bevor er sich schlafen legte, und nach jeder Veranstaltung hatte Gianis schon sein Handy am Ohr und die Liste in der Hand, bevor sich die Wagentür schloss. Oft war er schon mittags durch und wollte zehn neue Namen. Er jammerte nicht, dass er mal Zeit mit seiner Familie brauche – jeder, der bei diesem verdammten Wahlkampf mitmachte, brauchte Zeit mit seiner Familie oder Freunden –, und er kam auch nicht aus einer Kirche und raunte, was für ein narzisstisches Arschloch dieser Priester sei. Er wusste, dass man auf der Kanzel keine verhuschten Typen fand. Diese Kronon-Geschichte war das erste Mal, dass Gianis seine übliche Disziplin verloren zu haben schien. Er verhielt sich ängstlich, und das bereitete Crully Sorgen. Mit Angst konnte man unmöglich gewinnen. Alle – die Presse, die Gegner, die Mitarbeiter – witterten sie. Eine Führungspersönlichkeit musste sich immer wie eine Führungspersönlichkeit verhalten.

Paul schien diese ganze Sache mit seinem Bruder an die Nieren zu gehen.

»Das gerät außer Kontrolle«, sagte Gianis. Crully betrachtete Paul, der aus dem Fenster auf die hohen Gebäude und belebten Straßen der Stadt starrte, die er bald regieren wollte. »Und was soll ich Ihrer Meinung nach jetzt tun?«

»Was soll die Frage? Sie tun das einzig Richtige: Sie kooperieren. Sie nehmen Haltung an und sagen: ›Ich habe nichts zu befürchten. Er kann meine Fingerabdrücke haben. Er kann meine Spucke haben.‹ Es geht nicht darum, was im Gerichtssaal passiert. Es geht um Wirkung. Das habe ich schon öfter gesagt.«

»Wir wollen diesen Test nicht. Wir werden keine günstigen Ergebnisse bekommen«, sagte Gianis.

Crully dachte, ihm würde das Herz stehen bleiben.

»Was soll das heißen, verdammt noch mal? Sind Ihre Fingerabdrücke dabei? Oder Ihre DNA?«

Gianis fuhr herum und musterte Crully, die Lippen angesäuert zusammengepresst.

»Was denken Sie, Mark?«

»Also was meinen Sie mit ›ungünstigen Ergebnissen‹? Ist doch ein gutes Ergebnis, wenn nichts von Ihrem Scheiß vorliegt, oder? Ich würde vor zwei Dutzend Kameras den Ärmel hochkrempeln und meine Fingerabdrücke abgeben. Und zwar noch heute.«

»Heute geht nicht.«

»Warum nicht?«

»Ich muss mit meinem Bruder reden. Ich muss mit Sofia reden. Es ist schwierig für meine Kinder. Ich muss sie alle vorbereiten.« Gianis fuhr sich mit der Zunge im Mund herum, während er wieder aus dem Fenster starrte. Er nahm die Brille ab, wie er es oft tat, und massierte sich den höckerigen Nasenrücken. »Und Mark, falls Sie noch nicht von allein draufgekommen sind, das ungünstige Ergebnis wird sein, dass Yavem nicht wird sagen können, wessen DNA es ist. Hal und sein Werbeteam werden das zum

Beweis dafür verdrehen, dass ich der Mörder sein könnte. Und das Einzige, was ich dem entgegensetzen kann, ist das, was ich schon am Anfang hatte, nämlich meine Beteuerung, dass ich es nicht war. Das Ganze ist eine Falle.«

Crully überlegte eine Weile. Gianis hatte nicht unrecht.

»Dieses ganze Verfahren entwickelt sich zur Katastrophe«, sagte Gianis. »Sie haben zu mir gesagt, ich müsse Klage einreichen, sozusagen als Statement, und dass die Anwälte bis zur Wahl alles hinauszögern würden.«

»Stimmt, und Sie haben *mir* gesagt, es gebe nichts, was uns in Schwierigkeiten bringen könnte. Jetzt hat Kronon Sie dabei erwischt, dass Sie die Cops angelogen haben. Und Ihre jämmerliche Exfreundin, der praktisch auf die Stirn geschrieben steht, dass Sie ihr Leben ruiniert haben, behauptet, Sie hätten zu ihr gesagt, Ihr Bruder wäre unschuldig. Also geben Sie nicht mir die Schuld. Die Ex, okay, Sie haben sie abserviert und so weiter. Aber die Cops?«

»Das hatte ich vergessen.«

»Tja, äußerst bedauerlich«, sagte Crully.

»Außerdem hab ich die Cops nicht angelogen. Spielt aber wohl keine Rolle.«

Crully hatte mit Paul noch nicht über die Einzelheiten des Falls gesprochen, und eigentlich wollte er es auch jetzt nicht. Selbst wenn die Scheiße aus der Erde brodelte wie aus einer verstopften Kläranlage, fragte er den Kandidaten nie nach der heißen Affäre oder den unter der Hand an einen bedeutenden Spender vergebenen Auftrag. Weil er in der Lage sein wollte, den Journalisten in die Augen zu sehen, wenn er erklärte, dass die Anschuldigungen seines Wissens völlig aus der Luft gegriffen waren.

»Sie haben die Cops nicht angelogen?«, fragte Crully. »Wie das? Sie haben ausgesagt, Sie und Ihr Bruder hätten am Fluss was getrunken, als der Mord passierte. Und Ihr Bruder hat sich schuldig bekannt. Falls Cass also nicht mit Einstein geplaudert und die

Gesetze von Raum und Zeit überwunden hat, war er nicht mit Ihnen zusammen, als die Frau umgebracht wurde. Stimmt's oder hab ich recht?«

Gianis nahm diesen gequälten Gesichtsausdruck an, den Crully nicht ausstehen konnte, und schaute wieder aus dem Fenster, angesichts der ungeheuren Komplikationen unbewusst den Kopf schüttelnd.

»Ich habe nie behauptet, wir wären die ganze Nacht zusammen gewesen. Die müssen mich missverstanden haben. Ich habe gesagt, dass wir nach dem Picknick zusammen im Overlook Park ein paar Bier trinken waren.«

»Sollen wir damit an die Öffentlichkeit gehen? Ein Missverständnis? Wird Cass das bestätigen?« Unter Verweis auf das laufende Verfahren hatten sie bislang keinen Kommentar zu Kronons TV-Spots abgegeben. Ray hatte einen guten Antrag formuliert, in dem Richter Lands gebeten wurde, Grundregeln aufzustellen. Durften die Beteiligten öffentliche Statements abgeben? Das war anscheinend eine komplizierte Frage, da Paul Anwalt war und sein Berufskodex es ihm untersagte, außerhalb des Gerichts über einen laufenden Prozess zu sprechen. Richter Lands hatte für kommende Woche eine Anhörung anberaumt.

»Natürlich würde Cass das bestätigen.«

»Und zu dem Zeitpunkt, als Sie mit der Polizei sprachen, hatte Ihr Bruder Ihnen nicht gesagt, dass er die kleine Kronon umgebracht hatte, richtig? Daher war Ihnen die Bedeutung der Zeitfrage nicht bewusst.«

»Das hat er mir nie gesagt, um genau zu sein.«

»Er hat Ihnen nicht gesagt, dass er sich schuldig bekennen würde?«

»Natürlich hat er das.«

Crully spürte, dass er die Augen zusammenkniff. »Das ist doch Haarspalterei.«

»Könnte man wohl so sagen.«

Gianis verheimlichte irgendwas. Das war das eigentliche Problem. Man konnte über die Presse und die Wahlkampf-Finanzierungsgesetze schimpfen und sagen, dass Politik verlogen war, und in neunzig Prozent der Fälle lag man damit richtig. Aber in Wahlkämpfen kamen oft harte Wahrheiten, bedeutsame Wahrheiten über Kandidaten ans Licht. Es ähnelte einer Gehirnoperation mit dem Pressluftbohrer. Aber mit jedem Tag wurde deutlicher, dass Gianis irgendetwas verschwieg.

»Hören Sie«, sagte Crully. »Ist da noch irgendwas anderes?«

»Wie was, zum Beispiel?«

»Ich bitte Sie, Paul, bin ich ein verdammter Hellseher? Ich will mir nicht die richtige Frage ausdenken müssen. Sie wissen, was das Schiff versenken würde. Wird dieses Schiff sinken?«

»Nein.« Langsam drehte sich Gianis zu Mark um und sah ihn an. Paul hatte diese geheimnisvollen griechischen Augen, so schwarz, dass man nicht hineinschauen konnte. »Wollen Sie, dass ich es sage?«

Crully war eine Sekunde unschlüssig. »Ja«, sagte er schließlich.

»Ich habe Dita Kronon nicht ermordet. Ich hatte absolut nichts damit zu tun.«

Ein guter Politiker war immer auch ein passabler Schauspieler, und Crully hatte gelernt, alles mit Vorsicht zu genießen. Er kannte einen, den Clinton in eine stille Ecke im Weißen Haus gezerrt hatte, um ihm zu versichern, er hätte Monica Lewinsky nicht mal begehrt. Aber Crully konnte nicht anders: Er glaubte Paul und spürte, wie Erleichterung seinen gesamten Oberkörper durchströmte.

»Mein Bruder meint, wir sollten die Klage zurückziehen«, sagte Gianis.

»Scheiße, nein«, sagte Crully. »Wenn Sie die zurückziehen, wird das ein Desaster. Es sähe so aus, als wären Sie schuldig.«

»Ich sage ja nicht, dass ich seiner Meinung bin, Mark. Aber ich verstehe seinen Standpunkt. Es ist eine Zwickmühle. Außer wir sind mit dem Test einverstanden und landen einen Volltreffer.

Aber es steht neunundneunzig zu eins dagegen. Alles wird immer undurchsichtiger. Tut mir leid, aber ich hätte nie auf euch hören sollen.«

»Okay, geben Sie mir die Schuld. Nur zu. Aber Sie können die Klage jetzt nicht mehr zurückziehen. Wenn Sie das machen, muss ich aussteigen.«

Gianis senkte das Kinn und blickte Mark kalt an. »Drohung?«, fragte er.

»Nennen Sie es, wie Sie wollen. Wir müssen das vor Gericht durchstehen und das Beste hoffen. Vielleicht erlässt Lands eine Nachrichtensperre und untersagt Hal, seine TV-Spots weiterhin zu senden.«

»Wird er nicht. Würde ich auch nicht, wenn ich der Richter wäre. Man kann einen Politiker nicht eine Klage einreichen lassen und dann seine Kritiker zum Schweigen bringen. Und Du Bois Lands ist ein guter Jurist. Ich hab früher mit ihm zusammengearbeitet.«

»Das wusste ich nicht«, sagte Crully. Er schöpfte Hoffnung. »Wieso hat mir das keiner gesagt?«

»Weil es eine lange Geschichte ist«, erwiderte Paul. Sie waren vor dem Metro Club angekommen, und Paul öffnete die Tür. Doch bevor er ausstieg, klopfte er Crully auf die Schulter und lächelte zum ersten Mal während ihres Gesprächs. Ein echtes Lächeln. »Kopf hoch, Mark. Eigentlich ist heute ein wunderbarer Tag.«

»Ach ja?«

»Mein Bruder kommt aus dem Gefängnis.« Er sah auf seine Armbanduhr. »Er ist sogar schon draußen.«

Um 8.30 Uhr würden die Wärter im Verwaltungstrakt seine Fingerabdrücke genommen haben, um sicherzugehen, dass sie auch wirklich den Richtigen entließen. Dann würden sie ihm die alte Bluejeans und das Sweatshirt gegeben haben, in denen er die Haft angetreten hatte. Hillcrest sah aus wie eine Ranch in einem

Western, umgeben von einem niedrigen weißen Zaun. Nicht mal Stacheldraht. Es war ein sogenanntes Honor Camp, was hieß, dass dort nur Leute einsaßen, denen klar war, dass sie sich mit wesentlich schlechteren Haftbedingungen abfinden müssten, wenn sie nach einem Fluchtversuch geschnappt würden. An diesem Morgen würden die Wachen Tor B, das nur geöffnet wurde, um Häftlinge zu entlassen und Lieferungen aus Sattelzügen in Empfang zu nehmen, entriegelt und beide Flügel weit aufgestoßen haben. Und sein Bruder würde allein hinaus auf den gefrorenen Feldweg getreten sein. Sofia war schon frühmorgens losgefahren, um ihn abzuholen.

Kim und Marty, die beiden Praktikanten, warteten bereits unter der grünen Markise des Metro Clubs. Der nicht abreißende Passantenstrom hatte das Eis und den Schnee der vergangenen Wochen zu einem dunkelgrauen Matsch zermahlen, der sich an einigen wenigen Stellen in störrischen, weiß verkrusteten Klumpen mit der Beharrlichkeit eines Lebewesens ans Pflaster klammerte. Wie viel Salz konnten die Bürgersteige wohl verkraften, fragte er sich, bevor es sie angriff und sie reparaturbedürftig wurden? Über so etwas hatte er sich früher nie Gedanken gemacht, doch sollte er Bürgermeister werden, würde er sich damit beschäftigen müssen. Jede Schraube und jeder Dübel in der Bausubstanz der Tri-Cities würden ihn dann etwas angehen.

Sein Handy vibrierte genau in dem Moment, als er die beiden Wahlhelfer erreichte. Es war sein privates, nicht das Wahlkampfhandy. Er dachte, es wäre Beata, die schon einmal angerufen hatte, allerdings hatte er da nicht vollkommen ungestört reden können, was selbst für ein geflüstertes Gespräch mit Beata notwendig war. Die Nummer war unterdrückt.

»Paul Gianis«, meldete er sich.

»Wer behauptet das?«, antwortete sein Bruder. Sie lachten beide wie Zwölfjährige über einen idiotischen Witz. Sein Bruder hatte Sofias Handy, auf dem die Nummer immer unterdrückt war, damit die Patienten sie nicht auch noch in ihrer Freizeit anriefen. Die Zwillinge hatten sich Gott weiß wie lange nicht mehr am Telefon unterhalten, das letzte Mal wahrscheinlich vor fast zwanzig Jahren, als ihr Dad gestorben war. In der Haftanstalt wurden sämtliche Telefonate aufgezeichnet, weshalb sie sich lieber von Angesicht zu Angesicht unterhielten.

»Alles klar?«

»Bestens.«

»Dann sind wir also frei«, sagte er.

»Wir sind frei«, antwortete sein Bruder.

»Ich wünschte noch immer, ich hätte da sein können.« Cass' Entlassungstermin, ein Datum, das jeder Häftling augenblicklich im Kopf behielt, selbst wenn es achtzig Jahre in der Zukunft lag, war immer der 31. Januar 2008 gewesen. Aber irgendwie hatte die Strafvollzugsbehörde es im Zuge der Anhörung vor dem Gnadenausschuss neu berechnet und war auf den heutigen Tag gekommen. »Aber das hatten wir ja schon besprochen. Das Frühstück so kurzfristig abzusagen war ausgeschlossen, schließlich steht der Termin seit vier Monaten fest. Aber wir sehen uns beim Abendessen?«

»Hab ich fest vor.«

Sie legten auf. Er weinte, natürlich, und tastete unter seinem Kurzmantel herum, um ein Taschentuch aus der Gesäßtasche zu ziehen. Der Gedanke, zum ersten Mal seit fünfundzwanzig Jahren mit seinem Bruder zusammen zu essen, unter demselben Dach zu schlafen, kam ihm noch immer unvorstellbar vor. Aus purem Aberglauben hatten sie keine größeren Pläne für die Zukunft gemacht. Seit einem Vierteljahrhundert hielten sie sich an die Devise, es irgendwie durchzustehen, bis zum Schluss, immer einen Tag nach dem anderen.

Fünfundzwanzig Jahre. Die schiere Länge dieser Zeit überwältigte ihn. Er erinnerte sich an das Schuldeingeständnis und an den Tag einen Monat später, gleich nach Pauls Hochzeit, als Cass seine

Haftstrafe antrat. Beide Ereignisse hatte er noch so deutlich im Kopf, als hätten sie letzte Woche stattgefunden, was den Zeitraum natürlich weniger bedeutsam erscheinen ließ, vor allem jetzt, wo sie es überstanden hatten. Aber bei der Urteilsverkündung waren fünfundzwanzig Jahre für jeden von ihnen buchstäblich ein ganzes Leben. Beim Abschied vor dem Tor wusste er absolut nicht, wie er das ertragen sollte. Noch als Cass bereits ein Jahr im Gefängnis war, durchfuhr ihn jedes Mal ein stechender Schmerz, wenn ihm bewusst wurde, dass er seinen Bruder nicht einfach anrufen konnte, und wenn er sonntagmorgens aufwachte, frohlockte sein Herz vor Vorfreude auf den Besuch bei ihm. Man musste ein Zwilling sein, ein eineiiger Zwilling, um zu verstehen, wie grausam die erzwungene Trennung für sie beide gewesen war.

Und jetzt war sie vorüber. Er schloss die Augen und atmete tief durch, noch immer um Fassung ringend. Die beißende Kälte drang ihm bis in die Nebenhöhlen. Dann setzte er einen Fuß vor den anderen und betrat den Club. Sein Leben, so begriff er auf dieselbe elementare Art, wie es ihm von Anfang an klar gewesen war, hatte neu begonnen.

TEIL ZWEI

11.

Cass – 5. September 1982

»Cassian«, sagt Zeus aufgeplustert wie immer, indem er Cass' Taufnamen benutzt. »Wie schön, dass du gekommen bist. Hab ich vorhin deine Mutter gesehen? Ich muss sie begrüßen.«

Zeus drückt ihm fest die Hand, bietet kurz all seine Kraft und seinen Charme auf, während er ihn mit seinen dunklen Augen fixiert. Hermione, Ditas Mom, dünn und schlicht wie ein unbeschriebenes Blatt Papier, geht hinter ihm vorbei, ohne ein Lächeln auch nur anzudeuten. Sie kann weder mit Lidia – und Mickey – noch mit Cass etwas anfangen.

Zeus ist herzlicher, obwohl er es nicht ertragen könnte, wenn seine geliebte Tochter sich auf einen Cop einließe, ganz gleich, was er derzeit in der Öffentlichkeit behauptet. Aber Zeus ist ein Heuchler. Mit seiner leutseligen Art kann er sich in Komplimenten und Schmeicheleien ergehen, der Mann hingegen, den Cass gelegentlich mit einem Glas Whiskey in seinem Arbeitszimmer sieht, ist engstirnig, berechnend und düster.

Dita nimmt, was die übrigen Familienmitglieder angeht, unerschrocken, wie sie ist, kein Blatt vor den Mund. Ihre Mutter nennt sie »eine dumme Nuss«, der es nur um Äußerlichkeiten geht, und ihre derbe Tante Teri, der die meisten die Schuld an Ditas unverschämter Art geben, bezeichnet sie als »unterhaltsam«. Ihren großen Bruder Hal hält Dita für ziemlich ahnungslos, liebt ihn aber trotzdem.

Doch über Zeus spricht sie so gut wie nie. Liebe und Hass – man kann beides nahezu hören wie das Summen von Stromleitungen, wenn sie mit ihrem Dad zusammen ist. Dita erklärt, ihr Vater habe ihr unter vier Augen tausendmal gesagt, Hal schlage nach seiner Mutter, während sie selbst mehr wie er sei, eine Einschätzung, die ihr offensichtlich gefällt. Doch in den Blicken, die sie ihrem Vater zuwirft, brodelt Verachtung für seine salbungsvolle Art, seine Selbstherrlichkeit und seinen grenzenlosen Ehrgeiz.

Wenn man Zeus' in den US-Farben gemusterte Krawatte außer Acht lässt, ähnelt er in seinem weißen Anzug an diesem Nachmittag eher einem Angestellten eines Casinos in Las Vegas als einem politischen Kandidaten. Nachdem er einige andere Gäste begrüßt hat, steuert er tatsächlich auf die schmuckbehängte Lidia mit dem gefärbten, strohigen Haar zu, die bei *Nouna* Teri steht. Genau wie sein Bruder ist auch Cass mustergültig auf die feinsten Stimmungsnuancen seiner Mutter eingespielt und bekommt selbst aus fünfzehn Schritt Entfernung den unheilvollen Blick mit, mit dem Lidia Zeus' Näherkommen registriert.

Weder Paul noch er verstehen das Zerwürfnis zwischen ihren Eltern und den Kronons so ganz. Jetzt, wo Ditas Dad so oft im Fernsehen kommt, schaltet Cass' Vater Mickey das Gerät nicht einmal mehr für seine Lieblingssendung ein. Es ist rätselhaft, zumal ihre ältere Schwester Helen beharrlich behauptet, dass Zeus, bevor sie beide zur Welt kamen, als Retter der Familie galt. Mitte der 1950er-Jahre konnte Mickey aufgrund eines Herzklappenfehlers nicht arbeiten, und Teri überredete ihren Bruder, Lidia als Bürokraft einzustellen. Sie blieb zwei oder drei Jahre bei ihm, bis sie mit den Zwillingen schwanger wurde und Mickey dank der Erfindung der Herz-Lungen-Maschine eine neue Herzklappe eingesetzt werden konnte. Danach war Mickey praktisch wieder der Alte, und Papou Gianis half ihm, einen Lebensmittelladen aufzumachen. Schon mit fünf Jahren halfen Paulie und Cass im Laden beim Auffüllen der Regale, und Cass erinnert sich noch an den

Tag, als sein Vater, der sein Temperament im Beisein von Kunden normalerweise im Griff hatte, seine weiße Kaufmannsschürze von der Kasse Richtung Käsevitrine schleuderte und lauthals schrie, er würde mit dem Laden umziehen. Er war wütend wegen der Pacht, die er jetzt an Zeus zahlte, nachdem dieser die meisten Gewerbeimmobilien in dem alten Viertel aufgekauft hatte.

»HILFE!«

Als Cass von irgendwo auf dem Rasen einen die Musik und das laute Stimmengewirr übertönenden Aufschrei hört, weiß er automatisch, dass er von seinem Bruder kommt, und er rennt in Richtung des Geräuschs. Als er bei ihm ankommt, sieht er seinen Zwillingsbruder ausgestreckt auf dem Rasen liegen, Sofia Michalis steht über ihn gebeugt, und beide lachen wie kleine Kinder. Neben Pauls Ohr liegen ein Stück gegrilltes Lammfleisch, ein paar Makkaroni sowie ein ovaler Pappteller verstreut. Eine Handvoll Leute, größtenteils alte Nachbarn, umringen seinen gestürzten Bruder. Sobald klar ist, dass Paul sich nicht verletzt hat, drehen sich einige um und begrüßen Cass mit der unvermeidlichen Frage: »Welcher von euch bist du?« Diese Frage hinterlässt bei Cass immer das Gefühl, als wäre irgendwo in seiner Brust ein Kabel durchgebrannt.

Das tiefste Geheimnis im Leben von Cass Gianis besteht in seiner tiefsitzenden Wut darüber, dass er mit seinem Bruder nicht wirklich deckungsgleich ist. Als Lidia schwanger war, beherzigte sie die Geschichte von Esau und Jakob so sehr, dass sie, unmittelbar bevor sie für die Niederkunft mit Äther betäubt wurde, Dr. Worut das Versprechen abnahm, niemandem, nicht einmal ihr, zu verraten, welches Baby als Erstes zur Welt gekommen war. Als man ihr die Jungs anschließend zeigte, nannte sie sie einfach von rechts nach links Cassian und Paul, nach ihrem Vater und dem von Mickey. Keiner hat je erfahren, wer der Ältere von beiden ist.

Aber Lidias Vorsatz, die Zwillinge vollkommen gleichzubehandeln, wurde von diesen als Aufforderung verstanden, gleich zu bleiben. Sie teilten sich ein Zimmer, Freunde, Bücher. Sie konnten den Fernseher nicht einschalten, ohne vorher zu entscheiden, was sie sich anschauen würden. Jedes Jahr setzten sie sich gegen die gut gemeinten Pläne der Schulleitung zur Wehr, sie in unterschiedlichen Klassen unterzubringen, während sie sich zugleich über die Lehrer lustig machten, die sie verdächtigten, gemogelt zu haben, weil ihre Klassenarbeiten immer verblüffend ähnlich ausfielen. Ihr Leben war wie ein in zwei exakt gleich große Hälften geteilter Apfel, bis Cass auf der Highschool der Verdacht kam, dass dies Paul ganz lieb war, weil es ihm zum Vorteil gereichte. Die Unterschiede zwischen ihnen, die allen anderen völlig belanglos erschienen, ließen Paul fast unmerklich besser dastehen – sympathischer, klüger, geschickter.

Paul war immer der Ehrgeizigere gewesen. Wenn sie mit dem Tennisteam Ausdauertraining machten, lief Paul immer ein paar Runden mehr. Cass erinnert sich an seine Wut. Weil ihm keine andere Wahl blieb. Paul wusste, wenn er weiterlief, zog er Cass praktisch hinter sich her. Bei Turnieren erzielte Cass im Einzel gegen dieselben Gegner immer die besseren Ergebnisse, er weigerte sich jedoch, gegen Paul anzutreten, nicht einmal im Training, weil er wusste, dass er verlieren würde.

Später auf dem College war er jedes Mal ein wenig aufgebracht, sobald sein Bruder den Raum betrat. Es war sehr verwirrend. Weil er Paul so ungemein liebte und sich, nachdem er seinen eigenen Weg eingeschlagen hatte, zeitweilig jeden Tag nach ihm sehnte.

Als Cass nun mit Dean Demos, Sergeant im Dezernat für Eigentumsdelikte, ein längeres Gespräch über die Polizeiakademie führt, sieht er Dita wutschnaubend auf ihn zugestürmt kommen.

»Dein Bruder ist wirklich ein Riesenarschloch«, sagt sie so laut, dass Dean es mitbekommt. Und als wäre das noch nicht genug, schiebt sie nach: »Deine ganze beschissene Familie geht mir auf den Senkel.« Sie ist natürlich betrunken, aber das eigentliche

Problem ist, wie Cass vermutet, dass sie vor dem Picknick einen Tranquilizer eingeworfen hat, um es durchstehen zu können.

»Ja, schon klar«, sagt er, statt nachzufragen, legt einfach einen Arm um ihre Taille und führt sie langsam über den Rasen weg von den Menschen und Richtung Fluss. Er weiß, dass ihr Zorn schnell wieder verfliegt, und nach einer Minute sackt sie beim Gehen gegen ihn.

Seine Familie denkt, er würde Dita lieben, weil sie die denkbar schlechteste Frau für ihn ist, als wäre seine Leidenschaft reiner Trotz. Aber Dita ist anders als alle, die er je gekannt hat, vulgär, hochintelligent, furchtlos, zum Schreien komisch – und, das ist ihr Geheimnis, eine gute Seele. Keine fünfzig Menschen bei diesem Picknick wissen, dass sich Dita tagtäglich am Kammergericht von Kindle County in der Abteilung für Missbrauchsfälle als Sozialarbeiterin den Arsch aufreißt. Cass hat sie schon mit diesen Kindern beobachtet, denen sie ihr ganzes Herz schenkt.

Sie ist ohne Zweifel der komplizierteste Mensch, der ihm je begegnet ist, mit Schwächen, die alle sehen, und Stärken, die sie verborgen hält. Auf jeden Fall ist sie eine Sensation im Bett. Sie hat Sex – »fickt« ist das einzig passende Wort dafür –, als hätte sie ihn erfunden. Sie kommt schneller und öfter als jede andere Frau, von der er je gehört hat, ein bebendes, keuchendes, schwitzendes, stöhnendes Bündel, das, sobald es wieder bei Atem ist, sagt: »Noch mal.«

Am häufigsten treiben sie's genau hier, in ihrem Bett. Es macht sie auf seltsame Art an, dass ihre Eltern ihr Schlafzimmer gleich am anderen Ende des langen Flurs haben, während sie sich hemmungslos verausgabt, aber immerhin bei abgeschlossener Tür. Manchmal hat sie ihn die Treppe raufgeschmuggelt, doch in den meisten Nächten klettert er einfach am Regenrohr zu dem kleinen Balkon vor ihrem Zimmer im ersten Stock hoch.

Seine Mutter hasst Dita, wahrscheinlich weil diese genauso eigensinnig ist wie sie selbst. Aber gerade das macht Dita für Cass zu einer perfekten Verbündeten. Dita wird sich nie irgendwelchen Konventionen beugen. Sie wird nie sagen: ›Okay, Paul würde das *so* machen.‹ Sie wird verlangen, dass er anders ist, dass sie beide anders sind, und genau diese Gewissheit braucht er, weil der Gezeitensog, der von seinem Bruder ausgeht, für immer anhalten wird.

Er möchte Dita heiraten. Das ist ein weiteres Geheimnis, weil sie auf seinen Antrag, besonders am Anfang, bestimmt unwirsch reagieren wird. »Ich? Einen Cop heiraten?« Oder eher: »Ich, den Rest meines Lebens mit nur einem Mann vögeln?« Er kann sich nicht vorstellen, wie schrecklich es wäre, sollte sie ihn tatsächlich auslachen. Paulie ist jemand, in dem es gärt, Cass hingegen hat Lidias hitziges Temperament geerbt. Das Einzige an Dita, womit er noch immer nicht klarkommt, ist der Teil von ihr, der sich selbst nicht mag und versucht, jeden zu vergraulen, der ihr zu nahe kommt. Dita zu lieben birgt das Risiko, dass sie ihn dafür hassen wird.

Gegen sechs, als sich das Picknick dem Ende zuneigt, verdunkelt sich der Himmel und öffnet seine Schleusen, sodass alle klatschnass werden. Wie nicht anders zu erwarten, bleibt Dita trotz des Wolkenbruchs draußen stehen, bis ihre Bluse völlig durchnässt ist. Schließlich nimmt er ein Tischtuch, hängt es ihr um und bugsiert sie nach drinnen. Sie versucht, ihn nach oben zu zerren, aber es sind zu viele Leute im Haus, und er flüstert, er werde später wiederkommen.

Kurz vor sieben hat Paulie, der mit Cass und den Mitgliedern des Picknick-Organisationskomitees noch dageblieben ist, um beim Aufräumen zu helfen, die Nase voll und meint: »Los, wir besorgen uns ein paar Bier und setzen uns an den Fluss.«

»Heute kein Schäferstündchen, während Father Nik mit dem Männerklub Binokel spielt?« Nik würde sein gesamtes Gehalt verspielen, wenn die Männer ihn nicht abwechselnd gewinnen lassen würden. Jetzt, da Georgias Mutter tot ist und das Priestergelübde Father Nik verpflichtet, allein zu bleiben, fühlen sich seine Gemeindemitglieder für ihn verantwortlich.

»*Not tonight, Josephine*«, antwortet Paul. Er sieht sogar besorgt aus.

»Wo ist Lidia?« Sie haben schon in der Grundschule angefangen, ihre Mutter hinter ihrem Rücken beim Vornamen zu nennen.

»Weg. Sie hat gesagt, Teri würde sie nach Hause fahren und noch ein bisschen bleiben.« Die Zwillinge schlendern über den Rasen.

»Was war denn das vorhin mit Sofia Michalis?«, fragt Cass. »Habt ihr einen kleinen Ringkampf veranstaltet?«

Paul erklärt kurz, was passiert ist, und bemerkt abschließend: »Unfassbar, wie gut sie aussieht.«

»O-oh. Paulie ist verknallt.« Es ist tatsächlich Jahre her, seit sein Bruder Interesse an irgendeiner anderen Frau als Georgia gezeigt hat. Während des Studiums hatten Paul und sie sich darauf geeinigt, auch mit anderen auszugehen, ein allerdings halbherziger Beschluss. Noch immer stand er mindestens dreimal die Woche am Münztelefon im Flur des Studentenwohnheims und warf immer wieder Vierteldollarmünzen ein, um mit Georgia zu sprechen. Sie klammerten sich aneinander wie an eine Rettungsinsel in der Sturmflut des Erwachsenwerdens. Doch das ist schon eine ganze Weile vorbei. Georgia ist nicht dumm. Sie wäre gut in allem, was früher mal von Frauen erwartet wurde, Kinder kriegen und den Haushalt führen, aber, meine Güte, sie leben im Jahr 1982, und eine Ehe mit ihr wäre wie eine Endlosschleife von *Vater ist der Beste*. Die geringe Chance, dass Paul ihr tatsächlich entkommen könnte, gibt Cass Auftrieb. Derweil verzieht sein Bruder das Gesicht und wirbelt herum, um sich umzublicken.

»Menschenskind, Cass. Lass den Scheiß. Georgia würde einen Monat lang Rotz und Wasser heulen.«

Stattdessen trällert Cass denselben Satz noch ein paarmal leise vor sich hin, bis sein Bruder ihm gegen die Schulter boxt. Im

Gegenzug fragt Paul ihn: »Also, Bierchen, ja oder nein? Oder willst du dich einfach in den Büschen verstecken, bis du wieder das Regenrohr hochklettern kannst?«

Sein Versuch, es Cass heimzuzahlen, ist so durchschaubar und zwangsläufig, dass Cass in lautes Gelächter ausbricht. Die Nacht ist angebrochen. Nach dem Regen ist die Luft kühl und klar. Die Mondsichel hängt über dem Fluss, und darunter rauscht das Wasser. Cass empfindet die ganze Fülle an Möglichkeiten, die das Leben bietet, und die Freude, bestimmte Menschen zu lieben. Paul. Und Dita. Er liebt Dita. Und erkennt, dass er sich entschieden hat.

Heute Nacht wird er sie bitten, ihn zu heiraten.

12.

Tante Teri – 1. Februar 2008

Im Vorfeld hatte Evon gedacht, ihr Ausscheiden aus dem FBI wäre so ähnlich wie sterben. Sie hatte die zwanzig Dienstjahre, mit denen man in Rente gehen konnte, schon drei Jahre zuvor erreicht, musste aber noch bis zu ihrem fünfzigsten Geburtstag warten, ehe sie die vollen Pensionsbezüge erhielt – etwa die Hälfte ihres Gehalts bis ans Lebensende, von Anfang an einer der großen Pluspunkte des FBI. In der Behörde lautete der übliche Rat, so früh wie möglich aufzuhören, solange man jung genug war für einen beruflichen Neuanfang. Sie jedoch hatte gedacht, noch Zeit zu haben, sich Gedanken über ihre Zukunft zu machen – bis ein lokaler Headhunter anrief. Nachdem ZP in die Schlagzeilen geraten war, weil ein Mitarbeiter in Illinois Steuerprüfer bestochen hatte, hatten Hal und der Vorstand beschlossen, Collins Mullaney als Leiter der Sicherheitsabteilung durch jemanden zu ersetzen, der eine glänzende Rüstung und einen Ruf in der Verbrechensbekämpfung vorweisen konnte. Da Evon überdies im Abendstudium ihren Master in Betriebswirtschaft gemacht hatte – um sich nach Doreens Tod irgendwie zu beschäftigen – und als stellvertretende Chefin der Dienststelle von Kindle County über Führungserfahrung verfügte, war sie die ideale Besetzung für den Posten. Folglich unterbreitete ihr Hal das sprichwörtliche Angebot, das sie nicht ablehnen konnte.

Und so leitete sie jetzt die Sicherheitsabteilung in einem börsennotierten Unternehmen. Was sie an dem Job am meisten überraschte, war, wie sehr sie ihn liebte. Heather, die was andere anging ausgesprochen scharfsichtig sein konnte, hatte Evon eines Abends genau richtig eingeschätzt: »Du gehörst einfach zu diesen Menschen, die gerne arbeiten.« Das stimmte, allerdings war es eine komplizierte Aufgabe, für die Sicherheit eines Unternehmens verantwortlich zu sein, das zweihundertsechsundvierzig Ladenpassagen und Shoppingcenter mit über dreitausend Beschäftigten in fünfunddreißig Bundesstaaten besaß. Im Grunde hatte sie es mit den Problemen eines Polizeichefs in einem Vorort zu tun, aber ohne dessen Befugnisse. Tagtäglich kam es in mindestens einer Immobilie der Firma zu irgendwelchen schweren Straftaten – Drogenhandel im großen Stil, gekaperte Lieferwagen, Schießereien. Sie fürchtete sich vor Terroranschlägen, schließlich konnten Fanatiker ein ziemliches Zeichen setzen, wenn sie zum Beispiel in der Weihnachtszeit ein Shoppingcenter in die Luft jagten. Über zweitausend Sicherheitsbedienstete patrouillierten in ihren Standorten, die meisten von einem externen Anbieter ausgeliehen. Aber auch die konnten zum Problem werden, etwa wenn sie Pächter beklauten oder in der Umkleidekabine einer Modeboutique eine Frau vergewaltigten, wie es irgendein Widerling einmal getan hatte. Jeden Tag landeten auf ihrem Schreibtisch Berichte über aggressives Fahrverhalten auf den Parkplätzen, über Vandalismus, über Kinder, die von Überwachungskameras beim Kiffen gefilmt worden waren, über Leute, die ausgerutscht und gestürzt waren, oder über Sechsjährige, die sich mit dem Ärmel in der Rolltreppe verfangen hatten. Und wer hätte angenommen, dass so viele Protestinitiativen in Shoppingcentern für ihre Sache werben wollten? Neben all dem waren betriebsinterne Tätigkeiten noch gar nicht berücksichtigt. So war sie für die Computersicherheit zuständig und musste sich um eine erstaunliche Bandbreite von Verstößen kümmern, die sich die eigenen Angestellten einfallen ließen, alles von sexueller Belästigung bis hin zu einem Typen in Denver, der bei Footballspielen im Mile High Stadium den hinteren Teil des firmeneigenen Parkplatzes an Besucher vermietet und das Geld in die eigene Tasche gesteckt hatte. Ganz zu schweigen von den Fragen nach der Einhaltung behördlicher Vorschriften, mit denen sie die Anwälte ständig traktierten. Oft saß sie abends um zehn noch an ihrem Schreibtisch und war morgens um sieben schon wieder im Büro, ohne dazwischen ihr Hirn mal länger abgeschaltet haben zu können.

Und natürlich hatte sie häufig deshalb so spät Feierabend, weil sie stundenlang Hal zuhören musste. Anscheinend stand ihr so eine Sitzung mal wieder bevor. Seine schlanke Assistentin Sharize steckte den Kopf in Evons Büro, um ihr zu sagen, sie werde unverzüglich gebraucht. Als sie Hals Büro betrat, saß er auf dem Sofa mit beigefarbenem Mikrofaserbezug bei den Fenstern, neben sich seine alte Tante Teri. Ein verzweifelter Blick drang aus den dunklen Ringen, die Hals braune Augen oft wie Höhlen wirken ließen.

»Tante Teri macht mir die Hölle heiß, weil wir Paul Gianis fertigmachen.«

Evon kannte die alte Dame, seit sie in der Firma angefangen hatte. Teri, kinderlos, hatte von jeher ein enges Verhältnis zu ihrem Neffen, und nun, da auch seine Mutter gestorben war, sprach Hal mindestens einmal am Tag mit ihr, oftmals in Marathonunterhaltungen, weshalb er sich zu Sitzungen und Telefonkonferenzen verspätete. Evon bewunderte sie in gewisser Weise, obwohl sie manchmal das Gefühl hatte, dass Teri zur Gefangenen ihrer eigenen Grobheit geworden war: die vulgäre alte Jungfer mit dem bissigen Mundwerk, die sich durchs Leben geboxt hatte und inzwischen bewusst die dreiste, schamlose alte Schachtel gab, die jeder erwartete. Hal erzählte immer wieder gern von ihren gemeinsamen Abenteuern. So hatte Teri ihn ohne Wissen seiner Eltern zum Bungee-Jumping mitgenommen, als er sechzehn war – er gab zu, dass sie ihn praktisch von der Brücke geschubst hatte –, und war mit ihm zum Mount Rushmore geflogen, um ihm das riesige

Monument zu zeigen. Die Maschine hatte sie selbst gesteuert, nachdem sie erst kurz zuvor ihren Flugschein gemacht hatte. Hal schmückte diese Geschichten gerne aus, erzählte von all den Männern, die sie unter den Tisch getrunken hatte – darunter auch er selbst –, oder wie Teri regelmäßig bei Familienessen ankündigte, in der kommenden Woche zu verreisen, gewöhnlich nach Manhattan oder Miami, um sich flachlegen zu lassen. Offenbar hatte es nur ein paar wenige ernsthafte Beziehungen in ihrem Leben gegeben, und kein Mann hatte sie an sich binden können.

»Das ist zwecklos«, sagte Teri zu ihrem Neffen, ohne Evon wirklich zur Kenntnis zu nehmen. Eine Hand ruhte auf ihrem knorrigen Gehstock, der aussah wie ein alter Hirtenstab, zweifellos griechisch, und ihr halbes Gesicht war von einer großen Sonnenbrille mit türkisfarbenem Gestell bedeckt. Eine Makuladegeneration hatte sie nahezu vollständig erblinden lassen. »Ich hab schon immer was gegen rachsüchtige Leute gehabt, Herakles. Schon immer. Paul hatte nichts mit diesem Mord zu tun. Und das weißt du.«

Evon war in ihrem Leben einigen Menschen begegnet, die auf die Neunzig zugingen und sich eine beachtliche körperliche Anmut bewahrt hatten. Auch Teri hätte einer von diesen sein können, wenn sie je davon zu überzeugen gewesen wäre, ihren Alkohol- und Zigarettenkonsum einzustellen. Manchmal ließ Hal sie in seinem Büro rauchen, aber noch hatte sie sich keine angezündet, ein sicheres Zeichen, dass er sie möglichst schnell loswerden wollte. Teris Aussehen war ehrlich gesagt ungefähr so trashig, wie dies bei einer halbblinden über Achtzigjährigen möglich war: Riesige rosa Rougekringel leuchteten auf ihren Wangen, das schulterlange blonde Haar erinnerte an einen Heuhaufen, und die knallroten Fingernägel waren lang wie Krallen. Unter dem Rouge und dem Puder – sowie einer täglichen Parfümdusche – schien sie in ihrer Haut geschrumpft zu sein, die ihr in Falten von den Unterarmen hing. Sie trug Lippenstift in der Farbe eines Feuerlöschers und pfundweise Goldschmuck, dicke Klunker baumelten um Hals und Handgelenke. Ihr Rücken war ziemlich krumm, und eine Hüfte war völlig hinüber, was ihrer Eigenwilligkeit und Gerissenheit allerdings keinen Abbruch tat, und bis auf gelegentliche Schwierigkeiten, sich Namen zu merken, war ihr Geist weitgehend ungetrübt. Die Ehrerbietung, die ihr als Frau fortgeschrittenen Alters automatisch zustand, machte sie im Umgang zu einem harten Brocken, und das wusste sie auch.

Hal hielt weiter dagegen.

»Den Teufel weiß ich. Hast du den Fernsehspot gesehen?«

»Georgia Cleon ist eine eifersüchtige Fotze«, erklärte Teri. »Und verbittert. Kein Mensch hat sie gezwungen, Jimmy zu heiraten. Tut mir ja leid, dass es so mies für sie gelaufen ist, aber dafür kann Paul überhaupt nichts. Sie ist bloß sauer, weil Paul sie« – sie suchte kurz nach einem Wort – »abgesägt hat, oder wie das heißt. Jedenfalls hat er ihr das Herz gebrochen. Wie sagt man denn heute nun?« Abschließend richtete sie sich an Evon, jedoch nur für eine knappe Begriffsklärung.

»Abserviert«, sagte Evon leise. Das war der Ausdruck, den Heather bei ihren Nachrichten auf Evons Mailbox benutzte. Sie redete immer, bis die verfügbare Zeit um war, wechselte dabei von einem Extrem ins andere, indem sie erst tobte und anschließend um eine neue Chance bettelte. »Ich fass es nicht, dass du mich einfach so abserviert hast. Das hab ich nicht verdient«, hatte die letzte Tirade am Vorabend begonnen. Evon hatte keine Erklärung dafür, warum sie sich jedes Wort anhörte, bis die Nachricht abbrach. Weil du sie liebst. Weil du bei jeder Silbe hoffst, etwas von der schönen Frau herauszuhören, in die du dich verliebt hast: schön und elegant – und zurechnungsfähig.

»Evon hat mit Georgia gesprochen, Tante Teri. Erzählen Sie's meiner Tante, Evon. Hatten Sie den Eindruck, Georgia hat sich das alles bloß aus den Fingern gesogen?«

Evon erklärte Teri, Georgia habe sogar ziemlich widerwillig gewirkt, ihre Information weiterzugeben, doch die winkte ab.

»Sorry, Kleines, aber ich kenne diese Frau von Kind an. Ich bin sicher, Georgia hat sich einen Teil davon selbst eingeredet. Aber dass Paul ihr erzählt haben soll, Cass wäre unschuldig? Sie will bloß allen zeigen, wie nah sie Paul gestanden hat.«

»Hat sie doch auch«, wandte Hal ein. Er hatte Jackett und Krawatte ausgezogen und saß dicht neben seiner Tante, einen Arm auf die Rückenlehne des Sofas gelegt. Sein dicker Bauch sah ein bisschen so aus, als hätte er sich einen Mehlsack umgeschnallt.

»Georgia war in dem Moment Schnee von gestern, als Paul bei diesem Picknick Sofia sah. Alle wussten das, bis auf Georgia. Dora Michalis hat mir erzählt, Paul wäre schon in der Woche darauf das erste Mal im Krankenhaus aufgetaucht, um mit Sofia einen Kaffee zu trinken.«

Evon war beeindruckt, wie gut sich die alte Dame an Ereignisse von vor fünfundzwanzig Jahren erinnern konnte, obwohl Ditas Ermordung vermutlich viele Details aus dieser Zeit frisch gehalten hatte. Selbst Hal schien zu erkennen, dass er übertrumpft worden war.

»Diese Familien waren immer zusammen und wurden damals auseinandergerissen«, fuhr Teri fort. »Ich räume allerdings ein, dass das schon vor Ditas Ermordung angefangen hatte. Wobei das nichts ist, worüber man froh sein sollte. Lidia ist seit achtzig Jahren meine beste Freundin. Dein Vater hätte das alles furchtbar gefunden, Hal.« Sie sagte etwas auf Griechisch, und Hal übersetzte es, wenngleich sichtlich ungehalten, für Evon.

»›Wer seine Eltern achtet, stirbt nie.‹«

»Mach nicht so ein Gesicht«, sagte Teri. »Von dem Tag an, als Cass verhaftet wurde, hat dein Vater immer gesagt –«

»›Eine Tragödie für beide Familien.‹ Ich weiß«, fiel ihr Hal mit widerwillig verkniffenem Mund ins Wort.

»Zugegeben, deine Mutter wollte Cass zunächst hängen sehen, aber nach dem Tod deines Vaters hat sie eine andere Haltung angenommen. Als Paul sich zum ersten Mal zur Wahl stellte, hat sie dir hundertmal den Mund verboten, wenn du dich so aufgeführt hast wie jetzt, das hab ich genau gehört. Du hast diese Zwillinge einfach noch nie leiden können.«

»Das stimmt nicht. Ich hab oft auf sie aufgepasst, Tante Teri.«

»Und dich hinterher beschwert. Weiß der Himmel, was dich so an den beiden gestört hat.«

Hal ließ sich das kurz durch den Kopf gehen, gab aber nicht nach.

»Ich habe meine Eltern geachtet, solange sie lebten, Tante Teri. Und ich halte ihr Andenken in Ehren.« Er deutete auf das Regal mit ihren Bildern. »Aber ich lasse sie nicht aus dem Grab heraus mein Leben bestimmen.«

Die alte Dame schüttelte noch immer den Kopf, was ihre goldenen Halsketten zum Klimpern brachte.

»Ich sage dir, es ist respektlos, das Geld deines Vaters dafür zu benutzen, Paul zu bestrafen. Das hätte Zeus niemals geduldet.«

Hal zuckte zusammen. Teri hatte seinen wundesten Punkt getroffen, und da Hal nun mal Hal war, durchlitt er einen Moment, in dem ihm die Tränen in die Augen traten. Soweit Evon es beurteilen konnte, war sein Vater das größte Problem in Hals Leben, obwohl Zeus schon 1987 auf einer Griechenlandreise ums Leben gekommen war. Doch wie jemand es Evon gegenüber formuliert hatte, als sie über das Angebot nachdachte, für ZP zu arbeiten: »Hal versucht, in die Fußstapfen seines Vaters zu treten, allerdings mit nur halb so großen Füßen.« Zeus war eine Urgewalt gewesen, clever, unwiderstehlich und gut aussehend, und er wäre wahrscheinlich Gouverneur dieses Staates geworden, wenn ihn die Trauer nicht dazu getrieben hätte, seinen Wahlkampf abzubrechen. Hal war nichts davon, und er wusste, wie oft andere diesen für ihn unvorteilhaften Vergleich anstellten. Aus diesem Grund war sein Leben in erheblichem Maße einem hoffnungslosen Konkurrenzkampf mit dem Geist seines Vaters gewidmet. Hal sprach nie schlecht über Zeus. Er beschrieb seinen Vater sogar häufig als

»einen Gott«, für den er aufrichtig grenzenlose Zuneigung und Respekt zu empfinden schien. Dennoch war er fest entschlossen, den Beweis anzutreten, dass er seinen eigenen Erfolg nicht nur seinem Erbe zu verdanken hatte. Der stärkste Beleg dafür war der unermüdliche Ausbau des väterlichen Imperiums von Shoppingcentern. Anfang der 1990er-Jahre war er mit ZP als REIT-Aktiengesellschaft an die Börse gegangen und hatte seither zahlreiche strategische Übernahmen wie den Abschluss mit YourHouse getätigt, der demnächst öffentlich bekannt gegeben würde. Hal selbst war jetzt über eine Milliarde Dollar schwer, aber seine Nägel waren noch immer zu kurzen Stummeln abgekaut, und er neigte dazu, beim Sprechen die Hände zu Fäusten zu ballen, damit niemand den sichtbaren Beweis dafür sah, was alles von innen an ihm nagte.

Nach Tante Teris letzter Bemerkung war ihm anzumerken, dass er bei ihr seinen Sinn für Humor verlor.

»Jetzt reicht's aber, Tante Teri. Es ist nicht Dads Geld, es ist meins. Ich hab doppelt so viel gemacht wie er.«

Selbst Teri wusste, dass sie zu weit gegangen war. Sie winkte mit klirrenden Armbändern ab, sagte aber nichts mehr. Stattdessen stieß sie ihren Gehstock auf den Boden und versuchte, auf die Beine zu kommen. Hal, loyal wie immer, sprang auf und fasste sie am Ellbogen. Sie tastete mit einer Hand durch die Luft, bis sie seine Wange fand und ihm einen Kuss gab, der einen leuchtenden Abdruck hinterließ.

»Du bist ein guter Junge, Hal. Mein Lieblingsneffe.« Natürlich ein alter Scherz. Sie hatte keine anderen Neffen. Sie streckte den Arm nach Evon aus. »Hier. Sie bringen mich raus. Er ist zu bedeutend dafür.« Ungeachtet von Hals schwachem Protest nahm Evon seinen Platz ein.

Hals Büro lag höchstens zehn Meter hinter ihnen, als die alte Lady stehen blieb. Sie drehte den Kopf, versuchte, das letzte bisschen Sehkraft aufzubieten, um Evon anzuschauen.

»Sie müssen ihn dazu bringen, damit aufzuhören. Die Sache wird allen nur Kummer bringen.«

»Ms Kronon, ich bin bloß seine Angestellte. Niemand kann Ihrem Neffen sagen, was er tun oder lassen soll.«

»Das denken Sie, aber er mag Sie. Er legt Wert auf Ihre Meinung.«

»Mag ja sein, aber es hat sich herausgestellt, dass an seinem Verdacht mehr dran ist, als ich gedacht hätte. An diesem Punkt fehlt mir die Grundlage, ihn zum Aufhören zu bewegen.«

Gebieterisch wie immer entgegnete Teri: »Paul hatte nichts mit dem Mord an Dita zu tun. Aphrodite war nicht nur Hals Schwester. Sie war auch meine Nichte, und ich habe sie geliebt. Meinen Sie nicht, ich wäre die Erste, die Paul bestraft sehen wollte, wenn er an ihrer Ermordung beteiligt gewesen wäre?«

Evon brachte Teri in den Empfangsbereich von ZP, wo German wartete, der sowohl ihr Pfleger als auch ihr Butler war. Als der Fahrstuhl sich öffnete, trat er hinein und hielt die Tür für Teri auf, die sich jedoch nicht von der Stelle rührte, sondern erneut den Kopf neigte, um Evon zu betrachten.

»Sie sind die Lesbe, nicht wahr?«

Es gefiel Evon immer noch nicht, so genannt zu werden. Es sagte zugleich zu viel und zu wenig aus. Aber Teri war eine alte Dame. Evon brachte ein höfliches Nicken zustande. Teri starrte sie noch einen Moment länger an und trat einen Schritt näher, sodass Evon sehen konnte, wie dick der Puder sich in die tiefen Furchen in Teris Gesicht eingeprägt hatte.

»Ich wünschte, ich wäre zu Ihrer Zeit geboren worden«, sagte sie leise, dann tastete sie sich mit ihrem Gehstock in den Aufzug.

13.

Du Bois Lands – 5. Februar 2008

Du Bois Lands hatte etwa drei Jahre nach Paul bei der Staatsanwaltschaft angefangen und mit ihm gemeinsam zahlreiche Prozesse ausgefochten. D. B., wie er oft genannt wurde, war ein guter Anwalt – er dachte präzise, konnte bessere Schriftsätze formulieren als die meisten Ankläger und trat im Gerichtssaal leidenschaftlich und charmant auf. Paul und er arbeiteten gerne und gut zusammen und verbrachten auch außerhalb der Arbeit Zeit miteinander. Sofia fand vor allem Du Bois' Frau Margot, eine Kinderärztin, sympathisch, und die beiden Paare trafen sich auch nach Pauls Abschied von der Staatsanwaltschaft noch ein- oder zweimal im Jahr.

Dann wurde D. B.s Onkel Sherman Crowthers unter Anklage gestellt, weil er als Richter am Kammergericht in der Abteilung für Zivilsachen, wo Schadensersatzklagen verhandelt wurden, Bestechungsgelder angenommen hatte. Richter Crowthers war eine amerikanische Tragödie. Er war als Walnusspflücker auf einer Plantage in Georgia aufgewachsen, hatte als guter Footballspieler mit einem Sportstipendium studiert und wurde einer der besten Strafverteidiger der Tri-Cities sowie eine führende Figur in der Bürgerrechtsbewegung. Sein erster Triumph war seine erfolgreiche Verteidigung von Martin Luther King, der hier 1965 festgenommen worden war, weil er Protestmärsche angeführt hatte.

Niemand konnte sich richtig erklären, warum Sherm unter den Korruptionsbann des vorsitzenden Richters in der Abteilung für

Zivilsachen, Brendan Tuohey, gefallen war. Sherm lebte auf großem Fuß – das schwarze Neureichenphänomen unterschied sich nicht groß vom griechischen Neureichenphänomen, mit dem Paul aufgewachsen war –, hatte sein Vermögen jedoch bereits gemacht, bevor er Richter wurde. Ein Bekannter bezeichnete Sherms Erklärung als verdreht und einfach zugleich: »Mama hat keinen Trottel großgezogen.« Er weigerte sich, als Schwarzer weniger zu bekommen, während viele weiße Richter um ihn herum ihren Richterstuhl in einen Geldautomaten verwandelt hatten.

Als Anwalt für Zivilrecht, der in diesen Gerichtssälen sein Geld verdiente, waren Paul dieselben Geschichten zu Ohren gekommen wie allen anderen. Wenn vor gewissen Richtern verhandelt wurde, die angeblich zu Tuoheys Ring gehörten, fürchtete Paul stets, dass die Verteidiger den Richtern etwas zustecken könnten, er dachte jedoch, vor einem Geschworenengericht käme er schon klar. Und dem war auch so – er kam sehr gut klar. Er bekam gute Fälle, meistens durch seine ehemaligen Kommilitonen in großen Kanzleien, die sich selbst nicht auf Erfolgshonorarbasis die Hände schmutzig machen wollten, studierte die Akten sorgfältig und verhandelte dann knallhart.

1991 gewann Paul seine erste große Klage über achtzehn Millionen Dollar in einem Prozess unter Vorsitz von Sherm Crowthers. Paul vertrat einen Konzertgeiger, der einen Arm verloren hatte, als er in einen Vorortzug steigen wollte, die sich schließenden Türen seine Stradivari samt seinem Arm einklemmten und den Musiker ein paar Hundert Meter mitschleiften. Wenige Tage nachdem die Geschworenen ihr Urteil verkündet hatten, lief Paul im Gerichtsgebäude Sherm über den Weg, der ihn mehr oder weniger brachial in den nicht öffentlichen Flur vor seinem Richterzimmer steuerte. Es waren noch einige Anträge der Verteidigung anhängig, um mit diesen das Urteil zu kippen, aber Paul nahm an, dass der Richter ihm lediglich zu seiner guten Arbeit gratulieren wollte. Doch dann bugsierte Crowthers ihn in eine kleine

Nische in seinen Amtsräumen, wo normalerweise sein Sekretär saß, und schloss die Tür. Sherm war ein bulliger Mann, knapp zwei Meter groß und mittlerweile fast hundertvierzig Kilo schwer, mit buschigen grauen Augenbrauen und bohrenden gelblichen Augen.

»Sie Scheißkerl«, sagte er zu Paul, »anscheinend kapieren Sie nicht, wie das hier läuft.«

Paul, der sich für nicht mehr besonders leicht einzuschüchtern hielt, bekam vor Schock kein Wort heraus. Dann erklärte ihm Richter Crowthers, er müsse unbedingt einmal das Essen im Restaurant von dessen Schwester im North End ausprobieren.

Als Paul sich hinterher diskret umhörte, erfuhr er, dass Judith Crowthers in ihrem florierenden Soul-Food-Restaurant angeblich für ihren Bruder Zahlungen entgegennahm. Mit dickem lila Lidschatten und baumelnden Ohrringen saß sie dort hinter der Kasse und nahm kommentarlos die Umschläge entgegen, die ihr manche Anwälte zusteckten, wenn sie ihr Mittagessen bezahlten. Paul kam gar nicht auf die Idee, sich mit so etwas zu befassen, ohne es zuvor mit Cass zu besprechen. Sie trafen sich zwei Tage später in einem der kleinen, weiß getünchten Anwaltszimmer der Haftanstalt Hillcrest. Inzwischen hatte Paul die traurigen Abläufe des Bestechungssystems in der Abteilung für Zivilsachen durchschaut. Sein Honorar für den Fall belief sich auf knapp vier Millionen Dollar – dagegen waren die zehn- oder zwanzigtausend, die er zahlen sollte, Peanuts. Falls er sich weigerte, würde Crowthers das Urteil zweifellos aussetzen, wichtige Entscheidungen während der Beweisaufnahme aufheben und eine Neuverhandlung anordnen. Falls er Sherm anzeigte, stände sein Wort gegen das des Richters, der behaupten würde, er habe nichts weiter getan, als Paul das Restaurant seiner Schwester zu empfehlen. Schlimmer noch, Paul wäre fortan ein gezeichneter Mann, den Chefrichter Tuohey und seine Clique mit allen Mitteln versuchen würden, aus dem Gerichtsgebäude zu drängen.

»Tritt ihm trotzdem in den Arsch«, befand Cass. Nach Jahren in Hillcrest wussten beide, dass es nichts brachte, sich Erpressungen zu beugen, weil sie nie aufhörten. Man wehrte sich. Aber man verpfiff niemanden.

Am nächsten Tag stellte Paul bei Richter Crowthers den Antrag, er solle den Vorsitz in dem Fall aufgrund »unangemessenen Kontakts zu einem der Prozessbeteiligten« niederlegen. Es gab ein halbes Dutzend Leute, die gesehen hatten, wie der Richter einen Arm um Paul gelegt und ihn zu seinem Amtszimmer gezogen hatte. Falls es hart auf hart käme, hätte Paul einige Unterstützung. Crowthers gab den Fall lieber ab, aber in den folgenden zwei Jahren landete jedes Verfahren, das Pauls Kanzlei in der Abteilung für Zivilsachen anstrengte, bei einem von Tuoheys Richtern, und jedem Antrag der Beschuldigten auf Klageabweisung wurde ausnahmslos stattgegeben. Am Ende nahmen sie in Kindle County überhaupt keine neuen Fälle mehr an und versuchten stattdessen, ihr Geschäftsmodell in den umliegenden Counties aufzubauen.

Und dann tauchte Special Agent Evon Miller vom FBI in Pauls Büro auf. Die verdeckte Ermittlung gegen Richter in der Abteilung für Zivilsachen, Projekt Petros, machte gerade Schlagzeilen. Evon hatte eine Kopie von Pauls Antrag mitgebracht und wollte wissen, um was für einen »unangemessenen Kontakt zu einem Prozessbeteiligten« es sich genau gehandelt hatte. Paul hielt sie hin, bis er am nächsten Sonntag nach Hillcrest konnte. Cass und er sahen die Sache wie immer ähnlich: Es war Zeit, dass dieser Mist aufhörte. Paul erzählte Evon am Montag, was sich abgespielt hatte, und willigte ein, als Zeuge auszusagen. Wie sich herausstellte, war Crowthers heimlich auf Tonband aufgezeichnet worden, doch der Regierungsinformant, der die Aufnahmen gemacht hatte, war verstorben, sodass Sherms Chancen für den Prozess nicht schlecht standen. Als Paul vor Gericht den Erpressungsversuch ruhig und detailliert schilderte, wirkte er jedoch wie die Verkörperung von allem, was in der Rechtsprechung gut war, und hob sich mächtig von den zwielichtigen Typen ab, die die Anklage ansonsten als Zeugen aufmarschieren ließ. Der Prozess war praktisch entschieden, sobald Paul den Zeugenstand verließ.

Du Bois Lands war Sherman Crowthers' Neffe, Sohn der Schwester seiner Frau. D. B.s Mom, eine Lehrerin, wurde drogensüchtig und landete schließlich im Gefängnis – wenn Schwarze ins Straucheln gerieten, mussten sie damals nach wie vor damit rechnen, tiefer zu fallen. Folglich hatte D. B. immer mal wieder bei Sherm in dessen großer Villa in Assembly Point gelebt, und er vergötterte seinen Onkel. Als Paul den Gerichtssaal betrat, um gegen Crowthers auszusagen, saß Du Bois in der vordersten Zuschauerreihe. Er hatte auffallend graue Augen und durchbohrte Paul mit seinem Blick. Du Bois sprach es nie aus, aber Paul wusste, was er dachte: »Du hättest das nicht tun müssen. Du hättest sagen können, es wäre mittlerweile alles zu verschwommen und dass du dich einfach nicht mehr erinnern könntest.« Die beiden sprachen nie wieder ein Wort miteinander.

Inzwischen war Du Bois seit fünf Jahren Richter. Vor einem Jahr war er in die Abteilung für Zivilsachen befördert und demselben Gerichtssaal zugewiesen worden, den sein Onkel fünfzehn Jahre zuvor innehatte. Dort warteten Paul und Ray Horgan jetzt auf den Beginn der Verhandlung. Der Saal war bauhausmäßig und funktional, die gesamte Einrichtung einschließlich der Wandtäfelung, der niedrigen, rechtwinkligen Richterbank und des Zeugenstandes aus vergilbtem Birkenholz. Kronon und Tooley saßen am Tisch der Gegenseite, und Dutzende von Reportern und Gerichtszeichnern drängten sich in den vorderen Reihen des Zuschauerraumes. Die Bänke dahinter waren mit Neugierigen gefüllt.

Als Du Bois den Vorsitz für das Verfahren gegen Kronon zugewiesen bekommen hatte, war Paul selbstverständlich davon ausgegangen, dass sie beantragen würden, ihn abzulehnen, doch Ray war entschieden dagegen gewesen. Er fürchtete die Reaktion der schwarzen Wählerschaft, bei der Paul noch immer hoch im Kurs stand, obwohl Willie Dixon, der Stadtrat aus dem North End, ebenfalls kandidierte. Außerdem genoss D. B. einen glänzenden Ruf. Und als er sich um das Richteramt beworben hatte, war Ray einer seiner drei Wahlkampforganisatoren gewesen.

Jetzt rief der schon ältere Gerichtsdiener den Fall auf: »Gianis gegen Kronon, Nummer C-315.« Mel Tooley trat mit seinem albernen zotteligen Toupet als Erster ans Podium und nannte seinen Namen fürs Protokoll, während Ray schwerfällig auf wackeligen Knien nach vorn humpelte. Kämpferisch begann Tooley, seine neuen Anträge zu Fingerabdrücken und DNA-Analyse zu erläutern, doch Du Bois fiel ihm ins Wort.

»Meine Herren, ich habe die entsprechenden Unterlagen gelesen. Das tue ich immer.« D. B. eilte der Ruf voraus, im Gerichtssaal ernst, sogar streng zu sein. Sein Ton hingegen blieb immer gleich. Er behandelte jeden, der vor ihm erschien, mit Höflichkeit, durchsetzt mit einem Anflug von Skepsis. Man sagte ihm auch nach, dass er die elementarste Aufgabe eines Richters großartig beherrschte, nämlich zu einer Entscheidung zu gelangen. Er urteilte nach angemessenem Nachdenken, aber er zauderte nicht wie so manch anderer oder versuchte, die Parteien selbst bei banalen Streitigkeiten zu einer Einigung zu zwingen. »Gehen wir die Anträge in der Reihenfolge durch, in der sie eingereicht wurden«, sagte der Richter. »Erstens, Mr Horgan möchte wissen, inwieweit sich die Parteien hinsichtlich des Gegenstands dieses Verfahrens in der Öffentlichkeit äußern dürfen.«

D. B. nahm den Antrag ernst, wie Paul erwartet hatte, weigerte sich jedoch, den Parteien ein Redeverbot aufzuerlegen, wenn sich auch die in diesem Fall streitenden Anwälte an die üblichen Regeln zu Kommentaren außerhalb des Gerichtssaals würden halten müssen. Da Paul nicht als sein eigener Rechtsvertreter auftrat, wäre es nach Meinung des Richters ungerecht, sein Äußerungsrecht zu beschneiden, zumal er sich im Wahlkampf befand. Paul fragte sich schon, ob D. B. ihn mit Liebenswürdigkeit ersticken wollte.

Dann nahm sich D. B. Lands Tooleys Anträge vor, bei denen es um die am Tatort gesammelten Beweise ging und darum, Paul dazu zu verpflichten, seine Fingerabdrücke und eine DNA-Probe abzugeben.

»Mr Horgan, Ihre Meinung dazu?«

Um ihre heutige Strategie zu planen, hatte Paul zwei Tage zuvor eine große Besprechung im Aquarium mit Crully, Ray und einem halben Dutzend Wahlkampfmitarbeitern anberaumt. Sogar Sofia war dabei gewesen, die wegen dieser Auseinandersetzung mit Hal zunehmend besorgt war.

Am Podium strahlte Ray noch immer den Charme und die Autorität eines Mannes aus, der fünfzig Jahre lang eine wichtige Rolle in diesem Gebäude gespielt hatte.

»Euer Ehren, lassen Sie mich vorweg sagen, dass Senator Gianis jeden angemessenen Schritt unternehmen wird, um Mr Kronons Anschuldigungen als böswillige Lügen zu entlarven.«

Der Richter unterband den großen Auftritt.

»Zur Sache, Mr Horgan.«

»Richter Lands, wie ich Mr Tooley bereits letzte Woche erklärt habe, werden wir keine Einwände dagegen erheben, wenn er von den Behörden in Greenwood County die Offenlegung der Gerichtsakten oder der am Tatort gesammelten Fingerabdrücke verlangt, vorausgesetzt, diese Beweise werden uns ebenfalls zugänglich gemacht. Die Gegenseite hat Dr. Maurice Dickerman als ihren Fingerabdrucksachverständigen benannt, und ich sehe Dr. Dickerman heute hier im Gericht.« Ray wandte sich um und hob wie ein Zirkusdirektor eine Hand. Prompt erhob sich Mo Dickerman, der sogenannte Fingerabdruckgott, in seinem dunklen Anzug kurz von seinem Platz hinten im Saal. Dickerman, ein hagerer, kantiger Mann, schob seine große schwarz gerahmte Brille mit einem Finger höher. Er war seit vielen Jahren Leiter des Fingerabdrucklabors der Polizei von Kindle County. Wie allen bei der Polizei Beschäftigten war es ihm erlaubt, außerhalb seiner Dienstzeit auf eigene Rechnung zu arbeiten. »Senator Gianis wird Dr. Dickerman seine Fingerabdrücke zur Verfügung stellen, wann immer das Gericht dies anordnet, auch heute.«

Du Bois nickte, als wollte er sagen: »Klingt vernünftig.« Der Richter war inzwischen Ende vierzig und noch immer ein gut aussehender Mann mit kurz geschorenem Haar, mittelbraunem Teint und diesen auffälligen grauen Augen.

»Euer Ehren«, sagte Tooley, »wir haben noch keine Antwort auf unsere Anforderung einer DNA-Probe erhalten.«

Du Bois deutete auf Ray, der sogleich reagierte.

»Euer Ehren, wir sind gerne bereit, alles, was tatsächlich beweiskräftig ist, zur Verfügung zu stellen, aber diese DNA-Analyse geht ganz offensichtlich zu weit. Um Offenlegung zu verlangen, muss die begründete Wahrscheinlichkeit nachgewiesen werden, dass jeder etwaig gewonnene Beweis auch potenziell relevant ist. Dr. Yavem räumt ein, dass in einem Fall wie diesem, wo es um eineiige Zwillinge geht, eine DNA-Analyse lediglich mit einer Wahrscheinlichkeit von eins zu hundert zu einem zulässigen Beweis führt. Daher ist dieser Antrag wohl nur ein Versuch, Senator Gianis in Verlegenheit zu bringen und zu schikanieren.«

»Euer Ehren«, entgegnete Tooley, »es geht hier nicht um die Frage von Prozenten. Und selbst wenn, warum sollte Senator Gianis einen Test verweigern, der ihn mit neunundneunzigprozentiger Wahrscheinlichkeit nicht belasten wird?« Diese Erwiderung war unlogisch und nur an die Reporter gerichtet. Du Bois ließ sich nichts vormachen. Er durchschaute Tooleys Absicht und hatte genug gehört. Er ließ den Stift fallen, mit dem er sich auf der Richterbank Notizen gemacht hatte, und schob seine Unterlagen beiseite.

»Wir werden folgendermaßen vorgehen«, sagte er. »Einiges von dem, was beantragt wurde, scheint unstrittig zu sein. Daher,

Mr Tooley, werde ich Ihren Antrag teilweise bewilligen und die Vorlageverfügungen genehmigen, die Sie im Hinblick auf Polizeiberichte und Fingerabdruckspuren der Polizei und dem Gericht in Greenwood County zugestellt haben. Bedingung ist jedoch, dass alles, was Ihnen aufgrund dieser Vorlageverfügungen zugänglich gemacht wird, unverzüglich auch Mr Horgan übergeben wird. Weiterhin scheint auch die Abnahme von Fingerabdrücken unstrittig zu sein, daher erlaube ich Ihnen, Mr Tooley, eine weitere Vorlageverfügung diesbezüglich aufzusetzen. Außerdem akzeptiert das Gericht Senator Gianis' Angebot, seine Fingerabdrücke abzugeben, und ich werde eine entsprechende Anordnung erlassen.«

»Wir können das gleich hier machen, Euer Ehren, im Gerichtssaal«, sagte Ray. Es ging ihm um einen möglichst pressewirksamen Auftritt, und es funktionierte. Die Journalisten in der ersten Reihe tippten wild drauflos oder machten sich hektisch Notizen.

»Danke, Mr Horgan, aber ich glaube kaum, dass wir meinen Gerichtssaal in ein Kriminallabor verwandeln müssen.« Im Zuschauerraum wurde gelacht.

»Dann gehen wir gleich hinunter in die Eingangshalle und erledigen es dort.«

Du Bois machte eine Handbewegung, als wollte er sagen: »Von mir aus.« Laut sagte er: »Ich habe noch einen Vorschlag zu Dr. Dickerman.«

Mo stand hinten im Saal erneut auf und kam nach vorn. Niemand hatte ihm je unterstellt, nicht gern im Mittelpunkt zu stehen. Der Richter empfahl die Ernennung Mos zum Sachverständigen des Gerichts und die Aufteilung der Honorarkosten zwischen beiden Parteien. Mo war weltweit bekannt und außerhalb des FBI vermutlich der angesehenste Fingerabdruckexperte in den USA. Ihm würde ohnehin niemand widersprechen. Ray erklärte sich sofort einverstanden und lobte die Idee des Richters überschwänglich. D. B. tat so, als hätte er es überhört.

»Ich ordne also an, dass sämtliche Fingerabdruckspuren direkt an Dr. Dickerman gehen«, sagte Lands. »Sofern die Fingerabdrücke vom Tatort noch gut genug für einen beweiskräftigen Abgleich sind, soll er sie mit denen vergleichen, die er heute von Senator Gianis bekommt.«

»Und die DNA?«, hakte Tooley nach. Offensichtlich war Hal ganz scharf darauf, diesen Test machen zu lassen.

»Nun ja, Mr Tooley, da hat Mr Horgan vielleicht nicht ganz unrecht. Ich bin nicht sicher, ob ich Ihnen die Durchführung eines Tests erlauben soll, der nach Aussage Ihres eigenen Experten mit allergrößter Wahrscheinlichkeit ergebnislos bleiben wird. Aber ich behalte mir meine Entscheidung vor. Ich werde Mr Horgan eine Woche Zeit geben, eine schriftliche Erwiderung einzureichen. Sie, Mr Tooley, werden wiederum eine Woche Zeit haben, um darauf zu antworten. Bis dahin hat Mr Dickerman möglicherweise die Ergebnisse des Fingerabdruckvergleichs, und die könnten meine Entscheidung hinsichtlich der DNA beeinflussen. Kommen wir also dann wieder zusammen. Gerichtsschreiber, nennen Sie uns bitte einen Termin.«

»20. Februar, zehn Uhr morgens.«

»Ist hiermit angeordnet«, sagte Du Bois. Paul, der vom Tisch des Klägers aus zugeschaut hatte, dachte, dass er selbst nicht anders entschieden hätte. Du Bois war fair gewesen, klug und maßvoll.

Der Richter vertagte die Verhandlung und erhob sich, was alle anderen im Saal auf die Beine brachte. Von dieser Position aus sah D. B. Lands Paul zum ersten Mal direkt an. Der Blickkontakt war nur kurz, aber er wurde von einem Gesichtsausdruck irgendwo zwischen Grimasse und Lächeln begleitet. »Siehste?«, schien er zu sagen.

14.

Dickerman – 5. Februar 2008

Es war Jahre her, dass Tim den Tempel betreten hatte, wie das Gebäude des Kammer- und Schiedsgerichts von Kindle County genannt wurde. Es war in den 1950ern aus hellbraunen Backsteinen erbaut worden und hatte die Proportionen eines Zeughauses mit einer Kuppel, durch die trübes Licht in die zentrale Rotunde fiel, in der um neun Uhr morgens lebhaftes Gedränge herrschte. Tims natürliches Terrain war das Hauptjustizgebäude einige Blocks entfernt gewesen, in dem Strafprozesse verhandelt wurden. Hier drinnen kam er sich dagegen noch immer wie ein Tourist vor, und nachdem er die Metalldetektoren passiert hatte, ließ er sich von einem uniformierten Wachmann den Weg zu Du Bois Lands' Gerichtssaal im dritten Stock zeigen.

Tim hatte Du Bois' Onkel gut gekannt, jedoch ausschließlich während dessen Zeit als Anwalt. Dennoch, Sherm Crowthers hatte einen starken Eindruck hinterlassen, das es keinen Verteidiger gab, dessen Kreuzverhöre Tim weniger mochte. Sherm neigte dazu, Zeugen einzuschüchtern, sie mit seiner dröhnenden Stimme anzubrüllen, zu verspotten und zu bedrängen. Wenn er sich dicht vor dem Zeugenstand aufbaute, war schon seine schiere Körpergröße ein weiteres Drohmittel. In einem Mordfall hatte Sherm die am Tatort gefundene Pistole genommen und sie gut zehn Minuten lang auf Tim gerichtet, während er ihn befragte, bis der Staatsanwalt endlich auf Tims flehende Blicke reagierte und

Einspruch erhob. Er war wie alle anderen im Saal von Sherm gebannt gewesen.

Tim war heute auf Mel Tooleys Bitte hin zur Verhandlung erschienen, damit er gleich nach Einwilligung des Richters eventuelle Offenlegungsanordnungen zustellen konnte. Mit Ray Horgans Einverständnis hatte er letzte Woche bereits solche Anordnungen in Greenwood County abgeliefert, und gestern hatte er die daraufhin angefertigten Fingerabdrücke und Berichte in Mo Dickermans Büro gebracht.

Tim saß ganz hinten im Saal, als Dickerman hereinkam und ihn bemerkte. Er rutschte auf der Bank ein Stück weiter, um ihm Platz zu machen. Tim hatte bei Gott weiß wie vielen Ermittlungen mit Mo zusammengearbeitet, der erst am Anfang seiner Laufbahn stand, als Tim schon Detective Lieutenant war. Wahrscheinlich war er der erste Bulle gewesen, der erkannte, wie überragend Dickerman war – ein großartiger Zeuge und auf seinem Gebiet ungemein kompetent. Schließlich schlug Tim ihn zur Beförderung vor, obwohl es einige dienstältere Kollegen gab. Folglich hatte Mo immer irgendwie in seiner Schuld gestanden, und Tim war so gut mit ihm ausgekommen wie alle anderen auch. Mo war noch nie ein wirklich herzlicher Typ gewesen und mittlerweile dermaßen von sich eingenommen, dass er in McGrath Hall weniger Freunde denn je hatte.

Er war inzwischen über siebzig – etwa zweiundsiebzig, glaubte Tim, und damit der älteste Mitarbeiter der Polizei. Doch berühmt, wie er war, traute sich keiner, ihn in den Ruhestand zu schicken, und die Bezirksverwaltung machte bei ihm jedes Jahr wieder eine Ausnahme. Er war einer dieser hageren Typen, die scheinbar nie älter werden, aber jetzt sah man ihm doch einen gewissen Verschleiß an, mehr Müdigkeit im länglichen Gesicht und reichlich Grau im schütter werdenden Haar. Um die Augen herum hatte er eine traurige Ansammlung aufgedunsener, faltiger Haut. Mo war jetzt Witwer, genau wie Tim. Seine Frau Sally war erst vor wenigen Monaten gestorben, die Spuren davon waren ihm ebenfalls anzusehen: eine wässrige Leere, die an die Stelle von Mos früherer Intensität getreten war. Tim drückte Dickerman das Knie, als dieser sich neben ihn setzte. »Wie geht's dir, mein Freund?«, fragte Tim. »Kommst du klar?« Dickerman war unterwegs gewesen, als Tim gestern die angeforderten Beweismittel abgegeben hatte.

Mo verzog das Gesicht. Er wusste, dass Tim auf Sallys Tod anspielte. Für Tim fielen Marias Krankheit und Sterben in die breite Palette von Dingen, die nicht zu ändern waren, und er sprach meist mit großem Widerwillen über diese Jahre – die Fahrten zur Behandlung, das Aussuchen von Perücken, das angstgepeinigte Herumsitzen in Warteräumen während dreier langwieriger Operationen, seine Töchter, die beim Anblick ihrer Mutter in Tränen ausbrachen, wenn sie zu Besuch kamen. Mo gehörte dagegen offensichtlich der anderen Schule an, denn er sprach unablässig über Sally, damit er es selbst glauben konnte. Während er Tim jetzt die Geschichte erzählte, lehnte Mo zusammengesunken auf der gelblichen Bank, anscheinend um ihre Unterhaltung möglichst vertraulich zu halten, er wirkte jedoch, als krümmte er sich unter dem Schmerz der Erinnerung zusammen.

»Als sie den Knoten entdeckten, hab ich gedacht, ›Mein Gott, sie wird ihre Brüste verlieren‹, und später dann, als wir mit so einer Superkoryphäe an der Uniklinik gesprochen haben, wäre ich am liebsten vor ihm auf die Knie gefallen, damit er mir sagt, dass dann alles wieder gut wäre. Aber sie konnten nichts mehr machen. Sie haben's versucht, aber es war nur eine einzige Qual für sie. Am Ende hat sie mich angefleht, nicht noch eine Therapie von ihr zu verlangen. Zwischen der Diagnose und ihrer Beerdigung lagen nicht mal acht Monate.«

Tim legte ganz kurz seine Hand auf Mos. Du lebst friedlich mit einem Menschen zusammen, träumst neben ihm, isst mit ihm und ziehst Kinder groß, aber du empfindest keine besondere

Begeisterung dabei, obwohl du weißt – und Tim hatte das ganz genau gewusst –, wie ungemein liebenswert dieser Mensch an deiner Seite ist. Und dann ist er fort, und die Größe dieses Verlusts macht dich fassungslos, selbst wenn dir klar ist, dass du auch deine eigene Einsamkeit und deren Unausweichlichkeit betrauerst.

Dann kam Richter Lands herein, und die beiden erhoben sich. Der Gerichtsdiener rief Kronons Fall als ersten auf.

Tooley und Horgan gingen von ihren jeweiligen Tischen nach vorn, zwei beleibte Männer, die ein wenig wie Braut und Bräutigam aussahen, als sie sich in der Mitte des Saals trafen, ehe Tooley vor Ray ans Podium trat.

Du Bois war ein Richter, der sein Handwerk verstand und keine Zeit verlor. Während seiner Arbeit als Cop hatte Tim nie viel von Richtern gehalten. Viele schienen einfach nur im Weg zu stehen, und nicht wenige von ihnen hielten sich für die Hauptperson in einem Verfahren. Aber wer ging schon zu einem Baseballspiel, um sich den Schiedsrichter anzusehen?

Vorn im Gerichtssaal kabbelten sich die Anwälte, während Lands die Kontrolle behielt. Mos Name fiel einige Male, und er sprang neben Tim auf. Schließlich bat der Richter Mo nach vorn. Mit steifen Schritten ging er zur Richterbank. Wie Tim sich erinnerte, hatte er vor Jahren Basketball gespielt und jetzt offensichtlich Probleme mit den Knien.

Als die Sitzung zu Ende war, trottete Tim zum Tisch der Verteidigung, wo Tooley wie immer alle Hände voll damit zu tun hatte, Hal zu zügeln. Kronon hatte durchschaut, dass Paul und seine Leute genau das bekommen hatten, was sie wollten. Fernsehkameras waren im gesamten Gebäude verboten, nur in der Rotunde waren sie erlaubt. Wenn Gianis da unten seine Fingerabdrücke abgab, würde er eine eindrucksvolle Show für die Abendnachrichten inszenieren.

»Scheiß Publicitynummer«, sagte Kronon.

»Hal«, versuchte Tooley ihn zu beruhigen, »er hätte das ohnehin vor laufenden Kameras gemacht. Das ist ein öffentliches Verfahren.«

Horgans Assistent kam und fragte, ob sie bei der Abnahme der Fingerabdrücke dabei sein wollten, und die drei gingen nach unten. Dickerman hatte seine Ausrüstung auf dem Steinsims aufgebaut, der die zentrale Eingangshalle des Tempels zierte. Auf Dickermans Anweisung hin war Paul die Hände waschen gegangen, und nun kam er zurück, schritt ein paar Meter vor Ray Horgan durch die Eingangshalle, während die Xenon-Lampen der Kameras alle gleichzeitig aufleuchteten und die Lobby mit ihrem gleißenden Licht durchfluteten. Gianis zog sein Jackett aus und reichte es einem seiner jungen Wahlkampfhelfer, entfernte dann die Manschettenknöpfe und krempelte die Ärmel hoch.

Zu Tims Zeiten hätte Mo zur Abnahme der Abdrücke Pauls Finger und Handflächen auf ein Tintenkissen gedrückt und anschließend auf einem Stück Karton, der sogenannten Zehnerkarte, abgerollt. Dieses Verfahren wurde noch immer auf den meisten Polizeidienststellen praktiziert, Mo hingegen bevorzugte einen digitalen Abdruck, den »Live Scan«. Für seine private Beraterfirma besaß er eigene Geräte, und er ließ sich von seinem Assistenten, vermutlich einem Studenten der Uni, an der Mo lehrte, einen Metallkoffer bringen, aus dem er den Scanner hervorholte, der etwa so groß wie eine Rechenmaschine war. Mo schloss den Scanner an seinen Laptop an und nahm Pauls Abdrücke in verschiedenen Variationen. Als Erstes drückte er vier Finger einer Hand gleichzeitig auf die Scannerfläche, dann den Daumen, und schließlich rollte er jeden Finger noch einmal einzeln darauf ab. Die Bilder erschienen sofort auf dem Computermonitor, während die Kameraleute sich gegenseitig anrempelten, um Nahaufnahmen zu machen. Zur Sicherheit nahm Mo auch noch Abdrücke auf Papier, wobei er eines dieser neuen tintenlosen Kissen benutzte.

Hal hatte genug gesehen und zog Tim und Tooley beiseite.

»Es wird keine Übereinstimmung geben«, meinte Kronon. »Pauls Abdrücke werden nirgendwo in Ditas Zimmer zu finden sein. Deshalb zieht er hier so eine Show ab. Er sieht aus wie ein Varietézauberer mit hochgekrempelten Ärmeln.«

»Das Risiko bestand immer«, gab Tooley zu bedenken.

»Wir sollten den Antrag zurückziehen.«

»Er ist gerade bewilligt worden. Wir können ihn nicht zurückziehen.«

»Es wird keine Übereinstimmung geben. Und weil es keine gibt und weil die DNA-Chancen nur eins zu hundert stehen, wird sein dämlicher Kumpel Du Bois den Antrag auf die DNA-Analyse abschmettern. Ich will diese gottverdammte DNA.«

Tooley, der Hals Stimmungen und die häufig darin mitschwingende Irrationalität gewöhnt war, schwieg einen Moment, ehe er das Offensichtliche aussprach.

»Hal, falls seine Fingerabdrücke nicht am Tatort sind, dann hat das etwas zu bedeuten. Das können wir nicht einfach ignorieren.«

»Einen Scheiß hat es zu bedeuten.«

Tooley warf Tim einen genervten Blick zu und erklärte, er werde jetzt zurück in sein Büro fahren. Hals Bentley war bereits vorgefahren. Tim ging allein zurück, um sich die restliche Abnahme der Fingerabdrücke anzuschauen, aber Gianis steckte bereits seine Manschettenknöpfe wieder durch die Knopflöcher. Mo war dabei, den Scanner zurück in das Schaumstoffkissen des Metallkoffers zu drücken, als sein Blick auf Tim fiel, woraufhin er ihm mit einer Handbewegung signalisierte, auf ihn zu warten. Er brauchte noch weitere zehn Minuten, weil etliche Reporter ihn mit Fragen bedrängten. Als Dickerman schließlich zu Tim herüberkam, waren sie beide allein in der Marmorhalle.

»Ich wollte dir vorhin schon was sagen«, begann Mo, »aber dann bin ich irgendwie wegen Sally abgelenkt worden. Du musst deinen Hintern noch mal nach Greenwood County bewegen.«

»Und wieso?«

»Ich brauche auch die Fingerabdrücke von Cass, und in dem Chaos, das du gestern vorbeigebracht hast, waren die nicht dabei.«

»Cass?«, fragte Tim. »Ich dachte, er hat andere Fingerabdrücke als Paul.«

»Ja, schon. Aber sie in einer solchen Situation auseinanderzuhalten – das ist gar nicht so einfach.« Wie so oft, verfiel Mo in einen Vortragston. Er erklärte, dass bei Fingerabdrücken von Zwillingen die grundlegenden Muster aus Schleifen, Wirbeln und Bögen identisch seien, das Produkt gemeinsamer Gene. Erst im Laufe der Entwicklung, wenn der Fötus die Uteruswand oder sich selbst berührte, bildeten sich subtile Unterschiede in den von Fingerabdruckexperten als »Minutien« bezeichneten Bereichen heraus, in denen die Papillarleisten endeten, sich verzweigten oder zusammenliefen.

»Versteh mich nicht falsch«, sagte Mo. »Wenn ich einem, der was davon versteht, Zehnerkarten von Paul und Cass Gianis überlassen würde, hätte er genug an der Hand, um Unterschiede festzustellen. Aber du weißt besser als ich, dass man an Tatorten praktisch nie komplette Abdrücke aller zehn Finger findet. Man hat Teilabdrücke, Abdrücke von nur zwei Fingern und so weiter. Das kennst du ja alles. Und mit beispielsweise einem Teilabdruck lässt sich nicht unbedingt feststellen, von welchem Zwilling er stammt.

Deshalb ist es für so einen Abgleich am besten, zunächst mit den Zehnerkarten von beiden Männern zu beginnen und die Unterscheidungsmerkmale zu isolieren. Als ich Cass' Abdrücke aus Greenwood nicht bekommen habe, hab ich Tooley angerufen und gesagt, er soll die Staatsanwaltschaft anrufen. In der Zwischenzeit hat er mir Cass' Zehnerkarte aus Hillcrest geschickt. Ich schätze, die war in der Akte, die er für die Anhörung vor dem Gnadenausschuss angefordert hat. Es ist eine Laserkopie. Hochauflösend, aber eben eine Kopie. Damit kann niemand ein Gutachten erstellen. Und deshalb musst du noch mal nach Greenwood und mir Cass' Zehnerkarte besorgen.«

»Alles klar, Boss«, meinte Tim. Er dachte, Mo mit »Boss« anzureden, würde diesem ein Lächeln entlocken, aber Dickerman stand bloß da und blickte eher verärgert. Irgendetwas belastete ihn.

»Da ist noch was«, sagte Mo. »Vielleicht kannst du mir helfen, daraus schlau zu werden.«

Tim zuckte die Achseln, fühlte sich jedoch ein wenig geschmeichelt. Normalerweise brauchte Mo keinerlei Hilfe, um aus etwas schlau zu werden.

»Sobald ich die Kopie von Cass' Fingerabdrücken hatte«, sagte Mo, »dachte ich mir, ich könnte sie zumindest für ein paar vorbereitende Arbeiten verwenden. Ich muss nämlich für eine Woche nach Italien, um einen Vortrag zu halten –«

»Du Ärmster«, sagte Tim.

»Ja, echt Pech. Aber ich wollte einen Vorsprung haben. Ich hatte Logan Boerkles Bericht von 1983, in dem er Cass' Abdrücke identifiziert hat. Ich dachte mir, wenn ich mir anschaue, auf welchen Teil jedes Abdrucks Logan sich gestützt hatte, könnte ich schon mal anfangen, das mit Pauls Zehnerkarte von heute abzugleichen.«

Tim nickte. Das klang vernünftig.

»Logan war damals nur selten nüchtern.« Logan war der Leiter der Fingerabdruckabteilung gewesen, den Mo abgelöst hatte. Er fand eine Anstellung in Greenwood County, was allerdings einem Wechsel aus der Spitzenliga in einen drittklassigen Klub gleichkam.

»Logan ist doch der, der in seiner eigenen Hütte an Unterkühlung gestorben ist, oder?«, fragte Tim.

»Stimmt. Er hatte eine oben in Skageon, mit Außenklo, und wollte mit besoffenem Kopf pinkeln gehen, ist im Schnee umgekippt und erfroren. 1983, als er Cass' Abdrücke bearbeitet hat, war er schon ein ziemliches Wrack. Wenn er zur Arbeit kam, wusste er die meiste Zeit nicht, durch welches Ende des Mikroskops er schauen musste. Und ich schwöre dir, als ich anfange, seinen Bericht und die Abdrücke vom Tatort mit den Fingerabdrücken zu vergleichen, die ich aus Hillcrest bekommen habe – da stelle ich fest, dass sie nicht übereinstimmen. Sie sind ähnlich. Sehr, sehr ähnlich. Doch sie weisen mehrfach genau jene winzigen Unterschiede auf, die man bei Zwillingen erwarten würde.«

»Und Logan hat das übersehen?«

Mo zuckte mit den Schultern. »Möglich.«

»Willst du damit sagen, der falsche Bruder ist in den Knast gewandert?«

»Ich will damit sagen, was ich gesagt hab.«

Tim dachte ziemlich lange darüber nach und schüttelte dann den Kopf.

»Paul Gianis ist zu clever, um zu meinen, dass er damit zweimal durchkommt. Er war schließlich Staatsanwalt. Und so, wie der hier durch die Lobby stolziert, weiß er ganz genau, dass seine Abdrücke nicht am Tatort waren.«

»Oder er glaubt, keiner würde sich die Mühe machen, die Abdrücke, die '83 als die von Cass identifiziert wurden, noch mal zu untersuchen«, sagte Mo. »Vielleicht meint Paul, ich würde meine Untersuchung auf die nicht identifizierten Abdrücke beschränken. Viele würden das so machen. Aber auf jeden Fall brauche ich Cass' Originalfingerabdrücke. Vielleicht wird die Sache erklärlicher, wenn ich sie mit denen von Paul vergleiche. Vielleicht verstehe ich dann, was Logan da gemacht hat. Aber im Augenblick bin ich einfach total verblüfft.« Er musterte Tim eindringlich.

»Das bleibt unter uns«, sagte Mo. »Ich will nicht, dass irgendwer davon erfährt und dann in zwei Wochen denkt, ich wäre ein Armleuchter erster Klasse.«

Tim willigte ein. Er verstand das Ganze genauso wenig wie Mo. Sie schlossen einen seltsamen Pakt, zwei alte Männer, die fürchteten, sie könnten einen Fehler machen, dann gingen sie auseinander.

15.

Der Tatort – 9. Februar 2008

Heather war nicht ausgezogen, als Evon am vergangenen Sonntag nach Hause kam. Sie hatte zwar einen offenen Koffer auf dem Bett liegen, aber weiter war sie nicht gekommen. Heather saß in Nachthemd und Schmetterlingssitz auf der Bettdecke, die Fußsohlen aneinandergepresst, das blonde Haar weich über die Schultern fallend. Sobald Evon in der Tür erschien, fing sie an zu weinen. Evon hatte keinerlei Zweifel, dass Heather das Ganze inszeniert hatte, den Koffer hingelegt und sich etwas leger Freizügiges angezogen hatte.

»Du musst gehen«, sagte Evon.

Heather bettelte, wiederholte ihre Liebesbeteuerungen, doch am Ende wurde sie wütend. Evon könne sie nicht aus ihrer eigenen Wohnung schmeißen, sagte sie. Heather übersah dabei einige Tatsachen: Die Wohnung war bis auf den letzten Penny von Evon bezahlt worden, lief allein auf deren Namen, und Heather hatte sich schon seit Monaten nicht mehr an den laufenden Kosten beteiligt. Evon hatte ihr für den Auszug eine Frist bis zum darauffolgenden Samstag gesetzt.

Jetzt, am Samstagmorgen, stand Evon fest entschlossen vor der Wohnungstür. Sie klopfte, aber natürlich machte Heather nicht auf. Als Evon aufschließen wollte, stellte sie fest, dass Heather das Schloss hatte austauschen lassen. Evon hämmerte noch einmal kurz an die Tür, dann rief sie einen Schlüsseldienst und den Vorstand der Eigentümergemeinschaft des Hauses an. Bevor der Schlüsseldienst kam, fuhr sie rasch zur Bank und holte ihre Besitzurkunde aus dem Schließfach, um zu belegen, dass die Wohnung ihr gehörte. Evon ließ das Türschloss vom Schlüsseldienst aufbohren, während Rhona, die Vorsitzende der Eigentümergemeinschaft, und ihr Mann Harry, die nebenan wohnten, kurz in den Flur kamen, um zuzuschauen. Sie hörten Heather in der Wohnung damit drohen, die Polizei zu rufen. Als das Bohren nicht aufhörte, machte Heather genau in dem Moment die Tür auf, als der Handwerker durchgebohrt hatte. Sie trug erneut ein Negligé und hielt Evon beide Schlüssel hin.

»Ich hätte sie dir auch so gegeben. Du hättest bloß fragen müssen.«

Evon ging nicht darauf ein. Heather hätte in diesem Moment alles gesagt, ganz gleich, wie offensichtlich unwahr es war. Evon ließ den Schlüsseldienst ein neues Schloss einbauen und fuhr dann zu Morton's, wo sie die größte Reisetasche kaufte, die der Laden vorrätig hatte. Wieder zurück in der Wohnung, fing sie an, vor Heathers Augen deren Sachen zu packen. Evon stopfte Heathers Kleider mitsamt Bügeln in die Tasche, wohl wissend, dass Heather, die jedes Kleidungsstück behandelte, als wäre es aus Muranoglas, den Anblick nicht ertragen konnte. Als Evon fertig war, schleppte sie die Reisetasche nach unten zu Heathers Auto und wuchtete sie auf die Kühlerhaube. Heather folgte ihr, weinend und schreiend, was Evon die Gelegenheit gab, die sie brauchte. Sie rannte zurück ins Haus und die Treppe hinauf – sie war noch immer schneller als die meisten – und knallte die Wohnungstür mit dem neuen Schloss zu. Jetzt war Heather auf der anderen Seite der Tür. Über vierzigmal hintereinander rief sie Evon drinnen an. Diese ging nur ein einziges Mal dran und sagte: »Wenn du nicht gehst, bleibt mir nichts anderes übrig, als die Polizei zu rufen.« Eine halbe Stunde später, in der Heather noch immer alle fünf Minuten anrief, öffnete Evon die Tür, um Heathers Handtasche hinauszuwerfen.

Nachdem das Klopfen, das Simsen und die Anrufe aufgehört hatten, als die Frau offenbar endlich verschwunden war, sank Evon in der Wohnung, in der sie beide einmal so glücklich gewesen waren, auf den Boden und heulte.

Als Evon am Sonntagmorgen die Tür öffnete, um die Zeitung hereinzuholen, lag Heather schlafend im Flur, noch immer im Negligee, den Kopf auf ihrer Handtasche. Evon rief zwei gemeinsame Freundinnen an und sah vom Fenster aus zu, wie sie Heather über die Straße zu ihrem Auto führten. Eine hielt sie um die Taille, die andere um die Schultern. Heather war hysterisch, und sie nickten bei allem, was sie schrie. Evon war den ganzen Tag zu nichts anderem in der Lage, als mit Merrel zu telefonieren und Football zu schauen. Sie war im Recht, das wusste sie, hatte getan, was sie tun musste. Jetzt brauchte sie nur noch jemanden, der das alles auch ihrem Herzen begreiflich machte.

Es ging ihr nicht viel besser, als sie am Montagmorgen zur Arbeit fuhr. Die Trennung, das Drama, die Schlaflosigkeit hatten sie zermürbt, und sie fühlte sich, als wäre ihre Haut das Einzige, was noch einigermaßen intakt war. Die gewaltige Eingangshalle von ZP war fünf Stockwerke hoch und auf drei Seiten verglast, die einzige gemauerte Wand hingegen mit gigantischen braungrauen Granitplatten nahtlos verkleidet. Dahinter verlief der zentrale Servicegang des Gebäudes. Arbeiter in grauen Overalls waren auf einem Außenlift damit beschäftigt, ein riesiges, aus roten Rosen zusammengestecktes Herz als Valentinsdekoration aufzuhängen. Das war zu viel für Evon. Sie schaffte es gerade noch in ihr Büro und hatte kaum die Tür geschlossen, als sie auch schon losheulte. Sie schluchzte noch immer, als ihre Assistentin Mitra über die Sprechanlage meldete, dass Tim Brodie da sei. Diesen Termin hatte Evon vollkommen vergessen. Tooley hatte die alten Polizeiberichte für Ray Horgan kopieren lassen, die Akte dann Tim übergeben und darum gebeten, dass Evon und er, die sie beide

Erfahrung mit Polizeiarbeit hatten, das Material noch mal durchgingen, um zu sehen, ob es noch andere Spuren gab, denen sie nachgehen sollten.

Sie putzte sich die Nase und holte ihr Schminkzeug aus der Tasche. Im Spiegel ihrer Puderdose sah sie fürchterlich aus. Weil sie mit Kontaktlinsen geweint hatte, waren ihre Augen blutunterlaufen, und mit der geröteten Nase erinnerte sie an Rudolf das Rentier. Tim sah sie nur einmal kurz an, als er durch die Tür trat, und fragte: »Was ist passiert?«

Sie versuchte, Haltung zu bewahren, aber es ging nicht. Sie barg das Gesicht in den Händen.

»Beziehungsstress«, sagte Evon.

»So was Ähnliches hab ich mir schon gedacht, wegen Ihrer Bemerkung neulich bei mir zu Hause. Könnte der Rat eines alten Mannes vielleicht helfen?« Sie konnte Tim nicht widerstehen. Er strahlte so ein ruhiges Verständnis aus. Ihr Vater war auch so. Nicht so intelligent. Aber in sich ruhend. Und fürsorglich. Und zutiefst liebevoll. Sie musste mit jemandem reden. Die meisten aus ihrem Freundeskreis waren auch mit Heather befreundet und standen zwischen den Fronten. Sie hatte fast alles für sich behalten.

Evon erzählte ihm die Geschichte in groben Zügen.

»Das Schlimmste dabei bin ich selbst«, sagte sie. »Was hab ich mir bloß gedacht? Wieso habe ich mich auf jemanden wie Heather eingelassen? Ein Model? Ein ehemaliges *Fashion*-Model? Ich wollte einfach glauben, dass jemand, der so schön ist, mich lieben könnte. Dass es mich ebenfalls schön machen würde.«

»Schönheit ist an und für sich nichts Schlechtes«, meinte Tim. Maria war eine der schönsten Frauen gewesen, denen er je begegnet war, mit ausgeprägten Wangenknochen und einem perfekten Mund. Er hatte sich fast augenblicklich in sie verliebt, weil sie selbst gar nicht wahrzunehmen schien, wie attraktiv sie war. »Das ist wie mit Geld. Schlimm ist nur, was es mit den Menschen macht, die es haben oder haben wollen.«

»Wie blöd kann man eigentlich sein? Ich bin fünfzig Jahre alt.«

»Die Menschen sehen, was sie sehen wollen. Ich will Ihnen keinen psychologischen Vortrag halten, aber eines sollten Sie sich merken. Jedes Mal, wenn Menschen sich verlieben, erschaffen sie gleichzeitig ihre eigene Mythologie, die dazu passt. Eine Mythologie des anderen. Und ihrer selbst. Damit wird alles überlebensgroß. Muss es ja sein, oder? Etwas ganz Besonderes. Ihre Ex war also eine Göttin und Sie genauso. Und jetzt ist sie nur noch eine Sterbliche.«

»Eine Sterbliche? Sie ist irre. Ernsthaft krank. Einige Leute haben mich sogar gewarnt. Und ich hab nicht auf sie gehört.«

»Meinen Sie, Sie wären die Erste?« Tim stand noch im Mantel vor ihrem Schreibtisch, seine Strickmütze auf dem Kopf. Jetzt nahm er sie ab, und kleine Haarbüschel standen kerzengerade in die Luft. Er knöpfte den Mantel auf, kramte in der Tasche seiner braunen Harris-Tweed-Jacke, die er immer trug, und zog einen Zettel heraus. »Hab ich mir vor ein paar Monaten aufgeschrieben. Das ist aus dem *Sommernachtstraum.*« Er las laut vor:

Dem schlechtsten Ding an Art und an Gehalt
Leiht Liebe dennoch Ansehn und Gestalt.
Sie sieht mit dem Gemüt, nicht mit den Augen,
Und ihr Gemüt kann nie zum Urteil taugen.
Drum nennt man ja den Gott der Liebe blind.

Er reichte ihr den zerknitterten Zettel, auf den er das Zitat in Druckbuchstaben geschrieben hatte. Man musste Tim einfach lieben. Einundachtzig, las Shakespeare und verstand ihn auch noch.

»Das schleppen Sie einfach so zufällig in der Tasche rum?«, fragte Evon.

»Nee«, antwortete er. »Ich hab mir schon öfter Passagen aus

den Stücken rausgeschrieben, die ich gelesen hab, dass ich draufschauen kann, wenn ich viel an Maria denken muss. Irgendwann in den fünfzig Jahren hat der Gott der Liebe seine Augenbinde verloren. Und darüber wundere ich mich. Ich frage mich, wie sehr ich sie wohl enttäuscht habe.«

»Ich kann mir nicht vorstellen, dass Sie nicht gut zu ihr waren, Tim.«

»Ich hab's versucht. Ich hab bloß nie über meine Gefühle sprechen können. Deshalb war sie nie hundertprozentig sicher, dass ich mit ganzem Herzen dabei war. Im Rückblick denke ich, dass ich das war. Andrerseits frage ich mich, ob man sich das nicht einfach einredet, um sich besser zu fühlen.«

In mancherlei Hinsicht war es leichter, die Toten zu lieben. Ihm war, nicht ohne schlechtes Gewissen, bewusst, dass die Maria, um die er trauerte, nicht ganz die Frau war, mit der er über fünfzig Jahre zusammengelebt hatte. Zum Beispiel hatte er nicht ihre spitze Zunge und konnte sich deshalb nicht mehr wirklich die wütenden Worte ins Gedächtnis rufen, die ihr gelegentlich über die Lippen gekommen waren, Worte, bei denen sein geschrumpftes, hoffnungsloses Herz in der Brust ins Stolpern geriet. Aber er erinnerte sich an etwas, das zu ihren Lebzeiten nicht so deutlich gewesen war – was sie für ihn war, die Form, die sich aus den Bedürfnissen erzeugen ließ, die sie erfüllte, den Zonen aus Notwendigkeit und Genuss. In der Erinnerung sah er nicht ihre komplexe Gesamtpersönlichkeit. Aber er spürte, was ihre gemeinsame Liebe ihm bedeutete.

»Trotzdem, es war jede Sekunde wert«, sagte er zu Evon. »Für mich zumindest. Ich kann nur sagen, was ich meinen Töchtern immer gesagt habe, wenn sie wegen irgendeines Jungen Liebeskummer hatten: Es ist unmöglich, dass etwas, das dich so glücklich macht, dich nicht auch hin und wieder unglücklich macht. So ist das Leben nun mal.«

Sie dachte einen Moment darüber nach und kam dann um

ihren Schreibtisch herum. Sie dachte, sie würde ihm auf die Schulter klopfen oder seine Hand berühren, doch er breitete die Arme aus und zog sie an sich. Und sie merkte, dass sie sich nach dieser Umarmung gesehnt hatte.

»Ich glaube, auf uns wartet Arbeit«, sagte sie schließlich.

»Immer mehr«, sagte er. Er zog seinen Mantel aus, ließ sich auf ihr Sofa plumpsen und reichte ihr eine dicke Akte. Wie sich herausstellte, gab es bereits ein Problem. Er erklärte, warum Dickerman darauf drängte, Cass Gianis' Fingerabdrücke zu bekommen, dass Greenwood County jedoch behauptete, seine Zehnerkarte nicht mehr im Archiv zu haben. Genau wie Cass' Blutprobe war die Karte von der Kindle-County-Polizeiakademie gekommen und auch an sie zurückgegeben worden, nachdem Cass sich schuldig bekannt hatte. Dort wiederum hatte man die Fingerabdrücke vernichtet, nachdem das County vor zehn Jahren sein Fingerabdrucksystem automatisiert hatte.

»Haben die in Greenwood ihm denn bei der Festnahme nach der Anklage nicht noch mal Fingerabdrücke abgenommen?«, fragte Evon. Sie saß wieder an ihrem Schreibtisch, einer drei Zentimeter dicken Glasplatte mit einer durchscheinenden grünen Einfassung. Neben hohen Papierstapeln waren an einer Ecke ledergerahmte Fotos von Merrels Kindern aufgereiht. Bilder ihrer anderen Nichten und Neffen nahmen ein Brett im Bücherregal ein, und an den Wänden hingen ihre FBI-Auszeichnungen sowie eine farbige Skizze von Evon im Zeugenstand während eines Petros-Verfahrens.

»Hätte man meinen sollen«, sagte Tim. »Ich kann es mir höchstens so erklären, dass sie ihm, als er sich freiwillig stellte, keine Abdrücke abgenommen haben, weil sie ja schon die andere Zehnerkarte aus Kindle County hatten. Sie hatten Cass' Anwalt Sandy Stern versprochen, es würde nicht lange dauern, höchstens einen Nachmittag, dann sei Cass' mit der Zusage, sich zum Prozess wieder einzufinden, wieder draußen. Die haben zwar zugesagt weiterzusuchen, aber ich glaube kaum, dass deswegen einer Überstunden machen wird.

Jedenfalls war ich heute Morgen schon bei Tooley. Der hat mir eine Vorlageverfügung für Cass zur Abgabe seiner Fingerabdrücke und was weiß ich noch alles mitgegeben. Aber ich muss ihn erst mal finden. Ray Horgan hat Mel schon mitgeteilt, dass er diese Vorlageverfügung nicht annehmen wird. Hat gesagt, Paul wäre beinahe an die Decke gegangen, als er davon gehört hat. Er will, dass man seinen Bruder in Ruhe lässt nach allem, was er durchgemacht hat. Sandy Stern wird auch nicht kooperieren. Ich versteh ja ihren Standpunkt, aber wir müssen tun, was wir tun müssen.«

»Cass wohnt bei Paul, oder?«

»So stand's in den Zeitungen. Angeblich will er eine privat finanzierte Schule für ehemalige Häftlinge aufmachen. Aber er ist mehr oder weniger untergetaucht. Ich habe mit Stew Dubinsky gesprochen, und der sagt, seines Wissens hat kein einziger Reporter auch nur eine Spur von Cass gesehen, seit er raus ist.«

»Vielleicht ist er verreist«, sagte Evon. »Das würde ich jedenfalls machen, wenn ich fünfundzwanzig Jahre eingesperrt gewesen wäre.«

»Ich hoffe nicht. Dickerman ist sowieso schon sauer.«

Greenwood County hatte auch die Farbfotos zur Verfügung gestellt, die die Spurensicherung in der Mordnacht in Ditas Zimmer aufgenommen hatte. Evon verließ ihren Schreibtisch und setzte sich neben Tim, um sie sich anzuschauen. Tatortfotos hatte sie noch nie etwas abgewinnen können. Als Feldhockeyspielerin auf Weltklasseniveau hatte sie mehr als genug Kopfverletzungen gesehen, genau wie Zähne, die nach einem verfehlten Schlag wie Maiskörner durch die Luft flogen. Aber Tatortfotos wirkten immer würdelos und voyeuristisch. Da war ein Mensch, in diesem Fall Dita, der ein tragisches Ende gefunden hatte, und man betrachtete ihn sich wie ein Ausstellungsstück, als eine Ansammlung von sichtbaren Verletzungen, ohne Gespür für das Leben, das ihn einmal beseelt hatte.

Tim dagegen schien sich die Fotos mit trauriger Entschlossenheit anzusehen. Er mochte sie zwar genauso wenig, vermutete sie, der Job verlangte es jedoch nun mal. Während sie ihn beobachtete und die innere Anspannung sah, die ihn noch immer packte, erinnerte sie sich an eine Geschichte, die Collins Mullaney ihr erzählt hatte.

»Timmy hat mir viel beigebracht«, hatte Collins gesagt. »Ich weiß noch, wie wir mal die Leiche eines Jungen aus dem Fluss gezogen haben. Irgendeine Gangsache, Himmel, den hatten sie wirklich übel zugerichtet. Mir wurde ja nicht so leicht schlecht, aber da schon. ›Was machen wir hier eigentlich, Timmy?‹, hab ich ihn gefragt. Er hat nicht eine Sekunde mit der Antwort gezögert. ›Wir helfen den Übrigen, brav zu sein. Zeigen ihnen, dass so was hier nicht geduldet wird. Damit sie wissen, dass es vernünftig ist, sich anständig zu benehmen, auch untereinander. Weil du und ich diejenigen aufspüren, die sich nicht daran halten. Das machen wir hier.‹ War 'ne richtige kleine Rede, ist mir nie mehr aus dem Kopf gegangen.«

Die Fotos von Ditas Gesicht und Hals waren aufschlussreich. Blut war auf ihrem Scheitel zu einem dicken Klumpen geronnen und hatte das volle schwarze Haar noch mehrere Zentimeter abwärts rostig verfärbt. Die Schädelwunde am Hinterkopf wirkte in der Nahaufnahme wie ein knapp drei Zentimeter breites Lächeln, aufgebläht durch das walnussgroße Hämatom darunter. Es sah aus, als hätte Cass – oder Paul – ihr eine Hand verdammt fest auf den Mund gepresst, während er ihren Kopf mehrmals gegen das Kopfteil ihres Betts schlug. Auf der rechten Seite des Unterkiefers, genau an der Verbindungsstelle zum Schädel – Kiefergelenkköpfchen lautete der Fachausdruck, glaubte Evon –, befand sich ein schwacher, länglicher Bluterguss. Außerdem hatte ihr Cass oder Paul mit voller Wucht auf die linke Gesichtshälfte geschlagen.

Ditas gut durchblutete rosa Wangen hatten sich schnell verfärbt, und der Abdruck einer flachen Hand war deutlich sichtbar, wobei die Finger drei Streifen hinterlassen hatten. Der unterste verlor sich in einem Wirbel aus Verfärbungen, und die Nahaufnahme zeigte einen kleinen Riss in der Haut, aus dem ein kleines Rinnsal Blut ausgetreten und braun verkrustet war.

»Daher wussten Sie das mit dem Ring, nicht?«, sagte Evon und zeigte auf die Prellung auf Ditas Wange.

»Diese Clowns da unten in Greenwood haben mich angeglotzt, als wäre ich der Zauberer von Oz, als ich ihnen das gesagt hab. Die hatten angenommen, sie hätte einen Faustschlag abbekommen. Ich sollte nicht so gemein sein. Das waren alles tüchtige Leute, mit einem dicken Gehalt und einem ruhigen Leben. Aber ohne den geringsten Schimmer.«

»Tooley und die anderen Anwälte haben mir übrigens gesagt, wir müssten nachweisen, dass Paul so einen Ring besaß. Sie wollen sich nicht bloß auf Georgia berufen, vor allem nachdem wir ihr versprochen haben, dass wir sie nicht noch mal befragen.«

Tim nickte, aber ihm ging etwas anderes durch den Kopf. Er sah die Fotos erneut durch.

»Wissen Sie«, sagte er, »jetzt, wo ich die hier vor mir habe, fällt mir wieder ein, dass ich damals ein bisschen mit der Rechtsmedizinerin von Greenwood aneinandergeraten bin. Sie hatte genauso wenig Erfahrung mit Mord wie die Polizei da draußen und war deshalb ein bisschen kratzbürstig. Wollte sich von einem Ermittler keine Hinweise geben lassen. Als ich mir das damals alles ansah, wollte ich eigentlich sagen, dass dieser Schlag auf Ditas Wange einige Minuten früher erfolgt sein muss, bevor ihr die Wunde am Hinterkopf zugefügt wurde. Sehen Sie mal da, die unterschiedliche Färbung der Blutergüsse. Nach Eintritt des Todes bilden sich keine Hämatome mehr.« Er zeigte auf den Abdruck entlang des Kiefers und verglich ihn mit dem rötlich lila Kreis auf ihrer Wange. »Und schauen Sie sich auch das hier mal an.« Er deutete auf ein Foto von Ditas linker Hand. Sie hatte lange, elegante Finger, selbst mit der postmortal aufgetretenen bläulichen Blutansammlung an den Seiten waren sie noch wunderschön. Doch nicht diesem Umstand galt Tims Aufmerksamkeit. Über die linken Fingerknöchel verlief ein rostbrauner Schmierstreifen.

»Das Labor hat festgestellt, dass das ihr Blut war. Auf der linken Gesichtshälfte befanden sich ebenfalls Schmierspuren. Deshalb war mein Gedanke, dass Dita sich über die Wange gewischt hat, als diese kleine Platzwunde anfing zu bluten. Aber das ist das einzige Blut an ihren Händen. Sie hat nicht nach hinten gegriffen, um sich an die Verletzung am Hinterkopf zu fassen. Sie muss das Bewusstsein verloren haben, ehe sie merken konnte, dass sie blutet.«

»Und was war dann das Problem mit der Rechtsmedizinerin?«

»Ich war der Meinung, dass Dita eine gewisse Zeit mit Cass oder wem auch immer verbracht hat. Er hat ihr ins Gesicht geschlagen, sie haben weiter geredet, sie wischt sich dieses bisschen Blut vom Gesicht, und dann rammt er ihren Schädel gegen das Kopfbrett, vielleicht zehn Minuten später. Dr. Goren stimmte zu, dass der Schlag ins Gesicht als Erstes erfolgte. Allerdings war sie anderer Ansicht, was die unterschiedliche Färbung der Blutergüsse anging. Sie meinte, das könne damit zusammen hängen, wie dicht die Blutgefäße unter der Haut liegen. Und diese kleine Blutung wäre gestillt worden, als der Täter sie packte.«

»Das Blut am Knöchel?«

»Goren meinte, Dita hätte sich doch an den Hinterkopf gefasst, ehe sie das Bewusstsein verlor, die Verletzung aber nur gestreift. Ich bin der Meinung, das hätte sie wohl mit der rechten Hand gemacht. Aber es stimmt natürlich, es könnte so oder so gewesen sein. Wir waren uns also nie einig über den genauen zeitlichen Ablauf. Die Rechtsmedizinerin ging davon aus, dass Dita nach dem Schlag ins Gesicht einfach benommen ist, als er sie packt und ihren Kopf nach hinten knallt.«

»Wieso benommen?«

»Weil es keine Kampfspuren gibt. Sie hat nicht mal den Kopf gedreht, als er ihn auf das Holz prallen lässt – die Stoßverletzungen sind alle mehr oder weniger an einer Stelle. Und schauen Sie sich ihre rechte Hand an. Man sollte doch annehmen, dass sie sich gewehrt und er sie festgehalten hat. Aber keinerlei Druckspuren am Handgelenk. Genauso wenig wie an der linken Hand. Außerdem fanden sich keine fremden Hautzellen unter ihren Fingernägeln. Heutzutage würde eine DNA-Untersuchung vielleicht etwas anderes ergeben. Aber wir sind alle davon ausgegangen, dass er sie ziemlich schnell gepackt hat. Und er muss stark gewesen sein. Versuchen Sie mal, meinen Kopf zu packen, um ihn nach hinten zu stoßen.« Evon versuchte es. »Gar nicht so einfach. Es gibt einen natürlichen Widerstand«, erklärte Tim, »auch wenn sie keine Zeit mehr hatte, die Hände zu heben.«

»Welche Bedeutung hatte der zeitliche Ablauf für Sie? Wenn zwischen den Schlägen tatsächlich eine gewisse Zeit lag, wie haben Sie das interpretiert?«

»Tja, falls sie geohrfeigt wird und noch zehn Minuten mit dem Angreifer zusammen sitzen bleibt, statt um Hilfe zu schreien, dann muss es jemand gewesen sein, den sie kannte.«

»Ein Eindringling könnte sie mit einem Messer oder einer Schusswaffe bedroht haben.«

»Um sie dann totzuschlagen, statt die Waffe zu benutzen?«

»Ein Schuss macht Lärm.«

»Ein Fenster einschlagen auch. Also eher jemand, den sie kannte.«

»Das passt somit alles auf Cass.«

»Oder Paul. Klar. Wie gesagt, Zeus war total hysterisch, hat alle ungeheuer unter Druck gesetzt, Ergebnisse zu liefern, da konnte praktisch keiner mehr klar denken.«

Seine Bemerkung erinnerte Evon an etwas.

»Letzten Monat haben Sie gesagt, Zeus hätte geglaubt, Dita wäre von seinen Feinden ermordet worden.«

»Der griechischen Mafia.«

»Genau, aber das hab ich nicht richtig verstanden.«

Tim lachte und ließ sich gegen die Sofakissen sinken. Jetzt kam wieder mal eine von seinen Geschichten.

»In der Umgebung von Athen gibt es eine Bande, die sogenannten Vasilikoses. Die hat in den Zwanzigerjahren damit angefangen, im großen Stil Schutzgelder zu erpressen. Clevere Kerle. Ihr Motto lautet: ›Nicht viel von wenigen, sondern wenig von vielen.‹ Fünfundzwanzig Drachmen die Woche. Auf die Polizei kann sich doch sowieso keiner verlassen! Nikos, Zeus' Dad, befindet sich zwar hier in den USA, ist aber ein Gernegroß mit Kontakten zu ein paar Leuten aus dieser Athener Schurkentruppe. Im Zweiten Weltkrieg wird Zeus als Übersetzer zu den alliierten Truppen in Griechenland geschickt, die im Oktober 1944 Athen einnehmen, nachdem die Deutschen abgehauen sind. Anscheinend lässt Nikos seinen Sohn dort Verbindung zu seinen Freunden aufnehmen. Zeus bleibt bis Mai 1946 da. Als er nach Hause zurückkommt, bringt er seine hübsche junge Frau Hermione mit, eine geborene Vasilikos, und den einjährigen Hal sowie eine Reisetasche voller Geld und Beutegut, das die griechische Mafia außer Landes schaffen wollte, bevor der Bürgerkrieg ausbricht und die Kommunisten gewinnen und ihnen alles abnehmen.«

»Hat Zeus Ihnen das erzählt?«

»Zum Teil. Er musste nicht viel sagen. So ziemlich die ganze Gemeinde von St. D. wusste darüber Bescheid.«

»Und was passierte mit der Reisetasche?«

Tim lachte, wie viele Cops belustigt über die unerschöpflichen Sonderbarkeiten menschlichen Verhaltens.

»1947 baut Zeus sein erstes Einkaufszentrum. Er ist nämlich ein Genie. Er hat verstanden, dass Amerikaner shoppen wollen.

Aber wo hat er die Kohle dafür her, wo er doch nur ein ausgemusterter junger Soldat aus Kewahnee ist?«

»Die Reisetasche?«

»So wird gemunkelt. Zeus wird also reich, aber in Athen ist man sich uneins. Weil dort nämlich offenbar keiner gedacht hat, dass sein Geld Zeus' Startkapital sein sollte. Der meint nur: ›Hier in Amerika versteckt man sein Geld nicht unter der Matratze, und außerdem hat's ja geklappt.‹ Er ist der Ansicht, dass er ein Darlehen bekommen hat, das er mit fetten Zinsen zurückgezahlt hat, in Athen dagegen denken sie: ›Nix da, das war eine Investition, und wir wollen in alle Ewigkeit ein Stück vom Kuchen abhaben.‹ Zeus sagt: ›Ihr könnt mich mal.‹ Und die sagen: ›Werden wir ja sehen.‹ Ein Jahr vor dem Mord an Dita hat Hermiones Dad, Zeus' Beschützer, den Löffel abgegeben. Das passt also schon mal. Auch die Art und Weise, wie Zeus ums Leben gekommen ist. Kennen Sie die Geschichte?«

Sie wusste, dass Zeus in Griechenland tödlich verunglückt war. Mehr nicht.

»Die Griechen«, erzählte Tim, »fahren ständig in die alte Heimat, aber wegen des bösen Bluts aufgrund der alten Geschichte will Zeus da nie hin. Seit dem Tag, an dem Dita starb, hatte er allerdings die fixe Idee, sie auf dem Olymp neu bestatten zu lassen, und an ihrem fünften Todestag stimmt Hermione letztendlich zu. Einige ihrer Vasilikos-Verwandten kommen auch zur Zeremonie. Am nächsten Morgen macht Zeus einen Spaziergang zum Grab, um dort seinen Gedanken nachzuhängen, und kehrt nicht mehr zurück. Sie finden ihn hundertfünfzig Meter tiefer zwischen den Felsen.« Tim ließ seine breiten Schultern kreisen. »In St. Demetrios dachten die meisten, dass er runtergestoßen wurde.«

Evon hatte von Hal noch nie ein Wort über griechische Gangster gehört, obwohl er oft über seine Eltern sprach, wenn er sich am Ende des Tages in seinem Büro einen Drink genehmigte. Wie hieß es noch so schön? Ein Milliardenvermögen wäscht die Sünden vorangegangener Generationen fort. Für Hal war Zeus eine Art Göttergestalt, die Verkörperung eines unternehmerischen Genies. Wahrscheinlich wusste er es nicht besser. Oder stellte keine Fragen. Tim hatte es ihr bereits erklärt: Die Menschen glaubten, was sie glauben wollten.

16.

Sofia – 11. Februar 2008

Am selben Nachmittag fuhr Tim zur Easton University. Wenn wenig Verkehr war, brauchte man um diese Tageszeit keine vierzig Minuten dafür. Easton war der Inbegriff eines College – sanfte Hügel und rote Backsteinbauten mit klassischen weißen Giebeln und dorischen Säulen, die älteste Privatuniversität im Mittleren Westen. Mittlerweile studierten dort nicht nur die Kinder reicher Eltern. Viele andere – Inder und Vietnamesen und Polen, Schwarz und Braun – hatten erkannt, dass eine solche Ausbildungsstätte die Eintrittskarte in ein erfolgreiches Leben war. Wenn man die Aufmerksamkeit dieser jungen Menschen mal von ihren verdammten Handys weglocken konnte, hatten sie alle den gleichen wachen, selbstbewussten Blick, der sich so völlig von dem der armen Kids unterschied, mit denen Tim in seiner aktiven Zeit als Polizist zu tun hatte. Diese Jugendlichen sahen einem in die Augen und lächelten; sie hatten von Erwachsenen nichts zu befürchten. Demetra, Tims mittlere Tochter, hatte dank eines beträchtlichen Stipendiums in Easton studieren können, und Tim und Maria hatte es bei ihren Besuchen immer Freude bereitet, ihre Tochter zwischen all diesen jungen Leuten zu sehen, die ausstrahlten, dass ihnen das Leben offenstand.

Er ging zum Besucherzentrum, einem kleinen Gebäude mit weißem Holzbogen über dem Eingang. Er hatte sich eine Lügengeschichte für die Frau zurechtgelegt, die ihn am Empfangstresen begrüßte.

»Mein Neffe war neulich bei mir zu Hause, und da ist ihm sein Absolventenring in den Abfluss gefallen. Ich dachte, ich könnte Verbindung zu dem Laden aufnehmen, wo er ihn gekauft hat, und fragen, ob er sich ersetzen lässt. Meinen Sie, jemand hier kennt die Firma?«

»Welcher Jahrgang?«

»Neunundsiebzig.«

In seinen fast fünfundzwanzig Jahren als Privatdetektiv hatte Tim häufiger lügen müssen, und es fiel ihm bis heute schwer, weil er sich gern einbildete, dass sein gesamtes berufliches Leben dem Versuch gegolten hat, hinter die Wahrheit zu kommen. Aber als er noch eine Dienstmarke trug, hatte er so manchem Verdächtigen erzählt, es wäre erheblich besser für ihn, endlich die ganzen hässlichen Details eines Mordes zu gestehen, obwohl er genau wusste, dass der Junge durchaus Chancen hatte, ungeschoren davonzukommen, wenn er bloß die Klappe hielt. Jeder Job erforderte gelegentlich eine Notlüge, wenn man ihn richtig machen wollte. Und er wusste, wie weit er gehen konnte. Nie sagte er irgendetwas, was seinen runzeligen Hintern in den Knast hätte bringen können.

Die Frau blieb lange weg, aber als sie zurückkam, nannte sie ihm den Namen einer Firma in Utah, die offenbar schon seit fünfzig Jahren mit dem Easton College Geschäfte machte.

Anschließend ging er über den Campus, um sich die Jahrbücher der juristischen Fakultät anzuschauen. Sie war in einem großen grauen, gotisch anmutenden Steinklotz mit weitläufigem Innenhof untergebracht und beherbergte Wohnheime, Seminarräume sowie die juristische Bibliothek. Im Frühjahr kamen Studenten von allen anderen Fakultäten her, um auf der weitläufigen Rasenfläche herumzuliegen.

Er stellte fest, dass die Jahrbücher in der Bibliothek aufbewahrt wurden, die sich als ein großartiger, drei Stockwerke hoher Saal mit langen Eichentischen entpuppte, die aussahen, als sollten Ritter daran Gelage feiern, und einer Eichentäfelung bis hinauf zur Decke. Die Galerie säumte ein schimmerndes Messinggeländer. Einer der Bibliothekare holte Tim das 1982er-Jahrbuch, ohne irgendwelche Fragen zu stellen, obwohl dieser sich vorsichtshalber eine weitere Erklärung zurechtgelegt hatte: Er wolle das Foto seines Neffen kopieren, um es für eine Glückwunschkarte zu dessen fünfzigstem Geburtstag zu verwenden. Das Jahrbuch enthielt zwei Fotos von Paul Gianis, eine Porträtaufnahme wie bei den übrigen hundertsechzig Absolventen und ein Gruppenbild, auf dem Paul mit anderen Mitarbeitern der Fakultätszeitschrift zu sehen war. Er saß in der ersten Reihe neben den Redakteuren, die Hände auf den Oberschenkeln. Und an keiner von beiden war ein Ring zu sehen. Das Bild musste nur wenige Monate vor Ditas Tod entstanden sein. Auch die Aufnahmen von Paul in den Jahrbüchern von 1980 und 1981 waren keine Hilfe.

Nahe am Eingang standen zwei Computer zur allgemeinen Nutzung, hauptsächlich damit die jungen Leute ihre E-Mails checken konnten, und für den Internetzugang war kein Passwort erforderlich. Die Arbeit als Privatdetektiv konnte mittlerweile zur Hälfte per Internet erledigt werden, und Tim fand, dass er für sein Alter einigermaßen passabel mit Computern umgehen konnte. Er beherrschte beileibe nichts so Ausgefallenes wie Passwörter knacken, aber er konnte immerhin einen Namen in eine Suchmaschine tippen.

Hunderte Fotos von Paul Gianis waren online, die meisten aus den letzten zehn Jahren. Tim ging sie nacheinander durch, aber immer wenn Pauls Hand sichtbar war, trug er lediglich seinen Ehering.

Während er im einsetzenden Berufsverkehr zurückfuhr, rief er die Firma an, die die Absolventenringe für Easton herstellte.

»Oje«, sagte die Frau am Telefon. »Da müssten wir die Unterlagen aus dem Archiv anfordern. Und ich weiß nicht, ob wir ihn ersetzen können. Der Stil ändert sich ja andauernd.«

»Ich würde ihn furchtbar gern damit überraschen.«

»Wir bemühen uns.«

Als Letztes an diesem Tag musste er versuchen, Cass die Verfügung auszuhändigen, die Tooley aufgesetzt hatte. Sofia und Paul wohnten in Grayson, einer Gegend am Westrand des County, wo traditionell Lehrer und Cops und Feuerwehrleute ansässig waren, die berufsbedingt gezwungen waren, in den Tri-Cities zu bleiben. Schmucke Einfamilienhäuser säumten die Straßen, eine Stufe besser als die Bungalows in Tims Nachbarschaft in Kewahnee. Die Eckhäuser mit ansteigenden Rasenflächen waren meist etwas größer und gehörten in der Regel Ärzten und Anwälten, Bankern und Versicherungsvertretern. Das Haus der Gianis war eines der schönsten. Wie Tim im Archiv der *Tribune* gelesen hatte, war es Anfang des 19. Jahrhunderts von der Familie Morton erbaut worden, der etliche Kaufhäuser gehörten. Die Zeitung beschrieb den Architekturstil als »neoromanisch«, ockerfarbener Backstein, verziert mit reichlich Stuckornamenten in Form von Lorbeerblättern. Das Haus besaß ein grünes Ziegeldach und kupferne Regenrinnen, die diese typisch grünliche Patina angenommen hatten. Im ersten Stock brannte Licht, aber es stand kein Auto in der Einfahrt. Er richtete sein Fernglas eine Weile auf das Haus, konnte jedoch keine Bewegung entdecken. Beide Söhne von Paul und Sofia gingen aufs Easton, wie er aus den Zeitungen wusste.

Mittlerweile musste er wieder pinkeln. Es kam vor, dass er den Drang bereits verspürte, kaum dass er vom Klo kam. Alle zehn Minuten zu müssen war nun mal das Schicksal alter Männer. Hin und wieder untersuchte er seinen Körper und staunte über die Schäden, die die Zeit angerichtet hatte, die Schlaffheit und Blässe seiner Haut, so weiß wie ein Fischbauch. Es gab so einiges, was nicht mehr funktionierte. Manchmal schien er eine Ewigkeit zu brauchen, um einfach nur eine Münze aufzuheben. Und sein Gehirn kam ihm oft vor wie ein Auto, in dem der Fahrer einfach nicht den richtigen Gang fand. Mitunter gab es aber auch erfreuliche Überraschungen. Gestern Morgen etwa war er mit einem Ständer aufgewacht, der ihm vorkam wie ein Besucher von einem anderen Planeten. Er hatte gedacht, in dieser Region wäre er so gut wie tot, und war noch Stunden später mit sich zufrieden gewesen.

Hier draußen wohnten derartig viele Polizisten im Ruhestand, dass die Polizeigewerkschaft vor einigen Jahren das Versammlungshaus des Veteranenvereins aufgekauft hatte, als dieser nahezu bankrott war. Der Hopfengeruch von verschüttetem Bier schlug ihm entgegen, sobald er die Tür öffnete. Der große Saal im Erdgeschoss war menschenleer, aber er hörte Geräusche von oben und stieg die ausgetretene Treppe hinauf.

Hier oben befand sich eine lange altmodische, an ihrer Rückseite verspiegelte Mahagonibar. Im übrigen Raum standen ein paar achteckige Kartentische mit grünem Filzbezug. Der Kiefernboden sah aus, als wäre er schon seit Jahren nicht mehr gefegt oder gewischt worden. An einem der Tische saß ein Grüppchen Senioren und hantierte mit Vierteldollarmünzen und Spielkarten, während einige andere interessiert zuschauten. Tim hatte noch keine drei Schritte in den Raum getan, als er hörte, wie jemand lauthals seinen Namen rief.

»Das gibt's doch nicht, ich dachte, du bist tot. Ehrlich.« Es war Stash Milacki, der ebenfalls an dem Tisch saß und vor Lachen im Gesicht knallrot geworden war. Stash hatte einen Bruder, Sig, ein korrupter Hund, der bei Stashs Beförderung zum Detective etwas nachgeholfen hatte, dennoch war Stash kein schlechter Cop, obwohl er es nie ins Morddezernat schaffte, wo alle hinwollten.

Tim lachte, als er ihn sah, ging aber erst mal zur Toilette, ehe er Stash begrüßte. Stash hatte bestimmt zwanzig Kilo zugenommen, seit Tim ihn zuletzt gesehen hatte, dabei war er schon früher nicht gerade ein Leichtgewicht gewesen. Jetzt war er ein alter

Mann mit rotem Gesicht, der auf dem Hocker die Beine spreizen musste, damit er Platz für seinen Bauch hatte.

»Mit ihm sprichst du, mit mir nicht«, sagte jemand. Erst jetzt erkannte Tim Giles LaFontaine auf der anderen Seite des Tisches. Mit seinem säuberlich gestutzten grauen Schnurrbart sah Giles zwanzig Jahre jünger aus als Stash. Als junger Streifenpolizist war Tim mit Giles im selben Revier unterwegs gewesen. »Bist du auch so ein alter Sack ohne Geld wie wir, der sich's nicht leisten kann in Florida Golf zu spielen?«, fragte Giles.

»Nee«, sagte Tim. »Ich hab Schwein gehabt. Arbeite noch hin und wieder als Privatdetektiv.«

»Tatsache?«, meinte Stash, als würde er ihm nicht glauben.

»Für ZP zum Beispiel«, sagte Tim. Das war zwar im Moment sein einziger Auftraggeber, aber er musste ja nicht allzu genau sein.

»Hör mal, was ist das eigentlich für ein Scheiß?«, fragte Giles. »Mit diesen Fernsehspots? Neulich war mein Enkel bei mir, und da läuft einer von diesen Spots, der mit der Exfreundin, und mein Enkel hält das für einen Witz. ›Nein‹, sag ich, ›dieser Spinner Kronon denkt im Ernst, Paul Gianis hätte diese Frau umgebracht.‹ Stimmt doch, oder?«

»Stimmt.«

»Wenn mir der Sender gehören würde«, erklärte Giles, »würde ich den Scheiß nicht senden.« Paul lebte seit Jahren in seiner Gegend, und die Leute waren stolz auf ihren prominenten und erfolgreichen Nachbarn. Zwei andere Männer am Tisch wirkten nicht ganz so überzeugt wie Giles, der sich jedoch nicht beirren ließ. »Der Bruder hat seine Strafe abgesessen, und damit muss es gut sein. Und dann kommt dieser Spinner fünfundzwanzig Jahre später urplötzlich auf die Schnapsidee, Paul hätte dabei mitgemacht. Tut mir leid, aber das zieht bei mir nicht.«

»Was hat der Bruder denn jetzt vor?«, fragte Tim.

Giles zuckte die Achseln und spähte in seine Karten. Ein Mann neben ihm, dem Aussehen nach italienischer oder mexikanischer

Abstammung, sagte: »In der Zeitung stand doch, er will Exhäftlinge unterrichten. Wie er das drinnen auch schon gemacht hat.«

Jetzt meldete sich ein Dritter, der hinter den Spielern saß, zu Wort.

»Bruce Carroll wohnt direkt neben den Gianis. Kennen Sie den?«

Tim verneinte.

»Bruce hat gesagt, er und seine Frau sind fast immer daheim, aber sie haben ihn noch kein einziges Mal zu Gesicht gekriegt. Cass. So heißt doch der Bruder, nicht? Wahrscheinlich versteckt er sich vor der Presse. Jedenfalls haben sie ihn weder kommen noch gehen sehen, außer an dem Tag, als er entlassen worden ist.«

»Ist er vielleicht verreist?«, fragte Tim.

Der Mann schüttelte den Kopf. »Möglich. Aber wenn ich fünfundzwanzig Jahre im Knast gesessen hätte, würde ich mit meiner Familie rumhängen wollen. Und Paul ist schließlich sein Zwillingsbruder. Die beiden stehen sich nahe, oder? Ich hab gelesen, Paul und er sollen sich jeden Tag geschrieben haben.«

»Nach fünfundzwanzig Jahren im Bau? Also ich würd mir vier Weiber und 'ne Flasche Whiskey besorgen und den Mädels sagen, sich mal anzusehn, was ich noch so vertrage«, meinte ein anderer.

Die Männer am Tisch lachten.

Tim verbrachte nicht häufig Zeit mit Excops. Fast dreißig Jahre lang hatte er im Sommer jeden Samstag mit drei früheren Kollegen aus dem Morddezernat Golf gespielt, aber damit war für ihn Schluss, als Maria krank wurde. Wie sich herausstellte, endete damit auch diese Tradition. Danach konnte er wegen seines schlimmen Rückens nicht mehr richtig ausholen, und Rosario sah nicht mehr, wo der Ball hinflog. Carters Augen waren zwar in Ordnung, aber wenn er vom Tee losging, hatte er bereits vergessen, wo der Ball gelandet war. Abgesehen von seinen Golffreunden waren Tims engste Freunde allesamt ehemalige Musiker. Manche spielten noch immer, und Tim hörte ihnen gern zu, aber um noch mit seiner Posaune mitzumischen, dafür waren seine Finger zu steif, außerdem war sein Ansatz hinüber. Meistens saßen er und seine Freunde einfach zusammen und hörten Musik, brummten bei den besten Passagen mit und erzählten sich Geschichten von alten Gigs und guten Spielern. Sein bester Freund, Tyronius Houston, war nach Tucson gezogen und bat Tim immer wieder, ihn besuchen zu kommen. Darüber hinaus gab es noch ein paar andere, die im April wieder hier auftauchen würden, wenn das Wetter besser geworden war.

Ehe Tim sich verabschiedete, ging er noch einmal aufs Klo, dann fuhr er zurück zum Haus der Gianis und wartete auf der anderen Straßenseite. Gegen sechs bog endlich ein Wagen in die Einfahrt. Als das Garagentor hochging, sah Tim, dass schon ein Wagen drinstand, ein grauer Acura. Vermutlich ließ sich Paul zurzeit von seinen Wahlkampfhelfern kutschieren. Um halb sechs war es dunkel geworden, und als die Lichter im Erdgeschoss angingen, konnte er Sofia so deutlich sehen, als befände sie sich auf einer Bühne. Tim beobachtete mit dem Fernglas, wie sie in ihrer grünen OP-Montur durch die Küche fegte. Er ließ den Wagen an und fuhr in ihre halbrunde Zufahrt.

Seit sie sprechen konnte, war Sofia Michalis ein außergewöhnliches Kind gewesen. In der Kirche war Maria immer freundlich zu Sofias Mom gewesen, die bereits vier ältere Kinder hatte und manchmal so tat, als wäre ihre Jüngste besessen. Sofia konnte schon kurz nachdem sie laufen gelernt hatte tatsächlich lesen und wurde ein Jahr früher eingeschult. Aber im Unterschied zu anderen Kindern, die, wie Tim beobachtet hatte, aufgrund ihrer Ausnahmeintelligenz zu Einzelgängern wurden, wirkte Sofia nach außen hin ganz normal. Sie hatte riesige dunkle Augen, fast wie eine Comicfigur, und ging mit Tims mittlerer Tochter Demetra in eine Klasse. Bei den Brodies war sie stets gern gesehen, wenn sie zu De zum Spielen kam. Manchmal, wenn Tim zu Hause war, schaute Sofia in der Küche vorbei und fragte ihn nach seinem neuesten Fall aus. Mit sieben Jahren las sie jeden Tag die Zeitung von der ersten bis zur letzten Seite. Häufig interessierte sie sich für kriminaltechnische Fragen: Wie haftet Fingerabdruckpulver an den Hautlinien? Wie kann man mit Sicherheit feststellen, wie ein Skelett als Mensch ausgesehen hatte? Gelegentlich musste er sich beherrschen, nicht einfach zu antworten: ›Woher soll ich das wissen?‹ Aber wenn sie eine Weile über seine Antworten nachgedacht hatte, verwandelte sie sich wieder in ein kleines Mädchen.

»So böse Männer gibt's bei uns doch nicht, oder?«, fragte sie Tim einmal, während er in einem der grausigsten Fälle seiner Laufbahn ermittelte. Ein Serienmörder namens Delbert Rooker hatte mehrere junge Frauen ermordet.

»Nicht einen einzigen«, hatte Tim sie beruhigt. Aber ihm war klar, dass Sofia selbst mit sieben Jahren zu schlau war, um ihm ganz zu glauben.

Besonders gern spielten Sofia und Demetra Ärztin und Krankenschwester. Sofia war dann die Ärztin, De die Krankenschwester, und eine Schar Puppen diente als Patienten – und zum Kuckuck, genau so war es dann ja auch gekommen. De hatte schließlich eine Ausbildung zur examinierten Krankenschwester absolviert und leitete jetzt den Pflegedienst der Hutchinson-Klinik in Seattle. Und Sofia hatte ihr Medizinstudium und die Facharztausbildung in Rekordtempo durchlaufen und war inzwischen Chefärztin für plastische Chirurgie an der hiesigen Uniklinik.

Sofia gehörte auch zu den ein, zwei Mädchen aus der Nachbarschaft, die ihnen mit Katy geholfen hatte, als sie krank wurde. Wenn Tims Töchter keine Zeit hatten, kam Sofia, um Katy vorzulesen oder auf sie aufzupassen, solange Maria einkaufen war. Sofia wollte nie Geld dafür annehmen, bei ihrem Elternhaus brauchte sie allerdings auch keins. So ein Kind vergaß man einfach nicht.

Tim hatte immer einen Anflug von väterlichem Stolz auf Sofias Leistungen empfunden. Außerhalb von Kindle County war Sofia im übrigen Lande wahrscheinlich bekannter als ihr Ehemann, nachdem sie Teams für rekonstruktive Chirurgie im Irak geleitet hatte. Tim hatte sie mehrfach auf CNN gesehen, wo sie über den schrecklichen Tribut sprach, den Sprengstoffattentate sowohl unter Soldaten als auch unter der irakischen Bevölkerung forderten. Der Mensch hatte etwas Furchtbares an sich, der in Medizin, Landwirtschaft und Technik so vieles zum Wohle der Menschheit bewirkt hatte, gleichzeitig jedoch das tödliche, grausame Potenzial des Einzelnen so vergrößert hatte. Sofia und ihre Kollegen halfen auf wunderbare Weise mit, diese zerstörerische Kraft wieder umzukehren, indem sie Haut verpflanzten, zerschmetterte Gliedmaßen für Prothesen vorbereiteten und fehlende Gesichtsteile aus Silikon nachformten.

Tim klingelte an der Haustür der Gianis und hörte Schritte die Treppe herunterkommen. Die Tür ging auf, und Sofia blieb wie angewurzelt stehen. Er hatte nicht die Absicht, ihr in Erinnerung zu rufen, wer er war, aber mit einem Gehirn wie dem ihren vergaß sie wahrscheinlich ohnehin niemanden, außerdem konnte sie sich bei ihrem Beruf vermutlich jedes Gesicht, das sie sah, ohne die Spuren der Zeit vorstellen.

»Mr Brodie?«, fragte sie.

Er konnte sich ein Lächeln nicht verkneifen. Mit einem Satz war sie bei ihm und umarmte ihn einige Sekunden lang.

»Was für eine Freude, Sie zu sehen. Kommen Sie doch bitte herein. Kommen Sie.«

Er schüttelte den Kopf. »Würde ich ja gerne, Herzchen, aber ich bin beruflich hier.«

»Ach, kommen Sie trotzdem rein. Wie geht's Demetra und Marina?« Tims älteste Tochter war Hornistin geworden, spielte im Sinfonieorchester von Seattle und unterrichtete junge Hornisten an der Uni. Angefangen hatte sie als Rockmusikerin und eine ganze Reihe Gammlertypen als Freunde gehabt, ehe sie Richard auftat, einen Fagottspieler. Sie waren nicht verheiratet – Richard war aus Prinzip dagegen –, hatten aber zwei wunderbare Töchter.

Eine davon war Stefanie, die schließlich wieder hierhergezogen war.

Eines war Sofia bereits anzusehen, als sie noch klein war: Sie würde nie das Zeug zu einer Schönheitskönigin haben. Aber sie machte sich hübsch zurecht und trug selbst im OP Make-up. Ihr schwarzes Haar war schulterlang und ließ die geschickte Hand eines Profis erkennen. Ihre Fingernägel waren leuchtend rot. Und in diesen Augen konnte man sich noch immer verlieren. Die Nase war für ihr Gesicht nach wie vor zu groß, auch das hatte sich nicht verändert, was in Anbetracht ihres Berufes ein beeindruckendes Zeichen von Selbstakzeptanz darstellte.

Tim weigerte sich, den Mantel auszuziehen, blieb aber ganze zehn Minuten unter dem Messingleuchter im Eingang stehen und unterhielt sich mit ihr über ihrer beider Familien. Hinter Sofia war eine feudale Treppe mit einem wunderschönen Geländer aus Walnussholz zu sehen, die zu einem Buntglasfenster auf dem Treppenabsatz führte. In der Küche bellte verzweifelt ein Hund und kratzte den Lack von der Tür. Sofia wusste Bescheid über Maria, sie versuchte sogar, Tim in Erinnerung zu rufen, dass sie zur Beerdigung gekommen war. Doch Tim hatte sich in dieser ganzen Zeit gefühlt, als würde er von einem Sog unter Wasser gezogen, und gehofft, lange genug durchzuhalten, um wieder an die Oberfläche zu kommen.

»Sie sagen, Sie sind beruflich hier?«, fragte sie. »Ich dachte, Sie wären schon seit Jahren im Ruhestand.«

»Bin ich auch. Aber ich arbeite gelegentlich als Privatdetektiv. Für ZP, muss ich gestehen.«

»Oje«, sagte Sofia. Sie lachte. »Jetzt verstehe ich, warum Sie nicht reinkommen wollten.«

»Tut mir leid, es sagen zu müssen, aber ich habe eine Vorlageverfügung für Cass. Fürs Erste soll er nur seine Fingerabdrücke abgeben. Später vielleicht auch seine DNA, falls der Richter es genehmigen sollte.«

»Entschuldigen Sie, Mr Brodie«, erwiderte sie, »aber darum sollten sich die Anwälte kümmern.«

»Nun, wenn du mir sagst, dass er hier wohnt, kann ich die Sachen einfach hierlassen, und die Sache ist erledigt.« Er hatte die Papiere aus der Manteltasche gezogen.

Sie lächelte ihn gleichbleibend herzlich an, schüttelte aber den Kopf.

»Ich kann gar nichts sagen, Mr Brodie. Ich hoffe, Sie verstehen das.«

»Klar versteh ich das. Ich lass dir meine Karte hier. Falls du ihn siehst, kann er mich ja vielleicht anrufen.«

»Die Karte behalte ich«, sagte sie, »aber nur damit ich weiß, wo Sie sind.«

Ehe er ging, erkundigte sie sich noch nach Demetras aktueller E-Mail-Adresse.

Am nächsten Morgen stand er schon um halb sechs wieder vor dem Haus. Kurz nach sechs hob sich das Garagentor. Jetzt war nur ein Wagen zu sehen, und Sofia, wieder in Krankenhausmontur, stieg ein. Sie setzte rückwärts aus der Garage und beschleunigte die Straße hinunter, dann stieg sie auf die Bremse, als ihr älterer goldfarbener Lexus an ihm vorbeibrauste. Sie setzte zurück, bis sie auf gleicher Höhe mit ihm war. Ihr Fenster glitt herab, und er öffnete seines.

»Im Haus ist noch heißer Kaffee«, sagte sie. »Soll ich Ihnen eine Tasse holen?«

»Du warst schon immer viel zu nett«, antwortete er. »Danke, ich brauche nichts. Fahr du nur und flick ein paar Leute zusammen.«

Sie winkte fröhlich wie ein Schulmädchen und fuhr davon. Er wusste mit Sicherheit, dass Cass weg war.

17.

Die Entscheidung – 20. Februar 2008

»Heute kommt die Wende«, sagte Mark Crully zu Paul. Es war 9.15 Uhr, und die morgendlichen Menschenmassen, vielfach mithilfe von Ohrhörern in irgendein elektronisches Wunderland versetzt, stapften durch die winterlichen Straßen der Innenstadt.

Mark und er waren auf dem Rückweg von einem Frühstück mit der Führung der Polizeigewerkschaft. Die Cops würden Paul letztendlich unterstützen. Sie hatten keine Alternative, aber Tonsun Kim, der frisch gewählte Gewerkschaftsboss, wollte vorher unbedingt noch ein Menuett zur Melodie seiner Standardforderungen tanzen. Mehr Personal. Lohnerhöhungen. Bessere Altersversorgung. Weniger Kontrolle. Doch sie mochten Paul. Als ehemaliger Staatsanwalt wusste er, wie es da draußen zuging, und zeigte eine natürliche Affinität zu diesen Zielgruppen. Er war einer von diesen Jungs, die schon mit sechs verkündet hatten, dass sie mal Polizist werden wollten. Infolgedessen hörten sie ihm zu, wenn er wieder einmal predigte, dass das Gesetz der Straße ihre Arbeit nur schwieriger machte. Gäbe es weniger Feindseligkeiten zwischen Schwarzen und Latinos, würde die Polizei weniger angegriffen und bekäme stattdessen mehr Anerkennung und Unterstützung. Er brachte den Menschen gern Win-win-Methoden näher.

»Bei den Cops?«, fragte er als Reaktion auf Crullys Bemerkung.

»Nein, beim Prozess.« Sie gingen jetzt Richtung Tempel. Anschließend erwartete ihn ein langer Tag am Telefon, um Geld aufzutreiben. Hals Fernsehspots hatten den Spendenstrom eindeutig verlangsamt. Außerdem würde er sich irgendwann einmal fortstehlen müssen, um Beata anzurufen und heute Abend ein Treffen in der Wohnung zu verabreden.

Mitten im Wahlkampf, wenn man einer Blechente in einer Schießbude ähnelte, wurden irgendwelche Ärgernisse oft zurückgestellt wie ein Juckreiz, den man überhaupt nicht spürt, bis man endlich die Zeit hat, sich zu kratzen. Doch jetzt, bei Marks Erwähnung des Prozesses, fiel ihm wieder ein, was ihn gestört hatte. Die Schlagzeile der *Tribune* heute Morgen lautete: »Fingerabdrücke entlasten Gianis.« Der Artikel führte detailliert Mo Dickermans Ergebnisse auf, die eigentlich erst öffentlich gemacht werden sollten, nachdem der Experte sie heute vor Gericht erläutert hatte. Die deutliche Meinungsmache musste jedem, der etwas von dem Geschäft verstand, zu verstehen geben, auf wessen Mist der Artikel gewachsen war.

»Die *Trib*-Schlagzeile hat mir gar nicht gefallen«, sagte er.

Crully grinste vielsagend. Er glaubte, dass Paul ihm etwas vorspielte. Mit hoher Wahrscheinlichkeit hatte Crully den Bericht an die Presse durchsickern lassen, um an zwei Tagen statt nur an einem positive Schlagzeilen zu bekommen. Aber er hatte es getan, ohne zu fragen, damit Paul ehrlich sagen konnte: »Ich hatte nichts damit zu tun.«

»Im Ernst, Mark. Der Richter wird stinksauer sein.«

»Der Richter ist nicht naiv. Er weiß, dass wir im Wahlkampf sind. Und Sie werden von einem stinkreichen Spinner mit schweren Geschützen beschossen. Er weiß, dass Sie Publicity brauchen.« Das war typisch Mark, sich einzubilden, er wäre sogar auf einem Gebiet Experte, von dem er eigentlich keine Ahnung hatte. Mark Crully ließ sich von seinem eigenen Windschatten mitreißen. »Große öffentliche Erklärung, dass Ihre Fingerabdrücke nicht am Tatort waren«, sagte Crully. »Lands wird keine DNA verlangen. Das ist das Ende der Fahnenstange für Kronon. Und gerade noch rechtzeitig.«

Paul fragte nach, was »gerade noch rechtzeitig« heißen solle. Crully zögerte eine Sekunde, dann rückte er mit der Sprache heraus.

»Greenway hat eine Umfrage für Willie Dixon gemacht.« Dixon war der stärkste schwarze Kandidat, ein Stadtrat aus dem North End, clever, aber mitunter schärfer, als ihm guttat. Dennoch führte Willie mit wenig Geld einen guten Wahlkampf und wuchs weit über sich selbst hinaus. Es gab noch zwei weitere afroamerikanische Kandidaten, darunter May Waterman, eine Freundin von Paul aus dem Senat, die sich nur deshalb zur Wahl gestellt hatte, weil Paul ihr vor einigen Monaten gesagt hatte, er hätte nichts dagegen. Dieselben bezahlten Unterschriftensammler hatten für sie beide gearbeitet, und genau wie Crully vorhergesagt hatte, war es keinem aufgefallen. »Sie wissen ja, dass ein Typ in Willies Team uns Informationen zuspielt.«

In jedem Wahlkampf gab es Mitarbeiter, die sich schon mal nach Alternativen umschauten. Die Bürgermeisterwahl fand in zwei Etappen statt: Der erste Urnengang war am 3. April, im Mai folgte dann eine Stichwahl zwischen den beiden Kandidaten mit den meisten Stimmen, sollte keiner von ihnen die absolute Mehrheit erreicht haben. Falls Willie es nicht in die Stichwahl schaffte, würden einige seiner Leute gern in Pauls Lager wechseln und fingen jetzt schon an, sich bei Mark in Stellung zu bringen.

»Jedenfalls sagt mein Informant, wir liegen nur noch sechs Punkte vorn«, erklärte Crully.

Sechs. Paul nickte und unterdrückte jeglichen Anflug von Panik. Im Grunde hatte Crully recht. Sie hatten Hals Attacke verkraftet, die Fingerabdrücke würden ihn entlasten, und wenn keine DNA-Analyse mehr drohte, wäre der Prozess für die Presse reizlos. Heute würde ein guter Tag werden.

Mit starrer Miene schritt Lands zum Richtersessel. Er kannte D. B. gut genug, um zu erkennen, dass der Richter verstimmt war. Lands bat Mo Dickerman, der in der ersten Reihe des Gerichtssaals saß, nach vorn zu kommen, und der Fingerabdruckexperte humpelte zur Richterbank.

»Dr. Dickerman, Ihr schriftlicher Bericht liegt mir vor. Würden Sie zustimmen, dass das, was ich heute auf der Titelseite der *Tribune* gelesen habe, ihn sachlich korrekt zusammenfasst?«

Der ganze Saal lachte, aber Du Bois' graue Augen huschten zu Ray hinüber. Er ließ den Blick nicht bis zu Paul wandern, es bestand jedoch kein Zweifel daran, wem D.B. die Schuld gab. Es war Teil des politischen Geschäfts, dass man häufig Prügel für irgendetwas bezog, dem man nie zugestimmt hatte.

»Er scheint größtenteils korrekt zu sein«, sagte Mo. »Ich konnte keinen der verdeckten Abdrücke, die 1982 in Ms Kronons Zimmer gefunden wurden, Senator Gianis zuordnen. Es gab einige, bei denen ich mich nicht definitiv festlegen konnte, ohne auch die Fingerabdrücke von Cass Gianis gesehen zu haben. Daher hatte ich beiden Seiten empfohlen, diese zu besorgen. Ansonsten stammt keiner der identifizierbaren Fingerabdrücke am Tatort vom Senator.«

Ein leises Raunen durchlief die Reihen der Zuschauer und Journalisten.

»Nun denn«, sagte der Richter, »ich werde Ihren Bericht zu den Gerichtsakten nehmen, damit er auch denjenigen zugänglich ist, die ihn im Vorfeld vielleicht nicht einsehen konnten.« Du Bois trug ziemlich dick auf.

»Euer Ehren, ich würde gern klarstellen –«

»Nicht nötig, Mr Horgan. Wir wissen alle, wie das läuft. Es könnte Ihre Seite gewesen sein, es könnte die Gegenseite gewesen sein, es könnte jemand Drittes gewesen sein, dessen Absichten uns verborgen bleiben. Also stelle ich darüber auch keine Mutmaßungen an. Und obwohl dieses Gutachten für das Gericht bestimmt war, räume ich im Nachhinein ein, dass ich den beiden Parteien eine vorzeitige Veröffentlichung nicht explizit untersagt habe. Aber damit eines klar ist: Sollte dergleichen in Zukunft noch einmal vorkommen, werde ich eine umfassende Ermittlung anordnen. Haben wir uns verstanden?«

Am Zeugenpult nickte Ray mehrmals und verneigte sich regelrecht, indem er seinen stämmigen Oberkörper von der Hüfte abwärts beugte wie ein Ritter bei Hofe.

»Euer Ehren«, erklärte Tooley, »wir werden jederzeit bei einer von Ihnen gewünschten Ermittlung kooperieren.«

»Also gut«, sagte Du Bois, ohne auf Mel einzugehen. Wie viele andere in diesem Gerichtsgebäude schien der Richter keine sonderlich große Hochachtung vor Tooley zu haben. »Es muss also geklärt werden, ob Mr Kronons Antrag zu bewilligen ist, die Vorlageverfügungen für die Blutproben und die anderen Beweismittel zu erhalten, die sich noch in Händen der Polizei befinden. Und dies mit der ausdrücklichen Absicht, dass der Beschuldigte Kronon mithilfe des Bluts und möglicher anderer am Tatort gewonnener genetischer Beweise eine DNA-Analyse vornehmen lassen kann. Darüber hinaus hat mich Mr Kronon darum gebeten, Senator Gianis anzuweisen, eine DNA-Probe in Form eines Abstrichs der Mundschleimhaut zur Verfügung zu stellen.«

Der Richter warf einen kurzen Blick in die Akte vor ihm, verschränkte dann die Hände und schaute in den Gerichtssaal.

»Ich habe gründlich darüber nachgedacht. Wie wir von Dr. Yavem wissen, ist mit sehr hoher Wahrscheinlichkeit davon auszugehen, dass die Ergebnisse der DNA-Analyse nicht eindeutig sein werden. Und der Fingerabdruckbericht von Dr. Dickerman unterstützt diese Einschätzung. Ich bin wie Mr Horgan der Meinung, dass ein Test, dessen Erfolgschancen sich auf nur ein Prozent belaufen, ab einem gewissen Punkt lediglich belastend und schikanös ist. Doch das ist nicht das eigentliche Problem. Die Frage, mit der ich mich auseinandergesetzt habe, lautet, ob ein uneindeutiges Ergebnis in irgendeiner Form für dieses Verfahren relevant sein könnte.

Bei der Abwägung dieser Frage muss ich berücksichtigen, dass dieses Verfahren von Senator Gianis angestrengt wurde. Er hat Mr Kronon verklagt, und wie in vielen anderen Verfahren obliegt es auch in diesem dem Kläger, den Beweis dafür anzutreten, dass Mr Kronons mehrfach wiederholte Behauptung mit hoher Wahrscheinlichkeit unrichtig ist, nämlich die Behauptung, dass Mr Gianis an der Ermordung von Dita Kronon beteiligt war. Darüber hinaus muss er nachweisen, dass Mr Kronon diese Behauptung in grob fahrlässiger Missachtung der Wahrheit verbreitet hat. Wenn wir diese Beweisanforderung mathematisch ausdrücken, obliegt es Mr Gianis nachzuweisen, dass eine Jury nach Abwägung der Beweislage zu dem Schluss käme, dass einundfünfzig Prozent der Beweise zu seinen Gunsten sprechen.

Ebenfalls bedeutsam ist, über die möglichen Ergebnisse nachzudenken, die Dr. Yavem vorlegen könnte. Dr. Yavem gibt an, dass er ein eindeutiges Ergebnis für einen der Zwillingsbrüder mit einer Wahrscheinlichkeit von höchstens eins zu hundert erhalten wird. Dennoch würde Dr. Yavems uneindeutiger Befund nicht nachweisen, dass die vorliegende DNA praktisch von jedem Menschen auf der Welt stammen könnte. Ein derartiges Ergebnis wäre in der Tat irrelevant. Doch wenn Dr. Yavem feststellt, sein Test sei uneindeutig, meint er damit vermutlich, dass die DNA entweder von Senator Gianis stammt oder von seinem Zwillingsbruder. Wenn es nur um dieses Ergebnis geht, gibt er an, die Wahrscheinlichkeit für jeden der beiden läge bei fünfzig Prozent.«

Paul saß am Klägertisch und beobachtete Du Bois, und mit einem Mal wusste er, worauf das hinauslief. Angst durchschoss wie ein plötzlicher Nervenschaden seinen gesamten Körper bis hinunter in die Zehen.

»Für den Versuch nachzuweisen, dass einundfünfzig Prozent der Beweislage Mr Kronons Anschuldigung widerlegen, ist eine fünfzigprozentige Chance, dass die DNA vom Senator stammt, demnach durchaus relevant. Für den Kläger ist es ein uneindeutiges Ergebnis, weil es ihn seinem Ziel nicht näherbringt, Mr Kronons

Beschuldigung zu widerlegen. Doch für Mr Kronons Verteidigung ist es sehr sachdienlich. Denn für den Erfolg des Beschuldigten in diesem Verfahren muss eine Jury nur zu dem Schluss kommen, es bestehe eine fünfzigprozentige Chance, dass seine Behauptung wahr ist.

Lassen Sie mich als Bürger klarstellen, dass ich persönlich eine feste Meinung zu den zugrunde liegenden Ereignissen habe. Meine Ansichten haben jedoch in diesem Gerichtssaal keine Rolle zu spielen. Ich habe mich ausschließlich an das Gesetz zu halten. Und nach gewissenhafter Analyse desselben gelange ich zu dem Schluss, dass der DNA-Test für dieses Verfahren relevant ist. Somit werde ich eine Vorlageverfügung bewilligen, welche die hiesigen Polizeibehörden sowie diejenigen von Greenwood County zur Herausgabe sämtlichen genetischen Materials verpflichtet, das sie aufbewahren, insbesondere sämtlicher am Tatort gefundener Blutspuren, und ich werde Dr. Yavem erlauben, dieses Material zu testen. Darüber hinaus werde ich Senator Gianis anweisen, Dr. Yavem eine DNA-Probe in Form eines Abstrichs der Mundschleimhaut zur Verfügung zu stellen. Mr Horgan, werden Sie einen eigenen Sachverständigen beauftragen?«

Ray stand am Zeugenpult und schien unfähig, sich zu bewegen. Sein Jackett, das er zugeknöpft hatte, ehe er das Wort an den Richter richtete, spannte sich um den fülligen Torso, und er hatte vor Schock kerzengerade Haltung angenommen.

»Verzeihung, Euer Ehren. Ich werde das Gericht in Kürze darüber informieren, aber ohne Ihre Entscheidung kritisieren zu wollen, bitte ich um Verständnis, dass ich nicht damit gerechnet habe, heute vor diese Frage gestellt zu werden.«

Du Bois nickte. Er wirkte geringfügig befriedigt, allen einen Schritt voraus gewesen zu sein.

Der Richter sagte: »Ich gewähre Ihnen eine Frist von drei Tagen, um einen eigenen Sachverständigen zu beauftragen, und lasse das Verfahren bis dahin ruhen. Das ist hiermit gerichtlich angeordnet. Gentlemen, in einer Woche erwarte ich einen umfassenden Zeitplan für die Offenlegung. Das wäre alles.«

Du Bois vertagte die Verhandlung, und der Gerichtssaal leerte sich. Als der Richter sich erhob, blickte er erneut kurz zum Tisch des Klägers hinüber. Beim Zuhören war Paul klar geworden, dass Du Bois recht hatte. Wenn er selbst ebenso präzise darüber nachgedacht hätte wie D. B., wenn er das Ganze nicht durch die rosa Brille der Parteilichkeit betrachtet hätte, dann hätte er erkannt, dass das, was er schon zu Anfang begriffen hatte – nämlich dass der DNA-Test eine Falle war, die in neunundneunzig von hundert Fällen Hals Zwecken dienen würde –, auch die juristischen und beweisrechtlichen Schlussfolgerungen vorgab. Er stand auf, fing den Blick des Richters auf und nickte leicht, aus Hochachtung.

Crully, Horgan und Paul gingen schnurstracks über den Flur zum Zimmer der Anwälte, um zu überlegen, was Paul unten in der Rotunde der Presse sagen würde. In dem Raum standen ein paar angeschlagene Holzstühle und ein abgenutztes Eichenpult, wie die, hinter denen seine Lehrer in der Grundschule gesessen hatten.

»Können wir Berufung einlegen?«, fragte Crully. »Würde keinen guten Eindruck machen, aber ich will wissen, welche Optionen wir haben.«

Ray schüttelte den Kopf. »Zeitverschwendung. Wir könnten eine Unterlassungsverfügung beantragen, aber kein Berufungsgericht der Welt wird eine Beweiserhebung unterbinden. Unser Antrag würde kurzerhand abgeschmettert, und wir ständen noch schlechter da.«

»Ich schlage vor, wir machen eben das Beste draus«, meinte Crully. »Sagen, dass es keine Beweise geben wird, die auf Paul hindeuten. Erklären, es sei eine reine Formsache. Weisen noch mal auf den Bericht über die Fingerabdrücke hin. Klingt das gut, Chef?«

Er war schon immer der temperamentvollere Zwilling gewesen. Sein Bruder grollte vor sich hin, er dagegen spürte manchmal seinen Zorn in den Adern wie Lava. Jetzt rang er um Beherrschung. Du hast dir dieses Leben ausgesucht, bist mit nichts als Mumm und einem Regenschirm übers Hochseil spaziert mit dem Sirenengesang aus dem Abgrund unter dir. Aber Wagemut war sinnlos, wenn das Einzige, was dabei herauskam, schlecht war.

»Nichts ist gut«, sagte er zu Crully. »Dieses ganze Verfahren ist die reinste Massenkarambolage. Ich hab auf euch beide gehört, und jetzt krieg ich wöchentlich den Arsch voll.«

»Ach, Paul«, murmelte Horgan.

»Nein«, sagte er. »Das hört sich an, als würde ich euch die Schuld geben. Und das tu ich nicht. Ihr habt mich nach bestem Wissen und Gewissen beraten. Und ich hab die Entscheidung getroffen. Aber ich war in meinem Leben in genügend Gerichtssälen, um zu wissen, dass man, sobald man klagt, jegliche Kontrolle verliert. Ich hätte drüber lachen und Hal einen reaktionären Blödmann nennen sollen.«

Ray zog eine Schulter hoch. Im Rückblick hatte Paul vielleicht recht.

»Also, was kommt als Nächstes?«, fragte er Ray. »Eine eidesstattliche Aussage, oder? Hal wird mich drei Tage lang im Zeugenstand festnageln.«

»Wir können das begrenzen«, sagte Ray. »Vielleicht sogar rauszögern bis nach der Wahl.«

»Nein, können wir nicht. Weil es dieselbe Logik hätte, wie Fingerabdrücke abgeben. Oder DNA. Ich darf mich nicht verstecken. Ich muss entgegenkommend wirken. Und als Nächstes werden die meinen Bruder aussagen lassen. Die haben schon irgendeinen alten Detektiv angeheuert, der Cass eine Vorlageverfügung andrehen will. Und danach wollen sie vielleicht Sofia befragen.«

»An Sofia kommen sie nicht ran«, sagte Ray leise. Aber dies war nur das Eingeständnis, dass es für Cass anders aussah.

»Wir werden unsere Klage heute zurückziehen«, sagte Paul.

Crully lehnte sich zurück, die kleinen gemeinen Augen zusammengekniffen.

»Scheiße«, sagte er. »Ich hab Ihnen schon gesagt, was ich dann mache.«

»Ehrlich gesagt, Mark, es wird wahrscheinlich sowieso Zeit, was zu verändern. Sie haben eine prima Organisation aufgebaut. Sie sind ein großartiger Stabschef. Aber Sie haben sich ein paar dicke Schnitzer geleistet. Es war unklug, der Presse diesen Bericht zuzuspielen. Du Bois hätte vermutlich ohnehin so entschieden. Vermutlich. Aber es war der schlechteste Zeitpunkt, ihn sauer zu machen.«

Crully kochte wortlos vor sich hin, doch sein Gesicht hob sich deutlich gerötet von dem weißen Hemd ab. Draußen auf dem Gang ertönte die Stimme einer Frau, die laut jammernd aus einem anderen Gerichtssaal gekommen war. Mark hatte solche Momente schon öfter erlebt, wenn ein Wahlkampf wie ein Panzer über eine Granate rollte und die Schuldzuweisungen anfingen. Er würde nichts dazu sagen, wer den Bericht an die Presse hatte durchsickern lassen, schon gar nicht in Gegenwart eines Zeugen, weil Paul damit für immer etwas gegen ihn in der Hand hätte.

»Sie werden verlieren«, sagte er stattdessen. Das war die ultimative Rache für seinen Rausschmiss. »Wenn Sie die Klage zurückziehen, verlieren Sie.«

»Wäre auch nicht schlimmer als das, was jetzt kommt. Ich habe die Ergebnisse der Fingerabdrücke. Ich habe bewiesen, dass ich in der Nacht nicht dort war. Ich werde nicht zulassen, dass Hal das Blut benutzt, um sagen zu können, es besteht eine fünfzigprozentige Chance, dass ich doch da war. Das ist eine Lüge. Und ich werde auch nicht zulassen, dass er meinen Bruder fertigmacht. Ich habe mir immer geschworen, *immer*, dass ich niemals meine Familie für meine Karriere opfern werde. Cass hat fünfundzwanzig Jahre in der Scheiße gesessen, und er hat ein Recht darauf, sein

Leben neu aufzubauen. Stattdessen wird er fünfmal die Woche auf allen Kanälen runtergeputzt, und das ganze County redet über eine Geschichte, die längst vorbei und vergessen sein sollte. Meine Kinder müssen lesen, dass ich ein Mörder bin – nicht bloß die üblichen politischen Beschimpfungen, sondern dass ich angeblich eine Frau mit bloßen Händen umgebracht habe. Das ist es mir nicht wert, Mark. Wenn ich verliere, verliere ich eben.«

»Und lässt dich von einem reaktionären Spinner wie Hal Kronon fertigmachen?«, schaltete Ray sich ein. Seine traurigen blauen Augen und sein gerötetes Gesicht ließen den Ernst der Frage erkennen. Ray und Paul hatten nach demselben Credo gelebt, daran geglaubt, dass Menschen mit Geld nicht das Recht hatten, auch die Demokratie in Besitz zu nehmen.

»Ich habe nicht gesagt, dass ich aufgebe. Ich habe gesagt, ich werde die Klage zurückziehen. Ich werde weiter für die gerechte Sache kämpfen. Ich gebe nicht klein bei. Und ich werde über die Große Lüge reden. Genau das ist es nämlich. Aber dieses Verfahren ist vorbei. Keine DNA, keine eidesstattlichen Aussagen und kein Ringelpiez mit Anfassen.«

Er stand auf, um zu zeigen, dass seine Entscheidung endgültig war.

18.

Einsprüche – 20. Februar 2008

Der Morgen ließ einen Hauch von Frühling erahnen. Die Temperatur lag knapp unter null, aber der Himmel war hoch und wolkenlos, eine wunderbare Verbesserung gegenüber dem üblichen tief hängenden Stahlwollegrau. An wärmeren Tagen ging Evon, wenn sie keine Termine außerhalb des Büros hatte, die zwölf Blocks von ihrer Wohnung zu ZP zu Fuß. Wenn sie im Winter das Auto tagsüber nicht benötigte, riskierte sie meistens das »Karambolagerennen«, wie sie die Fahrt mit dem Grant-Avenue-Bus insgeheim nannte. Die Busfahrer der Tri-Cities dachten gar nicht daran, sich an die üblichen Regeln zu halten, waren Verkehrsrowdys, die ohne Rücksicht auf Verluste vom Bordstein direkt auf die linke Spur scherten. Die Transportgewerkschaften hatten die Fahrer gegen fast jedes Haftungsrisiko außer fahrlässiger Tötung abgesichert.

Sobald Evon einen Block von ZP entfernt aus dem Bus stieg, sah sie auf der anderen Straßenseite Heather. Ihre Exfreundin trug ein Kopftuch und Ray-Bans und war in einen hellbeigen Burberry-Wollmantel gehüllt, den Evon ihr geschenkt hatte, machte jedoch keinerlei Anstalten, sich zu verstecken. Evon warf einen kurzen Blick in ihre Richtung und fiel dann in Laufschritt. Sie hörte schneller werdende Absätze über das Pflaster klappern, und dann war Heather auch schon atemlos neben ihr.

»Du liebst mich«, sagte Heather. »Und ich liebe dich. Deshalb ist das hier alles Quatsch. Ich werde mich bessern. Versprochen.

Ich werde dich glücklich machen. Rundum glücklich. Gib mir nur noch eine Chance, Baby, bitte. Nur noch eine.«

Evon hatte tatsächlich gehofft, Heather hätte kapituliert. Eine Woche lang hatte es keinen Kontaktversuch gegeben. Jetzt blickte Evon weder auf, noch verlangsamte sie das Tempo, während Heather neben ihr hertrappelte, entgegenkommende Fußgänger anrempelte und weiter auf sie einredete. Sie meinte dieses ganze Gerede von Liebe und Hingabe natürlich vollkommen ernst. Sie kannte sich selbst so wenig, dass sie wirklich glaubte, was sie sagte.

Evon hasste es, diesen privaten Mist mit ins Büro zu schleppen, und Heather wusste das ganz genau. Deshalb war sie ja so zuversichtlich gewesen, Evon hier draußen stellen zu können. Aber es ging nicht anders. Evon trat in die Drehtür des ZP-Gebäudes. Heather folgte ihr auf dem Fuße und schaffte es sogar, sich mit ihr zwischen dieselben zwei Türflügel zu quetschen. Sie versuchte, Evon zu umarmen – schien auf einen Kuss aus zu sein –, und sie hatten zwischen den engen Glaswänden ein kurzes Gerangel, indem Evon, einen Kopf kleiner, jedoch erheblich kräftiger, sich ihre Ex vom Leib hielt. Aber Heather bettelte immer noch weiter.

»Wie kannst du so herzlos sein? Mich so behandeln? Das hab ich nicht verdient, Evon. Ich liebe dich. Ich war gut zu dir. Wie kannst du mir das antun?«

Schließlich schob sich Evon aus der Drehtür, was Heather verhindern wollte, und stolperte in die rettende Lobby. Sie eilte davon, verfolgt von Heathers lauter Stimme.

»Ich bin schwanger.« Als Evon das hörte, wirbelte sie herum. Sie hatten darüber gesprochen. In ihren schönsten Augenblicken, wenn sie einander in den Armen lagen, hatten sie diese Fantasie gemeinsam ausgesponnen.

Evon wartete eine Sekunde, um sich in den Griff zu bekommen.

»Schwachsinn.«

»Doch. Ich hab's für dich getan, Evon, ich will das. Ein Kind braucht eine Familie. Wir können eine Familie sein.«

Es war ein beängstigender Gedanke, dieses durchgeknallte Nervenbündel Heather als Mutter, selbst wenn Evon dabei wäre, um den Schaden ein wenig zu begrenzen. Doch das war nicht Evons stärkste Empfindung. Am stärksten empfand sie Heathers Grausamkeit, in jeder der empfindlichen Stellen herumzustochern, in denen noch so manches Bedauern an ihr nagte. Das ist Grausamkeit, dachte Evon, wenn jemand etwas so sehr braucht, dass ihn der Schmerz, den er anderen zufügte, gleichgültig ließ.

Der Mann vom Wachdienst, Gerald, saß an einem Schreibtisch aus dem gleichen braungrauen Granit wie der Rest der riesigen Eingangshalle. Seine Aufgabe war es, Besucher zu registrieren und ihnen Gastausweise auszustellen, ehe sie durch die Drehkreuze zu den Fahrstühlen gehen konnten. Er gehörte zu Evons Abteilung und nannte sie »Boss«.

Evon wandte sich von Heather ab, und als sie an Gerald vorbeiging, deutete sie mit dem Daumen hinter sich und sagte: »Lassen Sie sie nicht rein.« Gerald sprang auf und packte Heather am Arm.

»Langsam, Lady«, sagte er.

»Falls ich nichts von dir höre, lass ich am Freitag abtreiben«, rief Heather Evon mit schriller Stimme hinterher. Jeder in der Lobby musste sie gehört haben.

Oben in ihrem Büro schloss Evon die Tür und setzte sich. Sie weinte nicht, aber sie zitterte. Zum Glück hatte sie keine Zeit für ihren Kummer, weil in wenigen Minuten eine Telefonkonferenz beginnen würde. Dykstra hatte wegen der Bodenkontamination in Indianapolis endlich einem Preisnachlass von fünfundzwanzig Millionen Dollar zugestimmt – er machte Untergebene dafür verantwortlich, dass sie nicht gleich zu Beginn der Verhandlungen offengelegt worden war –, und der Deal war gestern im *Journal* bekannt gegeben worden. Der Vertragsabschluss war für kommende Woche vorgesehen. Evon wollte an diesem Morgen mit ihrem Gegenpart bei YourHouse besprechen, wie die Sicherheitsdienste beider Unternehmen zusammengeführt werden könnten. Alles in allem nahmen zwölf Personen an der Konferenz teil, die erst um halb zwölf endete. Als Evon fertig war, teilte ihre Assistentin ihr mit, Tim Brodie warte draußen und wolle sie dringend sprechen.

»Ich hab versucht, Sie anzurufen«, sagte Tim beim Hereinkommen, »aber Sie haben telefoniert. Deshalb dachte ich, ich komm lieber rüber und sag's Ihnen persönlich. Paul Gianis hat gerade bekannt gegeben, dass er die Klage zurückzieht.« Er schilderte ihr, wie Richter Lands entschieden hatte und Pauls anschließende Pressekonferenz in der Rotunde des Tempels, die damit endete, dass er beim Verlassen des Gerichtsgebäudes von einem Rudel Kameraleute und Reporter bis auf die Straße verfolgt worden war.

Ein Teil von ihr war noch immer dabei, sich von Heather zu erholen, aber dennoch war Evon verblüfft.

»Weiß Hal es schon?«, fragte sie.

Hal war gleich im Anschluss an die Verhandlung mit Tooley davongestürzt, um mit einem Wirtschaftsjournalisten über die Übernahme von YourHouse zu sprechen. Etwa eine Viertelstunde später, gleich als Hal wieder im Haus war, gingen sie und Tim den Flur hinunter zu Hals Ahornholzbastion von Büro. Tooley war noch bei ihm, und keiner von ihnen hatte die Neuigkeit bereits gehört.

Hal schäumte. »Darf er das überhaupt?«

Tooley erklärte die Rechtslage. Bis zum Beginn des eigentlichen Prozesses konnte jeder Kläger seine Klage zurückziehen.

»Einfach so?«, fragte Hal. »Muss er sich nicht mal dafür entschuldigen?«

»Wir könnten Kostenerstattung verlangen.«

»Wie hoch sind die Kosten?«

»So zwei-, dreihundert Dollar«, sagte Mel. »Bearbeitungsgebühren, Aufwandsentschädigungen für die Vorlageverfügungen.«

»Ich will keine zweihundert Dollar«, sagte Hal. »Ich will seine DNA. Er verheimlicht was.«

»Das darfst du auf jeden Fall öffentlich sagen. In die Welt hinausschreien. Die Werbeagentur kann bestimmt ein paar großartige Anzeigen und TV-Spots gestalten, die das klar und deutlich rüberbringen.«

»Ich lasse nicht zu, dass er damit durchkommt.«

»Womit?«, fragte Tooley.

»Weiter zu verheimlichen, was er verheimlicht.«

»Hal, was könnte er denn verheimlichen, wenn der Test mit einer Wahrscheinlichkeit von neunundneunzig Prozent uneindeutig ausfällt? Komm mal wieder runter.«

Hals Glupschaugen huschten hinter der Brille hin und her, während er über den Rat seines Freundes nachdachte.

»Ich will die DNA.«

Mel senkte den Blick auf seine Hände und versuchte es noch einmal anders.

»Hal, du hast gewonnen. Begreifst du das denn nicht? Du hast gewonnen. Du hast deutlich gemacht, dass der Kerl mehr weiß, als er sagt. Und Paul hat kapituliert. Nimm deinen Sieg an, Hal, und feiere ihn wenigstens ein bisschen.«

»Das ist kein Sieg«, beharrte Hal. »Ich will wissen, was Paul Gianis mit dem Mord an meiner Schwester zu tun hatte. Ich will die DNA. Tu irgendwas. Ich bin dein Mandant. Und das ist meine Anweisung. Tu was.«

»Vielleicht kann ich mir ja was einfallen lassen, wenn der YourHouse-Deal unter Dach und Fach ist.«

»Nein, jetzt sofort«, sagte Hal. »Das ist sogar noch wichtiger als YourHouse. Die Firmenanwälte können für dich einspringen.«

Tooley und Tim verließen Hals Büro gemeinsam. Evon blieb noch, um Hal ihre restliche To-do-Liste für den YourHouse-Abschluss zu erläutern.

»Meine Fresse«, sagte Mel, sobald die Tür sich hinter ihnen

geschlossen hatte. »Ich bin mit Hal befreundet, seit wir sechs Jahre alt waren, aber er hat noch nie gewusst, wann es genug ist. Ehrlich, in der Highschool hat er dasselbe Mädchen sechsmal um ein Date gebeten und war jedes Mal wieder überrascht, wenn er sich einen Korb geholt hat.«

»Eines versteh ich nicht«, sagte Tim. »Der Klagerückzug wird Paul doch bestimmt mehr schaden, als es der Test wahrscheinlich getan hätte. Was hat er sich wohl dabei gedacht?«

»Vielleicht ist Paul ja wie ich«, sagte Tooley. »Und Hal hat ihn in den Wahnsinn getrieben.«

Mel schüttelte erneut den Kopf und ging zum Aufzug.

Du Bois Lands' graue Augen hoben sich von dem Blatt Papier, das vor ihm auf der Richterbank lag. Der Rest seines Körpers bewegte sich nicht. Erneut senkte der Richter den Blick und las laut vor:

»Eileinspruch des Beklagten Kronon gegen den Antrag auf Klagerücknahme durch den Kläger.«

Es war der Morgen nach Lands' Entscheidung, der 21. Februar.

»Ja«, bestätigte Tooley vom Zeugenpult aus. Ray Horgan stand Schulter an Schulter neben ihm. Ihre Rückansicht erweckte den Eindruck der robusten, trägen Masse von Kühen. Die Besucherreihen hinter Tim waren gefüllt, allerdings nicht mit den gleichen Horden an Zuschauern, die das Verfahren bislang angelockt hatte. Heute trug hier jedermann einen grauen oder blauen Anzug oder oder Kostüm. Offensichtlich Anwälte.

»Erklären Sie das«, sagte der Richter zu Tooley.

»Euer Ehren, Mr Kronon widersetzt sich Senator Gianis' Versuch, diesen entscheidenden DNA-Test zu umgehen. Wir sind der Auffassung, dass das Gericht seinen Antrag auf Klagerücknahme ruhen lassen sollte, bis er seine DNA abgegeben hat und der Test, wie vom Gericht angeordnet, durchgeführt wurde. Er versucht, Ihre Entscheidung zu unterlaufen.«

Horgan wollte schon lospoltern, doch der Richter stellte ihn ruhig, indem er einen Arm hob.

»Mr Tooley, Senator Gianis tut, was das Gesetz erlaubt, oder etwa nicht?«

»Er verheimlicht etwas«, sagte Tooley. Tim sah Hal unter dem Anwalttisch, von dem aus er gespannt zuschaute, die Faust ballen.

»Das ist Ihre Interpretation. Es gibt auch andere. Aber Interpretationen interessieren mich nicht. Ich bin lediglich der Schiedsrichter. Ich achte auf die Einhaltung der Regeln. Gesetz ist Gesetz, Mr Tooley. Falls Sie ein Problem damit haben, dass der Kläger die Klage zurückzieht, wenden Sie sich an den Gesetzgeber. Ich werde Ihren Einspruch ablehnen.«

»Nun, Euer Ehren, ehe Sie darüber befinden, möchten wir noch ein weiteres Rechtsmittel einlegen.«

»Nämlich?«

»Wir beantragen die Durchsetzung der Vorlageverfügungen, die bis zu Ihrer Entscheidung über den DNA-Antrag ausgesetzt waren. Nachdem Sie diese Entscheidung getroffen hatten, sind die Vorlageverfügungen vollstreckbar geworden, und wir erwarten die Vorlage des Beweismaterials.«

Diesmal gelang es Horgan dazwischenzufunken.

»Euer Ehren, das ist absurd. Ohne Verfahren keine Vorlageverfügungen.«

Der Richter ließ sich einen Moment Zeit.

»Nein«, erwiderte er. »Ich verstehe seine Argumentation. Es liegt an der zeitlichen Abfolge. Die Vorlageverfügungen wurden vollstreckbar, bevor Sie den Antrag auf Klagerücknahme gestellt haben. Um welche Beweise handelt es sich dabei?«

Tooley hatte eine Liste: erstens die Vorlageverfügung an Paul, eine DNA-Probe abzugeben; zweitens diejenige an Cass, Fingerabdrücke abzugeben; und drittens jene an die Polizeibehörden, sämtliche von ihnen aufbewahrten Beweismittel herauszugeben, die größtenteils am Tatort sichergestellt worden waren, einschließlich der Blutspuren an der Balkontür und der Blutproben, die von verschiedenen Personen genommen worden waren. Und schließlich eine fast gleichlautende Vorlageverfügung an Greenwood County für den Fall, dass es noch weitere Beweismittel gab, die sie bislang noch nicht zur Verfügung gestellt hatten.

Ray ging dazwischen: »Euer Ehren, sie versuchen doch nur, den gleichen Test in Eigenregie zu machen.«

Du Bois rang die Gerissenheit dieser List ein kaum merkliches Lächeln ab.

»Noch einmal, Mr Horgan. Ich habe nur über die Einhaltung der Regeln zu befinden. Was schreibt das Gesetz vor? Das ist die einzige Frage, um die es mir geht. Dafür bekomme ich mein fettes Gehalt.« In einer Welt, in der manche der Anwälte, die vor Gericht erschienen, Millionen verdienten, machten Richter öfter mal ironische Bemerkungen über ihre Bezahlung, die dagegen vergleichsweise gering war.

Du Bois dachte erneut eine Weile nach.

»Okay, wir gehen folgendermaßen vor: Wir werden dieses Verfahren abschließen. Aber nicht heute. Wenn Sie sich einmal umdrehen, Gentlemen, werden Sie feststellen, dass der Saal voller Anwälte ist, die wie jeden Donnerstag auf meine Entscheidungen zu den von ihnen gestellten Anträgen warten. Und viele dieser Anwälte haben Mandanten, die sie dafür bezahlen, dass sie hier sitzen. Hören wir also auf damit, das Geld und die Zeit anderer Leute zu verschwenden. In genau einer Woche treffen wir uns hier wieder. Und dann will ich sämtliche Empfänger dieser Vorlageverfügungen oder deren Repräsentanten mitsamt den Beweismitteln, die Mr Kronon erbittet, hier vor Gericht sehen. Gleichzeitig wünsche ich von beiden Verfahrensparteien schriftliche Erklärungen dazu, ob diese Vorlageverfügungen von Rechts wegen vollstreckt werden können. Und all das werden wir am kommenden Donnerstag ausdiskutieren. Sollten die Vorlageverfügungen rechtsgültig sein, werden die angeforderten Beweise auf der Stelle ausgehändigt.

Und dann, Mr Tooley und Mr Horgan, so sehr ich Ihre Besuche auch genossen habe, wird dieses Verfahren abgeschlossen, und ich werde mich darauf freuen, Sie beide bei anderen Gelegenheiten wiederzusehen.«

Du Bois knallte seinen Richterhammer auf den Tisch und wies den Gerichtsdiener an, den nächsten Fall aufzurufen.

19.

Ihr Ring – 22. Februar 2008

»Shirley Wilhite«, sagte die Stimme an Tims Handy am nächsten Morgen. »Wette, Sie dachten, ich hätte Sie vergessen.« Es war elf Uhr morgens, und Tim saß im Wintergarten und las mal wieder in seinem Buch über griechische Mythologie, während Kai Windings Posaune aus dem Plattenspieler erklang. Sein erster Gedanke war, dass Shirley eine von diesen Witwen sein musste, die ihn ständig unter allen erdenklichen Vorwänden anriefen wie beispielsweise ein Auflauf, der viel zu köstlich war, um allein gegessen zu werden, oder dass sie angeblich nur *seinen* Anruf erwiderten. »Die haben eine Ewigkeit gebraucht, um die Unterlagen aus dem Archiv zu holen. Alle meinen immer, sie hätten zu viel zu tun. Genau das läuft falsch in unserem Land, wenn Sie mich fragen.«

Er unterhielt sich einen Moment mit ihr, wobei er wie so oft das Gefühl hatte, nicht zu wissen, worum es überhaupt ging. Dann fiel es ihm ein: Sie war von der Firma in Utah, die die Absolvententringe herstellte.

»Zum Glück haben wir damals noch Papier benutzt«, sagte Shirley Wilhite. »Fünf Jahre später hatten wir alles auf Floppy Disks. Kennen Sie die noch? Versuchen Sie heute mal, jemanden zu finden, der noch weiß, was das ist. Easton College, richtig? Wie hieß Ihr Neffe?«

»Gianis.« Er buchstabierte den Namen. In Utah war Paul

unbekannt. »Ist übrigens nicht mein richtiger Neffe. Ich nenne ihn bloß so.«

»Das kenne ich. Die Hälfte der Kinder in der Nachbarschaft nennt mich Tante Shirley.«

»Genau.«

»Okay.« Nach einem Moment sagte sie: »Wir haben zwei Gianis.«

»Zwillinge. Ich suche nach Paul.«

»Okay. Also, er hat zwei Ringe gekauft.«

»Zwei?«

»Moment, ich schau mal nach. Ja, genau. Einen Herrenring und einen Damenring. Das gleiche Modell, J46. Mit Emblem. Ich schau mal im Katalog nach.« Er hörte sie blättern. »Nein, den stellen wir nicht mehr her. Ich denke, der K106 sieht ihm am ähnlichsten. Ich schicke Ihnen ein paar Bilder. Benutzen Sie einen Computer?«

»Ein bisschen.«

»Tja, der aktuelle Katalog ist online. Aber ich schicke Ihnen Kopien aus dem alten Katalog, damit Sie wissen, welches Modell er hatte. Haben Sie eine Faxnummer?«

»Könnten Sie mir auch Bilder von dem Damenring schicken? Vielleicht will er den ja auch ersetzen. Und wenn es nicht zu viel Mühe macht, schicken Sie doch gleich auch das Bestellformular mit. Vielleicht braucht er es für die Versicherung.«

»Kein Problem. Mach ich doch gerne.«

Zwei Ringe? Tim war perplex. Am späten Nachmittag war er auf dem Weg in die Innenstadt, um die Faxe abzuholen, die er an ZP hatte schicken lassen. Er kam an dem Haus von Georgia Lazopoulos vorbei, hielt spontan an und klingelte bei ihr.

Sie starrte ihn durch die Windschutztür an. Ihre dunkel geränderten Augen und der Rest ihres dicklichen Gesichts nahmen schlagartig einen mürrischen und vorwurfsvollen Ausdruck an.

»Sie sagten doch, Sie würden mich nicht mehr belästigen.« Ihre

Stimme wurde zwar durch die Glasscheibe gedämpft, war aber deutlich. Sie trug das Gleiche wie beim letzten Mal, pinkfarbene Stretchhose und ein schäbiges Rüschentop.

»Ich muss Sie nur kurz etwas zu diesem Absolventenring fragen, den Paul getragen hat.«

»Paul hat keinen Absolventenring getragen«, antwortete sie und schloss die Tür.

Sie war einmal eine umgängliche junge Frau gewesen, zumindest nach dem zu urteilen, was Tim von ihr mitbekommen hatte. Es war manchmal ein Wunder, was das Leben aus den Menschen machte. Er wandte sich zum Gehen, machte jedoch noch einmal kehrt und klingelte erneut. Er hatte schließlich nichts zu verlieren.

»Sie haben uns aber erzählt, er hätte einen Absolventenring getragen«, sagte er, sobald sie die Tür aufmachte.

»Nein, hab ich nicht. Und ich wünschte ehrlich, ich hätte überhaupt nicht mit Ihnen geredet. Sie haben mich zum Narren gemacht, Sie und diese Frau, die Sie mitgebracht haben. Es gibt hier in der Nachbarschaft keinen, der mich nicht für verrückt hält, weil ich Sie diese Aufnahme hab machen lassen. Ich höre mich an wie eine rachsüchtige alte Hexe.«

»Ich finde das nicht fair«, sagte Tim. »Nicht uns gegenüber. Und auch nicht Ihnen gegenüber.«

»Alle sind wütend auf mich und denken, ich hätte das nur gemacht, um Paul in Schwierigkeiten zu bringen. Sogar Cass ist hier aufgetaucht, um mir gründlich die Meinung zu sagen.«

»Cass?« Seit dem Tag, an dem Cass aus der Haft entlassen worden war, hatte Tim noch von niemandem gehört, dass er Cass gesehen hatte. »Wann war das?«

»Ach, keine Ahnung. Ein paar Tage nachdem der Spot das erste Mal gesendet worden war. Er wollte, dass ich mit Ihren Anwälten spreche, aber ich hab gesagt, diesen Fehler würde ich nicht noch mal machen. Er hat da gestanden, wo Sie jetzt stehen, und hat gemeint: ›Es tut ihm alles schrecklich leid, Georgia, vor allem, dass du noch immer so verletzt bist.‹ Ich hab mich so klein gefühlt.« Ihre Hand hob sich kurz.

»Aber er hat nichts in der Richtung gesagt, dass der Fernsehspot unwahr ist, oder?«

Sie antwortete nicht, sondern grübelte vor sich hin. Ihre Hand lag noch immer auf dem Knauf der Haustür, und jetzt machte sie Anstalten, sie erneut zu schließen.

»Warten Sie«, sagte Tim. »Das mit dem Ring verstehe ich nicht.« Er fürchtete, dass die Konfrontation mit Cass sie umgestimmt hatte. Dass sie alles, was sie ihnen zuvor gesagt hatte, abstreiten würde. »Ich weiß, dass er einen gekauft hat.«

»Das haben Sie mich doch gefragt – hat Paul den gleichen Ring gekauft wie Cass? Und ich hab gesagt, das hat er.«

»Anscheinend hat er sogar zwei gekauft. Ich dachte, er hat Ihnen den anderen geschenkt, weil es ein Damenring war.«

»Nein, der war für Lidia. Sie hatte sich immer geschworen, dass ihre Söhne studieren würden, obwohl in ihrer oder Mickeys Verwandtschaft keiner auf dem College gewesen war. Sie hat nie einen Hehl daraus gemacht, dass sie selbst gern aufs College gegangen wäre. Deshalb haben die Zwillinge gedacht, es wäre doch schön, ihr einen Absolventenring zu schenken. Sie kannten ihre Mom. Ich glaube, Lidia hat das verdammte Ding zehn Jahre lang jedem gezeigt, der ihr über den Weg gelaufen ist.«

Georgia war natürlich auch nicht aufs College gegangen. Tim konnte nicht einschätzen, ob ihre Verbitterung durch den Gedanken an Lidia ausgelöst wurde, die schon immer eine starke Persönlichkeit war, oder durch den Ring.

»Und Paul hat den anderen getragen, richtig?«

Sie spähte einen Moment lang mit hasserfülltem Blick durch die Tür, dann drehte sie sich um und ließ Tim draußen in der Kälte stehen. Er war unschlüssig, ob er gehen sollte, aber sie hatte die Haustür offen gelassen, und so wartete er in der eiskalten Luft in der Hoffnung, dass sie zurückkommen würde – was sie schließlich auch tat. Sie riss die Windschutztür auf, streckte den Arm aus und ließ etwas in seine Handfläche fallen. Es war der Ring. In seiner Mitte befand sich ein großer roter Stein, und rechts und links davon hoben sich die Zahlen 19 und 79 aus dem Reliefmuster ab.

»Bitte sehr. Von mir aus können Sie ihn haben. Paul hat ihn mir nach seinem Examen geschenkt. Ich hab ihn an einer Kette um den Hals getragen. Wissen Sie noch, dass Frauen das damals gemacht haben? Es war nicht der Ring, den ich mir wünschte, aber es war ein Schritt in die richtige Richtung, dachte ich. Was war ich blöd.«

»Dann hatte er den Ring gar nicht, als Dita getötet wurde?«

»Herrgott, Tim. Hören Sie mir überhaupt zu? Ich hatte den Ring. Ich hab ihn getragen. Ich hab ihn fast immer getragen, und zu dem Kirchenpicknick, wo ständig diese ganzen Frauen um Paul rumscharwenzelt sind, hab ich ihn erst recht getragen. Soweit ich weiß, hat Paul in seinem ganzen Leben nie einen Ring getragen. Er mochte keine Ringe oder sonst irgendwelchen Schmuck. Er fand, so was wäre nichts für Männer. Ich musste ihn beknien, damit er überhaupt eine Uhr trug.«

Tim blickte auf den Ring hinunter, dann wieder zu Georgia auf, deren Miene sich erneut verdüstert hatte. Sie seufzte schwer und öffnete die Windschutztür noch einmal, aber nur kurz, um den Ring wieder an sich zu nehmen. Dann drehte sie sich abrupt um und knallte die Tür hinter sich zu.

»Kein Ring«, sagte Evon. Sie saßen in ihrem Büro und sie hatte einen Fuß auf den Papierkorb gelegt. »Aber sie hat uns doch erzählt, Paul hätte einen Ring getragen.«

Er erläuterte ihr Georgias Version, und sie nickte. »Das stimmt. Sie hat nur gesagt, dass Paul sich genauso einen Ring gekauft hat wie Cass. Aber dann hätte sie uns ja wohl auch erzählen können, was daraus geworden ist.«

Tim sah sie von der Seite an. Er war noch keiner Frau begegnet, die freiwillig erzählen würde, dass ein Kerl sie drei Jahre lang statt mit einem Brillanten mit einem Absolventenring hingehalten hatte. Evon verstand, was er meinte.

»Außerdem war sie sich wahrscheinlich über die Bedeutung nicht im Klaren«, sagte Tim. »So chaotisch, wie die Ermittlungen gelaufen sind, glaube ich kaum, dass die Zeitungen den Bluterguss in Ditas Gesicht erwähnt haben, oder was er bedeutete.«

»Dann hat Paul also keinen Ring getragen, Cass hingegen schon«, fasste Evon zusammen.

»Richtig. Sieht ganz so aus.«

»Und Pauls Fingerabdrücke befanden sich nicht am Tatort, aber die von Cass.«

»Richtig.«

»Ich glaube, der Boss sollte sich zweimal überlegen, ob er gegen Pauls Antrag auf Klagerücknahme Einspruch einlegen will.«

»Vielleicht. Aber da ist noch was.« Er hatte für sich behalten, was Dickerman ihm erzählt hatte: dass die Fingerabdrücke auf Cass' Zehnerkarte aus Hillcrest nicht mit den Abdrücken übereinstimmten, die am Tatort gefunden worden waren. Tim hatte Mo sein Wort gegeben, das nicht weiterzuerzählen, aber mittlerweile hatte Dickerman Zeit gehabt, diese Unstimmigkeit unter einen Hut zu bringen, und Tim hatte nichts mehr davon gehört. Dennoch warnte er Evon, dass Mo manchmal eine ganz eigene Sicht der Dinge hatte.

»Es gibt da eine Geschichte über Mo. Ich weiß nicht genau, ob sie stimmt, aber die Schwester eines Bekannten schwört, sie hätte es selbst miterlebt. Sie wissen doch, in der S-Bahn gibt es für Fahrten stadteinwärts lila Tickets und für stadtauswärts weiße. Mo will also zum Flughafen, und er steigt mit seinem weißen Ticket ein und steckt es in den kleinen Tickethalter an der Rücklehne vor ihm. Dann sieht er, dass alle anderen lila Tickets haben, und sagt doch tatsächlich zu der Lady neben ihm:

›Jetzt schauen Sie sich diese ganzen Idioten hier an, sitzen alle im falschen Zug.‹«

Evon lachte schallend. »Das kann doch nicht wahr sein.«

»Sie verstehen jedenfalls, was ich meine.« Dann erklärte er ihr, zu welchem Schluss Mo gekommen war, nachdem er sich die Fotokopie von Cass' Abdrücken aus Hillcrest angesehen hatte.

»Das kann auch nicht wahr sein«, sagte sie. »Wie auch? Er hat vor Gericht erklärt, dass Pauls Fingerabdrücke nicht am Tatort waren. Und was will er jetzt sagen? Dass keiner der beiden dort war?«

Tim zuckte die Achseln. Er hatte absolut keine Erklärung dafür.

»Wir haben Cass' Fingerabdrücke nie bekommen, oder?«

»Kamen nie ran. Da ist noch etwas Merkwürdiges. Angeblich haben nicht einmal die Nachbarn Cass gesehen, seit er wieder draußen ist, aber Georgia hat mir erzählt, er ist bei ihr aufgetaucht, um sie zusammenzustauchen, weil sie den Fernsehspot gemacht hat.«

»Dann ist er also nicht verreist?«

»Sieht so aus.«

Schließlich fragte er, wie es um ihr Privatleben bestellt war, und sie antwortete mit einem bitteren kleinen Lächeln.

»Ich hab fast die ganze letzte Nacht im Internet recherchiert, wie ich ein Kontaktverbot erwirken kann.«

Er seufzte laut.

»Es wird lange dauern, bis ich mich wieder auf irgendwen einlasse, Tim. Ich kann keine Enttäuschung mehr ertragen.« Sie lächelte wehmütig und fragte dann: »Was sagt denn Shakespeare dazu?«

Statt einer Antwort begann er, in den Innen- und Außentaschen seiner Jacke zu kramen. Schließlich fand er in seinem Portemonnaie einen mehrmals gefalteten Zettel und hielt ihn ihr hin.

»Ist das Ihr Ernst?«, fragte sie.

»Lesen Sie. Das ist aus der *Komödie der Irrungen.*«

Das in Blockschrift notierte Zitat handelte von einem Tropfen im Ozean, der einen anderen Tropfen suchte.

»Und was soll das bedeuten?«, fragte sie, nachdem sie die Zeilen mehrmals gelesen hatte. Sie gab Tim den Zettel zurück, der ihn nachdenklich betrachtete.

»Ich weiß nicht genau«, sagte er. »Vielleicht, dass jeder all das mitunter verwirrend findet. Und enttäuschend. Aber da draußen ist ein Ozean. Sie sollten nicht aufhören. Nicht in Ihrem Alter. Wenn Maria gestorben wäre, als ich fünfzig war, hätte ich gedacht: ›Ich bin zu jung, um allein zu sein.‹«

»Und jetzt nicht mehr? Sie kennen doch das Klischee, Tim. Ein Mann in Ihrem Alter, der noch Auto fahren kann, kann sogar die ehemalige Miss Universum kriegen.« Er lachte darüber, obwohl es eine empfindliche Stelle traf. Er war so gut wie nachtblind und setzte sich nach Einbruch der Dunkelheit möglichst nicht mehr ans Steuer. Über kurz oder lang würde seine Sehkraft auch nicht mehr zum Fahren bei Tage taugen. Das hieß, er würde nach Seattle ziehen müssen. Eine seiner Töchter bekniete ihn mindestens einmal die Woche, den Schritt endlich zu machen. Aber er war dazu einfach nicht bereit. Noch nicht. Er war nicht bereit, sein Haus zurückzulassen, seine Sachen und das Leben, das er mit Maria gehabt hatte.

»Jetzt nicht mehr. Kein Bedarf. Ich hab meine Familie, die ich liebe. Töchter und Enkelkinder, und Maria und Kat, die im Herzen noch immer bei mir sind. Sie bedeuten mir viel, alle, sie haben mir gezeigt, wer ich bin. In meinem Alter hält man sich einfach daran fest, genießt es. Aber mit fünfzig? Da hätte ich gesagt: ›Ich trau mir das noch einmal zu, ich kann noch mehr lernen, mich weiterentwickeln, noch mehr lieben.‹ Das hätte ich wirklich.«

Sie blickte von ihrem Schreibtisch zu ihm hoch, noch immer nicht überzeugt. Als er schon an der Tür war, drehte er sich um.

»Das mit Dickerman dürfen Sie niemandem erzählen. Das ist vertraulich.«

»Alles klar, Tim, topsecret«, sagte sie lächelnd. »Obwohl das ein bisschen zu reißerisch klingt. Übrigens, haben Sie schon mit Dickerman gesprochen, nachdem er Pauls Abdrücke analysiert hat?«

»Hab's versucht, konnte ihn aber nicht erreichen.« Mo hatte an der Westküste an einigen Polizeiakademien Vorträge gehalten, und war anschließend, unglaublich, aber wahr, als Berater für eine Fernsehserie in Hollywood gefahren. Heutztage, da Kriminaltechnik im Fernsehen groß in Mode war, konnte man kaum einen Sender einschalten, ohne Mo in irgendeiner Dokushow über Verbrechensbekämpfung zu sehen, wie er seine große, schwarz gerahmte Brille wieder höher auf die Nase schob.

»Versuchen Sie's weiter«, sagte Evon. »Einfach damit wir das abhaken können.«

Er wünschte ihr ein schönes Wochenende, ein Scherz. Sie würde es im Büro verbringen, um Security-Fragen für den YourHouse-Deal zu klären, der am Montag endlich unterzeichnet werden würde.

20.

Gewinnen oder verlieren – 28. Februar 2008

Die letzte Verhandlung in der Sache »Gianis gegen Kronon« hatte eine ganze Schar von Zuschauern angelockt, und auch die Tische vor der Richterbank waren gut besetzt. Horgan war in Begleitung zweier Mitarbeiter erschienen, und Hals große Kanzlei hatte drei Anwälte entsandt, um Mel zu assistieren. Außerdem war eine stellvertretende Generalstaatsanwältin zugegen, eine indisch aussehende Frau, die der Berufungskammer vorstand, sowie zwei Vertreter der Polizei. Einer von ihnen hatte einen Stahlkasten dabei, der vermutlich Blutproben enthielt. Aus Greenwood County waren eine Staatsanwältin und ein Staatsanwalt angereist, und auch Sandy Stern war da, um Cass zu vertreten. Die einzige Person, die fehlte, obwohl man mit ihr gerechnet hatte, war Paul Gianis, der dies wie schon in der Woche zuvor damit erklärt hatte, dass das Verfahren seiner Meinung nach beendet war. Zugleich bewahrte ihn seine Abwesenheit davor, auf der Stelle zur Abgabe einer DNA-Probe gezwungen zu werden, sollte der Richter dies anordnen.

Die Besucherbänke waren fast bis auf den letzten Platz besetzt. Evon und Tim saßen zusammen mit Journalisten und Gerichtszeichnern in der ersten Reihe. Als der Fall aufgerufen wurde und alle Anwälte sich vor der Richterbank versammelten, sahen sie ein wenig aus wie ein A-cappella-Chor, der gleich losschmettern wollte. Nacheinander nannten sie ihre Namen. Sandy Stern gab an, er wolle grundsätzlich abklären, ob sein Mandant in dieser Frage der Zuständigkeit des Gerichts unterstehe.

Richter Lands schien die Tatsache, es heute zum letzten Mal mit diesem verzwickten Fall zu tun zu haben, mächtig Auftrieb zu geben. »Mr Tooley«, fragte er, »irgendwelche Einwände gegen Mr Sterns Anwesenheit? Er erklärt, dass er Mr Cass Gianis vertritt, Ihre Vorlageverfügung jedoch nicht akzeptieren wird, falls ich gegen ihn entscheide.«

Mel argumentierte halbherzig, Stern könne nicht beides haben. Da das Gesetz dies aber ausdrücklich erlaubte, lehnte der Richter seinen Einspruch ab.

»Okay, stellen wir fest, worum es heute geht«, sagte der Richter. »Mr Desai, bitte erläutern Sie uns, was die Bundesstaatspolizei in Aufbewahrung hat.«

Es war größtenteils Blut – die am Fenster sichergestellten Spritzer, die Proben, die damals den Mitgliedern der Familie Kronon abgenommen worden waren, und die Probe von Cass Gianis, die er routinemäßig für einen Drogentest abgegeben hatte, bevor er an der Polizeiakademie anfing. Zudem hatten sie Gipsabgüsse von den Schuhabdrücken im Blumenbeet und von den Reifenspuren, die am Fuße des Hügels vor dem Haus entdeckt worden waren, sowie Glassplitter der eingeschlagenen Balkontürscheibe, die aufbewahrt worden waren, um den Brechungsindex mit dem etwaiger Glasspuren zu vergleichen, die an der Kleidung oder anderen persönlichen Gegenständen eines möglichen Verdächtigen gefunden wurden. Zu guter Letzt hatten sie versiegelte Beutel mit Beweismitteln dabei, die an der toten Dita Kronon gesichert worden waren: von den Technikern abgeschnittene Fingernagelschnipsel, sechs fremde Haare, die an ihrem Körper gefunden worden waren, und etliche Fasern, die, wie sich herausgestellt hatte, ausnahmslos von ihrer Kleidung stammten. Schon 1982, als die Kriminaltechnik im Vergleich zu heute noch in den Kinderschuhen steckte, hatte das Labor feststellen können, dass sich unter Ditas Fingernägeln keine Konzentration fremder Hautzellen befand, was nahelegte, dass sie sich nicht gegen den Angreifer gewehrt und ihn somit vermutlich gekannt hatte. Was die Haare betraf, so war damals bei zweien eine Ähnlichkeit zu Cass' Haaren festgestellt worden, doch DNA-Tests in den vergangenen fünfundzwanzig Jahren hatten gezeigt, dass die vermeintliche Wissenschaft des Haarvergleichs ebenso unzuverlässig war wie die Bestimmung des Charakters anhand der Kopfform, die im 19. Jahrhundert vor Gericht als Beweis zulässig war.

Als nächstes sprachen die Vertreter der Staatsanwaltschaft von Greenwood County. Sie erklärten, mit Ausnahme der Zehnerkarte von Cass Gianis bereits alles zur Verfügung gestellt zu haben, doch auch diese sei nun endlich gefunden und am Freitag entsprechend Richter Lands vorausgegangenen Anweisungen an Dr. Dickerman geschickt worden. Die Aussicht, dem Richter in Anwesenheit der Presse erklären zu müssen, weshalb diese Fingerabdrücke unauffindbar waren, hatte offensichtlich zu einer etwas gründlicheren Suche beflügelt, als sie die Mitarbeiter der Gerichtsverwaltung und der Sheriff zuvor betrieben hatten.

»Nun gut«, sagte Richter Lands. »Ich frage die Anwälte. Wer von Ihnen möchte sich zu vorliegendem Antrag äußern?« Die Vertreter der beiden Staatsanwaltschaften erklärten, sie hätten keine Meinung dazu. Tooley, der Befürworter des Antrags, durfte als Erster argumentieren. Er fasste sich kurz. Es sei alles eine Frage der Chronologie, sagte Mel. Die Vorlageverfügungen waren rechtmäßig zugestellt worden, und ihre Vollstreckbarkeit war bis zur Entscheidung über den DNA-Antrag ausgesetzt gewesen. Der Antrag war angenommen worden, damit sei die sofortige Vorlage der Beweise unabdingbar. Ob das Verfahren nun beendet war oder nicht, habe Hal das Recht zu erhalten, was die Vorlageverfügungen verlangten.

»Das ist absurd«, sagte Horgan, als er an der Reihe war. »Das Verfahren ist mit dem Antrag auf Klagerücknahme, den das Gericht annehmen muss, beendet. Die Vorlageverfügungen sind mit der Rücknahme der Klage null und nichtig geworden.« Ray zählte einige Fälle auf, in denen so entschieden worden war, und sprach dann über Paul, von dem er sagte, er werde von Hal regelrecht schikaniert. Nach ihm äußerte Stern sich ähnlich und legte dar, dass Cass nach fünfundzwanzig Jahren Gefängnis das Recht habe, in Ruhe gelassen zu werden. Wie üblich betrachtete Richter Lands die Anwälte nachdenklich, während sie das Wort an ihn richteten, obwohl er zweifellos selbst dann noch gewusst hätte, was sie sagen wollten, wenn sie ihre Plädoyers pantomimisch vorgetragen hätten.

»Nun gut«, sagte er, nachdem Tooley seine kurze Gegenrede beendet hatte, »das alles hier war eine interessante Übung, obwohl meine Frau vermutlich sagen würde, dass mit mir irgendwas nicht stimmt, weil ich mich einen Sonntagnachmittag damit vergnügt habe, über das grundlegende Wesen einer Vorlageverfügung nachzudenken.« Alle im Saal lachten. Richter Lands war selten so mitteilsam.

»Ich möchte noch einmal klarstellen, was wir alle wissen: Eine Vorlageverfügung ist die Anweisung eines Gerichts, zum Zwecke eines gerichtlichen Verfahrens Beweismittel zur Verfügung zu stellen. In diesem Sinne, Mr Tooley, gehören die gesicherten Beweise nicht der Partei, die sie angefordert hat. Der Besitzanspruch auf diese Beweismittel liegt bei demjenigen, der sie dem Gericht erstmals vorgelegt hat, oder, wie in einem Fall wie diesem, bei den Strafverfolgungsbehörden. Das Gericht – oder die Polizei – borgt sich das Material sozusagen zum Zwecke des Verfahrens. Wenn dieser Fall endgültig abgeschlossen ist, haben die Verfahrensparteien keinen weiteren Anspruch auf das fragliche Beweismaterial, es sei denn, es hat ihnen schon vorher gehört.

Nun, ich habe deutlich gemacht, dass ich Senator Gianis heute sein Recht gewähren werde, dieses Verfahren zu beenden. Doch um zu entscheiden, wie mit den Vorlageverfügungen verfahren werden soll, müssen im Vorfeld einige Fragen geklärt werden. Die erste lautet, ob die Beweismittel für etwaige weitere Gerichtsverfahren aufbewahrt werden sollten. Deshalb möchte ich eine Frage an die Vertreter der Staatsanwaltschaft von Greenwood County und die Generalstaatsanwältin richten.« Beide Frauen erhoben sich. »Gibt es in Ihren Behörden irgendwelche laufenden Ermittlungen im Zusammenhang mit dieser Straftat?« Der Richter fragte durch die Blume, ob zur Untersuchung von Pauls Rolle bei der Ermordung Ditas erneute Ermittlungen aufgenommen worden waren.

»Nein«, antwortete die stellvertretende Generalstaatsanwältin Muriel Wynn. Sie war eine alte Freundin von Paul und unterstützte ihn politisch. Von der Presse auf Hals Beschuldigungen angesprochen, hatte sie diese klipp und klar als »puren Blödsinn« bezeichnet.

»Derzeit nicht«, sagte die Staatsanwältin von Greenwood County eine Spur vorsichtiger. Dort draußen waren alle Republikaner, aber dem Gedanken, dass sie vor einem Vierteljahrhundert etwas übersehen hatten, konnten sie selbstverständlich nicht viel abgewinnen. Auch Staatsanwälte waren ganz gewöhnliche Menschen und glaubten gern daran, einen guten Job gemacht zu haben.

Auf der kantigen Richterbank, die Evon an eine kastenförmige Limousine aus den Fünfzigern erinnerte, machte sich Richter Lands Notizen. Er hatte die volle Aufmerksamkeit des ganzen Saals, in dem es mucksmäuschenstill geworden war, weil anscheinend niemand so richtig verstand, worauf er hinauswollte.

»Nächste Frage. Leben die Eltern von Mr Kronon noch?«

Tooleys Mund klappte auf, ehe er mit Nein antwortete.

»Und wer hat deren persönlichen Besitz geerbt nach Erfüllung besonderer testamentarischer Verfügungen?«, fragte Richter Lands.

Mel, von Haus aus Strafrechtler und Prozessanwalt, schien durch diesen Abstecher ins Erbrecht so verdutzt zu sein, als hätte der Richter Fragen zur chemischen Zusammensetzung ferner Gestirne gestellt. Schließlich drehte er sich zu Hal um, der sich vom

Anwaltstisch erhob und versuchte, sein Jackett zuzuknöpfen, wie er es bei den Anwälten beobachtet hatte. Er bekam es nicht ganz hin, weshalb er es mit einer Hand zuhielt.

»Ich«, sagte Hal.

»Keine anderen lebenden Kinder?«

»Nein, Sir.«

»Und wissen Sie auch, wer Ihre Schwester beerbt hat? Waren ebenfalls Sie das oder vielleicht Ihre Eltern?«

»Nein, mein Dad hatte Treuhandfonds eingerichtet, die übliche Nachlassplanung. Ich habe alles von Dita geerbt.«

Wieder machte sich Lands Notizen.

»Nun denn, meine Entscheidung lautet wie folgt: Sämtliche Vorlageverfügungen von Mr Kronon werden vollstreckt, allerdings nur insoweit, als sie sich auf Beweismittel beziehen, die sich ursprünglich innerhalb des Hauses oder Grundstücks von Mr Zeus Kronon befanden. Das schließt die Beweismittel mit ein, die am Körper der verstorbenen Dita Kronon sichergestellt wurden. Ich bin zu diesem Schluss gelangt, weil das Gesetz klar bestimmt, dass Mr Kronon auch heute noch das Recht hätte, in der ursprünglichen Strafsache gegen Cass Gianis in Greenwood County einen Antrag auf Rückgabe seines gesamten Besitzes zu stellen. Folglich habe ich beschlossen, dass es keinen Ermessensmissbrauch darstellt, wenn ich verfüge, dass sein Besitz ihm heute übergeben wird.

Aber, Mr Tooley, mehr werden Sie nicht bekommen. Die Vorlageverfügungen, die sich an Paul und Cass Gianis richten, sind hiermit aufgehoben. Keine DNA, keine weiteren Fingerabdrücke.«

»Was ist mit der Fingerabdruckkarte, die Greenwood County gerade an Dr. Dickerman geschickt hat?«, fragte Mel. »Können wir die haben?«

»Nein«, sagte der Richter. »Dazu wollte ich gerade kommen. Die Fingerabdrücke vom Tatort fallen unter meine Entscheidung, und Dr. Dickerman soll diese an Mr Kronon übergeben. Die Fingerabdrücke, die Senator Gianis im Zuge dieses Verfahrens abgegeben hat, gehören ihm und sollen ihm unverzüglich zurückgegeben werden. Die Fingerabdruckkarte von Cass Gianis gehört Greenwood County, da das County per Gesetz das Recht hat, für zukünftige strafrechtliche Ermittlungen eine Datenbank mit Fingerabdrücken zu führen. Cass Gianis' Blut soll an ihn zurückgegeben werden, nachdem Kindle County davon ordnungsgemäß in Kenntnis gesetzt wurde, da dessen Staatsanwaltschaft die einzige im Umkreis von fünfzig Meilen ist, die heute keinen gesetzlichen Vertreter hergeschickt hat.«

Der gesamte Gerichtssaal brüllte vor Lachen über den kleinen Scherz. Evon hatte schon lange bemerkt, dass jeder noch so lahme Witz anscheinend irgendwie urkomisch war, wenn er von der Richterbank kam.

»Und damit, Mr Horgan, ist Senator Gianis' Antrag auf Klagerücknahme angenommen und das Verfahren eingestellt. Ihnen allen noch einen schönen Tag und danke für Ihr Kommen.«

Der Richter stand auf und verließ den Saal.

Tooley winkte Tim, nach vorn zu kommen, um die Beweismittel entgegenzunehmen, die laut der Entscheidung des Richters Hal gehörten. Tim unterschrieb die Empfangsbestätigungen und markierte die Beutel und Behälter mit seinen Initialen, Datum und Uhrzeit. Sandy Stern sah es und kam herbei, um seinen Respekt zu zollen.

»Dieser Mann war der beste Detective, der mir je begegnet ist«, sagte Stern zu Evon, die Tim dabei half, die Sachen nicht durcheinanderzubringen. Sie war noch immer nicht sicher, ob Stern überhaupt wusste, wer sie war.

»Das habe ich schon öfter gehört.«

»Dafür leben alte Leute«, sagte Tim zu ihnen beiden. »Damit sie die Komplimente zu hören bekommen, die sie nie verdient haben.«

Alle drei lachten noch, als Mel Tooley auf Stern zuging und ihn am Ellbogen nahm.

»Was zum Teufel war das denn eben?«, fragte Mel.

Stern lächelte auf seine gelassene, rätselhafte Art.

»Tja«, sagte Stern, »der Richter sollte stets der Klügste im Raum sein. Hat doch was, wenn er es tatsächlich mal ist, nicht wahr?«

Tooley wirkte nicht überzeugt.

Dieses eine Mal hatte Mel keine Probleme, Hal davon abzuhalten, mit der Presse zu sprechen, denn auch er wirkte völlig verwirrt, genau wie Evon. Zusammen mit Hal quetschten sich Tim, Mel und sie in Hals Bentley, um zu ZP zurückzufahren. Tim hatte sämtliche Beweismittel auf dem Schoß. Er wusste nicht, ob er sie zu Dr. Yavem bringen sollte oder nicht.

»Haben wir gerade gewonnen oder verloren?«, fragte Hal, sobald Delman, der Fahrer, die Tür schloss, die mit dem dezenten Geräusch einer ausgepolsterten Schmuckkassette zufiel.

»Du hast gerade erlebt, wie das Baby zerteilt wurde«, sagte Mel. Er konnte offenkundig nicht die gleiche Begeisterung für den Auftritt des Richters aufbringen wie Stern.

»Ich denke, damit kommen wir klar«, sagte Evon. Sie hatte sich das Ganze eine Weile durch den Kopf gehen lassen.

»Ehrlich?« Hal lechzte nach einer guten Nachricht.

»Es ging doch darum, den DNA-Test zu machen, nicht? Und jetzt haben wir die Blutspuren aus dem Haus, von der Balkontür. Das Blut muss eindeutig vom Mörder stammen.«

»Aber wir haben keine DNA von den beiden Brüdern«, sagte Mel.

»Wir haben die im Haus sichergestellten Fingerabdrücke. Viele davon konnten als Cass' Abdrücke identifiziert werden. Und aus alten Fingerabdrücken lässt sich DNA gewinnen.«

»Tatsache?« Hal war entzückt, das zu erfahren.

»Es klappt nicht immer, aber wir können es versuchen«, sagte Evon. »Ich meine, Yavem kann es versuchen. Ich weiß, dass so was schon gemacht wurde. Dazu reicht schon ein Fitzelchen. Bei so vielen Abdrücken findet er bestimmt was.«

»Und Paul?«, fragte Mel. »Dickerman muss seine Fingerabdrücke zurückgeben.«

»Man kann DNA-Material vom Knochen eines Hähnchenschenkels gewinnen, den jemand abgenagt hat. Oder von der Zigarette, die er geraucht hat. Ich wette, wenn Tim sich ein paar Tage an Pauls Fersen heftet, kann er irgendwas aufgabeln.«

»Na toll«, sagte Tim, der bis dahin geschwiegen hatte. »Paul weiß, wer ich bin. Seit Cass und er mit Demetra in der Grundschule waren, sind wir uns immer mal wieder über den Weg gelaufen. Und er hat mich im Gericht gesehen. Die schmeißen mich in hohem Bogen raus, wenn ich irgendwo auftauche.«

»Vielleicht auch nicht«, sagte Evon. »Sie haben doch selbst gesagt, alte Männer sind unsichtbar. Und wenn die Sie rausschmeißen, übernimmt einfach ein anderer Privatdetektiv, dem Sie vertrauen. Sie kennen doch bestimmt zig alte Knacker, die dafür geeignet wären.«

Tim lächelte nicht, aber Hal sagte: »Fabelhaft.« Selbst Tooleys Miene hellte sich ein wenig auf und wirkte nicht mehr ganz so bekümmert darüber, dass der Richter ihn dermaßen ausgetrickst hatte.

Tim brachte die Beweismittel zu Yavems Labor und fuhr dann zurück zu ZP, wo man ihm einen Schreibtisch mit Computer zur Verfügung gestellt hatte, um sich Pauls Termine genauer anzusehen, die auf seiner Wahlkampf-Website geposted waren. Gianis' Pensum schien übermenschlich, wenn man in Betracht zog, dass er daneben seine Aufgaben im Senat wahrnahm und immer noch eine eigene Kanzlei führte. Morgens und abends schüttelte er zu den Hauptstoßzeiten Hände an Bushaltestellen und in Bahnhöfen. Er besuchte zum Frühstück, zum Mittagessen oder zum frühabendlichen Cocktail Veranstaltungen, auf denen er um Spenden für seinen Wahlkampf warb, und er gab mehrmals wöchentlich Pressekonferenzen, um seine politischen Pläne vorzustellen. Heute würde eine solche in einer Feuerwache stattfinden, bei der er seine

Vorstellungen für die Zukunft der Feuerwehr erläutern würde. Ein heikles Thema, da verbesserte Bauverfahren in den letzten dreißig Jahren gut ein Drittel der Feuerwehrleute hier und andernorts im ganzen Land überflüssig gemacht hatten. Ansonsten besuchte Paul abends und an den Wochenenden gern Bürgerversammlungen in Gemeindezentren oder irgendwelche Gotteshäuser. Aus reiner Neugier hatte Tim Pauls Terminkalender mit denen seiner drei engsten Konkurrenten verglichen, von denen sich keiner dermaßen zu verausgaben schien. Angesichts solchen Einsatzes drängte sich einem die Frage auf, ob es das überhaupt wert war. Und falls Paul es ins Rathaus schaffte, würde der Stress nicht weniger werden. Auch das war kein Job mit geregelten Arbeitszeiten.

An diesem Abend ging Tim zu Pauls Bürgerversammlung im JCC in der Innenstadt. Es waren nicht gerade viele gekommen, um Gianis zu hören, höchstens fünfundsiebzig Leute, dennoch wirkte er begeistert, als er die Treppe zur Bühne hinauftrabte. Er trug ein Kamelhaar-Sportsakko, aber keine Krawatte und hielt im Licht der Scheinwerfer eine etwa fünfzehn Minuten lange freie Rede. Paul war charmant und locker, während er über die drei großen S seines Wahlkampfs sprach – Schulen, Sicherheit, Stabilität, womit stabile Finanzen gemeint waren – und über seine Kindheit und Jugend hier in Kindle County plauderte. Bis zu seinem Studium hatte er jeden Tag in Mickeys Lebensmittelladen gearbeitet, wo er, wie er zur allgemeinen Belustigung zum Besten gab, Preisschildchen auf Konservendosen geklebt hatte, seit er und Cass fünf Jahre alt waren.

»In meiner Familie«, sagte Paul, »war die Erfindung des Strichcodes ein bedeutenderes Ereignis als die Mondlandung.«

Als er sich anschließend einer Diskussion mit dem Publikum stellte, kamen etliche Fragen zu seiner Klagerücknahme im Verfahren gegen Hal. Hin und wieder, wenn er über eine Antwort nachdachte, nahm er seine dicke Brille ab und massierte den violetten Höcker auf seiner Nase.

»Offen gestanden«, sagte er über das Verfahren, »haben wir einen Fehler gemacht. Ich habe mich geärgert, weil jemand solche Sachen über mich behauptet und wollte mich dagegen wehren. Aber wenn Menschen eine Obsession entwickeln, muss man ab einem gewissen Punkt einfach akzeptieren, dass sie nicht rational denken. Sie werden weiterhin glauben, was sie wollen, ganz egal, was man selbst macht.«

Den meisten der wenigen Anwesenden schien diese Erklärung zu genügen. Ein alter Mann im Flanellhemd stand daraufhin auf und ließ eine lange Tirade über Fieslinge wie Kronon vom Stapel, die ihre Milliarden als Waffe einsetzten. Wenn die Reichen ohne Ende Geld ausgeben konnten, um Wahlen zu entscheiden, seien wir praktisch wieder da, wo wir mal angefangen hatten, als die einzigen Stimmberechtigten wohlhabende weiße Männer waren. Das Publikum applaudierte. Die nächsten Fragen kreisten dann um die Finanzierung von Schulen und die Qualität des Schulessens.

Irgendwann zwischendurch öffnete Paul eine Flasche Wasser, die für ihn aufs Podium gestellt worden war, und nahm einen tiefen Schluck. Von da an behielt Tim die Flasche im Auge.

Als Paul die Bühne verließ, wartete Tim ganz hinten in einer Schlange von fünf oder sechs Leuten darauf, persönlich mit dem Senator zu sprechen. Paul, der jetzt auf der untersten Treppenstufe stand, trank erneut aus der Flasche und leerte sie, während er mit einer älteren Frau sprach, die eine gezielte Frage zum desolaten Zustand des County-Krankenhauses gestellt hatte. Aus der Nähe sah Paul müde aus, mit aschfahlen Spuren unter den Augen, die offenbar aufgetreten waren, nachdem Tim ihn das letzte Mal im Gericht gesehen hatte.

Im Laufe der Jahre als Privatdetektiv hatte Tim sich ein paar Verkleidungsrequisiten zugelegt, die er bei längeren Beschattungen verwendete – alberne Perücken, Blaumänner aus zweiter Hand, sogar ein paar Kleidungsstücke, die er in besonders aussichtslosen

Zeiten trug. Es war wirklich beeindruckend, wie arglos die meisten Menschen waren. Für diese Veranstaltung hatte er einfach seinen alten Mantel gegen einen Parka eingetauscht. Außerdem hatte er die Brille aufgesetzt, die er trug, wenn er im Dunkeln Auto fahren musste, und eine andere Strickmütze, die er tief in die Stirn zog und den ganzen Abend aufbehielt. Jetzt trat Tim vor und griff nach der Flasche, nachdem Paul den Deckel wieder aufgeschraubt hatte.

»Ich bring die für Sie weg, Senator.«

Gianis reichte sie ihm und bedankte sich überschwänglich, ehe er seine Aufmerksamkeit der nächsten Person in der Schlange widmete. Während Tim sich mit der Wasserflasche entfernte, meinte er zu spüren, wie Paul stutzte und ihm nachschaute, doch Tim ging weiter und tat so, als würde er die Plastikflasche in einen Mülleimer werfen. Stattdessen schob er sie in den Ärmel seines Parkas, während er die Hand noch im Mülleimer hatte. Sobald er in seinem Wagen saß, steckte er die Flasche in einen Beweismittelbeutel und versiegelte ihn. Gleich am nächsten Morgen gab er ihn in Dr. Yavems Büro ab. Eine der jungen Mitarbeiterinnen dort sagte Tim, dass die DNA-Ergebnisse in spätestens drei Wochen vorlägen.

21.

Namenstag – 29. Februar 2008

Der 29. Februar war Cass' Namenstag – nicht der Ersatztag, den sie meistens am 1. März gefeiert hatten, als sie klein waren, sondern sein richtiger Namenstag, der Geburtstag des heiligen Kassianos, der nur alle vier Jahre stattfand. Im vergangenen Monat hatte es sehr viel mehr Spannungen mit Cass gegeben, als Paul je gedacht hätte, und in der Hoffnung, ihr Verhältnis wieder ins Lot zu bringen, hatte er ein großes Fest geplant. Es sollte die erste Namenstagsparty für Cass seit fünfundzwanzig Jahren werden, mit Verwandten und Nachbarn, damit sie sich neu kennenlernen konnten. Dann war Tim Brodie mit dieser Vorlageverfügung aufgetaucht und hatte Cass aufgelauert wie eine Katze einem Vogel, und die Party musste abgesagt werden. Sofia hatte herumtelefoniert und alle wieder mit der Begründung ausgeladen, irgendein dringender Wahlkampftermin wäre dazwischengekommen. Selbst jetzt, wo das Verfahren eingestellt worden war, schien es weiterhin ratsam, dass Cass sich unauffällig verhielt. Keiner wusste, was Kronon sich als Nächstes einfallen lassen würde, aber es war so gut wie sicher, dass er versuchen würde, irgendwie an Cass ranzukommen.

Daher war die Feier sehr viel kleiner ausgefallen. Tagsüber waren die Zwillinge zusammen zum Pflegeheim St. Basil gefahren, um ihre Mutter zu besuchen, anschließend hatten beide getrennt voneinander eine Runde abendlicher Wahlkampfveranstaltungen besucht. Um einundzwanzig Uhr waren sie zurückgekommen und hatten für sich und einige wenige Gäste etwas zum Abendessen aus dem Athenian House mitgebracht. Sofia und Pauls Söhne Michael und Stephanos – genannt Steve – waren vom Easton College hergekommen, um ihrem Onkel zu gratulieren, blieben aber nur kurz. Beide wirkten noch immer entgeistert, wenn sie die Zwillinge zusammen sahen. Auch Beata Wisniewski war erschienen, verabschiedete sich aber gleich nach dem Essen wieder, weil sie am nächsten Morgen um sechs am Flughafen sein musste, um ihre Mutter in Tucson zu besuchen.

Beata war 1981 als Cass' Freundin in ihr Leben getreten, seine große Leidenschaft vor Dita. Beata, eine attraktive, gut ein Meter achtzig große Blondine, war damals achtzehn Jahre alt gewesen. Sie hatte gerade an der Polizeiakademie angefangen und Cass ermuntert, sich auch zu bewerben. Doch noch bevor Cass angenommen wurde, war ihre Beziehung in die Brüche gegangen. Beata verliebte sich in einen der Ausbilder, Ollie Ferguson, den sie fast vom Fleck weg heiratete. Cass, eher enttäuscht als untröstlich, war einige Monate später mit Dita zusammengekommen. Für alle beide hatte sich ihre Partnerwahl als nicht besonders glücklich erwiesen. Mittlerweile verkaufte Beata Immobilien, und obwohl ihre Kunden größtenteils Gewerbetreibende waren, hatte sie ihnen über Nacht diese Wohnung besorgt, als sie merkten, dass Tim Brodie Cass auf der Spur war. Sie hatte den Mietvertrag sogar auf ihren eigenen Namen abgeschlossen. Auch sie schien ihre Schwierigkeiten mit den neuen Verhältnissen zu haben, mit der Familie zusammen zu sein und Dinge verschweigen zu müssen, und als sie ging, wirkte sie erleichtert.

Jetzt saßen Cass und Sofia gegenüber Paul an dem runden Esstisch, der zur Einrichtung der möblierten Wohnung gehörte. Sofia war die ganze Nacht aufgeblieben, hatte Baklava, Loukoumades und Diples gebacken, und das Mahagonifurnier der Tischplatte war mit Blätterteigkrümeln und Walnussstückchen übersät, die beim Essen vom Gebäck gefallen waren. Am Kopfende stapelte sich eine kleine Pyramide geöffneter Kartons, Cass' Geschenke.

In gewisser Weise war die Wohnung freundlich und einladend. Das Wohnzimmer bot Aussicht auf den Fluss und bekam schon früh morgens viel Licht durch die breiten Fenster. Im großen offenen Hauptraum waren Küche sowie Ess- und Wohnbereich untergebracht. Außerdem gab es zwei kleine Schlafzimmer. Sofia hatte jede Menge Familienfotos mitgebracht, damit alles ein wenig wohnlicher wirkte. Aber im Grunde war es ein Versteck. Wenn Cass kam oder ging, versuchte er, sich irgendwie zu tarnen, und Paul musste stets darauf achten, seine Ankunft so zu timen, dass sie nicht zusammen gesehen wurden.

Nachdem Beata gegangen war, zog Cass den blauen Kaschmirpullover aus, den sie ihm geschenkt hatte, sodass die Zwillinge wieder identisch gekleidet waren. Als Paul über den Tisch sah, hatte er fast das Gefühl, sie wären wieder die sechsjährigen Jungs im gleichen Matrosenanzug. Beide trugen weiße Hemden und die Hosen der blauen Anzüge, die Pauls Schneider aus feinstem Tuch maßgefertigt hatte. In der Tasche ihrer Jacketts, die sie über die Rückenlehnen der Stühle gehängt hatten, steckte die gleiche gestreifte Easton-Krawatte. Der einzige wirkliche Unterschied zwischen ihnen war, dass Cass für den Abend die schwarz gerahmte Brille abgelegt hatte. Er rieb sich den Nasenrücken und griff, da sie jetzt unter sich waren, in seine Tasche und warf die neue kleine Prothese für seine Nase, die Sofia Ende Januar gefertigt hatte, auf den Tisch. Der kleine Silikonknubbel erinnerte an ein gekrümmtes Fingergelenk und hatte zusätzlich transparente Seitenflügel, damit die Prothese sich Cass' Hautton anpasste. Die Farbgebung war so echt, dass es aussah, als hätte Cass etwas Lebendiges auf den Tisch geworfen. Auch ohne Make-up war die Prothese kaum als solche zu erkennen, aber unter der dicken Puderschicht, die beide jeden Tag für die Kameras auftrugen, war sie nicht wahrnehmbar.

»Das Ding geht mir auf den Zeiger«, sagte er. Offenbar hatte er die Brille abgenommen, weil ihn der Nasenrücken schmerzte. Cass klang genervt, was, wie Paul fand, mehr und mehr an der Tagesordnung war. Sofia nahm die Prothese und ging in die Küche hinter ihnen, um sie unter heißes Wasser zu halten.

»Du machst den neuen Klebstoff nicht richtig ab«, meinte sie. »Du musst drauf achten, ihn jeden Tag gründlich von der Prothese und von der Haut zu entfernen. Das weißt du doch.« Sie riet ihm, seine Nase den Rest der Woche jeden Abend mit einer antibakteriellen Salbe einzureiben. Es gab andere chirurgische Klebstoffe, die keine Hautreizungen auslösten, aber sie hatten sich für diesen entschieden, der ganz neu auf dem Markt war, weil sie glaubten, dass er die Prothese in der von den Kamerascheinwerfern erzeugten Wärme sicherer fixierte.

Eine leere Flasche Retsina und eine weitere, die sie gerade entkorkt hatten, standen mitten auf dem Tisch. Paul nahm die Ausdrucke mit den Wahlkampfterminen für morgen aus seiner Aktentasche und legte sie neben die Flaschen. Einige Minuten besprachen sie, wer von ihnen wohin gehen würde und wie sie auf Anrufe und E-Mails zu laufenden Verfahren und rechtlichen Fragen reagieren würden. Sofia war besonders geschickt darin, das alles zu timen. Die Zwillinge durften nicht gleichzeitig in der Öffentlichkeit auftreten. Pauls Ankunft bei einer Veranstaltung durfte erst nach ausreichend Fahrzeit von dem Ort erfolgen, an dem Cass zuletzt aufgetreten war. Abschließend ging Sofia mit ihrem Laptop online und versah den Kalender, den Paul und Cass gemeinsam führten, mit Dutzenden Erinnerungen. Paul dachte dasselbe, was er jeden Abend dachte: So konnten sie nicht weitermachen.

Paul wollte gehen, aber Cass hob eine Hand.

»Ich hab noch mal nachgedacht, und ich denke wirklich, wir sollten Du Bois' Entscheidung von gestern anfechten«, sagte er.

Paul war fassungslos, dass sie das schon wieder durchkauen

sollten. Er hatte fünfundzwanzig Jahre auf den Tag gewartet, an dem er mit Cass wieder in Freiheit zusammen sein konnte. Aber wie so oft im Leben war die Wirklichkeit seit Ende Januar komplizierter gewesen, als er sich vorgestellt hatte, und weit verrückter als alles, was vorher gewesen war. Einzelkinder konnten einfach nicht verstehen, was für ein Gefühl es war, jemanden anzuschauen, der praktisch man selbst war, und dieses Wechselbad aus Liebe und Ablehnung zu empfinden, das dieser Anblick unweigerlich in einem auslöste. Nach Cass' Verurteilung damals hatte Paul angesichts ihrer bevorstehenden Trennung wochenlang körperlich richtiggehend gelitten. Aber sie hatten sich an das Leben ohneeinander gewöhnt. Menschen gewöhnen sich an Verluste. Und jetzt fand er es oftmals beunruhigend, jeden Tag mit Cass zu tun zu haben, festzustellen, wie ähnlich ihr Verstand arbeitete, mit den gleichen Sprüngen und Volten. Diesen Teil hatte er vergessen, dass es sich stets so anfühlte, als wären sie Gegner auf einem Spielfeld, Basketball- oder Squashspieler, die verbissen darum kämpften, sich in eine bessere Position zu bringen.

»Cass, es hat sich nichts verändert. Wir können keine Berufung einlegen. Schließlich hatte Du Bois recht.«

»Ich glaube, Du Bois wollte uns eins reinwürgen. Auf die Chance hat er doch nur gelauert. Tooley war gar nicht auf die Idee gekommen, dass Hal Besitzanspruch auf das Zeug hat.«

»Weißt du, was ich denke? Ich denke, er ist ein hervorragender Richter, besser als ich ihm je zugetraut hätte, und ich hab ihn schon immer für ziemlich gut gehalten.« Einzuschätzen, wer einen guten Richter abgeben würde, war deshalb so schwierig, weil diese Aufgabe ein Spektrum an Fähigkeiten verlangte, das für praktizierende Anwälte weniger wichtig war. Intelligenz leistete in beiden Bereichen gute Dienste. Geduld, Höflichkeit und ein Gespür für Grenzen und Ausgewogenheit spielten für Prozessanwälte indes eine eher untergeordnete Rolle.

Cass legte seine Plastikgabel quer über einen der schwarzen Behälter, in denen sie das Essen mitgebracht hatten. Paul hatte festgestellt, dass sein Bruder nach einem Glas Wein leicht mürrisch wurde. Eigentlich gab es so allerhand, was er nicht von Cass wusste, nachdem er ein Vierteljahrhundert getrennt von ihm gelebt hatte. Sein Zwillingsbruder war jetzt dickköpfiger und sturer als in seiner Jugend. Paul hatte eine Weile gebraucht, um zu begreifen, dass er nicht einfach nur nachgeben konnte, wie er es früher getan hätte, weil er wusste, dass Cass sich beim nächsten Mal seinen Wünschen fügen würde. Weil Cass nicht mehr so leicht klein beigab.

»Vorlageverfügungen, die nach Beendigung des Verfahrens bewilligt wurden«, sagte Cass. »Das ist ziemlich haarig. Wir können das anfechten.«

»Cass, schon jetzt glaubt eine Menge Leute, wir hätten die Klage zurückgezogen, weil wir was zu verbergen haben. Wenn wir jetzt anfangen, uns gegen eine Entscheidung zu wehren, die wirklich Hand und Fuß hat, wird dieser Eindruck nur noch verstärkt.«

»Könnten wir nicht argumentieren, die Sache ist fünfundzwanzig Jahre her, Cass hat seine Strafe abgesessen, das Ganze sollte endlich aus und vorbei sein, und wir werden von einem reichen Irren gemobbt?«

»Glaubst du denn wirklich, der Durchschnittsbürger schlägt sich auf unsere Seite, wenn wir versuchen, Hal daran zu hindern, das Spurenmaterial im Zusammenhang mit dem Mord an seiner Schwester zurückzubekommen? Unter Familienandenken stelle ich mir zwar was anderes vor, aber die Leute werden verstehen, dass er das Zeug haben will, anstatt zuzulassen, dass die Polizei es wegwirft.«

Sofia, die sich in den vergangenen Monaten angewöhnt hatte, sich aus den Auseinandersetzungen der Brüder herauszuhalten, vor allem, wenn sie mit einer gewissen Aggression geführt wurden, war in diesem Fall auf Cass' Seite und nicht auf der von Paul und den Anwälten. Wie Cass war sie noch immer nicht mit der Entscheidung einverstanden, keinen Einspruch einzulegen.

»Wir machen es ihm leichter, die DNA zu untersuchen«, sagte sie. »Das ist das Problem.«

»Stimmt, Sofia, aber er hat von keinem von uns eine gute Vergleichsprobe.«

Cass sagte: »Wir haben uns doch schon erkundigt. Meine DNA werden sie aus den Fingerabdrücken gewinnen, die als meine identifiziert worden sind.«

»Das werden sie versuchen. Aber so leicht ist das auch wieder nicht, Cassian. Und von mir haben sie nach wie vor keine Probe.«

»Die kriegen sie irgendwie. Das weißt du. Die schnappen sich ein Papiertaschentuch aus dem Mülleimer, wenn du dir die Nase geputzt hast. Oder einen Bleistift, auf dem du rumgekaut hast. Oder sie nehmen sie von der Wange irgendeiner Frau, die du auf einer Wahlkampfveranstaltung geküsst hast.«

»Tja, und damit könnten sie ja dann wohl nichts anfangen, oder? Zumindest in der Hälfte der Fälle.«

»Das spielt dann vielleicht keine Rolle mehr, Mann. Nicht, wenn sie den Test machen. Deshalb müssen wir sie daran hindern, das ist die einzige Möglichkeit.«

Paul stützte die Stirn in die Hände. Sie drehten sich im Kreis. Schon seit Monaten, immer diese Anspannung, einerseits den Test zu verhindern und andererseits die Wahl zu gewinnen.

»Wenn wir sie daran hindern könnten. Aber das können wir nicht«, sagte Paul. »Jedes Gericht wird gegen uns entscheiden, und da in einem Monat die Wahl ist, würde die Entscheidung im Eilverfahren fallen. Wir würden verlieren und uns obendrein ein Sperrfeuer aus schlechter Publicity einhandeln. Letzten Endes würde nur eines dabei rauskommen, nämlich, dass alle denken: Gianis hat was zu verbergen. Also ziehen wir den Kopf ein. Falls Hal dann mit einem Ergebnis, das uns nicht gefällt, an die

Öffentlichkeit gehen will, reagieren wir entsprechend, je nachdem, was er sagt. Aber immerhin gibt es kein Worst-Case-Szenario. Keine Staatsanwaltschaft wird sich mit dem Fall befassen, weil Hal die Beweiskette unterbrochen hat. So fanatisch, wie er ist, wird jeder es für möglich halten, dass er die Proben manipuliert hat.«

»Trotzdem, das ist nicht die beste Alternative«, sagte Cass.

»Du hast recht«, sagte Paul. »Die bessere Alternative wäre, wenn ich die Kandidatur zurückziehe.« Wieder stützte er den Kopf in die Hände, aber er konnte die auf ihn gerichteten Blicke seines Bruders und seiner Frau spüren. »Es kommt jeden Tag zigmal vor, dass ich genau das am liebsten tun würde.«

Cass sah einen Moment lang so aus, als wollte er über den Tisch hechten.

»Das ist nicht bloß deine Entscheidung.«

Diese Feststellung seines Bruders, so unumwunden geäußert, machte Paul wütend.

»Und ob, verdammt noch mal. So liegen die Dinge nun mal, Cass.«

Cass rammte beide Handflächen gegen die Tischkante, sodass die gegenüberliegende Seite Paul in die Rippen knallte. Der jähe Schmerz ließ ihn aufspringen, und auch Cass fuhr hoch, beide die Fäuste geballt. Zuletzt hatten sie sich mit siebzehn geprügelt, aber Paul spürte bis heute, worum es bei diesen Kämpfen im Kern gegangen war: um Augenblicke des Versuchs, ein wesentliches und häufig beunruhigendes Faktum seines Lebens zu vernichten, nämlich seinen Bruder. Wenn es stimmte, was einige Psychologen sagten, dass ihre Bindung zueinander intensiver war als jede andere menschliche Beziehung, dann galt das Gleiche auch für ihren Zorn. In vierundzwanzig Jahren war er Sofia gegenüber nie laut geworden, wenn sie sich gelegentlich einmal gestritten hatten.

Auch Sofia war aufgesprungen. Sie hatte sich vor Cass gestellt und legte ihm beide Hände auf die Schultern.

»Seid nicht kindisch«, sagte sie.

In Angriffshaltung starrten sie einander noch einen Moment an, mit bebenden Nasenflügeln und laut keuchend. Dann drückte Sofia Cass wieder auf seinen Stuhl zurück.

»Paulie«, sagte sie, »wir dürfen vor Hal Kronon nicht kapitulieren. Du hast Ray und allen, die für dich arbeiten, versprochen, dass wir das nicht tun.«

Er war ausgelaugt. Ein Wahlkampf war stimulierend, wenn man vorn lag, aber in schwierigen Zeiten fühlte es sich an, als würde man einer rituellen Opferzeremonie unterzogen.

»Wir verlieren sowieso.«

»Quatsch«, widersprach sein Bruder.

»Ich hab dir doch von der Umfrage erzählt, die die *Trib* am Sonntag bringt; da liegen wir jetzt an dritter Stelle.«

»Das hab *ich* dir erzählt«, sagte Cass, »und die Zahlen sind dreißig, neunundzwanzig und achtundzwanzig. In Anbetracht der Fehlerspanne könnten wir noch immer vorn liegen. Der Artikel wird von Gleichstand sprechen.«

»Vor zwei Monaten hatten wir noch zwanzig Punkte Vorsprung. Und unsere Wahlkampfleute haben eine Nase für Trends. Sie waren jedenfalls beunruhigt, nachdem du Crully jetzt rausgeschmissen hast«, sagte Paul.

Cass blickte betroffen. »Du fandest doch auch, dass Mark ein Kotzbrocken ist.«

»Ich mach dir ja keine Vorwürfe. Ich hab mich falsch ausgedrückt. Unterm Strich war es, denk ich, die richtige Maßnahme.« Sie hatten vor langer Zeit beschlossen, einander nicht wegen Entscheidungen zu kritisieren, die im Augenblick getroffen werden mussten. Und sie hatten oft darüber gesprochen, was sie tun würden, falls Du Bois Hal die DNA zusprach. Sie waren sich einig gewesen, dass eine Klagerücknahme am besten wäre, was Crullys Kündigung praktisch unvermeidlich machte. Und für Mark war es in jedem Fall besser so. In ein oder zwei Wochen hätte er sich ohnehin nach einer Möglichkeit umgesehen, das sinkende Schiff zu verlassen, und Paul die Schuld am Loch im Rumpf gegeben. Mark war nicht der Typ, der an Bord blieb und Wasser schöpfte. Er war bereits von Hillary angeheuert worden, Pennsylvania zu übernehmen, wo er herstammte. »Ich mache dir keine Vorwürfe. Ich sage bloß, es ist klar, in welche Richtung die Sache läuft. Hal wird weiter auf uns eindreschen. Vielleicht wird er nie mehr haben als Georgia, aber bei der Unmenge Sendezeit, die er für den Spot gekauft hat, wird sie bald bekannt sein wie ein bunter Hund.«

Die Aussicht, jedes Mal Georgia Lazopoulos vor Augen zu haben, wenn er den Fernseher einschaltete, erfüllte Paul mit gemischten Gefühlen, hauptsächlich mit Entsetzen und schlechtem Gewissen. Vor allem machte ihm die brutale Erkenntnis zu schaffen, dass Georgia jemand anderes geworden wäre, hätte er eine andere Entscheidung getroffen. Sofia hatte sein Leben um mindestens ebenso viel reicher gemacht, wie er das von Georgia ärmer gemacht hatte. Aber die Liebe war nun mal normalerweise kein Nullsummenspiel.

»Es sieht schlecht aus, Cass. Mehr will ich nicht sagen. Warum also sollen wir weiter durchhalten und uns Sorgen um den Test machen?«

»Wenn wir jetzt aussteigen, wird das Hal nicht aufhalten. Im Gegenteil, es wird ihn anstacheln. Er würde den DNA-Test auch dann noch machen, wenn du morgen bekannt gibst, dass du die USA verlässt und Staatsbürger von Weißrussland wirst. Und außerdem hat jetzt Camaner die Leitung übernommen, und der bringt den Wahlkampf wieder auf Spur. Und wir werden gewinnen, sobald der Fokus wieder auf politischen Sachfragen liegt.«

»Uns geht das Geld aus, Cass. Bei jeder Veranstaltung sind weniger Leute da, besonders wenn wir Spenden sammeln. Du merkst es doch auch. Und wir haben von Anfang an gesagt, dass wir für den Wahlkampf keine Schulden machen werden.«

»Ich finde, wir sollten diese Entscheidung nicht jetzt treffen. Camaner sollte eine Chance bekommen. Ein Wahlkampf ist immer ein Auf und Ab. Das wissen wir beide.«

Paul nickte. Er war hundemüde. Er stand auf und umarmte seinen Bruder. *»Hron-yah poh-lah«*, sagte er auf Griechisch, während er ihn festhielt. »Viele glückliche Jahre.« Noch immer war das eines der schönsten Gefühle, die er kannte, Cass zu umarmen, die spürbare Tatsache seiner Präsenz zu genießen.

Sofia und er gingen in die Garage, wo der Lexus stand.

»Du bist betrunken«, sagte sie. Sie nahm ihm den Autoschlüssel aus der Hand.

»Nein«, widersprach er.

»Du bist betrunken«, wiederholte sie. Als sie auf die Straße rollten, fiel Schneeregen, und die Lichter, die der Asphalt reflektierte, sorgten für eine fast weihnachtliche Stimmung.

»Dir ist doch wohl klar, was das Hauptproblem ist, oder?«, fragte Paul. »Er ist lieber ich als er selbst.«

»Gott, Paul. Wie kannst du so was sagen?«

»Ich hätte mich nie darauf einlassen sollen. Die Tatsache, dass er sich als mich ausgeben kann, gibt ihm nicht das Recht, es zu tun. Ich hätte es nicht so weit kommen lassen sollen. Es war verrückt.«

»Hast du die letzten fünfundzwanzig Jahre vergessen?«

»Wie könnte ich? Deshalb hab ich Ja gesagt. Es war eine schreckliche, harte Zeit, und wir haben sie gemeinsam durchgestanden, ohne Vorwürfe oder Schuldzuweisungen. Ich hätte diese Phase unmöglich mit totalem Krieg beenden können. Aber ehrlich? Ich war geschockt, dass er nicht in sein eigenes Leben zurückkehren wollte.«

»Das war doch wohl naiv, meinst du nicht? Du bist einer der wichtigsten Männer in diesem County. In diesem Staat. Cass Gianis ist ein Exknacki. Und ein verurteilter Mörder.«

»Aber als junger Erwachsener, als die Welt verrücktspielte, war er so entschlossen, er selbst zu sein. Er war stolz auf all die Unterschiede zwischen uns, war lustiger und spontaner als ich, weniger strebsam. Darum ging's auch bei der Sache mit Dita. Selbst wenn es dumm war, er wollte unbedingt die Art von Entscheidungen treffen, die ich niemals getroffen hätte. Ich bin immer davon ausgegangen, dass er ab dem 31. Januar 2008 scharf darauf sein würde, sein Leben wieder in den Griff zu kriegen, Kinder zu haben, die ganze Chose.«

»Dir hat die Idee gefallen, Paul. Als wir angefangen haben, darüber zu reden.«

»Weil ich dachte, ich würde mehr Freizeit haben. Stattdessen setzt Cass immer mehr Termine an, und wir schuften alle beide wie bescheuert.«

»Manchmal war es aber auch unglaublich praktisch. Das kannst du nicht abstreiten. Er ist großartig darin, Spenden zu beschaffen und aus jedem Handschlag Dollar rauszuholen. Was du inzwischen hasst.«

»Ich hasse alles«, sagte er. »Ich kann's nicht mehr ausstehen. Falls wir verlieren, ist für mich Schluss.«

»Wollen wir wetten?« Als sie ihm einen Blick zuwarf, lächelte sie.

»Das hast du früher nie von mir gehört. Hal hat meine Sichtweise verändert. Politik wird für mich nie mehr so sein wie vorher. Und ich bin nicht der Erste. Mit John Kerry haben sie im Wahlkampf so was Ähnliches veranstaltet, seine militärischen Verdienste angezweifelt. Und mich nennen die reichen Spinner jetzt einen Mörder. Aber das, woran ich geglaubt habe, Koalitionen und Organisationen aufzubauen, interessiert keine Sau mehr. Es geht nur noch darum, wie schnell du irgendeinem Superreichen in den Hintern kriechst, damit du deinem Gegner Paroli bieten kannst, der genau das Gleiche gemacht hat. Ist doch alles zum Kotzen. Ehrlich, wenn ich an die Zukunft denke, würde ich lieber mit Cass an dieser Schule für entlassene Häftlinge arbeiten –

etwas Simples, das wir selbst steuern können und wo ich mir sicher sein kann, dass ich ein bisschen was bewegen kann.«

»Paulie, wir müssen nur diese Wahl irgendwie überstehen. Darin waren wir uns alle von Anfang an einig. Danach wirst du weniger erschöpft sein, und ihr zwei könnt eine Lösung finden.«

»Wie sollte die denn aussehen? So geht's nicht weiter, Schatz. Wir sind zwei Männer mit einem Leben. Ich liebe Cass, aber lange halte ich das nicht mehr aus. Meine Mutter hatte immer Angst angesichts der Beispiele der Brüderpaare in der Bibel, Jakob und Esau, Kain und Abel. Kain ist immer der Böse, aber allmählich kann ich ihn verstehen, bei einem Bruder, der sich gegen ihn wendet.«

»Was meinst du damit, dass Cass sich gegen dich wendet?«, fragte Sofia. Das Licht von der Straße fiel auf ihre Augen, als ihr Blick kurz zu ihrem Mann hinüberhuschte.

»Du weißt, was ich meine«, antwortete er leise. Es gab so vieles, was er nicht vorhergesehen hatte, während er immer nur von einem Tag zum anderen gelebt hatte, bis Cass' Haftstrafe vorbei war. Nie hatte er die Beziehung zu seinem Bruder gegen seine Ehe abwägen müssen. Jetzt hatte sich die Geometrie ihrer Beziehungen offensichtlich verschoben und verwirrte sie alle. In dem Monat, bevor sie die Wohnung angemietet hatten, war Paul oft spät nachts von Wahlkampfveranstaltungen nach Hause gekommen und hatte seinen Bruder und seine Frau zusammen gesehen, wie sie auf Socken durchs Haus tappten, nach dem Essen noch am Tisch saßen oder Seite an Seite Fernsehen oder einen Film schauten. Ihre Vertrautheit miteinander, vor allem deren körperlicher Aspekt, den er sich irgendwie nie hatte vorstellen können, war beunruhigend gewesen. Auch die Geschwindigkeit, mit der Sofia heute Abend ihre Hände auf Cass' Schultern gelegt hatte, um ihn zu beruhigen, und selbst die Art, wie sein Bruder darauf reagiert hatte, gaben ihm erneut zu denken. Wieso hatte er nicht erkannt, womit er da konfrontiert wurde?

Er war für das alles zu müde. Seine Gedanken verloren sich in finsteren Gefilden. Es war nach Mitternacht, und er war seit halb sechs auf den Beinen.

»Ich bin betrunken«, sagte er.

22.

Die Ergebnisse – 6. März 2008

Die junge Mitarbeiterin von Dr. Yavem, bei der Tim die von der Polizei ausgehändigten Beweismittel abgegeben hatte, rief ihn auf seinem Handy an und teilte ihm mit, die Tests seien abgeschlossen. Evon und er sollten doch bitte um zwei Uhr nachmittags ins Labor kommen. Tim traf sich mit Evon bei ZP, und sie nahmen ein Taxi zum Krankenhaus. Innerhalb von zehn Minuten waren sie an der Uni und arbeiteten sich dort in konzentrischen Kreisen durch die medizinische Fakultät zu Yavems Labor vor. Das Krankenhaus, ein bekanntes Krebsforschungszentrum, war selbst wie ein Tumor gewuchert und hatte sich in alle Richtungen ausgebreitet. Mitunter musste man elend lange laufen, bis man zu einem Fahrstuhl kam. Alles in allem dauerte der Fußmarsch zu Yavems Labor länger als die Taxifahrt.

Dr. Yavem kam ihnen entgegen, um sie zu begrüßen, und führte sie in sein kleines weißes Büro mit dem langen Fenster zum Labor. Tim stellte fest, dass der Blick durch die Scheibe ebenso gut ein Blick in die Zukunft sein könnte, auf etwas, das in fünfzig oder hundert Jahren passierte. Denn das, was dahinter vor sich ging, überstieg alles, was er je würde begreifen können. Als Dita 1982 ermordet wurde, war die Identifizierung anhand von DNA noch nicht einmal erfunden. Von dem Begriff hatte er erstmals durch Watson und Crick gehört und durch ein Buch, das er gelesen hatte. Tim dachte kurz an den Vater seines Vaters, einen unwirschen, schweigsamen Mann, der auf einem Bauernhof bei Aberdeen zur Welt gekommen war und einen Eisenbahnzug erst zu Gesicht bekommen hatte, als er einen bestieg, um sich auf seine Reise nach Amerika zu machen. Der alte Mann erlebte sogar noch die Zeit des Fernsehers, weigerte sich aber, das Gerät einzuschalten, weil er glaubte, es sei von Dämonen besessen.

Im Taxi hatte Evon Yavem als fröhlichen kleinen Burschen beschrieben, auf Tim wirkte er mit seinem dünnen Schnurrbart jedoch ziemlich ernst. Auf der anderen Seite von Yavems Schreibtisch war kaum Platz für sie beide, was ihn Tim paradoxerweise sympathischer machte. Denn offenbar hatte der Wissenschaftler dem Labor und seiner Forschung mehr Platz eingeräumt ein als seinem Ego.

»Ich habe Ihnen so einiges mitzuteilen«, sagte Dr. Yavem, »aber es ist wahrscheinlich am verständlichsten, wenn ich Ihnen meine Ergebnisse in der Reihenfolge erläutere, in der ich die Tests durchgeführt habe.

Ms Miller, Sie werden sich erinnern, dass ich Ihnen eine sehr einfache Testanordnung beschrieben habe. Um ordnungsgemäß vorgehen zu können, bestand der erste Schritt darin, zu verifizieren, dass das Blut im Haus der Familie Kronon tatsächlich von einem der Gianis-Zwillinge stammte. Sollte dies der Fall gewesen sein, müssten wir anschließend verifizieren, dass sie tatsächlich eineiige Zwillinge sind. Falls ja, würden wir zwei unterschiedliche Tests durchführen, um das Genom beider Männer nach sogenannten Kopienzahlvariationen zu durchsuchen. Könnten wir eine solche identifizieren, würden wir anschließend das Blut vom Tatort analysieren, um festzustellen, ob wir dieselbe Kopienzahlvariation am gleichen Locus finden.

Schritt eins war der allgemein akzeptierte Teil der Untersuchung. Angesichts des Alters der Proben und der Wahrscheinlichkeit einer Kontamination wollten wir die Y-STR-Analyse als Erstes durchführen.« Yavem, offensichtlich ein erfahrener Lehrer, schaute immer wieder auch Tim an, während er sprach, bis dieser schließlich auf Evon zeigte.

»Erzählen Sie's ihr, Dr. Yavem. Sie muss mir dann hinterher alles erklären. Ganz, ganz langsam.« Yavem lachte kurz auf, um gleich wieder seine ernste Miene aufzusetzen.

»Wir hatten DNA-Proben unterschiedlichster Herkunft. Zum einen das Originalblut von Hal und Zeus Kronon. Ich konnte eine sehr gute Probe von der Wasserflasche gewinnen, aus der Ihrer Aussage nach Paul Gianis getrunken hat. Und ich hatte Fingerabdrücke, die eindeutig als die von Cass Gianis identifiziert worden waren. Als Erstes habe ich das Blut der Kronons analysiert.«

»Warum gerade Zeus und Hal?«, fragte Evon. »Die beiden waren doch durch die Blutgruppenbestimmung ausgeschlossen.«

»Ja, aber in diesem Fall bestand ein erhebliches Risiko, dass die Proben kontaminiert waren. Das ist einer der vielen Gründe, warum ich mir zuerst das Y-Chromosom anschaue. Weil Frauen am Tatort keine Kontaminationsgefahr darstellen. Wir wussten jedoch, dass sowohl Hal als auch sein Vater längere Zeit in Ms Kronons Zimmer verbracht hatten, ehe die Polizei den Tatort abriegelte. Deshalb fand ich es hilfreich, ihr Y-Chromosom sequenzieren zu lassen. Bei einer DNA-Analyse weiß man nicht genau, welche Zellen man analysiert. Für das bloße Auge mag die Probe wie ein Blutstropfen aussehen, aber schon eine einzige Hautzelle von jemand anderem kann die Ergebnisse verändern. Wenn wir also eine Probe haben, die groß genug ist, um in verschiedenen Bereichen getestet zu werden, möchten wir wissen, wie die DNA einer potenziellen Kontaminierungsquelle aussieht, um mögliche Abweichungen in den Ergebnissen erklären zu können. Bei Vater und Sohn wird die gleiche Y-Sequenz vorliegen, dennoch haben wir beide analysiert, hauptsächlich um uns selbst zu überprüfen. Und wie sich herausstellte, taten wir gut daran, denn Hal und Zeus sind genetisch nicht miteinander verwandt.«

Evon hatte einen dieser Momente. Die Adern in ihren Schläfen pochten, und ihr Gesichtsfeld wurde unscharf. Sie verstand, warum Yavem nicht lächelte.

»Hal ist nicht Zeus' Sohn?«

»Genetisch nicht.«

Jetzt verstand auch Tim, und er packte ihren Arm. Seine grauen Augen, trübe und vom Alter gezeichnet, fuhren zu ihr herum, sein Mund war zu einem kleinen O geformt, und er stieß einen unbestimmten Laut aus.

»Kopf oder Zahl?«, sagte Evon.

»O nein. Ich sag ihm das nicht«, erklärte Tim. »So viel Geld kann's gar nicht geben, auf der ganzen Welt nicht.«

»Großer Gott.« Evon atmete tief durch und sagte dann: »Okay«, um zu signalisieren, dass Yavem fortfahren konnte.

»Dann habe ich mich den Gianis-Zwillingen gewidmet. Von der Wasserflasche bekamen wir eine sehr gute Sequenzierung für Paul. Anschließend versuchten wir, DNA von den Fingerabdrücken zu gewinnen, die als die von Cass identifiziert worden waren, und hatten damit Erfolg. Das Ergebnis war nicht ganz so vollständig, aber es gab dennoch identifizierbare kurze Segmente an verschiedenen Loci.«

»Was war mit der Kopienzahlvariation?«, fragte Evon.

»Danach suchten wir zu diesem Zeitpunkt noch nicht. Das ist eine völlig andere Testreihe. Jedenfalls stellten wir zweifelsfrei fest, dass Paul und Cass tatsächlich monozygote Zwillinge sind – eineiige Zwillinge aus demselben Embryo.«

»Wie zu erwarten«, warf Evon ein.

»Nun ja«, sagte Yavem. Ein kurzes Lächeln entschlüpfte ihm, und er senkte den Blick, anscheinend um es zu unterdrücken. »Verzeihen Sie«, sagte er. »Denn als das Gianis-Y-Chromosom sequenziert war, stießen wir auf ein weiteres überraschendes Ergebnis. Mir war es sogar entgangen. Teresa hat mich darauf aufmerksam gemacht.« Er deutete durch die Scheibe auf eine Gestalt im weißen Laborkittel, die Frau, mit der Tim gesprochen hatte.

»Ich hoffe, die Überraschung ist besser als die erste«, sagte Evon.

»Sie ist gleich gelagert. Zeus Kronon war der Vater der Gianis-Zwillinge.«

Evon merkte, wie ihr der Unterkiefer herunterklappte. »Scheiße«, sagte sie, ein Wort, das sie in Unterhaltungen höchstens einmal im Jahr laut aussprach.

Tim musste tatsächlich lachen. Ein paar besoffene Witzbolde in St. Demetrios hatten schon mal die Frage aufgeworfen, wie Mickey Gianis, der kaum aus dem Bett aufstehen konnte, es wohl geschafft hatte, noch mal Kinder zu zeugen. Tim erinnerte sich an einen Sonntagabend, an dem Father Nik jemandem im Männerklub wegen solch böswilliger Spekulationen förmlich den Kopf abgerissen hatte.

Evon starrte ihn an.

»Haben Sie das gewusst?«, fragte sie.

»Natürlich nicht.«

Evon gewann allmählich die Fassung wieder.

»Das würde also bedeuten, dass Zeus und die Gianis-Zwillinge ein gemeinsames Y-Chromosom haben?«

»Richtig.«

»Dann könnte das Blut am Tatort auch von Zeus stammen?«

»Wenn wir uns nur das Y-Chromosom anschauen, könnte man zu diesem Schluss kommen. Aber wir wissen, dass es andere genetische Unterschiede zwischen Zeus und den Zwillingen gibt. So hat Zeus eine andere Blutgruppe als Cass und Paul. Die beiden haben B. Er hat 0. Ihre Mutter muss Blutgruppe B haben. Aber wenn das Y-Chromosom der Zwillinge zu dem Blut passen würde, wäre das der Beleg, dass es von einem von ihnen stammt. Wir konnten jedoch rasch feststellen, dass dem nicht so ist. Das Blut kann ebenso wenig von den Gianis-Brüdern stammen wie von Zeus.«

Eine jähe Furcht griff nach Evons Herz.

»Bitte sagen Sie mir, dass es nicht von Hal ist.«

»Keine Frage. Es ist ganz sicher nicht von Hal. Oder von Zeus. Oder von den beiden Gianis. Übrigens auch nicht von Hals Mutter Hermione.«

»Die *Mutter?*«

»Ja, wenngleich keine Probe des am Tatort sichergestellten Bluts ein Y-Chromosom enthält.«

Evon erstarrte eine Sekunde, ehe sie fragte, wie das möglich sein konnte.

»Ich kann Ihnen versichern, dass wir Dutzende dieser Blutspritzer untersucht haben, um ganz sicher zu sein. Aber wir haben jedes Mal das gleiche Ergebnis erhalten. Sämtliches Blut an den Wänden und am Fenster stammt von einer Frau«, sagte Yavem.

TEIL DREI

23.

Lidia – 5. September 1982

Lidia Gianis geht vorsichtig am Rande von Zeus' abschüssigem Rasen entlang. Seit über fünfundzwanzig Jahren hat sie nicht mehr an diesen Picknicks teilgenommen, hatte sich geschworen, niemals wieder herzukommen. In Lidias Leben gibt es nur wenige Gelübde, die sie nicht einhält. Sie glaubt an den Willen – *ee thelesee* auf Griechisch. Geist. Der Wille kann Schnee nicht in Regen verwandeln oder das Meer teilen, aber er kann einen davor bewahren, einfach vom Schicksal überrollt zu werden.

Dann und wann stützt Lidia sich bei Teri ab, weil sie sich dafür entschieden hat, ein Paar Espadrilles mit Keilsohle zu tragen. Das ist mehr Absatz, als sie gewöhnt ist, weil Mickey, ohnehin schon fünf Zentimeter kleiner als sie, sich nicht wie ein Kind vorkommen will, das an der Hand herumgeführt wird. Allerdings ist sie mit dem Vorsatz, eine möglichst gute Figur zu machen, zu dieser Veranstaltung gekommen, was jedoch die lastende Hitze vereitelt, die sie nun rotgesichtig und verschwitzt aussehen lässt. Als sie sich heute Vormittag fertig machte und sich schminkte, hat sie sich eindringlich im Spiegel gemustert. Noch keine alte Dame, befand sie, aber schon weiter auf dem Weg dahin, als ihr lieb war. Der feste und üppige Körper ihrer Jugend hat unter drei Schwangerschaften gelitten, besonders unter der letzten mit den Zwillingen, und sie verbirgt ihre ausladende Figur lieber unter einem bodenlangen Hemdkleid. Das schwarze Haar, mit einem dezenten Band aus der Stirn gebunden, um eine Art Löwenmähne zu kreieren, ist jetzt von drahtigen grauen Strähnen durchsetzt, die sie als Unkraut betrachtet. Was sie im Spiegel geübt hat, war der durchdringende schwarzäugige Blick, clever und entschlossen, sozusagen ihr Markenzeichen.

Vorsichtig voranschreitend hält sie den Kopf auf ihrem langen Hals hoch erhoben, obwohl ihr Oberkörper von einem Gefühl starker Angst geschwächt ist, das sich anfühlt, als wäre sie seekrank. Die Übelkeit erinnert sie ein wenig an ihre ersten beiden Schwangerschaften mit Helen und Cleo, als ihr morgens immer schlecht war. Mit den Jungs war sie gesund und stark – bis auf die Tatsache, dass sie jeden Tag daran dachte, sich umzubringen.

»Mein Bruder macht das gut«, sagt Teri, »aber wenn ich ihn so rumsegeln sehe wie einen eingebildeten Schwan, denke ich manchmal, dass sein Stolz ihn eines Tages noch mal umbringt.« Teri vergöttert Zeus, auch wenn sie über seine Exzesse spöttelt. Er hat sich in denselben weißen Anzug geworfen, den er jedes Jahr trägt, und begrüßt selbstgefällig seine Gäste. Manchmal scheint es, als hätten Teri und sie schon ihr Leben lang über Zeus gesprochen – die pubertären Küsse zwischen Lidia und ihm, seine Ehe, seine Kinder, sein Zwist mit Mickey, sein gigantischer Erfolg. Darauf angesprochen, würden beide Frauen behaupten, dass die jeweils andere das Gespräch immer wieder auf ihn bringt.

Es gibt Freundschaften, die nur deshalb von Dauer sind, weil sie so früh begonnen haben. Wenn Lidia heute die Wahl hätte, würde sie die Gesellschaft einer dermaßen gottlosen und sonderbaren Frau vielleicht nicht begrüßen. Doch Teri spielt in ihrem Leben eine zentrale Rolle, wie ein stämmiger Baum, den man vom zarten Schößling im Boden heranwachsen sah, ein fassbares Symbol des Geheimnisses der Zeit. Mittlerweile treffen Teri und sie sich nur noch selten. Die Gianis sind vor ein paar Jahren nach Nearing gezogen, als Mickey dort einen zweiten Laden aufmachte. Und Teri weigert sich, Lidia zu Hause zu besuchen, weil sie

Mickeys unvermeidliche Tiraden gegen Zeus nicht über sich ergehen lassen will. Stattdessen plaudern die beiden Frauen jeden Morgen am Telefon, manchmal eine ganze Stunde lang. Wenige Minuten später können sich beide schon nicht mehr erinnern, worüber sie gesprochen haben, es sei denn, eine von ihnen hat mal wieder den Hörer aufgeknallt, weil die andere irgendeine zu bissige Bemerkung von sich gegeben hat. Es obliegt der Schuldigen, als Erste wieder anzurufen, meistens gleich am nächsten Tag, woraufhin die Meinungsverschiedenheit mit keinem Wort mehr erwähnt wird. In einer so alten Freundschaft sind Vorwürfe sinnlos. Lidia hat vor Jahren aufgehört, Teri zu bitten, ihre Wortwahl zu mäßigen, und stattdessen ihren Kindern beigebracht, dass niemand anders auf der ganzen Welt so reden darf wie *Nouna* Teri. Und es ist Jahrzehnte her, dass Lidia Teri zugeredet hat, einen der Männer zu heiraten, die ihr den Hof machten. Teri zieht es vor zu glauben, dass kein Mann mit ihr zurechtkäme. »Ich will gar keinen«, lautet ihre Standarderklärung bis auf den heutigen Tag. »Kalte Füße im Bett, wenn du sie nicht brauchst, und ein kalter Schwanz, wenn du einen brauchst.«

Plötzlich gibt es einen kleinen Tumult. Leute drängen vor, und Pauls Name fällt, begleitet von Gelächter. Lidia lässt Teri zurück, bis sie ihren Sohn sieht, der gerade mühsam wieder aufsteht und mit einer jungen Frau lacht, die sie an Sofia Michalis erinnert. Die Frau hat Paul am Ellbogen gefasst, während sie ihm einen leeren Pappteller reicht. Paul ist ganz auf sie konzentriert – hat nur Augen für sie, wie man so sagt. Während Lidia ihn beobachtet, spürt sie Hoffnung in sich aufsteigen. Georgia Lazopoulos ist ein hohles Gefäß, völlig ungeeignet für die gewaltigen Hoffnungen, die sie für ihre beiden Söhne hegt. Paul hätte Georgia wahrscheinlich schon längst einen Antrag gemacht, wenn Lidia ihn auch nur ein wenig dazu ermutigt hätte. Selbst Father Nik, der genauso beschränkt ist wie seine Tochter, begreift allmählich, dass Lidia das Problem ist, und behandelt sie zunehmend unterkühlt. Aber das ist ihr gleichgültig. Sie hat immer daran geglaubt, dass diese Jungs, qualvoll empfangen und ausgetragen, in einer Art göttlicher Wiedergutmachung zu Höherem bestimmt sind.

Als sie zu Teri zurückgeht, spürt Lidia plötzlich, wie sich ihr der Magen umdreht. Zeus kommt auf sie zu.

»Lidia, *agapite mou*« – »meine Liebe« –, sagt er und breitet triumphierend die Arme aus. Die unendliche Geschichte zwischen ihnen zeigt sich nicht einmal in einem Zucken seiner leutseligen Miene. Sie duldet nur einen flüchtigen Kuss auf die Wange, aber er drückt sie einen Moment fest an sich – noch immer ist er gesund und stark –, dann wendet er sich ab und winkt Hermione heran, die, wie nicht anders zu erwarten, schon angehastet kommt, um sich zwischen Lidia und ihren Mann zu schieben. »Schau mal, wer da ist«, sagt er auf Englisch. Hermione ringt sich kein Wort der Begrüßung ab und streckt nur eine Hand aus, am Gelenk eine brillantenbesetzte Rolex, die mehr kostet als das Haus, in dem Lidia wohnt. »Wir haben Cassian gern bei uns«, sagt Hermione, *»ena kalo paidi«* – »ein netter Junge«, fast so, als wäre Cass ein Kind, das zum Spielen hergekommen ist. Hermione ist schön, aber langweilig. Sie ist schlank – warum sind reiche Frauen meistens dünn wie Oblaten? –, das Haar teuer im Farbton schwachen Tees koloriert und zu einer Hochfrisur aufgetürmt. Sie hat ein elegantes Lächeln aufgesetzt, aber sie wissen beide, dass sie Lidia noch nie besonders leiden konnte, die weitaus intelligenter ist als Hermione und die einmal eine beunruhigende emotionale Nähe zu ihrem Mann hatte.

»Du warst viel zu lange nicht hier«, sagt Zeus zu Lidia, »und ich kann mir beim besten Willen nicht erklären, weshalb.«

Das ist zu viel. Sie ringt sich ein kühles Lächeln ab und geht weiter, gefolgt von Teri. Nach zehn Schritten packt Zeus' Schwester erneut Lidias Arm.

»Die Pacht für einen Lebensmittelladen? Ach komm, Lidia. Das ist zwanzig Jahre her.«

»Ich bin schon davor nicht mehr hergekommen«, erwidert Lidia, bremst sich aber. Manchmal, wenn sie allein zu Hause ist und den Fernseher im Wohnzimmer laufen hat, um sich nicht so allein zu fühlen, und Zeus plötzlich auf der Mattscheibe zu sehen ist, staunt sie bei seinem Anblick. Er ist so aalglatt geworden. Als jüngerer Mann machte er keinen Hehl daraus, was er wollte. Jetzt sind seine Ambitionen verborgen wie ein Dolch in einer juwelenbesetzten Scheide. Damals war nicht von der Hand zu weisen, dass sie sich zu Zeus hingezogen fühlte. Er war der beste Freund ihres großen Bruders, kräftig, gut aussehend und voll von etwas, das sie unwiderstehlich fand – Zeus glaubte daran, dass er zu Höherem berufen war. Und deshalb war er für Lidia der einzige Mann, der ihr wirklich ebenbürtig erschien. Wovon sie ebenso fest überzeugt war, wie davon, mit ihrer Willenskraft die Welt erobern zu können. Insgeheim hat sie immer gehofft, dass ihre Söhne ebenfalls etwas von dieser Charaktereigenschaft haben.

Als Lidia sechzehn war, beschwor ihre Faszination für Zeus – und seine für sie – einen Abend herauf, den sie noch heute als einen der schicksalhaftesten ihres Lebens in Erinnerung hat. Damals schlichen sich die Jungs und Mädchen aus der Jugendgruppe von St. Demetrios in den Chorraum, um zu knutschen. Alle probierten es aus, wobei die Pärchenbildung nahezu willkürlich war. Zeus war inzwischen neunzehn, ein bisschen zu alt für die Jugendgruppe, und irgendwann begriff Lidia, dass er nur ihretwegen kam. Jede Woche blieben sie länger im Chorraum. Die anderen fingen schon an, Witze zu machen. Und dann, eines Abends, legte er ihre Hand in seinen Schoß. »Weißt du, was das ist?«, fragte er. Er zog ihn aus der Hose. Sie starrte darauf, erschrocken, zugleich aber auch unbändig erregt. »Fass ihn an«, sagte er, »bitte.« Sie tat es, und dann fasste er sie an, entfesselte damit eine Welle der Lust, die sich anfänglich so anfühlte, als würde ihr davon das Herz stehen bleiben. Aber den letzten Schritt ließ sie nicht zu. »Ich muss verheiratet sein«, erklärte sie ihm.

»Dann werde ich dich heiraten«, entgegnete er. Es war fast komisch. Sie musste sogar lachen, aber Zeus war begeistert. »Nein, ehrlich. Ich schwöre. Lass uns jetzt gleich zu deinem Vater gehen und mit ihm reden.«

Zeus nahm ihre Hand und zog sie schon zur Tür, noch ehe sie wieder richtig angezogen war. Ihr Vater saß in einem ärmellosen Unterhemd im Wohnzimmer. Er hatte Bier getrunken und hörte sich im großen Radioapparat eine Baseballübertragung an, ein Spiel, für das er eine große Faszination entwickelt hatte, obwohl er Immigrant war. Während sie Hand in Hand mit Zeus vor ihm stand, konnte sie an den Innenseiten ihrer Oberschenkel noch immer spüren, was aus ihr herausgeströmt war.

»Ich möchte Lidia heiraten«, sagte Zeus.

Ihr Vater musterte Zeus eisig und schnaubte dann, während er sich wieder dem Radio zuwandte.

»Keine Tochter von mir wird in eine Familie von Ganoven einheiraten.« Lidia, so sagte er, stamme von achtbaren Leuten ab, Bauern in Griechenland, die es auf ehrliche Weise hierher geschafft hatten mit dem Verkauf von Obst und Gemüse. Die Kronons im Heimatland waren Schafdiebe und Schmiede, was ein anderes Wort für Diebe war. Zu der Zeit übersetzte Nikos, Zeus' Vater, für die Mafiosi, wenn sie griechische Restaurantbesitzer erpressten. Er wiederholte die Drohungen der Italiener, Fenster einzuschlagen oder Rohrleitungen zu verstopfen, auf Griechisch, und oft genug wurden diese Drohungen auch in die Tat umgesetzt.

Am nächsten Abend traf sie Zeus unter der Straßenlampe vor ihrem Elternhaus.

»Heirate mich trotzdem«, sagte er. Er wollte mit ihr durchbrennen. Aber sie konnte sich nicht gegen ihren Vater wenden. Sie hatte fast den ganzen Tag geweint, wusste jedoch, bei welchem Mann ihre Loyalität liegen musste.

Sie ging wieder hinein, und in den Jahren danach wechselte sie kaum ein Wort mit Zeus. Um ihn nicht zu demütigen, erzählte sie niemandem von seinem Heiratsantrag, auch nicht Teri, die wütend darüber gewesen wäre, dass Zeus sich derartige Beleidigungen der Kronons von Lidias Vater hatte anhören müssen. Der Moment verschwand in der Versenkung, als hätte es ihn nie gegeben. Eine Woche nach Pearl Harbor meldete sich Zeus zur Armee und wäre nach einer Verwundung fast in einem Militärkrankenhaus gestorben. Aber er kehrte heim, mit Hermione als Ehefrau und mit Hal, damals noch ein Säugling. Lidia hatte mittlerweile Mickey geheiratet, den Sohn der besten Freundin ihrer Mutter, bevor er 1942 in den Krieg zog. Mickey sah gut aus, war fleißig und wollte ein guter Ehemann sein, was, wie sie schon mit sechzehn gewusst hatte, bei Zeus eher unwahrscheinlich war. Mickey lebte nach bescheideneren Maßstäben, aber das machte nichts, denn als sie Zeus unter der Straßenlampe einen Abschiedskuss gab, war sie selbstverständlich davon ausgegangen, dass sie nie wieder so für jemand anderen empfinden würde.

Mickey war ein einfacher Mensch, aber er hielt, was er versprochen hatte. Dann wurde er krank. Als Kind hatte er rheumatisches Fieber gehabt, und die Mitralklappe in seinem Herzen schloss nicht richtig. Lidia stellte sich vor, dass das Blut daran vorbeischoss wie an einem Finger in einem berstenden Deich. Eine Operation war ausgeschlossen. Mickey nahm Medikamente, trotzdem ging es ihm immer schlechter. 1955 konnte er schon nicht mehr zum Gemüsemarkt fahren und blieb daheim. Kurz darauf wurde er vollends bettlägerig und erstickte langsam im eigenen Körper. Lidia versuchte sich einzureden, dass er nicht sterben würde.

Teri besorgte Lidia einen Job in Zeus' Büro. Zeus kannte sie, wusste, wie intelligent sie war. Sein Unternehmen explodierte gerade wie ein Vulkan, und seine Einkaufszentren breiteten sich im Großraum der Tri-Cities aus wie ein Lavastrom. Und Lidias Familie brauchte Geld. Was einmal zwischen ihnen geschehen war, nun, das war ewig her. Sie ging nicht davon aus, dass sie für Zeus noch attraktiv wäre. Sie wurde allmählich matronenhaft, und er ging, den Worten seiner Schwester zufolge, notorisch fremd, trieb sich jeden Abend in einschlägigen Bars herum, wo er häufig irgendein junges Ding abschleppte, halb so alt wie er, um es in einem der schicken Hotels in der Nähe flachzulegen.

Doch Zeus umwarb Lidia vom ersten Moment an, als er sie in seinem Büro sah.

»Dein Vater hat nicht nur dein Leben verpfuscht«, sagte er, als er das erste Mal mit ihr allein war. »Er hat auch meins ruiniert.«

Manchmal, wenn niemand im Raum war, trat er hinter ihren Schreibtischsessel und sang ganz leise ein griechisches Volkslied, *»S'agapo«,* »Ich liebe dich«. Falls nicht genug Zeit für das ganze Lied war, sang er nur eine Strophe:

Dein Fenster, das geschlossen ist
Dein Fenster, das verriegelt ist
Öffne, öffne nur einen Flugel.

Sie antwortete mit hundert Einwänden. Es ist vorbei. Unsere Leben sind, wie sie sind. Ich bin verheiratet, Zeus. Sie mied sein Büro, so weit sie konnte, und falls dies nicht möglich war, bat sie eine Kollegin, sie nach fünf Minuten dort anzurufen. Jedes Mal versuchte er, sie zu umarmen, und sie entwand sich seinem Griff.

Wie die meisten ihrer Kollegen besuchte auch sie jenes Fest vor sechsundzwanzig Jahren, das erste Labor-Day-Picknick. Zeus hatte das Haus erst achtzehn Monate zuvor gekauft und schlug vor, sie herumzuführen. Ein anderes Paar begleitete sie, aber als sich ihre Augen nach der gleißenden Sonne draußen an das dunklere Hausinnere angepasst hatten, waren die anderen beiden irgendwie verschwunden, vielleicht auf Zeus' Anweisung hin. Sobald er merkte, dass sie allein waren, drängte er sie in eines der Bedienstetenschlafzimmer gleich neben der Küche. Es war ein kleiner

Raum mit schmalen Fenstern wie in einer Gefängniszelle, und auf dem schmalen Bett lag eine schlichte Chenille-Decke. Sie schrie nicht um Hilfe, weil die Folgen davon, für ihr Leben und das seine, für ihren Job, nicht auf die Schnelle zu ermessen waren. Doch sie wehrte sich heftig und hielt ihn auf Abstand. »Nicht. Zeus. Das ist Wahnsinn. Zeus, ich sage Nein.« Aber er drückte sie immer weiter nach unten. »Bitte«, sagte er immer wieder. »Bitte.« Es war, als hätte sich das, was im Chorraum begonnen hatte, erst vor einem Moment ereignet. Sie hatte seine körperliche Präsenz noch in vertrauter Erinnerung, und ihr Körper, der in dieser Hinsicht seit Jahren aus der Übung war, hob sich ihm entgegen, entgegen ihrem Willen. Sie hörte jedoch erst auf, Nein zu sagen und ihn abzuwehren, nachdem er in sie eingedrungen war und sie begonnen hatte, vor Hoffnungslosigkeit und Scham zu weinen. Sie zog sich an und verließ das Zimmer ohne ein Wort.

Draußen auf dem Rasen kam er wieder zu ihr. »Es tut mir so leid«, flüsterte er. »Ich werde dich heiraten, ich werde dich immer noch heiraten.« Als wären nicht zwei Jahrzehnte sowie zwei Ehen dazwischengekommen. In diesem Moment erfuhr sie alles über Zeus, was sie wissen musste. Nicht, dass er ein Lügner war, obwohl sie nicht eine Sekunde daran glaubte, dass er diese Villa und seinen Sohn und seine Frau verlassen würde. Sondern, dass er tatsächlich glaubte, was er sagte. Zeus wollte sechs oder sieben Leben gleichzeitig leben. Da wurde ihr klar, dass Zeus sie wahrscheinlich auch nicht geheiratet hätte, als sie sechzehn war. Seine Größe, falls man sie so nennen konnte, lag darin, dass er keine menschlichen Grenzen akzeptierte.

Sie wandte sich ab, ohne zu wissen, was sie tun sollte. Es gab niemanden, dem sie sich hätte anvertrauen können, nicht ihrem Mann, der wahrscheinlich auf der Stelle sterben würde, nicht mal Teri, die loyal und altmodisch genug war, um sich auf die Seite ihres Bruders zu schlagen. Was hätte der Mann denn anderes denken sollen, als du dich nach all seinen Verführungsversuchen mit ihm ins Haus geschlichen hast? Es war nie passiert, beschloss Lidia. Das war die einzige Möglichkeit, ihr Leben weiterzuleben.

Es dauerte über drei Monate, bis sie sich eingestand, dass sie schwanger war. Zu Anfang hoffte sie noch auf eine Fehlgeburt. Ihr Glaube war Marke Eigenbau, aber als Mutter konnte sie nicht einmal daran denken, ein Kind aus ihrem Bauch zu zwingen. Später, als klar war, dass man es ihr bald ansehen würde, legte sie sich zu Mickey ins Bett und schlang die Arme um ihn. »Wir bekommen wieder ein Baby«, sagte sie. »Ich muss bald aufhören zu arbeiten.« Sie wusste weder damals noch heute, was Mickey sich dachte. In jeder Ehe gibt es Themen, die tabu sind. So krank er auch war, schaffte er es immer noch, sich alle paar Monate aufzuraffen wie ein Wal, der kurz an die Oberfläche kommt, um eine Atemfontäne auszustoßen, und hinterher erklärte er immer, dies wäre doch eine schöne Art zu sterben gewesen. Aber Lidias Eindruck in jenem Moment war, dass Mickey einfach zu krank war, um sich noch über irgendetwas aufzuregen. Er wusste, dass er starb, dass seine Frau, die Mutter seiner Töchter, ihn treu und liebevoll pflegte und an seiner Seite sein würde, wenn seine letzte Stunde kam. Am Ende war dann die überschwängliche Freude über die Geburt seiner Söhne, die seinen Namen weiterführen würden, das letzte Gegenmittel zu Fragen.

Im Jahre 1958, als die Jungs zur Welt kamen, hatte das Universitätskrankenhaus eine Herz-Lungen-Maschine angeschafft, eine der ersten, und Dr. Silverstein erklärte Mickey, dass sie sein Leben retten könnten. Es war natürlich ein Wunder. Als würde ein Mann sich aus dem eigenen Grab erheben.

Kurz darauf wurde sein Lebensmittelladen eröffnet, und sieben Jahre später stand der Pachtvertrag zur Erneuerung an. Sie hatten immer gewusst, dass die Bedingungen günstig waren, aber auch geglaubt, dass der alte Kariatis einfach nur jemanden haben wollte, bei dem er den Pachtzahlungen nicht hinterherlaufen musste. Wie Mickeys Anwalt herausfand, war Kariatis allerdings ein Strohmann und hatte schon lange an ZP verkauft. Mickeys Pacht betrug kaum die Hälfte dessen, was Zeus von benachbarten Geschäften verlangte. Zeus' Großzügigkeit versetzte Mickey in Wut. Lidia traute sich nie, nach dem Grund zu fragen, obgleich sie sicher war, welchen Rückschluss ihr Mann zog.

Doch bis zum heutigen Tag glaubt sie nicht, dass Zeus je den Verdacht hatte, der Vater der Jungen zu sein. Die Geschichte von Mickeys sporadischer Potenz hatte in St. Demetrios die Runde gemacht. Zeus wollte Lidia nur einen Gefallen tun, als fadenscheinige Wiedergutmachung für sein Verhalten.

Was Mickey betraf, so war sein Zorn, wenn Zeus' Name auch nur erwähnt wurde, die einzige Beeinträchtigung. Was immer geschehen war, wurde ansonsten als Teil einer überwundenen Vergangenheit gedeutet, als Teil von Mickeys Krankheit, die für sie nun wie ein fernes Meer war, weit weg und unbedrohlich, wenn man es von der Klippe guter Gesundheit aus betrachtete.

Und dann erfuhr sie, dass Cass mit Dita zusammen war. Sie wartete darauf, dass die Beziehung zu Ende ging, aber es war klar, dass sich Cass bis über beide Ohren verliebt hatte. Juwelier Angelikos hat Lidia erzählt, Cass sei in den letzten zwei Wochen bei ihm gewesen, um sich Ringe anzuschauen. Vor lauter Verzweiflung hat sie schlaflose Nächte verbracht. Wie ist es möglich, dass sich der Schaden eines einzigen Augenblicks durch die Zeit ergießt, um eine weitere Generation zu gefährden?

Lidia würde sich eher die Zunge abbeißen, als einem ihrer Söhne irgendetwas zu gestehen. Und Zeus kann sie auch nicht ansprechen. Nicht auszudenken, wozu sein Hochmut den Mann treiben könnte, auf Mickey würde Zeus aber ganz sicher keinerlei Rücksicht nehmen. Teri wäre eine Möglichkeit, aber sie könnte Lidia nach so langer Zeit misstrauen, vor allem, da sie weiß, wie heftig Lidia Dita ablehnt. Schlimmstenfalls könnte Teri sich verpflichtet fühlen, ihren Bruder einzubeziehen. Die beste Alternative ist, direkt mit Dita zu sprechen. Sollte sie nicht versprechen,

Cass aufzugeben, wird Lidia sich als Nächstes an Teri wenden müssen.

Kurz vor sechs, als das Picknick sich dem Ende zuneigt, öffnet sich der Himmel. Die Gäste rennen in alle Richtungen, aber viele wollen den Wolkenbruch abwarten und drängeln sich durch den Hintereingang in Zeus' Haus. Die Tür ist offen, damit die Gäste die unteren Toiletten benutzen können. Da Lidia dies weiß, hat sie schon geplant, sich drinnen zu verstecken. Cass hat sie erzählt, Teri würde sie nach Hause fahren, und Teri hat sie genau das Gegenteil erzählt. Jetzt jedoch, als sich Dutzende in Zeus' hinterer Eingangshalle drängen, nutzt sie das allgemeine Durcheinander und schlüpft unter dem Samtseil hindurch, das zwischen zwei Messingpfosten hängt, um den Aufgang in die oberen Stockwerke abzusperren. Die erste Tür, die sie oben öffnet, führt in Ditas Zimmer. An die Wände ist eine Sammlung Papierpuppen geklebt, was Lidia bei einer Vierundzwanzigjährigen für eine ungewöhnliche Dekoration hält. Sie nimmt sich eine Zeitschrift, geht in Ditas Bad und setzt sich auf den Toilettendeckel. Dann steht sie noch einmal kurz auf, um sich im Spiegel zu betrachten und wieder ihren dunkeläugigen Blick herrischer Stärke aufzusetzen. Sie glaubt an die Kraft des Willens.

24.

Stammbaum – 10. März 2008

Zeus hatte seiner Schwester ein stattliches Erbe hinterlassen, und Teri war selbst eine gerissene Geschäftsfrau gewesen, die häufig zusammen mit ihrem Bruder in Immobilien investiert hatte. Ihre Eigentumswohnung war viel zu groß für eine Einzelperson, besonders für eine, um deren Sehkraft und Beweglichkeit es nur noch schlecht bestellt war. Doch Tante Teri wurde hier gewissermaßen von ihren Schätzen festgehalten, die sie auf der ganzen Welt gesammelt hatte und von denen sie sich laut Hal niemals trennen würde. Er behauptete, sie wäre wie ein Pharao und würde sich am liebsten mit ihrem ganzen Besitz bestatten lassen.

Die Wohnung lag in einem der noblen alten Art-déco-Häuser, die mit ihren ausgefallenen Kalksteinbögen, Außenverzierungen und roten Ziegeldächern in den 1920er-Jahren am Flussufer nicht weit von der Innenstadt erbaut worden waren. Teris Wohnung wirkte wie ein Fabergé-Ei, jeder Quadratzentimeter kunstvoll gestaltet und vergoldet. So gut wie alles war aus Gold – die Bilderrahmen, die Tischbeine. Selbst die vielen Glasvitrinen für ihre unterschiedlichen Sammlungen waren mit Blattgold versehen. In ihnen befand sich die eklektische Palette der Gegenstände, die Teri faszinierten – afrikanischer Schmuck, Knöpfe aus Fischbein, altertümliches Spielzeug und natürlich Erotika. Eine komplette einen Quadratmeter große Vitrine war Phallussen gewidmet – eine griechische Tradition, wie sie betonte, jedoch eine, die ihrem

Neffen hochnotpeinlich war. Wenn Hal sie besuchen kam, brachte er immer ein Tuch mit und deckte als Erstes diese Vitrine ab.

Teri hatte Evons Bitte um ein Treffen ohne irgendwelche Fragen zugestimmt. Tim hatte mitkommen wollen, doch Evon hatte ihm ohne weitere Erklärungen gesagt, sie habe das Gefühl, Teri und sie hätten einen Draht zueinander.

»Also, was ist los?« Teri trank einen Longdrink, den ihr ihr Diener, der alte German, offenbar ohne vorherige Anweisung eingegossen hatte, und nachdem sie sich auf dem großen geblümten Chesterfield-Sofa niedergelassen hatte, hielt sie den Gehstock fast wie ein Zepter in der Hand. Selbst zu Hause war Teri dick geschminkt und mit Schmuck behängt. Auch auf drei Meter Entfernung konnte Evon das Parfüm der alten Lady riechen. Auf dem blattgoldverzierten hölzernen Couchtisch vor ihr hatte Teri alles, was sie möglicherweise brauchen würde, genau so angeordnet liegen, dass sie es problemlos fand – die Fernbedienungen für Fernseher und Audioanlage, ein schnurloses Telefon, ihren Drink sowie ein goldenes Glöckchen, vermutlich um German herbeizuordern.

»Die DNA-Tests haben ein paar überraschende Ergebnisse erbracht«, teilte ihr Evon mit.

Teri verzog den ampelrot bemalten Mund und versuchte gar nicht erst, sich zu beherrschen.

»Scheiße«, sagte sie. »Das hatte ich befürchtet.«

»Wollten Sie deshalb, dass Hal seine Ermittlungen einstellt?«

Teri antwortete nicht, sondern schüttelte bloß den Kopf mit dem Strohbesenhaar.

»Was für ein verdammter Schlamassel«, sagte sie schließlich. »Also gut. Lassen Sie hören.«

Evon versuchte, die Abfolge des DNA-Tests zu erklären und wie er unbeabsichtigt zu einem Vaterschaftstest geworden war, aber Teri unterbrach sie.

»Reden Sie nicht um den heißen Brei herum, Kindchen.«

Evon spürte bereits, dass nicht sie diejenige war, die Informationen zurückhielt.

»Nun, Hal ist nicht Zeus' Sohn. Jedenfalls nicht biologisch.«

»Scheiße«, sagte Teri erneut. »Das werden Sie ihm doch wohl hoffentlich nicht sagen, oder?«

»Deshalb bin ich hier. Tim und ich – wir halten das für keine gute Idee.«

»Worauf Sie einen lassen können. Es würde ihn vernichten. Er darf es auf keinen Fall erfahren.«

»Wenn alle Stricke reißen, würden wir gern sagen können, dass wir mit Ihnen gesprochen haben und Sie ebenso wie wir der Meinung waren, dass es in Hals Interesse wäre, ihm diese Information vorzuenthalten.«

»Sündenbock, was? Geht's euch darum?«

»So würde ich es nicht ausdrücken.«

»Egal, wie Sie's ausdrücken. Er darf es nicht erfahren. Basta.« Der Gedanke regte Teri derart auf, dass sie auf dem Sofa hin und her rutschte. Die widersprüchlichen Verpflichtungen, mit denen Evon sich herumschlug, waren ihr offensichtlich einerlei. »Ich vermute, Sie fragen sich, wer Hals Vater ist?«

»Ich denke, das steht mir nicht zu.«

»Tja, ich verrat's Ihnen trotzdem. Nur damit Sie verstehen, wie es dazu kam. Und warum Hal es nie herausfinden darf. Haben Sie schon mal den Quatsch gehört, dass mein Bruder ein großer Held war, der im Zweiten Weltkrieg in einem Militärhospital fast gestorben wäre?«

»Hal redet ständig darüber.«

»Tja, in gewisser Weise stimmt es auch. Aber Zeus war damals nicht in Europa. Er war in der Grundausbildung. Und er hat Mumps gekriegt.«

»Die Kinderkrankheit?«

»Ist bei Erwachsenen ziemlich gefährlich. Besonders bei Männern. Hätte ihn fast umgebracht. Einer von seinen vorgesetzten

Offizieren war Grieche, und der hat meine Familie angerufen, und wir sind alle mit dem Zug nach Fort Barkley in Texas gefahren. Zeus ging's hundeelend, ehrlich. Über vierzig Fieber. Das Gesicht dick wie eine Wassermelone, und seine Eier waren angeschwollen und sahen aus wie zwei riesige Zwetschgen. Ich hab sie mir heimlich angesehen, als die anderen abgelenkt waren. Was für ein Anblick. Jedenfalls, er hat's überlebt. Aber die Ärzte haben uns damals gesagt, dass er wohl kaum noch in der Lage sein würde, Kinder zu zeugen.

Deshalb wusste ich, dass irgendwas nicht stimmte, als er vom Militär wieder nach Hause kam und Hermione und Herakles mitbrachte. Im Laufe der Jahre ist er dann scheibchenweise mit der Geschichte rausgerückt. Wissen Sie, Hermione war eine Vasilikos. Schon mal gehört?«

»Griechische Mafia, nicht?«

»Genau. Tja, mein Dad – Gott, was für ein Trottel – war ein großer Möchtegernmafioso. Und er hatte in Athen die falsche Sorte Freunde, und Zeus ging hin, um seine Aufwartung zu machen. Hal war damals gerade geboren, einen Monat alt oder so. Die Familie hat irgendein Märchen erzählt von wegen, der Vater wäre ein toter Widerstandskämpfer. Aber anscheinend hatte Hermione für einen deutschen Oberst die Beine breitgemacht, und der war dann abgehauen, als die Amerikaner den Nazi-Braunhemden einen Tritt in den Arsch verpassten. Mein großer Bruder hatte einen Riecher für gute Gelegenheiten. Und Hermione, das ist nicht zu bestreiten, war damals eine heiße Braut. Also kam er mit einer Frau und einem Erben und einer Reisetasche voll Geld zurück. Und in gewisser Weise hat es ja auch funktioniert.

Mein Bruder hatte immer ein enges Verhältnis zu Hal, weil er wusste, dass er das einzige Kind war, das er je haben würde. Zeus ließ sich untersuchen, aber es war so, wie die Armeeärzte prophezeit hatten, seine Spermienzahl war verschwindend gering. Er hat immer so getan, als würde ihm das nichts ausmachen, aber ein griechischer Mann wie Zisis? Ich glaube, die Tatsache, dass seine Nüsse als Rumbakugeln brauchbarer gewesen wären, war der Grund für alles, was er im Leben getan hat.«

»Weil er etwas beweisen wollte?«, fragte Evon.

»Ganz genau. Deshalb hat er diese riesigen Einkaufszentren gebaut, die Landschaft umgestaltet. Und natürlich hat er jede Frau gevögelt, die er rumkriegen konnte, und ein paar, die es vielleicht nur in Erwägung gezogen haben.«

Evon wunderte sich noch immer über diese Geschichten von Zeus als Mafiaspezi und Schürzenjäger. Bislang hatte sie nur den Zeus kennengelernt, den Hal, gewiss unter dessen väterlichem Einfluss stehend, glorifiziert hatte. Den Mythos Zeus, einen Mann, zu dem Hal aufschaute und dem er jedoch nie das Wasser würde reichen können. Absurderweise war Hal wahrscheinlich der bessere Mensch von den beiden, dachte Evon, auch wenn er sich manchmal wie ein bockiges Kind benahm. Hätte nicht Geld seine unangenehmen Charakterzüge verstärkt, würden die Leute Hal sogar als netten Kerl bezeichnen.

»Ja, aber was ist mit Dita?«

»Oh, die ist von Zeus. Ich weiß nicht genau, wie sie das hingekriegt haben. Ich glaube, die Ärzte haben ihn mit einer Vakuumpumpe oder so was irgendwie mehrmals ausgesaugt und das Zeug gesammelt. Und dann haben sie Hermione auf den Kopf gestellt und es mit einem Feuerwehrschlauch in sie reingespritzt.«

»Ernsthaft?«

»Natürlich nicht.« Blicklos schaute sich Teri um und lachte schallend auf Evons Kosten. »Es war irgendeine Fruchtbarkeitsbehandlung. Wissen Sie, Anfang der Fünfzigerjahre war unser Dad an Lungenkrebs erkrankt, und schon damals machten die Ärzte seinen Zigarettenkonsum dafür verantwortlich, jedenfalls diejenigen, die was von ihrem Metier verstanden. Wir haben damals alle gequalmt wie die Schlote, Zeus und meine Eltern und ich, und Zeus hörte von einem Tag auf den anderen auf, weil er dachte, Dad würde seinem Beispiel folgen. Aber der war ein viel zu großes Arschloch, um so was zu tun, nicht mal für seinen eigenen Sohn, und ist lieber abgekratzt. Aber anscheinend kann die Qualmerei einem auch auf die Eier schlagen. Wer hätte das gedacht? Jedenfalls, so um 1956 kommt irgend so eine kleine Mieze an, die Zeus gebumst hatte, und will von ihm Geld für eine Abtreibung. Er war sicher, dass sie ihn nur ausnehmen wollte, aber anstatt ihr die Wahrheit zu sagen, lässt er sich noch mal untersuchen, und siehe da, auf einmal schwimmen tatsächlich eine ganze Menge Würmchen in seinem Saft herum. Und so ist dann schließlich Dita entstanden.«

»Tja, sie ist nicht Zeus' einziges Kind«, sagte Evon.

Hinter der riesigen, türkisfarbenen Brille spähte Teri durch den Nebel ihres eigenen Zigarettenqualms, um wenigstens ein bisschen von Evon zu erkennen.

»Hab mir schon gedacht, dass das dabei auch rauskommen musste.«

»Und wie ist das passiert?«, fragte Evon.

»Tja, Kindchen, ich schätze, er hat sein Ding irgendwohin gesteckt, wo es nicht hingehörte.« Teri lachte erneut über sich selbst. »Wissen Sie, im Rückblick staunt man immer, was einem so alles entgangen ist. Ich hab immer gewusst, dass Zeus und Lidia in jungen Jahren ziemlich scharf aufeinander waren. Aber daraus hätte nichts werden können. Zwischen den Familien herrschte immer so eine erbitterte Alte-Welt-Feindschaft. Lidias Eltern nagten praktisch am Hungertuch, bildeten sich aber immer noch was drauf ein, auf die Kronons runterzuschauen. Ich war sechzehn, bevor ich zum ersten Mal einen Fuß in ihr Haus gesetzt hab. Lidia und ich trafen uns immer bloß in der Bibliothek.

Der Priester der Kirche, Father Demos, war ein gutmütiger Mann und diesen Stadtkindern nicht gewachsen. Während er in der Jugendgruppe praktisch Selbstgespräche führte, verdrückte sich ein Pärchen nach dem anderen in den Chorraum. Haben wir alle gemacht. Wie beim Flaschendrehen. Ich auch. Und da hab ich allmählich begriffen, dass ich auf dem falschen Dampfer war. Die Jungs ließen mich kalt.« Bei der Erinnerung daran lachte Teri laut auf, stolz auf ihre Aufsässigkeit, immerhin. Doch Evon wusste, dass es eine Frau in Teris Alter viel Mut gekostet hatte, sich das einzugestehen, geschweige denn, es auszusprechen.

»Jedenfalls wusste ich, dass Zeus und Lidia die Gelegenheit häufiger nutzten als die anderen. Aber zwanzig Jahre später dachte ich, alle wären erwachsen geworden und hätten die alten Geschichten vergessen, und meine Lidia brauchte schließlich Arbeit. Mickey mit seinem kaputten Herzen war nutzloser als ein Ersatzreifen.

Als Lidia mir die Geschichte viele Jahre später erzählte, hat sie es so dargestellt, als hätte Zeus sie regelrecht gezwungen. Aber als ich sie gefragt hab, wie oft genau er sie denn gezwungen hat, hab ich nie eine richtige Antwort bekommen.« Teri stieß ein meckerndes Lachen aus. Es amüsierte sie, wie Sex aus allen Menschen Schwachköpfe machte. Und sie empfand eine resolute altmodische Loyalität zu ihrem Bruder. Aber Lidia musste ihre Familie allein ernähren, sie hatte keine andere Wahl. Zeus war, höflich ausgedrückt, ein absolutes Arschloch. »Jedenfalls wurde sie schwanger und hat Zeus nichts davon gesagt. Mir übrigens auch nicht. Wahrscheinlich wollte sie mich nicht gegen meinen Bruder aufbringen.«

»Und was war mit ihrem Mann Mickey? Wusste der Bescheid?«

»Na ja, so krank, wie er war, haben sich alle ganz schön gewundert, als Lidia schwanger wurde, aber er hat immer so getan, als wäre er glücklich darüber. Als ich schließlich die Wahrheit erfuhr, hab ich mich natürlich gefragt, ob er wirklich so dämlich war. Während sie schwanger war, hat sie immer mit ihren engsten Freundinnen darüber getuschelt, dass er es immer noch ungefähr eine Minute lang brachte, aber schon damals hatte ich da so meine Zweifel. Aber sie hat ihn wohl überzeugt. Man weiß nie, für welche Version der Wahrheit sich die Leute entscheiden.

Kurz nach Mickeys Operation, es war der zweite Geburtstag der Zwillinge, haben wir gefeiert. Mickey war betrunken und fing auf einmal davon an, die Zwillinge wären nicht von ihm. Und Lidia, die normalerweise fuchsteufelswild wurde, wenn sie sich über irgendwas ärgerte, wurde ganz weinerlich. ›Sag das nicht, Mickey. Wie kannst du so was sagen? Sie sind von dir, und das weißt du auch. So was darfst du nicht sagen.‹ Es dauerte nicht lange, da heulte auch er wie ein Schlosshund und flehte sie an, ihm zu verzeihen. Sogar als er ein paar Jahre später anfing, Gift und Galle zu spucken, wenn es um Zeus ging, hat er nie ein Wort darüber gesagt, dass mein Bruder seine Frau angerührt hätte. Das dürfen Sie Hal übrigens auch nicht verraten – dass die Zwillinge Zeus' Söhne sind. Stellen Sie sich bloß vor! Die beiden sind es und er nicht. Sie müssten Wachen vor den Fenstern postieren.«

Instinktiv dachte Evon das Gleiche wie Teri. Hal wäre nicht nur am Boden zerstört, sondern würde sich wahrscheinlich unaufhaltsam in einen seiner verwirrenden Verzweiflungsanfälle hineinsteigern und wie besessen über die komplizierten rechtlichen Konsequenzen nachgrübeln, ob die Zwillinge womöglich Anspruch auf einen Teil von Zeus' Nachlass hätten. Evon und Tim hatten sich darauf geeinigt, dass sie, wenn sie schließlich mit Hal sprachen, am besten beim Thema blieben – dass die Tests belegten, dass das Blut am Tatort von keinem der Gianis-Zwillinge stammte. Der Schock darüber würde Hal hoffentlich von seinen üblichen abwegigen Fragen abhalten. Hal war in den letzten Tagen ohnehin mit anderen Dingen beschäftigt gewesen: Seine Banker warfen plötzlich Fragen zu dem YourHouse-Deal auf, die, wie Hal und seine Anwälte fanden, vor Vertragsabschluss hätten gestellt werden sollen.

»Wenn wir ihm am Ende doch sagen müssen, dass das Blut von einer Frau stammt«, sagte Evon, »wird er das nicht auf sich beruhen lassen. Er wird wissen wollen, wer seine Schwester getötet hat – und was Lidia damit zu tun hatte.«

Teri lehnte sich nach hinten gegen die Seidenkissen und versuchte erneut, Evon deutlicher zu sehen.

»Und wieso das?«

»Das Blut am Tatort muss von Lidia sein. Die Zwillinge haben einen Elternteil mit der Blutgruppe B, und Ihr Bruder hatte die nicht. Lidia hat einen Absolventenring von Easton an der rechten Hand getragen, der den runden Bluterguss auf Ditas Wange hinterlassen haben muss. Und Sie können sich ja vorstellen, dass sie Cass' Beziehung zu Dita unbedingt unterbinden wollte. Tim und ich fragen uns allmählich, ob Cass sich schuldig bekannt hat, um seine Mutter vor dem Gefängnis zu bewahren.«

Teri spitzte ihren knallroten Mund und schüttelte heftig den Kopf.

»Lidia hat meine Nichte nicht getötet.«

»Sie denken, es war Cass?«, fragte Evon.

»Schätzchen, mir geht's wie Ihnen. Ich war nicht dabei. Aber ich kenne Lidia Gianis schon mein Leben lang und mittlerweile auch all ihre Geheimnisse. Sie hat meine Nichte nicht getötet. Wenn alle Stricke reißen, werde ich Hal dasselbe sagen. Sie würde es Ihnen auch selbst sagen, wenn sie könnte, die Ärmste. Ich besuche sie noch immer, wenn ich es ertragen kann. Die Pfleger putzen sie heraus und schieben sie rum, als wäre sie eine Puppe. Aber ihr Gehirn ist wie das Zeug, das man aus einer Melone schabt. Zerreißt mir das Herz. Sie kann immer noch etwas sprechen, wenn es einem nichts ausmacht, in einer Minute fünfmal dasselbe zu hören. Aber sie hat Dita nicht getötet.«

Damit hatte Evon einen Moment zu kämpfen. Teri wusste offensichtlich noch mehr, aber die alte Dame würde den Rest nicht preisgeben, und es stand Evon nicht zu, es von ihr zu verlangen.

»Wissen Sie«, sagte Teri, »ich hatte eigentlich gedacht, Sie hätten einen anderen Grund für Ihren Besuch. Hal hat erzählt, Ihre Freundin hätte Sie betrogen und wäre dann völlig durchgedreht.

Ich dachte, Sie wollten meinen Rat, von einer alten Lesbe zur anderen.«

Evon musste über Teris Direktheit lachen, aber es war ihr peinlich, dass sie durch Heather bei ZP ins Gerede gekommen war. Hal hatte nicht durch Evon von ihren Beziehungsproblemen erfahren.

»Letzte Nacht ist sie vor meiner Wohnung aufgetaucht, und ich hab auf dem Polizeirevier ein Kontaktverbot beantragt.«

»Oje«, sagte Teri. »Das klingt übel.«

»Ist es auch. Vielleicht lass ich in Zukunft die Finger von Beziehungen. Sie haben offensichtlich auch ohne überlebt.«

»Ich weiß nicht«, sagte Teri. »Diesen Quatsch von Aristoteles, dass Liebe eine Seele ist, die in zwei Körpern wohnt, hab ich nie richtig geglaubt. Aber falls Sie meinen, dass ich hier allein mit einem Longdrink und einer Zigarette sitze, weil ich was dagegen hätte, dass irgendeine alte Schachtel reinkommt und mich anmeckert, ich solle beides bleiben lassen, dann täuschen Sie sich. Ich hätte da noch einen Spruch auf Lager.« Sie sagte etwas auf Griechisch.

»Und das heißt?«

»Das ist von Sokrates. ›Finde eine gute Frau, und du wirst glücklich; falls nicht, wirst du Philosoph.‹«

Evon lachte noch, als German hereinkam. Anscheinend war Teri von ihren Ärzten empfohlen worden, nachmittags ein Nickerchen zu machen. Sie schimpfte zwar mit ihm, machte aber Anstalten, sich zu verabschieden. Evon ging um den Couchtisch herum, um die alte Frau zu umarmen, und Teri drückte ihr Gesicht und ihr schweres Parfüm an Evons Wange.

»Ach, Sie sind so ein nettes Mädchen«, sagte sie.

Am folgenden Nachmittag war Hal gerade am Telefon und brüllte irgendwen am anderen Ende an, als Evon und Tim in sein Büro geführt wurden. Da es um irgendwelche Sicherheiten ging, war es offenbar einer seiner Banker. Tim trat ans Fenster und genoss die Aussicht aus dem vierzigsten Stock. Er hatte sein ganzes Leben ziemlich in Bodennähe verbracht, die meiste Zeit nicht höher als zwei Stockwerke, vier, wenn man seine Zeit im Polizeipräsidium dazurechnete. Begeistert wie ein Junge aus der Provinz ergriff er die Gelegenheit, durch die Glaswand auf die gesamte Ausdehnung der Tri-Cities zu blicken. Von hier aus konnte man den Kindle River sehen, ein von der Sonne beschienenes seidiges Band, das die Stadtbezirke durchschnitt. Umschlungen von den Seitenarmen des Flusses, erstreckten sich die Häuserblocks von Tims Stadt, perfekte Rechtecke, die sich von hier oben ausnahmen wie Kinderspielzeug, in denen aber das Leben pulsierte. Wieder wallte in Tim das Gefühl auf, das er erst mit zunehmendem Alter entdeckt hatte: Alles in allem bereiteten Menschen viel Freude.

Evon trat neben ihn. Nach einer Weile zeigte sie mit einem freudlosen Lächeln auf ein Insekt, das sich irgendwie zwischen die beiden Scheiben des Doppelglasfensters gezwängt hatte. Es war ein Käfer, der auf den Rücken gefallen war, und da er nicht in der Lage war, sich umzudrehen, zappelten seine sechs Beinchen wie wild in der Luft.

»So was nennt man Konstruktionsfehler«, sagte Tim.

»Stimmt«, sagte Evon. »Und Menschen haben Liebeskummer.«

Tim legte einen Arm um sie und zog sie kurz an sich.

Hal knallte den Hörer auf.

»Es muss Pflanzenformen geben, die mehr Hirnmasse haben als Banker«, erklärte er und dirigierte Evon und Tim zu seinem Sofa. Gehorsam nahmen sie Platz. Evon ergriff das Wort.

»Ich weiß, Sie wissen nicht, wo Ihnen der Kopf steht, mit den Bankern und YourHouse und allem, deshalb kommen wir schnell zur Sache. Die DNA-Ergebnisse sind früher gekommen als gedacht. Das Blut stammt nicht von Paul.«

Hal keuchte auf, zuckte zusammen und ließ den Stift fallen, den er in der Hand hielt.

»Verdammt«, sagte er und wiederholte das Wort mehrmals. »Dann ist es tatsächlich von Cass?«

»Nein«, sagte Evon. Vorgebeugt, wie eine Sportlerin in der Umkleide, saß sie da, die Ellbogen auf die Knie gestützt. Für sie war das Spiel angepfiffen, dachte Tim. »Es stammt von keinem der beiden.«

Hals rundes Gesicht erstarrte, nur sein Blick flackerte ruhelos unter der Wucht der Tatsache umher, die weder er noch irgendwer sonst erwartet hatte.

»Von keinem der beiden?«

Evon nickte.

»Soll das heißen, Paul hat seine Klage zurückgezogen, um einen Test zu verhindern, der beweist, dass sein Bruder und er, dass sie alle beide unschuldig sind?«

»Wir haben nicht gesagt, dass sie beide unschuldig sind«, entgegnete Evon. »Das ist eine Möglichkeit. Aber da sind immer noch Cass' Fingerabdrücke, Fußspuren, die Reifenspuren, die Spermaspuren. Da kann man wohl kaum sagen, dass er nicht da war.«

»Aber wessen Blut ist es dann?«, fragte Hal.

»Das wissen wir nicht mit Sicherheit. Wir hatten Proben von Ihrer Familie und von Paul und Cass, und es stammt von keiner dieser Personen.«

»Ist das alles? Hat Yavem nichts darüber gesagt, von wem es sein könnte? Gibt es keine anderen Merkmale, um es jemandem zuzuordnen?«

Evon schielte kurz zu Tim hinüber und sah dann wieder ihren Boss an.

»Er hat gesagt, es ist das Blut einer Frau.«

»Einer Frau?« Mit weit aufgerissenem Mund warf sich Hal in seinem Sessel zurück. »Es war eine Frau? Und haben wir irgendeine Vermutung, wer?«

»Am ehesten wohl Lidia Gianis.« Sie erläuterte die Gründe für den Verdacht – erwähnte das Blut, den Ring.

»Tante Lidia hat meine Schwester getötet?«

»Möglich«, sagte Evon.

»Nein, unmöglich«, widersprach er. »Ich will Ihnen mal was sagen. Meine Tante Lidia war stark und streng, und konservativ, wie sie war, hätte sie meiner Schwester eine schallende Ohrfeige verpasst, falls sie frech wurde. Aber ihr mehrmals den Schädel gegen das Kopfbrett knallen? Nie im Leben. Und selbst wenn Sie mich dazu bringen würden, das zu glauben, sie hätte ihren Sohn niemals dafür ins Gefängnis gehen lassen. Sie ist die klassische griechische Mutter. Sie würde sich für ihre Kinder einen Dolch ins Herz stoßen.«

»So ist nun mal die Indizienlage«, sagte Evon. »Vielleicht haben Cass und sie es gemeinsam getan, und er hat sich allein schuldig bekannt, um das Beste aus der Situation zu machen.«

»Wieso sollte meine Tante Lidia meine Schwester umbringen wollen? Okay, es passt ihr nicht, dass Cass mit Dita zusammen ist. Hätte sie da nicht eher ihrem Sohn eins über den Schädel ziehen sollen? Das ist lächerlich. Und gegen Paul spricht gar nichts?«

»Wir haben jedenfalls nichts gefunden, Hal. Die einzige Person, gegen die keinerlei Sachbeweise vorliegen, ist Paul.«

»Abgesehen von dem Mist, den er der Polizei vorgelogen hat, um seinen Bruder zu decken.«

»Falls Lidia Ihre Schwester allein getötet hat, könnte selbst diese Aussage wahr sein.«

Hal lehnte sich wieder in seinem großen Ledersessel zurück und drehte sich von ihnen weg. Er nahm einen Stift von seinem Schreibtisch und schleuderte ihn in eine leere Ecke des Zimmers. Schließlich drehte er sich wieder um, gepackt von einer neuen Idee.

»Aber es gibt keine Sachbeweise gegen Tante Lidia, oder? Ich meine, nichts Eindeutiges. Wir wissen nicht mit Sicherheit, dass es ihr Blut ist. Sie ist schließlich nicht der einzige Mensch auf der Welt mit Blutgruppe B. Können wir ihre Fingerabdrücke bekommen?«

Evon sah Tim an. Der zuckte bloß die Achseln. Er konnte sich nicht vorstellen, wie, aber er wollte erst darüber nachdenken, ehe er Nein sagte.

»Okay«, sagte Hal. Er signalisierte ihnen mit einem Wink, dass sie gehen konnten.

Eine Stunde später schaute Evon noch einmal bei Hal vorbei. Seine Tür stand offen. Er saß zurückgelehnt in seinem Sessel, die Hände hinterm Kopf, und starrte ernst ins Leere. Leise klopfte sie an. Seine großen, von violetter Haut geränderten Augen drehten sich kurz zu ihr herüber, und nach einem flüchtig angedeuteten Lächeln blickte er wieder auf die Stelle, wo Wand und Decke zusammenliefen.

»Ich habe gerade an die Zeit gedacht, als wir alle Kinder waren«, sagte Hal, »und ich regelmäßig mit Teri bei Lidia war. Es kam oft vor, dass ich auf Paul und Cass aufpassen musste. Ehrlich gesagt, war ich immer ein bisschen eifersüchtig auf die beiden und hab sie beneidet.«

Dieses Geständnis, nicht untypisch für Hal, wenn er nachdenklich wurde, beunruhigte Evon kurz, bis sie sich klarmachte, dass Hal gar nicht wissen konnte, wie viel Grund er für diese Eifersucht gehabt hätte. Andererseits würde sie wohl nie erfahren, welchen Teil der Wahrheit er erahnt hatte.

»Sie waren fünfzehn Jahre jünger als ich und liefen mir nach wie kleine Entenküken ihrer Mutter. Aber manchmal hab ich beobachtet, wie sie miteinander umgingen, und dann war ich neidisch. ›Sie sind nie allein‹, hab ich dann gedacht. ›Niemals.‹ Das stellte ich mir wunderbar vor. Als ich in ihrem Alter war, war ich der fette Spinner, mit dem keiner in der Schule was zu tun haben wollte.« Hal lächelte wehmütig, als er sich an das Kind erinnerte, das er einmal war, obwohl Evon bezweifelte, dass der Schmerz dieser Vergangenheit gänzlich überwunden war. »Und ich hab mir gewünscht, so zu sein wie sie. Ich hab mir einen Zwillingsbruder gewünscht. Jemanden, der dich nie hassen oder verachten würde, weil er ja genauso ist wie du, jemanden, der sich nie von dir abwenden würde. Das kommt mir heute noch vor wie ein Himmelsgeschenk. Verrückt?«

Zwei Abende zuvor hatte es unerwartet wie aus Eimern geschüttet, als Evon mit dem Bus auf dem Heimweg war. Traubengroße Tropfen waren mit aggressiver Wucht niedergeprasselt. Heather hatte sich an der gläsernen Eingangstür des Wohnhauses unter die kleine Überdachung gedrückt, die bei dem stürmischen Wind jedoch nur wenig Schutz bot. Ihr Haar hing in nassen Strähnen herab, und Hut und Mantel waren grau vor Nässe. Daher brauchte Evon, während sie wütend auf Heather zumarschierte, einen Moment, um zu erkennen, was ihre Ex getan hatte. Ihr Haar war dunkler gefärbt, hatte jetzt Evons Ton, und wahrscheinlich hatte sie weite Pullover angezogen, damit es aussah, als hätte sie zugenommen. Heather hätte sich schon fünfzehn Zentimeter von ihren Beinen abhacken müssen, um eine halbwegs passable Evon-Kopie abzugeben, aber die Nachahmung war dennoch durchdacht. Sie trug einen Schlapphut, der Evon gehörte, und den Burberry-Mantel, den Evon für sie beide gekauft hatte. Von Weitem beschlich Evon plötzlich die irrationale Befürchtung, dass Heather vielleicht sogar ihre Schönheit mit einer kosmetischen OP geopfert hatte, um die Ähnlichkeit zu erhöhen. Dann kam Heather auf sie zu, wobei sie obendrein Evons Haltung und ihren sportlichen, leicht o-beinigen Gang kopierte. Evon war perplex, aber auch wütend. Hielt Heather das für Liebe? Ganz offensichtlich. Oder war es, wie Evon vermutete, ein höchst erbärmliches Eingeständnis von Abhängigkeit? Vielleicht glaubte Heather, Evon wünschte sich von ihr, dass sie sich selbst komplett aufgab. War das Liebe, zwei Menschen auf einen zu reduzieren?

Evon hatte Heather erklärt, sie würde zur Polizei gehen, um ein Kontaktverbot zu beantragen, und setzte dies auch augenblicklich in die Tat um, ehe sie es sich anders überlegen konnte.

»Ich weiß nicht«, sagte Evon jetzt als Antwort auf Hals Frage.

»Manchmal müssen sie sich doch gegenseitig wahnsinnig auf die Nerven gehen.«

»Klar«, sagte Hal. »Aber die meiste Zeit halten sie zusammen wie Pech und Schwefel. Bei den beiden war es jedenfalls so. Das muss schön sein. Und ich?«, sagte er. »Ich hab nicht mal mehr eine Schwester.«

Er schüttelte den Kopf darüber, dann gingen sie beide wieder an die Arbeit.

25.

St. Basil – 12. März 2008

Das Seniorenheim St. Basil wurde von der Griechisch-Orthodoxen Erzdiözese betrieben und stand in dem Ruf, erstklassig zu sein, soweit man das von solchen Einrichtungen überhaupt sagen konnte. Es sah aus wie eine alte Schule, ein gedrungener, dreistöckiger roter Ziegelbau inmitten eines sorgfältig gestalteten Parks. Die Ironie des Schicksals wollte es, dass Lidia Gianis' letztes Domizil hauptsächlich durch die großzügigen Zuwendungen der Kronons sowie ein paar weiterer reicher griechischer Familien finanziert wurde. Im Laufe der Jahre waren einige ehemalige Nachbarn von Tim dorthin gezogen, und keiner hatte je irgendwelche Beschwerden über das Haus geäußert, außer der naheliegenden, dass sie es wahrscheinlich nur im Sarg wieder verlassen würden.

Evon hatte eine Weile auf Tim eingeredet, bis er schließlich klein beigegeben hatte. Welche Motive auch immer die Gianis gehabt haben mochten, sagte sie, sie hatten die Wahrheit verheimlicht, vor den Kronons, vor Tim und vor den anderen Ermittlern. Es war nicht despektierlich oder hinterhältig, Fragen klären zu wollen, die schon vor langer Zeit ehrlichere Antworten verdient gehabt hätten. Das hörte sich alles durchaus richtig an, dennoch gefiel ihm der Gedanke nicht, sich eine verwirrte alte Dame zunutze zu machen.

»Ich möchte gern Lidia Gianis besuchen«, erklärte er am Empfang.

Die junge Frau, dem Anschein nach eine Studentin, hatte im vorderen Teil ihrer Kurzhaarfrisur eine türkise Strähne. Sie telefonierte gerade und fragte mit dem Hörer am Ohr: »Und Sie sind?«

»Tim Brodie. Ein alter Bekannter aus der Kirche.«

Sie nannte ihm die Zimmernummer und zeigte in die Richtung. Tim humpelte den Flur entlang und fragte sich, wie bald es wohl für ihn an der Zeit für eine solche Einrichtung wäre, mit den frischen Düften nach Desinfektionsmitteln und Raumsprays, die die verstörenderen Gerüche nach Kot und Tod nicht ganz überdecken konnten. Trotzdem war es ein schönes Haus, eingerichtet im Kolonialstil, mit hölzernen Mauerblenden in der Eingangshalle, im Empfangsbereich Sessel mit herzförmigen Rückenlehnen und gemütliche Sofas, sämtliche Möbel geschmackvoll und dezent. Zeitschriftenchic mit knappem Budget. Er kam an einer Kapelle vorbei, recht groß, mit weißen Bänken und einem hübschen Altarbild aus Walnussholz. Drei Ikonen, lang gestreckte mittelalterliche Figuren auf Goldgrund, befanden sich je rechts und links der Öffnung zum Altar, dem Kruzifix und dem Buntglasfenster.

Beim Weitertrotten durch den Flur hörte er Livemusik und konnte nicht widerstehen, ihr bis zur Tür zum Tagesraum zu folgen. Die alten Gesichter, natürlich hauptsächlich weiblich, hoben sich den Klängen eines Cellos entgegen, als wären sie ein sanfter Sommerwind. Die junge Asiatin mit dem Instrument zwischen den Knien war, ihrer Klangfarbe und Bogenführung nach zu urteilen, recht talentiert. Ihre Musik, Brahms, war wie ein Geschenk, eine Erinnerung an die ewige und unvoreingenommene Macht der Schönheit, ein Gedanke, der ihn zutiefst bewegte. Er ertappte sich sogar dabei, dass er sich, als er weiterging, die Augen wischte.

Vor Lidias Tür angekommen, bat er eine der Mitarbeiterinnen, die in hellen Kitteln herumliefen, um Hilfe. Sie ließ Lidias Pflegerin kommen. Diese war eine stämmige Schwarze mit kurzem geglättetem Haar und lächelte ihn strahlend an, als sie auf ihn zukam. Sie hatte eine kaputte Hüfte und verdrehte den Oberkörper beim Gehen. Er stellte sich vor, und sie begrüßte ihn mit einem beidhändigen Händedruck, eine freundliche Seele.

»Ich bin Eloise«, sagte sie. »Ich kümmere mich die meiste Zeit um Lidia.«

»Ist sie angezogen, dass sie Besuch empfangen kann?«

»O ja, wir machen sie jeden Tag nett zurecht, das hat sie gern.« Eloise winkte ihm mitzukommen, doch als sie die Hand an den silberfarbenen Türknauf legte, stockte sie. »Falls sie böse wird, machen Sie sich nichts draus. Das kommt bei Dementen schon mal vor, wissen Sie.« Sie drückte mit ihrer gesunden Hüfte die Tür auf.

Lidias Einzelzimmer hätte auch das Standardzimmer einer gehobenen Hotelkette sein können. Es war in Pastelltönen gehalten, mit einem weichen Teppichboden und zarten Gardinen hinter den geöffneten Vorhängen und einer Tagesdecke mit Blümchenmuster auf dem Bett. Lidia saß in einem beigefarbenen Ruhesessel. Ein breites Fenster hinter ihr ließ wohltuend helles Tageslicht herein, aber ihr Gesicht war dem grauen Schein eines Fernsehers zugewandt, aus dem, wie Tim erkannte, die Stimmen der Serie *Law & Order* drangen. Über ihren Schoß war eine Decke gebreitet. Lidia wirkte wie ausgehöhlt, eine bessere Beschreibung fiel Tim nicht ein. Sie war erheblich dünner, als er sie in Erinnerung hatte, und unter dem Make-up waren ihre Wangen jetzt dunkle Vertiefungen. Die schwarzen Augen waren am schlimmsten, trübe und unstet. Ihr gesamter Kopf schien durch das Unheil, das sich in ihrem Gehirn vollzog, zusammengedrückt zu werden. Es tat ihm in der Seele weh, das zu sehen, aber genau das geschah mit ihr, geschah mit ihm. Aufstieg und Fall. Der Kreis schließt sich. Gestern hatte seine Enkelin Stefanie angerufen und ihm erzählt, sie sei schwanger, und Tim war noch immer ganz beschwingt von dieser Neuigkeit.

»Hallo, Lidia«, sagte Eloise. »Mr Tim ist hier, um Sie zu besuchen. Und was sehen Sie heute hübsch aus. Hab ich nicht recht, Mr Tim?«

Tim konnte nur nicken. Er scheute sich noch immer, einer Frau ein Kompliment zu machen, die nicht seine eigene war.

»Sieh an«, sagte Eloise. »Sie tragen ja das Armband, das Ihre Söhne Ihnen zum Valentinstag geschenkt haben. Sie schaut sich immer den Schmuck an, den sie trägt.«

Lidias schwammige Augen wanderten zu ihrem Handgelenk und betrachteten es eingehend, als wäre sie überrascht, dass sie überhaupt eines hatte. Als sie wieder aufschaute, warf sie Tim einen kalten Blick zu.

»Ist das mein Mann?«, fragte sie Eloise.

»Aber nein, meine Liebe. Bloß ein alter Bekannter.« Eloise stellte die Rückenlehne von Lidias Sessel etwas höher. »Unterhalten Sie sich ein bisschen. Ich bin gleich vor der Tür, falls Sie mich brauchen.«

Tim setzte sich mit etwas Abstand von Lidia in einen hölzernen Lehnstuhl.

»Kenne ich Sie?«, fragte sie Tim.

»Ich bin Tim Brodie, Lidia. Wir haben uns vor ewigen Zeiten in der Kirche kennengelernt.«

»Ich kenne Sie nicht«, sagte sie. »Ich hatte einen Schlaganfall, und mein Gedächtnis ist nicht mehr das beste.«

»Tja, mein Gedächtnis ist auch nicht mehr das, was es mal war.«

In seinen dreißig Jahren als Polizist und den über fünfundzwanzig Jahren als Privatdetektiv hatte er viele Vernehmungen unter schwierigen Umständen geführt. Er hatte Kinder befragt und geistig Behinderte und natürlich Menschen, die einen schrecklichen Verlust erlitten hatten. Doch das hier war etwas völlig Neues, und er hatte keine Ahnung, wie er anfangen sollte.

Auf Lidias Nachttisch standen Fotos von ihren beiden Töchtern, den Zwillingen sowie etlichen Kindern.

»Wer sind die denn alle?«, fragte er sie.

»Ich weiß nicht. Das Mädchen hat sie da hingestellt. Aber es sind alles nette Leute.«

Tim nahm sich eines der Fotos, eine Gruppenaufnahme von ihren Enkelkindern, den beiden Söhnen von Paul und den Töchtern ihrer Töchter.

»Na, Sie haben aber hübsche Enkelkinder.« Tim meinte das ehrlich. Die Gianis waren schon immer eine gut aussehende Familie gewesen.

Lidia runzelte die Stirn. »Sind das meine Enkel?«, fragte sie.

»Wunderschön«, sagte Tim. »Alle miteinander.«

»Meine Tochter ist ein Filmstar.«

»Ich weiß.« Sie meinte Helen, die noch immer die vielleicht attraktivste Frau war, der Tim je begegnet war. Angeblich war sie ein ziemlich komplizierter Mensch und hatte es lediglich mal zu einer kurzen Rolle in irgendeiner Seifenoper gebracht. Wie man sich erzählte, war sie mittlerweile zum vierten oder fünften Mal verheiratet, nach den bornierten Maßstäben von St. Demetrios somit ein Flittchen.

»Ja, ich denke, die sind alle nett. Ich hab einen Sohn, wussten Sie das?«

»Zwei, glaube ich.« Er tippte auf das Bild mit den Zwillingen. Es war jüngeren Datums, Paul mit seiner höckrigen Nase und neben ihm Cass, eine Spur größer.

»Eineiige Zwillinge«, sagte sie. »Keiner kann sie unterscheiden.«

Er pflichtete ihr bei.

»Meine Söhne kommen oft her. Und einer von ihnen ist sehr wichtig. Ist er Schauspieler?«, fragte sie Tim. »Die Leute mögen ihn sehr. Das sagen sie mir andauernd. Jeder hier weiß, wer er ist.«

Tim sagte, dass auch er Paul kannte, und fragte dann nach Cass, weil er hoffte, mehr über ihn zu erfahren. Cass kam ihm vor wie eine Art Formwandler, ein Wesen, das sich materialisierte und dann wieder verschwand.

»O ja. Es sind liebe Jungs, alle beide.«

»Ich dachte der andere, Cass, hätte irgendwelche Probleme gehabt. Stimmt das?«

Lidia überlegte eine Sekunde und schüttelte den Kopf. »Ich hatte einen Schlaganfall, und mein Gedächtnis ist nicht mehr das beste.« Sie hob die Hand und starrte wieder auf das Armband, was aufgrund einer Logik, die nur sie verstand, ihre Aufmerksamkeit wieder auf Tim lenkte. »Wer sind Sie? Kenne ich Sie?«

»Ich bin Tim Brodie. Und ich dachte, wir könnten vielleicht ein Spiel spielen, Sie und ich. Schauen Sie mal.«

Er griff in seine Manteltasche und holte ein tintenloses Fingerabdruckkissen heraus sowie einige Bögen Papier. Er zeigte ihr, wie es ging, drückte ihre ganze Hand auf das Kissen und dann auf das Papier, wo die Abdrücke vor ihren kindlich staunenden Augen wie aus dem Nichts erschienen. Sie machten einige Minuten so weiter, und Lidia erhob keine Einwände, als er schließlich jeden ihrer Finger einzeln nahm und auf dem Papier abrollte.

Das Zusammensein mit Lidia erinnerte ihn unwillkürlich an Marias letzte Tage, als sie fast völlig weggetreten war und nicht mehr sprechen konnte. Alles in allem war seine Frau der sanfteste Mensch gewesen, dem er je begegnet war – fast immer voller Zuneigung und hatte ihr Haus mit Liebe erfüllt wie Licht. Aber kurz vor ihrem Tod wurde sie bockig und scharfzüngig, schrie ihn häufig an und maßregelte ihn. Die Trauer damals war unerträglich, die schiere Ungerechtigkeit, dass sie sterben und ihn verlassen musste und dass sie in seinen letzten Erinnerungen an sie zu jemand anderem geworden war.

Im Grunde gab es keine Gerechtigkeit im Leben. Menschen versuchten, gerecht zu sein und Regeln aufzustellen, was gerecht war, aber diese Gesetze hatten wenig mit der Wirklichkeit zu tun, wenn man bereit war, sich ihr zu stellen. Da saß er, kaum acht Jahre jünger als Lidia, und spielte mit ihr, als wäre sie ein Kind. Er war noch größtenteils er selbst, sie hingegen war nur noch ein

Schatten der stolzen, würdevollen Frau, die er aus der Ferne beobachtet hatte. Damals konnte man gar nicht anders, als Lidia wahrzunehmen. Sie war buchstäblich erfüllt von der Kraft des Lebens – es durchflutete sie wie die Gezeiten in der optischen Täuschung einer kreisenden Spirale, ohne Anfang und Ende. Aber man musste einfach hinschauen.

»Sind Sie mein Mann?«, fragte Lidia, als er die Blätter und das Abdruckkissen wieder einsteckte.

»Nein, Lidia. Bloß ein Freund.«

»Ich sehe meinen Mann selten. Ich glaube, er ist immer noch wütend.« Mickey war seit zwanzig Jahren tot. Soweit Tim wusste, hatte Mickey 1959 panische Angst vor der Operation am offenen Herzen gehabt, als das Verfahren noch ganz neu war, er hatte sie jedoch bestens überstanden. Knapp dreißig Jahre später musste die Schweineherzklappe ausgetauscht werden, ein Routineeingriff, aber Mickey starb auf dem OP-Tisch an einem Schlaganfall.

»Und weswegen sollte Mickey wütend sein?«

»Das hat er nie richtig gesagt, aber ich weiß, dass er immer wegen Zeus wütend war.«

»Was war denn mit Zeus?«

Die Frage ließ sie stocken.

»Irgendeine Dummheit«, sagte sie. »Ich weiß nicht mehr genau. Sie müssen entschuldigen. Ich hatte einen Schlaganfall, und mein Gedächtnis ist nicht mehr das beste.«

Tim hätte beinahe laut aufgelacht. Sie war fast völlig weggetreten, aber ihre Gerissenheit hatte sie sich bewahrt.

»Aber wieso sollte Mickey wegen Zeus wütend sein?«

»Mickey?«, fragte sie.

Tim überlegte, wie er vorgehen sollte.

»Lidia, hat Zeus je erfahren, dass er der Vater von Paul und Cass war?«

»O nein«, antwortete sie und schlug sich mit einer Hand auf die Brust. Irgendwelche Gedanken schienen sich in ihrem Kopf zu überschlagen und ihr dann wieder zu entgleiten, wie in der reißenden Strömung vor einem Wasserfall. Erneut schaute sie auf ihr Handgelenk. Tim bemerkte, dass sie immer auf ihre rechte Hand starrte.

»Das ist ein wunderschönes Armband«, sagte Tim. »Darf ich es mir mal ansehen?«

Er nahm ihre Hand. Als er ihre Fingerabdrücke genommen hatte, war ihm der Easton-Absolventenring aufgefallen, den die Zwillinge ihr geschenkt hatten. Er saß ihr jetzt sehr locker am Finger. Die Oberseite mit dem Wappen, dem Stein und den erhabenen Ziffern der Jahreszahl hing nach unten der Handfläche zugedreht. Aber vierzig Pfund früher hatte er mit Sicherheit gut gepasst, und er war solide genug, um diesen Bluterguss auf Ditas linker Wange hinterlassen zu haben.

Die Narbe dagegen hatte er bislang übersehen. Unter dem Armband zog sich eine gut fünfzehn Zentimeter lange Linie aus glänzender, weißlicher Haut von der Oberseite des Handgelenks den Arm hinauf. Sie sah aus wie ein Fluss auf einer topografischen Karte, leicht geschlängelt zwischen sauberen Rändern. Es war die Narbe, so wurde ihm schlagartig klar, die sie faszinierte, nicht das Armband.

»Wo haben Sie sich denn diese Narbe geholt, Lidia?«, fragte er.

Lidia hob langsam den Arm, um ihn zu betrachten.

»Ach das«, sagte sie. »Ich hab mich geschnitten.«

»Wie? Wissen Sie das noch?«

Sie überlegte und wiederholte dann ihr Mantra mit dem Schlaganfall. Aber sie ließ den Arm nicht sinken.

»Und wer hat das genäht?« Die glatte Narbe und die schwachen Fältchen auf beiden Seiten der Naht ließen vermuten, dass ein Arzt die Wunde geschlossen hatte. Als Zeus Tim bat, sich in die Untersuchung des Mordes an Dita einzuschalten, hatten die Ermittler vor lauter internen Machtkämpfen noch nicht daran gedacht, in den Krankenhäusern nachzufragen, ob in der Mordnacht

Schnittwunden versorgt worden waren. Tim ließ in sämtlichen Krankenhäusern im Umkreis von dreißig Meilen Nachforschungen anstellen. Wie sich herausstellte, waren in jener Sonntagnacht natürlich mehrere üble Schnittverletzungen genäht worden, aber keiner dieser Patienten kam als Verdächtiger infrage.

Tim strich sanft über die Narbe.

»Sieht ganz so aus, als hätte ein Arzt das versorgt.«

»Ich glaube, es war dieses Mädchen«, sagte Lidia, die den Arm noch immer hochhielt. Tim nahm ihre Hand und zog sie nach unten, bevor ihr Arm anfing zu schmerzen.

»Welches Mädchen denn, Lidia?«

»Sie kennen sie.« Sie lächelte Tim an, als würde er ein Spiel spielen. »So schlau. Ein sehr nettes Mädchen. Sie ist Ärztin geworden.«

Tim versuchte, sich zu erinnern, wann Sofia Michalis nach dem Medizinstudium in die Stadt zurückgekehrt war. Dann fiel ihm ein, dass Georgia sich darüber beschwert hatte, wie viel Aufmerksamkeit Paul Sofia auf dem Picknick geschenkt hatte.

»Das ist schön für sie«, sagte Tim. »War sie diejenige, die Sie genäht hat? Sofia?«

Lidia versuchte, den Gedanken festzuhalten, schüttelte dann aber den Kopf.

»Ich kenne niemanden, der so heißt«, sagte sie und entschuldigte sich wieder mit ihrem Schlaganfall.

»Sofia ist die Frau, die Paul geheiratet hat.«

»Ach so, ja. Paul ist ein wichtiger Mann. Alle mögen ihn.«

»Lidia, könnte es vielleicht sein, dass Sie sich die Verletzung im Haus von Zeus geholt haben?«

Sie schaute wieder auf die Narbe, und diesmal berührte sie die weiche Haut an der Stelle.

»Hab ich das?«, fragte sie. Der Gedanke kam ihr offenbar einleuchtend vor. Ihre dunklen Pupillen zogen sich zusammen, und er sah ihr an, dass sie sich anstrengte. »Mein Gedächtnis ist nicht mehr das beste.«

»Ist das passiert, bevor Sie Dita geschlagen haben, oder hinterher?«, fragte er sie.

Kaum hatte er diese Frage gestellt, schien ein letzter Rest geistiger Mobilität in ihr zu erwachen, gerade lange genug, um etwas in ihr auszulösen, vielleicht eine Art Angst. Sie fuhr zurück und schüttelte heftig den Kopf mit dem dünnen grauen Haarflaum.

»Haben Sie Dita geschlagen?«, hakte er nach.

»Wer ist das?«, fragte sie.

»Zeus' Tochter. Die junge Frau, mit der Cass zusammen war. Haben Sie sie aus irgendeinem Grund geschlagen, Lidia?«

Ihr Kopf bewegte sich eine ganze Weile hin und her, eher traurig, so schien es, als ablehnend.

»Darüber kann ich wirklich nicht sprechen«, sagte sie.

»Warum denn nicht?«

»Ach, es ist so lange her. Kenne ich den Mann?« Sie zeigte auf Sam Waterston im Fernsehen.

»Haben Sie Dita geschlagen, Lidia?«

»Davon weiß ich nichts«, sagte sie. »Fragen Sie doch meine Söhne. Die wissen das besser als ich.«

Er wollte die merkwürdige Logik dieser Bemerkung hinterfragen – wieso sollten ihre Söhne besser wissen als sie, wen sie geohrfeigt hatte? Doch jetzt schüttelte sie den Kopf noch heftiger, offenbar entschlossen, den bösen Gedanken loszuwerden. Er hatte sich geschworen, Lidia mit Respekt zu behandeln und sie nicht aufzuregen. Er näherte sich dem Ende dessen, was für sie beide hinnehmbar war.

»Lidia, haben Sie Dita Kronon getötet?«

Sie starrte Tim an. »Kenne ich Sie?«

Er stellte sich erneut vor, und sie erklärte die Sache mit ihrem Schlaganfall.

»Lidia, wer hat Dita Kronon getötet?«

»Ach, das war alles sehr traurig«, sagte sie. Einen Moment lang verzerrte Kummer ihr vom Alter zerfurchtes Gesicht. »Dieses Mädchen taugte nichts.«

»Die Tochter? Dita?«

»Sie hatte ein furchtbar freches Mundwerk.«

»Und haben Sie sie getötet?«

»O nein«, antwortete sie, als wäre der Gedanke ebenso lächerlich, wie wenn Tim sie gefragt hätte, ob sie kürzlich zum Jupiter geflogen sei. Sie schwieg eine Weile und drehte ihr Handgelenk, während sie den seltsamen Ansturm von Gedanken ordnete.

»Sind Sie sicher, dass Sie sie nicht getötet haben, Lidia?«

Diesmal löste die Frage einen jähen Stimmungsumschwung aus. Ihre Stirn legte sich in Falten, und ihr Blick wurde stechend, sogar wütend, als sich dieser letzte verbliebene Rest der finster entschlossenen Frau von vor vielen Jahren noch einmal bemerkbar machte.

»Die glauben mir einfach nie«, sagte sie. »Die glauben mir nie.«

»Wer glaubt Ihnen nicht?«

»Sie sollen jetzt gehen. Ich hab genug von allem. Ich weiß nicht, wer Sie sind, und Sie stellen mir die vielen Fragen nur, um mich zu beschämen. Sie sollen jetzt gehen. Wer sind Sie überhaupt?« Sie warf einen Blick zur Tür. »Wie heißt die Frau?«

»Eloise?«

Sie rief nach Eloise. Als die Pflegerin nicht prompt kam, packte Lidia ohne Vorwarnung die Fernbedienung des Fernsehers und warf sie nach Tim. Er bekam gerade noch eine Hand halb hoch, aber das Ding prallte ihm an den Schädel. Dann beugte Lidia sich in ihrem Sessel vor und versuchte, mit Fäusten auf ihn einzuschlagen. Doch dafür war er zu weit weg. Erschrocken sprang er auf und wich zurück. Lidia schrie, sie könne ihn nicht leiden, als endlich Eloise hereinkam.

»Ich mag den Mann nicht, und ich weiß nicht, wer das ist.«

Er floh aus dem Zimmer und wartete im Flur, während Eloise eine weitere Pflegerin zu Hilfe rief, eine kleine Filipina, kaum einen Meter fünfzig groß. Sie schien gut mit Lidia umgehen zu können, und Eloise ließ die beiden allein, um Tim zum Ausgang zu begleiten.

»So wird sie manchmal, aber die meiste Zeit ist sie wirklich eine liebe alte Dame. Ist trotzdem komisch. Wahrscheinlich hatte sie schon immer so eine Ader in sich. Die Ärzte sagen, sie wissen es einfach nicht. Alzheimer bringt bei manchen die schlechten Eigenschaften zutage, und andere verändert die Krankheit von Grund auf.«

»Kein Problem«, sagte Tim. »Sie hat ständig auf ihr rechtes Handgelenk gestarrt.«

»Das macht sie oft, hundertmal am Tag. Die Jungs schenken ihr dauernd Armbänder, damit sie was Hübsches zum Anschauen hat.«

Tim nickte. Die Zwillinge schenkten ihr Armbänder, damit die Leute dachten, Lidia wäre auf den Schmuck fixiert und nicht auf die Narbe.

»Hat sie mal erzählt, woher sie die Narbe am Handgelenk hat?«

»Hat eine Fensterscheibe eingeschlagen, hat sie mal gesagt. Aber wissen Sie, die erzählen an einem Tag das eine und am nächsten was anderes.«

»Aber sie ist Rechtshänderin, nicht?«

»Oh ja. Manche Demente vergessen so viel, dass sie nicht mal mehr wissen, mit welcher Hand sie den Löffel halten. Bei ihr ist das anders. Sie macht alles mit rechts.«

»Wie lange pflegen Sie sie schon?«

»Lidia? Bestimmt schon drei oder vier Jahre. Als sie zu uns kam, ging es ihr noch besser. Aber sie konnte ihre Söhne nicht auseinanderhalten. Manchmal hat sie gesagt, Paul war da, und manchmal hat sie ihn Cass genannt. Aber mittlerweile erkennt sie alle beide kaum noch. Ganz oft nennt sie sie völlig anders, wenn sie wieder weg sind.«

»Und wie?«

Eloise blieb stehen. »Wie ist noch mal der Name? Sie sagt ihn andauernd.« Eloise berührte das hölzerne Stützgeländer, das an der Wand entlanglief, als könnte es ihrem Gedächtnis auf die Sprünge helfen. »Erinnert mich immer an irgendwas, wenn sie ihn sagt.« Eine Hand schoss hoch, als der Groschen fiel. »Ach ja, jetzt weiß ich wieder. Es ist einer aus so einem Zeichentrickfilm, den sich meine Enkel gern anschauen. Der Bursche hält immer einen Blitz in der Hand.«

Tim begriff auf Anhieb. »Zeus?«

»Zeus!« Sie strahlte. Eloises Mund enthielt jede Menge Gold. »Der kommt sie besuchen, sagt sie. Mehr als einmal. Wahrscheinlich erinnern die Jungs sie an ihn.«

Sobald er zu Hause war, blätterte Tim seine Akten durch, bis er die Zeitungsausschnitte zum Mord an Dita fand. Fast jeder Artikel brachte auch ein Foto von Zeus. Dann rief Tim Pauls Wahlkampf-Website auf. Es war eigentlich lächerlich, dass er und so viele andere die Ähnlichkeit nie gesehen und schon gar nicht kommentiert hatten. Die Gesichtsform war ein bisschen anders, aber bei allen drei Männern waren Nase, Haar, Mund und Augen gleich. Was hatte Mickey wohl über ihr Aussehen gedacht? Wahrscheinlich gar nichts. Was die Menschen nicht sehen wollten, sahen sie auch nicht. War das vielleicht das Schwerste am Leben, es mit klarem Blick und ohne vorgefasste Meinung zu betrachten? Oder hätte das nur ein unerträgliches Chaos zur Folge?

Am nächsten Morgen fuhr Tim zur McGrath Hall, um Lidias Fingerabdrücke abzugeben. Seit 1921 residierte dort das Polizeipräsidium. Der rote Koloss mit Steinbögen über massiven Eichentüren und umlaufenden Zinnen auf dem Dach konnte glatt als mittelalterliche Festung durchgehen. Als Tim noch bei der Polizei war, hatte er das Präsidium gehasst, weil er immer nur dann dorthin bestellt wurde, wenn irgendwer ihn wegen irgendwas, das nicht zu ändern war, zur Schnecke machen wollte. Und dann hatten sie ihn für die letzten anderthalb Dienstjahre zum Leiter des Morddezernats ernannt – ein Posten, um den er nie gebeten hatte – und ihm ein Büro dort gegeben. Das Getratsche und die Intrigen, die durch die Korridore waberten, waren wie ein Strudel, der ihn in die Tiefe zu zerren drohte, und er wünschte sich oft, er könnte im Präsidium unerkannt ein und aus gehen. Die im Gebäude herrschende Atmosphäre war irgendwann einer der wesentlichen Gründe, die ihn in den Ruhestand getrieben hatten.

Mo Dickermans Büro lag im Untergeschoss. Wäre es nach den Polizeioberen gegangen, hätte man ihn irgendwo auf halbem Weg nach China untergebracht. Sie konnten ihn nicht ausstehen, weil er sein Ansehen ausnutzte und immer wieder drohte, einen öffentlichen Aufstand zu machen, wenn sie ihn nicht mit den neuesten technischen Errungenschaften ausstatteten, die er haben wollte. Oft nicht ohne Grund meinten die hohen Tiere, dass das Geld besser für andere Bereiche der Polizeiarbeit ausgegeben werden sollte. Doch bei einer Polizei, die wie viele andere städtische Behörden ständig in Kontroversen und oftmals auch in Skandale verstrickt war, stellten Mo und sein weltweites Renommee einfach Pluspunkte dar, auf die sie nicht verzichten konnten.

»Wie war Hollywood?«, fragte Tim, als er eintrat. Mos Labor am Ende des Gangs war riesig und auf dem neuesten Stand der Technik, sein kleines Büro dagegen gerade mal groß genug für seinen Schreibtisch und ein paar Metallaktenschränke. Die Souterrainfenster waren halbhoch und ließen nur wenig Licht herein.

»Diese Leute«, antwortete Mo, sagte aber sonst nichts weiter.

Mo hatte die Originalfingerabdrücke aus Ditas Zimmer noch immer, weil er verreist gewesen war und Tim sie noch nicht hatte abholen können. Jetzt übergab Tim ihm Lidias Abdrücke. Mo hatte darauf bestanden, mit Tooley einen neuen Vertrag zu machen, in dem vereinbart wurde, dass für diese Untersuchung keine Fingerabdrücke benutzt werden würden, die laut Anweisung von Richter Lands an andere Beteiligte zurückgegeben werden mussten.

Mo war ein echter Pedant, weil er wusste, dass es im County viele Leute gab, die jede Kontroverse, vor allem in Bezug auf seine Nebeneinkünfte, zum Vorwand nehmen würden, um ihn loszuwerden. Er versprach, noch am Abend mit dem Fingerabdruckvergleich zu beginnen. Er war einer von den Witwern, die möglichst wenig Zeit zu Hause verbrachten.

»Übrigens«, sagte Tim, »ich bin noch gar nicht dazu gekommen, dich nach dieser Geschichte mit Cass' Fingerabdrücken aus Hillcrest zu fragen. Bei unserem letzten Gespräch hattest du vor, dir Pauls Zehnerkarte genauer anzuschauen, weil du dachtest, die Abdrücke, die man bei Cass' Einlieferung in Hillcrest genommen hat, würden nicht zu denen vom Tatort passen.«

Mo spähte eine Weile durch seine dicke Brille, dann stand er auf und machte die Eichentür zu. In deren Mitte befand sich eine altmodische mattierte Drahtglasscheibe, auf der in Blockschrift Dickermans Name stand.

»Erinnerst du dich daran, dass Lands mich letzten Monat zur Richterbank zitiert hat, damit ich ihm meine Untersuchungsergebnisse zu Pauls Abdrücken mitteile?«, fragte Mo.

»Klar.«

»Ich hätte mir fast in die Hose gemacht und bloß drauf gewartet, dass er mir die falsche Frage stellt. Dann hätte ich nämlich ganz schön blöd dagestanden. Nach dem Motto: Hä?«

Tim lachte. Mo hatte ein herrlich verdattertes Gesicht aufgesetzt.

»Aber du hast doch gesagt, Pauls Abdrücke würden nicht zu denen am Tatort passen.«

»Tun sie auch nicht. Und jetzt, wo ich mir endlich Cass' Zehnerkarte angesehen hab, kann ich sogar die nicht eindeutigen ausschließen.«

»Und was ist nun mit Cass?«

»Kurz nachdem die in Greenwood endlich Cass' Abdrücke gefunden und hergeschickt hatten, hat Lands mich angewiesen, sie zurückzugeben, das weißt du ja. Stern hat in Windeseile einen Mitarbeiter hergeschickt, der die Karte noch am selben Nachmittag wieder nach Greenwood County gebracht hat. Was sagt dir das?«

»Vielleicht gab's irgendwas, von dem sie nicht wollten, dass du es herausfindest. Vielleicht passen ja auch Cass' Fingerabdrücke nicht zu denen am Tatort.«

»Doch, tun sie. Der ganze Fall ist dermaßen verrückt, dass mich selbst das nicht mehr gewundert hätte. Aber ich hab mir alles genau angesehen, sobald ich diese Karte hatte. Cass' Abdrücke waren überall in Ditas Zimmer, genau wie Logan 1983 gesagt hat, einschließlich auf dem Außengriff der Balkontür.«

»Und wo ist jetzt das Problem?«

Mo wandte den Blick ab und schob die Zunge in die Backe.

»Ich kann dir sagen, es ist lange her, dass ich nachts nicht schlafen konnte, weil ich über einen Fall nachgedacht habe. Am liebsten hätte ich eine Blaskapelle engagiert, als Lands die Klagerücknahme endlich angenommen hat.«

Tim hatte festgestellt, dass er in seinem Alter gelegentlich unberechenbare Aussetzer hatte, durch die er den Wendungen eines gewöhnlichen Gesprächs schlicht nicht mehr folgen konnte. Offenbar war das auch in diesem Moment so.

»Ich komm nicht ganz mit, Mo. Cass' Abdrücke waren überall in Ditas Zimmer und Pauls nicht. Was ist daran so seltsam?«

Dickerman wischte sich mit der flachen Hand über den Mund.

»Die Fingerabdruckkarte aus Hillcrest.«

»Und wieso?«

»Tja, sobald ich Cass' Originalabdrücke aus Greenwood bekommen hatte, hab ich sie mit den Abdrücken aus Hillcrest verglichen. Ich weiß, es ist eine Laserkopie, und es hat keine Beweiskraft, aber das sind nicht die Fingerabdrücke von Cass Gianis – die aus dem Gefängnis meine ich. Die Ähnlichkeit ist groß, aber bei den Minutien gibt es deutliche Unterschiede.«

»Willst du damit sagen, es sind Pauls?«

Mo ließ sich reichlich Zeit, ehe er antwortete. »Nach allem, was ich sehen konnte, ist die Antwort Ja.«

Tim war, als würde sein Verstand durchdrehen wie ein Autoreifen in einer Schneewehe.

»Das ist doch unmöglich, verdammt«, sagte er schließlich.

»Wem sagst du das? Ich war doch dabei. Ich hab Paul Gianis in die Augen gesehen, als ich seine Fingerabdrücke genommen habe. Du hast es gesehen. Aber die Abdrücke, die ich in der Rotunde genommen hab, entsprechen denen von Hillcrest.«

»Großer Gott«, sagte Tim.

Mo zeigte drohend mit dem Finger auf ihn. »Es bleibt dabei: kein Wort zu niemandem. Falls das je rauskommt, müssen Horgan und Stern mich aufs Korn nehmen. Die würden ein Mordstrara machen, weil ich Sachen untersucht hab, die ich hätte zurückgeben müssen, und sie würden sagen, meine Meinung wäre ein Indiz für Inkompetenz. Das muss ich alles nicht haben.«

Tim versprach es. Ihm war klar, dass Mo in Bezug auf Pauls Fingerabdrücke die falschen Schlüsse gezogen haben musste, er konnte sich nur nicht erklären, weshalb. Und er sah Mo an, dass auch er das Gleiche dachte.

26.

Das Angebot – 20. März 2008

Marlinda Glynn, eine aufgeweckte junge Studentin an der University of Iowa, die sich ein Freisemester genommen hatte, um als Wahlkampfhelferin zu arbeiten, hielt Paul sein Handy entgegen, als er im West Town Community Center die Bühne verließ. Sie hatten es mit einem morgendlichen Termin im Bürgerhaus versucht, aber es waren höchstens fünfundzwanzig Leute gekommen, die meisten davon ältere Leute, die nichts Besseres zu tun hatten. Er hoffte, der Anrufer wäre Peter Neucriss. Peter war ein alter Bekannter und der erfolgreichste Anwalt für Zivilrecht hierzulande. Paul wollte ihn noch einmal um hunderttausend anbetteln. Peter hatte schon fast zweihundertfünfzigtausend springen lassen, in Form von Schecks, die auf die Namen jedes Mitglieds seiner Familie sowie auf seine Kanzlei ausgestellt waren. Wenn Peter Nein sagte, wie Paul erwartete, wüsste er endgültig, wie schlecht die Dinge standen.

»Der Anrufer sagt, er wäre Hal Kronon«, sagte Marlinda.

»Ein Scherz?«, fragte Paul.

»Ich glaube nicht. Er klingt wirklich wie Kronon.« Marlinda war dabei gewesen, als Hal vor dem Gnadenausschuss seine Tirade vom Stapel ließ. »Und vorher war seine Sekretärin dran.«

Paul nahm das Handy und meldete sich, während er zum Wagen ging.

»Hal hier«, sagte Kronon in lockerem Ton, als wären die Jahrzehnte der Feindseligkeit lediglich gespielt gewesen, um die Tatsache zu verschleiern, dass sie in Wahrheit dicke Freunde waren.

»Das sagte man mir bereits. Darf ich fragen, wie du an meine Handynummer gekommen bist?«

»Ich habe Leute, die so was innerhalb von fünf Minuten rauskriegen. Es gibt da nämlich was, das nennt sich Internet.«

Unwillkürlich musste Paul schmunzeln.

»Ich würde mich gerne mit dir treffen«, erklärte Hal. »Nur wir beide.«

»Wollen wir darüber reden, wie hoch deine Spende für meinen Wahlkampf ausfällt?«

Hal lachte, was Paul ein wenig verblüffte.

»Eher nicht. Sag Ja, Paul. Ich werde deine Zeit nicht vergeuden.«

Sie verabredeten sich für halb drei nach dem Mittagessen. Da beide keinen Wert darauf legten, zusammen gesehen zu werden, schlug Hal das Verwaltungsgebäude in der West Bank Mall vor, Zeus' erstem Shoppingcenter und noch immer eines der erfolgreichsten im ganzen Land. Der Komplex war eine Quadratmeile groß und bestand aus weißen Backsteinbauten, die durch ein Netzwerk von offenen Gängen miteinander verbunden waren. Um mit geschlossenen Shoppingcentern konkurrieren zu können, ließ Hal im Winter draußen Heizpilze aufstellen und an heißen Sommertagen Luftbefeuchter, und wenn es regnete, engagierte er junge Leute, die die Kunden mit Schirmen begleiteten. Die West Bank Mall florierte. Man musste schon Glück haben, um einen Parkplatz zu finden, der nicht allzu weit von dem Laden entfernt war, in den man wollte.

Für Paul war es nach wie vor ein Rätsel, wie das Einkaufen in Shoppingcentern zu Amerikas liebster Freizeitbeschäftigung hatte werden können, als wäre die Heimkehr mit dicken Einkaufstüten voller Klamotten so etwas Ähnliches wie eine erfolgreiche Großwildjagd. In solchen Konsumtempeln fragte er sich jedes Mal, was in diesem Land falsch gelaufen war, wenn so viele Menschen eine derartige Befriedigung aus dem Erwerb von Waren zogen. Mit dieser Beschäftigung war eine Art von Resignation verbunden, die Paul am meisten beunruhigte. Er hatte nichts gegen Muße. Es war eine stolze Leistung, dass wir heute unser Leben nicht mehr ausschließlich mit Erwerbstätigkeit verbringen mussten. Aber warum shoppen gehen, statt im Garten zu arbeiten oder Fahrrad zu fahren?

Das hätte er die Menschenmassen, die an ihm vorbeiströmten, vielleicht gefragt, wenn er geglaubt hätte, dass sie eine Antwort wüssten. Er trug eine Sonnenbrille, wurde aber trotzdem oft erkannt. Die meisten Menschen verfolgten ihn nur mit Blicken, aber zwei Paare sprachen ihn an. Das eine wollte ihn anfeuern, das andere mit ihm fotografiert werden, als liefe er in einem Donald-Duck-Kostüm herum.

Er fand die Verwaltung, die in einem niedrigen frei stehenden Gebäude untergebracht war. Eine junge Frau führte ihn in einen Konferenzraum mit einem billigen Tisch und ein paar Stühlen. Auf einem von ihnen saß Hal. Er stand auf und streckte Paul zum ersten Mal seit fünfundzwanzig Jahren die Hand entgegen. Nach kurzem Zögern schüttelte Paul sie, und beide Männer setzten sich.

Paul legte einen kleinen Digitalrekorder auf den Tisch und schaltete ihn ein.

Hal stutzte.

»Ich hab dir doch gesagt, das hier bleibt unter uns«, sagte Hal.

»Stimmt. Aber ich möchte dich lieber nicht abtasten, ob du ein Mikro trägst, oder rausfinden müssen, ob der Raum hier verwanzt ist. Ich will meine eigene Aufnahme haben, für den Fall, dass du dein Wort nicht hältst.«

Hals Miene verfinsterte sich. Paul wusste nicht, ob Hal genug Selbstbewusstsein besaß, um mit dem unverhohlenen Misstrauen umgehen zu können, aber schließlich hatte er um dieses Treffen gebeten.

»Dann komme ich gleich mal zur Sache«, sagte Hal. »Ich wollte dich davon in Kenntnis setzen, dass ich sämtliche Fernsehspots über dich stoppen werde. Ich hab die Agentur angewiesen, keine mehr senden zu lassen, auch die nicht, für die wir schon Sendezeit bezahlt haben.«

Paul nickte, bemüht, sich keine Reaktion anmerken zu lassen. Er wartete auf das »aber«.

»Ich vermute, Georgia wird das begrüßen«, sagte er. »Ich hab sie vor ein paar Wochen getroffen, und sie findet, ihre Haare sehen aus, als hätte sie der Serienkiller aus *No Country for Old Men* frisiert.«

»Sie ist nicht reingelegt worden.«

»Das glaub ich dir sogar.«

»Sie hat doch nicht gelogen, oder?«

Paul signalisierte mit einer Handbewegung, dass das keine Antwort verdient hatte.

»Was kann ich für dich tun, Hal?«

Kronon sah übergewichtig und krank aus. Er ging jetzt auf die Siebzig zu. Sein Haar lichtete sich, und das Alter holte ihn rasch ein. In Hals Alter hatte Zeus ausgesehen wie ein Filmstar. Es war schon ein Kreuz mit diesen rezessiven Genen.

»Ich überlege, eine öffentliche Erklärung abzugeben«, sagte Hal.

»Das wäre weiß Gott nicht die erste.«

»Aber diesmal werde ich sagen, dass ich überzeugt davon bin, dass du nichts mit dem Mord an meiner Schwester zu tun hattest.«

Pauls Herz schlug plötzlich schneller, obwohl er sich alle Mühe gab, seine Reaktion zu beherrschen. Wenn Hal das tat, hätten sie noch eine Chance. Trotzdem würde er immer noch nicht auf sich setzen – zu viele Wähler hatten ein ungutes Gefühl, wenn sein Name erwähnt wurde, und manche kamen nicht mit dem Gedanken zurecht, dass sein eineiiger Zwilling, der dieselbe DNA hatte wie er, ein Mörder war, wenn auch nicht er selbst. Aber trotzdem. Vielleicht könnten sie es bis zur Wahl in zwei Wochen noch auf den zweiten Platz schaffen.

»Das ist ein ziemlich radikaler Sinneswandel«, sagte Paul schließlich.

»Tja, ich hab so einiges erfahren.«

»Zum Beispiel?«

»Dass das Blut im Zimmer meiner Schwester von deiner Mutter stammt. Nicht von dir oder Cass. Lidias Fingerabdrücke sind auch da. Ich hab den Bericht von Dickerman dabei, falls du einen Blick drauf werfen willst.«

Paul atmete ein paarmal tief durch, um die in ihm aufwogende Mischung aus Angst und Wut in Schach zu halten.

»Wie zum Teufel bist du an die Fingerabdrücke meiner Mutter gekommen?«

Hal zuckte die Achseln. »Hab ich dir doch schon gesagt. Internet. Da findest du einfach alles.«

Paul nahm sich Zeit. Hal Kronon in der Rolle des Klugscheißers war nun wirklich das Letzte, das er ertragen konnte.

»Was willst du, Hal? Ich weiß, dass du dafür irgendwas von mir willst.«

»Nichts Kompliziertes. Ich will nur wissen, was passiert ist«, sagte Hal. »Fünfundzwanzig Jahre lang war ich sicher, dass du und dein Bruder meiner Familie die Wahrheit vorenthalten habt. Und jetzt will ich alles wissen. Falls du es mir sagst, vorausgesetzt, es ist wahr, gebe ich diese Erklärung ab.«

»Wer entscheidet, ob es wahr ist?«

»Ich.«

Paul lächelte.

»Ich weiß nicht, was passiert ist, Hal. Ich war nicht dabei.«

»Aber du weißt, was dir erzählt worden ist.«

Paul überlegte kurz. Diese Geschichte war schon immer das reinste Schneckenhaus gewesen, Windungen über Windungen, und seit einem Vierteljahrhundert wusste er, dass sie niemals weitererzählt werden durfte. Früher hatte seine Mutter gern ein griechisches Sprichwort bemüht: »Wer sein Geheimnis preisgibt, macht sich zum Sklaven.« Hal Kronon war der letzte Mensch auf Erden, dem er sich oder seine Familie zum Sklaven machen würde, schon gar nicht nach den Opfern der vergangenen fünfundzwanzig Jahre.

»Darüber rede ich nicht mit dir, Hal. Und wenn ich es täte, würdest du mir sowieso nicht glauben. Aber eines will ich dir verraten, sozusagen als Entgegenkommen. Ich weiß bis zum heutigen Tag nicht, wer deine Schwester getötet hat. Ich wusste es nie. Das Einzige, was ich mit Sicherheit weiß, ist, dass ich es nicht war und dass ich nichts damit zu tun hatte.«

»Das reicht mir nicht.«

»Mehr hab ich dir nicht zu sagen, Hal.«

»Du wirst die Wahl verlieren.«

»Dafür hast du ja gesorgt.« Eigentlich schloss Paul zunehmend seinen Frieden damit, dass er verlieren würde. Vor fast einem Jahr war er fünfzig geworden. Ein guter Zeitpunkt, um innezuhalten, über sein Leben nachzudenken und sich zu fragen, was er wirklich wollte, statt sich einfach immer weiter mitreißen zu lassen, wie ein Kind, das auf einem Schlitten bergab saust. Er hatte die Nase voll von Begegnungen wie dieser, von Menschen, die bettelten oder drohten, von dem ewigen Eine-Hand-wäscht-die-andere. Er hatte aus einigen guten Gründen nach politischer Macht gestrebt, aber auch, weil sich seine Mutter genau das für Cass und ihn gewünscht hatte und er nach Cass' Schuldbekenntnis mehr denn je die Verpflichtung gespürt hatte, sie beide zu rehabilitieren. Doch dabei hatte er festgestellt, dass Macht eine Falle war. Man konnte weniger umsetzen als gedacht, wurde ständig attackiert und kritisiert und nur zu Hause nicht von neugierigen Blicken verfolgt. Eine Niederlage würde ihn nicht umhauen. Cass dagegen wäre untröstlich. Paul fragte sich kurz, ob Cass auf Hals Angebot eingegangen wäre. Wahrscheinlich nicht. Aber Cass war nicht da.

Er verschränkte fest die Hände, ehe er weitersprach, um seinen Zorn zu zügeln.

»Weißt du, Hal. Ich will ganz ehrlich sein. Du hast echt Nerven. Du stoppst die Ausstrahlung dieser lächerlichen TV-Spots? Na toll. Denkst du etwa, mir wäre nicht klar, dass deine Anwälte dir dazu geraten haben, weil ich dich erneut wegen übler Nachrede verklagen und diesmal richtig fertigmachen könnte, wenn du sie jetzt, wo du das alles weißt, weiterlaufen lassen würdest? Diese Spots waren von Anfang an nichts als böswillige Lügen, und du hast sie wochenlang senden lassen. Und das ist der Kern der ganzen Angelegenheit. Jeder halbwegs anständige Mensch wäre, nachdem er erfahren hat, was du erfahren hast, nur aus einem Grund hierhergekommen, nämlich um mir zu sagen: ›Es tut mir leid. Ich stelle mich aufs Dach des ZP-Hochhauses und schreie in die Welt hinaus, dass ich mich geirrt habe und dass es mir leidtut.‹ Und was machst du? Du versuchst, mich zu erpressen, damit ich meine Familie für etwas hintergehe, das du mit einem Mindestmaß an Achtung vor der Wahrheit von ganz allein tun solltest.«

Hal beugte sich über den Tisch, kam gefährlich nahe. Paul spürte die Wärme seines Atems, als er sprach, und nahm den fleischigen Geruch seines Körpers unter dem Rasierwasser wahr.

»Du wagst es, von Achtung vor der Wahrheit zu sprechen?«, fragte Hal. »Deine Familie verbirgt sie seit Jahrzehnten. Meine Eltern haben bis an ihr Lebensende Tag für Tag mit Ditas Tod gelebt. Und mir war von Anfang an klar, dass keiner von uns wusste, was wirklich passiert ist. Und du bildest dir ein, ich wäre dir was schuldig aus irgendeinem Pflicht- oder Ehrgefühl? Tut mir leid, aber jemand aus deiner Familie hat meine Schwester ermordet.«

»Jemand aus meiner Familie hat fünfundzwanzig Jahre im Gefängnis verbracht. Und ganz unumwunden: Ich weiß wie gesagt bis heute nicht, was passiert ist. Vielleicht hat ja gar niemand aus meiner Familie deine Schwester getötet.«

»Warum hat Cass sich dann schuldig bekannt?«

»Diese Unterhaltung ist beendet.« Paul stand auf und nahm den Rekorder. »Hal, ich finde deine politischen Ansichten beschränkt.

Fand ich schon immer. Und ich finde deine Methoden fragwürdig. Aber ich hab immer geglaubt, es gäbe Grenzen, die du nicht überschreiten würdest, dass du auf deine eigene schräge Art ein anständiger Kerl wärst.«

Hal, der ewige kleine Junge, sah einen Moment lang aus, als würde er gleich losheulen. Dann tröstete er sich mit einer beruhigenden Wahrheit.

»Du bist erledigt«, sagte er zu Paul. »Du wirst niemals Bürgermeister.«

Paul antwortete von der Tür aus.

»Und wenn schon.«

TEIL VIER

27.

Dita – 5. September 1982

Dita Kronon zieht ihre nassen Sachen aus und wirft sie auf den Boden, wo Tula, das Dienstmädchen, sie am Morgen aufheben wird. Nachdem sie sich einen kurzen Bademantel aus dem Schrank geholt und übergezogen hat, lässt Dita sich aufs Bett fallen und greift zur Fernbedienung des Fernsehers. Sie hat Greta gesagt, dass sie vielleicht gegen halb elf noch auf einen Drink vorbeischaut, aber jetzt, wo die Wirkung des Tranquilizers nachlässt, ist sie völlig durch den Wind, und Cass will gegen Mitternacht kommen.

Es war ohnehin schon ein anstrengender Tag. Sie hätte fast einen Freudentanz aufgeführt, als es anfing zu regnen, wodurch diese ganzen grölenden griechischen Spießer wieder dahin zurückgejagt wurden, wo sie hergekommen sind. Ihre Eltern liegen ihr dauernd damit in den Ohren, stolz auf ihre Herkunft zu sein, aber seit sie ungefähr zwölf war, hat sie ihnen immer wieder erklärt, dass sie Amerikanerin ist. Punkt. Sie wird Dita genannt, weil sie »Aphrodite« mit zwei Jahren nicht aussprechen konnte, und sie hat lieber die Kurzform beibehalten, als so einen fremdartigen und seltsamen Namen zu tragen.

Hal liebt natürlich all dieses griechische Zeug, aber er ist ja auch drüben geboren und spricht sogar noch die Sprache. Er mag das ganze Brimborium in der Kirche, die gemalten Figuren an den Wänden, den Weihrauch, die Singerei und den Priester, der die sogenannten Heiligen Gaben an alle mit demselben ekligen Löffel verteilt. Ihr dagegen kommt das Ganze wie eine richtig miese Halloween-Party vor. Aber Hal ist ein Trottel, der seine Eltern manchmal anscheinend schon durch seine pure Anwesenheit in Verlegenheit bringt. Dita liebt ihn trotzdem. Wenn sie mal heiratet, sucht sie sich vielleicht einen Mann, der ein bisschen so ist wie Hal, zumindest einen, der ebenso anhänglich und nett ist.

Im Moment will sie allerdings überhaupt nicht heiraten, was sie Cass schon seit Wochen erklärt. Mit Cass hat sie sich in was reingeritten. Sie hat ihn Ende Mai im Klub kennengelernt, wo er als Bademeister ein bisschen Geld verdiente, um die Zeit bis zur Polizeiakademie zu überbrücken.

»Sieh mal einer an«, sagte sie zu Greta, nachdem sie erfahren hatte, wer er war. Es ging ihr bloß darum, seinen Gesichtsausdruck zu sehen, wenn sie ihm ihren Namen sagte. Sie war schon mit vielen Jungs ausgegangen und hatte sogar mit einigen geschlafen, um eine Wette zu gewinnen oder auch nur, weil sie was zu erzählen haben wollte. Sie trug einen Bikini, den ihre Eltern ihr strikt verboten hatten, im Klub anzuziehen, schlenderte aufreizend an Cass' Hochsitz vorbei und lächelte blinzelnd in der Sonne zu ihm hinauf. Und natürlich, sobald er abgelöst wurde, kam er zu ihr rüber. Er sah gut aus, das musste man ihm lassen, sehr muskulös und mit diesem vollen griechischen Haar. Das war immerhin etwas, das ihr an ihrer Herkunft gefiel. Das Haar. Und das Essen. Das auch.

Cass ist ein guter Mensch, keine Frage, netter, intelligenter, lustiger, als sie gedacht hat. Und es ist immer ein Kick für sie, wenn ein Mann sich so heftig in sie verknallt wie er, obwohl es gleichzeitig auch etwas in ihr zu lähmen scheint. Cass versteht sie wirklich gut. Er hat erkannt, wie sehr sie sich mit ihren Schützlingen identifiziert, diesen geschlagenen Kindern, von denen jederman erwartet, dass sie sich normal verhalten, nachdem in ihrem Leben nichts, aber auch gar nichts normal gewesen ist. Allerdings scheint Casss eine große Mission in ihr zu sehen, als würde sie sich selbst schon allein deshalb lieber mögen, weil er so ein toller Kerl war. Und mit all seinen guten Absichten geht er ihr mehr und mehr auf die Nerven.

Dita grübelt über all dies nach, als plötzlich aus ihrem Badezimmer wie ein Geist Mrs Gianis auftaucht. Ihr Herz krampft sich kurz zusammen, während sie sich sagt, dass sie nicht auf einem Trip ist. Dita zieht den Bademantel enger um den Körper und stützt sich auf die Ellbogen.

»Verdammt, was machen Sie hier?«

»Ich bin vor dem Regen ins Haus geflüchtet, und die Toiletten unten waren alle besetzt.«

»Das war vor vier Stunden.«

»Nachdem ich einmal hier war, hab ich mir gedacht, das wäre eine gute Gelegenheit, mal mit dir zu reden, Dita.«

Dita kann als Einzige im Haus ihre Tür abschließen. Als sie dreizehn Jahre alt war, hat ihre Mutter irgendwo einen dieser alten angelaufenen Bartschlüssel aus Messing aufgetrieben und ihr eingeschärft, sich jede Nacht einzuschließen. Das war eine echte Scheißzeit hier im Haus, über die keiner jemals spricht und an die Dita möglichst nicht zurückdenkt. Hin und wieder, vor allem wenn sie aus einem Albtraum erwacht, strömen die Erinnerungen auf sie ein, Gestalten im Dunkeln, das Gefühl von etwas Schwerem auf ihr, der erstickende Geruch vom Rasierwasser ihres Vaters und der strenge Blick ihrer dämlichen Mutter, die ihr den Schlüssel überreicht, als wäre alles Ditas Schuld. Aber seither ist ihr Zimmer Ditas Refugium. Sobald sie den Schlüssel im Schloss gedreht hat, trauen sich ihre Eltern höchstens noch, schüchtern anzuklopfen, deshalb bumst sie mit Cass – und einigen anderen vor ihm – so gern gerade hier, in diesem Zimmer. Und aus diesem Grund ist Lidias Auftauchen so verstörend.

»Ach nee, ich hab beschissene sechs Stunden da draußen rumgestanden.«

»Wir müssen uns unter vier Augen unterhalten. Wie zwei Erwachsene. Ich hatte Angst, wenn ich dich darum bitte, würdest du Nein sagen.«

Damit hat sie allerdings recht. Es gibt so ziemlich nichts, worauf Dita weniger Lust hat als auf ein vertrauliches Gespräch mit Mrs Gianis.

»Also sind Sie einfach in mein Zimmer eingedrungen? Ich denke, Sie gehen jetzt besser.«

»Ich muss mit dir über Cassian sprechen.« Mrs Gianis hat sich jetzt in ihrem lächerlichen bodenlangen Hängekleid Ditas Bett genähert. Ihre langen Finger sind über dem Herzen gefaltet wie zum Gebet.

»Tut mir leid, Lidia. Das geht Sie nichts an.« Die Gianis sind sehr traditionsbewusst, und Dita weiß, dass es unverschämt wirkt, wenn sie Mrs Gianis mit Vornamen anredet.

»Dita, ich muss dich bitten, die Beziehung zu beenden.«

»Noch mal. Das geht Sie nichts an.«

»Dita –«

»Hören Sie, Lidia, im Moment vögel ich nur mit Ihrem Sohn, also machen Sie sich keine Sorgen.«

Mrs Gianis ohrfeigt sie. Mit aller Kraft. Ditas Wange explodiert vor Schmerz, fast so, als wäre sie aufgeschlitzt worden. So schnell, wie die alte Frau auf sie zugesprungen ist, hatte sie kaum Zeit zu reagieren, und beim Zurückzucken oder vielleicht durch die Wucht des Schlags ist sie mit dem Hinterkopf gegen das Kopfbrett aus Mahagoni geknallt. Lidia ist derweil fast sechs Meter zurückgewichen, offensichtlich über sich selbst erschrocken, und weint plötzlich, was in etwa so unwahrscheinlich ist, als würde eine steinerne Statue Tränen vergießen.

»Mein Gott«, sagt sie wieder und wieder. Lidia hat ihre souveräne Nummer abgezogen, ihre Lieblingsrolle gespielt, aber jetzt ist die Alte ausgerastet und scheint außer sich. Sie presst eine Hand an die Stirn, als wollte sie ihr Gehirn festhalten.

»Ich flehe dich an, benimm dich wie eine Erwachsene, Dita. Hör auf mich, bitte.«

Dita berührt vorsichtig ihre Wange und sagt Mrs Gianis, sie soll sich verpissen.

»Du darfst Cass nicht heiraten. Oder, Gott bewahre, ein Kind von ihm bekommen.«

»›Gott bewahre‹? Geht's wieder um diese alte Scheiße? Die Gianis gegen die Kronons? Ihr und eure Familienfehden. Mein Vater sagt immer, ihr seid Bauerntölpel.«

»Das hat er nie gesagt.«

»Ich kann ihn gern herrufen.«

»So würde er nie über mich oder meine Familie reden.«

»›Bloß ein Haufen Schafficker und Bauerntölpel.‹ Das ist ein Zitat.«

»Dita, Cassian ist der Sohn deines Vaters.«

»Schwachsinn.«

Lidia reagiert so verzweifelt und unberechenbar wie zuvor, fuchtelt mit den Händen und haut dabei gegen eine Scheibe der Balkontür. Der laute Aufprall von Knochen auf Glas löst eine ganze Kaskade ungewöhnlicher Geräusche aus, einen Aufschrei von Lidia und einen Knall wie ein gedämpfter Schuss, als die Scheibe zerspringt, gefolgt vom Geklimpere eines Windspiels, mit dem sich die Scherben nach draußen auf den Betonbalkon ergießen. Verwundert schaut Lidia hinunter auf das Blut, das aus ihrem Handgelenk quillt. Dieser Anblick, den Dita hasst, und das, was Lidia gesagt hat – dass ihr Vater, Häuptling Wanderschwanz, auch sie gefickt hat –, lässt Dita schwindelig werden. Der lose Knoten, der ihre unterschiedlichen Teile zusammenhält, scheint sich zu lösen. Sie muss schreien, und das tut sie.

»Raus hier!« Ihr Kopf tut jetzt genauso weh wie ihre Wange. »Raus hier, verdammt noch mal! Oder ich rufe die Polizei!«

Halb verrückt und völlig am Ende läuft Lidia in die eine Richtung, dann in die andere, stürzt ins Badezimmer und kommt mit einem Handtuch um den Arm gewickelt wieder heraus. Sie will etwas sagen, aber Dita greift zum Telefon neben sich, um die Cops anzurufen.

Haltlos schluchzend, versucht Mrs Gianis, die Tür zu öffnen. Schon ist ein kleiner Stern aus Blut auf der Außenseite des Handtuchs erschienen, das ihren Unterarm umhüllt. Schließlich sagt ihr Dita, sie solle den Schlüssel umdrehen.

Sobald Dita die Haustür zuschlagen hört, wählt sie eine Nummer. Es klingelt einige Male, bis Cass' Anrufbeantworter anspringt, auf dem sie eine Nachricht hinterlässt.

»Komm so schnell wie möglich her. Deine verfickte Mutter hat mich gerade zusammengeschlagen, und ich schwöre dir, ich ruf die Polizei.« Dita stellt erstaunt fest, dass sie weint, vielleicht nur wegen der Demütigung. Eines ist jedenfalls sicher – mit Cass und seiner irren Familie ist sie ein für alle Male fertig. Sie fasst sich an den Hinterkopf. Die Scheißbeule schwillt schon an.

28.

Partnerwechsel – 14. Mai 2008

LOKALES

Es kommt immer noch schlimmer: Gianis' Ehe am Ende

Das Büro des demokratischen Mehrheitsführers im Senat, Paul Gianis (50), der sich im vergangenen Monat nicht für die gestrige Stichwahl um das höchste Amt in Kindle County qualifizieren konnte, gab Dienstagabend bekannt, der Senator und seine Frau, Dr. Sofia Michalis, würden sich nach fast fünfundzwanzigjähriger Ehe scheiden lassen. Dr. Michalis (49), die in der Universitätsklinik die Abteilung für rekonstruktive Chirurgie leitet, beabsichtigt, den eineiigen Zwillingsbruder des Senators, Cass Gianis, zu ehelichen. Dieser war am 30. Januar aus der Haft entlassen worden, nachdem er fünfundzwanzig Jahre für den Mord an seiner Freundin Dita Kronon im Jahr 1982 eingesessen hatte.

Senator Gianis hat bereits schwierige Monate hinter sich. Er war anfänglich der haushohe Favorit für die Bürgermeisterwahl und lag in frühen Umfragen mit gut 20 Punkten in Führung. Erst eine groß angelegte Medienkampagne, die von dem Immobilienmogul Hal Kronon, Chef von ZP Properties, finanziert wurde, führte zu Gianis' Absturz in der Wählergunst. Kronon beschuldigte Senator Gianis, an der Ermordung seiner Schwester Dita Kronon beteiligt gewesen zu sein, Vorwürfe, die Gianis vehement bestritt. Kurz vor der Wahl im April stellte Kronon die Ausstrahlung seiner TV-Spots ohne jede Erklärung ein. Diese Maßnahme kam jedoch zu spät für Gianis, dem 3 000 Stimmen fehlten, um in die Stichwahl zu kommen. Nach seiner Niederlage unterstützte Gianis den gestrigen Sieger, Stadtrat Willie Dixon aus dem North End.

Die Gianis geben ihre bevorstehende Scheidung vermutlich deshalb zum jetzigen Zeitpunkt bekannt, weil sie hofften, die Nachricht würde in der Wahlberichterstattung untergehen. Nachdem Hal Kronons Fernsehspots jedoch bereits landesweites Interesse geweckt hatten, wurde nun auch diese Meldung zum Gegenstand zahlreicher, nicht selten launiger Kommentare. Seth Weisman von der *Tribune*, der sich in seiner überregional erscheinenden Kolumne häufig zu den politischen Merkwürdigkeiten in Kindle County äußert, schrieb prompt in seinem Blog:

»Immerhin hat Paul Gianis jetzt die Chance, seine Wahlkampfschulden zu tilgen. Wer würde nicht ein kleines Vermögen dafür ausgeben, beim diesjährigen Thanksgiving-Dinner der Gianis dabei zu sein?«

aus: Kindle County Tribune – Mittwoch, 14. Mai 2008

Auf dem Sofa in seinem Wintergarten las Tim den *Tribune*-Artikel mindestens dreimal hintereinander. Sein erster Gedanke galt Sofia, die bestimmt zutiefst bestürzt darüber war, in einen Skandal verstrickt zu sein. Dann schaute er die Morgennachrichten, bis er die hämischen Beiträge über die Scheidung nicht mehr ertragen konnte, und rief gegen neun Uhr endlich Evon an.

»Ich wollte auch gerade zum Telefon greifen«, sagte sie. »Hal hat mich gefragt, ob das irgendwie mit dem Mord an Dita zusammenhängen könnte.«

»Kann ich mir nicht vorstellen. Sie vielleicht?« Tim hatte Evon nichts von seinem Verdacht erzählt, dass Sofia in der Mordnacht Lidias Wunde genäht hatte. Das war unmöglich zu beweisen. Und da er eine hohe Meinung von Sofia hatte, wollte er nicht, dass Hal sie in die Mangel nahm.

»Hätten Sie Zeit, sich ein bisschen umzuhören? Nur um auf Nummer sicher zu gehen? Das würde mir Hal vom Leib halten.«

»Klar, mach ich. Ehrlich gesagt, das Ganze geht mir nicht aus dem Kopf.«

Es gab viele offene Fragen in seinem Leben, er hatte viele Fälle gehabt, bei denen so einiges ungeklärt geblieben war, daher wunderte es ihn selbst, dass ihm der Mord an Dita Kronon und die vielen Puzzleteilchen, die nicht zusammenpassten, keine Ruhe ließen. Ein Vierteljahrhundert lang hatte er geglaubt, Cass Gianis hätte die Tat begangen, und vielleicht hatte er das ja auch. Jedenfalls hatte Tim den Fall beruhigt unter »erledigt« abgeheftet. Und jetzt, mit einundachtzig, war es ein ungutes Gefühl, dass etwas, was er vermeintlich richtig gemacht hatte, plötzlich ins Wanken geriet, weil er sich unwillkürlich fragte, wie viele Fehler ihm wohl sonst noch unterlaufen waren.

»Hal ist noch immer stinksauer, dass Paul ihm nicht erzählt hat, was wirklich passiert ist.«

»Da macht einer zwei Jahre lang Wahlkampf«, entgegnete Tim, »und will nicht mit ein bisschen Schnee von gestern rausrücken, obwohl er dadurch bessere Chancen hätte, sein Ziel zu erreichen? Lässt vermuten, dass die Geschichte, die er zu erzählen hat, schlimmer sein muss als das, was die Leute ohnehin schon vermuten. Oder mindestens genauso schlimm.«

In der Wahlkabine hatte Tim lange überlegt, aber dann doch sein Kreuzchen für Paul gemacht. In der Rede, in der er seine Niederlage einräumte, hatte er erklärt, Sofia und er würden nun in Ruhe über die Zukunft nachdenken, doch erst jetzt hatte Tim verstanden, dass er damit ihre Beziehung meinte. Es stimmte tatsächlich, dass man als Außenstehender nie wirklich einschätzen konnte, wie es um eine Ehe stand. Und manchmal vielleicht auch nicht als Beteiligter. Alles in allem schien es, als stünden die Gianis vor einem Scherbenhaufen.

Er sagte Evon, er werde sich noch ein bisschen weiter umhören, ob sich angesichts der jüngsten Entwicklungen etwas Neues ergeben hatte. Sie bat ihn, ohne vorherige Rückfrage keine größeren Spesen zu machen.

Tim glaubte nicht, dass ein Mitglied der Familie Gianis sonderlich Lust hatte, mit ihm zu reden, aber fragen kostete ja nichts.

Früher oder später würde er einen von ihnen vielleicht mürbe machen. Er rief Sofia im Krankenhaus an, geriet aber nur an ihre Mailbox mit der Nachricht, Dr. Michalis sei nicht im Büro. Verständlich. Klatschreporter aus ganz Amerika lauerten auf ein Interview. Tim entschied sich für eine altmodische Methode und schrieb Sofia einen Brief an die Adresse in Grayson, in dem er ihr mitteilte, dass er an sie dachte und gern kurz mit ihr sprechen würde.

Gegen elf fuhr er zum Haus der Gianis, wo schon mindestens sechs Übertragungswagen von unterschiedlichen Fernsehsendern mit ihren dicken Antennen auf dem Dach warteten. Ein uniformierter Polizist stand in der Einfahrt, um zu verhindern, dass die Reporter über die Stränge schlugen und sich bis an die Fenster schlichen. Tim bemerkte einen Kameramann, den er flüchtig von früher kannte, Mitch Rosin. Er saß bei dem milden Wetter im offenen Heck seines Vans und rauchte eine Zigarette. Die ersten Sträucher blühten, und vor wenigen Wochen waren die Bäume praktisch über Nacht wieder grün geworden. In Tims Alter hatte der Frühling einen besonderen Zauber.

Rosin blinzelte durch den Rauch seiner Zigarette, als Tim auf ihn zuhinkte.

»Brodie, stimmt's?«

»Stimmt.«

»Menschenskind, wie geht's Ihnen?« Rosin arbeitete als Freischaffender und hatte Dokumentationen für Kabelsender gedreht. Seine Schulter war hinüber, sagte er, weil er vierzig Jahre lang die Kamera geschleppt hatte, aber ansonsten hätte er ein prima Leben als professioneller Voyeur. Tim setzte sich neben Rosin auf die schmutzige Ladefläche des Vans. Gut zwanzig Minuten schwelgten sie in Erinnerungen. Wie viele andere hatte Rosin Tim noch vom Fall Delbert Rooker her in Erinnerung. Der Mann hatte sechs Lehrerinnen umgebracht und versucht, mindestens vier weitere zu entführen. Er hatte sogar einen Raum in einem Kühlhaus angemietet, wie das auch Jäger machten, und die sechs Leichen dort eingepackt aufgehängt. Abgesehen davon, dass Delbert ein wahnsinniger Killer war, konnte er durchaus als freundlicher, leicht pedantischer Durchschnittsbürger durchgehen. Er arbeitete beim Straßenverkehrsamt, wo er für LKW-Zulassungen zuständig war.

»Ich vermute mal«, sagte Rosin, »er hatte eine schwere Schulzeit.«

»Kann sein. Aber der Kerl hat sich nie geäußert. Wir sind mit einem Einsatzkommando in die Wohnung. Er wohnte in einem Dreifamilienhaus und hat sich diese armen Frauen geschnappt, sie in den Kofferraum verfrachtet und dann mitten in der Nacht in eine Plane gewickelt drei Stockwerke hoch in seine Wohnung geschleppt. Kein Mensch hat je irgendwas mitgekriegt. Und natürlich lebte er nur in seiner eigenen perversen Welt – er hat zum Beispiel Fotos und Tonbandaufnahmen gemacht, damit er jeden Mord noch mal nacherleben konnte. Und er hat nie sauber gemacht. Der Wohnzimmerteppich war voller Blut und Haare. Wir haben den Burschen mit Handschellen an den Heizkörper in der Küche gefesselt, während wir die Wohnung durchsucht haben. Ich sagte: ›Delbert, wussten Sie denn nicht, dass man so was nicht macht?‹ Ich wollte bloß von vornherein verhindern, dass die Verteidigung auf unzurechnungsfähig plädiert. Aber er zuckt bloß die Achseln. ›Die haben's verdient‹, sagt er. ›Alle?‹, frage ich. ›Die haben's verdient.‹ Tja, so hat er das wohl gesehen.«

Schließlich fragte Tim nach den Gianis. Rosin sagte, laut Auskunft von Pauls und Sofias Büros wären sie in Urlaub. Über Cass, dessen aktueller Aufenthaltsort erneut unbekannt war, wusste niemand etwas. Es herrschte großes Rätselraten, wann einer der drei zurück sein würde, aber die Skandalsendungen wollten unbedingt die ersten Bilder des neuen Pärchens, sobald die beiden auftauchten. Also saß Rosin hier.

Während Tim mit Rosin plauderte, hielt eine Postbotin mit

ihrem Minitransporter vor dem Haus nebenan. Der kleinen asiatischen Frau, die einen Tropenhelm trug und Shorts mit Postemblem, war es offenbar unangenehm, ihre Arbeit vor laufenden Kameras zu verrichten, denn sie rannte förmlich zum Briefschlitz an der Nachbartür.

Tim versuchte, sich nichts anmerken zu lassen. Er stand auf und streckte sich und meinte, er müsse seine alten Knochen mal bewegen. Dann fuhr er einmal um den Block und folgte dem Postwagen schließlich eine Stunde lang, bis die Briefträgerin endlich zum Mittagessen vor einem kleinen koreanischen Imbiss hielt. Sie plapperte auf Koreanisch mit den Inhabern, als Tim sich neben sie auf einen der vinylbezogenen Barhocker schob. Sie war extrem zierlich, vielleicht fünfzig, mit einem schönen kupferfarbenen Teint und einem breiten heiteren Gesicht. Am Ende der Shorts waren ihre sehnigen kleinen Waden zu sehen, und um den Hals trug sie ein großes Holzkreuz, was Tim nicht als besonders gutes Zeichen auffasste.

Er griff kurz nach einer herumliegenden Ausgabe der *Tribune,* dann legte er hundert Dollar in Zwanzigern dicht neben ihren Ellbogen.

Sie starrte auf das Geld.

»Kein Chance«, sagte sie.

»Ich will mich nur unterhalten«, entgegnete er. »Seit wann wird die Post für die Gianis eingelagert?«

Sie aß eine Weile mit ihren Stäbchen, das Gesicht dicht über die Schale gebeugt.

Sie blickte nicht auf, als sie rasch das Geld nahm und in ihre linke Hosentasche schob.

»Montag.«

»Und haben Sie schon Post für Cass, Cassian dort abgegeben?«

»Paar Sache.«

»Gibt's einen Nachsendeantrag für Paul?«

»Fängt an letzte Woche.«

»Wohin?«

Sie lachte: »Ich nicht Telefonbuch.« Trotzdem schloss sie die Augen. »Innenstadt. Mo'gan Street dreiihunnert.«

»Morgan Street dreihundert«, wiederholte Tim leise.

Sie nickte. Er hatte keine weiteren Fragen.

Am Donnerstagmorgen beschloss Tim zu versuchen, Cass ausfindig zu machen. Er kannte jemanden, der ihm gelegentlich half, wenn es darum ging, an die Sozialversicherungsdaten anderer Leute ranzukommen. Tim hatte Dave Ng nie gefragt, wie er das anstellte, aber im Laufe der Jahre erhärtete sich sein Verdacht, dass Dave einen Bekannten oder den Bekannten eines Bekannten hatte, der in der Zentrale der Sozialversicherung in Baltimore saß. Eigentlich war die Sache zu heiß für Tim, es sei denn, er wusste sich keinen anderen Rat mehr. Ng verlangte fünfhundert Dollar, die Tim irgendwie in seiner Fahrtkostenabrechnung für Evon würde verbuddeln müssen. Ng rief innerhalb einer Stunde zurück.

»Fehlanzeige«, sagte er. Tim war Ng nie persönlich begegnet, und vielleicht war er ja in Wirklichkeit ein Schwarzer namens Marcellus. Um zu bezahlen, schickte Tim zwei postalische Geldanweisungen ohne Namensangabe an ein Postfach in Iowa. »Letzte Arbeitsstelle war in der Haftanstalt Hillcrest. Dieses Jahr noch in keinem Quartal als beschäftigt gemeldet.«

Tim hätte fast glauben können, Cass wäre ein Phantom, aber sowohl Georgia als auch Eloise, die Pflegerin im Seniorenheim St. Basil, hatten ihn in den letzten Monaten gesehen.

Auf dem Rückweg zum Haus der Gianis hielt er am Gebäude der Polizeigewerkschaft. Auf deren Bar hatte er ein Glas mit Soleiern stehen sehen, das ihm seit mindestens zwei Monaten nicht mehr aus dem Kopf ging. Es war eine Ewigkeit her, dass er ein Solei gegessen hatte. Dieselbe Truppe wie beim letzten Mal saß am Tisch und spielte Binokel, Stash und Giles und der Bursche, der ihm gesagt hatte, er würde Cass niemals finden, sowie noch drei andere. In der Mitte des Tischs lag ein Haufen Vierteldollarmünzen.

»Allmächtiger«, sagte Stash, als er Tim sah. »Totgesagte leben länger.«

»Der Zombie lässt grüßen«, erwiderte Tim. Er rückte einen Stuhl hinter Stash, setzte sich und sagte: »Ach du Schande, auf so ein Blatt setzt du auch noch Geld?«

Stash drehte sich zu ihm um, und Tim lachte vergnügt.

»Ich hab keine Ahnung von dem Spiel«, gestand er. »Soviel ich weiß, gewinnt man mit Petunien.«

»Bist du immer noch für Kronon unterwegs?«, fragte Giles. »Ich hätte gedacht, er hätte die Mission für beendet erklärt. Schließlich hat er Paulie weiß Gott die Wahl versaut.«

»Ich will nur noch ein paar offene Fragen klären, eher für mich selbst als für jemand anderen«, antwortete Tim.

Er ging zur Bar, legte zwei Dollarscheine hin und aß zwei Soleier. Danach ging er zurück zum Tisch, um den Mann, der die Nachbarn der Gianis kannte, zu fragen, ob es irgendwas Neues über Cass gab.

»Ich hab mit Bruce gesprochen, nachdem Sie hier waren. Hab ihm gesagt, dass Sie nach Cass suchen.«

Tim nickte. Er hatte nicht erwartet, hier irgendwem etwas vormachen zu können. Dennoch, die Art, wie der Mann ganz bewusst nicht von seinen Karten aufblickte, verriet, dass er dachte, Tims Absichten durchschaut zu haben. Er war recht groß und praktisch kahl, mit einem nur noch schmalen Haarkranz, den er jedoch so lang trug, dass er ihm über den Kragen hing. Der Mann machte einen ganz anständigen Eindruck, aber Tim spürte, dass er kein richtiger Cop gewesen war, eher ein Möchtegernpolizist, und wahrscheinlich deshalb gern hier gesehen war, weil er wesentlich öfter verlor als gewann.

»Er hat gesagt, keine Spur von Cass«, sagte der Mann. »Seine Frau hat Sofia vor ein paar Monaten in der Einfahrt gesehen und gefragt, wie's so läuft, und sie hat bloß gesagt: ›Wir sind alle so froh, dass er wieder zu Hause ist.‹«

»O ja«, sagte einer der Männer auf der anderen Seite des Tisches, »anscheinend war sie wirklich richtig froh.« Anzügliches Gelächter am Tisch.

»Die Ehe ging doch sowieso den Bach runter«, sagte Stash. »Paulie geht doch schon seit Jahren fremd.«

Tim hatte vor langer Zeit gelernt, niemals nie zu sagen. Ein Schwanz konnte viele Männer zu Narren machen. Aber dennoch.

»Was erzählst du denn da für einen Mist?«, fragte Giles, der Paul schon beim letzten Mal entschieden verteidigt hatte.

»Das ist kein Mist. Kennt ihr Beata Wisniewski?«

»Ist die mit Archie verwandt?«, fragte Tim.

»Seine Tochter.« Archie war Captain im achtzehnten Bezirk im North End gewesen. Immer wieder war gemunkelt worden, dass in dem Bezirk Drogen und Geld von Drogendealern verschwanden. Viele Verteidiger erzählten die gleiche Geschichte: Ein Mandant, der ein Pfund Koks gedealt hatte, wurde am Ende wegen des Verkaufs von hundertfünfzig Gramm angeklagt. Das reichte, um ins Gefängnis zu wandern, aber keiner der Dealer beschwerte sich vor Gericht, dass die Bullen seinen Stoff eingesackt hatten, um ihn selbst zu verkaufen. Falls das wirklich so lief, musste auch der Captain in der Sache mit drinstecken, da waren sich die Strafverteidiger ziemlich sicher. Ansonsten hätte er die kriminellen Kollegen längst rausgeschmissen. Aber das war alles lange her.

»Ist sie auch Polizistin geworden?«, fragte Tim.

»Ist direkt von der Highschool an die Polizeiakademie«, sagte Stash, »dank irgendeiner Sondererlaubnis, weil so was da eigentlich längst nicht mehr möglich war. Sah gut aus. Groß und kräftig, aber durchtrainiert. Ist am Anfang eine Zeit lang mit mir Streife gefahren. Als sie gerade mal sechs Monate an der Akademie war, hat Cass sich schuldig bekannt, und sie war völlig fertig. Anscheinend waren Cass und sie mal 'ne Weile zusammen.«

Auf der anderen Tischseite formte ein dunkler Typ mit Daumen und Zeigefinger einen Kreis und stieß mit dem anderen Zeigefinger hindurch, als wüsste er etwas. Stash schüttelte unbestimmt den Kopf.

»Nach ein paar Jahren hat sie den Dienst quittiert, als sie schwanger wurde«, sagte Stash. »War mit einem von ihren Ausbildern an der Akademie verheiratet, Ollie Soundso, und der hatte ein echtes Alkoholproblem. Hat öfter versucht, sie zu verprügeln, aber sie war natürlich nüchtern, trainiert und groß und hat das Arschloch anscheinend zweimal krankenhausreif geschlagen. Irgendwann fand sie dann wohl, dass das Leben zu kurz ist für so 'nen Scheiß. Jedenfalls, Roddy Winkler hat einen Sohn, der im selben Haus gewohnt hat, in das sie gezogen war. Das muss ungefähr zu der Zeit gewesen sein, als Paulie anfing, richtig Kohle zu machen. Und Roddys Sohn war auch Anwalt und hat gesagt, er hat mehr als einmal gesehen, wie Paul frühmorgens aus ihrer Wohnung kam.«

»Menschenskind«, sagte der mexikanisch aussehende Typ gegenüber, »das wird ja immer übler. Paulie betrügt seine Frau, und das auch noch mit der Exfreundin seines Bruders.«

»Der Bruder hat bestimmt gesagt, mach nur«, sagte der Mann, der den Nachbarn kannte.

»Trotzdem pervers«, sagte der Mann neben Tim. Es folgte ein kurzes Gespräch darüber, wie viele Männer wohl gerne mal mit den Zwillingsschwestern aus der Doublemint-Werbung ins Bett steigen würden.

»Frühmorgens?« Tim kam noch mal auf Stashs Geschichte zurück. »Meinst du nicht, Sofia wäre aufgefallen, dass die andere Bettseite ein bisschen kalt war?«

»Was weiß ich?«, versetzte Stash. »Vielleicht war seine bessere Hälfte verreist.«

»Die haben zwei Kinder.«

»Ich sag doch nur, was Winklers Sohn erzählt hat. Ich bin ihm mal zufällig bei Roddy zu Hause begegnet, und da hat er gesagt: ›Ich weiß was Pikantes über deine alte Partnerin.‹ Er hat berichtet, Paul wäre immer mal wieder bei ihr gewesen, bis sie dann vor zwei oder drei Jahren ausgezogen ist.«

»Zehn Jahre lang oder so?«, fragte Tim. Bis zum Beweis des Gegenteils galt unter Cops alles als wahr, was man über drei Ecken gehört hatte.

»Okay, und dann ist Paul Mehrheitsführer im Senat«, sagte Giles, »und die Presse kriegt nie Wind davon?«

»Paulie ist beliebt. Die beschmeißen nur die Leute mit Dreck, die sie nicht leiden können. Außerdem, vielleicht sind sie der Sache ja auch nachgegangen und haben nie was gefunden, was sie drucken konnten.«

»Was hat diese Beata denn beruflich gemacht?«, fragte Tim. »Ist sie wieder zur Polizei gegangen?«

»Dafür war sie zu clever. Ist Maklerin geworden, glaube ich. Für Gewerbeimmobilien.«

Die Partie war zu Ende. Stash sah Tim an und hob seine mächtigen Schultern. Gib nicht mir die Schuld, sollte das heißen.

Wie üblich ging Tim noch mal zur Toilette und genehmigte sich anschließend ein weiteres Solei an der Bar. Er würde höllisches Sodbrennen kriegen, aber egal.

Diese Geschichte über Paul überraschte ihn, machte aber das Ende seiner Ehe ein bisschen plausibler. Einerseits hatte es wirklich nichts mit dem zu tun, worum es Tim ging. Andererseits wusste man nie, was im Bett so alles ausgeplaudert wurde.

Er fuhr zur öffentlichen Bibliothek in Grayson. Überall in der Stadt wurden derzeit Bibliotheken geschlossen, aber diese hier war noch gut besucht, hauptsächlich von Leuten in seiner Altersgruppe und von Müttern mit Kindern im Vorschulalter. Sie hatte die sterile, funktionale Optik von vielen in den Sechzigerjahren entstandenen Gebäuden, modern und ohne viel Firlefanz. Er fand Beata Wisniewskis Geschäftsadresse im Internet, und auf der

Website der Maklerfirma lächelte sie ihn von einem Foto an. Stash hatte recht gehabt. Sie war attraktiv, blond, wobei Mutter Natur da ein bisschen nachgeholfen worden war, aber Tim war noch keiner Frau begegnet, seine Tochter Demetra eingeschlossen, die mit sechzehn blond war und es nicht als ihr gottgegebenes Recht betrachtete, diese Haarfarbe bis in alle Ewigkeit beizubehalten. Er rief die Maklerfirma an. Die Sekretärin sagte, Beata habe bis drei einen Besichtigungstermin, und Tim fuhr zu der Firma, die ganz in der Nähe der Uniklinik lag. Als Tim noch bei der Polizei war, hätte er sich ohne Dienstwaffe nicht in diese Gegend getraut, aber jetzt war sie hip und trendy. Die Maklerfirma war offenbar schon länger hier ansässig, in einem dreistöckigen Gebäude mit umzäuntem Parkplatz. Ng hätte für ihn rausfinden können, was sie für einen Wagen fuhr, aber Tim wusste ja, wie sie aussah, und wie sich herausstellte, hätte er sie auch so mühelos entdeckt. Ein dicker schwarzer Audi mit dem Kennzeichen BEATA bog um 15.45 Uhr auf den Parkplatz. Tim stieg aus seinem Auto und hinkte auf sie zu. Der Frühlingstag war windig geworden.

Sie war ein Brünnhilde-Typ, nicht direkt übergewichtig, aber wuchtig, noch immer gut aussehend, das blonde Haar zu einer Businessfrisur hochgesteckt und in ihren High Heels über einen Meter achtzig groß. Sie trug einen Sommermantel und hatte ihre Aktentasche unter den Arm geklemmt, setzte aber ein rasches Lächeln auf, als er auf sie zukam. Er hielt ihr die Hand hin.

»Ms Wisniewski? Ich bin Tim Brodie. Ich hab Ihren Vater flüchtig gekannt.«

Sie blieb stehen, ihre hellblauen Augen wurden eiskalt, und ihre Kiefernmuskulatur verhärtete sich.

»Sie befinden sich auf Privatbesitz«, sagte sie. »Wenn Sie sich noch einmal hier blicken lassen, rufe ich die Cops, dann können Sie denen erzählen, wie gut Sie sich mit meinem Vater verstanden haben.«

Zurück im Auto, ließ Tim die Begegnung ganz langsam Revue

passieren, um zu eruieren, wann genau der Eissturm eingesetzt hatte. Als er ihren Dad erwähnt hatte? Nein, er war ziemlich sicher, dass sie bei seinem Namen auf Gefriertemperatur geschaltet hatte. Was bedeutete, dass sie wusste, wer er war. Was wiederum bedeutete, dass die Geschichte über Paul und sie wahr sein musste.

Rein gefühlsmäßig beschloss er, ihr Haus zu beobachten. Sie hatte dermaßen nervös gewirkt, dass sie vielleicht ein bisschen Entspannung brauchte.

Noch einmal fuhr er zur Bibliothek. Eine Inverssuche mit der Handynummer, die auf der Website der Maklerfirma stand, landete nur wieder bei ihrem Büro. Im Adressverzeichnis der Tri-Cities fand er einen Eintrag für T. Wisniewski auf der Clyde Street, nur etwa drei Blocks von der Maklerfirma entfernt. Mithilfe der Straßenkarte auf der Website des Grundbuchamts fand er die Identifikationsnummer für diese Adresse heraus, rief dann ein anderes Verzeichnis auf und stellte fest, dass der entsprechende Grundsteuerbescheid an Beata Wisniewski ging. Um halb sechs war er in der Straße mit den dreigeschossigen Reihenhäusern. Die Sommerzeit hatte begonnen, und viele junge Anwohner nutzten den milden Abend für einen Spaziergang, mehr als die Hälfte davon mit Hund.

Tim umkreiste den Block einige Male. Gegen halb sieben sah er den Audi in eine Seitenstraße biegen und kam gerade noch rechtzeitig, um mitzukriegen, wie der Wagen in eine Garage rollte. Langsam fuhr er vorbei und erhaschte einen flüchtigen Blick auf Beata durch ihr Heckfenster. Es dauerte eine Weile, bis eine Parklücke in Sichtweite ihrer Haustür frei wurde, aber Tim ergatterte sie und wartete. Er hatte keine Ahnung, wo Paul Unterschlupf gefunden hatte. Aber er kannte viele Männer, die von ihren Frauen rausgeschmissen worden waren, und die meisten entfernten sich nicht weit von zu Hause, nicht unbedingt aus Trotz, sondern um all dem nahe zu bleiben, was sie verloren hatten. Etwa eine halbe

Stunde nach Sonnenuntergang, kurz nach halb neun, ging bei Beata ein Licht an, vermutlich in ihrem Wohnzimmer. Kurz darauf setzte einige Parkplätze vor Tim ein Wagen in eine Lücke. Es war ein grauer Acura, wie der, den er im Februar in Sofias Garage gesehen hatte. Ein Mann stieg aus und steuerte tatsächlich im Laufschritt auf Beatas Haus zu. Tim meinte, ihn zu erkennen, als er eine Straßenlampe passierte, aber der Mann war in Bewegung, und Tim sah bei Dunkelheit schlecht. Er schoss ein paar Fotos, sobald der Mann unter Beatas Außenlampe wieder in Sicht kam. Dann verschwand er im Haus, tauchte aber Sekunden später mit einem großen Koffer wieder auf, dicht gefolgt von Beata. Die beiden hasteten zu dem Acura und brausten davon.

Tim versuchte, ihnen zu folgen, hatte angesichts seines Sehvermögens aber keine Chance. Er verlor den Acura, als dieser sich kurz vor der Nearing Bridge in den dichten Verkehr einfädelte.

Tim fuhr rechts ran, um sich die Fotos anzuschauen, die er gemacht hatte, nur um sich zu vergewissern, dass er recht hatte. Als er die Digitalfotos vergrößerte, wurden sie körnig, aber sie bestätigten seinen Verdacht.

Endlich hatte er Cass Gianis gefunden.

29.

Ein Mann – 18. Mai 2008

Am Sonntagabend fuhr Tim erneut nach Grayson und parkte schräg gegenüber vom ockerfarbenen Steinhaus der Gianis. Die Fernsehteams und der Uniformierte in der Einfahrt waren verschwunden, wahrscheinlich weil ihre jeweiligen Arbeitgeber keine Lust hatten, die vielen Überstunden zu bezahlen. Die Auskunft der Postbotin ließ jedoch vermuten, dass Sofia jetzt zurück sein würde. Und tatsächlich brannte Licht im Haus. Er beobachtete die Fenster durchs Fernglas, bis er Sofia in der Küche sah, dann überquerte er die Straße und klingelte. Eine Minute später hörte er jemanden hinter der schweren polierten Eichentür, und in dem kleinen Sichtfenster erschien ein Gesicht. Der Hund, den er schon beim letzten Mal gehört hatte, kläffte entrüstet.

Sofia öffnete. Sie trug Bluejeans, und der Hund sprang um sie herum. Sie sah nicht besonders gut aus. Ohne Make-up wirkte ihre Haut uneben. Ihre Lippen bebten sogar, während sie ihn mit ihren riesigen Augen anstarrte.

»Mr Brodie, bitte. Bitte. Können Sie uns nicht in Ruhe lassen? *Bitte.*«

Der Hund, eine junge, gerade erst ausgewachsene Labradorhündin, ging auf die Hinterbeine und kratzte an der Fliegengittertür. Tim hob eine Hand, um sie zu beruhigen.

»Tim«, sagte er. »Ich denke, du bist alt genug, mich so zu nennen.«

»Wir haben fünfundzwanzig furchtbare Jahre hinter uns. Wir versuchen nur, unser Leben wieder in den Griff zu bekommen. Können wir nicht irgendwann auch mal in Frieden leben? Hal Kronon ist verrückt.«

»Ich verstehe dich, Sofia«, sagte er. »Ehrlich. Aber offen gestanden ist es mir mittlerweile vielleicht wichtiger als Hal, die Wahrheit rauszufinden. Ich muss nämlich nach fünfundzwanzig Jahren plötzlich erkennen, dass ich damals versagt habe.«

»Ich bin sicher, das stimmt nicht, Mr Brodie.«

»Weißt du, Lidias Fingerabdrücke waren in Ditas Zimmer. Und höchstwahrscheinlich auch ihr Blut.«

Sofia antwortete nicht und senkte den Blick auf den Fliesenboden des Eingangs.

»Sofia«, sagte Tim. »Ich denke, du hast Lidias Arm genäht, nachdem Dita getötet worden war.«

Wie bei einer Marionette schnellte mit einem Ruck ihr Kopf nach oben.

»Wer hat Ihnen das erzählt? Haben Sie unsere Telefone abgehört? Sind Sie wirklich so weit gegangen?«

»Natürlich nicht, Sofia.«

Auf der breiten Treppe hinter ihr tauchte oben ein Mann auf. Es war Cass. Seit fünfundzwanzig Jahren war Tim nicht mehr im selben Raum mit ihm gewesen, und ohne die Höckernase war Cass im Laufe der Zeit der besser aussehende Bruder geworden, etwas vitaler, als Paul gegen Ende des Wahlkampfs gewirkt hatte. Er kam rasch die Treppe herunter, schlang einen Arm um Sofia und zog sie sachte vom Eingang weg.

»Gute Nacht, Tim«, sagte er und drückte mit seiner freien Hand die Tür zu.

Am Montagmorgen waren Sofia und Cass in sämtlichen Nachrichten. Irgendein PR-Berater hatte sie überredet, in den sauren Apfel zu beißen und vor die gierigen Kameras zu treten. Der lokale

Kabelsender, der rund um die Uhr Nachrichten brachte, übertrug das Ereignis live, und Tim sah es sich zu Hause an. Scheu traten die beiden aus dem Haus, blieben unsicher lächelnd stehen, der Abstand zwischen ihren Händen hauchdünn. Die Kameras umkreisten sie, während die Reporter sich gegenseitig mit ihren Fragen übertönten und das Paar schwieg. Bei all dem Trubel entwischte irgendwie der Labrador aus dem Haus, und Cass lief pfeifend und klatschend hinterher. Die junge Hündin war ein bisschen verstört und raste eine Weile durch die Gegend, doch dann kam sie zu ihm, legte sich vor Cass auf den Bauch, damit er nicht mit ihr schimpfte, und klopfte mit dem Schwanz auf die Einfahrt. Cass führte sie am Halsband zurück ins Haus, gab Sofia einen züchtigen Kuss auf die Wange, ehe er das Garagentor per Schlüsseldruck öffnete. Beide fuhren in verschiedenen Autos davon.

Wo zum Teufel wollte er überhaupt hin?, fragte Tim sich.

Auch Paul ging wieder zur Arbeit. Die Kameras zeigten ihn, wie er gegen neun Uhr durch die Drehtür das LeSueur-Gebäude betrat. Er lächelte, weigerte sich aber, irgendwelche Kommentare abzugeben, während er durch die Art déco-Halle mit ihren kunstvollen Messingverzierungen eilte. Die Sicherheitsleute des Hauses hielten die Kameras zurück, als Paul die Aufzüge erreichte.

Am Mittwoch fuhr Tim morgens um halb sechs nach Grayson raus. Die Absprache, die Cass und Sofia offenbar mit der Presse getroffen hatten, schien zu halten. Die Übertragungswagen waren verschwunden. Gegen sechs kam Sofia in ihrem älteren Lexus aus der Garage gerollt, vermutlich um ins Krankenhaus zu fahren.

Tim blieb, wo er war, und wartete ab, ob Cass' Acura auftauchen würde, was gegen acht Uhr auch geschah. Nachdem Tim ihm ungefähr fünf Minuten gefolgt war, merkte er, dass Cass offensichtlich versuchte, potenzielle Verfolger abzuschütteln. So bog er plötzlich in irgendeine Einfahrt und wendete. Beim ersten Mal, als Cass dieses Manöver machte, konnte Tim ihm noch ausweichen, doch als er kurz darauf um die Ecke bog, sah er den

Acura auf der anderen Straßenseite unter den dicken alten Bäumen am Straßenrand parken. Cass lächelte Tim sogar zu und winkte lässig.

Tim rief Evon an.

»Ich muss ab sofort jeden Tag ein anderes Auto mieten«, sagte er. »Bin verdammt neugierig, wo Cass hinwill.«

»Warum interessiert uns das?«, fragte sie.

»Vielleicht nur, weil ich nichts Besseres zu tun hab, als mir die ganzen Berichterstattungen über Cass und Sofia anzuschauen. Haben Sie irgendwelche Infos, was für eine Art Arbeit er macht?«

»Er will doch eine Schule eröffnen, oder? Offenbar bemüht er sich um eine Sondererlaubnis vom Erziehungsministerium, weil er vorbestraft ist. Ich meine, das hätte ich irgendwo gelesen.«

»Wo ist denn diese Schule? Wann wird sie eröffnet? Und welcher Lehrer achtet eigentlich darauf, ob er verfolgt wird?«

»Keine Ahnung. Vielleicht hat er einfach nur die Nase voll von Reportern. Hal hat mich seit einer Woche nichts gefragt. Er hat gerade einen Riesentrouble mit seinen Bankern.« Anscheinend hatte Hals kreditgebendes Bankenkonsortium wenige Tage nach Abschluss des Deals mit YourHouse eine Abwertung des Portfolios von unverkauften Einfamilienhäusern beschlossen, das ZP soeben erworben hatte. Die Anwälte beider Seiten lagen sich heftig in den Haaren und verhandelten rund um die Uhr.

»Die Mietwagen bezahl ich aus eigener Tasche, wenn Sie wollen«, bot Tim an.

»Nein, er will noch immer alles über die Gianis rauskriegen. Journalisten und Blogger im ganzen Land schreiben inzwischen, Paul wäre ›gekronont‹ worden, soll heißen, von einem stinkreichen Irren mit erfundenen Vorwürfen politisch ruiniert. Hal wäre froh über jede Information, die beweist, dass Paul nicht ganz astrein ist. Und was ist mit Brünnhilde? Irgendeine Spur von ihr?«

Er fuhr jeden Tag an Beatas Haus auf der Clyde Street vorbei, und auf dem Betonabsatz unter dem Briefschlitz in ihrer Haustür stapelte sich inzwischen so viel Post, dass die Windfangtür schon einen Spalt offen stand.

Am Donnerstagmorgen, saß er in einem gemieteten Ford Escape zwei Blocks vom Haus der Gianis entfernt, verlor Cass aber wieder im dichten Verkehr Richtung Innenstadt. Da ihm sonst nichts einfiel, fuhr Tim zur Morgan Street 300, laut Aussage der Postbotin die Adresse für Pauls Nachsendeantrag. Vielleicht würde ja er dort irgendwas rausfinden.

Die zwei neuen Hochhäuser am Rande der Innenstadt nahmen einen ganzen Block ein. Als Tim noch im Waisenhaus gelebt hatte, war dieser Teil der Stadt ein reines Industriegebiet gewesen mit riesigen gedrungenen Lagerhäusern aus unverputztem Mauerwerk und Fabriken mit qualmenden Schornsteinen. Damals war die Fahrt nach DuSable eine halbe Weltreise. Jede Schulklasse fuhr einmal im Jahr mit einem Zug der Rock Island Line hin. Er erinnerte sich, wie aufgeregt er gewesen war und dass ihm durch das Schaukeln der Waggons immer leicht übel wurde und ihm die schiere Größe und Energie der Stadt Angst machten. Aber der Anblick, der ihn am allermeisten faszinierte, war das andere Ende des Kopfbahnhofs, wo eine Drehscheibe Lokomotiven in die entgegengesetzte Richtung wendete, weil diese damals noch nicht rückwärtsfahren konnten.

In den Fenstern der zwei Neubauten boten Transparente mit riesigen roten Lettern freie Einheiten zum Kauf oder zur Miete an. Tim ging in die Lobbys der Häuser in der Hoffnung, dort ein Verzeichnis der Bewohner zu finden, in beiden Fällen gab es jedoch stattdessen ein Empfangspult mit Sicherheitspersonal, sodass er beschloss, lieber zu warten, als unnötig Aufmerksamkeit zu erregen. Früher oder später würden die Gianis ihn vermutlich als Stalker bezeichnen und ein Näherungsverbot gegen ihn beantragen. Er verbrachte den Tag damit, die Türen und Einfahrten zu den Tiefgaragen beider Gebäude im Auge zu behalten. Dabei hörte er eine CD aus der Bibliothek, eine Hörausgabe des Buchs über griechische Mythologie, durch das er sich hindurchgekämpft hatte.

Freitagmorgen war er wieder früh dort. Er wollte Paul abpassen, wenn er herauskam, um zur Arbeit zu fahren. Stattdessen sah er gegen Viertel vor neun Cass' Acura in die Tiefgarage des Gebäudes mit der Hausnummer 345 fahren. Tim schaltete die Warnblinkanlage seines gemieteten Corolla an und lief durch den fließenden Verkehr auf die andere Straßenseite, weil er fand, dass es sich durchaus lohnen könnte, jetzt doch mal einen Blick ins Bewohnerverzeichnis zu werfen. Er hatte gerade die äußere Glastür zur Lobby des Gebäudes geöffnet, als ein blaues Chrysler-Cabrio aus der Tiefgarage kam. Der Wagen war keine zehn Meter entfernt, und Tim konnte den Fahrer gut erkennen, als er an der Ausfahrt anhielt, um nach links und rechts zu schauen, ehe er auf die Morgan Street bog. Es war Paul.

Tim hinkte über die Straße zu seinem Mietwagen zurück. Er hatte Glück. Zwei Blocks weiter musste Paul an einer Ampel halten, und Tim schaffte es, ihm bis zu einem siebenstöckigen Parkhaus gegenüber vom LeSueur-Gebäude zu folgen. Kurz darauf kam Paul mit seiner Aktentasche heraus. Offensichtlich war er auf dem Weg ins Büro.

Tim fuhr zurück zum Haus Nummer 345. Als er am Vortag in der Lobby gewesen war, hatte er gesehen, dass Besucher auf einem kleinen Bildschirm herumgetippt hatten, der in das Empfangspult eingelassen war, und sich dabei einen daran angeschlossenen Telefonhörer ans Ohr gehalten hatten. Es war gerade kein Wachpersonal in Sicht, und Tim nahm den Hörer und befolgte die Anweisungen auf dem Bildschirm. Durch das Drücken der Rautetaste rief er eine Liste der Bewohner auf. Der Name Gianis war nicht aufgeführt, aber als er weiterscrollte, stieß er auf T. Wisniewski in Einheit 442. Spaßeshalber rief er dort an, doch auch nach achtmaligem Klingeln meldete sich niemand.

Er stand da und dachte nach. Beata hatte ein Haus, also hatte sie diese Wohnung vermutlich für Paul angemietet, musste dies allerdings schon getan haben, bevor er und Sofia sich getrennt hatten. Es wäre nämlich ziemlich sinnlos, die Wohnung jetzt noch auf Beatas Namen laufen zu lassen. Paul war noch immer ein bekannter Mann, und es würde sich schnell herumsprechen, dass er hier wohnte. Vielleicht war das hier ihre »Bumshöhle« gewesen, wie boshafte Zeitgenossen das wohl bezeichnen würden. Zugleich war Tim jedoch der Ansicht, dass Pauls Risiko, Aufmerksamkeit zu erregen, weit geringer gewesen wäre, wenn er einfach durch die Hintertür in Beatas Haus gegangen wäre. Und was trieb Cass überhaupt hier? Die Beziehung der beiden Brüder musste zurzeit doch recht angespannt sein.

»Kann ich helfen?«, fragte eine korpulente Frau mittleren Alters, die aus dem Paketraum gekommen war und jetzt wieder ihren Posten auf einem hohen Drehstuhl hinter dem Empfangspult aus Rosenholz einnahm. Sie trug einen Blazer mit der Zahl *345*, dem Logo des Gebäudes, über dem Herzen. Ihr misstrauischer Blick verriet ihm, dass sie Anweisungen bekommen hatte, auf Leute wie ihn zu achten.

Gebäude 345 war genau wie sein Konkurrent einige Häuser weiter dazu ausgelegt, sämtliche Bedürfnisse des gestressten Stadtmenschen zu erfüllen. Hier im Erdgeschoss gab es einen Fitnessraum, einen überteuerten Bioladen und dahinter noch ein paar weitere kleinere Geschäfte.

»Ich suche bloß nach der Reinigung«, sagte Tim und rechnete damit, dass sie ihn zu der Reinigung schicken würde, die er nebenan gesehen hatte. Stattdessen stellte sich heraus, dass auch dieses Gebäude über eine Reinigung verfügte.

»Gleich dahinten.« Sie zeigte den Granitkorridor hinunter. Er spürte, dass sie ihn beobachtete, als er loshumpelte, und um auf Nummer sicher zu gehen, betrat er das Geschäft, in dem es nach Dampf und Wäschestärke roch. Eine asiatisch aussehende Frau fragte ihn, was sie für ihn tun könne. Sie hatte einen starken

Akzent, und bei dem Lärm der Kleidermangel hinter ihr musste er sie zweimal bitten, die Frage zu wiederholen. Plötzlich kam ihm eine Idee, wie er herausfinden konnte, ob Paul tatsächlich hier wohnte.

Unter den Blicken der Frau stülpte er jede einzelne Tasche seines Sakkos von innen nach außen.

»Ich soll die Sachen von meinem Boss abholen. Aber ich hab den Abholzettel verloren.«

»Name?«

Er buchstabierte den Namen Gianis. Sie sah ihre Belege durch und betätigte dann den Schalter des Wäschekarussells, das sich prompt in Bewegung setzte und Kleidungsstücke in schimmernden Plastikhüllen vorbeidefilieren ließ. Paul wohnte also hier. Tim wollte ihr gerade eröffnen, er hätte auch sein Portemonnaie vergessen, als sie zwei Anzüge an die Edelstahlstange über der Theke hängte.

»Sie ein Anzug schon drei Woche vergessen«, sagte sie.

»Tatsächlich?« Er betrachtete den zweiten Anzug genauer. Er sah genauso aus wie der erste, leichter blauer Wollstoff mit einem dezenten Fischgrätenmuster. Tim hob die Plastikhülle kurz an, als wollte er sich vergewissern, dass es sich auch wirklich um den richtigen Anzug handelte, und entdeckte auf der Innenseite das Etikett eines Maßschneiders, Danilo. Falls es der Danilo war, an den Tim dachte, dann fertigte er Kleidung für Sportler und Mafiosi an, eine Kundschaft, über die er kein Wort verlor.

Er nahm beide Anzüge von der Stange und hielt sie auf Armeslänge vor sich, um irgendeinen Unterschied zu entdecken. Er wechselte sie mehrmals von einer Hand in die andere und hängte sie schließlich wieder so an die Stange, dass die Schultern exakt bündig waren. Und da sah er es. Der zweite Anzug, der jetzt hinten hing, war in der Schulter etwa eine halbe Kleidergröße breiter, und die Ärmel waren eine Idee länger.

»Drei Wochen, ja?«, fragte Tim die Frau.

»Ja.« Sie zeigte ihm den Beleg. Darauf stand mit Filzstift »442«, aber Tims umständliche Inspektion hatte ihre Geduld erschöpft.

»Sie jetzt zahle«, sagte sie. Also griff er nach seinem Portemonnaie und spielte ihr das volle Programm vor, verwünschte seine Schusseligkeit und fragte sie, wo der nächste Geldautomat sei.

Montag war Feiertag, Memorial Day. Tim war für den Nachmittag bei seiner schwangeren Enkelin Stefanie zu einem Picknick mit der Familie ihres Mannes eingeladen. Schon das ganze Wochenende hatte er sich darauf gefreut zu sehen, wie glücklich das junge Paar über den zu erwartenden Nachwuchs war, und sich dazu gratulieren zu lassen, dass er es noch erlebte, wie ein Teil seiner DNA in die nächste Generation überging. Um sich die Zeit bis dahin zu vertreiben, beschloss er, vormittags für ein paar Stunden in seinem Auto vor Hausnummer 345 auf Beobachtungsposten zu gehen. Cass' Acura tauchte kurz vor zehn Uhr auf. Genau wie am Freitag kam Paul kurz nach Cass' Eintreffen in dem Chrysler aus der Tiefgarage. Tim folgte Paul bis zu seinem Senatorenbüro und dann zu einem Festzug in seinem Wahlkreis.

Am Dienstagmorgen stand Tim um halb acht vor Nummer 345. Er trug eine dunkelblaue Drillichmontur, die er noch aus seiner Zeit in der Heizungsfirma seines Schwagers vor fünfundzwanzig Jahren behalten hatte. Sowohl auf der kurzen Jacke als auch auf der dazu passenden Schirmmütze prangte das Emblem von Bobs Unternehmen, das er schon vor einem Jahrzehnt verkauft hatte. Inzwischen bekam Tim zwar die Hose nicht mehr ganz zu, aber er hatte sich mit Gürtel und Sicherheitsnadel beholfen.

Er stand vor der Tiefgarage des Gebäudes auf dem Betonsteg, der Ein- und Ausfahrt voneinander trennte. Als ein Wagen herauskam und schwungvoll auf die Straße fuhr, schlüpfte Tim unter dem wieder herabgleitenden Tor hindurch und ging die Rampe hinunter. Ein Cadillac auf dem Weg nach oben hupte ihn an, doch Tim hob protestierend die Hände und tat so, als hätte er alles Recht der Welt, hier zu sein.

Die Tiefgarage hatte zwei Ebenen und roch unangenehm nach Öl und Abgasen. Tim hielt es für das Beste, sich am Fuß der Rampe auf die Lauer zu legen, den Rücken gegen die Betonsteinwand gepresst. Der Acura kam herein und fuhr direkt auf die untere Ebene. Tim nahm die Treppe und wartete, bis er den Chrysler nach oben fahren sah. Anschließend musste er einige Minuten suchen, bis er den abgestellten Acura fand, die Motorhaube noch warm.

Am Mittwochmorgen positionierte er sich auf der unteren Ebene der Tiefgarage. Er wusste, dass er Gefahr lief, auf seine alten Tage noch wegen unerlaubten Betretens festgenommen zu werden, aber die Neugier hatte ihn gepackt. Er hatte fünfhundert Dollar in bar dabei, um im Fall der Fälle die Kaution zahlen zu können, außerdem hatte er Evon vorgewarnt.

Cass kam um fünf vor neun angefahren und verbrachte eine Minute damit, Autos umzusetzen. Er steuerte den Acura auf den Parkplatz, auf dem das Cabrio gestanden hatte, danach ging er mit seiner Aktentasche zum Chrysler, den er mit laufendem Motor in der Fahrspur hatte stehen lassen.

Cass verschwand im Innern des Chryslers, Und Tim ging im Abstand von knapp fünfzehn Schritten an dem Wagen vorbei. Er riskierte lediglich einen schnellen Blick und meinte zu sehen, dass Cass nach unten auf einen Computer spähte, während sich seine Schultern leicht bewegten. Tim ging zu einem Messgerät an der Wand, tat so, als würde er daran herumhantieren, anschließend hinkte er im gemächlichen Tempo eines Mannes, der stundenweise bezahlt wird, wieder in die andere Richtung. Als er diesmal am Chrysler vorbeikam, konnte er deutlich sehen, dass Cass eine Hand am Gesicht hatte und sich den Nasenrücken hielt, als hätte er Schmerzen in den Nebenhöhlen oder wäre von Trauer übermannt worden oder dergleichen. Tim wollte nicht allzu auffällig hinstarren und ging nach oben, weil er hoffte, Cass besser sehen zu können, wenn Licht durch das sich öffnende Tor fiel. Und das konnte er auch. Aber der Fahrer war Paul.

»Es ist immer genau ein und derselbe«, sagte er, als er am Donnerstagnachmittag in Evons Büro saß.

»Das gibt's doch nicht.«

»Cass verlässt das Haus. Und Paul fährt zur Arbeit. Ich war jetzt dreimal unten in der Tiefgarage. Cass wohnt bei Sofia, aber sobald er aus dem Haus geht, tut er so, als wäre er Paul. Er klebt sich jeden Morgen eine Prothese auf die Nase.«

Evon musste lachen.

»Ach, hören Sie auf. Eine falsche Nase? Hat die auch so einen Groucho-Schnurrbart unten dran?«

»Genau deshalb kommt er damit durch. Weil das kein Mensch je glauben würde.«

»Allerdings.«

»Nein, hören Sie zu.« Tim gestikulierte mit beiden Händen. Er war ziemlich aufgeregt und stolz auf sich, dahintergekommen zu sein. »Was macht Sofia beruflich? Sie stellt Gesichter wieder her, und dafür benutzt sie ständig irgendwelche Prothesen. Gehen Sie mal auf die Website der Abteilung für rekonstruktive Chirurgie an der Uniklinik und schauen Sie sich das an – künstliche Nasen und Ohren, Kinne und Wangen. Komplett oder Teilstücke für Menschen, die ihre Nase beispielsweise durch Krankheit, Unfall oder Operation verloren haben oder denen sie weggeschossen oder weggesprengt wurde. Das macht sie seit fünfundzwanzig Jahren. Es gibt da eine Mitarbeiterin, eine sogenannte Anaplastologin, die solche Prothesen genau nach Sofias Angaben herstellt. Ich hab mir alles genau durchgelesen. Die Prothese ist aus Silikon und wird von Hand mit allen möglichen Pigmenten bemalt, damit sie haargenau zur jeweiligen Haut passt – zu Sommersprossen oder Äderchen oder was sonst so auf der Nase ist. Und ihre Ränder laufen so dünn aus, dass sie sich optisch perfekt einfügen, zumal unter der Brille, die Paul trägt. Ich meine, die setzen 3-D-Kameras und Computer ein, um eine exakte Abformung herzustellen. Sehen Sie im Internet nach. Da sind Nahaufnahmen, als würde man den Betreffenden küssen, und Sie sehen nichts. Absolut verblüffend.«

»Ach, hören Sie auf«, sagte Evon wieder.

»Als ich gestern gesehen habe, wie er sie aufgesetzt hat, muss er spät dran gewesen sein, deshalb hat er's im Auto gemacht. Ich vermute, er hat den chirurgischen Klebstoff aufgepinselt, den sie verwenden, weil er ein bisschen an der Luft trocknen muss, um zu halten. Heute hatte er mehr Zeit und ist dafür nach oben in die Herrentoilette im Erdgeschoss gegangen. Ich hatte eine Perücke auf und ein Kleid an, damit ich nah an ihn rankonnte, und ich bin zu ihm in den Aufzug gestiegen, als er wieder nach unten fuhr. Er hatte seine Haare so gekämmt, dass der Scheitel auf der anderen Seite war, trug eine schwarze Brille wie Paul und hatte diesen Nasenhöcker. Ich habe direkt neben ihm gestanden. Ich schwöre Ihnen, die Prothese war absolut nicht zu erkennen.«

»Ein Kleid? Was kostet ein Foto?«

»Das übersteigt Ihr Budget«, antwortete er.

Evon schaute auf ihren Schreibtisch hinunter.

»Wie sollte denn so was funktionieren, Tim? Sie haben doch gesagt, Sie sind ihm gestern bis ins Gericht gefolgt.«

»Stimmt.«

»Da verbringt ein Mann fünfundzwanzig Jahre im Gefängnis und kann hinterher als Anwalt praktizieren?«

»So schwer ist das doch gar nicht. Größtenteils schlicht gesunder Menschenverstand.«

»Hat auf mich immer anders gewirkt«, widersprach Evon. »Okay. Und wo ist Paul?«

»Es gibt keinen Paul. Ich sag Ihnen doch: Cass ist Paul.«

»Dann hat es überhaupt nie Zwillinge gegeben? Ich hatte bloß eine Halluzination, als ich die beiden vor dem Gnadenausschuss nebeneinander stehen sah?«

»Na ja, offenbar hat's mal zwei gegeben. Ich weiß nur nicht, ob das immer noch so ist.«

»Und was ist aus dem richtigen Paul geworden?«, fragte Evon.

»Ich bin noch dabei, das rauszufinden. In Kalifornien hat es mal eineiige Zwillinge gegeben, Schwestern. Das weiße Lamm und das schwarze Schaf der Familie. Und das schwarze Schaf hat angefangen, das Leben der Schwester zu leben. Hat einen Auftragskiller auf die gute Schwester angesetzt, nur hat der Killer sie verpfiffen, und jetzt sitzt das schwarze Schaf lebenslänglich in San Quentin.«

»Cass ist also scharf auf Pauls Frau, tötet Paul und übernimmt sein Leben. So ungefähr?«

»Er ist schon mal für einen Mord verurteilt worden«, sagte Tim.

»Und den zweiten hat er mit Sofias Einverständnis begangen? Wir reden hier von der Sofia, die Sie kennen, seit sie auf der Welt ist.«

»Es ist ja bloß ein Gedanke.«

»Und wieso dann die öffentliche Erklärung, Paul und Sofia hätten sich getrennt? Wieso läuft Cass nicht einfach mit falscher Nase rum und tut so, als wäre er Paul?«

»Weil es zwei geben soll.«

»Dann hätten sie einfach sagen können, Cass ist in den Irak gegangen. Oder nach Alaska.«

»Ich weiß es nicht. Sein Gesicht muss sich immer wieder von dem Klebstoff erholen. Den darf man nicht zu lange tragen. Vielleicht will er deshalb beide spielen. Das Ganze ist einfach verrückt.«

»Und was ist mit Brünnhilde?«, fragte Evon.

»Beata? Vielleicht versteckt Paul sich bei ihr.«

»Sie haben doch gesagt, dass Cass derjenige war, der mit ihr weggefahren ist. Richtig? Sie haben Fotos gemacht. Und wieso sollte ein Mann, der die letzten zehn Jahre im Licht der Öffentlichkeit stand, sich auf einmal verstecken wollen?«

Nichts an diesem Fall ergab irgendeinen Sinn. Cass war zu einer Haftstrafe verurteilt worden, aber Paul war ins Gefängnis gegangen und stand fünfundzwanzig Jahre später in der Rotunde des Gerichtsgebäudes. Lidia war in der Mordnacht bei Dita gewesen, hatte das Zimmer vollgeblutet, aber ihr Sohn hatte sich schuldig bekannt.

»Und Hal wird zwar nichts gegen Ihre Ausgaben haben«, fuhr Evon fort, »aber was hat das Ganze mit der Frage zu tun, wer Dita ermordet hat?«

Bei dem Gedanken verzog Tim das Gesicht.

»Es hat was damit zu tun«, sagte er schließlich. »Ich kann Ihnen nicht sagen, was genau, noch nicht. Aber wenn wir das hier klären, dann finden wir auch die Wahrheit über Ditas Ermordung heraus. Das spüre ich.«

»Okay, aber wie wollen wir das anstellen, Tim? Sie können ja nicht einfach hingehen und den Mann an der Nase ziehen. Wie wär's, wenn Sie ihm auf die Herrentoilette folgen und ihn zur Rede stellen?«

»Erstens ist es eine Einzelkabine. Und wahrscheinlich würde er mich als Stalker hopsnehmen lassen. Er würde mich als verrückt bezeichnen und postwendend auch noch Hal unter Beschuss nehmen.« Tim dachte nach. »Vielleicht gibt's ja eine andere Möglichkeit, sie auszuräuchern. Meinen Sie, Sie wissen noch, wie man jemand beschattet?«

Entrüstet richtete sie sich in ihrem großen Schreibtischsessel auf. Was man bei der Polizei oder beim FBI lernte in Situationen, in denen das Leben anderer Menschen auf dem Spiel stand, ging einem in Fleisch und Blut über. Diese Fertigkeiten verlor man niemals.

»Brodie, ich könnte Ihnen aufs Klo folgen, und Sie würden es nicht merken. Erst recht, wenn ich ein bisschen Hilfe hätte.«

»Schauen wir mal«, entgegnete er.

30.

Beschattung – 30. Mai 2008

Freitagmorgen fuhr Tim zur Uniklinik. Am Informationsschalter ließ er sich erklären, wie er zum Büro von Dr. Michalis kam. Er wusste, dass sie da war; laut ihrer Mailbox hatte sie montagnachmittags und freitags den ganzen Tag Patiententermine. Die rekonstruktive Chirurgie hatte einen kleinen eigenen Bereich auf der OP-Etage. Tim setzte sich in den sonnigen Warteraum. Früher oder später würde Sofia auftauchen. Er hoffte, es würde bis Mittag so weit sein.

Etwa zwei Stunden später kam sie in ihrem langen weißen Kittel aus einer Tür weiter hinten gefegt und ging ein paar Schritte den Flur hinunter zur Damentoilette. Als sie wieder herauskam, erwartete er sie.

Sofia stockte, schnappte nach Luft und schlug eine Hand vor die Brust. Sie sprach langsam, ohne ihn anzusehen.

»Mr Brodie. Tim. Sie wissen, wie gern ich Sie immer gemocht habe, aber falls Sie so weitermachen, werde ich dem Wunsch meines Mannes folgen und ein Näherungsverbot gegen Sie erwirken.«

»Dein Mann«, sagte Tim. »Welcher denn? Der, von dem du dich scheiden lässt, oder der, den du heiraten wirst? Obwohl, wenn ich das richtig sehe, spielt ja ein und derselbe beide Rollen.«

Die gute Sofia würde nie eine gute Lügnerin werden. Ihr Kopf fuhr ruckartig hoch, ganz ähnlich wie in dem Moment, als er behauptet hatte, sie habe Lidias Arm genäht. Doch diesmal war sie wütend. Er sah eine Härte in ihren Augen, die er noch nie bei ihr bemerkt hatte. Nicht, dass ihn das überrascht hätte. Um Gliedmaßen abzusägen, brauchte man einigen Mumm.

»Sofia, wir wollen dir doch nichts Böses«, sagte Tim. »Auch nicht deiner Familie. Hal möchte einfach nur wissen, wer seine Schwester getötet hat. Und ich ebenfalls. Der ganze übrige Maskenball interessiert mich nicht – mir ist völlig egal, warum Cass sich jeden Morgen einen falschen Höcker auf die Nase pappt. Hal weiß davon nichts. Und er muss es auch nicht erfahren. Setz dich einfach mit mir zusammen und erzähl mir, was in der Nacht passiert ist, als Dita getötet wurde. Ich weiß, du würdest mich nicht anlügen.«

Sie schien kurz über das Angebot nachzudenken, dann schüttelte sie knapp den Kopf.

»Entschuldigen Sie mich«, sagte sie und schob sich an ihm vorbei.

»Er muss jeden Moment losfahren.« Evon sah die SMS auf dem Display ihres Handys erscheinen. Es war kurz vor elf Uhr morgens.

Sie hatte sich an Cass rangehängt, als dieser, verkleidet als Paul, in dem blauen Chrysler von Nummer 345 zum Parkhaus gegenüber des LeSueur-Gebäudes fuhr. Sie hatte eine Ebene über ihm geparkt. Nachdem sie Cass in das Bürohaus gefolgt war, hatte sie sich in ein Café gleich neben der Lobby gesetzt und gearbeitet. Als sie Tims Nachricht las, lief sie zurück zum Parkhaus. Während sie noch am Parkautomaten bezahlte, sah sie Cass bereits aus der mit Lilienornamenten aus Messing verzierten Drehtür des LeSueur kommen. Er hatte ein Handy ans Ohr gepresst und einen gereizten, verkniffenen Ausdruck im Gesicht.

Tim hatte Cass gut eingeschätzt. Er trug einen blauen Anzug, wie Tim vorhergesagt hatte, weil ihm aufgefallen war, dass die Gianis nur in dieser Aufmachung zu beruflichen Terminen erschienen. Weit wichtiger war jedoch Tims zutreffende Prognose, dass

Cass nach Tims Gespräch mit Sofia abhauen würde. Er musste. Er konnte nicht abwarten, bis die Polizei bei ihm auftauchte und seine Fingerabdrücke nahm. Sich als Anwalt auszugeben, war noch immer ein Delikt, das von der einflussreichen Anwaltskammer strafrechtlich verfolgt wurde.

Evon wartete in ihrem BMW, bis Cass zu seinem Chrysler gelaufen war. Als sie aus dem Parkhaus fuhren, ließ sie einen Wagen zwischen Cass und sich einfädeln und rief Tim an, um ihm zu sagen, dass sie unterwegs waren. Tim war sechs Häuserblocks entfernt.

Der Chrysler bog auf die Marshall Avenue und fuhr im dichten Innenstadtverkehr, in dem Busse, in zweiter Reihe parkende Lieferwagen und unvorsichtige Fußgänger einen Hindernisparcours bildeten, Richtung Norden. Ihrer eigenen bescheidenen Meinung nach war sie immer ausgezeichnet darin gewesen, jemandem unauffällig zu folgen. Bei über sechzig Kilometern die Stunde konnte sie ihren Wagen so präzise zwischen zwei andere steuern, dass nur eine Handbreit Platz blieb, und sie genoss es, wenn sie gelegentlich mal richtig Gas geben musste. Auf der langen Liste von Dingen, die sie gerne mal ausprobiert hätte, stand auch Stockcar-Rennen fahren.

Dennoch, in Anbetracht dessen, was Tim Sofia soeben erzählt hatte, würde Cass sich darüber im Klaren sein, dass er trotz seiner morgendlichen Ablenkungsmanöver beschattet worden war, und entsprechend reagieren. Kurze Zeit später steuerte er in die halbrunde Zufahrt vor dem Hotel Gresham, stieg aus und blieb gut zehn Minuten neben seinem Wagen stehen. Als Evon an ihm vorbeifuhr, hielt Cass sein Handy in der Hand, während er mit dem Portier plauderte. Ein Blick in den Rückspiegel verriet ihr, dass Cass mit dem Handy den Verkehr fotografierte. Deshalb beschloss sie, nicht wieder zurückzufahren. Stattdessen sagte sie Tim, er solle hinter der nächsten Kreuzung in Position gehen. Wenige Minuten später gab er telefonisch durch, dass Cass wieder unterwegs war.

Als wieder sie die Beschattung übernahm, fuhr Cass ziellos herum. Evon und Tim wechselten sich ab, bis Cass in ein anderes Parkhaus an der Oper fuhr. Während Tim weiter herumkutschierte, hielt Evon in einer Ladezone, schaltete die Warnblinkanlage ein und trabte zurück zum Parkhaus. Sie nahm den Aufzug in den ersten Stock und ging zu Fuß wieder nach unten. Als sie geduckt über die Rampe spähte, sah sie den Chrysler auf einem Behindertenparkplatz direkt hinter der Schranke stehen, an der Neuankömmlinge ihre Parkscheine zogen. Wieder hatte Cass sein Handy in der Hand. Sie vermutete, dass er die einfahrenden Autos mit den Fotos verglich, die er kurz zuvor aufgenommen hatte.

Etwa zehn Minuten später kam ein junger Mann aus dem Bereich, wo sich die Aufzüge befanden, und sprach Cass an. Die beiden unterhielten sich kurz, und nach einem Moment wusste Evon, wer das war: Pauls und Sofias ältester Sohn Michael, den sie von den Glückliche-Familie-Fotos in Pauls Wahlkampfanzeigen wiedererkannte. Die Männer umarmten sich rasch, und da jeder von ihnen danach eine Hand in die Hosentasche schob, vermutete Evon, dass sie sich gegenseitig irgendwas gegeben hatten. Nach einer weiteren hastigen Umarmung entfernte sich Cass. Michael öffnete die Tür des Chrysler, und Evon begriff, dass Cass seinem Neffen den Autoschlüssel gegeben hatte. Sie erschrak, weil sie Cass hinter einem Van, der ins Parkhaus rollte, aus den Augen verlor. Sie fürchtete, er würde sich zu Fuß aus dem Staub machen. Als sie zum Aufzug zurückrannte, erkannte sie Cass von hinten. Er ging seelenruhig die Rampe hoch. Im zweiten Stock stieg er in einen Wagen.

Sie rief Tim an, während sie beobachtete, wie Cass aus der Parklücke setzte.

»Er hat den Wagen gewechselt. Achten Sie auf einen kleinen roten zweitürigen Hyundai. Orangegelbes New Yorker Kennzeichen.«

Bis sie zurück zu ihrem BMW gelaufen war, hatte Tim das

Coupé geortet. Kurz nachdem sie erneut mit Tim bei der Verfolgung getauscht hatte, gab Cass plötzlich Gas und jagte den Hyundai die Grand Avenue entlang.

»Er denkt, er ist sauber«, teilte sie Tim am Telefon mit.

Sie folgte Cass über die Nearing Bridge. Als der Highway sich teilte, bog er nach Norden und nicht, wie sie vermutet hatte, Richtung Flughafen. Sie hielt einen Abstand von etwas über hundert Metern, gerade so viel, dass er sie im Rückspiegel nicht mehr deutlich erkennen konnte, und fuhr im gleichen Tempo wie er auf der Spur rechts von ihm.

Nach ungefähr sechs Meilen wechselte Cass auf die Interstate 83. Er fuhr jetzt schnell, deutlich über dem Tempolimit, und Tim rief an und erklärte, dass er nicht mehr mitkam. Seiner schlechten Augen wegen traute er sich nicht mehr, schneller als hundert zu fahren. Nach einer Stunde war er mindestens fünfzehn Meilen zurückgefallen und sorgte sich, ihr nicht mehr viel nutzen zu können.

»Vertreiben Sie mir ein bisschen die Zeit«, sagte sie.

»Ich denke, er will nach Skageon«, antwortete Tim. In der gesamten Umgebung der Tri-Cities gab es landschaftlich schöne Ecken, aber Skageon im Norden war mit Abstand am beliebtesten. Anders als die flache Prärie-Gegend im Westen und Süden war Skageon hügelig und bot tolle Ausblicke über die zahlreichen Seen. Tim sagte, er meinte, in irgendeinem Artikel über Paul gelesen zu haben, dass die Familie dort ein Ferienhaus besaß. Auch Evon erinnerte sich dunkel daran, als er es erwähnte. Vielleicht hatte Cass auch dieses Haus übernommen.

Der Hyundai nahm die Ausfahrt auf die 141, eine zweispurige Straße.

»Ich wette, er will zur Berryton-Schleuse«, sagte Tim. Wer nach Skageon wollte, folgte heutzutage meistens dem gewundenen Kindle River durch die Tri-Cities, um dann auf dem 831, dem anderen großen Highway, nach Norden zu fahren. Von hier jedoch konnte man per Fähre ans Ostufer des Kindle gelangen. Sie legte von Berryton ab, wo eine Reihe von kleineren Wasserfällen am Zusammenfluss von Wabash und Kindle durch eine Schleuse schiffbar gemacht worden waren, die man in den 1930er-Jahren als Arbeitsbeschaffungsmaßnahme gebaut hatte.

Die Fähre, ein gewaltiger weißer Brocken, hatte schon angelegt, als Evon eine halbe Stunde später dort ankam. Für einen Freitagnachmittag Ende Mai herrschte nicht viel Andrang. Das würde sich in ein paar Wochen ändern, sobald in den Tri-Cities die Schulferien begannen. An Sommerwochenenden erstreckte sich die Schlange der wartenden Autos manchmal eine Meile zurück, und oft kamen nicht alle auf die Fähre, was eine weitere Stunde Wartezeit bis zur nächsten Abfahrt bedeutete. Heute jedoch gab es zehn Minuten vor der Abfahrt um 16.35 Uhr noch immer reichlich Platz auf dem Schiff. Als Evon die Überfahrt bezahlte, waren sechs Autos zwischen dem Hyundai und ihr. Sie folgte Cass über die Zufahrtsrampe in das eiserne Innere der Fähre, das sie immer an den Bauch von Jonas' Wal denken ließ. Ein Einweiser achtete darauf, dass die Fahrzeuge alle innerhalb der leuchtend gelben Markierungen blieben. Als die Spur neben Cass sich füllte, sah sie ihn aus dem Hyundai aussteigen. Sein Profil war immer noch das von Paul. Er stieg die Treppe zur Cafeteria hoch, wo er wie die meisten anderen die dreißigminütige Überfahrt verbringen würde. In dem eisernen Schiffsrumpf funktionierten Handys nicht, und selbst in der Cafeteria hatten auf der Hälfte der Strecke alle für einige Minuten keinen Empfang.

Sobald Cass verschwunden war, vertrat Evon sich die Beine. Sie fragte den Einweiser, wie lange es dauern würde, bis die Fähre ablegte.

»Drei Minuten.«

An der Reling hatte sie ausreichend Empfang, um Tim anzurufen. Er würde es nicht mehr rechtzeitig schaffen, da er sich erst seit ein paar Minuten auf der 141 befand.

»Ich nehme die nächste Fähre«, teilte er ihr mit. Ihr Plan war es, Cass keine Wahl zu lassen: Sag uns die Wahrheit über Ditas Tod, oder wir müssen die Polizei rufen und lassen deinen Identitätstausch auffliegen. Tim sollte ihn vor diese Alternative stellen, und das schien immer noch die beste Vorgehensweise zu sein.

»Ich wäre doch bloß Hal in einem anderen Körper für ihn«, meinte Evon. »Wenn er sich überhaupt auf diesen Deal einlässt, dann doch wohl eher bei Ihnen.« In der nächsten halben Stunde konnte Cass jedenfalls nirgendwohin. Und der Hyundai war zugeparkt.

Kurze Zeit später spürte Evon, wie die Fähre mit einem Ruck losmachte. Es würde weitere zehn Minuten dauern, in denen die Schleuse das Schiff knapp zehn Meter auf die Pegel des Kindle anhob, ehe sie Fahrt aufnehmen würden.

Sie beugte sich über die Reling und genoss die Sonne. Es war ein herrlicher Frühlingstag, um die zwanzig Grad, mit hohen Schäfchenwolken. Immer wenn eine Brise aufkam, führte sie die Kühle des Wassers mit. Evon ging kurz auf die Toilette, setzte sich dann wieder in ihren Wagen und sah bis zum Ende der Fahrt ihre E-Mails durch.

Als das andere Ufer in Sicht kam, dicht bewaldet zwischen den kleinen Hütten, die als Anlegestellen und Restaurants dienten, kehrten die Fahrer nach und nach zu ihren Autos zurück und ließen die Motoren an, sobald die Fähre ein wenig unsanft zum Stehen kam. Der eiserne Schiffsrachen öffnete sich langsam und ließ Licht in die Kerkerfinsternis.

Die Wagen rechts und links von Evon setzten sich in Bewegung, doch in ihrer Spur tat sich nichts. Eine Minute später begannen die Ersten zu hupen, und der Fahrer des roten Hyundai mit New Yorker Kennzeichen wurde über die Bordlautsprecher aufgefordert, sein Fahrzeug wegzufahren, da es sonst abgeschleppt würde. Evon wusste, dass Cass nicht erscheinen würde. Schließlich setzte sich ein Einweiser in orangeroter Warnweste hinter das Steuer des

Coupés, in dem offenbar der Schlüssel steckte, und fuhr den Wagen von der Fähre.

Sie hatte erst wieder Handyempfang, als sie an Land war.

»Er hat uns reingelegt«, eröffnete sie Tim.

31.

Er redet

Tim war auf der 141, etwa fünf Minuten von der Anlegestelle der Fähre an der Berryton-Schleuse entfernt, als er Sofias Lexus auf sich zukommen sah. Es war ein mittelgroßes Modell und schon fast zehn Jahre alt, deshalb fiel ihm der Wagen schon auf, noch bevor er das Wunschkennzeichen sah: RECNSTRCT. Als er ihn passierte, sah er zwei Personen darin sitzen, Sofia mit Kopftuch und dunkler Brille am Steuer und jemand auf der Rückbank. Tim hielt am Straßenrand und wartete eine Lücke im Verkehr ab, wendete dann und nahm die Verfolgung auf. Irgendwas war im Gange. Er versuchte, Evon anzurufen, doch sie war auf der Fähre nicht zu erreichen.

Auf der zweispurigen Straße konnte er an ihnen dranbleiben. Die Landschaft wurde hier hügelig, und auf jeder Kuppe konnte er den Lexus ein paar Hundert Meter vor sich sehen. Kurz vor Decca bog ein Pick-up mit angehängtem Heuwagen, der höchstens vierzig Stundenkilometer fuhr, vor ihm ein. In seinem Alter blieb ihm fast das Herz stehen, als er auf die Gegenfahrbahn lenkte, um zu überholen, aber er musste näher ran. Als er wieder in die richtige Spur wechselte, waren zwei Autos zwischen Sofia und ihm.

Als Evon anrief, ließ er sie gar nicht zu Wort kommen.

»Ich glaub, ich hab ihn«, sagte Tim. »Hab noch nie eine Überwachung erlebt, die das verdammte FBI nicht vermasselt hat.« Er wollte sie nur zum Lachen bringen, was ihm auch gelang. In Wahrheit war das FBI bei solchen Beschattungsaktionen meist besser. Nach einer kurzen Lagebesprechung vereinbarten sie, dass Evon den Highway auf der anderen Flussseite nehmen und sich fünfzig Meilen weiter nördlich an der Brücke bei Indian Falls, der nächsten Möglichkeit, den Kindle zu überqueren, mit ihm treffen sollte.

Kurz vor Bailey bogen die beiden Autos ab, die die Lücke zwischen Sofia und Tim gefüllt hatten, und einige Meilen weiter, als die Straße durch Harrington Ridge führte, wurde das Tempolimit auf fünfzig Stundenkilometer gesenkt. Jetzt erkannte Tim die zweite Gestalt im Fond des Lexus. Es war der Hund.

»Vielleicht hatten sie einen zweiten Wagen auf der Fähre«, meinte Evon, als er ihr berichtete, dass nicht Cass auf der Rückbank saß.

»Aber Sofia ist rausgefahren«, sagte Tim. »Und aus einem Wartezimmer voller Patienten rausgerannt. Das spricht dafür, dass sie irgendwohin will, wo wir auch hinwollen.«

In dieser Gegend hatte ein urzeitlicher Gletscher sanft geschwungenes Farmland hinterlassen. Es bot einen Anblick wie ein Foto aus der *Saturday Evening Post,* mit roten Scheunen und weißen Farmhäusern, die sich vom beackerten schwarzen Boden abhoben, in dem teilweise Sojabohnen sprossen. Gelegentlich wurden die weiten Ausblicke von alten Hickory- und Eichenhainen unterbrochen. Die Indianer hatten die Wälder größtenteils niedergebrannt, damit sie ihre Beute leichter auf offenes Gelände treiben konnten, und die weißen Siedler hatten noch mehr Bäume gefällt, um das Land zu bewirtschaften.

Wie Tim erwartet hatte, bog Sofia wieder auf den Highway 83, als dieser die 141 kreuzte. Sie fuhr schneller in nördlicher Richtung, als Tim sich traute, mindestens hundertzwanzig. Ehe sie vollends verschwand, meinte Tim neben ihr auf dem Beifahrersitz einen weiteren Kopf zu erkennen. Falls es Cass war, musste er die

Rückenlehne vorher weit nach hinten gestellt haben, um zu schlafen oder um sich zu verstecken.

»Wenn sie nicht über die Brücke bei Indian Falls fahren, verlieren wir sie wahrscheinlich«, teilte Tim Evon am Telefon mit.

Das war nicht zu ändern. Tim legte wieder sein Hörbuch ein. Der Erzähler las mit weicher Stimme und in britischem Tonfall einige Fassungen der Geschichte der eineiigen Zwillinge Castor und Pollux vor, die Leda zur Welt brachte, nachdem sie von dem Schwan vergewaltigt worden war. Tim saß hinterm Lenkrad und merkte, dass seine Gedanken von dem Buch zu den Unerklärlichkeiten des Mordes an Dita wanderten. Als es endlich bei ihm Klick machte, wäre er fast von der Straße abgekommen.

»Ich bin ein Idiot«, sagte er zu Evon, als er sie erreichte. »Es war die ganze Zeit direkt vor unserer Nase.« Er rief ihr Father Niks Äußerung in Erinnerung, er habe Cass im Fernsehen erkannt, und diejenige von Mo Dickerman, Pauls Fingerabdrücke stimmten mit denen des Mannes überein, der in Hillcrest seine Haftstrafe angetreten hatte. Und Eloise, die Pflegerin im St. Basil hatte erzählt, dass Lidia, wenn sie Besuch von ihrem Sohn bekam, ihn mal Cass und mal Paul nannte. »Diese kleine Maskerade, die wir beobachtet haben. Wer sagt denn, dass die nicht schon seit fünfundzwanzig Jahren läuft?«

Tim war an der Einfahrt zu einem Rastplatz vorbei, der leicht erhöht über dem Highway lag, als er den goldfarbenen Lexus dort stehen sah. Er bremste und hielt auf dem Standstreifen. Er drehte sich um und sah Sofia zu dem Flachbau laufen, in dem die Toiletten untergebracht waren. Aus beiden Auspuffrohren des Lexus flirrte eine Abgasfahne, ihr Bedürfnis war demnach so dringend gewesen, dass sie nicht einmal den Motor abgestellt hatte.

Die Ausfahrt des Rastplatzes lag vor ihm. Langsam rollte Tim über den Standstreifen. Rechts und links der Ausfahrt standen

Einfahrt-verboten-Schilder. Tim wartete, bis zwei Wohnmobile an ihm vorbei waren, dann riss er das Steuer scharf nach rechts und fuhr auf den Rastplatz. Ein Mann, der mit seiner Familie in einem SUV saß, hatte das waghalsige Manöver gesehen und bremste ab, reckte aber den Kopf aus dem Fenster, als Tim an ihm vorbeikam. »Wenn Sie zu alt sind, um Schilder zu lesen, sollten Sie den Führerschein abgeben.«

Tim nickte unterwürfig und fuhr weiter. Jetzt endlich sah er auch Cass, der auf der Beifahrerseite ausstieg und um den Wagen herum zur Fahrertür ging. Er hatte seine Verkleidung abgelegt, die Prothese war weg, der Scheitel wieder auf der anderen Seite, und er hatte die Brille gewechselt. Jetzt kam Sofia zurück, und Cass, einen Fuß schon im Wagen, rief ihr irgendetwas zu. Wahrscheinlich, dass jetzt er fahren könne. Aber die Labradorhündin nutzte die Gelegenheit, sich an ihm vorbeizuquetschen und zu einer Wiese hinüberzuflitzen, auf der ein paar Leute gerade ihre Vierbeiner ausführten, mit denen sie spielen wollte. Ein Hund zerrte wild an seiner Leine und kläffte wütend los. Cass und Sofia rannten der Hündin alle beide hinterher.

Während sie beschäftigt waren, hielt Tim neben dem Lexus. Der Motor lief noch immer. Tim ging zur offenen Fahrertür, zog den Zündschlüssel ab und warf ihn unter die Matte im Kofferraum seines Mietwagens, einem blauen Chevy Impala. Dann rief er kurz Evon an. »Ich hab sie«, sagte er und legte auf, weil er sah, dass die beiden zurückkamen, den Hund jetzt an der Leine. Sofia erblickte Tim zuerst und blieb etwa zehn Meter von ihm entfernt wie angewurzelt stehen.

»Tim, bitte«, sagte sie.

»Ich schlag vor, wir drei setzen uns jetzt mal da drüben an einen Tisch und unterhalten uns. Es wird nicht lange dauern.«

»Wir sind Ihnen keine Erklärung schuldig«, sagte Cass. Er war einen Schritt schneller als Sofia. »Und Hal schon gar nicht.«

»Tja, da bin ich mir nicht so sicher. Ich vermute nämlich, dass

Sie sich einer Straftat schuldig bekannt haben, die Sie gar nicht begangen haben.«

Cass ließ das auf sich wirken und bedeutete Sofia dann, in den Wagen zu steigen.

»Sie werden nicht weit kommen«, sagte Tim. »Ich hab nämlich Ihren Autoschlüssel.«

Cass drängte sich an ihm vorbei und spähte durch das Fahrerfenster des Lexus. Als er sich wieder umwandte, war sein Gesichtsausdruck hasserfüllt.

Tim sagte: »Sie wollen doch nicht etwa einen alten Mann verprügeln, bei all den Leuten hier.«

»Ich dachte eher daran, die Polizei zu rufen.«

»Das wäre eindeutig der falsche Schritt, Cass. Ich müsste denen die ganze Geschichte erzählen, zumindest das, was ich weiß. Die würden Ihre Fingerabdrücke nehmen, und dann würden sie rüber in Pauls Kanzlei fahren und in sein Senatorenbüro, und man würde Sie wegen Hochstapelei und Amtsanmaßung und was weiß ich noch alles festnehmen. Unterhalten wir uns doch lieber erst mal.«

Sofia ergriff Cass' Hand, und Tim konnte sehen, dass er resigniert die Schultern hängen ließ. Gemeinsam gingen sie zu einem der Picknicktische. Die Oberfläche bestand aus glattem, gesprenkeltem Plastik, wodurch Schmierereien verhindert werden sollten, doch Jugendgangs hatten dennoch ihre Zeichen hineingeritzt. Neben einem fetten weißen Klecks getrockneten Vogelkots hatten irgendwelche Kindsköpfe mit Filzstift Herzchen mit ihren Initialen darin gemalt. Die Jugend.

Der Hund tobte fröhlich an seiner Leine und hatte sich bald damit in den gebogenen stählernen Tischbeinen verheddert. Tim spielte einen Moment mit ihm. Maria und er hatten immer Hunde gehabt, Mischlinge, die mit die besten Freunde in seinem Leben gewesen waren. Ein Argument seiner Tochter, mit dem sie ihn zu einem Umzug nach Seattle zu überreden versuchte, war, dass er dann wieder einen Hund halten könnte, weil ja so viele Leute da wären, die ihm helfen würden. Hier, allein in seinem Haus, traute er sich nicht, sich einen anzuschaffen, weil er nicht wusste, wie sein Bein drei lange Spaziergänge täglich bei Wind und Wetter verkraften würde.

»Ein schöner Hund«, sagte Tim. »Wie alt?«

»Achtzehn Monate«, sagte Sofia. »Sie hat noch nicht mitbekommen, dass sie mal aufhören sollte, sich wie ein Welpe zu benehmen.«

»Wie heißt sie?«

»Cerberus. Der Name ist von Paul.«

»Weil sie ja so ein scharfer Wachhund ist«, sagte Cass und schüttelte den Kopf über den absurden Einfall.

»Das war doch der Hund, der aufgepasst hat, dass keiner aus dem Hades floh, nicht? Der mit den drei Köpfen.«

»Mir würde ja reichen, wenn sie einen Kopf hätte, der Vernunft annimmt«, antwortete Cass. »Aber das mit dem Höllenhund kriegt sie jedenfalls prima hin.«

»Sie wird ruhiger werden«, sagte Tim. »Das ist genau wie mit Kindern. Werden alle irgendwann erwachsen, manche brauchen nur etwas länger.«

Dann schwiegen sie alle drei, umgeben von den dröhnenden Geräuschen des Highways – dem heiseren Brummen der Motoren, dem Zischen der Reifen auf dem Asphalt und dem Rauschen der von den vorbeibrausenden Autos aufgewirbelten Luft. Cerberus hatte sich jetzt neben Tims Beinen niedergelassen und ließ sich von ihm die Ohren kraulen.

»Cass, wie wär's, Sie erzählen mir, was in der Nacht, als Dita starb, passiert ist.«

»Was macht Sie so sicher, dass ich sie nicht getötet habe?«

»Tja, zum einen wurde sie auf die linke Wange geschlagen, was bedeutet, dass der Angreifer vermutlich Rechtshänder war. Sie sind aber Linkshänder.«

»Vor fünfundzwanzig Jahren hat Sie das nicht gestört.«

»Ich glaube, vor fünfundzwanzig Jahren hab ich das auch nicht gewusst. Was an sich schon ziemlich merkwürdig ist. Als hätten Sie oder Sandy versucht, möglichst niemand anderen zu belasten.« Tim dachte an die wachsende Beweislast gegen Lidia.

»Und was ist mit meinen Fingerabdrücken? Und dem Sperma?«

»Ditas Freundinnen haben ausgesagt, dass Sie jede Nacht da hochgeklettert sind, um mit ihr rumzumachen.«

Sofia stupste Cass am Arm an. »Erzähl's ihm endlich.«

Cass schloss die Augen. »Ich fass es nicht. Und wenn ich es Ihnen sage, wem erzählen Sie es dann?«

Tim schlug den Deal vor, auf den er und Evon sich bereits verständigt hatten. Hal hatte das Recht, die Wahrheit über den Tod seiner Schwester zu erfahren. Der ganze Rest – falsche Nasen und der Tausch von Identitäten – war ein interessanter Nebenaspekt, für Kronon indes nicht wesentlich. Nichts davon musste er erfahren.

»Unter einer Voraussetzung«, sagte Tim.

»Und die wäre?«, wollte Cass wissen.

»Dass niemand sonst ermordet wurde.«

Cass wollte schon widersprechen, zwang sich dann jedoch zu schweigen und ließ den Blick über den Rastplatz schweifen. Er trug seine blaue Anzughose und ein weißes Hemd, die Ärmel bis zu den Ellbogen hochgekrempelt. Die gestreifte Easton-Krawatte, die er jeden Tag umhatte, steckte wahrscheinlich in seinem Jackett, das auf der Rückbank von Sofias Wagen lag.

»Ich kann nur das mit Gewissheit sagen, was ich weiß.«

Tim erwiderte, das wäre ein guter Anfang. Cass presste das Gesicht in die Handflächen und sammelte sich einen Moment, bevor er begann.

»In der Nacht, als Dita starb«, sagte er, »sind Paul und ich von dem Picknick zum Overlook Park gefahren, haben uns auf die Kühlerhaube von meinem Auto gesetzt und ein paar Bier getrunken.

Wir haben eigentlich die meiste Zeit über unser Liebesleben gesprochen und uns dabei gegenseitig auf die Schippe genommen. Aber dann hab ich ihm erzählt, dass ich Dita einen Heiratsantrag machen wollte, und das kam, gelinde gesagt, nicht besonders gut an. Gegen zehn sind wir nach Hause gefahren, weil wir sowieso nicht mehr miteinander gesprochen haben. Unser Dad war außer sich. Meine Mom hatte uns erzählt, Teri würde sie nach Hause fahren, aber sie war nicht da, und Teri hatte sie seit sechs Uhr nicht mehr gesehen. Ich hab unseren Anrufbeantworter abgehört, weil ich dachte, sie hätte vielleicht von irgendwo angerufen. Stattdessen hatte ich diese hysterische Nachricht von Dita, die sagte, meine Mutter hätte sie geschlagen.«

»Das war der Anruf von ihrem Telefon bei Ihnen?«

»Genau.« Cass nickte, eine gewichtige Bewegung, die seinen gesamten Oberkörper mitnahm. Lüge Nummer zwei, dachte Tim. Cass hatte den Ermittlern damals erzählt, Ditas Nachricht sei lediglich eine Bitte um Rückruf gewesen, die er sofort gelöscht habe. »Paul ist mit dem Wagen von meinem Dad losgefahren, um nach Mom zu suchen, und ich bin, so schnell ich konnte, rüber zu Dita. Ich bin zu ihrem Zimmer hochgeklettert und durch die Balkontür reingegangen. Dass eine Scheibe zerbrochen war, hab ich erst registriert, als ich schon drinnen stand und das Blut sah. Es war überall, an der Wand und am Fenster. Dita lag auf dem Bett, dort war auch jede Menge Blut, ins Kopfkissen gesickert und auf dem Kopfbrett verschmiert. Und sie war tot. Ich habe ihren Puls gefühlt. Sie fühlte sich schon kalt an.«

»Und da haben Sie begriffen, dass Ihre Mutter sie getötet hatte?«

Statt einer Antwort verzog Cass das Gesicht und ließ die Schultern auf und ab wippen. Er nahm sich einen Moment Zeit, um seine Ärmel ein weiteres Mal umzukrempeln.

»Es sah auf jeden Fall übel aus«, antwortete er.

»Und deshalb haben Sie nicht die Polizei verständigt oder die Kronons geweckt.«

»Richtig. Deshalb bin ich vom Balkon gesprungen –«

»Und haben dabei die Fußspuren hinterlassen –«

»Wahrscheinlich. Ich bin zum Auto gerannt. Sie musste zu Fuß unterwegs sein. Ich hab mir gedacht, sie könnte ohne Auto runter nach Greenwood Village laufen und von da meinen Dad anrufen, damit er sie abholt, also bin ich in die Richtung gefahren. Ungefähr auf halber Strecke hab ich sie entdeckt. Es müssen zig Leute an ihr vorbeigefahren sein. Sie saß aufrecht da, war allerdings irgendwie die Böschung vom Straßengraben runtergerutscht. Sie hatte noch immer dieses blutige Handtuch um den Arm, hatte sich das Gesicht mit Blut beschmiert und war ziemlich weggetreten. Zwanzig Minuten später war ich mit ihr zu Hause.«

»Das war das Blut mit der Blutgruppe B, das wir in Ihrem Auto gefunden haben?«

»Genau, es war Moms. Mein Vater war natürlich völlig neben der Spur, aber Paul und ich wussten, wenn wir sie ins Krankenhaus bringen, können wir sie auch gleich bei der Polizei anzeigen. Also haben wir Sofia angerufen.«

Tim wandte sich Sofia zu, die bis jetzt nur zugehört hatte, eine Hand auf Cass' Arm. Jetzt runzelte sie die Stirn. Auch nach fünfundzwanzig Jahren schämte sie sich wahrscheinlich, daran beteiligt gewesen zu sein, Tim auszutricksen. Dennoch bekannte sie sich offen zu ihrer Rolle.

»Lidia hatte sich die Speichenvene durchtrennt. Als ich wissen wollte, wie sie das angestellt hat, bekam ich von keinem eine Antwort. Aber ich wusste, dass sie Angst hatten, sie in die Notaufnahme zu bringen. Paul und Cass behaupteten, sie hätte durch Micks Krankheit eine Krankenhausphobie entwickelt. Jedenfalls, es war kein Problem, die Wunde zu nähen, ich war aber trotzdem besorgt, weil sie so viel Blut verloren hatte. Ich dachte, dass sie kurz vor einem hypovolämischen Schock steht, was zu Herzversagen hätte führen können. Ihr Blutdruck war in Anbetracht der Umstände nicht beängstigend niedrig, aber ich hab ihnen gesagt, wenn sie hohes Fieber bekäme oder auch nur eines von zehn anderen Symptomen zeigte, bräuchte sie eine Transfusion. Am nächsten Tag bin ich wieder hin, um nach ihr zu sehen. Es ging ihr nicht gut, aber schon etwas besser.«

»Und hat sie zugegeben, dass sie Dita getötet hat?«, fragte Tim.

Cass schüttelte vehement den Kopf.

»Nein. Niemals. Sie konnte tagelang nicht einmal darüber sprechen, so durcheinander war sie. Sie gab zu, dass sie Dita ›geohrfeigt‹ hatte« – Cass malte Anführungszeichen in die Luft –, »so nannte sie das. Sie räumte auch ein, dass sich Dita dabei ›den Kopf gestoßen‹ haben könnte. Aber sie sagte, als sie aus dem Zimmer ging, hätte Dita sie noch lauthals beschimpft. Klar, als wir hörten, dass Dita an einem Epiduralhämatom gestorben war, ergab das irgendwie Sinn. Lidia hat jedoch immer felsenfest behauptet, sie hätte Dita weder am Kinn festgehalten, noch ihren Schädel gegen das Kopfbrett gerammt. Nichts dergleichen. Nur eine Ohrfeige.«

»Und was haben Sie davon gehalten?«

»Paul und ich waren der Ansicht, dass sie das glauben wollte. Außerdem hat der Blutverlust vielleicht ihr Erinnerungsvermögen beeinträchtigt.«

»Dachten Sie, sie hätte Dita getötet?«, fragte Tim erneut.

»Unsere Mom war ziemlich aufbrausend. *Tha sae deero*«, rief Cass plötzlich im Singsang. Er hatte den Zeigefinger gehoben und eine schrill keifende Tonlage angenommen wie die einer bösen Hexe. Er ahmte seine Mutter nach, wie sie damit drohte, ihren Söhnen den Hintern zu versohlen. »Das war bei uns zu Hause ein beängstigender Satz. Sie schlug uns oft mit einem Tischtennisschläger. Hinterher konnten wir tagelang nicht richtig sitzen. Sie war rabiat, wenn sie wütend war. Aber Dita war fit und stark. Ich konnte mir nicht vorstellen, dass unsere Mom in der Lage gewesen wäre, sie so leicht zu überwältigen. Also, um ehrlich zu sein, nein, so richtig hab ich das nie glauben können.

Ein Staatsanwalt dagegen hätte wohl kaum Zweifel gehabt. Es

gab unzählige Leute, die bezeugen konnten, wie ungewöhnlich es war, dass sich Lidia überhaupt auf dem Picknick zeigte, ganz zu schweigen davon, dass sie sich auch noch in Ditas Zimmer geschlichen hat. Viele wussten auch, dass meine Mom fest davon überzeugt war, mein Vater würde nie wieder ein Wort mit mir sprechen, falls ich Dita heiratete. Und meine Mom hatte jede Hoffnung aufgegeben, mich zur Beendigung dieser Beziehung bewegen zu können. Dita und sie hatten also allen Grund, sich in die Haare zu kriegen.

Aber selbst wenn ein Staatsanwalt die Version meiner Mom geglaubt hätte, dass sie Dita nur einmal geschlagen und Dita sich dadurch versehentlich den Kopf gestoßen hat, wäre sie immer noch wegen Körperverletzung mit Todesfolge angeklagt worden. Und da das Opfer auch noch die Tochter eines angehenden Gouverneurs war, haben Paul und ich fest damit gerechnet, dass sie um eine längere Gefängnisstrafe wohl nicht herumkäme. Lidia sagte, sie würde sich eher umbringen, als ins Gefängnis zu gehen. Und das hat sie nie zurückgenommen. Ich meine, manche Menschen machen so was doch, oder?«

»Damit drohen? Oft. Es dann auch tun? Weitaus seltener.« Tim hatte ein paar Leute gekannt, die sich umgebracht hatten, weil ihnen Knast blühte, alles junge Männer mit nachvollziehbaren Ängsten, ein paar von ihnen auch Drogensüchtige, die den Gedanken an einen kalten Entzug nicht ertragen konnten.

»Aber selbst das war nicht das Hauptproblem«, sagte Cass.

»Klingt eigentlich schon verzwickt genug«, warf Tim ein.

Cass reagierte auf Tims Bemerkung mit einem kleinen, sarkastischen Lächeln.

»Mal angenommen, Mom hätte sich gestellt und die Wahrheit gesagt«, fuhr Cass fort. »Hätte euch dieselbe Geschichte erzählt, die sie uns erzählt hat, und ihr hättet ihr geglaubt. Wo stammten dann Ditas andere Verletzungen her? Ich bin der einzige Mensch, der in Ditas Zimmer war, bevor Zeus ihre Leiche fand. Meine

Fingerabdrücke sind dort und meine Fußspuren unten im Blumenbeet. Dita hat auf dem Anrufbeantworter gesagt, sie würde die Polizei rufen. Mein Bruder und mein Dad hätten zugeben müssen, dass ich zu den Kronons gefahren bin. Die Anklage hätte behauptet, ich wäre auf Dita losgegangen, um sie daran zu hindern, meine Mom anzuzeigen. Oder weil sie angeblich vorhatte, mit mir Schluss zu machen.«

Tim stutzte. »Sie hatten Angst, wir würden Sie beide vor Gericht bringen?«

»Wäre doch nicht unwahrscheinlich gewesen. Meine Mom hätte auf Körperverletzung plädiert, dann hätte man ihr Straffreiheit zusichern können, wenn sie gegen mich aussagt. Oder noch besser: Man hätte uns gegen zugesicherte Straffreiheit als Kronzeugen in zwei getrennten Verfahren gegeneinander aussagen lassen können – mich in ihrem und sie in meinem Prozess. Fein, was? Mutter gegen Sohn und Sohn gegen Mutter. Wäre möglich gewesen. Jede unserer Geschichten zog den andern mit rein. Vielleicht hätte die Anklage einen Sachverständigen aufgetrieben, der ausgesagt hätte, dass Lidias Ohrfeige und meine angeblichen Schläge gemeinsam zu Ditas Tod geführt haben. Wäre rein rechtlich allerdings gar nicht nötig gewesen. In zwei getrennten Verfahren hätten sie sowohl Mom als auch mich als Alleintäter verurteilen können.«

Tim ließ sich das alles durch den Kopf gehen. Er hätte gern gesagt, dass kühlere Köpfe sich durchgesetzt hätten, aber Cass hatte nicht unrecht. Bei der ganzen Hysterie und dem Medieninteresse hätte sich so mancher Staatsanwalt entschieden, sowohl gegen Lidia als auch gegen Cass Anklage zu erheben.

»Meine Mom war natürlich bereit, zu lügen und den Mord auf sich zu nehmen, um mich zu retten. Aber Lidia Gianis als Mörderin auf den Titelseiten? Sie hatte vor, sich mit Schierling umzubringen – meine Mom hat nun mal einen Hang zum Drama. Aber sie die Schuld für die Tat auf sich nehmen zu lassen war praktisch dasselbe, wie ihr den Becher mit dem Gift zu reichen.« Cass lächelte freudlos. Ein Stück entfernt auf dem Parkplatz der Raststätte stritt sich ein Pärchen lautstark über die Kosten einer Motel-Übernachtung. »Noch dazu wussten wir nicht, ob sie es hinbekommen hätte.«

Tim spitzte die Lippen und überlegte, ging alles noch einmal durch. 1982 hatte keiner daran gedacht, das Blut darauf untersuchen zu lassen, ob es von einem Mann oder einer Frau stammte. Das war damals nicht üblich, außerdem deutete ohnedies alles auf einen Mann als Täter hin. Doch auch damals wusste man über Chromosomen Bescheid. Hätte Lidia erklärt, dass sie die Mörderin war, hätte das Blut im Zimmer dies erhärtet. Cass' Fingerabdrücke auf dem Türgriff und seine frischen Fußspuren unter dem Balkon hätten allerdings jeden guten Ermittler annehmen lassen, dass sie mit ziemlicher Sicherheit nur ihren Sohn decken will.

»Es war so oder so ein Schlamassel, ein heilloses Fiasko«, sagte Cass.

»Darum haben Sie sich schuldig bekannt?«

»Ja.«

Tim sah Cass in die Augen. »Und Lidia Gianis hat zugelassen, dass ihr Sohn die besten Jahre seines Lebens wegwirft, während sie ungeschoren davonkommt?«

»So ist es gewesen.«

»Nein, so war es nicht«, sagte Tim. Er griff erneut nach unten, um mit dem Hund zu spielen. Der war noch jung genug, um ihm in die Finger zu zwicken und sie festzuhalten. »Cass, ich folge Ihnen nun schon seit über einer Woche. Ich habe beobachtet, wie Sie sich jeden Morgen ihre falsche Nase ankleben, zur Arbeit fahren und Ihren Bruder spielen. Und heute ist mir endlich klar geworden, dass dieser Maskenball nicht erst vor Kurzem angefangen hat. Sie könnten sich nicht als Paul ausgeben – als Anwalt praktizieren, im Senat sitzen –, wenn Sie das nicht schon seit Jahren gemacht hätten. Ich glaube, Sie beide haben sich im Gefängnis abgewechselt. Deshalb wollten Sie unbedingt in den gelockerten Strafvollzug. Weil es da immer möglich ist, sich mal ein Weilchen zu entfernen, vor allem wenn der liebe Bruder in der Nähe wartet, um Ihren Platz einzunehmen. Sie mussten nur einen kleinen Spaziergang in den Wald machen, Ihren Overall aus- und seine Sachen anziehen. Und so war jeder von Ihnen manchmal Paul und manchmal Cass.«

»Sie haben eine blühende Fantasie.«

»Die Fingerabdrücke des Mannes, der seine Haft in Hillcrest angetreten hat, passen nicht zu denen des Mannes, der in Ditas Zimmer war. Es sind Pauls. Ich behaupte, er ist als Erster in den Knast gegangen, nur für den Fall, dass dieses Bäumchen-wechsel-dich-Spiel nicht hingehauen hätte. Man kann schließlich schlecht den Falschen im Gefängnis behalten, oder?

Und das Beste daran war natürlich, dass Sie Ihre Mom überreden konnten, dabei mitzumachen. Sie und Paul konnten beide draußen sein, zumindest zeitweise. Sie konnten beide Ihr Leben führen, auch wenn Sie es sich teilen mussten.« Tim sah zu Sofia hinüber. Sie würde nie eine gute Pokerspielerin werden. Das blanke Entsetzen auf ihrem verzerrten Gesicht und die weit aufgerissenen Augen verrieten ihm, dass er richtiglag. »Muss zu Hause ein bisschen kompliziert gewesen sein, wenn Cass im Bett seines Bruders schlief«, sagte er. »Ich schätze mal, das ist auch der Grund für Ihre jetzige Zwickmühle.«

Sofia wandte rasch den Blick ab und erklärte, sie würde eine kleine Runde mit dem Hund drehen.

»Sie haben eine blühende Fantasie«, wiederholte Cass.

»Ich bin mir ziemlich sicher, dass es so war. Das Einzige, was ich nicht verstehe, ist das Gleiche, was Sie nicht verstehen – wieso Dita tot war, als Sie dort ankamen. Aber ehrlich gesagt, die Version Ihrer Mom kommt mir einigermaßen glaubwürdig vor. Die Person, die Dita so zugerichtet hat, muss ziemlich stark gewesen sein. Das war ja einer der Gründe, warum wir davon ausgegangen sind, dass es ein Mann war. Schwer vorstellbar, dass eine Frau im Alter Ihrer Mutter körperlich dazu in der Lage gewesen wäre.«

»Wie ich gesagt habe«, antwortete Cass.

»Was bedeutet, dass Sie Dita vielleicht doch getötet haben.«

Cass lächelte hämisch. »Sehen Sie? Vor fünf Minuten haben Sie mir noch erzählt, ich wäre unschuldig. Aber wenn Sie alles gegeneinander abwägen, bin ich am Ende doch schuldig.«

Vertraulich beugte Tim sich vor und schielte dabei kurz zu Sofia hinüber, die in einiger Entfernung mit dem Hund spielte.

»Mal nur unter uns«, sagte er leise. »Waren Sie's?«

»Wäre ein Leichtes für mich, das zuzugeben, nicht? Ich hab meine Zeit ja schon abgesessen.«

Damit hatte er recht. Andererseits gab es manche, die diese Worte einfach nie über die Lippen brachten. Aber insgesamt hatte Cass allen Grund, die Tat einzuräumen.

»Ich denke, ich glaube Ihnen«, sagte Tim.

»Danke.« Das war ironisch gemeint. »Aber nur damit Sie's wissen: Das mit den falschen Nasen und dem Platztausch im Gefängnis – das ist Blödsinn. Ich hab die Zeit abgesessen, weil ich sowieso verknackt worden wäre und weil wir unsere Mutter so vor dem Knast bewahren konnten und sie am Leben blieb.«

»Tja, wenn Sie meine Theorie bestätigen würden, würden Sie ja auch etliche Straftaten gestehen, die Sie und Ihr Bruder begangen haben.«

»Das ist totaler Quatsch.«

»Egal. Wie ich gesagt habe, will ich nur wissen, wer Dita getötet hat.«

»Und ich habe gesagt, ich werde Ihnen erzählen, was ich weiß.«

Tim nickte nachdenklich. Cass hatte die Abmachung offenbar erfüllt.

»Bleibt nur noch eine Frage, die mir keine Ruhe lässt«, sagte Tim. »Ich komme einfach nicht dahinter, wo Ihr Bruder abgeblieben ist.«

»Es geht ihm gut.«

»Ach ja? Und warum reißen Sie sich dann seit Wochen beide Beine aus und täuschen vor, Sie wären alle beide?«

Cass senkte den Blick auf den Tisch.

»Weil Sie Beata einen Mordsschiss eingejagt haben und die beiden mal eine Zeit lang allein und ungestört sein wollten. Sie ist nämlich schwanger. Mit ihren fünfundvierzig Jahren ist das vermutlich die letzte Chance auf ein Kind. Deshalb schien es eine gute Idee, dass die zwei dem ganzen Wahnsinn mal ein Weilchen entfliehen.«

»Und Sie haben versprochen, überall für ihn einzuspringen?«

Cass lächelte verkrampft. »Derzeit bin ich ihm den ein oder anderen Gefallen schuldig.«

Tim konnte sich ein dünnes Lächeln nicht verkneifen.

»Ich muss schon sagen, Ihr Privatleben geht mich ja nichts an, aber falls Sie irgendwann mal Lust haben, mir *diese* Geschichte zu erzählen, bin ich ganz Ohr.«

Cass' Lächeln verschwand. Er erklärte Tim, dass er mit einem recht hatte: Dieser Teil ging ihn nichts an.

»Wie wär's, wenn wir drei Paul einfach einen Besuch abstatten?«, sagte Tim. »Falls er gesund und munter ist, ist die Sache damit für mich erledigt, versprochen. Aber Sie können von einem ehemaligen Detective der Mordkommission nicht erwarten, dass er einen möglichen Mord einfach übergeht. Ich hab Ihnen gleich zu Anfang gesagt, dass ich mir da ganz sicher sein muss.«

Sofia und der Hund kamen zurück.

»Tim will Paul sehen«, sagte Cass. »Er denkt, ich hab ihn umgebracht.«

Sofia stockte kurz, dann verlor sich ihre gedrückte Stimmung jäh, und sie lachte laut auf.

Cass stand auf. »Fahren Sie einfach hinter uns her.«

»Nein, ich hab ein für alle Mal die Nase voll davon, Sie zu verfolgen. Ich schlage vor, wir steigen zusammen in mein Auto, fahren zu Paul und sagen kurz Hallo. Sobald ich ihn sehe, gebe ich Ihnen Ihren Wagenschlüssel zurück, und ihr könnt mit eurem Verwechselspiel weitermachen, so lange ihr wollt.«

»Aber dann brauchen wir noch mal eine Stunde, um den Wagen hier abzuholen!« Tim war wirklich froh über Cass' Einwand, der nur bedeuten konnte, dass Paul lebte und nicht allzu weit entfernt war.

»Cass, tu's einfach«, sagte Sofia.

32.

Der neue Paul

Tim erklärte sich einverstanden, dass Cass seinen Mietwagen fuhr. Es war ein neuer Chrysler, in dem ein schaler Geruch hing, weil irgendwer das Rauchverbot missachtet hatte. Sofia und der Hund saßen auf der Rückbank.

»Ich muss Paul anrufen und ihm sagen, dass wir kommen«, sagte Cass.

»Damit er Zeit hat, seine falsche Nase anzukleben?«

»Er hat keine falsche Nase. Sie werden schon sehen. Während des Wahlkampfs war es praktisch, dass ich manchmal als Paul auftreten konnte. Das gebe ich zu.«

»Nein, meiner Meinung nach hat immer der, der gerade Paul war, die Prothese getragen. Falls Pauls Nase tatsächlich gebrochen gewesen wäre, hätte er in Hillcrest doch niemals Cass spielen können.«

»Und genau deshalb ist das alles Unfug.« Cass holte sein Handy hervor. »Ich kann nicht einfach da auftauchen. Das könnte einen Riesenkrach geben. Wir sprechen sowieso schon kaum noch miteinander. Und ich hab Ihnen doch gesagt, dass Beata da ist, um jedem Stress aus dem Weg zu gehen.«

»Ich denke, Sie wollten ohnehin zu Paul, um mit ihm zu überlegen, wie sie beide damit umgehen sollen, dass ich Ihr Spiel durchschaut habe.«

Cass verdrehte die Augen und behauptete, Sofia und er hätten für den Sommer ein Cottage zehn Meilen weiter angemietet. Ohne Tims Einverständnis abzuwarten, tippte er eine Nummer in sein Handy. Während er mit seinem Bruder sprach, war sein Ton geschäftsmäßig, aber er erklärte gleich zu Beginn, dass er und Sofia mit Tim auf dem Weg zu ihm waren. Als Cass aufgelegt hatte, rief Tim Evon an, die mehrere Nachrichten hinterlassen hatte. Er teilte ihr mit, er werde sie in etwa einer Stunde an der Brücke treffen.

»Können Sie im Augenblick nicht mehr sagen?«, fragte sie.

»Richtig.«

»Alles in Ordnung mit Ihnen?«

»Alles bestens.«

Den Rest der Fahrt unterhielten sich Cass, Sofia und er über Sofias Söhne. Michael und Steve waren froh, dass der Wahlkampf endlich vorüber war, und vor allem, dass Hals abstruse TV-Spots nicht mehr gesendet wurden. Michael, der Ältere, würde kommenden Monat seinen Bachelor machen. Danach wollte er eine Weile bei Teach for America mitarbeiten, einer gemeinnützigen Organisation, die sich dafür einsetzte, das Ausbildungsniveau an Schulen in sozial schwachen Gegenden zu verbessern, und anschließend wahrscheinlich noch Jura studieren. Steve war im vierten Semester und wollte Arzt werden. Tim fragte sich, wie es für diese Jungen wohl gewesen sein mochte, dass regelmäßig ihr Onkel bei ihnen auftauchte und ihr Vater ebenso regelmäßig verschwand. Es war eine Belastung für Kinder, so ein Geheimnis zu wahren, allerdings kamen sie damit manchmal besser zurecht als Erwachsene. Beispiele dafür hatte Tim bei Familien gesehen, die auf der Flucht vor dem Gesetz waren.

Genau wie Tim erwartet hatte, fuhren sie über die Brücke bei Indian Falls. Er entdeckte Evons Wagen am Straßenrand, wollte jedoch Cass' Nerven nicht überstrapazieren, indem er ihn fragte, ob Evon mitkommen könne.

Sie fuhren durch eine herrliche Gegend mit Kiefern und Pappeln zwischen zerklüfteten Felsen und mit zahlreichen Wasserläufen, die vom Kindle gespeist wurden. Alle paar Kilometer kamen sie an einem friedlichen kleinen See vorbei. Derzeit waren viele Leute draußen und werkelten an ihren Häusern herum, um sie für den Sommer vorzubereiten. Man konnte ihre Freude darüber, dass endlich Frühling war, förmlich spüren, eine Feststimmung, die den ganzen Mittleren Westen um diese Jahreszeit erfasste.

Cass bog nach links auf eine Landstraße und nach etwa einer halben Meile in eine Zufahrt, die sich einen Hang hinaufzog. Paul hatte sich den Ruhesitz eines reichen Mannes gebaut. Das große Steinhaus auf einer Hügelkuppe hatte ein Schindeldach und eine geplättelte Terrasse mit einer Umrandung aus lasierten Kiefernbalken. Sie hielten auf dem Kiesrondell und stiegen aus Tims Mietwagen. Der Hund sprang hinaus und rannte einen großen Rundkurs über den Rasen. Dann kam er mit einem Tennisball in der Schnauze zurück und ließ ihn vor Cass' Füßen fallen, der ihn aufhob und verdeckt von unten aus dem Handgelenk für ihn warf. Genau in diesem Moment kam Paul in einem karierten Hemd und Jeans aus dem Haus und verschränkte die Arme vor der Brust, sobald er Tim sah.

Hinter ihm tauchte Beata auf. Sie trug ein altes Baumwollhemd, aber Tim konnte sehen, dass Cass ihm die Wahrheit gesagt hatte: Die Schwangerschaft war ihr bereits anzusehen. Paul griff hinter sich nach ihrer Hand.

»Sind Sie jetzt zufrieden?«, fragte Cass.

Paul sah aus wie Paul, mit dem dicken bläulichen Höcker auf der Nase. Eigentlich seltsam, dass er ihn nie hatte entfernen lassen, wo seine Frau doch plastische Chirurgin war. Andererseits hatte auch Sofia keine Schönheitsoperationen an sich vornehmen lassen. Doch die gebrochene Nase war natürlich nicht echt. Dieser Höcker war nur seine Verkleidung.

»Macht es Ihnen was aus, wenn ich Sie mir genauer ansehe?«, fragte Tim ihn.

»Wozu?«, fragte Paul sichtlich gereizt.

»Er hat mal wieder eine Theorie«, sagte Cass. »Nämlich dass du und ich die letzten fünfundzwanzig Jahre im Gefängnis die Plätze getauscht und uns mithilfe einer Nasenprothese für den anderen ausgegeben haben.«

Paul überlegte einen Moment mit finsterer Miene, kam dann jedoch die drei Terrassenstufen herab. Er nahm sogar seine wuchtige schwarze Brille ab, damit Tim ihn besser inspizieren konnte.

»Nun machen Sie schon«, sagte er.

Tim trat näher und tastete in seinen Taschen nach seiner Lesebrille. Er ging buchstäblich hautnah ran und musterte Pauls Nase dann auch von der anderen Seite. Der Höcker sah echt aus, keine Frage, aber das war bei solchen Prothesen ja nicht anders zu erwarten. Plötzlich durchfuhr ihn ein Gedanke, der fast einer Mutprobe gleichkam. Er tat so, als würde er sich abwenden, drehte sich dann blitzschnell um, packte Pauls Nasenrücken und zog daran, so fest er konnte. Paul schrie auf vor Schmerz und schlug nach ihm, und dann spürte Tim einen heftigen Schlag von der Seite und den schmerzhaften Aufprall, als er zu Boden stürzte. Beata lag auf ihm.

Cass sprang herbei und zog sie weg, bot Tim aber keine Hilfe an, als dieser sich mühsam wieder aufrappelte. Die Gesichtshälfte, mit der er auf den Kies aufgeschlagen war, brannte höllisch. Unterdessen hatte Sofia Pauls Gesicht in beide Hände genommen und drehte seinen Kopf nach rechts und links, um ihn zu untersuchen.

»Sie gehen jetzt besser«, sagte Cass. »Geben Sie mir meinen Autoschlüssel. Paul kann mich zur Raststätte zurückfahren.«

Beata stand jetzt an Pauls Seite, zusammen mit Sofia, die Tim kopfschüttelnd betrachtete.

»Mr Brodie«, sagte sie. »Ich fürchte, Sie werden senil. Sie hätten ihm die Nase brechen können. Vielleicht haben Sie das sogar.«

»Es tut mir leid«, sagte Tim. »Ich dachte, ich wüsste, was Sache ist. Es tut mir leid.« Er hatte harten Knochen und Knorpel gespürt. Pauls Nasenhöcker war echt.

»Den Schlüssel, bitte«, wiederholte Cass.

Tim klopfte sich Jacke und Hose ab. Auch seine Schulter schmerzte. Genau wie sein kaputtes Bein, das unter Beatas Gewicht weggeknickt war.

Er öffnete den Kofferraum des Chevy und holte den Schlüssel unter der Matte hervor. Als er ihn hochhielt, bemerkte er einen seltsamen blassrosa Fleck an der Außenseite seines rechten Daumens. Er rieb mit dem Zeigefinger darüber. Pollen, dachte er zuerst, aber die Substanz war ölig. Dann begriff er: Make-up. Es war nicht auf Pauls Nase gewesen, sondern eher unter seinem Auge, wo sich nach einer Verletzung im Bereich der Augenhöhle Blut ansammelt und Hämatome bilden.

»Schlüssel«, sagte Cass mit Nachdruck.

Tim warf ihn ihm hinüber. Er warf ihn auf Cass' linke Seite, der, wie Tim erwartet hatte, mit der rechten Hand quer über seinen Körper griff, um ihn zu fangen.

»Gut reagiert, Paul«, sagte Tim.

»Ich bin Cass.«

»Nein, das ist Cass«, sagte Tim und zeigte auf den Mann, der zurück auf die Terrasse gegangen war. »Der Mann, der sich hier draußen versteckt hat, solange seine Nase heilt. Nachdem Sofia sie nämlich operiert hat, um ihr diesen Höcker dauerhaft zu verpassen. Damit ihr zwei ein für allemal die Rollen tauschen könnt. Aber Sie sind Paul. Ich wette, Sie waren großartig, wenn Sie Cass im Knast gespielt haben. Aber hier draußen sind Sie nicht daran gewöhnt. Diese Hündin ist achtzehn Monate alt und total auf Sie fixiert. Nicht auf den Mann, der sie angeblich von klein auf hat. Und übrigens, ich hab gesehen, wie Sie den Ball für sie geworfen haben. Ich wette, Cass und Sie haben gelernt, auch mit der anderen Hand zu essen und zu unterschreiben – Sie haben ja alle beide dieselbe schludrige, unleserliche Unterschrift. Aber einen Ball mit dem falschen Arm richtig zu werfen, ist schwer zu lernen. Na los. Beweisen Sie mir, dass ich falschliege. Werfen Sie mir den Schlüssel richtig von oben zu.«

Der Mann, den er bis zu diesem Moment Cass genannt hatte, starrte ihn bloß an. Und es waren Zeus' Augen, tiefschwarz.

»Soll ich Sie bitten, sich neben Ihren Bruder zu stellen?«, fragte Tim. »Wollen wir wetten, dass Paul jetzt derjenige ist, der ein kleines bisschen größer ist? Cass wird ab jetzt Paul sein. Und Sie werden Cass sein. Aber mit Ihrer Frau zusammenleben. Was mich freut«, sagte Tim. »Und Beata ist schon seit Jahren Cass' Freundin. Immer wenn er draußen war und vorgab, Paul zu sein, war er bei ihr. Ich verstehe ihren Wunsch, hier draußen bei ihm zu sein, besonders in ihrem Zustand. Ich glaube allerdings nicht, dass sie sich sonderlich schwach fühlt«, sagte Tim und rieb sich die Schulter. »Sie ist mir einfach aus dem Weg gegangen. Was ihr gutes Recht ist. Ich hoffe, ihr werdet alle glücklich und zufrieden. Ehrlich. Obwohl ich immer noch nicht richtig verstehe, was ihr da treibt. Aber das geht mich ja auch nichts an.«

Sofia kam die Terrassenstufen herunter. Sie nahm ihrem Mann den Autoschlüssel aus der Hand, ging dann zu Tim und legte ihm eine Hand an die Wange.

»Das wird ein Bluterguss, fürchte ich. Ich hol Ihnen etwas Eis. Tut's sonst noch irgendwo weh?«

»Nicht schlimmer als sonst«, antwortete er. Was sein Bein anging, war er sich noch nicht so sicher.

Sofia ging ins Haus und flüsterte den anderen dabei irgendetwas zu, die ihr prompt folgten. Jetzt kam der Hund aus dem Wald angerannt, den Ball in der Schnauze, und blieb schwanzwedelnd vor der Tür stehen. Hin und wieder schaute er zu Tim und sah ihn erwartungsvoll an.

»Mich darfst du nicht fragen, Cerberus«, sagte dieser. »Ich versteh hier überhaupt nichts mehr.«

Kurz darauf kam Sofia allein wieder heraus und brachte einen Plastikbeutel mit Eiswürfeln, eine Schüssel Wasser und eine Sprühflasche mit. Sie säuberte die Wunde und besprühte sie mit einem Desinfektionsmittel, nachdem sie ihn gebeten hatte, die Augen zu schließen. Dann gab sie ihm den Eisbeutel.

»Immer nur zehn Sekunden draufhalten, dann zehn Sekunden Pause«, sagte sie. Tim stieg in seinen Mietwagen.

Sofia bückte sich und sah ihn an. »Ganz unter uns?«

»Natürlich.«

»Sie haben recht.«

»Das weiß ich. Dein Mann ist ein ziemlich anständiger Kerl. Cass und Lidia steckten beide in der Patsche. Aber wer würde schon so was für seinen Bruder tun, freiwillig ins Gefängnis gehen, wenn auch immer nur kurzzeitig.«

Sofia sah einen Moment nach unten auf den Kies, als wäre dort die Wahrheit zu finden.

»Wenn man mit einem eineiigen Zwilling verheiratet ist, lernt man allerhand über die Liebe. Das ist nicht jedermanns Sache. Besonders wenn man das Gefühl haben will, die Nummer eins zu sein. Zwillinge wachsen in einer Welt voller Einzelmenschen auf, und wir sagen ihnen, sie sollen so denken und handeln wie wir. Aber das können sie nicht. Zumindest nicht diese beiden. Ihr Lebensgefühl ist ein grundlegend anderes. Eine stärkere Verbundenheit gibt es wahrscheinlich nicht. Die Sache mit dem Tauschen war Pauls Idee. Er war sicher, dass Lidia sich umbringen würde. Vor allem aber konnte er den Gedanken nicht ertragen, dass sein Bruder das alles allein durchstehen sollte, ohne ihn.«

»Warst du auch beteiligt?«

»Mit der Zeit immer mehr. Wahrscheinlich steckte ich von dem Moment an mit drin, als ich Lidia verarztet habe. Auf jeden Fall, nachdem ich mich in Paul verliebt hatte. Die Idee mit der Nasenprothese ist von mir. Wir brauchten irgendein auffälliges Merkmal im Gesicht, irgendwas, das die anderen winzigen

Unterschiede zwischen den beiden in den Hintergrund treten ließ, vor allem solche, die sich mit zunehmendem Alter ausbilden würden. Sie kennen ja die Redensart: Jemandem etwas an der Nase ansehen. Sie ist das differenzierendste Merkmal in einem Gesicht. Meine Anaplastologin Hilda wird inzwischen dahintergekommen sein, aber sie hat nie ein Wort gesagt. Das Ganze war nur deshalb machbar, weil sie die Prothese nur tragen mussten, wenn sie draußen waren, als Paul.«

»Und sie sind fünfundzwanzig Jahre lang im Gefängnis einfach so rein und raus spaziert?«

»In Hillcrest gibt es einen kleinen Waldweg. Derjenige, der gerade draußen war, ist da hingefahren. Der andere hat einen kleinen Spaziergang gemacht. Genau wie Sie vermutet haben.«

Er zuckte die Achseln. Sämtliche Haftanstalten mit gelockertem Strafvollzug waren ähnlich und befanden sich in der Nähe von Kleinstädten, wo die Arbeitsplätze gebraucht wurden.

»Hin und wieder gab's mal ein Problem«, sagte Sofia. »Wenn etwa jemand auf dem Waldweg war. In all den Jahren ist nur ein einziger Insasse misstrauisch geworden. Eine Zeit lang haben sie sich im Besprechungsraum für Anwälte getroffen – Paul hat immer als Cass' Anwalt fungiert – und dort die Kleidung getauscht, bis einmal einer vom Wachpersonal reingekommen ist, und sie beide ohne Schuhe dastanden. Er hätte Cass fast gemeldet, aber Paul hat ihm irgendwas erzählt von wegen, Cass hätte nur mal seine neuen Halbschuhe anprobieren wollen.

Normalerweise haben sie jeden Monat die Plätze getauscht. Aber manchmal auch nur für einen Tag, wenn einer unserer Jungs ein wichtiges Spiel hatte oder Elternsprechtag war. Es hat schon einige seltsame Situationen gegeben.« Sie verdrehte ihre großen Augen. »Jede Menge Geschichten.«

»Das glaub ich gern. Und Cass hatte keine Probleme, als Anwalt zu agieren?«

»Paul hatte genauso wenig Ahnung von Strafrecht wie Cass, als er bei der Staatsanwaltschaft anfing. Im Studium lernt man noch lange nicht, wie man ein guter Ankläger wird. Dazu ist Berufserfahrung erforderlich. Und beide hatten während Cass' Prozess eine ganze Menge von Sandy Stern gelernt. Ein paar Jahre später, als Paul eine Kanzlei aufmachte, bekam er einen großen Fall in Illinois und brauchte dafür die Zulassung der dortigen Anwaltskammer. Cass blieb sechs Wochen im Gefängnis und büffelte, und er war dann derjenige, der die Prüfung vor der Kammer ablegte und bestand.

Die Arbeit war also nicht das Problem. Eher die Kleinigkeiten des täglichen Lebens. Sie haben sich gegenseitig möglichst viel in den Briefen mitgeteilt, die sie sich jeden Abend schrieben, aber im Laufe der Jahre hab ich mich unzählige Male für Pauls schlechtes Gedächtnis entschuldigt. Am schwierigsten war es mit den Kindern. Die Prothese musste abends abgenommen werden, aber mit oder ohne konnten beide Jungs spätestens mit drei Jahren ihren Vater von ihrem Onkel unterscheiden. Es war ein großes Risiko, als wir ihnen schließlich die Wahrheit gesagt haben. Wir drei Erwachsene hatten eine Art Pakt geschlossen, dass es keinerlei Vorwürfe oder Schuldzuweisungen geben würde, falls eines der Kinder alles vermasselte. Aber das ist nicht passiert. Kinder möchten so sein wie alle anderen, und da behalten sie so was von ganz allein für sich. Mittlerweile sind beide dankbar. Sie kommen sich vor, als hätten sie zwei Väter. Das Gefühl haben übrigens viele Kinder von eineiigen Zwillingen.«

»Und wie soll es jetzt weitergehen?«, fragte Tim. »Warum tauschen die beiden jetzt endgültig die Identität?«

»Paul hat die Nase voll von Politik, Cass nicht. Paul wird glücklicher sein mit dieser Schule, die er aufmachen will. In ihr sollen Exhäftlinge und jugendliche Straftäter eine Chance bekommen, junge Kerle von vierzehn bis sechsundzwanzig. Die können da sogar die Hochschulreife ablegen, aber der Schwerpunkt liegt auf berufsbildenden Maßnahmen und Arbeitspraktika. Die Grundidee ist, dass die Exknackis den Kids vorleben, wie sie anständig bleiben. Ein toller Gedanke. Und es ist der richtige Job für ›Cass‹.« Sie malte Anführungszeichen in die Luft. »Ein Knacki unterrichtet Knackis? Paul hat schon mit Willie Dixon darüber gesprochen, und das County wird Geldmittel zur Verfügung stellen. Und Cass will im Senat bleiben. Also ist es am besten so. Oder?«

»Das kann ich nicht beurteilen. Aber ich wünsche euch, dass ihr euren Frieden findet. Du hast es verdient.« Tim dachte darüber nach, was Sofia gesagt hatte. Noch immer wirbelten ihm einige Fragen durch den Kopf. »Wie war das, deine Söhne zur Welt zu bringen, während die beiden ständig die Plätze tauschten?«

»Paul war dabei, als sie geboren wurden.« Sie sah Tim in die Augen. »Und als sie gezeugt wurden. Ich kann die Brüder unterscheiden.«

Tim lachte laut auf.

»Du hast dich also mit einem halben Ehemann begnügt?«

»Viele Ehepaare verbringen Zeit getrennt. Militärfamilien zum Beispiel. Außerdem war ich vierundzwanzig und bis über beide Ohren verliebt. Und ich dachte, ein Mann, der seinen Bruder so sehr liebt, würde mich ebenso lieben.«

»War es so?«

Sie lächelte leise, nachdenklich, wie er das von einem erwachsenen Menschen erwartete.

»Ich denke ja. Ich denke, unsere Ehe ist ein weiterer Grund, warum Paul aus dem politischen Leben ausscheiden will. Damit wir endlich Raum haben, eine normalere Beziehung zu führen. Bis Februar habe ich fünfundzwanzig Jahre lang nie länger als zwei Monate am Stück mit meinem Mann verbracht.«

»Ich hoffe, es läuft gut mit euch.«

»Ganz toll, Gott sei Dank. Ich will nicht bestreiten, dass wir beide ein bisschen Angst davor hatten. Aber wissen Sie, Mr Brodie, Tim – auch wenn es manchmal schwer war, ich hab oft daran gedacht, wie Sie und Mrs Brodie waren, als Katy im Sterben lag.

Und auch hinterher. Sie beide waren wirklich meine Vorbilder. Meine Eltern waren es weiß Gott nicht.«

Sie hatte ihn überrascht. »Haben wir wirklich so einen guten Eindruck gemacht?«

»Ja. Richtig gut. Richtig verlässlich.«

»Und glaubst du, Maria war glücklich?«

»Das weiß ich, Mr Brodie. Das weiß ich ganz sicher. Lassen Sie sich das nicht durch ihren Tod wegnehmen. Ich kann mich noch erinnern, wie ich mal bei Ihnen zu Besuch war, als ich noch zur Highschool ging. Ich ging gerade durch Ihre Küche, und genau in dem Moment, Mr Brodie, setzte Maria ein strahlendes Lächeln auf, als hätte jemand den Strom eingeschaltet. Ihr Gesicht hat richtig aufgeleuchtet. Und ich verstand nicht, wieso, und dann hab ich gemerkt, dass sie aus dem Fenster schaute und sah, wie Sie den Weg zum Haus hochkamen. Ich war höchstens vierzehn oder fünfzehn, aber ich hab gedacht: Das will ich auch. *Genau das.*«

Wie so oft in letzter Zeit merkte Tim, dass er den Tränen nahe war.

»Sofia, du hättest mir nichts sagen können, was mir mehr bedeutet.«

Sie lächelte. »Das freut mich.« Sie richtete sich auf, blickte aber noch einen Moment länger ins Auto.

»Ich hab ihnen erzählt, dass Sie ein Mann sind, der sein Wort hält. Dass Sie es niemandem erzählen werden. Das mit dem letzten Tausch?«

Als er nickte, beugte sie sich herab und gab ihm einen Kuss auf die Wange. Wie immer bat sie ihn, Demetra Grüße auszurichten.

Evon parkte noch immer am Fuß der Brücke. Sie sprang aus dem Wagen, sobald sie ihn kommen sah.

»Wer hat Sie geschlagen?«

»War meine eigene Blödheit.« Er erzählte ihr, dass er an Pauls Nase gezogen hatte und Beata daraufhin auf ihn losgegangen war.

»Pauls Nase ist echt?«

Er nickte und sagte sonst nichts mehr.

»Damit ist das, was Sie am Telefon gesagt haben, vom Tisch, oder?«, fragte Evon.

»Vielleicht. Aber ich schätze, was immer die beiden gemacht haben oder noch machen, geht uns nichts an. Das hatten wir doch so abgesprochen, nicht?«

»Stimmt«, sagte Evon. »Ich wüsste nicht, warum mich das interessieren sollte.«

Es war spät geworden. Die Sonne ging mit einem bezaubernden Farbenspiel hinter dem Fluss unter. Sie standen beide gegen den Kühler von Evons BMW gelehnt und nahmen die Aussicht kaum noch wahr, während Tim erzählte, was er über die Nacht erfahren hatte, in der Dita ermordet worden war.

»Also«, sagte er schließlich, »entweder ist Lidia heftiger ausgerastet, als sie zugegeben hat oder sich erinnern konnte, dann ist sie die Mörderin. Oder Cass lügt, und er hat Dita getötet. Oder jemand anders hat die Gelegenheit genutzt und die junge Ms Kronon ins Jenseits befördert.«

»Und was denken Sie?«

»Cass war's nicht. Davon bin ich überzeugt. Und unter Ditas Fingernägeln befanden sich keine Hautspuren. Sie hätte sich gegen Lidia gewehrt, zumal die sie ja schon geohrfeigt hatte. Aber sie hat keine Hand gegen ihren Mörder erhoben. Was wahrscheinlich bedeutet, dass es jemand war, von dem sie es niemals gedacht hätte.«

»Beispielsweise jemand aus ihrer Familie?«

»Das wäre meine derzeitige Vermutung«, sagte Tim. »Hermione war ein Strich in der Landschaft, sie hätte niemals die Kraft dazu gehabt. Damit bleiben die beiden Männer.«

Evon starrte ihn an. »Hal?«, fragte sie.

TEIL FÜNF

33.

Zeus – 5. September 1982

Zwischen den korinthischen Säulen, mit denen die tropfnasse Vorfahrt vor seiner prächtigen Villa gesäumt ist, hebt Zeus resigniert die Hände, um seinen fliehenden Gästen zu signalisieren, dass er das Urteil der Götter akzeptiert: Das Picknick ist zu Ende. Unter Schirmen und Zeitungen und vereinzelten von den Tischen geklaubten Plastikdecken hasten die Mitglieder der St. Demetrios-Gemeinde den Hügel hinunter zur unteren Wiese, wo ihre Autos jetzt im Schlamm versinken. Seinen Anzug, am Morgen noch schwanenweiß, hat der Regen grau gefärbt, er bleibt jedoch auf seinem Posten. Er winkt, wirft Kusshände und ruft den Jungs vom Catering zu, den alten *yiyas* zu helfen, von denen viele kurz bei Zeus stehen bleiben, um ihn zu berühren und zum Abschied zu segnen. Diane Trianis, ausgestattet mit den gleichen stattlichen Proportionen wie ihre Mutter, kommt noch einmal und küsst ihn auf die Wange. Ihre Frisur ist zwar nur noch ein nasser zerfranster Zottelkranz, doch sie sieht noch immer hübsch aus. »Ruf am Dienstag das Wahlkampfbüro an«, sagt er erneut zu ihr. Sie ist frisch geschieden und braucht Arbeit. Vor zwanzig Jahren hat er mit ihrer Mutter geschlafen, und der flüchtige Gedanke daran, was ihn vielleicht mit Diane erwartet, sendet einen Stromstoß in jene Körperpartie, die er gern als sein Blitzbündel bezeichnet. So vieles geschieht derzeit, so viele Menschen – reale Menschen, die er seit Jahren kennt – sind von ihm abhängig. Das Picknick ist immer ein wundervoller Tag. Hermione hat ihn am Ellbogen gefasst und zieht ihn endlich in die Dunkelheit des Hauses und die düstere Stimmung, in der er lebt, wenn er aus dem Scheinwerferkegel tritt, der in der Öffentlichkeit auf ihm ruht.

Wie durch ein Wunder, wenn auch vorhersehbar, ist seine Frau nahezu trocken geblieben. Hermione hat ihr Erscheinungsbild immer absolut unter Kontrolle; seit Jahren lässt sie sich sogar die Augenbrauen auszupfen, weil sie sie lieber jeden Morgen mit dem Stift perfekt nachzieht. Sie ist noch immer schlank und elegant in ihren teuren maßgeschneiderten Kleidern, wenn sie auch einem Lineal ähnelt, sobald die Hüllen gefallen sind. Aber auf sie ist Verlass. Ihr Lächeln ist die letzten sechs Stunden kein einziges Mal erlahmt. Zweifellos ist sie erschöpft, doch Hermione ist zu streng mit sich selbst, um zu jammern. Wer verheiratet ist, dem bleiben die schlimmsten Momente seiner Ehe stets im Gedächtnis haften, und in Hermiones Fall gehen sie mit Alkohol und kreischenden Wutanfällen einher, die sie kaum eindämmen kann, wenn sie erst einmal losgebrochen sind. Sie ereignen sich meist, wenn er selbst betrunken ist und in Hermiones Beisein mit einer jungen Frau zu liebenswürdig geplaudert hat, sich zu dicht zu ihr geneigt und sein Verlangen zu deutlich gezeigt hat. Dann heißt sie ihn einen herzlosen Unmenschen mit einem Ego wie ein Brunnen, der nie voll wird. Er nimmt diese Ausbrüche und sogar ihre Beschimpfungen stumm hin, wohl wissend, dass er selbst die Schuld daran trägt. Die Wahrheit ist nämlich, dass er kein guter Mensch ist. Er ist hingerissen von seiner Macht, ganz fasziniert davon, wie sie in ihm herangewachsen ist wie der Stamm eines starken Baums. Doch die Unersättlichkeit der Gelüste, die Hermione ihm vorwirft, erschreckt ihn oft selbst. Sie hat recht. Er wird niemals zufrieden sein.

Hermione bringt zwangsläufig wieder Ordnung in ihre Ehe. Normalerweise gleich am nächsten Tag, wenn sie zu ihm kommt und lapidar sagt: »Ich bin dir dankbar, Zeus. Ich bin dankbar für mein Leben.« Das ist genug und weit mehr, als die meisten Männer in den eigenen vier Wänden bekommen. Er weiß das. Dank seines verstorbenen Schwiegervaters sieht Hermione ihre Ehe so wie ein Mann: als ein für beide Seiten einträgliches Geschäft.

Zeus ist im Wohnzimmer zwischen den Brokatstoffen und anderen Kostbarkeiten stehen geblieben. Phyllos bringt ihm ein Glas Whiskey. Pete Geronoimos, der oben in Zeus' Büro war und telefoniert hat, kommt pfeifend die Treppe herunter.

»Ich hab uns für morgen früh um sechs ein Flugzeug nach Winfield besorgt. Der Termin da geht klar.« Der Landwirtschaftsverband wird Zeus unterstützen. Er wird vor den Farmern über seine Familie in Kronos, am Fuße des Olymps, sprechen, wo sie Schafe und Ziegen und Pferde hielt, von denen nur wenige nicht von anderen gestohlen waren. Tatsächlich war sein Vater in die USA ausgewandert, weil ihn ein Trupp Einheimischer einen gesamten Tag lang verfolgt hatte wie einen Wolf. Aber Zeus wird Nikos als sanften Hirten darstellen.

Pete ist Lebensmittelimporteur, begeistert sich seit ihrer Kindheit jedoch für Politik. Eigentlich sollte er der Kandidat sein, aber Pete misst gerade mal einen Meter sechzig und ist gebaut wie ein Küchenherd, und Zeus weiß, dass er schon mindestens dreimal festgenommen wurde, weil er sich an verdeckte Ermittlerinnen rangemacht hat, die ihm erzählt hatten, sie wären sechzehn. Im vergangenen Jahr hat Zeus endlich Petes ständigem Drängen nachgegeben und sich zur Wahl gestellt. Pete trifft die meisten strategischen Entscheidungen und kümmert sich um die organisatorischen Dinge. Zeus hingegen muss die Leute nur dazu bringen, ihn zu mögen, eine Aufgabe, die er mit Genuss erfüllt. Er spricht über seine bescheidenen Anfänge, den Krieg, das Geschäft und wie wunderbar Amerika ist. Er verkauft ihnen seine ganze Geschichte und weiß, dass sie sich danach sehnen, sie zu glauben. Die Wähler sind noch immer sauer auf die Demokraten und ihren beschränkten Schwächling Jimmy Carter mit seiner Strickjacke, der die Amerikaner ermahnt, die Heizung niedriger zu stellen, die Depristimmung abzuschütteln und Mut zu fassen. Wähler wollen Stärke. Achtzig Prozent der Menschen, die im November ihren Wahlzettel ausfüllen werden, haben keine Ahnung, was der Gouverneur eigentlich macht, außer in einem stattlichen Amtssitz zu wohnen und Paraden abzunehmen. Zeus ist stark. Die Vorstellung, nach seiner Ernennung auf dem Balkon der Gouverneursresidenz zu stehen und einer riesigen Menschenmenge zuzuwinken, ist für ihn genauso erregend wie Sex.

Als Hal und Mina ins Wohnzimmer kommen, um sich zu verabschieden, fährt Pete nach Hause zu seinem Hund und um ein paar Stunden zu schlafen. Zeus' zukünftige Schwiegertochter umarmt ihn und lobt das heutige Fest überschwänglich – das Essen, die Musik, die Warmherzigkeit der Menschen von St. Demetrios. Hal, der allmählich lernt, ihrem Beispiel zu folgen, wiederholt jedes Wort, als wäre es auf seinem eigenen Mist gewachsen. Hal ist ein guter Junge, nur viel zu unreif für sein Alter. Aber er ist Zeus sehr ans Herz gewachsen, vor allem, weil er unablässig bestrebt ist, seinem Vater zu gefallen. Hermione ist ganz verzweifelt, weil das Paar nicht in St. Demetrios heiraten kann. Doch die kirchlichen Bestimmungen seien da absolut, sagt Father Nik, ihm seien die Hände gebunden. Wäre Mina Katholikin, Presbyterianerin, eben jemand, der an Christus und die Dreifaltigkeit glaubt, könnte sie das Sakrament empfangen. Zeus ist das völlig egal. Er ist ein Grieche alten Schlags, der eher an die Götter des Olymp glaubt als an irgendeinen mystischen dreiköpfigen Geist. Er nimmt Mina mit, wenn er in Synagogen Reden hält.

Gerade als Hal und Mina gehen, hastet sein Liebling Dita am Wohnzimmer vorbei. Zeus ruft ihren Namen. Sie reagiert wie immer ungeduldig.

»Was ist?«

Er mustert sie, wie sie da vor ihm steht, eine außergewöhnliche Schönheit mit feinen Gesichtszügen und durchdringendem Blick.

Keine Liebe in seinem Leben ist vergleichbar mit der gierigen, verzweifelten Liebe, die er für seine wunderschöne Tochter empfindet, seinen einzigen echten Nachwuchs. Er ist Erde und Muskeln und Knochen, aber vor allen Dingen liebt er Dita. Diese Liebe beherrscht ihn so sehr, dass er sich in einem schrecklichen Moment nicht mehr in der Gewalt hatte. Deshalb verabscheut Dita ihn auf eine Weise, die niemals nachlassen wird. Gleichzeitig braucht sie ihn auch, wie Kinder es immer tun, und sie windet sich auf der Folterbank dieses inneren Widerspruchs aus Hass und Bedürftigkeit. Dita und er werden jener dunklen Vergangenheit nie ganz entfliehen können, jener Katastrophe, der Zeus in seinem Innern denselben Platz zugewiesen hat wie dem Chaos des Krieges. Es war eine traurige, versoffene Zeit in seinem Leben, kurz nach dem Tod seiner Mutter. Nur selten denkt er daran zurück, und weder Dita und ihre Mutter noch er selbst lassen je ein Wort darüber fallen. Doch das Schloss an Ditas Tür ist eine ständige Mahnung.

»Danke, dass du dich so nett um unsere Gäste gekümmert hast«, sagt er.

»Bitte sehr. Ich hasse diesen beschissenen Tag«, erwidert sie. »Diese Leute öden mich einfach an. Griechisch hier, griechisch da. Die merken anscheinend gar nicht, dass sie in einem Käfig leben.«

Er überhört das. Er muss es überhören. In ein paar Tagen wird sie vierundzwanzig, und sie lebt unter der unausgesprochenen Bedingung hier in seinem Haus, dass sie von jeder Kritik verschont bleibt, so sehr sie diese auch oft genug verdient hätte.

»Dein Freund ist griechischer Abstammung, wenn ich mich nicht irre.«

»Cass? Mit dem ist es so gut wie aus. Seine Familie kann mich nicht ausstehen. Was zum Teufel hast du den Leuten bloß getan, Dad?«

»Nichts. Es war ein Missverständnis. Lidia hat leider Gottes unter ihrem Niveau geheiratet. Mickey ist doch im Grunde bloß ein griechischer Bauerntölpel. Sein Stolz übersteigt seine Fähigkeiten bei Weitem. Er hat sich durch meine Freundlichkeit gegenüber seiner Familie gedemütigt gefühlt, dabei hab ich es nur gut gemeint.«

Zeus hat heute mit Lidia gesprochen, die ersten Worte seit vielen Jahren. Teri glaubt, Lidia wäre nur deshalb zum Picknick gekommen, weil sie sich allmählich damit abfindet, dass Cass Dita heiraten wird, was trotz der harten Worte seiner launischen Tochter heute Abend keineswegs auszuschließen ist. Lidia ist vollschlank und grau geworden. Dennoch kann er noch immer die Frau sehen, nach der er sich so verzweifelt gesehnt hat. Jahrelang, besonders, als er zum Militär ging, hielt er an der Hoffnung fest, ruhmreich zurückzukehren und Lidia zu heiraten, egal, was ihr Vater davon hielt. Als Zeus dann von ihrer Heirat mit einem so biederen Typen wie Mickey erfuhr, kam das einem Dolchstoß gleich. Zeus hat sich stets eingestanden, dass er Hermione zum Teil deshalb heiratete, weil die einzige Frau, die er sich je als seine Gefährtin hatte vorstellen können, unerreichbar für ihn geworden war. So viele Weibsbilder begehrt er auf andere Art. Selbst heute noch kann es ihm passieren, dass er auf der Straße Verlangen nach der Hälfte der Frauen verspürt, die ihm in den Blick geraten. Jede Form von Schönheit kann seine Leidenschaft entflammen – gute Beine, ein voller Busen, ein hübsches Gesicht. Aber nur bei Lidia hatte er den wirklich sehnsüchtigen Wunsch, sie zu heiraten, doch sie entschied sich für ihren Vater und gegen ihn. Aus Rache hat Zeus sie viele Jahre später gevögelt. So haben die Götter ihm immer gedient. Das erkannte er gleich, als Teri ihn bat, ihrer besten Freundin einen Job zu geben.

»Sie ist verzweifelt«, hatte Teri gesagt.

Also werde ich sie vögeln, dachte Zeus. Die Verzweiflung hatte Lidia die Kraft geraubt, Nein zu sagen. Trotzdem bleibt sie eine der wenigen Niederlagen in seinem Leben. Bis heute kann er sie nicht ansehen, ohne sich zu fragen, ob er mit ihr als Frau weniger an sich selbst verzweifelt wäre, ob ihre Stärke ihn weniger brutal gemacht hätte.

Dita ist gegangen, ohne gute Nacht zu sagen. Gequält und niedergeschlagen angesichts seines Lebens geht Zeus die Treppe hinauf. Hermione schläft schon. Er zieht seinen Pyjama an und legt sich neben sie. Hermione streckt einen Arm aus und lässt ihn süß auf seiner Hüfte liegen. Er berührt ihre Hand, dankbar für deren Vertrautheit, und versinkt tief in seinen eigenen unruhigen Träumen, bis er von einem Lärmen irgendwo hinten im Flur aufgeschreckt wird. Der Regen hat die Nacht abgekühlt, und Hermione hat die Balkontür geöffnet. Von dort hört er Glas klirren und kurz darauf Ditas Schrei. Aus Ditas Zimmer kommen spät in der Nacht oft Geräusche. Das ist ihre Rache. Aber in diesem Schrei liegt keine Lust. Während er sich hektisch seinen Morgenrock anzieht, ist er sich sicher, das Zuschlagen der Haustür zu hören.

Er drückt versuchsweise die Klinke von Ditas Tür und stellt überrascht fest, dass sie nicht abgeschlossen ist. Er klopft an, tritt ein und fragt, ob alles in Ordnung sei. Doch sein Herz krampft sich zusammen, als er das Blut sieht. Es ist auf der Balkontür verschmiert und sieht aus wie ein an die Wand gesprühtes Spritzbild.

»Um Himmels willen! Was ist denn passiert?«

Dita befindet sich auf dem Bett, ihr offener Bademantel entblößt ein langes, wohlgeformtes Bein. Sie reibt sich eine Wange und begrüßt ihren Vater mit einem erbosten Gesichtsausdruck.

»Was ist passiert?«, fragt er noch einmal.

»Du hattest recht, sie sind Bauerntölpel.«

»Mein Gott. Was willst du damit sagen?«

»Cass' Mutter war hier.«

»Lidia?«

»Und sie hat mich verdroschen, damit ich mit ihrem Sohn Schluss mache.«

»Hier? In meinem Haus? Sie hat meine Tochter geschlagen?«

»Und sie hat mir eine ziemlich gute Geschichte erzählt.« In diesem Moment merkt Dita offenbar, wie leicht bekleidet sie ist, und zieht eine Decke vom Fußende des Betts über sich. »Ich meine, jetzt mal ehrlich, Dad. Gibt es hier in der Gegend irgendein weibliches Wesen, das du nicht gevögelt hast?«

Etwas in ihm gibt nach, irgendein Schleusenkanal, der seine kruden Gefühle für Dita um ihretwillen immer eindämmte. In ihrer Formulierung – »irgendein weibliches Wesen« – liegt eine unverhohlene Anspielung, und er hat immer gewusst, dass sie ihn vernichten wird, falls sie je darüber spricht. Nicht, weil er es nicht abstreiten würde. Zeus hat längst akzeptiert, dass die Fähigkeit, überzeugend zu lügen, ein unverzichtbares Attribut der Macht ist. Aber es würde bedeuten, dass sie ihn endgültig verlassen hat. Dieser Gedanke erfüllt ihn mit Wut und entsetzlichem Grauen zugleich.

»Du und dein dreckiges Mundwerk«, sagt er. Wenn die Vergangenheit schon nicht zu ändern ist, soll sie wenigstens unausgesprochen bleiben.

»Ha, mein dreckiges Mundwerk hat dir mal gute Dienste geleistet«, antwortet sie.

Er presst ihr eine Hand auf den Mund und stößt ihren Kopf nach hinten, damit sie schweigt. Einen Moment lang kennt er nur noch Zorn und Kraft. Aber in diesem kurzen Augenblick, als er ihren Schädel mehrmals nach hinten rammt, spürt er, dass sie keinen Widerstand leistet, weil sie weiß, dass sie genau das verdient hat.

Als er schließlich loslässt, tritt er einen Schritt zurück. Sein Herzschlag dröhnt ihm bis in die Schultern hinein, und er keucht wie ein Pferd in schwerem Geschirr. Sie dreht und wendet den Kopf, fasst sich an die Stirn, doch schließlich betrachtet sie ihn mit brennendem Hass. Das Schlimmste ist eingetreten, erkennt er. Er hat sie für immer verloren.

»Verpiss dich«, sagt sie. »Verpiss dich und verschwinde aus meinem Leben.« Und dann tut sie etwas, was Dita keinesfalls will – sie lässt ihren Tränen freien Lauf. Sie schluchzt, seine Tochter weint wie damals, als sie noch ein Kind war.

Mit ausgebreiteten Armen tritt er vor und will sie trösten.

»Hau ab«, kreischt sie.

Er hat sich schon halb Richtung Tür gewendet, als er das verschmierte Blut hinter ihr am Kopfbrett sieht und, schlimmer noch, eine dunkelrote Masse, die aus ihrem Scheitel quillt. Sie merkt, dass er sie anstarrt.

»Was?«

»Du bist verletzt«, sagt er und hebt mahnend eine Hand. »Nicht anfassen, sonst entzündet es sich. Ich hol ein Handtuch.« Er geht in das Badezimmer auf der anderen Flurseite. Er versucht, sich zu erklären, was sich da in seinem Kopf abgespielt hat. Es gibt jedoch nur eine einzige Erklärung, und die hat er immer gekannt: Er ist ein böser Mensch.

Als er wieder an Ditas Bett tritt, hat sich ihr Aussehen verändert. Ihre schönen Augen scheinen sich nicht mehr im Einklang miteinander zu bewegen. Sie ist zur Seite gesunken, und die Art, wie sie bei seinem Anblick verzweifelt mit dem Arm rudert, verrät ihm, dass sie irgendwie die Fähigkeit verloren hat zu sprechen.

Er rennt aus dem Zimmer und weckt Hermione.

»Dita ist was passiert«, sagt er zu ihr. Später, das weiß er, wird er sich andere Formulierungen einfallen lassen, eine Möglichkeit, es besser in Worte zu fassen und in der Vergangenheit zu vergraben. Er ist Zeus, und er findet immer einen Weg. Aber nicht jetzt. Als sie beide bei Dita ankommen, ist seine Tochter, sein geliebtes Kind, sein Liebling tot.

34.

Abschied – 31. Mai 2008

Am Samstagmorgen wurde Evon gegen halb sieben durch ein klatschendes Trommeln gegen ihre Wohnungstür geweckt. Sie brauchte Schlaf und hätte den Radau beinahe ignoriert, aber das Geräusch war fordernd und drängend, und schließlich ließ sie der Gedanke an Feuer schreckartig hochfahren. Doch als sie sich ihren Bademantel bereits übergeworfen hatte, war ihr klar, wer das sein musste. Heather war zur Seite getreten und somit außerhalb des Blickfelds des Türspions. Ihren Nachbarn zuliebe beschloss Evon, die Tür zu öffnen, allerdings mit vorgelegter Kette.

»Bitte«, sagte Heather und trat vor, »bitte.« Sie drückte das Gesicht in die Lücke zwischen Rahmen und Tür. In ihrem Atem roch Evon eine schale Alkoholfahne. Wie so oft hatte Heather sich für einen freizügigen Look entschieden. Ein aufreizendes, ärmelloses Top aus schillerndem Stoff, das sie für ihre Nacht in den Bars angezogen hatte, hing tief über eine Schulter, was zwangsläufig die Frage aufwarf, ob sie es vielleicht nur wenige Stunden zuvor bei irgendeinem Quickie ausgezogen hatte. An einem Finger baumelte ein Paar glitzernde Stilettos, zusammen mit einem Schlüsselbund, an dem Evon auch den Anhänger mit der Fernbedienung für das Garagentor sah. Der Pförtner war informiert und hätte Heather den Zutritt verweigert, also hatte sie sich durch die Tiefgarage des Gebäudes hereingeschlichen.»Nein«, sagte Evon, »das ist mein Text. Bitte. Bitte hör auf. Bitte. Uns beiden zuliebe. Du machst uns beide total unglücklich. Du weißt, dass ich eine Kontaktsperre erwirkt habe. Bitte hör auf, dich und mich so zu quälen.« Sie sprach in einem sanfteren Ton, als sie in den letzten Wochen zustande gebracht hatte, schloss aber dennoch die Tür. Heather schlug einmal mit der flachen Hand dagegen und bearbeitete die Tür dann mit ihren Stilettoabsätzen, wie die hämmernden Schläge vermuten ließen. Nach einer Minute wurde es still.

Evon legte sich wieder ins Bett, ein nutzloses Unterfangen, denn sie blieb hellwach und hörte ihr Handy brummen. Sie hatte eine SMS. »Schau nach unten«, stand da.

Sie wollte schon »Nein«, antworten, befand dann aber, dass keine Antwort die bessere Antwort war. Doch nachdem sie einen Moment dagelegen hatte, schwante ihr auf einmal nichts Gutes. Sie stand auf und ging zum Wohnzimmerfenster, um auf die Straße hinunterzuspähen. Aus dieser Höhe kam sie ihr immer wie ein verkleinertes Modell vor, mit winzig kleinen Menschen und Autos wie krabbelnde Käfer. Zunächst fiel ihr nichts Besonderes auf. Um diese Uhrzeit herrschte wenig Verkehr, und auf dem Bürgersteig waren nur zwei Fußgänger unterwegs, die beide einen Hund Gassi führten und gelegentlich von frühmorgendlichen Joggern überholt wurden.

Dann sah sie, was sie sehen sollte. Ihr BMW war aus der Tiefgaragenausfahrt auf die Straße gerollt. Anscheinend hatte Heather auch diesen Wagenschlüssel noch. Trotzdem war Evon verwirrt. Sollte sie etwa betteln, um ihren BMW zu retten?

Gleich darauf setzte sich der Wagen in Bewegung, zunächst in Schrittgeschwindigkeit. Dann schoss er in einem Wahnsinnstempo quer über die Straße und krachte gegen einen altmodischen eisernen Laternenpfahl auf der anderen Seite der Grant Avenue. Heather hatte Vollgas gegeben. Die Front von Evons Limousine knirschte wie eine Getränkedose, auf die man tritt, und der Laternenpfahl neigte sich zur Seite. Es sah aus, als würde er nur noch von den orangenen Stromkabeln, die jäh aus dem Boden gerissen worden waren, aufrecht gehalten. Falls Heather sich nicht angeschnallt hatte, was ihr oft zu lästig war, könnte sie schwer verletzt sein.

Barfuß und noch immer im Bademantel fuhr Evon mit dem Aufzug nach unten. Sie wusste keine Antwort auf die Frage, was sie vorzufinden hoffte. Rauch quoll aus der Kühlerhaube des BMW, weil der Motor noch lief und Teile davon aneinander schabten. Als Evon die Fahrertür aufzog, war Heather hinterm Lenkrad eingeklemmt. Der Airbag hatte sich geöffnet, und sie war durch den gestrafften Sicherheitsgurt, den sie also doch angelegt hatte, im Sitz festgehalten worden. Sie hatte sich offensichtlich selbst Angst eingejagt und weinte haltlos. Aber ihre schönen blauen Augen waren geöffnet, und sie wandte sie Evon zu, obwohl sie leicht benommen wirkte.

»Sag mir einfach, dass du mich nie geliebt hast. Sag's mir, und ich lass dich in Ruhe. Aber das kannst du nicht«, sagte Heather. »Das kannst du nicht sagen.«

»Stimmt, das kann ich nicht«, sagte Evon. Dann ging sie neben Heather in die Knie, sodass sie mehr oder weniger auf Augenhöhe waren. Sie hielt sogar ihre Hand, eine verwirrende Geste, nachdem sie diese Frau, deren Zärtlichkeiten sie einst so erregt hatten, schon monatelang nicht mehr berührt hatte. Aber sie schloss liebevoll die Finger um Heathers. Seit Januar hatte sie ihr vorgeworfen, offenbar schwer gestört zu sein und ihr das verheimlicht zu haben. Nun jedoch war Evon etwas anderes klar geworden. »Das kann ich nicht sagen. Aber ich hätte mich nicht in dich verlieben sollen. Das hätte ich nicht tun sollen. Und das war meine Schuld. Nicht deine. Ich konnte dich nicht so akzeptieren, wie du bist, also hab ich mir eingeredet, du wärst ganz anders. Und, was noch schlimmer ist, ich hab mir eingeredet, ich wäre jemand, der ich gar nicht sein kann. Es war so verführerisch. Aber ich kann dieser Mensch nicht sein. Ich kann es nicht. Deshalb musst du mir verzeihen, Heather. Ich wünschte, ich hätte mich selbst besser gekannt.«

Die ersten Sirenen näherten sich. Einer der Gassigeher hatte offenbar den Notruf gewählt. Ein Streifenwagen traf nur wenige Augenblicke nach dem großen kastenförmigen Rettungswagen ein, beide mit Blaulicht und Sirene. Ihr durchdringendes und unangenehm disharmonisches Doppelgeheul klang wie etwas, das man einsetzt, um Häftlinge bei Verhören wachzuhalten. Evons Nachbarn waren sicher stocksauer.

In kürzester Zeit hatten die Sanitäter Heather aus dem Wagen geholt und schnallten sie auf eine Liege, während der Polizist darauf wartete, Evon Fragen stellen zu können. Als Heather in den Rettungswagen geschoben wurde, rief sie Evons Namen, dann schlossen sich die Türen, und er brauste Richtung County Hospital davon, dem nächstgelegenen Krankenhaus.

Evon gab dem Officer knappe, aber wahrheitsgemäße Antworten, erzählte indes nur, wonach er fragte. Ja, es war ihr Wagen. Nein, sie hatte Heather nicht erlaubt, ihn zu fahren, aber ja, sie hatte vergessen, sich den Schlüssel und die Fernbedienung für das Garagentor zurückgeben zu lassen, daher würde sie keine Anzeige wegen Autodiebstahls oder Einbruchs erstatten. Ihre Zurückhaltung war für ihn kein Hinderungsgrund. Er hatte Heathers Fahne gerochen, und im Krankenhaus würde man ihr routinemäßig Blut abnehmen. Sie erwartete eine Anzeige wegen Alkohol am Steuer, rücksichtslosen Fahrens und Beschädigung öffentlichen Eigentums. Dann war da noch das Kontaktverbot, von dem der Cop erfuhr, nachdem er Heathers Handtasche aus dem Auto geholt und der Zentrale die Angaben aus ihrem Führerschein durchgegeben hatte.

»Außerdem hat sie rund tausend Dollar Schulden aufgrund unbezahlter Strafzettel für Falschparken«, sagte er zu Evon. Er war ein groß gewachsener Schwarzer, der ziemlich entspannt wirkte. Er würde Heathers Handtasche zum Krankenhaus bringen und abwarten, was die Ärzte meinten. Falls sie gleich wieder entlassen werden könnte, würde er sie in Handschellen schnurstracks ins County-Gefängnis verfrachten.

»Ich wette, die sehen Sie nicht wieder. Sie hat gegen das Kontaktverbot verstoßen, und das heißt, sie kann nicht einfach ein Kautionsversprechen unterschreiben und nach Hause gehen. Sie muss bis zur Kautionsanhörung in Haft bleiben. Und dort wird sie einen anderen Schlag Frauen kennenlernen. Der Richter wird ihr klipp und klar sagen, dass sie unverzüglich wieder eingebuchtet wird, falls sie Ihnen noch einmal zu nahe kommt. Das wird auch Teil des Urteils sein.«

Das Tragen einer gebrauchten Gefängniskluft dürfte für Heather die schlimmste Strafe werden. Jedenfalls wusste Evon, dass der Streifenpolizist höchstwahrscheinlich richtiglag: Sie würde Heather nicht wiedersehen, ganz gleich, welche Abschreckungsmaßnahme letztendlich greifen würde.

Sie bedankte sich bei dem Beamten und kehrte in ihre Wohnung zurück. Sie wartete bis neun Uhr, ehe sie Mel Tooley zu Hause anrief. Mel seufzte mitfühlend, als sie ihm die Geschichte erzählte, und sagte, er werde einen seiner Leute rüber ins Gefängnis schicken. Es war noch früh am Tag, und falls Heather nicht länger im Krankenhaus bleiben musste, konnten sie ihr wahrscheinlich bis zum späten Nachmittag eine Kautionsanhörung verschaffen. Diese Anhörungen erfolgten mittlerweile über Bildschirm, wobei der Richter im Gefängnis eine Etage höher in einem Gerichtszimmer saß und die Parade der Häftlinge unten vor einer Kamera vorbeizog.

»Und sie ohne Make-up«, sagte Evon.

Mel kicherte, aber Evon merkte, dass sie über ihren eigenen Scherz nicht lachen konnte.

35.

Die Wahrheit – 1. Juni 2008

Nella und Francine hatten eine Ferienhütte am Lake Fowler, und Evon verbrachte den Samstag und Sonntag bei ihnen. Nella, ebenfalls eine frühere Sportskanone, hatte schon länger versucht, sie für Golf zu begeistern. Anfangs hatte Evon geglaubt, das Spiel wäre zu betulich für sie, doch allmählich fand sie Gefallen an den Herausforderungen des Sports, und so kam es, dass sie an beiden Tagen spielten.

Als Evon Sonntagabend zurück in die Stadt fuhr, beschloss sie spontan, Tante Teri einen Besuch abzustatten. Es war schon nach neun, aber Evon hatte auf eine Gelegenheit gewartet, die alte Dame zu sprechen. Der Portier in der Eingangshalle meldete Evon oben an, und Teri ließ sie heraufkommen. Die alte Frau erwartete sie in einen brokatbestickten Kaftan gehüllt und mit ihrem Gehstock in der Hand an der Tür. Sie hatte das Gesicht abgewandt, um besser hören zu können, wie Evon sich näherte. Teris Gesicht war ein großer glänzender Klecks Cold Cream, und sie hatte das Haar für die Nacht hochgebunden. Die winzigen rosa Plastiklockenwickler waren straff umwickelt und ließen ihre bleiche Kopfhaut durchschimmern. Nur am Hinterkopf hatte sie den trostlosen Anblick mit einem dünnen Haarnetz bedeckt. Ohne die Sonnenbrille war zu sehen, dass ihre Augen von braunen Hautsäcken umringt waren, die an gebrauchte Teebeutel erinnerten.

Teri fasste sich an den Kopf. »Tja, ich schätze, falls Sie gekommen sind, um eine Nummer zu schieben, ist das Thema hiermit wohl vom Tisch.«

Evon musste lachen. »Pech, Teri. Timing ist alles.«

Die Plänkeleien mit der alten Dame störten sie nicht, aber in der Realität hatte Evon sich nie allzu schnell auf irgendwelche sexuellen Begegnungen eingelassen. Die Anmache in irgendwelchen Bars hatte ihr noch nie zugesagt.

Teri orientierte sich mithilfe des Gehstocks und stapfte in ihr goldenes Wohnzimmer. German war anscheinend noch einmal aufgeweckt worden, als er Teri durch die Wohnung gehen hörte, wirkte aber mit seinem kurz geschorenen grauen Flaum auf dem Kopf dennoch präsentabel, wie er da in seinem seidenen Hausmantel mit Paisleymuster stand. Teri sagte ihm, er könne sich wieder zurückziehen.

»Guckt sich diese albernen Reality-Shows an«, erklärte sie Evon, sobald er weg war. »Wo Leute Ziegenaugen essen oder irgendwelche anderen Widerlichkeiten veranstalten. Absoluter Schwachsinn. Wie wär's mit einem Drink?«

Außer auf Partys trank Evon nur ganz selten Alkohol, vermutlich aus Achtung vor ihrem Vater, der nie einen Tropfen angerührt hatte. Sie glaubte jedoch, dass sich die alte Dame besser entspannen würde, wenn sie nicht allein trinken musste. Evon sagte, sie nehme das Gleiche wie ihre Gastgeberin. Teri stakste auf ihren Stock gestützt zum Teewagen, auf dem ein Bataillon brauner Flaschen stand, reichte Evon ein geschliffenes Kristallglas mit Whiskey und ließ sich dann auf dem Polstersofa nieder.

»Okay, schießen Sie los«, sagte Teri. *»Ti yenaete?«* Hal sagte das auch öfter, und anscheinend hieß es: »Was liegt an?«

Evon merkte, dass sie sich gar nichts zurechtgelegt hatte, erzählte Teri dann aber, dass Tim endlich Cass Gianis gefunden hatte.

»Er sagt, er hat Dita nicht getötet. Und ich hab so das Gefühl, dass Sie ziemlich genau wissen, wer es war.«

»Aha.« Teri trank einen kräftigen Schluck.

»Ich muss vor allen Dingen wissen, dass es nicht Hal gewesen ist.«

»Hal? O nein, nein, nein.« Teri fand die Idee amüsant. »Obwohl es meinem Neffen durchaus guttäte, wenn er ein bisschen mehr Killerinstinkt hätte. Soweit ich weiß, war er noch immer dabei, mit Mina rumzuknutschen, als Dita umgebracht wurde. Als er zurückkam, bot sich ihm dieser schauerliche Anblick. Er war es, der die Polizei gerufen hat, wenn ich mich recht entsinne. Weiß Tim das nicht mehr?«

Tim hatte es wahrscheinlich nie erfahren. Als er den Fall eine Woche später übernahm, waren die Familienangehörigen schon alle als Verdächtige ausgeschlossen worden, weil ihr Blut nicht mit dem übereinstimmte, das in Ditas Zimmer gefunden worden war.

»Tim ist ziemlich sicher, dass Lidia es nicht war.« Sie wiederholte für Teri, was Cass ihm erzählt hatte.

»Genau das Gleiche hat Lidia mir auch erzählt.«

»Richtig.« Evon zögerte kurz. »Das ist einer der Gründe, warum ich hier bin. Nach dem, was Sie beim letzten Mal gesagt haben, dachte ich mir, Sie haben wahrscheinlich mit Lidia über Ditas Ermordung gesprochen.«

»Nicht gleich danach«, sagte Teri. »Aber ungefähr drei Monate später hat sie endlich reinen Tisch bei mir gemacht. Sie war in einer schlimmen Verfassung. Wissen Sie, damals haben wir jeden Morgen telefoniert. Und jeden Tag war es dasselbe. Sie konnte ihre Sätze nicht zu Ende bringen. Wegen nichts und wieder nichts brach sie in Tränen aus. Schließlich hab ich gesagt: *Afto ine trelá!* – Das ist doch Wahnsinn! Du musst mir erzählen, was los ist. Wir haben uns in St. Demetrios getroffen, wo wir stundenlang auf einer Kirchenbank gesessen und geredet haben. Ach, und *geweint* hat sie. Geweint und geweint. Und ich auch, natürlich. Dita war meine einzige Nichte, und ich hab in ihr ziemlich viel von mir selbst gesehen.«

In der Kirche, so sagte Teri, hatte Lidia ihr das mit Zeus und den Zwillingen erzählt und von Lidias Plan, Dita aufzufordern, die Beziehung zu Cass zu beenden. »Ich verstand ja, dass sie es ihren Söhnen nicht sagen konnte. Aber warum ist sie nicht zu mir gekommen? Wenn überhaupt jemand Dita zur Vernunft bringen konnte, war ich es gewesen. Aber ich denke mal, Lidia hat sich geschämt, weil sie mir die Sache so lange verheimlicht hat. Vielleicht hatte sie auch Angst, ich würde ihr nach so vielen Jahren nicht glauben. Jedenfalls hat Dita so patzig reagiert, dass sie sich eine Ohrfeige eingefangen hat. Hätte meiner Nichte wahrscheinlich nicht geschadet, wenn das öfter mal passiert wäre, nur nicht so fest. Anscheinend hat Lidia sie mit voller Wucht erwischt. Sie war über sich selbst erschrocken.«

Evon fragte sie, ob sie glaube, dass Lidia Dita nur ein einziges Mal geschlagen hatte. Teri bejahte das, fügte aber hinzu, es nicht aus den Gründen zu glauben, die alle anderen überzeugt hatten.

»Lidia hätte mir das niemals angetan«, sagte Teri. »Hal und Dita waren alles, was ich hatte. Sie hätte mir keinen von beiden je genommen, und wenn sie noch so wütend gewesen wäre. Aber als ich Lidia fragte, wer sonst Dita so misshandelt haben könnte, kam sie mir ziemlich ausweichend vor.«

»Weil sie glaubte, dass Cass sie umgebracht hatte?«

»Nun ja, das erschien mir recht logisch, wenn Dita noch lebte, als Lidia aus dem Haus stürzte, und tot war, als Cass sie verließ. Und auch sie muss der Gedanke belastet haben. Als ich einige Monate später hörte, dass Cass sich schuldig bekannt hat, war ich nicht überrascht. Er war schon immer der Aufbrausendere der beiden Jungs. Aber natürlich tat Lidia mir furchtbar leid.«

»Tim glaubt nicht, dass Cass es war. Nicht mehr.« Evon nahm ihr Glas, aber nur, damit sie hineinschauen konnte. »Das bedeutet dann wohl, dass Ihr Bruder seine Tochter getötet hat.«

Teri antwortete nicht, und selbst mit ihren schlechten Augen vermied sie es, Evon anzusehen. Die alte Frau schwieg eine ganze Weile, was eine Seltenheit war.

»Glauben Sie, wir stehen den Toten gegenüber in der Pflicht?«, fragte sie Evon.

»Wenn ich daheim bin, geh ich zum Grab meiner Eltern. Meinen Sie das?« Sie hatte ein bisschen gelogen, denn sie betete weitaus länger für ihren Dad.

»Eigentlich nicht. Cheers«, sagte sie und hob ihr Glas, aber nur, um es zu schwenken. »Ehrlich gesagt, ich wusste nie so richtig, was ich von meinem Bruder halten sollte. Natürlich hab ich ihn über alles geliebt. Das musste man einfach. Er war absolut großartig, so beeindruckend und mitreißend. Er war ein guter Bruder, loyal, hat sich immer um mich gekümmert, und ein guter Vater für Hal, der so sehr zu ihm aufgesehen hat. Zeus hatte seine guten Seiten. Allerdings ähnelte er auch zu sehr unserem Vater, der, wie ich wohl schon mal erwähnt habe, bloß ein großer, stinkender Drecksack war.« Teri ließ den Kopf kreisen, eine Geste, die unverminderte Verachtung und Fassungslosigkeit ausdrückte. Dann schwieg sie erneut, um zu überlegen.

»Manchmal denke ich«, sagte sie schließlich, »dass wir alle irgendwie Zwillinge sind – die Person, die wir sein wollen, und die Person, die die anderen wahrnehmen. Beide sehen gleich aus, aber ich glaube, die meisten Leute nehmen im Spiegel jemanden wahr, der ein bisschen anziehender ist, als er anderen erscheint. Doch das war das Außergewöhnliche an meinem Bruder. Er wusste um das Böse in ihm. Schaute ihm zwar selten ins Gesicht und vergaß es, so schnell er konnte. Aber es war immer da, tief verborgen in seinem Innern wie eine geladene Flinte. Und er war felsenfest entschlossen, niemals zuzulassen, dass andere es entdeckten. Also, darf ich mich darüber hinwegsetzen?«

Evon antwortete ehrlich. Es war Teris Entscheidung.

»Klar ist es meine Entscheidung«, sagte Teri. »Darauf können Sie einen lassen. Aber es gibt da ein Problem. Wie Sie vielleicht schon bemerkt haben, meine Liebe, bin ich *alt*. Und was ich weiß – das könnte wichtig sein, wenn diese ewige Schuldzuschieberei irgendwann wieder von vorn losgeht. Also werde ich Ihnen die Wahrheit sagen. Aber es ist eine Wahrheit, die viele Menschen verletzen könnte.«

»Hal?«

»Ihn ganz besonders. Deshalb müssen Sie das, was ich Ihnen jetzt sage, für sich behalten, außer Sie haben wirklich keine andere Wahl.«

»Kann ich es Tim erzählen?«

»Das überlasse ich Ihnen. Aber Tim zählt ganz ohne Zweifel ebenfalls zu denjenigen, die verletzt werden würden.«

Evon war zu verblüfft, um etwas zu erwidern. Teri blickte zur Decke mit einer vergoldeten Stuckverzierung, die sie wahrscheinlich nicht mehr erkennen konnte, und sagte dann unvermittelt: »Also gut. Bringen wir's hinter uns.« Sie setzte sich auf dem Sofa zurecht und nahm noch einen kräftigen Schluck von ihrem Drink.

»Sie wissen vermutlich, dass mein Bruder seit Ditas Tod vorhatte, sie auf dem Olymp, also dem Berg, neu bestatten zu lassen.«

»Damit sie bei den anderen Göttern und Göttinnen sein konnte?«

»Was weiß ich. Er war auf jeden Fall der Meinung, dass er selbst dorthin gehörte, wenn seine Zeit käme. Zeus schien manchmal tatsächlich an die griechischen Götter zu glauben. Zumindest wenn es ihm in den Kram passte. Ihm gefiel, dass sich so viele von ihnen so oft so schlecht benahmen. Ganz anders als Jesus. Wenn Zeus genug intus hatte, erzählte er jedem, der es hören wollte, Jesus wäre ein Schlappschwanz gewesen. Zeus, also der Gott Zeus? Der war tatsächlich ein großes Vorbild für meinen Bruder. Allmächtig und lasterhaft.

Jedenfalls, am fünften Jahrestag von Ditas Tod dachten Hermione und er, sie könnten die Reise verkraften. Hal und Mina hatten drei kleine Kinder daheim, aber ich fuhr mit. Der Olymp liegt größtenteils in einem Nationalpark, aber die Griechen bauen ja überall Kirchen, und Zeus hatte dort irgendeine kleine Kapelle mit Friedhof aufgetan. Der alte Priester kam heraus und sprach ein paar Gebete. Es war eine schöne Zeremonie. Auch ein paar von Hermiones Vasilikos-Verwandten waren aus verschiedenen Ecken nach Thessalien gekommen. Und Ditas Sarg wurde der Erde zurückgegeben. In meinem Schlafzimmer habe ich noch etwas Thymian, den ich dort zwischen den Felsen gepflückt habe, als Erinnerung an sie.

Hinterher kehrten wir in die Villa zurück, die Zeus gemietet hatte. Hermiones Verwandte und einige Einheimische kamen, um noch mal ihr Beileid zu bekunden, aber sie blieben nicht lange. Ziemlich bald waren Zeus, Hermione und ich allein. Mein Bruder war in ausgesprochen düsterer Stimmung. Ich bin ein schlechter Mensch, sagte er, als er da auf dem Sofa saß. Es war übrigens nicht das erste Mal, dass ich das von ihm hörte, aber ich bezweifle, dass er so einen Satz je zu dem einfältigen kleinen Kleiderständer gesagt hatte, mit dem er verheiratet war. An diesem Abend blickt er jedenfalls auf und sagt: ›Ich habe unsere Tochter getötet.‹ Einfach so. Als würde er sagen: Es hat geschneit.«

Jetzt, da Teri sich entschlossen hatte, Evon die Wahrheit zu sagen, ging sie ganz in ihrer Erzählung auf. Sie war auf dem Sofa nach vorn gerückt und schwenkte beim Reden hin und wieder ihr Whiskeyglas. Zeus hatte demnach kurz und knapp geschildert, was sich abgespielt hatte. Lidias Besuch hatte Dita dazu gebracht, eine abscheuliche Bemerkung über ihren Vater zu machen, auf die Zeus nicht näher einging, aber er gab zu, dass er daraufhin in blindem Zorn auf seine Tochter eingeschlagen hatte.

»Hinterher hat er natürlich Panik gekriegt, er könnte als Täter entlarvt werden. Also hat er seine Kontakte spielen lassen und dafür gesorgt, dass die Polizei Ihrem Freund Tim Brodie die Leitung der Ermittlungen übertrug. Weil er sich dachte, Tim wäre ihm gegenüber argloser. Und von da an zahlte er Tim jedes Jahr ein stattliches Pauschalhonorar, nur damit er Zeus weiterhin in einem freundlichen Licht sah.«

»Mein Gott«, sagte Evon. Jetzt verstand sie Teris Warnung, dass die Wahrheit Tim verletzen könnte. Endlich nippte sie doch an ihrem Drink. Für sie würde Whiskey immer nach Benzin schmecken. »Ich weiß, Zeus war nicht klar, dass Cass sein Sohn war, aber hat es ihn denn überhaupt nicht interessiert, dass ein Fünfundzwanzigjähriger für ihn ins Gefängnis wanderte?«

»Ach, irgendwann hat er so eine dumme Bemerkung gemacht, kein Experte könne mit Sicherheit ausschließen, dass es nicht Lidias Schlag war, der zu Ditas Tod geführt hat. Als wäre das eine Rechtfertigung dafür, Cass ins Kittchen wandern zu lassen. Aber, nein, wie schon gesagt, Zeus hatte viel von unserem Vater. Er redete sich einfach ein, dass die bösen Dinge, die er getan hatte, nicht passiert waren. Aber Ditas zweite Bestattung hatte alles wieder in ihm aufgewühlt, und er sagte, er hätte beschlossen, ein Geständnis abzulegen, sobald wir wieder zu Hause wären.

Es hat einen Moment gedauert, bis wir zwei Frauen reagieren konnten, aber dann wurde Hermione regelrecht hysterisch. Ich hatte sie noch nie so erlebt, sie schrie und warf mit Sachen um sich. Sie spuckte Zeus an und schlug auf ihn ein. Er saß einfach nur da. Natürlich hatte sie allen Grund der Welt dazu. Er hatte ihre Tochter getötet. Aber nachdem sie ihn lange genug als Ungeheuer beschimpft hatte, sagte sie, was er da vorhätte, würde alles nur noch schlimmer machen. Er würde sie im Alter allein lassen, Schande über ihre Familie bringen und Hal zerstören. Und warum? Um Lidia zu helfen, die er, wie Hermione schon immer gespürt hatte, mehr liebte als sie.

Irgendwann ließ ich sie einfach weiterschreien und versuchte zu schlafen. Soweit ich mitbekam, waren die beiden die ganze Nacht auf.

Am nächsten Morgen schien Zeus sie wieder einigermaßen beruhigt zu haben, denn sie erklärte sich einverstanden, mit ihm einen Spaziergang zum Grab zu machen. Die beiden marschierten also los, und höchstens eine halbe Stunde später höre ich aufgeregte Rufe und Sirenen weiter oben am Berg. Die Diener in der Villa waren in heller Aufregung und zerrten mich förmlich mit nach draußen. Und da war Hermione, die der Polizei gerade irgendwas von fremden Männern erzählte, die Zeus und ihr gefolgt waren. Sie sagte, sie wäre allein fünfzig Meter vor ihm gegangen, als sie Zeus schreien hörte. Als sie sich umdreht, sieht sie die Männer weglaufen, und Zeus liegt tief unten auf den Felsen, verrenkt wie eine Kinderpuppe.«

»Haben Sie ihr das geglaubt? Dass Fremde ihn den Berg hinuntergestoßen haben?«

»Ach was«, sagte Teri kopfschüttelnd. Sie lachte sogar über die Frage. Zeus' Feinde hätten niemals einen trauernden Vater getötet, meinte Teri. Aber Hermione war eine Vasilikos, und die griechische Polizei konnte den Fall gar nicht schnell genug zu den Akten legen.

»Hermione hat bis zum Ende geschwiegen wie ein Grab. Nach unserer Rückkehr bekam ich sie praktisch gar nicht mehr zu Gesicht, außer bei Familienfesten. Sie wurde so eine typische griechische Witwe, die außer mit ihrem Sohn und ihren Enkelkindern fast keinen Umgang mehr hatte und sich schwarz kleidete. Designerklamotten, natürlich. Aber schwarz.« Teri stieß ein meckerndes Lachen aus.

»Und Cass blieb im Gefängnis.«

»Ja. Das war traurig. Als ich aus Griechenland zurückkam, war ich natürlich fest entschlossen, die Wünsche meines Bruders zu respektieren und mich an die Staatsanwaltschaft in Greenwood County zu wenden. Ich nahm mir einen Anwalt, der Mann hieß Mason. Mal von ihm gehört?«

»George?« Er war inzwischen Richter, aber noch immer einer von Evons guten Bekannten. »Einen besseren hätten Sie nicht finden können.«

»Tja, er hat sich alles angehört und meinte dann: ›Wird Ihre Schwägerin das bestätigen?‹ Scheiße, nein, sagte ich. Das war mir völlig klar. Zugeben, dass sie ein Motiv hatte, ihren Mann in den Abgrund zu stoßen? Schimpf und Schande über seinen Namen bringen und ihren Sohn vernichten? Und Lidia belohnen, die sie so verachtete? Ich bin kein Anwalt, aber ich wusste, dass das nicht passieren würde. Ihr Freund George schüttelte bloß den Kopf. ›Jeder Staatsanwalt, der einen Blick darauf wirft, würde sofort loslachen. Sie melden sich erst, nachdem Ihr Bruder verstorben ist, wenn Sie ihm die Tat also unterschieben können, ohne dass er noch zur Verantwortung gezogen werden kann. Seine Frau, die mit im Raum war, bestreitet, dass er je etwas in der Art gesagt hat. Und wen hoffen Sie dadurch aus dem Gefängnis zu holen? Bloß den Sohn Ihrer besten Freundin. Wir können es versuchen, Teri, aber ich kann Ihnen jetzt schon sagen, das wird Ihnen im Gerichtssaal keiner abkaufen. Offen gestanden, ich würde vielleicht sogar eine Sonderprämie verdienen, wenn Sie sich damit keine Anklage wegen Meineids einhandeln.‹ Wäre es nur um mich gegangen, hätte ich es vielleicht trotzdem durchgezogen. Aber was hätte es gebracht, Hal so zu quälen, ohne jede Aussicht auf Erfolg? Cass würde nicht rauskommen. Davon hat mich Ihr Freund Mason überzeugt.«

»Und Sie haben es Lidia nie gesagt?«

»Wie konnte ich? Sie hätte verlangt, dass ich zur Staatsanwaltschaft gehe. Was würde eine Mutter sonst tun? Viele Leute haben Hermione für langweilig gehalten, aber sie hatte Überlebensinstinkt. Sie wusste, dass mir die Hände gebunden waren.«

Die alte Lady hatte ihr Glas geleert. Sie war mit ihrer Geschichte zu Ende.

»Das bleibt ein Geheimnis«, ermahnte sie Evon erneut mit Nachdruck.

Evon stand auf, um ihr Glas auf dem Teewagen abzustellen, doch Teri nahm es ihr aus der Hand, als sie merkte, wo Evon hinwollte. Sie sagte, dass man guten Whiskey nicht umkommen lassen sollte, und nahm einen kräftigen Zug.

»Verzeihen Sie, dass ich Sie nicht zur Tür bringe«, sagte sie. »Wahrscheinlich schlaf ich gleich hier auf der Stelle ein.«

Evon bot an, ihr ins Bett zu helfen, aber die alte Dame stand zu ihren schlechten Angewohnheiten.

»Wie sieht es in Ihrem Leben aus, Schätzchen?«, fragte sie, als Evon ihre Handtasche griff. »Was macht Ihre Lady Gaga?«

Evon schilderte ihr die Ereignisse des Vortages. »Wahrscheinlich ist sie gestern Abend wieder freigelassen worden. Ich habe nicht nachgefragt.«

»Und wie fühlen Sie sich?«

»Wie in einer Waschmaschine im Schleudergang.«

Teri gefiel die Beschreibung, und sie lachte schallend.

»Wahrscheinlich werden Sie eine Weile brauchen, um sich davon zu erholen, aber geben Sie die Hoffnung nicht auf.«

»Das sagt Tim auch. Außerdem kann ich nicht vor mir selbst davonlaufen. Tief in meinem Innern sehne ich mich nach Liebe.«

»Natürlich tun Sie das. Sie sollten um Ihrer selbst willen versuchen, glücklich zu sein. Aber wenn Sie das nicht überzeugt, dann versuchen Sie es deshalb, weil so viele von uns diese Chance nie hatten.«

Dieser Gedanke war Evon neu, und er traf sie mitten ins Herz.

»Kommen Sie, umarmen Sie Ihre alte Tante Teri.«

Sie tat es. Die alte Frau roch, als trüge sie eine komplette Kosmetiktheke auf der Haut. Mit blicklosen Augen sah Teri auf und streichelte Evons Wange. Und sagte ihr noch einmal, dass sie ein braves Mädchen war.

Am Montagmorgen schaute Evon auf dem Weg zur Arbeit bei Tim vorbei. Er war schon auf und hieß sie willkommen. Dann führte er sie nach hinten in den Wintergarten. Was sie ihm zu sagen hatte, lag ihr schwer auf der Seele, aber mittlerweile war er vermutlich schon selbst dahintergekommen.

»Sie müssen nicht um den heißen Brei herumreden. Es war Zeus, nicht wahr? Und er hat mich all die Jahre warmgehalten, richtig? Ich hab mich auch früher schon zum Narren gemacht. Aber nie für Geld.«

»Tim –«

»Schon gut«, sagte er. »Ich hätte dem geschenkten Gaul schon längst ins Maul schauen sollen. Ich wusste, wie Zeus war. Aber mit der Trauernder-Vater-Nummer hat er mich hinters Licht geführt. Ein Typ wie Zeus kennt die Schwächen anderer. Soll er in der Hölle schmoren.«

»Ich wusste, dass Sie das treffen wird.«

»Klar trifft es mich. Einen Unschuldigen ins Gefängnis bringen? Großartiger Schlussstrich unter meine Karriere. Ach verdammt«, sagte er und sah untröstlich aus, während er zu Boden starrte. »Jedenfalls ist jetzt Schluss mit meiner Arbeit für ZP.«

»Das muss nicht sein.«

»Doch, doch. Wird sowieso langsam Zeit. Ich werde nach Seattle fahren und mal schauen, wie es mir da gefällt. Jede Menge Berge und junge Leute. Weiß nicht, ob es der richtige Ort für einen lahmen alten Mann ist. Vielleicht geh ich in eines von diesen Altenheimen, wo man nur die Hilfe kriegt, die man braucht, bis man irgendwann den Löffel abgibt.«

»Ich glaube, so was nennt man betreutes Wohnen.«

»Von mir aus.«

Sie sagte, sie müsse ins Büro, versprach aber wiederzukommen, um mit ihm zu Mittag zu essen. Nachdem er sie zur Tür gebracht hatte, setzte sich Tim in den Wintergarten, legte Kai Winding und J. J. Johnson auf und lauschte der Musik. Als Tim in jungen Jahren die Posaune für sich entdeckte und munter darauf herumtrötete, hatte er immer geglaubt, er würde auch mal so gut werden, was ungefähr so wahrscheinlich war wie seine Verwandlung in eine 747. Und er hatte geglaubt, er wäre ein guter Cop und ein anständiger Mensch, dabei war er bereit gewesen, Zeus' Geschwätz zu glauben, nur weil er sich dadurch ein behaglicheres Leben leisten konnte. Soweit Tim sich erinnerte, hatte keiner der Ermittler auch nur daran gedacht, Zeus mal genauer unter die Lupe zu nehmen. Grund dafür war das Blut am Tatort gewesen. Aber Tim mit seiner langjährigen Berufserfahrung hätte genauer hinschauen müssen.

Die Wahrheit war für viele oft so schmerzhaft, dass sie nicht mit ihr leben konnten. Und er hatte sich eingebildet, es ginge ihm immer um die Wahrheit. Das konnte keiner von sich behaupten. Man nahm hin, so viel man konnte, und ließ es dabei bewenden.

Aber es gab Musik und Sonnenschein. Und wenn er in Zukunft vielleicht jeden Tag mit anderen Menschen zusammen wäre, würde er vielleicht sogar noch ein nettes altes Mädchen finden. Evon hatte etwas gesagt, was er schon oft gehört hatte: Ein Mann, der noch Auto fahren konnte, war in solchen Häusern begehrter als ein Milliardär. Maria würde ihm verzeihen. Ihm hatte gutgetan, was Sofia gesagt hatte. Während er da auf seiner karierten Couch saß, fühlte er wieder seine Liebe zu Maria, eine Liebe, die so lange fortbestehen würde wie er selbst.

Er legte die Hände aufs Gesicht, um der wachsenden Scham und Wut wegen Zeus noch ein wenig Zeit zum Abklingen zu geben. Dieses Gefühl würde noch tagelang kommen und gehen. Aber er schlug sich klatschend auf die Oberschenkel.

Das Leben, dachte Tim mit seinen fast zweiundachtzig Jahren, geht weiter.

Als Evon zum ZP-Gebäude kam, saß Hal mit einer Armee von Bankern und Anwälten im riesigen Konferenzsaal. Dann und wann kamen ein paar von ihnen heraus und hasteten in irgendein Büro, um sich dort zu besprechen oder ihre Vorgesetzten anzurufen. Das Meeting war auf zwei Stunden angesetzt und dauerte mittlerweile schon fast vier. Viele Teilnehmer schienen die Luft anzuhalten.

Endlich, am frühen Nachmittag, teilte Sharize, Hals Assistentin, Evon mit, er habe jetzt Zeit für sie. Die Banker und Anwälte kamen gerade im Gänsemarsch heraus, Männer und Frauen, die in ihren blauen Business-Outfits wie angehende Sargträger aussahen, ein Gesicht finsterer als das andere.

Sie betrat den imposanten Konferenzsaal, der normalerweise durch Trennwände in drei Räume unterteilt war. Hal telefonierte gerade mit Mina und hob abwehrend eine Hand. Evon setzte sich auf einen Stuhl auf dem Gang und wartete eine gute Viertelstunde, bis er fertig war.

Als Sharize Evon schließlich hereinbat, hing Hals Jackett über der Rückenlehne seines Sessels. Er hatte die Krawatte abgenommen, und sein weißes Hemd war voller dunkler Schweißflecken. Er saß vor der breiten Fensterfront mit Blick auf den glitzernden Fluss und stierte niedergeschlagen die Wand an, wo in der Mitte der Ahornholztäfelung ein weiteres Porträt von Zeus hing. Vielleicht hatte Hal anfangs ja dieses Bild betrachtet, jetzt schien er jedoch wie so oft einfach ins Leere zu starren. Als er Evon schließlich bemerkte, nahm er den Mittelfinger, an dem er gekaut hatte, aus dem Mund und brachte ein schwaches Lächeln zustande, das allerdings eher einer Grimasse ähnelte.

»Das ist das Ende«, sagte er.

»Welches Ende?«

»Das Ende von ZP.«

Evon stellte fest, dass sie sich hingesetzt hatte, weiterhin gut zehn Meter von Hal entfernt.

»Wie kann das sein?«

»Die Häuserpreise im Marktsegment von YourHouse fallen, besser gesagt, sie brechen ein. Die Banker haben sich zusammengetan und wollen noch mal hundertfünfzig Millionen Dollar als Sicherheit für den YourHouse-Deal, und die müssten aus dem

Firmenkapital der Einkaufszentren kommen. Die anderen Kreditgeber – und das sind verdammt noch mal häufig dieselben Leute – wollen ihre Ansprüche aber nicht aufgeben. Tatsächlich geht's dem Einzelhandel schlecht. Und nach Voraussagen der Experten wird's ihm noch schlechter gehen. Das heißt, der Wert der Einkaufszentren geht ebenfalls in den Keller, weil die Mieten gesenkt werden müssen. Ich dachte, wir wären ziemlich solide aufgestellt, aber falls es nicht noch einen Riesenumschwung gibt, sind wir Ende des Jahres bankrott, und die ZP-Aktionäre, allen voran ich, verlieren praktisch alles. Vielleicht wähle ich dann sogar Obama.« Er lächelte sie matt an. »War ein Witz«, sagte er.

»Wie konnte das sein?«, fragte sie noch einmal.

»Tja, genau das hab ich auch gefragt. Aber es ist einfach eine Frage der Mathematik. Ich hätte nie gedacht, dass das alles gleichzeitig passieren würde. Keiner dachte das. Die Banker werden zum Jahresende eine Neubewertung vornehmen, aber jetzt müssen wir eine öffentliche Erklärung abgeben, die den Aktienkurs ins Bodenlose stürzen lassen wird. Es gibt keinen Ausweg.«

»Und wie fühlen Sie sich, Hal?«

Er lachte.

»Furchtbar. Mein Dad hat mit einer Reisetasche voll Geld angefangen, das er sich von meinem Großvater geliehen hatte, und sein ganzes Leben gearbeitet, um ein Imperium aufzubauen. Und ich hab das Ganze an die Wand gefahren. In ein paar Monaten. Ich bin froh, dass er das nicht mehr erleben muss. Echt. Ich will mir gar nicht vorstellen, was er dazu sagen würde.«

Evon überlegte. »Wenn er ehrlich wäre, würde er bestimmt zugeben, dass er sehr viel schlimmere Fehler begangen hat.«

»Das bezweifle ich.« Er kaute wieder an den Fingernägeln. Evon hätte Hal gern gesagt, dass eher Zeus' Ehrlichkeit als seine Fehler zweifelhaft war, aber sie glaubte kaum, dass das in diesem Moment etwas gebracht hätte.

»Möchten Sie über die Gianis sprechen?«

Er winkte ab. Egal.

»Um es kurz zu machen: Cass sagt, er war's nicht. Er hat sich schuldig bekannt, weil es aufgrund der Beweislage gut möglich gewesen wäre, dass sowohl er als auch Lidia im Gefängnis landen würden.«

»Und? Hat Lidia nun meine Schwester getötet?«

Sie zählte alle Gründe auf, die dagegen sprachen. Er nickte, als würde er ihr folgen, doch Evon merkte, dass er nur mit halbem Ohr zuhörte.

»Aber wer hat sie dann umgebracht?«

Evon zögerte und gab dann die Antwort, die sie sich überlegt hatte.

»Wir wissen es nicht. Wir wissen es einfach nicht.«

»Hm«, sagte er. Falls Hal je eins und eins zusammenzählte und überlegte, wer im Haus gewesen war, wer stark genug gewesen war, bliebe unterm Strich nur eine Person übrig. Aber vielleicht würde Hal das nie tun. Wahrscheinlich musste sein Vater hoch oben auf seinem Podest bleiben, damit Hal der sein konnte, der er war.

»Wissen Sie, was meine Frau gesagt hat, als ich ihr eröffnet habe, dass ich gerade eine Milliarde Dollar versenkt hab?«

Das könnte ein Klassiker werden. »Was denn?«

»›Ist besser so für uns.‹ Wie finden Sie das? Ich meine, wir werden genug haben. Kein Flugzeug mehr. Und ich werde die Pferdezucht verkaufen müssen. So Sachen eben. Aber ich kann aus den Fußstapfen meines Vaters treten. Ich kann machen, was ich will, anstatt weiter zu versuchen, sein Denkmal zu pflegen. Das hat sie gemeint. Vielleicht hat sie recht. Im Augenblick geht es mir zu beschissen, um das beurteilen zu können.«

»Alle Achtung vor Mina«, sagte Evon.

»Sie ist ein Goldstück.«

Evon hatte Mitleid mit Hal, großes Mitleid, umso mehr, als sie sich alles noch mal durch den Kopf gehen ließ. Letzten Endes war

Hal trotz all seiner Fehler der Ehrlichste von allen gewesen. Im Großen und Ganzen hatte er als loyaler Bruder und Sohn gehandelt, der die Wahrheit erfahren wollte. Und jetzt würde er mit Mitte sechzig herausfinden müssen, ob er die Kraft hatte, ein anderer zu werden.

»Sie sollten Ihren Lebenslauf aufpolieren«, empfahl er ihr. »Bringen Sie sich da draußen wieder ins Gespräch.«

Daran hatte sie noch gar nicht gedacht. Angenommen, Hal hatte recht, würde sie ihren Job verlieren. Wer auch immer ZPs Immobilien aufkaufte, es würde vermutlich ein größeres Unternehmen sein. Diese Leute räumten erst mal gründlich auf. Aber egal. Seit sie angefangen hatte, gutes Geld zu verdienen, hatte sie immer einen Betrag auf der hohen Kante gehabt, von dem sie zwei Jahre leben konnte, und würde ohnehin mit Leichtigkeit einen neuen Job finden. Andauernd riefen irgendwelche Headhunter bei ihr an. Was sie brauchte, war Liebe. Diese Aufgabe lag wirklich noch vor ihr.

»Ich schreibe Ihnen das beste Zeugnis, das die Welt je gesehen hat«, sagte Hal. »Das haben Sie verdient.«

»Vielen Dank.«

Sie ging zu ihm und umarmte ihn, was etwas ganz Neues war.

»Ich glaube wirklich nicht, dass Ihr Dad es besser gemacht hätte, Hal. Seien Sie nachsichtig mit sich.«

»Ich hab das alles nicht kommen sehen«, sagte er. »Hätte ich aber müssen. Es war direkt vor meinen Augen. Vor aller Augen im Grunde. Dieselben Experten, die mir erklärt haben, der Immobilienmarkt hätte die Talsohle durchschritten, erzählen mir jetzt, dass es in absehbarer Zukunft zu massenhaften Zwangsvollstreckungen kommen wird, weil die Leute ihre Häuser nicht zu dem Preis verkaufen können, den sie brauchen, um ihre Schulden zu bezahlen. Die Banken, jeder, der eine dieser Hypotheken hat, sie werden alle miteinander zu Kreuze kriechen. Wie konnten wir das übersehen?«

Sie blies die Backen auf. Sie hätte es aussprechen können, aber es wäre zu einer hohlen Phrase geworden: Die Menschen sehen, was sie sehen wollen.

»Ich nehme jetzt ein paar Stunden frei«, sagte sie. Sie wollte mit Tim zu Mittag essen, weil er heute lieber nicht längere Zeit allein herumsitzen sollte. Und sie brauchte frische Luft, um wieder einen klaren Kopf zu bekommen. Vielleicht würde sie ein bisschen am Fluss joggen gehen.

Hal wiederholte irgendwas auf Griechisch.

»Was heißt das?«, fragte sie.

»Das hat mein Dad immer gesagt. Mögen die Götter uns sanftmütig führen.«

Anmerkung zu den Quellen

Mein Interesse an Zwillingen rührt aus der Zeit, als ich drei Jahre alt war und meine Schwester Vicki zur Welt kam. Ihre Zwillingsschwester war eine Totgeburt. Dieses Ereignis überschattete meine Kindheit, und seither beschäftigt mich die Frage, was es bedeutete, ein Zwilling zu sein beziehungsweise einen Zwilling zu haben – und zu verlieren –, und wie groß zwangsläufig der Unterschied zu anderen Liebesbeziehungen sein muss. Ich wusste, dass sich dieses Thema einmal in einem meiner Bücher niederschlagen würde.

Ich arbeitete schon ein paar Monate an diesem Roman, als mir klar wurde, dass ich auf einige Einzelheiten eines aufsehenerregenden ungelösten Mordfalles zurückgegriffen hatte, der im September 1966 nur wenige Meilen von meinem Elternhaus entfernt in Chicago passiert war: Valerie Percy, die Tochter des reichen Fabrikanten Charles Percy, der damals für den US-Senat kandidierte – erfolgreich, wie sich herausstellen sollte –, wurde in der elterlichen Seevilla in Kenilworth, Illinois, getötet, während der Rest der Familie, darunter auch ihre eineiige Zwillingsschwester, im Haus schlief. Obwohl ich zweifellos diverse Elemente dieses Falls verarbeitet habe, möchte ich in aller Deutlichkeit klarstellen, dass jede eventuelle Ähnlichkeit zwischen irgendeinem Mitglied der Familie Percy und irgendeiner der völlig frei erfundenen Figuren meines Romans, einschließlich sämtlicher Kronons und Gianis, rein zufällig und nicht beabsichtigt ist.

Eine weit bewusstere Inspiration zu diesem Buch entsprang einem der für mich immer schon anrührendsten griechischen Mythen, nämlich der Geschichte um die Dioskuren, die Zwillingsbrüder Castor und Pollux. Die eineiigen Zwillinge wurden der Sage nach von ihrer Mutter Leda, der Königin Spartas, zur Welt gebracht, nachdem diese von Zeus vergewaltigt worden war, der die Gestalt eines Schwans angenommen hatte, um sie zu überrumpeln. Es gibt viele Varianten dieses Mythos, aber laut der gängigsten bestand der einzige Unterschied zwischen den Brüdern darin, dass Pollux unsterblich war wie sein Vater und Castor sterblich wie seine Mutter. Als Castor tödlich verwundet wurde, konnte Pollux den Verlust nicht ertragen und bat Zeus darum, seine Unsterblichkeit mit dem Bruder teilen zu dürfen. Fortan verbrachten die Brüder ihre Zeit abwechselnd im Hades und auf dem Olymp. Für diejenigen, die den Mythos kennen, dürften die Parallelen zu meiner Geschichte ebenso auf der Hand liegen wie die Tatsache, dass ich die alte Sage lediglich als Stoffvorlage benutzt habe, die ich mit eigenen Ausschmückungen versah.

Bei der Arbeit an diesem Buch erfuhr ich großartige Hilfe von vielen Seiten. Zwei Freundinnen bin ich zu besonderem Dank verpflichtet: Dr. Julie Segre, Forschungsleiterin am National Human Genome Research Institute der National Institutes of Health, und Lori Andrews, Professorin am Chicago-Kent College of Law und namhafte Expertin auf dem Gebiet von Rechtsprechung und Genetik, die auch selbst Romane schreibt. Sowohl Julie als auch Lori haben sich viel Zeit genommen, um mir den Stand der DNA-Forschung um das Jahr 2008 herum zu erläutern. Einige Dialogsätze von Dr. Yavem basieren deutlich auf einem Vortrag, den Lori am 7. November 2012 vor der Jahrestagung der American Society of Human Genetics in San Francisco gehalten hat. Ich nehme stark an, dass ich trotz Julies und Loris geduldigen Erläuterungen so einiges nicht richtig verstanden habe. Die daraus resultierenden Fehler sind allein mir zuzuschreiben.

Außerdem danke ich Camille Rea, MAMS, CCA, klinische Anaplastologin an der Maxillofacial Prosthetics Clinic im Medical Center der University of Illinois in Chicago. Ms Rea hat mich durch ihr Labor geführt, und manch eine ihrer aufschlussreichen Informationen fanden Eingang in den Roman. Auch hier gilt, dass sie keinerlei Verantwortung für eventuelle sachliche Fehler meinerseits trägt.

Mein Dank geht auch an Emi Battaglia von Grand Central Publishing, meinen Kumpel Nick Markopoulos, seinen Freund George Chalkias und an Tina Andreatis, die einige meiner groben Schnitzer in Sachen griechische Sprache und Gebräuche bereinigt haben.

Zum Schluss möchte ich die Freunde und Verwandten nicht unerwähnt lassen, die sich die Mühe machten, das Manuskript vorab zu lesen. Es sind in alphabetischer Reihenfolge: Steve Drewry; Adriane Glazier, die noch dazu die Idee für den Titel hatte; Jim McManus; Dan Pastern; Julian Solotorovsky; Ben Schiffrin; Eve Turow; und meine treueste Vorableserin, Rachel Turow. Meine Lektorin Deb Futter war alles, was eine Lektorin im besten Fall ist: langmütig, scharfsinnig und einfach unbezahlbar. Dasselbe gilt für meine wunderbare Agentin Gail Hochman. Ihnen allen danke ich von Herzen.